〔監修・和田博文〕
コレクション・戦後詩誌

7 戦前詩人の結集 III

大川内夏樹 編

ゆまに書房

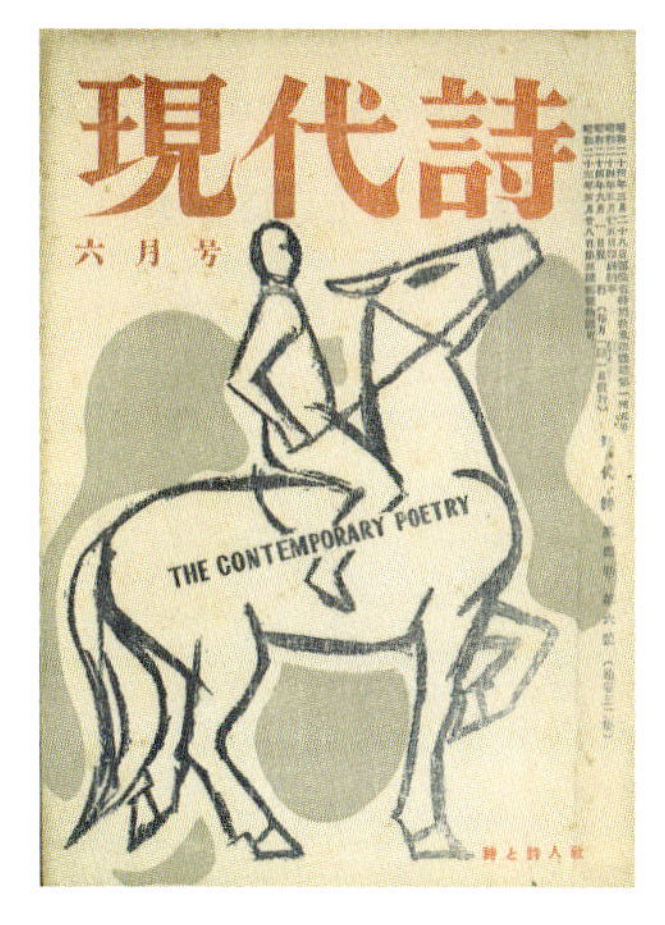

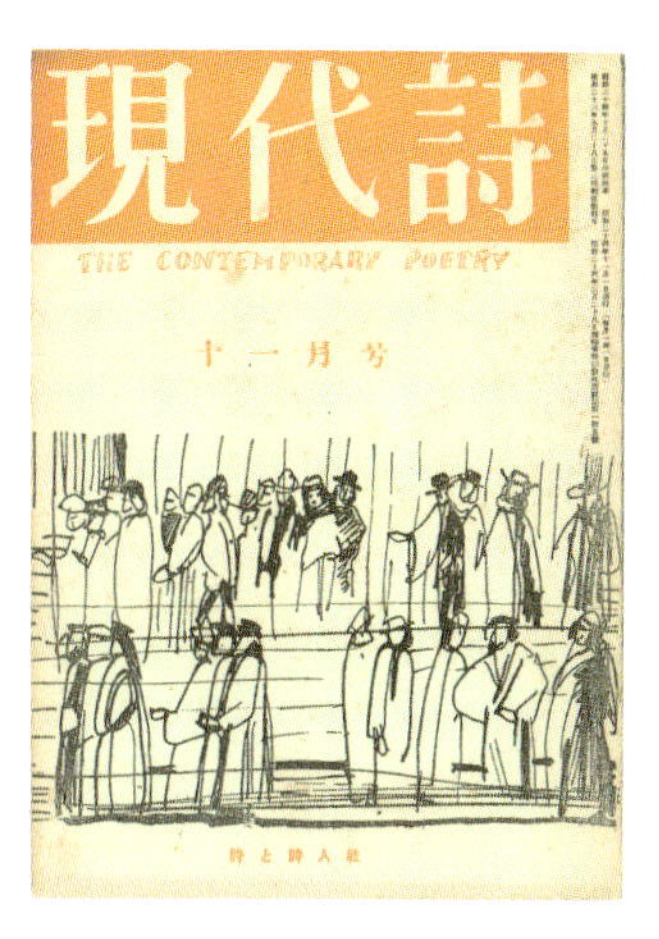

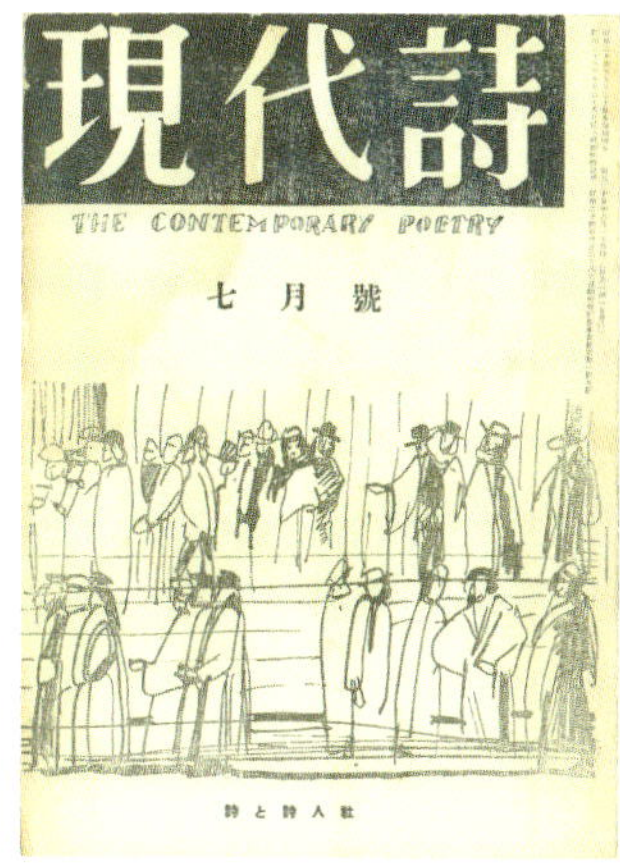

『現代詩』表紙、第４巻第６号（1949年６月）〜第５巻第２号（1950年６月）。

凡　例

◇『コレクション・戦後詩誌』は、一九四五〜一九七五年の三〇年間に発行された詩誌を、トータルに俯瞰できるよう、第一期全20巻で構成しテーマを設定した。単なる復刻版全集ではなく、各テーマ毎にエッセイ・解題・関連年表・人名別作品一覧・主要参考文献を収録し、読者がそのテーマの探求を行う際の、水先案内役を務められるように配慮した。

◇復刻の対象は、各巻のテーマの代表的な稀覯詩誌を収録することを原則とした。

◇収録にあたっては本巻の判型（A五判）に収まるように、適宜縮小をおこなった。原資料の体裁は以下の通り。

・『現代詩』（第4巻第6号〜第11号、第5巻第1号〜第2号）　縦二一センチ×横一五センチ

収録詩誌のそのほかの書誌については第7巻に収録の解題を参照されたい。

◇表紙などにおいて二色以上の印刷がなされている場合、その代表的なものを口絵に収録した。本文においてはモノクロの印刷で収録した。

◇本巻作成にあたっての原資料の提供を監修者の和田博文氏より、また、日本近代文学館よりご提供いただいた。記して深甚の謝意を表する。

目次

『現代詩』

第4巻第6号〜第11号、第5巻第1号〜第2号（一九四九・六〜一九五〇・六）

戦前詩人の結集Ⅲ

――コレクション・戦後詩誌　第7巻

『現代詩』

第4巻第6号〜第11号、第5巻第1号〜第2号（一九四九・六〜一九五〇・六）

現代詩
六月号
THE CONTEMPORARY POETRY
昭和二十四年三月二十八日運輸省特別扱承認雑誌第一四五号
昭和二十四年五月十五日印刷納本
昭和二十四年六月一日發行（毎月一回一日發行）
昭和二十三年五月廿八日第三種郵便物認可
現代詩 第四巻 第六號 （通巻三二號）
詩と詩人社

現代詩

六月號

方法と提出

安西冬衛

方法と提出。

メソオドとマニフエスト。

この二つの姿勢を解することなくしては 新しい藝術を諒解することは出來ない。

それは解讀の困難と傳達の難澁を傳えられる前衛芸術の理解のためにはつきりとしたキーポイントを與えるでしよう。

長谷川三郎の「古典習作」が、たとえば、ラフアエロの一般な模寫とどう違うか。

勝田寛一の「素材」が一見機械の構造部分に過ぎないが果して如何なる新らしい意義が含まれているか。

この疑義に「方法と提出」が明晳な答を出す。

近代受洗（ダダ以降のヨルダンの水を浴びること）の有無がこの場合重要性を帶びてくる。

それは、決定的に新と舊、モダーンエコールとオールドスクール、ヘテロドックスとオーソドックスを乖離する遠心分離機の役割を果す。

「古典習作」に示し出された質量の位置は明かに近代の眼を濾過しなければ成立されないことを示す、あのキユーピドンの翼には新しい未來の廣大な展開を豫約する透明な無數の胞子が附着していることを人は發見すべきである。

燒ビルの一隅に放棄されてあつたスクラップの中から素材の原型を發掘したその眼である。

すなはち「方法と提出」

成程、提出されたものは結果に於て容易である。しかしその容易を受取る一歩以前に、問題が胎んでいる。

この問題の受容の在り方、この一線に支えられて初めて藝術に無限の進展の視野を展望する人の姿勢が成り立つ。

現代詩六月號 目次

品

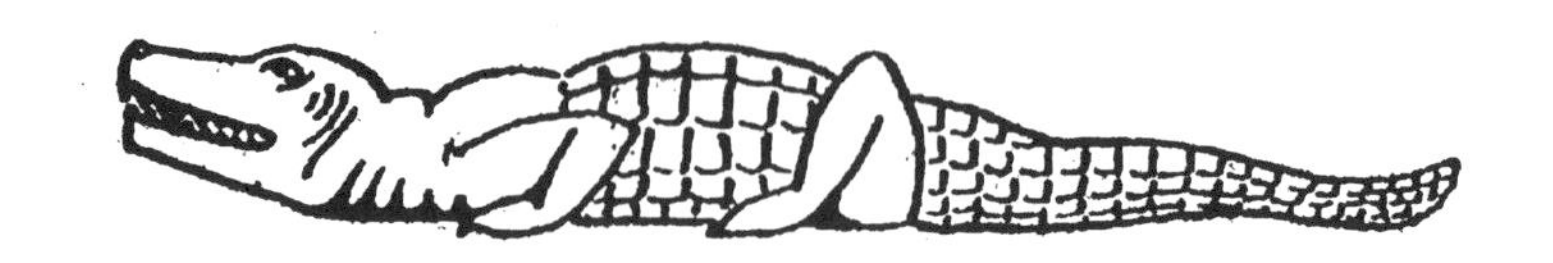

基督謊誕

吉田一穂

基督は實在した人物ではない。それゆえに基督教が發生した。嚴密にはパウロの辨証法神學に基礎づけられた、就中、西歐的な、地中海的な宗教である。

基督は、つまり・新約聖書の作者は希臘末期の戯曲家であり、彼の創作になつた想像的神格である。恐らくヨハネ傳は後期の作品であり、パウロその人の筆か、その論証に成れるものであらう。

何故なれば、以下に據つて〝基督劇〟の構想を推定し得るからである。

☆沙漠の中から三つのものが現はれた。アラビヤン●ナイトの官能の夢と、汗臭い現世的なマホメットと、暗いヘブライ民族の彷徨史たる天幕の書とである。いづれも東方的な匂ひがある。然るに基督教は純呼として西洋的な産物である。つまり希臘的発想である。

☆新約が始め希臘語で書かれたといふことは重視すべきである。

☆舊約の中に基督は胚胎してゐた。しかし猶太民族の求めてゐた救世主の意味とは、新約のそれは全く異なる神格として現はれた。一民族の神ではなく、全人類の神として、舊い民族宗教から大轉換したのである。舊約を讀んだ希臘の詩人が、基督を想像することは、さまで困難でない。

☆希臘文化の中心は、すでに羅馬に移つてゐた。いはゞ衰頽の希臘であり　その哲學の知的系譜をもつところの一詩人が、論理的構造の希臘文明の中で、最も素朴な瑞々しい自然を渇望したことは、あり得ないだらうか。新約は、その地下的な暗く重苦しい舊約の世界から、明るい日光の中へ噴きいでた滾々たる泉である。

☆基督の生涯は如何なる世界の文學をも超え劇的構造をもつ「悲劇」である。これは作家のイマヂナツチヨンと叡智との論理的操作なくして、一貫した基督劇の原型を作り出すことが出來ぬものである。

☆逆に基督の實存性を認容せしめやうとする努力が、聖書の到るところで試みられてゐる。弟子達の見神、豫言書の引用、系圖の虚構、奇蹟の證明、悉く附會强牽の辨証法で神を証明しやうとする。宗教的ではあるが、それらは基督その人ではない。神は証明的存在ではない。

☆基督の言葉は世界最高の詩的發想である。

☆もし彼がナザレに生れ、ガリラヤの湖のほとりで傳道したとすれば、あのやうな自然詩としての福音の跡を傳へない。あれは渇けるものゝ泉を求める幻覺の詞だ。

☆おそらく猶太の荒野にはエレミア風な成りぞこないの半獸神たちが、豫言といふよりも寧ろ呪文的な先基督的言葉の断片をまきちらしてゐたであらう。

そのうちの一人に、隣人の愛を、つまりヘブライ的なドグマを揚棄する考へ方を呟いた者があつたかも知れない。片言雙句のその一つたる隣人愛が基督教出現の轉機となるから、これは希臘哲學によつて西洋思想の普遍性を身にしてゐた希臘詩人の耳に入れば、基督劇を描き出すことは容易な當然であらう。

☆そしてこの大悲劇の舞臺を撰ぶとすれば、正に格好の場所たるに價するのはエレサレムを中心としたパレスタイン地方たること、詩的構造としての美しき背景たるガリラヤが、その序幕とならねばならない。

☆聖書と現世の地理的な照合によつて基督事蹟の科學的証明を試みたルナンこそ、逆に科學の手に弄された學者である。その限り、いゝつらの皮であるが、彼れによつて我々は如何にナザレの風物景志の美しさ、自然詩人としての基督の幻影を如實に感じとることが出來るのである。

☆IMITATEO　CHRISTO

聖フランシス、ルナン、ワイルド、トルストイ、オーガスティヌ、ルーテル、ダンテ、エエルレイヌ、トマス、ドストイエフスキイ、ETC… 例へ反基督ニイチエにすら、無智素朴なウクライナの百姓にすら、この偉大な神格を對象とするかぎり、その書は立派なものにならざるを得ない。

☆基督は實在しない万人の胸のうちに求められ、高められ、淨められるところのものいはゞ人間の願望の幻影であるが故に、各自の理想像としての基督が描かれ、宗教的な昂奮すらともなつて、感情的に存在し得るのである、もしダ・ヰチが狂信的であつたなら基督は描き得なかつたであろう。作家の秘密といふものは、かういふところ、頽廢に健全を、人工に自然を、知に情を、渇いたものが夢みる泉を、他者をして掬みとらせるところにある。

☆猶太人が基督を十字架につけたとの故に、今、尚、その罪を負つて彷徨ふのは故なき不當な迫害である。基督は猶太人ではない。希臘詩人の架空的神格である。何故に猶太人を假想敵としたか、猶太人は反希臘的な單一神教徒であり、しかる限り、ヨーロッパ的な思想の中核を成すに不適格者であり、換言すれば對立的に惡役を振りつけられるに優したパリサイ的典型としてであらう。猶太教徒は改宗してゐない

☆基督とその可能性的存在としての基督教とは自ら別個の節疇である！

☆ Christ を人間（歴史的實在）にして神格たらしめる撞着は聖母なるものを假定

（處女受胎）し、しかもイエスの他に多數の大工の子の母たらしめてゐる。
☆Christの誕生とエレサレム遊歴の幼年時代の二三の記述の他、彼れが三十歳に到る間の閲歷は全く不明である。
☆佛陀にすら、宗祖の存在性は教典中で驚擇や疑問や証明に躍氣となつてゐない。寧ろ大乘では祖師すら之を否定する。
☆若し基督が實在した人間であるならば、現在にも生きた人間基督がゐる筈である。何故ならば、聖書に登場する人物は悉く今の世に現存し、尚出現し得るであらうから。パウロもペテロもマリヤもユダも、そしてピラト總督すら我々の眼前で、しかも基督教的僞善の手を洗ふ。
☆しかし實在者として Christ が出現したら、十字架につけよ！ と叫ぶものは基督教徒であらう。
☆Noei
Xmas
基督誕誕
☆基督の福音書は希臘末期の文學である。
ゆえにそれは西洋的な思想の中軸となり得たのである。（拉典語、その文學）
基督教はローマに於て迫害され、そこに根を下した。ロマンテイシスムと基督教の

不可分離性。中世基督教文化――西歐の生活体系の中軸。

☆基督は我々にとつて宗教ではなく、文學である。固より文藝作品は架空のVisonである。

☆故に基督は無であり、無に面したものが描き出す可能性として荘嚴であり、至上であり、聖である。督基は道を求むるものゝ内にある神格としての理想像の一つであらう。

☆西歐中世紀は基督教文化である。その様式は基督の直接な言葉からは何ものも演繹されない。しかしこれほど基督教的様式の完全な諧調は他に考へられない。ジオットの塔、ジョーンズとモリスの着色硝子や織物　シアトルの寺院等…　宗教は寺院様式やそれらの雰圍氣、日常の生活体系と一致する諧調から、一種の生活の感覺・感情としての情緒を生ぜしめる。宗教的感情とはさういふものなのだ。いはゞ民衆的な生活様式の一儀式なのだ。直接な神格的な体驗はもつとも個人的な心理的なもので、神と宗教とは自ら別個なものだ。儀式なくして、つまり音樂、彌撒と薄明寺院の荘麗なくして、浪曼的な雰圍氣なくして基督教は成立しない。また発展もしなかつたであらう。逆に西歐的生活様式が基督教を推進して、その文化を基礎づけた

☆我々異邦人にして否、東洋の無信仰者にとつては四觀福音書は、宗典として何等の感銘もなく、却つて文學たることに於て侵々たる興趣を與えられるのである。

☆ソフオクレスの悲劇と基督劇の構造。ギリシャ合唱團と彌撒。

☆宗教は横の擴がりであり、神は垂直である。猶太民族のメシアの思想からすれば、もし基督が〝人の子〟なるナザレの大工の子として、その民族の平面から現はれたとしたら、啓示、恩寵、權威を待つてゐた彼等の、よく認めるところではなからうイエスが同じ系列から出現したといふ、福音書の記述を信ずるとすれば。

☆神は實体ではない。個人的な垂直の体驗である。絶對矛盾の生死の撞着に於て、人間は否定され、自らが運命を知るとき、他者にして全一なる統一者を感得するものそれが宗教的体驗の契機、或は神の門の鍵に手ふれる者といつてもいゝ。

☆基督教の功罪は不問にしても、この宗教的生活感情が如何に美しい人間的發想の種々相を成さしめたかは、充分、誠實な目で受けとつてよい。

☆基督は史的實在の人物ではない。エレサレムを中心舞臺として悲劇のヒローに基督と名づけた無名の希臘末期の詩人が書いたドラマに外ならない。內に神をみるものは誰でもこの大きな對象を內からひきだして基督傳を書きうるのだ！

☆基督教徒迫害の急尖峯だつた〝博學〟のパウロがダマスクへの沙漠の中で幻覺した基督は（內にあるものを對象化する）として他者からすれば虚妄にすぎないであらう。妄想、幻覺、虚誕、…だが、ある特定ものが、例ばランボオが見たとは、何者の證立て、反證よりも、眞の實在を、可能的存在性を一つの確たる實像に創り出し呼び出したといふ意味で、それは正しい。もし我々の内部で不完全な妄想狀態であるうちは所謂謊唐無稽であつても　これを對象化する客觀的手段によつて一つの形象が成立するとき、これは表現的存在として詩であり、神であり得るのだ。

☆創造者の時間的位置は、一般物理的な、或は論理的な圖式としての過・現・未といふ現在を中心点とする時間概念ではなく、つねに、未來が中軸でなければならない未來が造る立場であつて、出來たものが現在である。故に神も詩も恒常現存であり換言すれば時間性の空間化である。それは時格のないフレーズである。詩も神も論理的存在ではない。

☆すべてはあらゆる規約、約束のもとに成立する。言葉は規約符號であるに拘らず、詩は一切の無約束の上に成すものである。即ちものを造り出すのである。マラルメが（私はいふ、花が…）といふときは、この世の如何なる花をも指してゐるのではない。

☆わが國の詩は西洋的なミユーズを持たない。　（基督・拉典語・希臘神話）

一鱗翅類蒐集家の手記（一）

安西冬衛

——褐色は飛躍のためのバネです。
——そういうことはいえるね。ヴアンダイクのヴアンダイクブラウン。褐色のひび
その証左とするに足りるね。

卵。
彼はバロス（スペインの港）で誕れた。
中心の二つある水銀色にふくれた水平線。
楕円。

「太陽と漆食」（ルイ・アラゴン）の際を探ねまわる死語発掘人の風俗。

マイカの日除眼鏡をかけて君はユンケルのストーブのように長方形だ。


ロスチャイルド。赤い楯の義。

わが赤星氏は槍の襖だ。


ヴァレンタイン。

紐育の警視総監か、補血鐵劑の名か、または推理小説家か、その三つのうちの一つに屬してゐる。


造物主が睾丸のうらにのこしていつた人間の縫目。天衣無縫な神の手際としてはいささか滑稽だ。

私は十九世紀の末に誕れた。

世紀のアルカンタラ（ムーア人の言葉を使うのです）の袂にたつていること。

その投影がのびて二十世紀後期に及ばんとしている。

私の五十年、それは灰色の絨氈だ。ただ、ところどころに紅いドットのステッチがある。

チエーホフの「かもめ」の中にある會話。
ニーナ――これは何の木？
トレープレフ――楡。
夏目漱石の「三四郎」に同じ姿勢の會話がある。但し境遇はちがう。
――これは何でしよう。
――これは椎。
大學の御殿の庭。エドマンド・C・ブランデンの詩にある「大名の池」のほとり。
楡の白と椎の黑と。
白夜の暗さと木下闇の明るさと。
ロシア文學と俳諧精神。
ニーナと美禰子。
トレープレフと三四郎。

友が私に砂時計をもたらした。
座に會々かの「新雪」の作家があつて、告げて私に言つた。
「蟻地獄を連想するネ」と。
いい言葉。

私は銘じてわが沙漏に刻もうと思う。

營々たる蟻の經營。その經營を放埒の餌食としてねらう無間の地獄。

しかも蟻地獄は累積の黒業のはてにうすばかげろうに羽化して、すゆのうちに天地の微塵と消え去るのだ。

わが詩業またかくの如し。


地口の中に宿無しのシミリーがねている。ひきとつてお四季施を恵んでやると、これは從順な下僕になる。

このできぞこないのフイルスめ！（「櫻の園の下僕」）

それが私の詩なのだ。詩だけが、しかし決して私を裏切らない。


簞食壺漿して詩がこの私を迎へる。

悅服。


わが詩の前に世界はしばし鳴りをしずめる。

得体の知れないコロッサル。

測り知られない悲哀を支える何かアトラスのようなもの。
タイタンのような奴。その巨大な肩巾が私の姿勢を支える。
哲學は鐵學（井上哲次郎）であり、箴言は進言であり、木賊は頭部を卷く繃帶である。
それは動かぬシミリーであり、動くメタホオルである。
詩は、イエリングにおける法の規定のように強制的の規範である。

無法者仲間の法。
法曹者流の無法。

向う見ずのらん〳〵たる烱眼。
無鐵砲という手ぶらの武器の携帶者。
run定路（鹿や猪などの）
銃をかまえていると獲物が走つてきてドサとわが目の前に横たわる。この時擊鐵はひとりでにおち彼の役目を果し終つていること。

作爲は元來、おれの關知したことではない。

フランツ・ヨセフ。この歐羅巴で最も長壽をひさしくしたオーストリアの老皇帝は定路をのみこんだその道希有の達者だつた。

モルナールが彼一流のブリリアントな筆で彼のアネクドオトを書いている。尤も、この逸話は老フランツ・ヨセフがしくじつて苦り切つている場面としてだが。


サンダル靴を穿いている伊達な若者達を見ると、私は彼等がローマ帝國の奴隷のように思われてならない。

悲しい咫尺の風俗。

この際重要なことは、彼等が悲哀の重量を自覺しないことだ。


聖書の「箴言」の中にある法馬（ふんどう）という比重ある文字。

幼兒の柔い腦髓の中へ難い漢語が片夕言ながら容易に入つていく過程を考へると、私は馬太傳のなかにある針の孔をくぐる駱駝の比喩を連想する。それは不可能のことをたとえた比類なく巧なレトリックだが、猶或る可能性への余地がメタホオルとして美しくのこされてある。
　あのラクダのとつこつとした形態。それでいて柔軟な摩擦系數。可能への誘いがそこにあり、救われざる富者の地獄のために天國への門を半ばひらいている。
　聖書はまこと幻の如く工みでかつうるわしい。

洞窟。
古代の經營であつても、また近代の發掘であつてもいい。
中世の Miche であり、
猶、何かが存る。
洞察を試みんと思う。

素つ裸の赤ん坊が、疊の上にふんぞりかへつて號泣を續けている。レトルトそつくりの性の献げもの。それは壯大な未來の運命を豫約している。畢生の女たらしだらうと稀代の色ごと師だらうと、この錬金術のラボラトリーから望みのものを摑みだすことは御意のまゝだ。

市井の陋巷に棲んでいる小つちやい澤盤。アルチザンと云う奴をそいつは思わせる同じ梁の下に鍛治屋は愛情と同じ釜のめしを食つている。愛情ユーモアと云い更えても宜敷い。煤の玉なんか鼻の頭にくつつけて。だが、魂のあんなに極端に綺麗な奴はそうたんとない。

Son（息子）

彼はサクソンからやつてきて典雅な英吉利の教育をうけた。セルソオをもつて、たつている時、彼は本統に賢くみえます。

アカデイミイにも色々ある。場末の理髪店の額椽入の免状に何とか男爵の肩書付で
「トンソリアル●ビユーテイ●アカデイミイ。」

夜、何かのはづみに、ハイブロウ教養のある人、それにerがつくと、とたんに鼻息の荒い馬になる愉快極まると話していたら、うちの下の方の子供がブロウアーは送風機のことだといいだした。これは化學者の卵で、そんな道具は彼の領分なのだ。

「フーン」と感服して、面白くなり、急に辞典を試みに調べてみたら、ブロウアーはブロウアーだが、r さなくつて i。綴が違つていた。

CORRESPONDANCE

深尾須磨子の詩「ひとりお美しいお富士さん」について

大江満雄

ときどき腹黒い詩人はいないだらうかと思うときがある。日本の詩人には小さな純情型やコセコセ型が多く、たあいないからだ。戰後だいぶ異つたが、しかし單純性や、ちつぼけな功利性がめだつ。それらの詩は視野がせまく自分を反對側から見る力にかけている。

「新潮」二月号の三好達治の「駱駝の瘤にまたがつて」など自嘲的な詩で已に飽きかけている詩で、ちよつと、ひかれるが「おれは地球のむかうからやつてきた旅人だ」こんな一行を見ると、もつと已に飽き已を地獄え突落していいだらう、まだいいかげんなことをいつていると思はぜる。

「知識人」二月号の深尾須磨子の「ひとりお美しいお富士さん」は皮肉なシャアシャアした詩が夜に豊かなヒュマニテイが感じられる。來客がいう「女の大虎だれ」「そうではない、醉つたふりしているが彼女には覚めきつた詩精神がある」日本の弱点をつき自分の弱点をもついて廣く世界の國々を品定めする腹のしつかりさがある。暗黒の諸相に已を見ながら已をついているところに詩の泉を感じさすということは、ほんもののヒュマニストでなくてはできないことだ。

平和運動というものは、甘いものではない詩人は生命をかけて、内的な壓力でドロヌマを泉に変えてゆく者でなくてはならないと思うから私は深尾須磨子のシャアシャアした詩の底に流れている反省に止まらない抗議精神に共感を覚えるが、世界の友に訴えてゆく詩も大いに書いてほしい。

千本松原

町田志津子

千本松原の学校に変つた。百米何うは青い海である。波に丹くされた白い石の限りない堆積、前方には大瀬岬がかすみ、北には富士愛鷹がそびえ、磯馴松が遠く原町の驛までつづいている眺めは、繪画的にまとまりすぎているかも知れない。叉夏毎に日に一回は通つているので見馴れてはいるが、その風景の中に身を入れこむ時、何かちがつた意味が生れるような氣がする。

前に擔任のことをお話しした時、北川さんは「ぼくが女だつたら松原の抒情詩ばかり書くのだが。」と言われた。叙事詩の本家の北川さんだから冗談だろう、けれど冗談も本當にとるほど私は眞面目なのである。

松原の一角に牧水の例の「幾山何」の歌碑が立つている。自然石に彫られて無雜作に立つている碑は、修善寺の漱石の詩碑などに比べるとずつと素朴で親しみ易い。牧水の人柄も、小學校の同窓會だつたかに一度遠くから眺めただけが、嫌いではない。

しかし私は、言わでもな事だろうが、この松原に今でも漂つている牧水の短歌的抒情を打ち破つてゆきたい。女學生時代、運動や映画には夢中になつたが、文学少女ではなかつたので、牧水に数を乞う機会がなかつたのを今では仕合せに思つている。

戰災で燒けてしまつたが、松原に近く牧水の舊居があつた。家のまわりに清冽な流れをめぐらして、二階から眞向いに愛鷹がそびえている。沼津からは富士よりこの老年期にある愛鷹の方が人に迫るものを持つている。

牧水の歌に「愛鷹の根に湧く雲をあした見つゆふべみつ夏のをはりと思ふ」というのがあるが、私は「あしたみつゆふべみつこの年

老いぬ」になつてしまつてはたまらぬと思ふ
しかしともかく牧水の例の歌碑はどうも私には苦手である。

畫家と詩人

鐵指公藏

これは特に詩に限つたことではないが、私の知る限りでは少數の有能な画家（シュールレアリストも含む）をのぞいてこの國の画家ほど現代詩と詩人に對して無関心なものはない。詩が持つ色々な要素、現實への長遊性飛躍性に就て注意深く眺め詩人も画家の関係をお互の藝術観にまで高揚したのはマラルメブルドン、ランボオ、アポリネール、ジャムコクトオ、ピカビアとマチス、ピカソ、ドランルオーの野獸派または立体派の洗禮から脱出した画家たちだけだらうか。たとへ若き時代の一時期にせよ画家と詩人のこのような血液の交流があつたからこそ近代佛蘭西繪画の指標が打ちたてられたのだ。アトリエに寢ころがつてカストリ文学やエロ文學講談を讀む画描きはあつても詩誌や詩集の頁をくる画描きはまあないと見てもよいだらう。これは恐るべき獨斷であらうか。

画家は本質的に讀書を回避するものだらうが、このことは私自身讀書への不甲斐なさを自ら暴露するものだか、須田國太郎氏はかつて岩波の月報かに『画家と讀書』の一文を書き画家の讀書の淺いこと不熱心さを指摘したのを記憶してゐる。私はそれをある感激をもつて讀んだことがある。中川一政氏は「私は本を讀まない、本を讀むと頭が繪を描く頭と逆つてくるからだ、日記代りに原稿を書く事とする」と言つてゐるが、一政にしてはじめて吐ける言葉であらう。先年の夏、札幌で百田宗治、更科源藏、和田徹三、長光太、八森虎太郎氏等の詩話会に遲れて出て山形の眞壁仁氏の色彩論を聽く機會を逸したが詩人と画家の色彩感がけんかくを示し、画家の見る色彩感自然感に抵抗し獨自のものであるとは早急に思はれない。要は薬現にあると思ふ。繪画の持つ造型性とは明らかに別個の性格を持つ、詩人の繪画に對する見方の鋭るどさも私はよく解る。それらを前提として詩作品に表はれたる色彩、あるいは色彩論をぢつくり聽いてみたい。（筆者は獨立展會員）

股旅プロレタリア

小林　明

プロレタリアートの平林たい子が「地底の歌」などでヤクザの世界に関心をそそぎつつあるのを私は暗然と凝視する。勞働力しか持たぬプロレタリアートがその境涯を逃れる時さまざまな抵抗に逢うが、唯一の武器を用いては元の杢阿彌になるしかなく、結果屡々他人の義狭の影に宿ることになる。而も義狭を成立させているのは恆に東洋の感傷であり封建側の中核につながる組織の末端である。餓死かヤクザか、叛逆者たちの宿命であるか。

炎える地上

阪本越郎

焼けた都の中央部
茸のように並んだ小さな酒場
その一つの飯台に肱ついて　或る日思う

酒を小量　地めんの上に
こぼせ　情あらば
焼野原に灰となつた人々のために
見棄てられたたくさんの魂のために
地めんの中の渇いた唇のために

酒をこぼせ　酒をこぼせ
かわいた唇はきてその酒を汲うので
炎える地めんは　たちまち乾(ひ)上つてゆく

酒場の壁板の木目(もくめ)の穴から
外をのぞけば
まるで潜望鏡でみたような風景
うらうらと春の日さす麦畑
赤茶けた丘の向うに
陽炎にゆれている
毀れた宮殿の円柱
その空しい列の間にも
空はまつ青に
晴れている
海のように　夢のように

五月の悲しみ

江間章子

遠い日の花のようにもどつてくる
激しい風のなかで
だれもたたずむことのない廊下に
ポタリと落ちるうれいのように

いくえにもひだとつた胸飾りのなかにも
その悲しみは巣喰う
きようかぎりの喜びはキラキラと
小さいバラのように指をひろげて咲いて
いくだろう

遠い日の花のように
失われた瞳のように
小径にだけそのあし跡が殘つていて
じつと叢のなかで眼をつぶる
やさしい眼ぶたにうかぶ
思い出の王女よ

沙漠の言葉

北園克衛

最近エズラ・パウンドの詩集「ザ・ピザン・カントウ」（一九四八年・ニユウ・ダイレクションズ刊）が一九四八年度のボリンゲン賞を贈られたといふニユウスを見た。人も知るやうにボオリンゲン賞（壹千ドル）は米國議會圖書館アメリカ文學部が出す賞であつて、その一年間に出版された詩集のなかから最高のものが選ばれてこの賞が與へられる。E・パウンドのこの「ピザン・カントウ」は彼がイタリのピザのプリズン・キャンプに幽閉されてゐたときに書いたものである。彼の「カントウ」といふ題名をもつた作品は既に二十年以上も書き續けてきたが、そしてそれらは幾冊かの詩集として出版されてゐるが、この「ピザン・カントウ」は、それの最も新しい部分である。彼がプリズン・キャンプに居た時は書物を持つことを禁じられてゐたので、全然記憶によつて書かれた結果、以前の作品よりもはるかに自叙傳的となり、詩人としての彼の悲劇をよくあらはしてゐる。この「ピザン・カントウ」が出版されるや　アメリカの最高の水準にある新しい知識人達は、この敍事詩の偉大な價値に驚き、且つ賞讃を惜しまなかつたが、恰もこの頃から、當の作者は戰時中イタリイからラヂオによつてフアシズムの宣傳と考へられるやうな放送をしたために反逆罪に問はれることになり起訴されるところであつたが精神病者として起訴されるに到らず、ワシントンのセント・エリザベス病院に入れられた。かうしたE・パウンドに名譽あるボリンゲン賞が與へられたわけである。私はこのニユウスをきいて、自ら微笑の湧くのを禁ずることが出來なかつた。それは私と彼との十數年來の友情からだけではない、政治に對する藝術の位置が計らずも確認されたのを見たからである。シヨスタコヴイツチの音樂に對するソヴイエツト政府の態度を知つてゐる私は、アメリカ人の藝術に對するこのやうな態度を近頃明るく感じないわけにはいかないのである。ボオリンゲン賞の藝術委員であるコンラツド・エイキン、W・H・オウデン、T・S・エリオツト、ロバアト・ロウエル達も、この行賞にたいする感傷的な反對を考慮して覺書のやうなものを發表してゐるがその要點は次のやうなものであつた。

「その決定を覆すために詩的業績への考慮と異つた考慮を許すことは、この賞の趣旨を破ることになるであらうし、また原則として、文明社會がその據りどころとなすべき客觀的認識の妥當性を否定することになるであらう」

☆

私はいつも大森驛前から馬込橋行きのバスに乘つて家に歸るが、丁度私がかへる頃にいつじよになる一人のドイツ人がある。このドイツ人は見るからに豊かでなささうな五十がらみの男で、いつもはげちよろけのスウツケエスを持つてゐるこのドイツ人は私と別に知り合ひでもなんでもない。だかこの男のやり口が一寸氣になるので書いてみる氣になつたのである。戰爭中はドイツ人と言へば同盟國人といふので特別の待遇のやうなものを受けてゐたし、彼らもまたそれを當然のこととしてゐたやうである。しかし今日ではドイツも敗れ、日本も敗れてしまつた。ドイツ人たる者、また同病相哀れむの心情があつていいやうに思ふのだが、私の知つてゐるそのドイツ人は私たちが長くならんでバスの出るのを待つてゐるのを無視して、いつも一番先に平然と乘るのである。そしてバス代も拂はずに臼田坂下でいつも降りていく。ならんでゐる日本人は多分このドイツ人をアメリカのシビリアンとでも思つてゐるのであらう。バスの車掌も同樣である。しかし、それをいいことにして、かういふいき方を平然とするドイツ人を見ると、彼らも亦かつての同盟國人の端くれであつただけに腹がたつ。すべてのドイツ人がさうであるとは思ひたくないが、大部分は大同小異で、省線の進駐軍專用車には流石に乘れないらしいが、切符を買つてゐるドイツ人を見たことがない。國力の相違で敗れたといふことは率直に認めるが、かういふロオレツな國民と同盟したのかと考へただけでも不愉快である。しかしそれにしても、日本人もはやく、ドイツ人かロシヤ人かフランス人かを見わけるだけの眼を持つて、彼らに意味なくごまかされたり、馬鹿にされないやうにしたいものである。

☆

最近アブストラクト・アアトの始祖とも言ふべきモンドリアンとカンデインスキイが同じ一九四四年に死んだことを知つた。アブストラクトはシュルレアリズムと殆んど時を同じうして第一次大戰後に現はれた流派であるが、アブストラクトの運動が造形藝術の方面にのみ行はれたのに對して、シュルレアリズムは詩に小説に演劇映畫に及んでゐたために一層普遍的であり、その支持者も多いやうである。しかし、シュルレアリズムはもうすでに過ぎ去つた。すくなくともシュルレアリズムの現代藝術に於ける役割は終つたように思ふ。私はかういふ意味に於て、アブストラクトの新しい展開について考へる。シュルレアリズムが芸術の方法の革命であつたとすれば、アブストラクトは藝術の知覺の革命であつたと言つてよい。それは確かに未だ途上といふ言葉が必要であるが、その最も完成した作家としてハンス・アルプ、山口長男、それから最近新しい實驗者としてのアレクサンダア・カルダアそれから幾分中間的存在として、ヨアン・ミロ、ヘンリイ・ムウアをつけ加へることが出來るかもしれない。以上は繪畫と彫刻に於ける場合であるが、演劇、あるひは舞臺造形としては、一九四六年死去したオスカア・シユレンマアがかつて、バウハウスで試みた、仲田定之助の「フアリフオトン」は純粹にアブストラクトの舞臺藝術であり、カルダアの「モオビル」は彫刻と舞臺藝術の中間的存在と言ふことも出來るであらう。文學に於てはガアトルウド・スタインの詩はどうであらう。すくなくとも、非常にアブストラクトに近接してゐることは認ざるを得ないであらう。然し更にE・E・カミングの詩に於ては最早やアブストラクトである。またかういふ意味に於ては私の「円錐詩集」「固い卵」もアブストラクトである。ダダの破壞のあとの、シユルレアリストの運動は復原運動であつた。このことは繪畫のダリ、詩のアラゴン、エリユアルの現在の仕事を參照すれば充分である。最近のアンドレ・ブルトンは再びシユルアリズムの新しい運動を計畫してゐるとのことであるが、果して、どんな作品を生み出すかを私は興味ふかく期待する。

☆

この原稿を書いてゐると、偶然にもアンドレ・ブルトンから一冊の書物が到着した。ロオベル・マリン版『時計の中のランプ』といふ小型本である。ツアラも綺麗な字を書くがブルトンの字も纖細な美しい字である。紫のインクで獻辭が入つてゐる。この本のなか程に彼の最近のものらしいコステ撮のバルクでのスナップがはいつてゐる。私が戰前に見なれた彼の顏と較べて、年をとつたものだと思ふ。思へば十年間がアツといふ間にすぎてしまつてゐるのである。しかし彼はまた再び、世界のシユルレアリストに呼びかけて何かを試みやうとしてゐる。多分ブルトンの友人である山中散生君や瀧口修造君のところには連絡があつたことと思ふから、シユルレアリストの新しい展開の消息を知ることも遠からず可能となることであらう。

☆

思へば殆んど完全に一ケ年間が空白のままに過ぎてしまつた。しかし私はこのブランクを少しも殘念だとは思つてゐない。否私は書かうと思へばいくらでも書けたのだ。ただ敗戰以來私が書いて來た一切のものあのコンベンショナルなヒユマユズムから脫出することが私にはより重要であつただけだ幸に一年の休暇が一九四〇年に自ら切斷したコオスを復活することに役立つてくれた。私は勇敢に書くつもりである。書きたいものだけを勇敢に。そして誰のためでもない私自身のために。それは沙漠のなかの詩である。

（一九四九年四月）

隨筆

個性談義

――併スネモノ詩人々物評――

笹澤美明

弱つたものである。詩が書けなくなつた。老境近く、今は昔の用語、豫備編入の頃合かと獨り歎くのである。殼にはまつてしまつた自分の詩の傾向を何とか打開する氣持は常にありながら、なかなか變えられぬものである。個性とは根づよいものだ。しかし自身の詩の傾向の革命が起らなければ進步も發展もない。その革命は思想や生活態度という內部から起るもので、決して形態上の問題ではない。きちんと坐るように習慣づけられたものにアグラをかけと言つても容易に出來るものではない。アグラをかいていても、いつの間にか坐り直したりしている。陋としてぬけぬ習慣と言うものである。形を崩すというものは厭なものである。又、そんな作品は柄にないと思うと餘計味氣なくなつて、ますます詩が作れなくなる。藝術的な作品を作つていた人が傾向を變えると、さつぱり好くない作品になつてしまつた例は、いくらでも擧げられるが、やつぱり柄のないことなのだろうか？私もこの時代の大變革にまぎれて、ガラリと變えてみたが、尙更好くない氣の入らぬ作風となつてしまつたような氣もする。柄のないことは止せとよく言う言葉だが、千古の箴言である。

詩が作れなくなつた原因がもう一つある。私は現代詩講習會なるものの講師になつて、最近月々六十通以上の投稿詩を見ている。初心者もあり好事家もあり、種々變々、まるで一日のうちに十何人の未知の客と接する如く、全く疲れてしまうが、尙いけないことは、添削講評しているうちに、不思議と詩の興味が失われて行くのを感じる。自身の添削したものが果して好いのか、作者の感覺表現などが實は眞實なのか、そこの虛無感も起る。投稿者の態度が熱心なだけに私は甚だ不安になる。百通の近いものを五日もつぶして、そのあとの氣持は益々よくない。どんな作品を見ても魅力がない。寄贈される詩誌をひろげて見てウンザリし、しまいには封をとじたままにしてしまう。詩というものが如何に人間の感情に直接性的な威力のないものか、音樂とひきくらべて實に儚ないものである。詩だけに打ち込んで生活するなら別として、俗社會の物資や計算や常識や規則に左右されている一般生活者に詩を作る者が少く、あつても頗る縁遠い衆生であることが判る。

雜誌社から詩の註文が來る。大低は生活に即した明るい作品という。我儘勝手には作れない。ここで個性を押し出して自分勝手に作ろうと思つても、俗社會に多年の經驗を持つとそうも出來ない習性や悟性に喰いとめられる。そこで又、一種の虛無感に落ちる。詩に對する興味魅力が失われるのである。流行詩人が堕落し、作品が下劣になるのも判る。ジャーナリズムに迎えられる詩人となつてはおしまいである。個性を押し出そうとすれば、自然ジャーナリズムはすてて顧みないし、親切好意ある者がたまたまあれば、貴下の詩風は讀者に好かれないから、早速傾向を變えなさいと言つてくれる暗いものなど作つていると駄目ですよ、今に明るいアメリカニズムの傾向が流行すること受け合いだから、今のうちに傾向を變えるのがお得ですぞと忠告を受ける時代とはなつたのである。

もうかくなつては詩を作る力もなくなつて來る。現實社會に厭氣がさして堪らず、この惡時代を肯定したり妥協したりする實存の氣慨も燃えず、さりとてこの泥沼の中に蛆虫となつて生活する徹底したニヒリストともなりきれぬ赤さびた金屑の存在を嘆くのだが、なまじ詩人と名のつく者に生れ合せた人間には何か心の底に皮肉な感じ方を藏するもので、これが又、弱き生活者の唯一の武器なのである。そこでこの武器を取り出すことになると、妙な見方や言い方をする犬儒學者のヒソミにならうことになつて、大した人物とは申されぬのだが、それでも生きねばならないのである。詩の興味を失つた春の一日の午後、うつらうつらとしながら、ふと、自分の仲間の月旦を書いてみようかと思いついた。と言つて別に惡口を言うのではない。むしろ、自分と反對の立場にいる者でも尊敬している人たちを寄せ集めて見て、横顔か後姿を寫してみようと思うのである。私の態度が態度だから、個性の强い、忍耐力のある、社會やジャーナリズムを餘り氣にしない（ように見える）詩人、すなわち私の祕かに名づける所のスネモノ詩人のことを書いてみることにしよう。スネモノとは現在の私流の感じ方で、實は詩人としては正統であり、あくまで自分の個性を曲げないで押し通すのを逆に世間的に見れば、スネモノと考えるからである。そして彼等を尊敬しつつ同時にこの情けない味氣ない精神生活者が捧げる讃辭を綴ることにしよう。

三好達治という詩人、まだ一度も會つたことはない。詩人懇話會のとき表彰されてステージの席についているのを觀客席から眺めたのが初めてであつた。想像では色白の丸顔の人かと思つたら、色の黑い痩せた人で、どこか黑羽の軍雞のような感じがした。一寸人を喰つたような顔を動かしていたがこの人があんな優しい抒情詩を作るのかと感心した。やはり狷介不羈の人らしく、三十年も三好調の抒情詩に固執しているのは尤もだと思つた。朔太郎を尊敬してデビユウした人だが、その亞流とはならず、一家を成したのは流石である。この人のリリシズムは傳統の短歌精神で、初期にはフランス流のモダーニズムを消化吸收して、新鮮な詩風をもつて登場したが、次第に短歌精神特有のメロデイにつかれた如く、その流露するリリシズムが板につきすぎて、光彩はあるが迫力を失つた。それほど流麗、メロデイの美を表現する点で當代比肩するものはないだろう。その上漢詩の素養があり、日本古典に通じ、俳諧の趣を解し、文學的敎養の点でも稀れである所謂抒情詩人の如く自ら抒情に溺れるような安易な態度を持せず、苦心鏤刻の藝術家風の面影もあり、芭蕉流の「この一筋に」心を砕く眞摯な態度を崩さぬのも見上げたものである師と仰いだ朔太郎の如き弱氣はないが、情熱に取亂すような作品を書かぬのは時代の相違か、知性の問題に歸してはどうか？　しかし朔太郎のようなドンキホーテ式の正直な、むしろ愛嬌のある詩人ではなく、どこか底の知れぬ曲者の感を抱かせる。朔太郎の傲慢さは感情的だが、この詩人は遙かに知的で、その現れにわざと感情の火を焚くような所があるような氣がする。それだけに一緒に酒を酌み交しても打解けそうもなく、知的傲慢が頑張つていて相手とするには苦手な人物らしい。この知的な機能が彼の作品の上にはと言えば、その技術上、文辞を自分の好みに應じて弄する術を心得ている故に、藝術的な味を活かして天衣無縫の作品を現ずる。その時やゝもすれば趣味的傾向を帶びる。それが佐藤春夫の趣味とは異り、文人墨客流の遊びとならず、先にのべた「この一筋」の眞劍な能度に救われて、彼の「知」が稀に澄んだ閃光を放つ。それが彼のリリシズムの美を補うこと一方ならずと考えるのである。時代が彼を置き去りにしようと　その作品は珠玉の價値些かも傷つかず、三好調抒情詩は後世、燦としてその光芒を失わぬだろうし、日本短歌的リリシズムは彼をもつて完成の域を作り、彼のすべての抒情作品は、日本詩史の上に於て正に金甍露一杯の美觀を備えることだろう。彼の狷介不羈、それ故に貫く、傲慢不遜の代償として又珍重するのである。

「この一筋の道」という心構えとは全く異るが、そしてその態度は文人の構え、作品もまた趣味、俳諧に見える大きな遊び、悠々たる筆のすさび、寂びた庭先の草花を眺めて茶を啜る隠居のような心境の中に時代の詩流に超然としている詩人に城左門という男がある。つむじが曲つていると言われるとしたら、世間の詩人のつむじの方が曲つているとでも言い兼ねまじい。それほど文學とは遊びであると判断しているような面構え樣に心憎いばかりである。村野四郎に言わせれば、出來た人間であり、何と言われようと自分の道を行く當代稀な詩人のうちの一人である。菩薩に月光注げば佛心澄明の意を歌ひ、秋風萩に到れば自然の中に抱かれる人間の情緒をのべる。古いと言えば現代こんな古調な詩を書く詩人はあるまい。三好と共に明治の情緒の名殘りを傳える者この詩人をおいて他にはあるまい。詩は現在の刹那を歌うもの、一日生きて居ると自覺すれば、それはそれ生命の貴うさ、朝の茶の香夕べの芳醇以つて足れりとする生活振りは彼の作品にそのまま現れている。詩とはこれ醉心、肩を怒らすことも、深刻な眉をひそめることも要らず、春日駘蕩の心境から生れるとでも言うのか、極く自然に哀愁をのべ情感を歌う。それも心からのものでなく、古くは李白から江戸の戯作者、明治の硯友社中の文人の態度を受けつぐものである。彼のメロデイも三好の如く文辞の中から泌み出て流れるが、三好のような鏤刻苦心の跡は覩えず。浮ぶがままの文辞を配置すること、恰かも定石の庭園造り、築山配石の術に似ている。その態度は「遊び」であり「すさび」の揃えである。小説家城昌幸の手なぐさみである。ここに彼の詩があり、彼の文學がある。明治の偉大なディレッタントの一人である木下杢太郎が晩年、彼の詩に感服したのも道理である。彼もまた文人の名殘りとして古典に近い。私の珍重愛撫の念もここにある。

自然流露の詩人と言えば、懐しく偲ばれるのは、藏原伸二郎である。どこでどうして生きているか徘徊の情禁じ得ない戦犯詩人の一人と目され、時流は彼を置き去りにしたが、彼の文人氣質も珍重に値する。彼の趣味は隨筆集を見れば一目して判明するだろう。陶器の造詣に到つては北園克衛と並称されるべきだ。性格詩格共に相反するこの兩詩人が親友關係にあることは、趣味の一致から來ているに違いないが、あの氣むづかしい、厭人主義者のような北園が藏原と親交のある所以は、藏原の人物にもあるのではないだろうか？かく言う私が藏原の人物にぞつこん惚れ込んでいるからである。作り飾らぬ自然兒、無邪氣な氣性、彼を想うとホロリとする位である。戦爭中大政翼賛會が詩人連中に、作曲になる詩を註文したことがある。一同苦心、語調を揃えリズムを調えて提出した中に、作曲を眼中におかず、自分の所懐をのべて、堂々たる詩を自由に書き流した詩人がいた。「曲にのらぬ詩」として常時話題にものぼつたが、その作者が藏原であつた。後日、私は彼に伺い、その見事な態度に讃辞を浴びせると、彼は事もなげに「僕は音痴でね。」と應えた。彼の個性自尊の性格以上に感心したのは、大低の人間がこの場合大言壯語すべき所を、實に無邪氣に、作り飾らず應えた所にある。これが私をして心から彼を敬愛させる因を作つた。わづか六行の言葉が彼の人格を体現し、相手の私を敬服させたのである。

彼に茶器の話を聞いたり、自然を彼の体内からのぞいてみたりする機會を得たいものと時々思うのである。彼のツムジも九州阿蘇神社の神官の血統の流れの中に正しく頭上に坐つている。あの茶色の眼球も懐かしい。

ここで彼の親友北園克衛を思うのが順である。彼を思うと潔癖を思い、彼が極度に嫌うものはこの潔癖に逆らうものだと考える。彼がVOUの森にこもり、又、サンドルの丘に居を構えるのもここにある。彼がコンマーシャリズムを忌み、すべてのヴァンダリズムに背を向けるのも、この潔癖であり、ここに彼のアリストクラシーの根をみつけるのだが、どこか由緒ある武家の末流を想わせるアリストクラシーは彼の性格言動、作品から匂つている。彼はイメージの「美」を活字によつて表現する近代錬金術師だ。畫家である彼が、色彩を文字の機能が作り出す「意味の色彩」をもつて代えたのである彼が詩人と言うより藝術家と言いたいのは、彼が詩を作くのではなく、詩を美術の機能によつて表現するからである。詩は形態にあると言うのは彼の場合、言辭や一行々々の詩の調整にあるばかりでなく、レイアウトや裝幀の整備までを含めて言わなくてはなるまい。だから彼にとつて概念や思想は挾雜物である。彼が珍らしく感情を爆發させて露骨に怒るかどうかしなくては、彼の思想や觀念は見られない。この時世には怒るが、彼のアリストクラシーは節度に引かれて爆発を避け内攻する。荒地に等しい現代は特に灰に等しい。詐欺である彼のイメージは現代を灰と見る。何ものかを培うにはちがいないが、健全に育つかは疑わしい。サンドルとはこんな所から命名されたのではないか？この言葉にはニヒルもほのめき、皮肉も閃いている。インテリジェンスの持つ一つの武器であり、アリストクラシーの弱いが、毅然とした性格が窺われるような氣がする。戰争中、愛國詩を作れと依頼されたが作ろうとしても作れなかつたと言つた正直な態度と告白は、私の彼に對する敬愛を深めた。詩集「風土」一卷が示すノスタルジアは、新しい抒情詩として未だに私の時間から愛讀の時を奪うのである。諦觀枯淡の域、名人の作として、彼の隨筆集と共に現代異數の珍書である。

この北園がかつて八王子の旅亭かどこかで土地の者に、岡崎清一郎が居るのを知らないかと妙な啖呵を切つたと言うがこれは彼が織都足利と誤解したために演ぜられた一場のコミックだ。當の岡崎清一郎は古來、足利文庫で名高い足利の一角に、古衣裳を營みながら詩を作つている。彼を世上「文學の鬼」の言葉を借りて「詩の鬼」と稱しても承認する人はするだろう。彼も又綺譚の如にあるべき人だつたのが詩を作る運命の路をたどることになつたのだろう。一般市井人如く規則や計算に服従出來ぬ人、言葉を逆にすれば　詩より外に仕事の出來ぬ人である。そこで詩の道にのみ一筋の生き方をみつけ、憑かれた如く詩を作る。世間が褒めずとも、くさすとも、ジャーナリズムが彼を迎えずとも、おのれ獨りは鞍馬山の精進修業を怠らぬ所、鬼ならずして何であろう。鬼と言えば、彼の初期に近い詩集「火宅」などに現れた鬼氣は讀者の私を慄然とてさせたものだが、彼の詩の用語はその妖氣を立ち昇らせる香料秘藥である。珍奇、時に怪奇な漢字の綾なすケシの花畑の構成美は不思議な魅力を發し、正に眞似手のない獨壇場である。しかし、彼の作品を注意して見て居れば自ら判然として來るのは、その用語が彼の稚氣によつて扱われ、その稚氣は又無邪氣な童心から發して居ると氣づく人はないだろうか？童心は天才と相通じ、そこに最も個性の強い藝術品が表現される。「風や煙突に枝はなかりけり」は彼の異色ある俳句の中の一つだが、この句を案じて、初めて彼の童心に突きあたるのだ。奇をてらうと見えて然らず、逆說家のヒネクレた句と思うが決してそうではない。童心の詩人即奇才藝術家の眼、誠に宇宙の眞理を觀破して、新奇な發見をしたのには驚く他はない。天地蕭條の風景を繪に表せば、中空に突出した煙突を中心にした晩秋の工場風景を寂びた色彩をもつて表現することしか出來ない。言葉の藝術である詩をもつて初めて、この複雜微妙の風景を寫し得たのは、この詩人をもつてして實現されたことを思うべしである。直觀の妙、詩人の要は手取り早くこの短い詩句をもつて世人に納得させることが出來る。古書に埋もつて蒼白な面に寒月の如き眼を光らせている風貌を想像しただけでも、藝術的妖氣を感じる。私が多年彼を訪問しようとして敢てしないのは、想像の中の岡崎淸一郎を一層珍重するのと　天才孤獨の人に接する用意というより、世俗に塗れた心境の曇りをぬぐつた虛心をもつて面接したい念願があるからである。

奇才と言えば今、西國堺市に安西冬衛がいる。この詩人三十年一日の如く、從來の形態を破つたフオームでないフオームの詩を作つている。彼のツムジも又、尋常ではない。彼は近代詩人の先驅者であつて、最もそれに徹した詩人である。昔から傳統の詩を默殺した所から彼の詩は始まつている。在來の詩形を解体し自らの方法に從つて組み立てた詩が、あの獨特の自由詩である。彼はフオームを解体すると同時に、內容である詩の情緒をも抹殺した。近代人的知性は從來の詩人の持つていた感傷や同情の淚を拂拭した。從來の抒情は彼の手中で化學的變化を生じた。その變化した正体は機智であつた。アイロニーであつた。私は或る評論の中で彼によつて初めて、この現象を「抒情の變態（メタモルフォーゼ）」と名づけた。これは文學史にとつて重大な、見逃すことの出來ぬ意義があり特徴であるのだ。最も近代的な人間は感傷や淚に目を背ける。彼も又、世事現象の哀話を口にせず、哀史を綴るに冷性なペンを走らせる。一人の人間の運命を簡單に、しかと重要な部分を重要な表現によつて冷靜に扱う点、彼のペンは科學者のメスの如く容赦はしない。すべて世界の現象に對してばかりでなく、自身に起つた現象にさえ冷性な態度を持して、自分を作中の中へ押しこくり、その背後から別の安西冬衛　即ち一人の藝術家が觀察し描寫し表現するのである。これが近代人性格の特徴であつて、それを眞先に、しかも徹底して詩に表現したのはこの詩人である。其後數十年、その銳いウイットのメスを握つた手をゆるめず、體操のように、トレーニングのように無雜作に彼の詩篇をつくり、嚴として淚と感傷に濡れ汚れた時代と人間社會を睥睨している。彼の走法を見て、民衆より一般詩人より二廻りも三廻りも先にトラックを快走していることに氣がつく。彼のフオームは彼のツムジの異常の如く異樣である。

ここで私は當然彼の親友であり、「亞」の同人であつた北川冬彥を想ひ起す。彼のツムジは太くて逞しい。それが彼の自信と自負である。銳い近代的感覺で初登場した彼の感覺は精神的な內部感覺に赴かず、神經は外部の肉体に連結した。「三半規管喪失」以後の詩集が次第に肉体と生活に近接し、その神經は現實社會に向けた批判の眼に集中された。そこで鋭い時代批判が剃刀の刄のように閃いた。作品ばかりでなく惡や曲に對する彼の苛責なき批判は　執拗なまでに對象に食い下がり、惡草の莖を挑ひ、根を殺いだ。彼の恐るべき、感嘆すべき態度は　日和見や妥協のない点にある。損得を計算に入れず、攻撃の行動を起す。この一種の潔癖も又珍重すべきだ。彼の自負と自信は、如何なる相手にも兇の內を見すかされぬよう、相手を壓迫するだろう。反撃には反撃を加える彼に優しい態度で近づく賢い理髮師でも、彼のツムジを調整することは出來ないだろう。彼は反逆兒である。革命精神をもつて沈滯した詩の世界に革新運動を起すのも彼である。新散文詩運動、現代敍事詩運動を起した彼の野望と熱情は革命兒ガリバルデイを想い出させる。ガムシヤラな所も似ている容易に屈しない魂まで似ている。

ツムジがこれとちがつて女性的ではあるが、吉野の山中にこもつていた野長瀨正夫も又面白いツムジを持つている。彼は、何と惡く言われようと、おれは終生、甘いと言われる抒情詩を書くと言う。これも徹底した人間である。「文藝汎論賞」を返上した逸話の中にも彼らしい、スネモノ的氣慨が見える。私にとつては、抒情詩は警戒すべき敵であり、自分が落ち込みそうになる、この蓮（ロータス）の實の池に近よることを避けている。近寄つても陶醉しないように戒心の紐をゆるめないようしている。そこへ徹しようというのだから驚くのだ。それに何故、私の反對すべき抒情詩を一生の仕事とすると揚言する彼を、他の同感敬服すべき詩人達の中に入れたかというと彼は彼の言葉通り、抱負の通り、抒情詩に巧みであり　女性詩人すらも追隨を許さぬ名抒情詩人だからで、野長瀨調の抒情詩としてもすでに一家をなしていると信ずるからである。生れつきの抒情詩人であり、柔毛ながら彼のツムジに敬意を表したい。

私の知つている詩人の中には、まだ、この他に幾人か、ツムジの異樣な詩人はいるが、私はそれらを書こうとする前に更に強く惹かれたツムジの持主を若いジエネレーションの中から發見した。シウル・レアリスト小林武雄である。我々よりも若い世代の人らしいハツラツとしたツムジの所有者である。戰爭中、頑として自信をまげなかつたらしい態度には、「火の鳥」に書かれたもので推察できるが、第二卷第一號の「一箇の料理人」はつまらぬ小說を讀むより興味があつた。文中出て來る西脇順三郞が如何に時代を動かそうとした一人であつたが、その指導者らしい立場が、外國文學運動に必ず原動力となる學者の立場に似ていて、改めて彼の大きな力を知るのである。次號の續きが樂しみである。新綠の風に吹かれているような小林武雄のツムジを、新鮮なツムジとしてこれに珍重の眼を注いだわけである。

（一九四九、三、十二）

反駁

北川冬彦

「東京新聞」四月二日に、江口榛一君か書いた長篇敍事詩に對する見解は、一見尤ものようなところはあるが、その見解は淺薄である。私は反駁文をすぐ書いたが、速達にして出そうとカバンに入れ持ち歩いているうちについ出しそびれてしまつた。左はこのとき書いた趣旨に加筆したものである。

長篇敍事詩は實驗時代だ

長篇敍事詩運動は、まだ始められたばかりだが、これにケチを付けるのが内輪の詩人たちであるのは意外である。そんなものは古い、すでに明治時代に實驗濟みだと野田宇太郎は云いふらしているそうだ。野田宇太郎などには、この古い滅びている詩のジャンルの新たなる復活の意義など到底現解されそうもないので問題外だが、永瀬清子の「燼」でのや、江口榛一の「東京新聞」のは、長篇敍事詩そのものは否定してはいないが、長篇敍事詩の行ワケを否定し、長篇敍事詩は、小説の形式で書くべきことを主張している。それもいゝだろう。私とても、現代長篇敍事詩の形式には、「行ワケ」と「散文形」と「シナリオ形」との三つが考え得られるからである永瀬清子の説に對しては別に、反駁するが、江口榛一の説は先ず何よりもその發想が詩人のそれではなくジャナリストのそれであるところに不滿がある。最近、長篇敍事詩が「流行している」と云う、のである。（江口榛一がジャナリスト的發想を現代の詩に對して吐くのも今に限つたことではない。いつか「群像」で詩の消滅説を立てゝいたのもそれである）ジャナリストとしても、これらの見方は淺薄である。詩は消滅なぞしないし、長篇敍事詩はまだ「流行」なぞはしていないやつと始められたばかりだからである。

江口榛一は長篇敍事詩流行の中で「氾濫」だけがひとり成功している。それは當初小説として成功していたからだと云う。だが、果してあれが小説として成功したものだろうか。否、である。あれは、小説ではない。散文形式による敍事詩であつたのである。この散文形式による敍事詩であると、云う自覺が私をして行ワケに改作を敢行せしめたのである。本來在るべき姿への復元がなされたのである。生動するイメージの飛躍、間の設定、テンポ・リズムの演出なぞが考察されての改作である。江口榛一には、まるでこれに就いての理解がない。

私はすでに、十八年前に、「詩人が小説を書くことは敍事詩を書くことだ」（「詩人の行方」）と書いたことがあるが江口榛一も今頃同じことを云つている譯だ。これは叙事詩形式への入口である。誰れでも、こゝから這入るのが普通のようである。しかし、這入つて見ると、もしその人が詩人であるならば、これに對する不滿が湧く筈である。何故なら、詩人とは定型への憧憬者だからである。（念のために云うが定型への憧憬とは、詩の形式上のことばかりではない、内容から云えば社會の定型。つまり理想社會への憧憬の意も含まれているのである）日本現代詩にとつて、行ワケは、不滿ながらも定型の一つなのである。私がシナリオ形式の導入を云うのもシナリオ形式が定型的であるからである。こゝに行ワケの必然的要求があるのである。（江口榛一は行ワケを雨垂れ式とは何だ、フザけるな。）

長篇叙事詩は、最近詩壇においてまだ實驗時代にしか過ぎない。長篇叙事詩はこれからである。大江滿雄は、叙事詩は人間解放の要求に基くものだと云つているが、私は詩人の現實批判精神の强調擴大の要求から主張している。これは、結局はヒューマニズムの精神として同一基盤に立つものであろう。長篇叙事詩はこれからである！これが新たなる文學ジャンルとして確立されるには、五年や十年はかゝるだろう。いや、長篇叙事詩が文學史に殘るような傑作品を殘すにはそれ以上の「時」を要するだろう。長篇叙事詩はまだ始められたばかりだ、一年や二年で傑作が生れないからと云つて否定さるべき性質のものではない。長篇叙事詩の行ワケは、定型への憧憬の所産であつて一命とりの欠陥」などと斷定するのは輕薄なジャーナリスト的發想以外の何ものでもないのである

○

「詩學」四月號の詩壇時評氏は、私が「詩人が小説を書くことは叙事詩を書くことだ」と嘗て氣付いたり、「長篇叙事詩を書くことによつて、小説に拮抗しよう」と考えたりすることは、不用意な言葉である。私のしばしば書く長篇叙事詩論は、あまりに粗雜なテオリイと不用意な言葉に滿ちている」と云つているが、一体、時評氏はいかなる用意をせよと云うのか。由來、文學運動が万全の用意をしてかゝられたためしがあるのか、むしろ偶然に始められたことの方が多い。フランス象徴主義の運動だつてそうだろう。ダダの運動はどうだ。立体派はどうだ。シュウルレアリズムの運動はどうだ。不用意だろうか、何の用意もなく偶然によつて始められている。始められてから、テオリイが次第に形成されて行つているのである。これらの運動からすれば、私の長篇叙事詩論なぞは、用意がある方だと云つてよい。私は、定型への憧憬が詩人の本質であるとして、シナリオ形式の導入による行ワケと云う方法論を示しているのである。「叙事詩は散文の極度に發展した現代では小説とは別個のレエゾンデエトルを持たねば無意味であるし、そのレエゾンデエトルを豫見し得た

としても、それは小説と同等の次元で對立するものではない」と云つているが、私は長篇敍事詩のレエゾンデエトルを一應は示したと思うし、同等の次元で對立するものとは考えない。廿世紀の文學様式の一つとして、古代敍事詩の復活をのぞんでいるのである。「小説と拮抗する」とは、文壇と云う「場」における存在の仕方に就て云つているにしか過ぎないくだけて云えば、長篇敍事詩は小説のように一般に興味深く讀まれる必要のあることを云つたのである。「我らは現在の長篇敍事詩運動にやがてもたらさるべき多くのものを期待してゐるが、何らかのテオリイを提出するまでは、あまり不用意な言辞を吐かぬやう御注意願いたい」と寄せられた御注意は御好意として一應は受けるが、しかし、私は何らかのテオリイは提示した積りであるし、また一つの文學運動が、万全の理論を先走らせて成功したためしはないので、御注意は老婆心として聞くより外はない。文學運動は、運動の中で、作品實踐を踏臺として万全の理論は形成されて行くものである局外者からは不用意と見られるのが發生過程における理論の自然的狀態なのである。地球は初めから今日の固形ではなかつたのである。始めには星雲狀態と云うものがあつたのである。

○

ぼくは明治、大正時代の長篇敍事詩のように、この運動を消滅させたくない。廿世紀にあつて、小説がある意味では崩壊しつゝあると考えてよいとき、復活さるべきは長篇敍事詩だと考えるのである。長篇敍事詩は、全体（アンサンブル）の把握であり、体現であるからだ。分解ではなく綜合だからだ。

○

永瀬清子は、「爐」一月版で、敍事詩は俳句の長さ以上になれば、小説やコント等の形式であればよいと云う。それもわるくはあるまい。（すでに十八年前に私はそれを試みた）永瀬清子は、人麿の長歌、平家物語のようなリズムを再びよみがえらせる力量が現代詩人にあるならばやつて見ればいゝなぞと云つているが、一体、誰が人麿の長歌や、平家物語のリズムを再びよみがえらせようと云つたのだ。そんなことは眞つ平である。音數律定型の韻文リズムなぞわれわれとは最早何の關係もない。それらのリズムに代わるべき新しい現代的リズムをこそ求めているのだ。私はそれをシナリオの形式（これは現行のシナリオの形式の理念の中に）見出しているのである。永瀬清子には、シナリオなぞと云つてもわかりもしないだろうから、無理もないが現代の長篇敍事詩運動にケチをつける資格のないことを自覺しなければならぬ。

「外的リズムよりも內在的音樂を信ずる現代詩人には散文

形でその内在的音楽をひゞかせるほか長篇叙事詩を成功させる手段はない。それはつまり小説形式或ひはコント形式で詩を書くことだ」と江口榛一と同じようなことを云つているがたびたび書くようにそれは長篇叙事詩の初歩的段階で、すでに十八年前にそれを考えた私には今更おかしいのだ。「詩人が小説を書くことは叙事詩を書くことだ」と昭和六年に内在リズムを意識して小説「北方」の作品實踐を行つた私にとつては。

私が小説形式によつた叙事詩を、何故行ワケに書き更めたかについては「氾濫」のあとがきが詳說してあるが、江口、永瀬のような意見が出るとなれば、說き聞かせなければならない。要約すればこうである。詩的發想は、散文形式の中では、窒息していることに氣付いたのである。詩精神の飛躍によるイメージは、行ワケすることによつて息を吹き返えし生々潑溂とすることを発見したのである。永瀬清子は、「長篇叙事詩は、在來の小説を横流しに書いたゞけのものにすぎなくなりやすい。それは、むしろ不要の事である」とも云つているが、詩人が小説を書くことは叙事詩を書くことだと云う意識の下に長篇叙事詩が書かれたならば、それは在來の小説とは異るものであることは自明なのである。そんなことを云うことこそ不要であるのだ。

「その上、彼ら（万葉の長歌、平家物語の作者）も行ワケなぞには書きはしなかつた」なぞと鬼の首でも取つた積りでいるが、万葉の長歌や平家物語が行ワケに書かれていないことに就て、少し立入つて考えないから、そんなことが云えるのである。万葉の長歌や平家物語が、一体書くことを目的として作られたのかどうかを考えて見るがいゝ。書かれるよりも、唱われ、語られたことが先行したに違いないのである。それが書かれてあるのは、むしろ心覺えとして寫され、それが流佈する手段となつたと見てよいであろう。現在の岩波文庫なぞのそれとは、凡そ性質を異にしているのである。寫本として寫される場合、「行ワケ」とか「散文形」なぞの意識なくただ何の考えもなくそれは寫されたのである。そして、散文形に寫されて、叙事詩として通用するのは、それが韻文（音數律）であつたからなのだ。万葉の長歌や平家物語が行ワケでないことは、現代の叙事詩が行ワケにされてはならない何の立証にもならないのだ。このような發言こそ「詩學」時評氏の言う「不用意」と云う言葉にまさに該當するものであろう。（この文章は、「麵麭」以來の詩友である永瀬君に對していさゝかはげしいものとなつたが、永瀬君の文章の調子だつたので止むを得ないのである。「爐」一月のあの文章について、「『氾濫』を讀んでからあの考えを變更しなければならなくなりました」と書きよこし、「『現代詩』二月號の阪本越郎氏の『氾濫』についての文章を認めるものです」とも書きよこしてはいるが、私信で取り消されただけでは、私にとつては納らないので反駁する次第である）

ジュール・シュペルヴィエル研究（1）

高村智

ジュール・シュペルヴイエルは一八八四年、南米ウルグワイの首府モンテヴイデオに生れた。モンテヴイデオと云えばシュペルヴイエルが影響をうけたジュール・ラフォルグ（ラフォルグの影響は〃les tendresses Parisiennes〃或いは〃Poemes de l'humour triste〃に於いて感ぜられる——ルネ・ラルー現代フランス文學史）やロートレアモンの思い出がある。現にモンテヴイデオにはシュペルヴイエルの同族の營むシュペルヴイエル銀行なるものがある。兩親はフランス人でピレネ山中のオロロン・サント・マリの產即ちベアルン人であるが、彼等はシュペルヴイエルが滿一歳にもならないうちに綠靑の中毒で、一週間のうちにこの世を去つてしまつた。そこで彼はフランスで祖父母の手によつて育てられ、パリへ出て敎育を受け、長い間ヨーロッパ諸國のほか、南米のパンパ（Pampa）にも旅行した。彼の綠の原野の香がするのはそれがためである（パンパとクレオロポリスの幻想が、そこに於いてフランスの風景と交錯している——ルネ・ラルー前書）。

彼の著作は、フランス現代詩人の常として極めて多方面にわたり、詩の他、小說、コント、劇（最近フランスで上演されたものもある）、旅行記等を書いている。

Les poemes de l'Humour triste, 1919.
Poemes, 1919.
Deagrcaderes, 1922, Revue de l'Amerique latine.
L'Homme de la pampa, 1923
Gravitations, 1925, N.R.F. edition aefinitive 1932.
Le Voleur d'enfants, 1926, N.R.F.
Le survivaht. 1928. N.R.F.
L'Enfant ae la haute mer, 1931, N.R.F.
La Belle au Bois, 1932, nouvelle edition, 1947, N.P.F

Boire a la source, 1933, Correa.
Les amis inconnus, 1934, N.R.F.
Comme il vous plaira, adapte be Shakespeare,
·1935. N.R.F.
Bolivar, suivi de lapremiere famille, 1936 N.R.F.
L'Arche de Noe, 1938, N.R.F.
La Fable du monaé, 1938, N.R.F.
LaEnfant de la haute mer, 1941, N.R.F.
Les poemes de la France, (1939—1941) Malheuse
Lettres Fransaises, 1941 sur-l Buenos—Aires,
et les Cahiers du Rhoné, Neuchatel, 1942
Le petit Bois, 1942, Quetzal, Mexico.
Choix ae Poemes, 1944, Sud Americana Buenos—aires.
1939—1945, (poemes), 1946, N.R.F.
Orqhee, 1946, Iaes et Calenaes Neuchatel.
Choix ae Pemes, 1947, N R F
A la nuit, 1948, Ed. du Seuil

以上の如く、彼は今なお現存し、今次大戦中はルイ・アラゴン等と共に抗獨運動に加わつて大いに活躍したと傳えられ、ポール・ヴアレリ亡き後のフランス現代詩を背負つて立つべき數人の現代詩人の一人に數えられていることは確實である。

シユペルヴイエルが受けた影響を數えるには、ロートレアモン、ポール・クローデル、アルチユール・ランボー、ワルト・ホイツトマン、ジユール・ロマン、ライナア・マリア・リルケ等の名を舉げなければならないが、私はこの中特にリルケの影響について考察を加えることゝする。

「彼のリルケに對する思慕の如きは、彼を助けて、生と死とを隔てるあの仕切りを能う限り薄いものにし、且つ透明にするあの力のあつたものゝ様に思われる。」(マルセル・レイモン――堀口大學譯)という言葉はシユペルヴイエルの詩を理解するには最も重要な鍵の一つである。シユペルヴイエルが一体リルケのどのような詩を特に愛好したかは知る由もないが、明らかにリルケの詩を讀むと至るところにシユペルヴイエルが感ぜられ、反對にシユペルヴイエルの詩及びコントの中には至るところにリルケが生きているのがわかるのである。そのよき例として、こゝに二人の詩を比較してみよう。

歎き　　リルケ

心臓よ、お前は誰に歎かうとするのか
お前の道は不可解な人間の中を

次第に避けつゝ藻掻いてゐる。
恐らくもう無駄であらう、
お前の道は方向を、
未來への方向を、
失はれて行く方向を持ちつゞけている故に

そのむかし、咲いたか？それは何？
一つの落ちた歡聲の漿果、不熟の漿果！
今しかし私の歡聲の樹は裂ける
私の遲鈍な歡聲の樹は暴風の中に裂ける。
眼に見へぬ私の風景の中で
お前が明かしてくれた天使の中の
最も美しい天使は私の眼に見へない。

（笹澤美明譯）

さて、もしシュペルヴィエルを愛讀するものならば、右のリルケの詩をみてすぐにシュペルヴィエルの次の詩を思い出さずにはいないであろう。

心臟

僕が家主のこの心臟
彼は僕の名さへ知らない
彼は僕について何も知らない
僕の未開な部分以外。
血の高原よ
覗ひ知れぬ厚みよ
君等を殺すことなしに
どうしたら征服できよう
逆しまに源へ向つて流れる
わが夜の川よ
魚族は住まない
熱あつてやさしい川よ？
遠い浜邊の波音よ
君等の周圍をさまよふのみで
僕にはついに近づき得ない。
わが肉体の土地を流れる川よ
君等は僕を沖へ追ひやるが
そのくせ僕は君等なのだ。
僕はまた君等なのだ
わが生命のしぶきなる
荒々しき岸邊よ。

女人の美しき顏よ
空間に圍まれし物体よ
あなたには何うして

お出來になつたか
悠々と歩いて
この僕にも入り得ない
そして一日は一日と聾になり
頑になつて行く
この僕の心臟の島へ
お入りになることが。
自分の家へ入るように
平氣でそこへ入ることが
時刻に應じ　場合に應じ
手を延ばし
書物を把つたり　窓を閉めたり
どうしてお出來になるか。
あなたは往つたり來たり
休んだり
一人の子供以外には
だれも見る人も無いやうに
僕の心臟の中で振舞ふのだ。
肉の穹窿の下にゐて
自らを一人と信ずる僕の心臟が
捕はれのその籠を
逃れようと焦つてゐる。

僕にひと日
言葉なしで彼に
告げ得ないものだらうか
彼の生命の周圍を
僕がとり卷いてゐるのだと！
瞠ひた僕の兩眼から
彼　心臟のところへ
世界の表面を
また　すべて　波を　御空を
人の顏を　瞳を　すべて優れたものを
下ろしてやり得ないだらうか！
さらば　いとせめて
せめて　かぼそき蠟燭に照らし
その暗き影のうちに
背つて慾きもせず
永らへ得るその女の姿を。
見せばやな　せめて！

（堀口大學譯）

右の兩詩人の詩に於いて「私」の歎きは全く同一のものであり、シユペルヴイエルはリルケの詩想を更に徹底的に展開せしめているのである。ポール・ヴアレリは藝術家の受ける影響について、いみじくも次の如く述べている、「一著作乃至は一全製作が、その全部の性質によつてではなく、そのうちの或るひとつの乃至いくつかの性質によつて何びとかに作用を及ぼす時、その時こそ影響はその最も顯著な價値を帶びる。一方の者の一性質が他方の者の全可能力によつて別個に發展せられるということは、極度の獨創性を持つ諸結果を産み出さずに終ることは稀である。」と右に擧げた兩者の詩を比較してみると　シユペルヴイエルは「形象」に憧れたリルケの一面を他の調子でそれを反復し、純化し、擴大し、單純化し、充實して彼の獨特な詩境を創り出していることは確實であろう。シユペルヴイエルは自己の內部にあるどんな微かな捕捉しがたいものに對しても、外界にはそれに一致する「物」が存在することを信じ　更に魂の內部に於ける生起を「物」に變えようと努力するのである。

　あらゆるものが僕を去らうとするその瞬間に捉へなければいけない
　でも　この思念（おもい）はどの手で捉へたらよいのか
　どの手で日を捉へたらよいのか
　生きた兎のやうに首根つこの皮を摑んで
　ぶら下げるにはどの手で捉へたらよいのか？
　睡眠よ　來て　手傳つてくれ
　僕に捉めなかつたものを
　君が代つて捉へてくれ
　僕より大きい手を持つた睡眠よ。

　さて前に記した如く、マルセル・レイモンは「彼のリルケに對する思慕の如きは……」と言つているが、シユペルヴイエルは詩論や評論はあまり書いておらず、エセに於いてもその點に關しては少しも觸れていない關係上、どの程度の思慕を捧げたものであるかは確証することが出來ないのであるが、私はこゝに、思い切つた獨斷――とはいうが前に引用した兩詩人の詩を比較した場合、その間に相當濃厚な血のつながりがあることはどうしても否めないと思う勿論その前例はそのごく一例にすぎない――によつて　彼とリルケの作品の關係に臆測を加えてみよう。

　リルケの諸作品が發表されたのは、一八九五年「家神奉獻」、一八九六年「冠せられた夢」、一八九八年「キリスト降誕節」、同一八九八年小說「人生に沿いて」、一八九九年「プラーグの話」、一九〇〇年「わが祝いに」、一九〇一年「最終の人々」、一九〇二年「形象詩集」、一九〇〇―一九〇四年「神樣の話その他」、一九〇五年「時禱集」一九〇七年「新詩集」、同一九〇七年「旗手クリストフ・

リルケの愛と死の歌」 一九〇九年「マルテ・ラウデイス・ブリッゲの手記」、一九二三年「オルフオイスにおくるソネット及びドウイネー・ゼル・エレギエン」であつて、最後の作品を除くならばシユベルヴイエルが三十五歳にして發表した Les Poemes de lHumour Triste が出た一九一九年より十年前に「マルテ・ラウデイス・ブリッゲの手記」も出ているのであるから、恐らくシユペルヴイエルは青年時代にリルケの諸作品を愛讀する機會を十分にもつことが出來たと思われる。次に、私は紙數の關係上、特に「マルテの手記」がシユペルヴイエルの精神及び作品に與えたと思われる影響についてしばらく論じてみたいのである。

ますシユペルヴイエルの詩には「手」、「心臟」、「部屋」、「家具」を取扱つたものが極めて多く、その獨特な考え方の源泉はリルケから得たものと考えられる。今こゝに「マルテの手記」（望月市惠譯、岩波文庫）の中から、それ等に關係する箇所を若干拾い上げ、それとシユペルヴイエルの作品とを比較してみよう。

第一に「手」に關することとしてリルケは「僕はまだ暫くはこうして書きつゞけ、話していられるだろう。しかしやがて僕の手は僕に親しみがなくなつて、僕が書くように命じても僕の命じない言葉を書くようになる時が來るだろう。」（五十四頁）

と記し、その「手」の幻想は次第に發展をみせてゆく。

「あの不思議な夜のことがあつてから、僕は『手』の話をエーリックに打明けようとして、幾日も彼を附けまわしたことがあつた。しかしエーリックはあの晩に僕と話し合つただけで、再び前のように打解けなくなつて、僕を避けていた。僕を輕蔑してしまつたとも考えられる。僕はそれを感じたから一層彼に『手』の話をせずにいられなかつたのであつた。僕はなぜかエーリックが僕を見直してくれるようにとしきりに願い、僕が『手』の話を實際に經驗したことを分らせることが出來れば、見直してもらえるだろうと考えたのであつた。しかしエーリックは僕と顏を合せることを巧みに避け、とうとう話す機會がなくなつてしまつた。そして僕たちは間もなく出發してしまつた。そんなわけで、幼い遠い頃の『手』の話をするのは不思議にもこれが初めてであるが、それさえつまりは自分に向つて話すにすぎない。」

とリルケは前置きして、次の如き奇怪な經驗を語るのである。

「その晩は一人の騎士の畫を描いていたことに間違いがない。ひどく奇妙な馬衣を纏つた馬に跨つている騎士を一人だけひどく鮮明に畫いたのであつた。極彩色の騎士だつたので何度も色鉛筆を取り替えなければならなかつたが、ことに赤い色が入用になつてその鉛筆を何回も用いた。再びそれが入用になつて手に取ろうとした時、それはランプに照らされた紙の上を机の縁まで斜めに轉がり、——僕はそれがまだ眼に見えるようだ）それを抑えようとした時はすぐそばを轉がり落ち、見えなくなつた。ぜひとも赤い鉛筆が入用だつたので、それを探しに椅子から下りなければならないことは實に腹立しかつた。ぶきつちよな僕は、椅子から下りるのにさまざまな動作を行わなければならなかつた。脚が長すぎるように感じられ、それを軀の下から引き出すことが容易でなかつた。膝を折り曲げて長く坐りつづけていたので脚に感覺がなくなつていた。どこまでが自分の軀で、どこからが椅子であるかも分らなかつた。それでも戸惑いしたような心地でようやく下りることができて椅子の下に壁まで敷きのべられている毛皮の上へ下りた。そこにはまた新しい困難が待ち受けていた。今まで上のランプの明るさに慣れ、白い畫用紙の上の鮮やかな色彩に醉つていた眼は、うす暗い机の下で何も見分けられなかつた壓縮したような暗さに感じられ、そこへ突き當りはしないかと不安になつた。僕は勘を頼りにして、膝を突き、左手で軀を支え、右手で敷物の冷たい長い毛の中を撫でまわした。毛皮の感觸はひどく快かつたが、鉛筆は指に觸れなかつた。僕は時間をひどく空費しているような氣がされ小母様を呼んでランプの光を見せてもらおうと思つたが、その時無意識に大きく見開いていた眼に暗さが少しづつ透明になり始めたことに氣がついた。白い細い椽で限られている向いの壁も見えるようになつた。机の脚の場所も分つて來た。それよりも　指をひろげている自分の手が見えるようになつた。その手はなんとなく水棲動物のようにひつそりと下を泳ぎまわり、毛皮の中を探しまわつていた。今でも覺えているが、僕は自分のその手を殆ど息をひそめて見つめていた。僕の手がそれまで見せたことがないような運動を續けながら下を自由に動きまわつているのを見ているとそれは教えられたことのない運動さえも出來そうに感じられた。僕は手が進んで行くのを眼で追つていた。興味を呼びさまされ、あらゆる場合を豫期していた。しかし、不意に向いの壁から他の手が進んで來たことはどうして豫期できたろう。僕の手よりも大きかつたが、今までに見たことがないほど痩せている手が、向う側から同じように探しに來て、二つの手は指をひろげながら傍目もふらず向い合つて進み寄つた。僕の興味は暫くまだつづいたが、突然それが消えて、恐ろしさだけが殘つた。僕は二つの手の一つが僕の手であつて、それが取り返しのつかないことに關り合つていることを感じた。僕は自分の自由に出來る手を必死に引き止め、毛皮の上へ平らに押えつけながら徐ろに引つこめた。僕は引こめながら向うの手が探しつづけて來るのを眼から放さなかつた。僕は探すことを止めないだろうと知つた。どう椅子へ這い上つたか覺えがない。肘掛椅子に深く坐つて齒をがちがち鳴らしていた。顏から血か引いてしまつて、自分でも白眼に靑い色がなくなつたように感じた。小母樣――、と呼ぼうとしたが聲が出なかつた。しかし彼女は自分からはつとして本を放り出し、僕い椅子の前に膝をつき僕の名前を呼んだ。僕をゆすぶつたようにも覺えている。しかし僕は意識ははつきりしていた。僕は話そうと考えて二度三度唾をのみこんだ。」

（九十七頁―百頁）

この奇怪ではあるが、どうしても信ぜざるを得ないこの幻覺を、リルケは何とかして語りきかせ、信じてもらうことを慾したのであろう。リルケは又次の如く續けている。

「しかしどう話したらよかつたろう。僕は必死に思いめぐらした。しかし分らせるように話すことは困難であつたそういう經驗を話す言葉があるとしても、僕のような幼い者にはその言葉が見つからなかつた。そして幼い者に似つかわしくないそういう言葉を不意に思いつきはしないかという恐怖が心を不意に摑まえた。その言葉を云わなくてはならないことが何よりも怖く思えた。机の下で見た現實を他の形で初めからもう一度經驗して、その現實を自分が受けいれるのを開く勇氣は殘つていなかつた。」（一〇〇頁）

この「手」の經驗によつて、彼が一生ひとりで負いつづけなければならない或るものが彼の生活の中へ入りこんでしまつたと感じたのであろう、リルケの詩の中にもよく「手」が出てくるのである。例えば「形象詩集」に次の如き詩がある。

秋　　リルケ

葉が落ちる。はるかから落ちるやうに、
はるかな空で庭が凋落するやうに。
否む身ぶりで落ちる。
そして夜は、重い地球が
星の群から離れて孤獨のなかへ落ちる。
私たちのすべてが落ちる。この手も落ちる。
そして他の者を見よ、すべての者のうちに
凋落がある。

しかしこの凋落を、限りなく優しく
兩手にとゞめてゐる者がある。

（望月市惠譯）

さて、これ等「手」に關するリルケの幻想はシュペルヴイエルの詩の中に巧みに用いられ、獨特のポエズイとして發展せられているようである。例えば

炎の先端

一生の間
彼は蠟燭の灯で
書を讀むを愛した
彼はよくその炎に手をかざし
自分が生きていること
自分が確に生きていることを確めたものだ。
死んだ時以後
彼は自分のそばに
燃える蠟燭を立てゝゐるが
兩手は隱したまゝだ。

（堀口大學譯）

この詩などは確かにリルケの「手」から暗示されたものと思われるが、次に

手

この乾燥に處して
ひとりでやつて行かねばならないので
かくもひとりぼつちな氣持で
雪の上のあの手は
何をしてゐるのか。
見棄てられた手の
指の動くのが見へる
そのくせあの手も
他の手なみに溫い。
あの手は何を期待してゐるのだろう
今更もう消える事の出來ない
そしてそれを與へた心臟のことも
まるで何も知らずに
この熱情の中にあつて？

（堀口大學譯）

こゝにいたつては、「手」は殆んどシュペルヴイエルのものになつているが、それは更に追求されてゆく。

捉える

捉へる　夕ぐれを　林檎を　塑像を捉へる
影を　壁を　街路の一端を捉へる。

寢てゐる女の　足を　首を捉へる
次いで兩手を開く。夥しい數の鳥が放たれる。
夥しい迷い鳥が街路になり
影になり　壁になり　夕ぐれになり　林檎になり　塑像
になる。

手よ　このいたましい業に
お前はやがて磨りへる筈だ。
やがていつかお前を
ぶつゝり切つて捨てねばなるまい。
（堀口大學譯）

次には、心臓の觀念であるが、リルケは「マルテの手記」に次の如く書いている。

「すると君の中には殆んど廣さがなくなる。その狹い場所に非常に大きなものが入つていられないことが君を安堵させさえするであろう。どんな恐怖も君の中に納らなくてはならないから、狹い場所に合うために小さくならなければならないことが、君の不安を殆んど鎭めてさえくれる。しかし君のまわりの闇はどこまでもひろがつている。まわりの恐ろしさが大きくなるにつれて、君の中でも恐怖がふくれ始める。恐怖は、まだ少し君の自由になる血管、そしていくらか鈍感な器管の粘膜の中では大きくならないが、無數に分れている生命の隅々の分枝へポンプのように吸い上げられ、毛細管の中でふくれ始める。恐怖は毛細管の中で高まり、君よりも高くなつて、君が最後の逃げ場のように逃げこんだ君の呼吸よりも高くなる。あゝ、こんどは何處へ逃げよう、何處へ隱れよう。烈しく動悸する心臓は、君を君の中から押し出し、君を追いまわし、君は殆んどもう君の中から出てしまい、戻ることが出來ない。君は踏みつぶされた甲虫から臓腑が飛び出すように君の中から飛び出し　君の表面の少しばかりの固さと彈力は役に立たない。」（七六頁―七七頁）

リルケの肉体、心臓及血液に對する考え方は右の如くであつて、それを詩の中にも多數うたいこんでおり、現に、一九二六年にN・R・Fから出た Verger suivi les Quatrains Valaisans の中にまで數篇それ等を扱つた詩を書いているのであるから、リルケにとつては極めて重要なるものとして、一生の間彼につきまとつた問題なのであろう

果せるかなシュペルヴイエルも同じ問題をさかんに詩にしており、更に一段と見事に結晶させている。本論の最初にあげた「心臓」はその代表的なものであるが、こゝに一

二他の例を示してみよう。

君の心臓

君の心臓の中の
あの足音が聴へるか？
いや、それは女の
泣聲かも知れない？
出口のない肉体の中で
わずかに彼女は身じろぐのだ
不幸な自分の牢獄を
驚かせまいとして。

（堀口大學譯）

それから、〃prieve a Iinconnu〃の中に次の如き句が見られる。

君は、我々と同じやうに
いつも見張つてゐる心臓を持つてゐるのか

（堀口大學譯）

以上によつてみても、シユペルヴイエルの詩の取材の方法及び對象は　リルケと全く同一であり、しかもこれを偶然の一致と見做すことは到底不可能であるまいか。更に「部屋及び家具」の觀念についてリルケは、

「殊に犬どもは何ものかゞ臭うその部屋へ入つて、ひどく昂奮しているらしかつた。ほつそりして長身のロシア犬のグレーハウンドは、安樂椅子の後を眼まぐるしく走りまわり、軀を揺り動かしながら踊るように大股なステップで部屋を横切り、紋章の犬のように後脚で立ち、細い前肢をプラチナ色の窓の下枠へかけ、尖つた鼻面を緊張させ、額を後へ引き、中庭の左や右を見下していた。革手袋のように黄色い小さなテリアは、何も變つたことがないように悠然とした顏をして、窓際の絹張りの廣々とした椅子に坐つていた。毛が赤味がかつていて、氣難しそうな顏をしたポインターは、金色の脚がついている卓の角へ背中をこすりつけていた。繪が描かれているその卓板の上にのつているセーヴル製の茶碗が、細かく震えていた。

今日までうつらうつらと眠つていた調度にとつて恐ろしい一刻であつた。慣れぬ手で慌しく開かれた本から薔薇の葉が落ち、踏み躙られもした。壊れやすい小さな美術品が手に取られ、すぐに壊され、急いで元の場所に返された。うつかり曲げられた品物がいくつもカーテンの後へ隠されまたはマントル・ピースの金色に塗つた金網の後へ投げこまれた。時々何かが落ちる音がした。軟物の上へ落ちたも

のは鈍い音で落ち、固い床板の上へ落ちたものは明るい音をたてた。こゝかしこで砕けるものもあつて、烈しい音で砕け、または殆んど音もなく毀れた。荒い風にも當てられなかつた品々は、落ちたらそれつきりであつた。なぜこういうことになつたか、なぜいつも立入りを固く禁ぜられている部屋がこうして荒されるようになつたかを聞きたい者があつたら――それは死のせいであつたと答える他はない。（マルテの手記、一〇頁―一一頁）

と思い出を書いており、室内の調度品にまで生命を與えようとさえするのである。又同書一九三頁には次の如き箇所がある。

「隣室へ入つてみたい氣持に不意になるが、これは彼とは全く關係がない氣持からである。僕の入口から彼の入口までは一跨ぎであるし、彼のドアには鍵がかけられていない。その部屋がどんな部屋であるかを見るのは興味があろう。どんな部屋でも容易に想像できるものでもあるし、おゝよそは想像も當るものであるが、隣人の部屋だけは想像するとは全く違うのが常である。

醫學生の部屋を見たいのもそんな事情のためであると僕は考えようとする。しかし僕は隣室に入るとブリキ製の品物がすぐに眼に入るだろうと豫期しているためであることをよく承知している。ブリキ製の蓋に違いないと僕は決めてしまつたのである。そうでないかも知れないことは無論である。それならばそれでも關わない。とにかくブリキ製の蓋のせいにすることが僕の氣持にぴつたりするだけである。醫學生はそれを田舎に持つてゆかなかつたに違いない多分、蓋は拾い上げられ元のとおりに罐へ被せられたと思われる。そして蓋と罐とは、罐という――嚴密にいうと、円い罐という單純な周知の概念をつくつているに違いないそして罐を構成する二つの部分がマントル・ピースの上に載つている樣子を想像できそうである。

――中略――

さて、その罐の蓋のことが僕の頭から離れなくなつたのである。

罐の蓋は、罐がまともな罐であつて、その縁の曲りようが蓋の縁の曲りように一致していたら、その罐の上に被さつている他に慾望を持たないに違いない。これは誰も反對があるまい。蓋にとつてはそれは無上の幸福で、それにまさる喜びはないであろう。百の願いがそれによつて充たされたことにもなろう。罐の小さな円い縁の上へ氣長に優しく嵌めこまれ、重みをそれへ平均に託しているのは、純粋ともいえる境地であるに違いない。そして蓋は罐の縁が自分の中へしなやかに入りこんでいるのを感じている――ちようど自分がひとりで立つている時に自分の縁を感じる鋭さと同じくらいの鋭さで入りこんでいるのを。あゝ、しかしこの幸福が分る蓋はなんと少いことだろう。人間との交りが物の世界へどういう混亂を及ぼしたかが、何よりも罐の蓋の例で明瞭である。」

　とリルケは云う。そして人間を假にも罐の蓋などに譬えることが赦されるならば

「人間は各自の仕事の上にひどく坐り心地が悪そうに不平顔で坐つている。これは慌てすぎて彼に向いている仕事にめぐり合わなかつたか、曲つているまゝで突慳貪に被せられたか、合うべき二つの縁が思い思いの形に歪んでいるからである。歯に衣を着せずに云つてしまうと、人間は機械さえあれば仕事から跳び下りて、轉げ、ガラガラ鳴ろうとのみ考えている。そうでなかつたら、あのうさ晴らしと稱せられていることや、それに伴う喧騒はなにによるのであろうか。」（一九五頁）

　と述べ、いよいよ「物」に對する結論に及んでいる、即ち、

「物はそういう人間の世界を何世紀の間も見ていたのだ物が墮落し、與えられた靜かな用途を喜ばなくなり、まわりの人間どもを見倣つて生活を享樂しようとしても怪むに足らない。物はその用途から逃げようと企らみ、ぶりぶりし、投げやりになり、人間も物が羽目を外しているのを發見しても少しも驚かない。人間は自分にもよく覺えがあるからである。人間は強者で、鬱晴らしを求める權利が余計にあると信じ、眞似をされるように感じて機嫌を惡くはするが、自分が脱線するように物が脱線するのを咎めはしない。しかしこゝに心を弛めたことのない者、例えば孤獨な人間があつて、晝となく夜となく眞實の生活の上にどつしりと腰を落着けていようとすると、墮落した物たちの抗議嘲罵、憎悪を挑発せずにはいない。そういう物たちは心に疚しいところがあるので、誰かが眞實の路を進み、與えられた仕事に精進するのを默つて見ていられないのである。彼等は孤獨者を妨げ脅かし惑わす爲に徒黨を組み、それが成功することを承知しているのだ。彼等は胸を交わし、誘惑に取りかゝる。誘惑は際限なく強められ、一人の孤獨者に對してすべての被造物を、そしてついには神をさえ向わせるのである——誘惑に打ち克つに違いない聖者に對して。」（一九六頁）

　以上の「部屋」、「物」の捉え方は、シュペルヴイエルに對して、前述の「手」や「心臓」以上に重大なる影響を與えているもののようである。例えば

ド　ア

人生に必ず附きものゝドアの話、

このドアは内側からしまる　無理に押さなければ開かない。
一氣に君はおし開けるつもりか？
家具のないこの部屋の中から
君に聲がきこえて來る、
「――こゝには誰も住んではゐません、
それはあなたも御承知の筈です。
どうぞそのドアをお閉め下さい
そうしてあらゆるものに
恰もあなたが存在しないものゝように振舞はせましょう
あなたがごらんになつてゐる間は
何事も起らない筈です
空氣と沈默に、彼等の
手無しの仕事をさせて置きましょう、
あなたのお席は
他所(よそ)にお尋ね下さい。
こゝには人間らしいものは何一つないのです、
こうしてあなたにものを言つてゐる聲も
あなたの耳にだけの聲です、
ですからドアを閉めると一緒に
この聲も消えます。」

（堀口大學譯）

この「部屋」の幻想は、どう考えてみても上述のリルケから暗示を受けたもののように思われるが、次に「物」に關してもシュペルヴイエルは魅惑的な詩を書いている、

すると物体が

すると物体が微笑し出すのであつた
姿見附きの洋簞笥はさも心得てゐるらしかつた
安樂椅子は　人間の四季も　自分の一季も
みんな解つてゐるらしい様子をした
（霜も酷暑も知らない癖に）
龍(たつ)の口は騒々しいその顎ひげの中で笑つてゐた
少しでも人が油斷をすると
紙屑籠は早速手紙のきれはしを讀み出した
そして私までが　他の物体にまじつて、
考える物体のやうな氣がするのであつた、
（以前はまだこれでも人間だつたことを忘れて。）

（堀口大學譯）

これ等の例は、ごく一例にすぎないのであつて、Les amis inconnus の中だけでも、L'aude dans la cham bre、やMa Chambreと題して九篇の部屋及び物体に關する詩がまとめられていることからしても、シュペルヴイエルにとつては缺くことの出來ない對象であつて、しかもそれ等は何れもリルケの影響なしには考えられないのである。

さて最後に、リルケの「マルテの手記」に次の如き一節がある。

「ところがマルテ、その日の午後にね、ほんとうにもう來られなくなつたインゲボルクがその日は來たのよ。お母さんたちがいけなかつたのかも知れないわ。きつとお母さんたちがあの娘を呼んだんだわ。なぜならね、今でも憶えているけれども、お母さんはテーブルに坐つて、いつの間にかしきりと思い出そうとしていたのよ　どこが一体いつもと違つているのだろうかつてね。お母さんにはどこがいつもと違つているかゞ不意に分らなくなつてしまつたのよそれをすつかり忘れてしまつていたのね。眼を上げて見ると、みんなも一齊にお家の方を見ているの。それもね、いつもと違う改まつた樣子で見ているのではないのよ、いつもと少しも違わない落着いた樣子で見ているの。それでお母さんは思わず『一体何をしているんだろう、あの娘は――』と言おうとしたの。するとその時もう犬のカヴアリエがね、いつものように椅子の下から飛び出て、インゲボルクを迎えに飛んで行つたの。お母さんはそれを見たのよ、マルテ、この眼で見たんだよ。あの娘は來なかつたんだけれども、カヴアリエはあの娘を迎えに飛んで行つたのよ。カヴアリエにはインゲボルクが來るのが見えたんだよ。お母さんたちは犬があの娘を迎えに行くのだということをさとつたの。犬はお母さんたちの方を二度振り返つて見たの訊ねるようにね。そしてあの娘のそばへまつしぐらに驅けて行つたの、いつものようによ、マルテ、あの娘が生きていた時と少しも變らないようによ、そしてあの娘のそばへ行つたと見えて、ぐるぐる跳ねまわり始めたのよ、マルテ見えない何かのまわりをね。そしてあの娘を舐めようとしてあの娘に向つて跳び上るのよ、眞直ぐに跳び上るのよ。お母さんたちは犬が嬉しそうに鼻をくんくん鳴らすのを聞いたわ。犬がそのように何回もつゞけさまに跳び上るのを見ていると、あの娘がほんとにそこに立つていて、犬の跳び上る蔭になつて見えないように思えそうだつたわ。ところがカヴアリエは急に一聲吠えて、空中に跳び上つていた軀を急に翻えして、妙にぎこちない恰好で地面へ落ちて、とても妙なへしやんこな恰好で地面へ延びてしまつて、動かなくなつたの。そして、いつもインゲボルクが出て來る側と反對の側から召使が手紙を持つてお家から出て來たの召使は暫くためらつていたわ。みんなに顏を向けられて歩いて來るのはらくでないらしかつたのよ。それにね、お前のお父さんが召使に向つて、來るのを止めるようにと手を振つてお見せになつたの。お父さんはマルテ、動物をお好きでなかつたの、そのお父さんがね、ゆつくりと――お母さんにはそう思えたの――犬のそばへ近よつて、その上へ屈まれたのよ。そして召使に何か仰しやつたの、何か短い言葉を一言ね。召使が驅けよつて、カヴアリエを抱き上げようとしたのが見えたわ。でもお父さんは御自分で犬を抱き上げなすつて、どこへ行つたらよいかゞよく分つていらつしやるようにお家へ入つて行かれたの。」（九四―九五頁）

このような一種病的な幻覺は、シユペルヴイエルに於いてもそれ程病的ではないが各所に見られ、それは何れもリルケによつて觸發せられたものゝように思われる例えばシユペルヴイエルに次の如き詩がある。

森の奥

晝も小暗い森の奥の
大木を伐り倒す
横たはる幹の傍
垂直な空虚が
円柱の形に殘り
わなゝいて立つ。
聳え立つこの思ひ出の高いあたり
探せ　小鳥等よ　探せ
そのわなゝきの止まぬ間に
かつて君等の巣であつた場所を。

（堀口大學譯）

これに類する詩も、シユペルヴイエルには極めて多いのであつて、殊に Les amis inconnus の中に於いては、この種の手法が用いられていない作品はないのである。

ところで今さきに引いたリルケの感覺からすれば「一人の女がとどまろうと去ろうと、また眩暈がする者、氣の狂う者があつても、死んだ者が生きていて、生きている者が屍であつても、それで何であつたろう。それはどれほどの意味があつたろう。それは驚く程のことではなかつた」（マルテの手記、八五頁）のは當然である。リルケはまた續ける。

「彼の姿が見えないという噂は、冬の長い夜に何處までもひろがつて行つた。ひろまる先々で彼が生きているに違いないという考えが不意に迷信のように強く人心を捉えたその夜のようにシャルル公の姿が誰の想像の中にも生々と感じられたことはないに違いなかつた。どの家でも眠らずに彼を待ち、入口をノックする音に誰も耳をすましていた彼が來ないと、彼が既に通りすぎてしまつたのだと考えた。」（同、二〇六頁）

こゝまで來て、私は次のシュペルヴイエルの詩を示さずにはいられないのである。讀者はこれを讀んでリルケとシュペルヴイエルの作品の關係をどう想像されるであろうか

ロオトレアモンに與う

君が出て來るかと思つて　僕は到るところの土を堀つてみた
後に君が隠れてゐないかと思つて僕は家でも林でも押しのけてみた。
君が來たら一緒に飮まうと思つて　なみなみと注いだ二つの杯を前に置いて
窓も戸口も開けはらつて一晩じゆう君を待つことも僕には出來た。
それだのに君は來なかつた
ロオトレアモンよ。

僕の周圍では牝牛達が　絶望を前にして飢死していた
世にも草の多い牧場（まきば）に頑固に背を向けて。
仔羊達は草を食はうとしないで母の懐へ戻るのだが　おかげで親達は死んで行つた、
犬達は見かへりがちに米洲に別れを告げた
彼等には去る前に言ひ度い事があつたのだ。
あの大陸にひとり殘されて
僕は邂逅（めぐりあい）の割合にやさしい眠りの中に君が尋ねた。
街角に立つて待つてゐると　やがて相手は向うからやつて來るものだ。
それだのに君は今度も來なかつた
ロオトレアモンよ
僕のとざした眼の中へ。

或る日僕は　フエルナンド・ノロニャ島附近の大西洋上に君と行き會つた
君はその時波の形をしてゐた　但し只の波ではなく　より眞實な　より眞面目な波だつた
君はウルグワイへ向つて昨日も今日も急いでいた。
他の波達は君の不幸に悠々敬意を表するため　わざと君から遠ざかつた、

たつた十二秒間の生命を獻げて惜まない彼等だつた、
けれども君は同じく自分も消えると見せかけた
他の波達が君も一しよに死んでくれたものと思つて安心
するやうに。
他の者が橋の下に宿るやうに君は住居として海を擇ぶ男
だつた
それだのに僕は女とコック場の匂ひのする船の上にいて
黑眼鏡の後に眼を隱してゐた。
タンゴにくすぐられて激怒してゐる帆柱に音樂は昇つて
行つた
君は千八百七十年以來死んでしまつてゐて精液も出なく
なり
それでも平氣だと人に思わせるために波にまで身をやつ
してゐる事を思ふと
僕は恥づかしかつた　生きた人間の血の流れてゐる自分
の心臟が、
僕が死ぬその日　君が僕の所へやつて來るのが見へる
今度は君も人間の顏をしてゐる。
君は悠々と跣足で天の小山を歩きまはるのだ、
ところが相當の高さまで昇りつめると君は小山の一つを
僕の顏に向つて蹴とばすのだ
ロオトレアモンよ。

（堀口大學譯）

リルケは又いう、
「僕は美しく感じ始めた今の人生を少しもまだ知つていない。その僕が今の人生と違う世界でどうしよう？僕は好ましく感じ始めたこの人生の相から離れたくはない。どうしても何かゞ變らなくてならないならば、せめて犬になつても今のまゝの人生にとゞまつていたい。犬だつたら今の人生と似ている世界に住めて、今の人生の事物がそつくり殘るだろう」（マルテの手記、五三頁）
と。シユペルヴイエルは早速その願いを散文詩的コント「また見る妻」の中で見事に果している。天國に行つた小學校教員ポール・シユマンは空から望遠鏡で地上にいる妻をみつけ、彼女はやはり自分を愛していたのだと知り、犬の姿になつて再び彼女のもとに歸ることを許される。彼女は喜んで犬を迎え、買いつけの肉屋の主人が彼女の部屋へ侵入するまではその動物を可愛がつた。人々は犬を打殺しシユマンは元の姿になつて天國に歸るという筋である。

リルケと同じく、シユペルヴイエルは、不思議なことについて世間の人々と違う考えを持つているのであつた。ありふれた平凡な内容で終始する話こそ最も不思議な話であると考えていた。故にシユペルヴイエルの作品に於いて、精神が肉体から抜け出すようなことがあつても、自分自身のためにとり行うきらびやかなこの夜の祝祭を樂しむために、讀者である我々は日常生活を捨てることを必要としないのである。以上論じて來た諸点よりして、もしリルケがこの世に出でなかつたならば、魅力ある今日のシユペルヴイエルはおそらく生れ得なかつたであろうと思われる。（續）

アラゴン斷章
——今次大戰中に於ける彼の態度——

鶴岡冬一

アラゴンは、今次大戰を通じて、地獄の劫火さながらの殘虐を極めたファッシズムに終始抵抗を續け、今尙お、世界の反動勢力に抗し續けている偉大なフランス詩人である
　然かも彼の燃える抵抗の信念は彼の靑年時代から旣に民衆の詩人、民衆の英雄として、一貫して今日に到る事を思い、その事を、今日の日本の現狀と連關させて考え合わせる時、如何に多くを彼から學ばねばならぬかを痛感させられるのである。

☆

一九二〇年と云えば、アラゴンは丁度二十三才の靑年詩人だつた。その當時、彼はアメリカの一批評家をパリーの大學通りのホテルに訪ねた。セーヌ河の左岸を遙か北方に見降ろすバルコニーに背をもたせながら語る彼の面持は、美しく引き緊つて、然かも稍々日蔭で見るその顏は、暗い焰のようだつた。

　彼はその時一兵卒として抗獨戰線に立つていたのだつた
「戰爭が終つて多少は氣も晴れたでしょうね」という質問に、

「そうでしょうか、まあ塹壕の中に居るよりは多少はましかも知れませんが」

と答えた時の彼の表情は、實に傷々しいものがあつたと云われる。

　當時の若い靑年達は、アンドレ・ジイドの明徹な散文に何物かを求めようとしていたと同じく、アラゴンも亦、「法王廳の拔穴」のラフカディオの「無償の行爲」「動機なき犯罪」を特に好んでいたようである。

☆

その氣質から云つて、アラゴンはアナーキストであり革命的ロマンチストであつた。彼は、ダダイズムの爆發的な精神から次第に超現實主義文學え近ずいて行つたが、他の同系の作家詩人達のようにダダイズムの破壊と、超現實主義の抽象に滿足出來なかつたのは何故であろうか。そこには多くの異論が有るだろうけれども、アラゴンの血の中には、何よりも先ずフランス文化の傳統が潛んでいた事を知らなければならない。

ブルジョア・ヨーロッパえの反抗ファッシズム文化えの反抗、暴虐な戰爭えの抵抗を身を以て戰い、之を詩や散文に表現する時にこそ、傳統文化えの嚴しい反省があつたのである。

フランスの傳統文化こそは、彼の燃える情熱と激烈な意志の表情に、美しい均衡と冷靜な叡知とを具えさせたと云うべきであろう。

☆

「過去えの叛逆」というパラドックスは重要である。特に言語を生命とする詩人にとつて。それは亦正しい意味での傳統えの復歸と、傳統の創造とを意味する。

――レオン・ドーデの息子は、當時の「裝おえる平和」に絶望して自動車の中で自殺を遂げた。反動主義者レオンドーデは、シャルル・モラスと「ラクション・フランセーズ」を編輯していたのである。

パリーに群集していた文學青年、醫學生達は、夫々その激越な天才的氣質と意志とを以て、ルーヴルと佛蘭西語とに死を賭けて抗議していたのだつた。その中でアラゴンも亦、彼らに劣らず烈しく自己を鍛え、民衆の詩人としての革命的美學を創造しつゝあつたのである。

☆

一九二三年は、「自我禮讃」の作者、モーリス・バレスの死んだ年である。アラゴンはバレスをその政治的立場からではなく、文學者としての彼を尊敬していたと云われる

バレスの云う「自我」は浪漫的アナーキストにとつて受容し得る如くに一應考えられるけれども、アラゴンは遂に彼とは完く相反した方向にあつたのである、即ちその觀覺は、より組織的思想に貫かれていたため、當時のジイド、ブルトン、スーポー等と一時は行動を共にしながらも、尚お彼らとは完く異なつた積極的社會意識えと發展して行つたのだつた。

☆

第二次世界大戰の前年、當時のインチキ民主主義者達が

スペイン共和國を極度に憎惡していたファッシスト達を擁護したその僞善的態度を、如何に彼は考えていたであろうか。戰爭は既にスペインに火蓋を切つていたのである。

この「ノアの洪水」を前にして、ロマン・ローランは、ヴェズレーに隱棲して、その靜寂のひと時をピアノに向いベートーヴェンのバガテールを彈いていた。ジイド、ジャック・マリタン等も亦パリーに住んでいた。來るべき嵐を前に彼らの面持には嚴肅神聖なものがあつた。

一方、アラゴンは、その危機を前に何をしていたのだろうか、

彼は、ジャン・リシャール・ブロック（彼はパリー警察の庇護の下にゲシュタポから免れていた）と共に、夕刊新聞「ス・ソワール」を編輯していた。燃えるような彼の信念は歳月と共に益々堅牢なものとなりつゝあつた。

彼の抒情は今や世界性を帶び來たりつゝあつたのである

★

一九三五年は「文化擁護國際作家大會」が開かれた年であつた。

例の反革命的スタビスキー事件やパリーの中產階級の腐敗に憤激やる方なかつたアラゴンは、

「今回の會議こそは反擊戰術の役割を果たすものである今や民主勢力が時を得て、動員されたならば、敵の退くや火を見るよりも明らかである」と語つたと云われる。

その作家會議には有望な作家達が會合していた。殊に有望なのはコミュニスト作家達であつた。

今や刻一刻と戰爭は近ずきつゝあつたのである。然かも彼は悠々迫らざる落着きを見せていた。

彼の思想は完全に「祖國愛」に結びつき、暴虐なファッシストに對する堅固な戰が用意されていたのだ！

ゲシュタポに蹂躪されながらも尙お「佛國作家委員」としてのアラゴンは既に、決定的時機の存在となつていたのである。

一九三九年には彼は、果敢な一兵卒として前線に參加していたのだ。

然し乍ら、既に敵占領下のフランス、敵占領下のヨーロッパにあつたと云うことは、この詩人の言葉と行動とに、悲劇的嚴肅さを感じさせるものがあつたと云う。

★

アラゴンは事實の的確なる報導者だつた。さながら精密科學者のように。

彼の用いる資料は遙かに科學の領域を越えている。

正にこの事が彼を詩人たらしめているのである。

宗教を蔑視する共産党員アラゴンの求めて已まぬ眞實の自由こそは宗教的だつたと云い得よう。

彼の仕事は、倫理の完璧性を土臺としている。

その詩に於いて、更に愛の生活に於いて。

彼の美學は純一無垢の倫理に外ならない　シャルル・ペギーはかゝる完璧性を神秘的と呼んでいる。

アラゴンこそは世界に誇る秀れた革命的詩人として今世紀中葉に花咲いているのである。


（一九四九、四、一九）

詩集刊行の會設置

趣旨

新しく制定せられた憲法は瞭かに言論の自由を謳つているけれども、昨今の激越な資本攻勢と官僚的統制のなかにあつては、印刷代の高騰、用紙の入手難、配本機構の不備その他さまざまの障害のため、既に空文に等しくなつている。わが日本詩壇界隈に於て中世紀風なガリバン作業が營々と續けられているのを見るまでもなく、二十世紀の文明はその恩惠を必ずしもわれらに等分しないのだ。この秋にあたり、わが社では詩集刊行の會を設け詩人の相互扶助によつて隘路を打破しようとするものである。

要領

1、詩と詩人選集（假名）は全五十卷の予定毎月一册乃至二册の刊行をもつて約三ヶ年で終了いたします
2、會費は月三百円とし、各詩集三部宛配本します、即ち各卷二部の販賣の義務があるわけで、實費負擔は皆無になります。
3、但し、自著刊行は二十册以上販賣の責任があります。
4、納本用その他の三十册は小社で負擔致します。
5、會員は定員五十名限りとします。
6、詩集刊行は大体申込順に行い、原稿は著者自選又は希望により淺井十三郎氏の嚴選によりまとめます。
7、詩集は一人一卷のたてまえですが、希望によつては二人乃至三人のグループにより編集します、但しその場合頁數を倍加します。
8、詩集体裁はB六版約五十頁ボール表紙美装であります
9、一回の發行部數は原則として三百部限定としますが、著者の希望により增頁增部數を行うことがあります。但し、この場合販賣責任部數の增減により案配します
10、入會希望者は即刻ハガキで申込んで下さい

新潟縣並柳局區内詩と詩人社氣付詩集刊行の會

第1回配本は八月から

世紀の星座

この夜、またしても呪はしい自責が胸を噛む。
――敵のために歌ふことを拒みつゞけることが、味方のために歌ふことにはなりはせぬ。自分しか讀む者もない眞實を書きつゞる節操が眼の前に迫つた悲劇的破局をせきとめる、何の力になるだらう！
――一九四四年の日記より。

河邨文一郎

I

薔薇(いばら)のやうに蒼白い
偵察機がとぶ。

二條のサーチライトががつきと組む
光の十字架にとらへられ、
ゴルゴダの丘を繞る、あの群集の眼のやうな、
くらい熱狂にギラギラする
無數の星のみまもるなかを。

偵察機はなほもとぶ、
高射砲のとどろきの
死のいましめから拔け出さうと
身をゆすぶり。

しかも、おしころしたその爆音は
暗欝な讃美歌のやうにおしひろがる、
ゐもりのやうに蹲まるこの沈黙の都市にまで。

おゝ、とぶ。とぶ。
十字架を擔ふ殉教者の姿をくつきりと大空にゑがき出して、
とぶ。

――あれは敵ではない。
僕らの見せしめだ。
あそこに架けられてゐるのは僕らの姿そのものなのだ。蒼ざめた幾億といふ民衆だ。

ビルヂングの谷間にいきをのんで、
おのゝきながら僕らはみつめる、

地平を脅やかす、家並の奇怪な影絵のうしろから、次から次へおし立てられ
犠牲（いけにえ）をもとめて猛り狂ふ
無数の飢えた十字架を。

II

郊外の森かげの闇にひそんで
沈黙してゐる探照燈。
白刃のやうな光芒は収められ、
哨兵たちも草木とともに
眠におち。

いまは、その分厚なレンズだけが
チクロオロプスの一つ目のやうに
ぎろりと天にみひらかれ。

……梢を鳴らして黒衣の夜風が過ぎゆく。

遠い地響が傳はつてくる。

なにかにせき立てられ、のぞきこんで僕はくらくらする、
梢も、星も、大空ぐるみ呑みこんだ探照燈の内部の
おそろしいふかさに。

みよ、
サーチライト鏡（ミラー）のおもてに歪んだ天に、

すべての星の結びつきはばらばらに解きほぐされ。
いかなる親和力に引かれてか、組みかへられて
新しい不吉な星座をつくる。

おゝ、妖しい光を放ちつゝ
かれらは眼くばせしあふ

世紀の流血のはて
社會の絶滅を豫言して。

III

終日の仕事に重たい僕の肩に
のしかゝる鉛の闇。
寢しづまつた深夜の街を
ただひとり僕はたどる。

天をうづめる雲がおし重なり、
圍みをやぶつて稲妻の道をてらし出し、
遠雷は遠雷の背を脅やかし。

しかもそれらの背後から
眼に見えぬあの星座のひとみはらんらんと
執念（しふね）く僕に追ひせまる。

屈服を拒否しゝける防砦（バリケード）、僕の背中は
きりきりと穿たれるやうな痛みを感じる。
なんといふ憎惡、
なんといふ反撥をそゝるかゞやきなのだ。

あゝ、けふまでいくど踏みとゞまらうとしたことか、
あの冷酷な眼光に面（おもて）を向けて立ちむかひ
そしてなんと脆くみじめに射すくめられ、打ち倒されたこと
だらう。

いまはふりかへる氣力もなく、
尻尾をだらりと垂れた負け犬のやうに
ひたすらに敗亡の道をいそぐ。
——家のたてこみゆく方へ道をえらび、
より狹い露地へとまがり。

さらに昏い獄舎をえらぶために破獄を繰返す、おろかな囚人
さながらなおのれを

くどくどと僕はのゝしり、
口汚なく天に毒づく

しかし、きけ！　いま踵の下で鋪道がかへす
うつろなこだま。
いつしか疲れきつた兵隊の靴音となつて
戰爭を呪ひつゝ、とぼとぼと。

僕は立ちどまる、――靴音ははたとやむ。死のしづけさ。

ぞつとして僕はまた歩き出す。――靴音はまたひゞく。立ち
　どまる。はたとやむ。
追つてくる足音に耳を蔽つて小歩りに、最後の露地へのがれ
入る。と――

とつぜん、陰慘に四方の壁にこだまして
突撃の無數の靴音がいりみだれ、僕のからだをおし包む、
そして目の前の戸口に、戰病死した友の
影法師がゆらりと立ちはだかる。

わなわなと恥にふるへる全身よ。
僕は唇をかみしめて、
遂にくるりとふりかへる。

ふり仰ぐ天は

二つに割れた！

密雲の龜裂に現れた
血痕のやうに点々と赤い
妖しい星座。
突如、噴き出すサーチライトに
さつと崩れた。

みるみる擴がつてゆく大空は、
地上の火災に炎々と染まり、
砲聲も爆音もかき消す市民の叫喚にひゞきとよもして。

おゝ、こやみなく飛來する不吉な星座よ。
天の頂きに至れば次々に砕けて
惡鬼のやうにみだれ舞ふ。

見よ、見よ、
唇のいろもなく逃げまどふ僕らの頭上をめがけ、
火刑（ひあぶり）に處せられた星もろとも、めりめりと
織り重なつて倒れかゝる
死の十字架。

（一九四五年三月作）

散文詩

谷間二題

安彦敦雄

I

空は陰氣に曇つていた。低く垂れ下つて來た氣壓が、軌道保修に懸命な僕等の氣を重くした。線路は暗い谷間を急カーヴして、その先は見えなかつた。あの廢墟と化した巨大な工場の、おびただしい鐵骨の殘骸で埋め盡くされた暗い谷間を――

　そこではシグナルがぽつきり腕を折ると、僕達は油が彈けるように一散に飛び出し土堤際に這いつくばつて、通過列車を避けなければならないのだつたが、鋼鐵の焦げつくあの奇妙な臭覺が鼻口をかすめる一瞬、僕は仲間の魂切る叫喚の悲鳴を聞いた。砂礫が無數の眞紅の薔薇となつて時ならぬ花をひらいた。

Ⅱ

此の埋立地は周圍の街からとり殘された、はなれ小島のように見えた、泥深い堀割に沿つた貧弱な家並には、襤褸や寢衣や色褪めた肌着類などが、互いに競い合うように連らなり續いている。家並の向うは肥料工場の有毒な眞ッ黄い煙が日がな一日中たちこめていた。

線路は苦しそうにあちらこちらと這いずり廻つて、海岸の尖端で消えていた。
そこでは機関車がよく脱線した。家並が種木細工のように押しつぶされ、腹をむき出しにした機關車のあたりは、一瞬の間――豪華な仕掛け花火のように變に美しかつた。

（「機關車と花集」より）

出發

眞尾倍弘

小さなリンゴが二つ。
私がよそに出掛けるたびに、おんごちやん。おんごちやん。と言つて待つていた子供の前に
今日はころりところがり出した。

私は意識した。
私の空虚な「生」は子供の前に張然と飛躍し、おさない「生」とむすびつくのだつた。
二つのリンゴはふれ合つて今日の日を祝福した。
私は悲しかつた。

ランプの油を買い、久しぶりに煙草を求めて、つり錢のしわをのばして後生大事にしまい込
むこの諧謔は一体何處からやつて來たのだろう。
恩師の送つてくれたかわせに妻が涙をこぼす前に、私はこの妻と子のたつた二人の骨肉にさ

え又とない別離を告げていたのだ。

又とない別離――

私は知つている。いま直ぐに米と代らねばならない金をさえしまつておきたい一念を。そして私のゆく道のブロンドの車を。さらに執拗に迫つてくるものらを。

ときおり眼の前にぶら下る兵古帶を私は氣持よく切り落した。又とない別離の情は私の前から一切を飛び散らしていつた。

私は私の壁謡をとりはづして思いきりぐつと飲み込んでいた。リンゴを咀嚼する子供のように。

それは一つの出發であつた。

暖かい冬

牧 章 造

今年の冬が暖かいのは、シベリヤに低氣壓が張り出さないせいだというが、まだ復員できないぼくの弟が、そのシベリヤで手風琴なんかを彈きながら、抑留された同胞たちと不幸を慰めあつているらしい。暖かい冬とそんなことが、なんとはなしに無緣でない氣がぼくにはするのだ。

「……弟さんは呑氣な人です」先に歸つてきたという戰友だつた某君が、北海道の炭坑から弟の消息を知らせてくれたが、ちよつとばかり激しい氣持にはなつたものの、ぼくはなんだか泣きたいようだ。

上野の櫻の狂い咲き。やけた街なかはジャズつぽく、ブギウギの人波が踊つている。暖かい冬が過せることは、至極結構な話なんだが、やつぱり暮しは樂でない。

食えない食えないの連發で、苦しんできたぼくたちも、とうとう共稼ぎすることを覺悟した。追いまくられたぼくたちが、お蔭で少しは樂になつたけれど。暖かい冬とおつかないような生活との、おもて內とのアンバランスに、悲鳴をあげたくなつてしまう。なんとか危機をのり超えようと、理解と愛惰の火を燃やして、支え合つてはいるけれど、思えば泥んこ生活にはちがいない。暖かい冬、寒い夏歳月もどうせそのようにぼくたちの内部を通過する。それが格別不思議でない。遅いつとめから歸るなり、ぼくの位置から三尺はなれた寝床に這入り、女房は疲れたまんま、朝までぐつすり眠つてしまう。子供の夜泣きにも氣がつかずに。

六疊一間の二階住い。眼の前を、東海道線、京浜東北、山手線、横須賀線が、ひつきりなしに通るので、いつも電車に乗つているようなのだ。おまけに夜更けともなれば、汐留貨物停車場が近いから、そのガタンピシャンと汽笛の音が凄まじい。これから先き何年ここで頑張つても、電車や汽車の騒音は子守唄とは受取れない。

机替りのちやぶ台を前にして、ぼくだけひとり眼覺めていて　こうして破れ疊に坐つていると、ぼくたちが何處から始まり、何處で終るかが解つてしまうようなのだ。ぼくたちを規定している、この明確なレアリテはやり切れない。しかもぼくたちふたりを芯にして、過失の世界がぐるりをめぐつているんだとは。ぼくたちはその間違いだらけのなかで乾いている。乾きながら、悲しみながら、手もとりあえないでいるのだが、とりあうことを忘れているからではないだろう。ね！そうだろう。耐え難い散々な氣持にも耐えてこられたぼくたちだから。いまさら力んだことはぼくには云えない。

暖かい冬の夜更けなので、かえつてぼくにはこの空しさが身に沁みる。忘れていた生の涯の境界までが、ぼくの眼には見えてくる。

なぜそれが、ぼくの郷愁に似ているんだろうか。なぜぼくは、いとしみながら、その日のくるのを待つのだろうか。

安眠妨害

扉谷義男

……一言にして云へば、私は勝負に敗けたのだ。垢じみた骰子。贋金づくり。黄ろい欲望がぽつきり折れ、曇天はけだるく、慘む苦惱を軋ませて私の肉體はもうどうにもならぬ。例へば曲りくねつた瓦斯管の中を流れる飼ひ馴らされた水。そんな風に私の意志は極めて從順に、いまはなんとなくつまらない運命の谷間をさまよつてしまふ街を歩き、ふと通りかかつた漆黑な靈柩車に、私は無辜の、或は一億の冷酷な椅子の用意をみることが出來る。しかも尙、私の差し出す切符はいつもきまつて期限が切れてゐる。そして毎日の暗い暗い雨。しづかに腐る錆釘のむかふで、途方もない詭計がいびつな鏡のやうに搖れてゐる。ところが私と來ては、全くぼんやりと苦いジンを嘗めながら、卑俗な世間と、高邁な精神をもつ私との間に介在する太い鐵格子を悲しみそれかあらぬか、生理はいつしれずむごい惡智慧の秤皿に載せられる。餘りに淸い空氣の中で、何故私は生きるのか。——何故生きねばならぬのか。乾いた泥の海。直紅な鮭。惡意は、たつた一個の藥莢にもうつすら埃を浮べてゐる。

私は是非、話さねばならぬ。不安から不安へ、電柱はどこまでも同じ間隔で立並び圖書館はきつかり午後四時に閉まり、水は一〇〇度で沸騰し、終電車は必らず驛前を一〇時三〇分に發つといふ事實。毎日、これは何といふ怖ろしい單調さだ。退屈と云つても、およそ人間の故郷にこれほど退屈なものはないだらう。人はこんな殘酷にどうして耐えることが出來るか。私は旅に出る。つまり果敢な取引。やがて恍惚の世界へ私をはこぶ忠實な「時」の奴隷。それはおもむろにやつてくるが、初めは合図の指揮棒があるのだ。そしてさう、それからゆつくり嚴かに私の中へ入つてくる。

——一體、この血塗れの手は何を爲したのか、私はそれが聞きたい。だが殘念ながら、若しかして、たぶん、もう間に合はないだらう。私は惡罵を背負ひ、倒れさうになる十字架に縋り、そんな時、おそらく私は吊りさがるたつた一本の腸綿にしか過ぎないだらう。終曲がきて——非情な手がいきなりバタと蓄音器の蓋を閉じた。

（自殺について——九）

人間童話

岩佐東一郎

ここに在るのは
一個の重々しい鐵の機械だが
中世紀の製本用具そのままの型だ
大の男が一人附きつ切りで
先ず下部の火釜に薪をくべると
濛々と青白い煙りがあがつて
はてはパチパチと勢いよく炎が立つ
化學の大實驗のようでもあり
錬金術の秘法のようでもある
さて頃合いを見計らつてその男は

おもむろに螺旋の締めをゆるめ
中なる鐵皿の上に何やら白い粒々を
一匙二匙こぼし入れると
またもぱつたり蓋をして
えいやつと双手で螺施を締め付ける
その物凄い表情つたらない
と　忽ち螺旋を逆戻す
瞬間　靜けさを破つて爆音一發
男はやおら鐵皿から取り出す
一枚の円形質「ポン煎餠」
（米一合で十八枚の加工賃金八円）
もとより卑俗な街頭風景の一つだが
こんなに物々しくて大げさで
大勞力を費もごとく見せながら
一枚ずつの輕焼きしか出來ぬと云う
日本的な余りにも日本的な
この可笑しさが悲しくなる
この悲しさが可笑しくなる

凶眼

淺井十三郎

1

瞳に傷がある　それらの男たち。

（愛してなんかいない）

そうだつたのだ
相争つていた友の一人の姿わなく。

いまだにうすら寒い風がおういかぶさつてくる　雪解の河に　生わ重く　死わ思いがけなく　一瞬をみた。

2

すでに時間わ歸らず、血まみれている。どぶどろの河、の葦の亂れ。
　男の右腕わ　根元から切斷されて、わづかに一匹の蛭が吸いついているだけである。
人々わ屍体に菰をかけながらざわめき　うんとも言わなかつた。
黄昏れてくる風の波立ちに
にぶい光りをみせている
流氷。

3

とうの昔に、その腕一本をひつつかんで

雪の中にかき消えていつた一つの影。（人々の思考わそこで中断されている）
オヤつと空腹が意識にのぼつてくるころ、誰かがまたそいつを追いかけている。
（危険なんだ）
はるかに遠い
極北の果に腕を埋める
宗教や戀愛。
僕わ必死にそれを拒む
彼ら二人が相爭つた女、のためでわない
鐡甲羅の頭に斧をぶちこんでいる奇怪な幻影に脅迫される。

4

生わうすぎたなく　力をはざく　悪循環に盲い　僕わ屍体を前に一本のウイスキーをとりだすだけでわすま
されないのだ

そうだ
時間わ僕らの踵を蹴つて、立ち上る。

5

瞳に傷がある、それらの男たち。
悩める者わ幸福なり。なんと怖しい言葉があればあるものだ。

6

黄昏れてくる
河面に
街の灯がうつる。
熊ん蜂が鼻をかすめる。
醜い習慣。屍骸をひきずつて山門をくぐる。
線香と
香料と
読経と音量と。
まるで病院なんだ。こけおどしの病院なんだ。
糞坊主！ 満座の中に刀を握つて払子（はっす）ぶる。 冷酷極る喜劇よ。
（自由なんかない）
（愛してなんかいないんだ）

焼跡からきたみじめな疲れ
（東洋の冷却）
ぼそぼそとささやく女の語らいも耳にとうらない 憤り
一人一人をへだてている
例外者たち
靴がなくなり
着物がなくなり
美わしぶとく僕らを奪う詭弁にしかすぎんのだ。

瞳に傷がある、それらの男たち。

俗性の俘虜。

南極だつて氷わあるのだ。
そいつを追いかけているのわ誰だ。
片腕の一本わ、そこえ埋めなければならないとゆう奴わ誰だ。

（なにもかも僕らのせいじやない）

7

ざわざわと風が亂れる。石がくだける。雷がする。稲妻がする。灯が消える。谷間。ハッと僕わたちどまる。しのつく雨。地面にッノを突きたてんばかりに相手をねらつている、二つの影。怪獣の眼がぐるりと僕をめがけて殺倒する。一瞬，氷原を突つ走る殺人犯。あつ、何と人間そつくりの眼差しなんだ。　夜わ——

（奇蹟わない。）

8

そうだ。再び夜である。
（國旗を忘れた民族の卑少）
河わ煤煙をうかべて異國をうつした。

詩の解放

眞壁仁

日本に大きな散文藝術の傳統がないということが、現代の抒情詩そのものをもひからびさせているのだと思う。萩原朔太郎は、西洋には敍事詩の傳統こそあるが、抒情詩が起つたのはせいぜいフランス象徴詩派以後のことであるのに反し、日本には記紀歌謡以降、抒情詩の系譜が持續されてきていて、日本の詩は本來的に抒情詩であることを繰りかえし説いていたと思うが、このことは現代のわれわれの抒情詩にとつて最大の不幸の一つだといつていいだろう。能の発達史などを見ても、もつとも寫實的なドラマとして展開すべき要素をもつていた「物眞似」と、もつとも純粹な舞踊である近江猿樂の「幽玄」の舞がそれぞれに行詰つて天才世阿彌がその二つのよさを綟り合せることであの象徴的情緒主義を形成したのであると思うが、舞台劇のリアリズムを伸びさせない力が、純粹舞踊をも萎縮させてしまうというあまい情緒主義がわれわれの風土にはあるとおもう。西歐の敍事詩が十九世紀に散文と詩とへ様式分化をとげ、ロシヤでもプーシュキンのような全体的資質の中から樣式の諸要素が獨立していつたような、ジャンルの辯證法的發展が日本にはない。小野十三郎の表現を借りれば、短歌俳句を初め、日本の小説、散文のすべてが短歌的リリシズムの文學であつて、それは分化発展すべき樣式の未來性を内包しているような大きなものではなく、そこから否定的に脱出することでだけ、近代文學の發足が可能であるような澁つた情緒主義が在るばかりである。それは日本の風土にも肉体の生理にも關係しているが、何よりも政治の生態に關係している。われわれはしかしこの現實を、觀念的に否定するぐらいで脱出することはできない、文學的にだけヨオロッパ精神の中に同化することも不可能である。われわれは日本を愛しているために批判するのであり、矛盾の内部で悶えるのである。Aの代りにBをもつて來てことすむような機械的なものではなく、もつと生理の内陣に有機的にひそむ悪血と純血とのたたかいである。僕は日本の散文の大きな、そしてさかんな成長をねがつている。これまでのわれわれの詩のようなものでは、新しい現實社會の生態や人間像を描き出すことを期待できない。詩人が純粹な抒情詩と批評だけ書いていればいいほど散文が發達すれば幸である。そうでないから、敍事詩を書いたり、散文詩を書いたり、詩のリアリズムを考えたりしなければならないのだ。

——言葉の、そして思想の本性は「よろめく現象の中に漂うものを永續する思想で繋ぎとめる」ということである。と三木清は書いていたが、われわれはよろめく現象の中に漂うものを、わずかによろめく思想でうたつてきたにすぎない。これは詩人の中性的な衰弱である。

日本の詩人にソネットの模造家やリルケの亞流が多いということの底には、ヴアレリなどの純粹詩の理念が無批判的に感染しているためかともおもうが、ヴアレリーやアランが、詩と散文との様式區分をあまで嚴密に精緻に秩序すけられるのは、單なる文藝學的な方法なのでなく、ボオドレエル以後、詩と散文との歴史的な對決が行われた事實を背景として初めて可能だつたわけであろう。純粹詩という理念の秩序は、フロオベル以降の實證主義的なナチュラリズム文學の尨大な質量が一方に散文の秩序を打ちたてている事實に正しく對置するものとして、初めてアランなどに様式の規範となつてきたのではないか。「ボオドレエルは、バルザックの全集を讀んでから詩人になつた人である。」と小林秀雄なども、「現代詩について」のなかでいつている。「（フランス）サンボリストの運動は、抒情詩の絶對性を探究して遂に言語の社會性、言語に於ける社會的限定とか制約とかから獨立した純粹言語というものを求めようと」した運動であり、その中での先達である「彼（ボオドレエル）は、藝術美の先験性を保證するものが言葉自体に存するという形而上學的確信の下に言葉を恰も抒情のカンヴアスの上に塗る塗料のごときものと化した」という小林のことばは、直ちに日本のサンボリストや純粹詩派に地位をゆるすものではない。彼は小説文學への抵抗の中に鍛えられたボオドレエルの批評精神について觸れざるを得ず「サンボリズムの詩人達は、なるほど狹隘な世界の綿密な探究のために、廣大な散文藝術の發達に壓倒されたが、抒情性と批評性との精妙な一致という、凡そ文學活動というものの根源にある軌範的な形式は、一流サンボリスト詩人らの手によつて守られたのである。」と書いている。日本のサンボリストたちは　フランスのこの近代批評精神を抜きにして純粋詩理念にとりつき、帆前船が順風を得たように滑り出す。

　しかし、純粋な抒情詩の傳統をすでに持つているわれわれが學ばなければならないのはかえつて、アランが、足場のわるいところを散歩する人のように、讀者に一足ごとに己の平衡を確かめさせずにはおかぬ、という散文のメカニズムである。「注意力が決して時間にひかれることなく、何時でも自由に停止し、また歩みかえすことができるように、たえまなく調子が破られることを、句の平衡が要求する」散文。「語の結びつきと觀念の綿密な今味との間の思いもうけぬ一致、ただそれのみによつて喜ばすことができる」散文。こういう散文の生理を考えることが、現實感覺の麻痺したわれわれの詩を救うのである。われわれは、詩のなかからあらゆる散文的要素を放逐しようと努力したフランスサンボリストたちの苦惱を知らないのだ。その反對の立場に立つているのだ。それで僕は叙事詩運動をよいとおもうし、詩文詩が書かれなければならぬとおもう。徒來の概念での詩らしさはなくなつて構わない。當分荒れはてても仕方がない。もつと視野を大きくし、もつとゆたかに呼吸し、もつと廣く根を張つてみなければならない。生物學的にいつても、純粋なものはもろくて弱い。雜種の方が強くて持續的である。日本の詩が、現實そのもののように分裂とか苦悶とか矛盾とかを内包してもいい、不調和と破綻をおそれず、尨大なボリユームと、生きた鼓動をもつことができたら、そのときこそ抒情詩のよい季節というべきだ。純正な要求がそこに湧き、その中からそれは滴り結ぶだろう。そしてそれは、かつてそれとは全くちがつて現代人の愛誦にたえる抒情詩となるだろう。日本では様式を破り、劃線を越え、展開に展開を重ねることが詩を救うごとである。これまでは、新古今的傳統に結びつくことでのみ新しかるべき詩人の仕事が、ジヤアナリズムからも詩人の間から迎えられ勝利を博して來た。藤村しかり、朔太郎しかり、三好達治しかり。明治大正昭和三代にわたつて新古今的リリシズムの回歸である。これは戰後一應克服されたかにみえるが、實はそうではない。われわれの思想風土にそれを培う壤土があるかぎり、郷愁のようにつねによみがえつてきて、いつまたそれを呼ばないとは限らない。

　このごろ、地方の國鐵從業員の詩の選などやつてみて感ずることは、詩の様式に對する觀念が狭く淺くて甘いことである。勤勞者としての現實生活を打ち出すべき必然的な様式を見出すことはもちろん無理であるが、ただそういう様式創造の意欲すら感じられないということは、やはり問題である。これは勤勞者文學の、殊に詩の部門での指導的批評が足りないということにもなり、「新日本文學會」などにも責任はあるだろう。日常の生活や行動に一致した表現様式が生れれば、それこそ、日本詩の様式革命が職場の中から發見さる大きな可能性を孕んでいるだけに、問題は大きい。すでにそういう芽生えはあるともいえるだろう。しかし多くは自然發生的で古い抒情形態のなかに素材を萎縮させ、その矛盾にすら氣ずいていない場合が多いのだ。ある固定した、小さな様式の觀念が、どれほどか自由な發想と表現を阻害していることだろう。呪禁のように束縛していることだろう。これを破りたい。展開させなければならない。何も職場の詩人だけの問題ではない。様式のこの呪縛に矛盾を感じない詩人はざらにいる。ただ現實の生々しいモチイフをもつ職場の詩の場合、それは日本詩のすくいがたい固定性として矛盾を露呈するのだ。逆に考えれば日本詩の様式革命は、生きた現實的モチイフなしに喚起されないのだ。

ひらき直つたような言い方で自分でもいやであるが、詩はわれわれの認識の様式であり、思惟の様式であり、また行動の様式でありたい。一つの型に奉仕する代りに、詩の中に自己解放をとげたいのだ。あらゆる非詩的な環境の中に詩を發見してゆくこと。この冒險なしに舊い殻をやぶることは不可能だ。現代の詩には自由詩形態で行を別けて書く必要性の感じられないようなものが多く、そういうものには窮屈な様式の呪縛が感じられるだけであることについては他にも書いた。（至上律第七集「散文詩について」）もちろん行を分けて書くことの必要な詩もあることは否定しない。しかし散文詩の様式が現代の大きな風潮となりつつあるのは、何といつても蔽いがたい事實であり、これは戰後詩人の現實感覺と批評精神の目覺めとして考えていいことである。ここには、戰時中ふたたび歌の器となつた詩形への批判があり、思考の秩序を組成しようとする意圖があり、ボリユームへの欲求があり、ことばのリアリテイに對する信頼がある。もちろん、散文詩は逆説の様式であり否定の様式である。このもつとも非詩的な方法は、しかし散文のメカニズムに迫つてかえつて詩の可能性を展開する方法なのだ。何もことあたらしい方法ではないが、われわれの現實感覺と詩的運行が必然的にそれを迫つているのである。

北川冬彦の長篇敍事詩運動もおそらく同じ内的契機をもつものとおもうが、彼がそれを方法論としてのみ説いている点に不滿を感ずる。そして讀みすらいという理由だけで行分にすることも納得できない。長篇叙事詩を散文型で書くことがもつと大切ではないか。その点について、「現代詩」三月號に書いた牧章造の意見に僕は同感する。僕は「詩・現實」五集を出して、散文詩型で書き流されている北川の「河」を讀み直してみたが、現在の僕には、足場のわるいところを歩いているような不安定の中でリズムを確かめさせるようなあの記述の方にかえつて様式美が感じられた。しかし捉われる必要はない。自由に變化ある構成が工夫され實驗されていいとおもう。

長篇抒情詩も生れていいし、日本にかつてない形而上學詩や觀念的抒情詩も生れなくてならないとおもう。こうした様式の發展的開示の運動のもつ現代的意義を、けちな党派意識で、作品論の体裁にかくれてあざわらい、ののしつている一部狹量な詩人や批評家たちの居るのは殘念であるそういうものに對しては徹底的な批判が必要であろう。詩人はもつと大きく共同しなくてならないのを感ずる。

現代叙事詩論（3）

小野連司

5

私は現在の日本の正統派的叙事詩の殷賑をフランスのユナニミスムの運動との關係なしに語ることは出來ないやうに思ふ。後年ユナニミスムの創始者をもつて呼ばれるジユル・ロメンの風貌は、すでに一九〇四年公にした小說『甦生の町』

にも窺はれるわけであるが、なんといつても彼をしてこの主義の名によつて呼ばせたところのものは『一体生活』であるユナニミスムについてロメンの語るところによると、これは單に一体生活、即ち集團生活の表現に他ならない。吾人はわれらを取り卷き、われらを立ち越えた集團を前にして、一種宗教的な感情を禁じ得ない。即ちかうした感情を一種直接な詩によつて、換言すれば吾人の魂が現實から認識するところのものを、何等の粉飾をも用ひず、直截端的に表現しようと言ふのである。即ちロメンがその對象として採んだものは、在來の單なる個人でなく、個人の集合から成るところの集團であり、そしてこれらの集團は小は家族にはじまり、更に進んで群集、集會、町村、都會に及び、しかもこれらの集團は個人を離れて、それ自身獨自の魂を持ち、生活をもつた一種「神」のごとき巨大な「超人的存在」であり、これと融合一体となることに個人認識の出發点を置かうといふのであつた

　フランス詩壇の動向をこのユナニミスム（一体主義）に近い方から古い方へ辿つてゆくとアンテガラリスム（總体主義）ナテユリスム（自然主義）――そしてロマン派運動から、かの世紀末の象徴派運動といふことになつてゐる。で、私は文學史上、この象徴派運動と一体主義運動を思想的に重大視するものである。何故ならば象徴主義は普佛戰爭によつて嘗めさせられた焦慮懊惱に屈服せしめられ、官能の極端な解放のうへにせめてもの幻覺を捉へようと試みたものであり、要するに象徴主義は自我解放の極点に於て示された姿であり、フランスブルジヨワジイ文學の絶頂に狂ひ咲いた痙攣であると考へることが出來ると思ふ。このやうな個人文學がそのまま永續されるわけがないのは、人間が進化すると共に社會的に目覺めてゆくものである以上當然のことであつて、社會意識の詩への轉移、これをもつて二十世紀初頭から現代にかけての文學現象の特色と看做しても少しも差支へないのである。そこにユナニミスムの人達の功績を認めなければならぬのである。もつともそれ以前に詩に社會意識を盛つた人に個人としてベルギーのエミイル・ヴエルアーランが存在した。

　ところで第一次歐洲大戰が勃發するに及んで、フランス詩壇における集團認識の傾向が、世界主義的超國家主義的、更に人道主義的反戰的傾向の詩を生み出したのであるが、その中心をなしたのはやはりユナニミスムの詩人達である。このことはジユル・ロメンの詩集『ヨーロッパ』によく示されてゐるわけであるが、たとへばマルセル・マルテイネは反戰運動に起たざることを痛憤して『君は戰はうとしてゐる』で以下のやうにうたつてゐる。「同志よ、諸君は會議の時、共に手を握つたことを忘れたか！　あの時、君達の血は、同じ肉体のうちに、一つの血となつて流れたことを忘れたか。伯林倫敦、巴里、維納、莫斯科、ブリユツセル。君達は其處にゐ

た。全世界のあらゆる勞働者が其處にゐた……然るに今…。今もまたその日のごとく、君達は其處にゐる……しかも嘗つて握り合つたその手は、銃を握り、槍を握り、劍を握り、そして大砲を、榴彈砲を、機關銃を動かしてゐる……君自身に向つて」

元來ユナニミスムの詩人達はアベイ派とよばれてゐた詩人が殆んどである。一九〇六年、シャルル・ヴイルドラック、ルネ・アルコス、ジョルジュ・デュアメル等の人々が、マルヌ河のクルテイユの地に「僧院（アベイ）」を營んだ。はじめ何等思想的共通性があつたわけではなく、後でジュル・ロメンがここに出現し、先に述べた『一体生活』を出版してからユナニミスムの名をもつてよばれるやうになつたのである。われわれ日本人にとつてはヴイルドラックの名が『商船テナシチー』によつて壓倒的に親しまれてゐるわけであるから、彼が一兵卒として出征してから書いた彼の代表作『村の哀歌』を擧げたいが、何しろ長いものなので、終りの七聯だけを擧げることにしたい。

彼は非常に潑溂としてゐたので、
彼の生活を眺めるのはとても愉快だつた。

だが彼も亦死んだ、
その三人の兄弟のやうに
ロワル河畔のサンテイの
多くの男達のやうに。

またフランスのイギリスの、
プロシヤのババヴイエエルの、
フランドルのロシヤの、
多くの男達のやうに。

葡萄と、ほつぷと、小麥を
植ゑながら
兵營の事を考へずに、
大地に歌つてた
他の多くのジャン・リユエのやうに。

☆

ジャン・リユエが死んだ。
老人も妻も妹達も、
葡萄園の草をむしり、
手入れをし、殺蟲劑を撒きに
行く氣になる者はない。

男達が今は一人も居なくなつたので
葡萄酒は要らなくなつた、
此の冬は一入凍えたお前達の胸を
溫めるために
根株をみんな引抜け。

サンサイの、フランスの
ヨオロッパの老人達よ、
再び生活するために、
百ビエの馬鈴薯の世話をなし、
娘達を工場に遣つて働かせよ。

この『村の哀歌』は全二十三聯から成つてゐる。北川冬彦氏は満洲事變當時『戰爭』といふ反戰詩集を出し　殊に『勳賞』といふ作品が有名である。フランス詩壇における集團發見の事實が、歐洲大戰の勃發と共にユナニミスムの詩人達を中心としてインターナショナルの思想へまで進展した。北川氏は『氾濫』の後記で昭和六年十二月の『中央公論』に發表した『レール』は當時の檢閲で伏字だらけにされてしまひ、今になつては新たに書くより仕樣がなかつたといひ、又「これらの詩作は私の『民衆の中へ』を志向した青年期純情の所産であつて冥福にも似て、うたゝ愛惜に堪えないものがあることに『曠野の中』は、今讀んで見ると、大衆組織活動に際して、浮き上つた指導者の如何に無力なるかを無意識裡に指摘せるものゝ感があるのは妙である」といつてゐる。しかしポエジーがポエムに形成される場合問題なのはその方法である。私は『純粹詩』昭和二十一年十月號に『叙事的抒情詩』について書いたが、ヴイルドラックの指向したのはこの叙事的抒情詩である。このことは『絶望者の歌』において明瞭であるし、『哀歌』のジョルジユ・デユアメルと共に抒情詩人の名を以てよばれてゐる所以である。ロメンの作品についても同樣のことがいへる。

かういつた態度は、一見日本とフランスの言葉の差異からきてゐるともみられるが、日本でいへば日露戰爭當時『君死に給ふことなかれ』（これはこれとして當時の詩壇にあつてはまことに勝れた社會假をもつたものであつて　これに比較すると他の作品は問題ではない）を書いた與謝野晶子の態度なのであつて、現在叙事詩を書くにあたつて北川氏がこの叙事的抒情詩の態度を一掃し、したがつて前述の如く頭初から韻律性を否定し、シナリオのもつ醜體性の加味に着目したことは今日的在り方であるとしなければならぬ。社會は複雜化してきてゐるし、複雜化してゆく。起る事件の內容も複雜化してきてゐる。韻律に制約されてゐたのでは何故その事件が起き、その事件によつてその人間がいかに制約され、いかに行動したかの具体性が示されず、いきほひそこにゴマ化しが行われ、いはゆる通俗小説、大衆小説、少女小説となんら異ならぬ内容のものが生み出される結果となるのである。世間では長篇叙事詩といへば『孝女白菊』や福田正夫氏のものやとにかく少女の読むものだと決めてかかつてゐる人が甚だ多いのはそのためであらう。北川氏は『氾濫』の『あとがき』において「こゝに收めた作品が、映畫をイメージするシナリオに近いものであることは、私に、今後、この一つの新たなる創作方法によつて、もつと長い、文字通りの長篇叙事詩の創作を可能とする確信を與えるのである。日本の文壇に、小説の外に、物語と構成を持つ長篇叙事詩と云うジャンルを回復し、小説萬能の日本の文壇を豊饒にする詩人の野心は、恐らく私ばかりの抱懐するところではあるまいと思うのである」といつてゐるが、その文字通りの長篇叙事詩の創作の實現を祈つてやまないものがある。因みに近日中に刊行される北川氏の『月光』といふ長篇叙事詩は今次の太平洋戰爭に取材したもので、占領直後のマライの現實暴露物語であるとのことゆゑ期待してゐる。

ロメンは劇作では『クノック』『トルアデック氏の放蕩』『クロムデール老村』等を書き、小説では『善き意志の人々』がまれにみる大長篇であるといはれてゐる。ヴイルドラックは『商船テナシチー』の外『ミシエル・オークレール』『巡禮』『ベリアル夫人』『もつれ』といふやうな戯曲を書いてゐる。北川氏が昭和六年に中央公論社から小説の執筆をもとめられたといふことは、この詩人ならば方法的にシナリオを研究してゐるし、内容的に立派な社會眼を有してゐるから、さう看られたからであるに違ひない。現在の詩人も、この三人の詩人のやうに社會を見る眼を養ふことを怠らなかつたならばおのづから集團や社會を對象とし、それがまたおのづから叙事詩形式をとらしめるのであるし、叙事詩運動に關心をもたざるを得ないものと私は考へてゐる。あまりにも書齋にばかり閉ぢこもつてゐるから、社會を觀る眼も養はれないし叙事詩といふものが變てこなものにみえたり、悪口をいつてみたりしてゐるのであると思はれる。（續）

「ポジション」に就いて

安藤一郎

「現代詩」を新しく同人の組織で始めようといふ相談のあつたとき、おのおの何か計劃的にまとまつた仕事を發表することにしたいといふことが話題に出た。

さういふ氣持は、既に私の胸にもひそんでゐて、自分の連作的な詩篇を書いてみたいといふ望みがあつたのだが、それを思ふやうに發表させてくれるやうな雜誌はなかつた。

私は、「燃えるいん地」といふ長い詩を『ルネサンス』第四号（昭和二十一年十一月）に發表してから、戰後の苦しいスランプを拔けたやうな感じがした。それから、若々しい詩情が蘇つて、一年位の間に、ソネット十數篇を作つた――これらは私にとつて一種の灰復期の所產であつた。さうするうちに、私の中には、また別な慾求が出てきたのである。

私は、これまで自分の裡に見逃してきた、一個の人間が持つ、あらゆる位置とその面角――つまり、私自身の生命のいろいろなあはれだが、それらは少し宛觸れていつてみよう、と思ひだした。勿論、詩といふものは、常に、さうしたところに存在するのに相違ない。私の過去の作品だつて、當然そこから出てきたのであらうが、今度は、もつともつと自己意識を烈しく深化させてみよう……

「幾度も振出しへ戻つてやること」――これは、ロダンの言葉である。樣々な經驗を通り、多くの書物を讀み、いろいろなことを試みてきたあとで、もう一度始めに還るのはいい。今日までまだ氣がついてゐないこともあるし、同じものでもまた異なつた取扱ひ方をすることもあらう。もし私に、新しい道が開ければ、それに越したことはないが、いま、曖昧におもはれることは、曖昧のままに出したつてかまはない。

卑近に言へば、私は、ここで控へ目に人生觀を語りたいのだ。もしリリシズムといつたものが滲み出ることがあつたとしても、それは、二十代前後の、淸純透明なリリシズムではない。四十代のリリシズムなのである。環境と時代の明暗も强く出よう、併し、私は、もつと廣々とした宇宙を感じ、また、本質的に溫かい、しかも矛盾に滿ちた人間性を摑みたい。

私などは、あつちこつち遠廻りしてきて、四十を過ぎてから、なほ依然として詩に熱を上げてゐるので、むしろ可笑しいやうであるが、自分では、愈々これからだと思つてゐる――とはいへ、これから先、どの位の間詩が書けるか、と考へるとき、些か寂しい氣もする。十年か、十五年か、二十年か？　あまり體の强くない私は、さう永生きは出來ないであらう。

私は、時々、自分の一生の締めくくりといふことを眞劍に考へる。立派な詩人であるかないか、その決定は自分でどうにもならないことだが、とにかく、おのれの生涯にわたる仕事に、一本筋がとほつてゐるやうにしたいものだ。……

さういふ感慨の中から、「ポジション」といふ系列に屬する、一聯の詩が一つ二つと出來てきた。「現代詩」その他に發表したものは既に十篇近くなつてゐるそして、當分、これを續けてみようと思ふ。

客觀的なリアリズムで行かうとする北川冬彦氏などの傾向とは、まるで逆なことをやつてゐるのだが、いまの私は、もう新しいも古いも、あまり問題でない。私の好きなことを自分のためにやつてみたいのだ。「僕と反對なことをやつてゐるから、却つて魅力がある。」と、この間北川氏は言つた。いづれにせよ、私は、この主題を粘り强く追究してみよう、自分も、他人も、飽きあきしてしまふほどに。

自分の現在書いてゐるものに就いて、これ以上何か語ることは、愚かに過ぎない。私にしても、「制作の祕密」は、もつと後にならないとハッキリ言へないだらうここのところただ、作品を以て示す他ないのである

(April 1949)

書評

杉山平一童話集「背高クラブ」評

竹中郁

杉山平一君の精神にはいつもイデアがあつて、そこへのあこがれや願望やがポエジイとなつて溢れでゐる。その資質から、論理的で科学的で、いはゆる近代的な知的な美をくりひろげるのが常である。詩であれ、散文であれ常に杉山君の作品の特徴は知的といふことがまづ第一になつてゐる。

こんど出た童話集もその例に洩れない。本の名となつた「背高クラブ」などその著しい好例で、はじめはただ背丈のたかいのと競べようとしたクラブが、こころの氣高さを競ふクラブになるといふ、人間倫理性の重要さを巧みなあどけない比喩で現はしたところ、杉山君の精神の位置をはつきりと語つてゐる。

文体の明晰と簡潔とも、同君の作品の佳いところに數へられるが、日本的感傷性を些かも交へないゆゑに果してそれが讀者うけするかどうか。恐らく、今日の編集者には、その新鮮味、高尚味を理解する人は少いのではないか。

また、杉山君には生れつきの上品なユーモアがあつて、世上ありふれたくすぐりとは選を殊にした表現力をもつてゐる。集中、みぢかい「豆まき」がそれにあたる。日本的のユーモアはとつてつけたやうな拵えごとからか或は奇智の所産のギャグからしぼり出すのが通例であるが、杉山君のユーモアはそんな技巧的なものではない。人間味あふれた理智の所産で、しかも巧まぬ自然性を具えてゐる。「ひげ」の一篇もその類にいれてしかるべきであらう。

杉山君は又、アイデアの發見に妙をえてゐる人である。「おみやげ」に雲をかばんにつめて歸る途中、雲がとけてなくなる哀愁や失望を友情にかこつけてかいてゐるが、詩人の精神の端的な表はれでなくて何であらう。

ただ、わたしがやや不満に思ふのは、集中詩の形をとつてかゝれた二三篇が、ともすると大人の思考の所産のやうに思へることで、これは子供詩として當然もつと本能的であるべきだ、さうでなかつたといふ根本問題を提出してゐるやうに思へる。

杉山君はここ數年小說もかいて、その構造性の獲得にも習熟してゐるので、この童話集の各篇に、その効果が著しいのは喜しい。ともすると詩人の散文には構造性や遠近法が貧弱なものであるが、それらは十分あるやうだ。繪をもよく描く杉山君が、自ら裝幀をこころみて成功したのに不思議はない。表紙の稿格子から半身と出してゐる子供たちの、トロンプルイイ法、いかにも杉山君のかしこさを提出してゐる。集中のさしゑでは、「キャラメル」のところの電車の中の圖の省略法もよく効いてゐるし、「おみやげ」のところの雪けしきの調子のととのひも、腕をかんじさせた。

むかし讀んだチャペックの「ロンドン記」のさしゑが、稚拙で、しかもつかむべきものをつかんでゐたことを思ひ出す。コクトオのデッサンはアイデアか頭すぎて、つまり文学が露骨で、さしゑとして成功しかねる場合が多いが、チャペックや杉山流なら文学の邪魔をせぬところをもつてゐる。

（定價八十五円・國際出版刊行）

杉山平一君の童話

市川俊彦

杉山君の詩は童心が知性によつて支へられてゐる点がユニークであるが、此度杉山君の出した童話集「背たかクラブ」の十あまりの童話は、彼の詩と同じニュアンスを持つてゐる。これらの童話は子供達の日常身辺の出來事がそのまゝ話になつてゐる点でリアルであるが、更に不思議なリアリティを持つてゐる。例へば「雨合羽」では、健ちやんといふ子供がおじさんの兵隊用の雨合羽を仕立なほしてもらつたので、一度着て見たくてならない。しかし運惡くお天氣つゞきである。そこで作者は、「どうかみなさんも、健ちやんの爲に」雨か降る樣にいのつて下さい、といふ。之を讀んだ子供達は、自分の友達に「健ちやん」がゐる樣な、或ひは自分が「健ちやん」であるかも知れぬ樣な不思議な感じによつて、この話の中へ引き入れられてしまふ。

又「キャラメル」といふ話は長さや内容が丁度よくまとまつたいゝ作品であるが、その中でとき子といふ子供が遠足にキャラメルを持つて行つたところ、目的地に行かぬ間にキャラメルを食べはじめだんだん殘り少くなつてゆくので次第に不安になり哀しくなる。「みなさんも、とき子ちやんが、がまんをして、おべんとうのときまで、キャラメルをのこすように、いのつてください。」といふ作者の言葉は、不思議な悲感を呼び起させるので、子供達は本當に祈りたくなる。

樂しい願望や、不安な期待が我々の日常生活を樣々に色どる如く、子供の世界も（彼等がそれを意識しない爲に一そう强く）その日その日の色を持つてゐる。それに明るいトーンを與へるのは、親や教師のの大切な心掛であるが、作者がこの童話集を子供達に贈る心持でもある。

子供に童話を話してきかせた事のある人は知つてゐるであらうが、彼等は悲しい話になると目に一杯涙を溜め、恐ろしい話には全身を緊縛された樣な狀態になる。受け取り方の强さは大人の想像より遙に强いのである。杉山君はそんな强い困惑に子供を誘はない。この童話集を通じて流れてゐる悲哀は、子供の心を林ごの酸味の樣に快く刺戟して心を洗ひ讀み終つた子供は作者が願ふ如く「元氣で丈夫なよい子供」になつて、戸外へ飛び出してゆくに違ひない。

河邨文一郎詩集『天地交歡』を讀む

安藤一郎

河邨文一郎の作品は、最近の「詩と詩人」で、「秋の湖」「林間にて」それから「浮浪兒論」など見てゐるのだが、それほど私の注目を引かなかつた。「浮浪兒論」は、野心的なのであらうが、かういふものは、良いとも惡いとも急に斷じることが出來ない。また、「秋の湖」「林間にて」などは、雜誌ではあまり際立たない、極めて地味な澄んだ作品である。

ところが、今度「天地交驩」を贈られて、全部をまとめて讀むと、この詩人は、非常にしつかりした骨格と、いまどき稀らしく大きなスケールを持つてゐることを知つた。

　おゝ劫初より永劫へ――
　限りもなく雲は濤のなかから湧き、
　濤は雲の胎から生みおとされ、
　おしもみあつて陸に寄せ。

　模糊としたその幽暗のあはひから
　一すぢの陽は洩れおちる。

　救ひはこない、どこからも、
　狙はれてゐる、私が
　狙はれて。
　渇きにしやがれた
　風の咽喉笛。
　ギラギラ、愛に飢ゑきつた無數の視線が
　頭の上から。
　うしろから。

　これは、「北方の眼」の一部だが、その他「斷絃」「山頂の月」など、自然に對する豪宕で、また纖細な感受性を示してゐる。その表現はよく練つてあるし、動的なリズムに苦心を拂つてゐる。また、後半の北海道の山野を歌つた詩集にも、興味深いものが少なくない――これらに於いて、非を打つところはあまり見つからない。併し、欲を言へば、少し觀念的で整然としすぎてゐる。それがこの詩人を、やや古風に或ひは平盤に見せるのである。

　滿天の星くづをとかす
　璃玻の杯、
　宵の湖。

　處女のめざめのはだ
　朝の湖。
　けれど――いま、
　霧のふところに抱かれて
　ふかぶかといきづくこの湖は

　白磁にむすぶ露のやう、
　全世界を凝らして
　私をとぢこめる。

　この「湖心にて」は美しい靜かな作品だが右のやうになると、ややアマチュア臭い。彼は、まだところどころで、常套に陥りかげたる象徵へよりかかる――この固まりかけたスタイルは、一度ぶちこはす必要があると思ふ。

　この詩集は、著者の裝幀だが、圖案もきれいで一應成功してゐる。角背で、バラバン紙をかぶせて、この頃としては、上々の出來であらう。

（詩と詩人社定價一五〇円）

「天地交歡」寸感

北川冬彦

　河邨文一郎氏の「天地交驩」を一讀して、想つたことは「天地交驩」とは、よくも題したものだと云うことである。こゝに收められている詩篇、殊に第一部の詩作品は、一人の精神的人間が天地と對決した「場」において生れ、そしてその對決は、交驩を以つて處決されているからである。こゝに、一貫して流れているものは宇宙における人間の寂しん感である。しかしこれはセンチメンタルなものではない。またニヒリステイツクなものでもない。天と地とに体當りすることによつてする自己凝視がある。それが「劫初より永却へ」とか、「まぼろしの太古の大洋に」とか、「地球の思慕の儀器に」とか「始祖鳥や三葉虫の化石の夢」とか「地殼の悠久」とか「太古の秘密」とか「宇宙の虚無へ」とか云う詩句を浮き上らせずそこに壯重なリズムを生み出してさえ得ているのである。

○

これらの詩に使用されている言語は必ずしも美しくはないが、これらの言語によつて形成された詩篇は、躍動して美しい。これはこの詩人の精神の美しさが斎らしたものに違いない。

○

（だが、表現にいさゝか誇大僻があるのは或いは再読に際して感銘をそぐかも知れない。）

○

第二部の詩諸篇は、恐らく、第一部より製作年代として古いものであろうと思われる。こゝは、作者の天地交驩の調子は、第一部ほど高くはない。それだけに第一部の調子の高さが際立つ。第一部を読んだ眼には、第二部の詩への感銘は薄い。そこで、私の思つたことは、第二部からこの詩集は編まるべきではなかつたか、と。

しかし「森を行く」の中の

……私はたしかに聞いたやうに思ふ、
怖ろしいことのおこる前兆の
ものゝ叫びを

とか
「潮流」の中の

なだれろ、なだれろ
不吉な潮流。

なぞの詩句には、今日読んで、はつとさせられるものがある。
これはこの詩人の感受性の適確を証するものであらう。

○

河邨文一郎氏の「天地交驩」の宇宙への関心とスタイルの厳しさは、作者自身も云つているように、氏を生み育んだ「北海道の凛烈の自然」と無關係ではないであろう。

○

河邨文一郎氏の詩は、動的、非定着的である点で一種の雄辯をなしている。私は、この雄弁が擴大強化されることによつて、日本現代詩のこの新方向が確認されるのではないかと思う。河邨氏の今後に期待する所以である

第二回「長篇敍事詩研究會」報告

安彦敦雄

四月十七日に第二回長篇敍事詩研究会を北川冬彦氏宅にて開催した。これはその報告文である。

前回では主として「長篇敍事詩」の性格について語らい合つたと記憶するが、今回は「長篇敍事詩」と「小說」の様式的差異を研究する事になつた。がしかしこれには一寸した事情がある。此の会に先だつ數日前、「東京新聞」に江口榛一という人が「長篇敍事詩」を書くより小說を書く方が良いのだという意味の感想を述べていた。勿論非論理的な、云つてみれば一種の自己宣傳であり嚙み捨てたガムよりもひどい惡文なのだつたが、これが詩人である人により書かれただけに、此の際前記のテーマで事の黑白を決めるべきだと考えられた次第なのである。事實、僕らが「長篇敍事詩」を書くにあたつて先ず叙事詩についての明確なイデアが無くては到底成立出來得ない問題であるからなのだ。江口榛一氏の說は「長篇敍事詩の要求されている意識について沒却し、且様式えの認識も薄い――大江滿雄氏」それに違いはないが。僕らにとつてはあだおろそかにはすまされない問題であるからなのだ。

会の進行に先立つて北川冬彦氏より様式と型式のちがいを提出されたが、これも普斷あまり氣にしないで使つていたものの改まつて見ると一寸難しい定義ずけなのである。川路明氏は、じやんるとすたいるに分け、いはばめちえとめと－どみたようなものだと云い、牧章造氏は多分に內部的なものと外部的な見分け形を強調された。北川冬彦氏は「様式とは個性的なものであるが、形式は普辺的なものと考えてよいであろう」と一こと云われた。これについてはいずれ討議するなり識者の御意見を聞くなりしたいと僕個人は思つた事であつた。また僕自身は一應、様式を世界觀をふくめた先驗的な類型認識の形態化であり、型式は普遍化する爲の最も効果的なフォームであると思つている。

小說と「長篇敍事詩」の差異について結論ずけられる前に、矢張現在の發展段階に於る散文詩で書く可能性と、行分型の可能性と、別に定型の生れでなけりやならぬ必然性について北川冬彦氏より提案があつた。散文詩で叙事詩を書く事は難しい事ではないかも知れぬがしかし決してそれは容易でない事もまた事實なのである。日本の新散文詩運動はその根抵に「散文を支えるものは思想であり、思想を把握するものは詩精神である、」という逆說的な見かたからした方法論を持つていたからこそ一應の成功を持つたものなのでろう詩の優位性というのも、マルロウやバルザックの小說は叙事詩だといはれるのもその謂なのかもしれない。しかも様式から見た場合当然詩とはいい難いものではあるが、また散文は內的意欲に沈潜する場合に書かれ、節を變える要求によつて行分けにすると川路明氏は云うが、この見方は明らかに誤謬である。散文に對する欲求と行分けに對する意慾は明確に意識的な作爲がなされなければならない筈だからである。これが不確定であれば結局定型の生れ出なければならぬ必然性は生れ得ないのである。牧氏は、造形的詩人は散文を感情的詩人は行分けで書かれ易いと云つていたがこれは飽くまでテンデンシイであつて百%ではないと思う。散文で書かれた叙事詩は讀み難いという同会席上での一致した意見は結局何を物語るのであろうか。僕は散文で書かれても、小説と叙事詩に判つきり區別されて讀者に訴つたえられなければ嘘だと思つている此の場合、詩の叙事性は、より劇的動的に把握されなければならぬし、全体を直覚する詩精神は空間的な散文型に於てよほどイメーヂの積み重ね方に苦労するにちがいないが、そうなると、此處に一つの疑問が起つてくるのだ無理にどうしても叙事詩を散文で書かれなければならぬ理由は無いと。それよりもむしろ叙事性の音樂的要素から行分型でイメーヂを追う方法だとか、もつと高度に、行分けの新定型を創造した方がより效果的（叙事性を發展させるには）なのではないのか。影山誠治氏は北川冬彦氏の「早春」を分析した結果を朗讀し、次のような結論得たと言明された「何よりぐいぐい讀まされたという事、イメーヂが鮮明で行分けが效果的であり、引きずり込まれる思いがした。」また一行の最高の長さが十五、六字平均であるという報告も興味深いものがあつた。結局、行分け型によつて、散文詩の持つ重量感と一種の疲労感を除去し、むしろ讀者に作者えの近親性を附與されるのであつて、結果として普遍化されるのだという結論に到達したのである。從つて散文詩型で「長篇叙事詩」を書くのは過渡期現象であり、新しい定型の發見によつて發展されるべきものであるという事になつたのである

しかも新定型えの希望こそはまた純粹に近代小説との訣別であり、様式追及の論点となつて來るのである。大江氏は小説を沼とすれば叙事詩は河だと常に云われている。叙事詩人の素質は原型的な美の認識把握如何（大江満雄氏）にあるのかも知れない。近代小説と長篇叙事詩の差異は、前者が、個の性格と心理の分析を追及し全体を描き出すのに對して、後者は性格や心理よりもむしろ全体を直覚して核心をえぐり出すもの（北川冬彦氏）であるといえよう。これはまた小説家と詩人の凛質の差でもあろうか。とにかく近代社会は分化の社会であるが、現在の小説がまた分化した状態にあり、それに對する批判なり、もつと強く統一總合されてこなければならない。たとえばサルトルなどの實存主義小説も此の現れであるが、最も適確にこの役割を果すのは「長篇叙事詩」でなければならない。（牧章造氏）というのも管見である。また古代叙事詩の精神の復活の叫ばれるのも故なきでないのであるが、これは定型えの憧憬と見るべきなのであろう。しかも古い韻文的抒情的なものではなく、近代知性に磨きあげられた新定型の創造こそ今後の「長篇叙事詩」の行く途なのである。大体詩人ほど宇宙識を先天的に体得し得た者は無い。否むしろかくてこそ詩人と言い得るのであろう。しかもこれは、宇宙の永遠なる運動の定型的なる事質と思い合せると、詩人の定型えの欲求も必然的、宿命的ですらある（北川冬彦氏）のだ。

　しかもこれは人間解放えの希求の念であり今日の要望されているヒューマニズムの最もせん鋭な一線でなければならない事は云うまでもない事だ。個の統一、分化より綜合え僕ら詩人の批判精神はかくして藝術の中から人間社會の在方を引き出し健康な明るい自由な世界を造りあげて行くにちがい無い。古來、激動期に長篇叙事詩の傑作が生れているという事實を没却する事は決して出來ないのだ。

　しかしおそらくは――此の國の頑迷なる人達によつて、「長篇叙事詩」が理解されそのポピュラリティを持つのは十年か二十年先の事であろう。しかしこれも樂しみでない事はない。

（引用文責安彦）

出席者　大江満雄、牧章造、伊藤桂一、島田義勝、影山誠治、川路明、親算之介北川冬彦・安彦敦雄、扇谷義男

（順不同）

研究會からの印象

○

さきの第一回敍事詩研究会では、種々問題が提起され討議されたが、結局は、敍事詩の現代的意義やその方法論よりも、客体に對する自己のスタイルとポジションの如何が、最も重大な検討問題だと思つた。

當日、北川冬彦氏は、「對象に向つて自己はどうあるべきか。ぼくは、先ず對象に沒入し、それから抜け出て一定の距離ある客体観照が形成され、さらに對象へ向うパッションが重要なことだと思う」と言う意味のことを述べた。これは非常にポイントをついた言だと思う。その時、このことに就いてあまり論議されなかつたが、これはとりもなおさず人間の自我の歴史の問題で、敍事詩確立の（廣くは敍事文学確立の）必然性、今日性をつくものである。客体に對する自己のスタイル、ポジション。これか正しくあるところに、すぐれた規實形成が可能となり、敍事詩の課題が展開されてくるのである。

（日村晃）

殘つた「印象」というよりも、あの研究會（第一回）に出たことによつて、小生なりにあらたにし、はつきりすることの出來た、（全く小生なりの）敍事詩への「認識」について、申上げますと、

1敍事詩の敍事詩たる所以は、既往のそれの物語性や、現存の小說形式の抱合、もしくはイマアジユのシナリオ的利用によるのでさえなく、主としてその詩としての可能性を、あくまで非抒情詩的な、その獨自の、頑じんなスタイルと依據すること。

2大江氏のいわれる劇的抒情詩などといつたものでさえ、全くなく、そうした人にとつて（つまり小生などにとつては）、それはあだかも、たちがたき妻子への情をたちきる、革命者的精神によつて決行され、形成されればならぬこと。

3それと共に、その長篇性によつて、從來の定型抒情詩や概念詩が、しよせん、單なる暗示や、慰ぶや、自己獨善のオナニズムに陥りがちだつた解放というような問題を、きわめて具象的に、強力に提示しうること。だからそういつたことに關心のない人達には、それはついに對岸の火事、もしくは、無縁、もしくは奇々怪々、もしくは脅威であろう――といつたようなこと、etc………

（木原啓允）

第二回研究會に於ては、先づ「抒事詩と小說とはどう違うか」という問題が提示されたが、それに就いては江口榛一氏が「東京新聞」へ發表した一文をとりあげてO氏が、この文章は極めて無責任な態度で書かれ、つまりは自分が今後小說を書いてゆきたいということの自家宣傳的なゼスチュアに過ぎないと指摘しそれは首肯できた。次いで、「抒事詩の形式」の問題は、北川氏の說かれた、人類の宇宙（定型）即ち回歸を希ふ意味から、当然定型を執るべきであるという意味には深い示唆をうけ同感しかし私はその一過程としての散文形式にまだ執着がある。この問題について川路、安彦二君の論爭は興味深いものがあつた。

（扇谷義男）

△九十六頁編集の第二冊目である。この編集は片手間の仕事としては、まことに容易ならぬ仕事である。これを敢行しようと云う浅井君の意欲に感激して、ぼくも張り切ることになったが、幸い充実した内容を盛ることが出来た。

△吉田一穂君は、一年越しの約束を、これから毎号果してくれるそうだし、安西冬衛君も連続投稿を約してくれた。安藤一郎君のアメリカ詩人論は今月は間に合わなかったが、来月はたしかとのことである。

△この号の「シュペルヴィエル研究」と「アラゴン断章」は、この雑誌に生彩を添えるものと云ってよいであろう。シュペルヴィエルは、堀口大学氏の「シュペルヴィエル詩抄」（第一書房版）によって日本詩壇にはじめて紹介されたと云っていゝが、私などＮＬＦ誌などで散見はしていたけれど氏の訳業によって目の醒める思いをさせられた。小野十三郎、永瀬清子等の諸君もシュペルヴィエルに感心しているが、まだ日本には纒った研究は出ていない。これが最初のものである。筆者の高村智君は早大佛文科出身、この研究は卒業論文である。高村君が杜撰なものだと尻込みするのをぼくはたって発表をすゝめた。アラゴンについては、「世界文学」四月号で矢内原伊作氏が「抵抗詩人アラゴン」なる長編を発表したが、矢内原氏のはアップでとらえているの感があるが、鶴岡君のはロングでアラゴンを見ている。ではあるが含蓄に富んだ好エッセイである。筆者鶴岡君は三高、京大佛文科出身の篤学者。先月の安藤君の「アメリカ詩人論」もそうだが、これら生きた海外一流詩人の紹介をなし得たことは、いさゝか自慢してもよいであろう。

△作品は、阪本、江間、安西、吉田、河邨、安彦、扇谷など力作揃いである。吉田一穂君は、作品ぢやないよと云ってぼくに渡したが作品欄に組んだ。吉田君の書くものはエッセイでも作品の感を与えるし、作品でもエッセイの感がある。この点、安西君の作品もその感がある。

△眞壁は近頃、大変な勉強ぶりである。いそがせて済まなかった。小野連司君のは、三月号からの「現代叙事詩論」の続稿である。これはまだ続く。

△第二回の長編叙事詩研究会のレポートをのせた。第三回はホーマーの「イリアッド」「オデイッセイ」を現代の角度から研究することにしている。長編叙事詩は、シーリアスな現代詩の問題をはらんでいるこの仕事は、五年や十年では眞の成果は出ないかも知れない。これだけにやり甲斐のある仕事だと云わればならない。執ように研究を押し進めずには止まないのである。

△今月は、小田雅彦君の小説「かけ」（三十六枚）を掲載する積りであったが、スペースの都合で次の機会に譲ることにした。

（北川冬彦）

※親子七人みんな回虫と風とハシカにやられてボロ屑の中の犬ころそつくりである。僕の借金も大凡、底をついて来た。そこえ運命を賭けると言う言葉がひよつくり頭をだす、こいつ仲々生やさしいものでないことをつくづくおもわせられる。どこまで押しとうせるか、まさに浅井の運命もここえ賭けられている。出版社の崩壊、相ついでいる今、苦斗張りの僕の挨拶わ諸君のために雑誌を送り届けることにある。

（浅井十三郎）

現代詩　第四巻　第五号
定價　金六拾円　送料六円
直接購読会費　一ヶ年五〇〇円
昭和廿四年四月廿五日印刷
昭和廿四年五月一日発行
編集者　北川冬彦
編集兼発行人　関矢與三郎
新潟県北魚沼郡廣瀬村大字並柳
印刷人　佐藤利平
新潟県古志郡宮内町
発行所　新潟県北魚沼郡廣瀬村大字並柳乙一一九番地
詩と詩人社
浅井十三郎
日本出版協会員番号　Ａ二一九〇二九
配給元　日本出版配給株式会社

昭和二十四年五月廿五日印刷納本
昭和二十四年六月一日發行
昭和二十三年五月廿八日第三種郵便物認可
昭和二十四年三月二十八日運輸省特別扱承認雜誌第一四五号
現代詩（第三十号）
定價金六十圓

現代詩
七月号
THE CONTEMPORARY POETRY
詩と詩人社

現　代　詩

七　月　號

詩と文化意識

安藤一郎

詩と文化意識を結びつけることは、非常に明快で尤もらしい論理になるが、眞の詩といふものは、そんなことで解決出來ない。政治思想とか、社會的關心は、勿論、詩人の精神の裡に動いてゐるに相違ないが、詩は、ただそれだけでは成り立たぬ。

詩は、むしろ文化意識を超えたところにひそんでゐる――虚無、暗黒、頽廢といつた、文化意識に逆行する領域にも、燦然とした美を放つことがある。背徳、無道徳、また罪惡に汚れたときも、その價値を決して喪ふことがない。更に言へば、詩は叛逆である――社會への人間への、神への、或は宇宙全體への。それ故に、心象、隱喩、象徴の形式する微妙な詩の構成には、最初から文化意識のみを目指す意圖があるかどうか、極めて疑はしいと言はねばならぬ。

併し、それにも拘らず、詩と文化意識は、究極に於いて、無關係ではない。一つの波紋が次第に擴がつてゆくやうに、詩人の投じる僅かの言葉は、やがては人々の胸奥にひたひたと浸み寄せて、何物かを自覺ますのである。

また、作品に明確な表現をとるか否かは別として、詩人の思想には、廣い意味の政治、即ち文化意識が、個性の強さとして包藏されてゐるといふことは確かである――詩人は、根本的に、先ずヒユーマニストでなければならないから。

現代詩七月號 目次

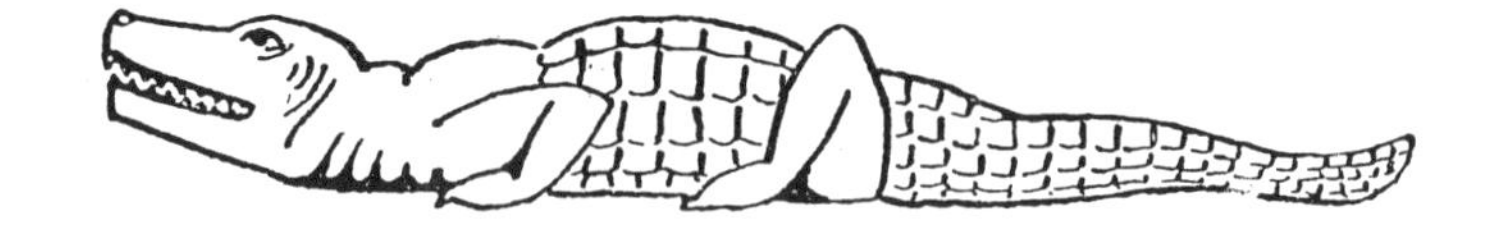

叙事詩是非

河井醉茗

叙事詩といふ名稱を初めて知つたのは内田不知庵の『文學一斑』であるが、該書の文學論は甚だ直譯的で、叙事詩の範圍には散文の作品卽ち小說を解釋し究明してゐるのでわれわれは混迷を感ずるばかりであつた。元來明治三十年頃迄の詩は叙事系統が主流であつて、純粹の抒情詩は少なかつた。三十年に民友派の『抒情詩』や藤村の『若菜集』が出るに及んで、稍はつきりと叙事詩と抒情詩の區別が分るやうになつた。而して優れた作品は抒情詩に多く、叙事詩に對する感興は乏しかつた。苟くも新体詩を作る諸家は誰しも當年のロマンチシズムによつて、幾篇かの叙事系統の詩を作らない者はなかつた。だが叙事詩として獨立した機構、樣式を具へてゐる作は澤山にもなかつた

その頃、傳說の類から素材を採つた叙事風の詩歌で注意を惹いた作品に、坪內博士の「新曲浦島」と森鷗外博士の「玉篋兩浦嶼（たまくしげふたりうらしま）」の二つがあつた。新曲の方は所謂舞踊劇の歌詞として作られたもので、最初は上演もされたが寧ろ長唄として今に生命を維持してゐる、元より歌詞は渾然として美しいものだが、音樂的効果を收めるに役立つたのみで、叙事詩として將來を豫匠する何ものをも見出しかねた。更に鷗外博士の浦島は音樂や繪畫との條件を顧みず叙事詩としての獨立性を强調しようと試みたものだが、これも亦或る劇場に於て上演された。俳優の動作や科白が必ずしも詩の表現を生かしてゐない。動作は動作、科白は科白で詩と離れてゐるように思はれた。之を演ずる俳優もやりにくからうと洞察され、また詩

といふものが斯のやうに解釋されるものか何うか疑しかつた。

藤村も亦叙事詩に聊か野心があつたので、『夏草』の中の「農夫」を讀むと、叙事詩としての機構がよく窺はれる。でも彼の抒情詩に比べて甚しく魅力が乏しい。これなら散文に書きかへた方が作るにも讀むにもらくだらうと思はれた。果然聰明なる彼は叙事詩の業を抛つてさつさと小說に移つた。

有明、泣菫、に長篇の叙事詩のあることは周知の通り、殊に有明は力作を見せてゐる。「さび斧」「姫が曲」「人魚の話」などを彼は「傳奇的構想」と稱し、叙事詩とは云つてゐない。叙事系統の詩には違いないのだが、專ら心理の分析と展開とを律的に表現してゐる。彼の詩に通有の深い思索から發動してゐるからよく考へて讀まないと意味が通じない。有明にして甫めて成し得る作品で、追隨者のないのも當然だ。與謝野鐵幹も一時叙事詩を提唱し「義經」や「日本武尊」をうたつてゐるが、有明もそれを是認してゐるけれど、察するに彼は所謂當時の叙事詩を美辭的再現として、獨創を重んずる立場からさういふ類の叙事詩に着筆をいさぎよしとしなかつたのであらう。

大正期以後も叙事詩を提唱する詩人は絶えないのだけれど、さて深く記憶に殘るほどの作はない。最近まで暫く叙事詩の聲を聞かなかつたが、偶ま北川氏の『氾濫』を讀んで考へさせられた。之は全く新しい方向を指示してゐるので、氏手法にかる〳〵しく異議を唱へるだけの用意を誰かゞ持つてゐるだらうか。漫然と散文的だ詩感がないと抗議してみても一方的の批判に過ぎないであらう。

叙事詩を本質的に更新しようと意圖した氏の態度には同感される。本質的といふのは內容のことでもある。明治時代ならロマンチックな內容さへあれば叙事詩として或る水準に達したらうが、現代に於てはそれは許されない。明治より一時代進んだ人生を對象としたものでなければ創作する意義はないのだから、先づその點に重心が置かれて然るべきだ。北川氏はそれを心得てゐるやうだ、その上更に技術の點でもシナリオの形式を採擇するなど工夫はしてゐる。抒情詩と異り、叙事詩は形式の上に大いに新工夫を要するので、まだ〳〵開拓の餘地はあると豫想してゐる。たゞ音樂や繪畫の力に依存しようとする考へ方は、純なる獨立した叙事詩を創作する上に甚だ危險である。

一鱗翅類蒐集家の手記（二）

安西冬衛

己が英吉利の貴族に誕れてゐたら、己は火爐を己の家の紋章にするですな。

雜誌「ライフ」で、鷲に襲はれて傷ついたニューメキシコの少年を觀た。

紐狀の止血帶が高速度自動車道路のやうに顏面を斜に走つてゐる。一見、航空地圖を思はせるこのゼオグラフイックな圖形は、獲物をハタと見定めた刹那、メッサーシユミットのやうに急降下攻擊を加へたすさまじい鷲の精神を察知するに充分だ。

仆された鷲は、少年の兩親の手によつて巨大な兩翼をその背景に擴げて縡切れてゐる。

ドイツチユウランドの死の紋章。

西班牙では、JがHと發音される。

マドリイドの街のとある白壁に、ジヨツキークラブといふ看板が出てゐるので、旅行者は有名な英吉利人のクラブかと思つたら、實はホツケークラブだつたさうだ。

響尾蛇のやうに毒の頭を擡げてゐる種子採取用の逞しい葱の華。

金色（きんいろ）に輝くヒットラー、ユーゲントの青少年達が揃つてゐるアルバイト●デイーンストのショベルも、今見れば黒いスペイドのやうに不吉に見える。

リオ●デ●ジャネイロの獨樂（こま）。

クローバーで包んだ卵。

龍頭（りゅうづ）（懐中時計の捲螺旋（まきねじ））といふ發明（賢いこと）なテクニックを發明した男の頭腦の回轉率。

石がゴロゴロしてゐることで有名な哈爾濱モストワヤ街の歐式舗裝道路のやうに、總アートペーパーの紙は至極結構ですが、誤植だらけなのには大變困りますな。

佳き隣人。

蝙蝠傘と臭素。

鋼鐵王カーネギーと和蘭石竹。

ピストルと西班牙金貨。

アルゼンチン●レパブリックを自動車で走破した一旅行家の談だが、大平原をドライブしてゆくと、行手にコーンビーフ狀の締結組織と彩色土壤をもつた壯大な斷層が出現してくるのださうだ。心得たりと車を蛇行狀に驅つて大勾配を登り切ると、忽ち一望際涯ないパンパスが展開して、直路金色（こんじき）の矢の如く車を吸引して止まないとある。ドライブの續行更に時余。すると前記の大斷層にも優る又もや平手打の邂逅。やをらこ奴をオーバーするとその上部は更に氣の遠くなるやうな大ブレーンだといふ。……

聞くだに壯絕の限りを極める層層幾段階のプラットホームを次々にクレッセンドで征服していつても、出たところは依然地球の皮の一部だと考えたら急に厭になつてしまつたさうだ。

指環

杉山平一

此間までの戰爭の傷痕そのまゝに
ガラスは割れ　乘客の服はやぶれてゐた
戰後の暗いみんなの氣持そのまゝに
電車は北國の冬の夜をゆれとんでゐた
兵士たちは未だ故國へ歸らず
運轉台には少女が立つてゐた
吹きこむ寒風に少女の髮は亂れに亂れ
私も傍にゆれながら暗い想ひにふけつてゐた

闇に向つてまつしぐらに少女は
コントローラを全速に押すのだつた
ヘッドライトに雪は霏々と舞ひはじめ
しかしそのころ我らにいかなる終驛があつたらう

そのとき私は見つけたのだつた
ハンドルを握る少女の指に青い石の指環を

あゝ暗いそのとき私の見た
霜やけのあかぎれの手の小さな指環

その記憶は今尙希望の如く光つてゐる
今尙暗い途にゆれる私の胸に

戰ひ敗れた一九四五年寒い冬のこと
あの可憐な勞働者は今どこにどうゆれてゐることか。

郷愁

岩本修蔵

ひとり荒野を過ぎるころ
荒野は雲ひくく道絶えて
麥の秀でた彼方に海が見えていた
いつかのかなしい海だつた

異國の船が浮んでいた
異國の船は荒野とすれすれに
そして麥の穂がゆれるように
知らない月日のそばを默つて過ぎていた

手をかざせば手の蔭がうつり
眼をあげると眼の跡が片すみに殘るところ
そんな貧しい地上から見えるいつかの海が
むなしい人びとをわきたたせていた

過ぎて行く荒野の涯にひとりして
今も同じい靜かな花のように
ゆく雲のさだめも問わず
しみじみと彼方の海の船を見つめていた

無名の村

丸山豊

ある奇妙な夏——
螢は草との對話をやめ
波紋は風とのまじわりをもたず
楠の毛虫は惡しき繭をいとなむ

奇妙な夏のことなれば

その視はたえずくづれゆき
その欲情はしろい糸切歯をのぞかせ
その未來はしつとり汗ばんでいる

――牢のなかの休息
――生の自治委員會
――消えがたい屈辱よ
――最初の夫を忘れよう

奇妙な夏のことなれば
にごり江へすべての聲はながれより
橋のなかばにたゝずんだ歩行者を
強烈な影がはゞんでいる

ジュール・シュペルヴィエル研究（2）

高村智

シュペルヴイエルは一九二五年にN・R・Fから詩集（Gravitations）の初版を出したが、それは三年前一九二二年に Revue de 1Amerique Latine から出した（Debarcades）よりも全体的に力が加わり、イマージュは一層豊饒になり、各詩篇とも熱烈さを増し、詩句は引締り、分析は一段と冴えを見せている。あきらかにそこには彼の尊敬おくあたわざるロートレアモン（前に引用せるが如く、シユペルヴイエルは彼に長い詩を捧げている）や、ランボー、アポリネールクローデル、ラルボーの強い影響があらわれており、シユペルヴイエルは一つ二つの隠喩において、そのいろいろなエレメントを一度思い切つて分解してしまい、それらを改めて順次に捉えてゆくのであるが、しかもその場合、終始型にはまつた單調なリズムによつて單に我々を魅了するかに見せかける整つた外觀や、調和ある凝しゆう力を構成してゆく、というのではない。彼の手法は一見突飛で大膽であるが、その精神は彼自身の生來の特質であると共に、影響をうけているホイットマンの精神でもあるのだろう。諸藝術に奉仕する若き藝術家達が各自いだいている手法というものは、とかく一時にパッと花開き忽ち姿を消してゆくべき運命を辿るものが多いが常にそうであると斷定することはあまりに早計であり、あまりに不敵な考えである。その良き例としてランボーをあげ、そして又このシユペルヴイエルを擧げねばならぬ。

シユペルヴイエルの視力、或いは悟性が、未だ形をなさぬ一つの觀念、一つの風景、一つの思い出、一つの顔を捉えるや否や、その輝きがほんの一瞬網膜或いは記憶の奥底にフラッシュを浴びせる美しいいろいろな飾りを身にまとつて、彼の手法が早速躍りでる。

海の上に浮び出た
とある雲のまんなかから
女の顔が一つ現はれ
青海原を眺めてゐる。
「烏魚」が
あのあたりを往來して
泡を雲へ運んでゐる。
（僕はあの女に見憶えがある
何處で見たのであらうか）

（堀口大學譯）

かくの如く不意に押しつけられた「光景」が、たとえ部分的であろうと、極端に偏狭であろうと、それはどうでもよいことではないか。

「『烏魚』があのあたりを往來して泡を運んでいる。」とは何とすばらしいイマージュであろう。一瞬理性はすべて沈默せねばなるまい。この濃厚な「光景」の奥底から、相繼ぐ反省に刺戟されて、次々に附隨的な「光景」がたちあらわれるのであるが、それ等は何れも溶け合つたり、混合されたりすることなく、むしろ偶発的な秩序の中で自己の表現を獲得し、しかもそれらは並置されてゆくのであつて決して組立てられるということがないのである。これ即ちポー的にあらずしてホイットマン的な一特徴と云えよう。そしてその作品は安定性や恒久性の中からはおそらく捉えることが出來ないようなものを、むしろ現實性と、異常性と、そして又絶えず新しくつぎつぎに試みられてゆく工夫の、迅速性の中に捕えようとするのであつて、それは相當の危險を覺悟の上の手法であるが、彼は見事にそれを乘切つているのである。

シュペルヴイエルは一九三二年に《Gravitations》の決定版をN・R・Fから出しているが、初版を出した頃の詩に對する彼の態度と、この決定版を出した頃の態度との間には非常に大きな差が出來ているものゝようである。それに關しジュリヤン・ラヌエ氏は「數年前、シュペルヴイエルは特に詩を打明け話をする手段と考えていた。こゝに主要な變化が見られる。即ちシュペルヴイエルは今後、詩をもつて客体と考えるのである。」と言つている。したがつて初版の詩はどこかとらわれたところがあつたが、決定版に於いては各詩篇が自主獨立的になつている。たしかに優れた現代詩というものは、心情の吐露であつてはならず、その詩を生み出すに費される様々な苦心の跡から全く解放された一つの客体であらねばならぬ。そして、その詩の泉から次々に湧いて來るさゝやきに我々が耳をかたむける場合には、それを作つた詩人が口を開いてはならないのであつて、むしろ我々はその詩人の存在を忘れるような具合でなければならない。この決定版に於いては、我々にとつてあまり好ましくない抽象的な言葉やいかにも勿体ぶつた言葉、意味のあいまいな言葉などは、相當の注意を拂つて彫琢を加えられるか、或いは全然除去されてしまつている。それは各詩篇のいたるところに見られ、重苦しい言葉や、あまりにも響きの悪いシラブルや、殊に現在分詞や副詞には可なりの考慮が拂われていて、そこには單に音調のみにとらわれて少しも神秘的な感じを與えぬ言葉の端などを許しておけぬというシュペルヴイエルの意志がよくあらわれている。從つてイマージュは一層明確に、一層簡素に、一層輕妙になつてくる。例えば初版に於いて

　自分の中に横たわり、自分の輪郭の中にねむる花は
　朝になると自分の輪郭の眞中で眼を覺し……

というところが決定版に於いては

自分の輪郭の中にとらわれた花は自分自身の罠の中に……

という具合に壓縮して整えられ、又もし一つのイマージュが大して重要でないと考えられればそれは遠慮なく抹殺される。

だが、物音は世界のすべての歴史の中では短かく刈りとられてしまつた。
人はもう唇の線での微笑以上の聲をきかない。

は、決定版では次のようになる。

だが、物音はこの世のすべての過去の中では刈り倒されてしまつた。
歴史はもうその聲を聞かせることは出來ない。

次にすばらしい改作の手際を示そう。（天文台）という詩において、丁度一つの手袋をうらがえすように見事にやつてのけられているが、このように我々をあつと云わせる詩人の手腕にはなかなかお目にかゝれるものではない。この、最高のポエズイーを浮動させ、愛情とそれをへだてる距離を扱つた短い詩は、初版では次の如くであつた。

そして今ではもうあなたは夜でもないと
往來にお出にならない
どこか他の世界の星學者が
度の強い雙眼鏡で
一足一足つけまわす

男が一人そこを歩くのでした

これが決定版では次のようになる、

そして今では夜でもないと私は
貴女のむかしからの往來に出ないのです
しかし貴女はどこか他の世界の星學者にでも
おなりになつたのではないのですか、
望遠鏡でわたしをつけまわす星學者に?

「私」と「あなた」と、一体どちらが主人公なのであろうか。二人の間をへだてる障害物は一体どこにあるのだろうかいや「私」などというものはもう姿を消してしまい、たゞ闇と、時間と、空間とそして倦むことを知らぬ「戀」があるのみである。もう一つ眼につく改作の例として(心臓)をあげてみる。この改作においては、二つの薄弱なストロフが失われ、それに代つて、あたかもその詩の「重心」ともなるべき單純であるが完璧な次のごとき四行詩がはめこまれたのである。

それではもう一度、たゞひとり
手さぐりする肉体の中
經帷子のま近の心臓
大いなる人の心臓よ

初版から決定版へと、これら改作の方法は、割合に控え目ではあるが、その効果は頗る大きい。又、内在律とも云うべきリズムについて云えば、hiatus や heurt がなくなつて多少和げられたと思われる程度で、詩篇の何處に於いてもほゞ一樣である。特に注目さるべきことは、シユペルヴイエルは定型詩には殆んど手を入れておらず、從つて自由詩は彼にあつては拘束を求めて未だ浮動している作品であると判定せねばならぬことである。これによつて、彼はホイツトマン的ではあるが、常に定型に對する憧れを捨てゝいないことがわかる。

その他、詩集の結構に関してゞあるが、決定版は各詩篇の内容の類似に從つて前よりも一層適當なグループに分けかえられ、又題名も書き改めたものが多いということは、たとえ詩の外觀はもとのまゝであつたとしても、それらには前とは異つた新しい意味が吹き込まれたことになるといえるであろう。

フランス文學に於けるリリスムの特性は、ごく最近までの日本文學に於けるそれとは根本的な相違があるのだが、知性と感性が互に相爭つて一方が他方の犧牲となるのではなく、反對に互に兩者が刺戟を與えつゝ共に生長して行くという点にあると云えよう。その代表的な例としては、フランス詩傳統の直系であるヴァレリの作品を擧げねばならぬであろうが彼をとりまく衛星群にしても、その外見は如何であろうともその根本的な性格においては變りはないのである。そして彼等衛星群によつてはじめて、あまりの鋭さの爲にそれまでは容易に聽覺がとらえることの出來なかつた詩の音樂が、誰でも耳を傾けさえすればきこえるようになつたのだと云つてよいであろう。故に、彼等衛星群こそ、フランス詩の刻々と步みつゞける傳統の、眞の役に立つ護衛兵なのであつて、彼等をも語らずしてはフランス現代詩を論ずることは到底不可能であろう。今こゝに語りつゝあるシュペルヴイエルもその護衛兵の間に尊敬をあつめている一驍將である。

さてシュペルヴイエルの詩は、これから引用するものは勿論のこと、前述した((Gravitations))の部分的な例によつても若干うかゞわれる如く、地理的の意味ではなしに、極めて宇宙的である。これは彼の初期の詩からごく最近の詩にいたるまで殆んど變らない根本的な性格の一つであつて、星辰の運行及虛空の風景が、心的イマージュに置きかえられて書きしるされているのである。更に彼の空間に對する感覺というものは、この空間の擴がりを固定し安定したものと感覺するいわゆる旅行作家達の感覺とは凡そ遠い。即ち彼等はあたかも地圖の上を移動する一台の自動車の如きものであつて、いくらガタガタ走りまわつても、自己とこの固定した世界との間の關係は微動だにしないのであるが シュペルヴイエルはそれとは全く異ることは、彼の詩に觸れてみれば直ちに感得されうることである。シュペルヴイエルは一九一九年に Figuere から Poemes を出した際、それにポール・フォールが序文を書いているが、おそらく詩王は自分ではとてもうかゞい知れぬシュペルヴイエルの特異な宇宙感覺に驚嘆のあまりペンをとつたのであろうと思われる。又彼の詩的幻想は上述の如く宇宙的ではあるがそれは單に廣大なる宇宙という意味ではないのであつて、彼の詩にあつては空間がまず分解されて一度び渾沌に復歸し、そこから再び作り直されるのである即ち現代藝術として認められる爲の一條件であるところの現實の再構成を行い、精神の中に物体と同じような形象をとつた一つの建築物が見出されるのであつて、決して抽象的な概念の混濁を許さない。この点で、彼がリルケの影響を徹底的にうけつゝも、しかもリルケよりも數步前進しているのであり、シュペルヴイエルの詩の新しさもこゝにある。

彼のこのように宇宙的な詩に於いては、天と地が屢々位置をかえ、イマージュが顚倒するに從つて彼の感覺は分裂して異常な結合をなすのであるが、その變動は存在の內面にまで及ぼさずにはいない。彼のインスピレーションは、現實に喘えぎ疲れている精神に無理やりに秩序か不秩序を與えようと絶えず力みつゝよろめき立上る、この世界から觸發されるのであろう。次にリルケに捧げたオロロン・サント・マリの中の一節を引いてみよう。

岩は世紀を怖れない
岩は世紀の上にどつかり坐り込んで夢を見てゐる。
こゝは父の故郷の市だ　僕は到る所に用事がある。
僕は街から街へうろついて何處の家にでも飛び込んで行く
まるで山中の小徑のような氣持で
僕はノックもせずに田園が入り込んでゐるそれ等の部屋々々へ踏み込んで行く
鏡は森を映し　小川の助太刀をする
僕は彼等の水に卷かれて映る自分を見出す。
僅かな物音に驚いて用心する死者達を呼び集めるために僕は瓦屋根の上を歩いたり　高い塔に昇つたりする
僕はピレネエの空に
音を立てずに鳴る
夜の鐘の
人間の姿をした舌である。

（堀口大學譯）

あたかも、山中の小徑のようになつた詩人、そして絶えず迷いにとらわれた詩人、それは共に彼の詩を神祕的なものにする萬象の秩序と不統一のさ中に於いて、彼の肉体から抜け出そうとする想像力の征服者でなくして何であろう。

オロロン・サント・マリはまた、次のことを感ぜしめる。そこに於いては、生と死との觀念が、この芸術家の、他の様々な好奇心を制禦しており、しかもその生と死との觀念は我々が普通に考える如き固定した關係にはないということである。死者と生者は毎日の如く顔を會わせる。死者達は完全に死んではいないのであつて奇怪な生活を營み、生前所有していた身体の形を、自分の奇怪さから己れの身を守ろうと終始夢中になつている生者達に强いるのである。シユペルヴイエルの獨創性は（リルケに比較して）その奇怪さを進んで理解しようと努め、共に生命を復活するべく死者達を誘惑しようと對話をこゝろみることにある。

僕等が何時も不動と見ちがえるほど
ひそやかな物腰の死者達よ
わたくしに背を向けないでおいで下さい。
あなた方には

お膝の近くに生きた一人の同類がゐるとお感じになりませんか
お友達　さうまで御心配なさるな
あなた方の長い裳裾を誰も引く者はありませんから
（堀口大学訳）

かほどまでに巧みに作られた歎願書は又とないであろう。ところで、我々がシュペルヴイエルに伴われて宇宙飛行に出かけた場合、時々エアポケットにでもはまつたように衝撃を感ずることがあるのは一体どうしたわけであろうか。それはおそらく、彼自身、眞空を表わそうとするのか深淵を表わそうとするのか判定のつきかねるようなことを、時折自分の詩の中に鏤めては一息ついているのであろう。

わたくしは
自分に腦髄があることをよく知らぬ一人の男にすぎないのです
それで心臓が
絶えずぶつぶつ言いながら、そのことを説明してやろうと思うのです……

しかしシュペルヴイエルは、その樣なエア・ポケットにいつまでも止つておらず、直ちに彼の目的地に向い、生と死の間をへだてるものを破壊せんとして、種々の悲哀や煩悶に出會いつゝも決して希望を失うことなくこの飛行を續けるのである。

シュペルヴイエルは萬物の輪廻と轉身の詩人、神秘な交靈の詩人である。彼の宇宙にあつては、同じものが別のものであり、あらゆるものが人知れず交感し、各自の靈氣と信念を交換するに至るのである。彼には反キリスト教的な何ものもない。彼は神に對する復讐を必要としない。したがつて詩作態度に於いても、ヴァレリとは相當開きがあるように思われる。ヴァレリは云う、「假りに私が物を書かざるを得ないとしたら、私としては、何か失神のお蔭で無我夢中に最も見事な傑作中の一傑作を産み出すよりは、あらゆる意識を保ち、完き正氣のうちに何か薄弱な物を書くことの方が限りなく好ましいであろう」と。廿世紀詩人シュペルヴイエルは、過去の浪漫派詩人の靈感主義とは根本的に相違しており、叡智が輕んぜられるということは決してないのであるが、もし我々が、彼の常に自らを忘却し自己から脱出する希望を絶つたりすきさえあれば自我の牢獄を破り魂の注意深い見張りから逃れてこの現世を浸している靈氣に憑かれようと望んでいる彼を許さなかつたり、或いは時々夢遊病者となつて夕暮をさまよい歩き、いつしか肉体が宇宙的な冒險に出發するのを禁じたりするならば、おそらくこの詩人は翼をもがれ喉をつぶされた小鳥の如き存在となつてしまうであろう。それは或いは彼の悪癖であるかも知れないが、たえざる危い修練によつて無上の均衡をものにし、一切を神祕の境にまで曳いてゆかねばやまないのである。アンドレ・フオンテナスは書いている「この方法（好んで自己自身の濃霧の奥底に自分を引戻す）は、獨創力の恩惠により、魂や風景の觀察の極めて鋭敏な感覺と、可なり氣位の高い皮肉の、用心深く多少よそよそしく思われる天賦の才とを結合せしめているシユペルヴイエル氏に眞に固有のものである。この詩人は父祖が生れた土地を訪ねて、彼の一族の往時を見出すのである。彼の瞑想――そこでは更に隱れた內心の永續の感情と幻影が交錯する――は自己の感受性がもたらす事物を自己の構想にしたがつて處理し排列する詩人の意志によつて導かれるのである。」

オロロン・サント・マリの後、シユペルヴイエルは、方向こそ變らないが、絕えず一歩一歩前進してゆくのが見られる一九二八年七月號のＮ・Ｒ・Ｆに九十五行からなる彼としては比較的長い詩（捉える）が載せられたが、そこに於ては決してクラスイツクというのではないが、相當に几帳面なテクニツクから發展して、その几帳面さを少しも失うことなく、しかもフランス詩傳統の要求するところとはどうみても一致し難い彼獨特の手法に達しているように思われる。例えば、韻を踐むことを諦めたかと思うと、すぐ次のところでは韻を取戻すか又は assonnance, contrerime, contre, assonnance といわるべきものにまでそれを弛め、全く自由自在に處理するのである。そもそもシユペルヴイエルがＮ・Ｒ・Ｆに作品を發表することになつたのも、かのフエルデイナン・ブリユノが彼の詩型の新しさに注目して紹介の勞をとつたのだそうである。彼の詩の韻律は極めてスイラビツクで、他方色々な破格――それは彼にあつては常にコントロールされていて決して無意識でなされるのではない――をやらかせばそれだけ一層注意がこめられ、よく隅々にまで神經がゆきとどいて引締められ、それによつて單調な詩型を補つているのである故に人もしその表面のみをうかゞつて、シユペルヴイエルは卽興的に詩作するのだと思うならば、大變な誤解である。

この（捉える）に於ては特に（オロロン・サント・マリ、グラヴイタスイヨンに於いてもそれは感じられるが）、音樂というものを極めてエツセンシヤルと思われる程度にのみ保持せんと試みているようであり、シユペルヴイエルは音樂に集中することによつて柔弱に過ぎたり、或いは一杯に擴げ過ぎて長過ぎたりし勝ちなあのハーモニという陷せいに落ち込むことを怖れるのであろう。彼の望むところは極めて高く、曖かしたり誘惑したりするのではなく、直觀により內奥のかすかな閃きを（捉える）こと、そしてその閃きを必要にして十分な、且引締つたイマージュで一瞬の間に區劃してしまうことなのであろう。外面を漠然と被い包んでいるものや、表面だけの幻惑的魅力をそゝるものから、眞に根元的な、明確でしかも我々に感動を與えるイマージュへと、一枚々々皮を剝ぎとつて行き、最後に、奇怪ではあるがどことなくゆつたりした一つの雰圍氣を創り出している。そしてその中を歩き廻る思想は、感覺との協力を少しも惜しんではいないのである

　シュペルヴイエルは、一九二九年このN・R・F所藏の長詩《捉える》と それに Antipobes を加え、N・R・F社から詩集《捉える》として出版した。この Antiqobes は大体詩《捉える》と同傾向のものであり、主として潛在意識に由來する極めて素朴な自然な幻想がいたるところに錯綜している。例えば

暫くひとりでいよう
盲人の世界に。
僕等の周圍にとざされた
幾億万の瞼よ

（堀口大學譯）

シュペルヴイエルは一九三〇年になつて、それまでの未發表の詩と、オロロン・サント・マリ及び上述の《捉える》を合わせて《Le Forcat Innocent》となし、同じくN・R・Fから出している。

　彼の詩は外見的な單純さにもかゝわらず、一つ一つ立派に成功を示している。神祕的な幻術と、魔性のリズムによつて彼の詩が創り出す種々の存在と、それ等が醸し出す雰圍氣とを受させずにはおかないのであろう。

私がいる部屋の中に一匹の長い蜥蜴が夢をみていた
空に匿れた太陽がその蜥蜴を熱している
鳥達はそれには眼もくれず高い屋根を横ぎつていた
私は自分だけの秘密によつて覆い包まれているのだと信じていた。

この長い蜥蜴は、ひよつとすると、あのユーモアと靈感に溢れ、奇妙ではあるが親しみ深く、怖いようでもあり又可憐にも思われる動物達の國で、靜かに夢想にふけつている獲物を探し求める詩人自身の姿ではないであろうか。我々は思わず目をみはる。そして地球と人間の背後に匿れている布をそつとひいてみると、そこに透明な世界があらわれる。そのような啓示は直ぐには與えられないかも知れない。それはほのかにやつて來る。笛の音に誘われてしのびよる蛇のように。讀者がそれになれて、自由に身動き出來るまでには少々時間

がかゝる。彼の詩には最初は一寸入りにくいであろう。まず極く短い詩に魅せられ、いつしか笛の音に耳を傾けはじめる。その短い詩は、長い壁をめぐらせた洋館の、小さな窓なのであろう。人はかけよつてその窓にひきよせられ、我を忘れて中を覗き込む……。氣がつくと、いつの間にか、壁も窓もかき消えて、内部のすべてが一杯に眼前に擴げられている、その時、人は、自分がシユペルヴイエルの長詩に夢中になつているに氣ずいて驚くであろう。短い詩は單なる案内役にすぎなかつたのかもしれない。我々の眼と、眼前に展開された大きな世界の間には、もはや何の障害物も見當らない。この世界にあつては、傳統やペダンテイスム、これみよがしな語葉と修身、口先だけの誇張、それ等は何れも愉悅のチヤンスをしりぞけ、この詩人と蜥蜴の邂逅を妨げるのみである。「私がいま讀んだこの詩の一節は、私をして常に、ニーチエがあの最後の眩惑的な告白を記した次の章句を思わせる。――この書の藝術は、身輕に音もなくうつろいゆく事物や、神の如き蜥蜴達にも比すべき瞬間々々を、その場で捕え、暫時それ等を定着することを許す。」（ガブリエル•ルーヌトル）

思うに、シユペルヴイエルの本能的とまで云つてよい動物生活、即ち這いまわつたり泳ぎまわつたりする形態に完全に同化することは、魂の嚴重な見張りのもとに身動きもまゝならぬ（(Forcat)）にとつては、自由を獲得する唯一の方法なのであろう。シユペルヴイエルの動物崇拜はそこに發生し、様々な謎を背負いこみ自分はその謎を知つていながら言葉をいえぬこの地上生活の神祕の代表者たる動物達、我々人間の眼があまりにも主知的な爲に見逃してしまうことを決して忽にせぬ動物達を　シユペルヴイエルは呼び集めるのである。

疾驅する動物達よ、こちらを向いておくれ
助けてくれ、わたしにはお前達が皆んな必要なんだ
犢達よ、空間の製作者馬達よ
誰でもいゝからこの狂人の心を慰めておくれ

しかしシユペルヴイエルは、「モンテルランの如き、あの装飾的な神話を使用しない。すなわち、動物の中に仲介者と救濟主とを見るこの神祕の精神は、彼の中にあつてはアジヤ或いはギリシヤの空想が古典世界に課したところの英雄的な或いは神聖な形を決してとらないのである。」（ガブリエル•ルーヌール）

シユペルヴイエルの小說やコント（例えばL'Eaufant de Iaha ute Mer, 1931）はこれ散文詩として提出されても何人も疑い得ない程ポエズイーに滿ち溢れた作品であるが、やばり彼のエッセンスは詩人として現われるのであつて、それら小說やコントの雰圍氣を構成しているところの極度の純朴さ

と纖細な夢幻との混合は、この Le Forçat Innocent（罪なき徒刑囚）の詩の性格の中には、それ程あらわれていないようである。卽ち、詩に於けるリズムが一段と莊重さを増し、低く抑えられてより沈默に近ずき、人は何か厳かな儀式が始まるのを待つような緊張を感ずる。やがて神祕に敬意を拂いつゝ様々な不思議な現象を再び眞實な世界へと招き返えすべく詩人が低い聲でつぶやき始めるのを聞くであろう。そして、この徒刑囚が牢獄に入れられる時、彼は暴力に訴えることなく不動のまゝ絶えず細かい注意をあたりにくばりながら、流動的で透明な、何かと彼に話しかけて呉れる石牢の中へとすべ撫つてゆく。

この石牢に罪なくして閉じこめられた手に負えぬ囚人、愛してくれる牢獄の中の囚人は、壁に愛情を感じはじめるや、そのいとも純粋な愛が花崗岩にしみこんでゆき、やがてその小さな穴から彼も逃げ出すことが出來るのである。

石よ、陰鬱なる友よ
お前のまわりを　私の魂は彷徨うのだが
封じこまれているお前の魂は
いたるところで私を恍惚（うつとり）させてくれる。）

透明で流動的な石の上で死ぬこと、それこそこの詩人の望むところなのだ。シュペルヴィエルは囚われの苦しみから逃れる二つの方法「睡眠」と「死」によつて、未知の奇蹟や、存在の外觀の背後に隠されている存在そのものを捉えようとする。しかし、「眠り」の中にみる夢は、この地上の世界から逃れ出ようとする夢であつて、目的なしに彷徨い歩くのではない。そして時々立停つては《沈默の後に》耳を傾けて、

生と死とを
同時に取囲む
あのかすかなざわめきを……

聽こうと努めるのである。これらの点で、シュールレアリスト達の野心に加擔することになるかもしれないが、シュペルヴィエルの場合は彼等の如く下品な熱狂にとらわれたり罵言を吐いたりせず、どこか悲しみのこもつたユーモアをたゞよわせ、絶望のさ中に於いても、そのわずかな割目を發見して利用しようと最後まで執心する。

シュペルヴィエルは、生のみを考うべきで死後の世界を想像しても無駄だと主張する賢人達に耳をかさない。彼は夢の旅に出で、人間のもろもろの欲情が渦を卷いて立ちのぼる國々を訪れた。その國々では奇蹟はみんな實現されるのであつた。

このわたしさ　人間達の間では
多少人間であるというに過ぎないのです
それ程生者は死者に似ています

この詩人には、生者と死者、夜と晝とは全く同一に見えてくる。さまよい出した精神は、黒い影の如く、骨なし幽靈さながらに、あちらこちらのくすんだ壁につき當るのであつた
そしてこの（(Le Forcat Innocent)）（罪なき徒刑囚）という表題は、かつての彼の詩に於いては經度だとか大草原だとかいう廣大な舞台が必要であつた爲に、遠くイマージュの地平線を追わねばならなかつたが、今や自己をひきとめておくべき「空間」を発したことを示している（續く）

ポジション (11)

安藤一郎

それは　怒りでもない
歓喜でもない　マイナスの激情を持つた
一つの熱病であつた――
僕の關節は　みな解體されてしまつた

(誰も知らないが
僕は　確かに狂つてゐたのだ!)

ひとりの人間として
世界と群衆から隔絶し

天氣のこともスプーンのことも　忘れてゐた
昏い大地の　深く落ちこんだところで
溺死者のやうに
僕は　方位や上下さへ分らなかつた

さういふ燃えるエネルギーの中で
僕は　傷だらけになつてゐた
酒の泥醉より　もつと強烈な昏倒で
毛穴の一つびとつが　汗を吹き出した
全身の力で突つ走れ！
虚空に懸る　新しい逸樂の橋よ

頭の奥で　ひつきりなしに閃光が流れ
あとからあとから
爆發が起つた……
意識がみぢんに碎かれる
透ほつた危機の間に
貪婪な喉を呑みほす　一瞬一瞬——

そして

遠く　寂しい海原に漂ひ去る
永遠の卵を夢み
僕は巨大な花びらに疊まれたやうに
こんこんと眠りつづけた

（誰も知らないが
僕だけが　いま十全に生きてゐると感じた）

ポジション（12）

われは　知る――
意識の外の
茫々と明るむ　荒野の果てに
美しき銀灰色の
髑髏　一つ

その永遠に暗き眼窩より
靜かなる炎　燃えたつを

汚物の中

木暮克彦

おのずから発生した汚物である
赤くだんだらに、私達につきまとつて永遠に離れそうにない宿命さえ抱いている、此奴！
此奴は露出させてはならない
異臭を氣にしながらも、皆そしらぬ顔をする
そつと人知れず排除しようと　身をもじもじさせてみる
然し、それは不可能ことである
それらは徐々に推積されて、歩行することも困難になつてくるのだつた
やがて私達は
圖太ぐなり、人前まかまわず振りおとし、にやりと笑つて見せたりする
それからといふもの
とうとうと流れる汚物の中の自己さへ意識できなくなるのである。

魅力の分離について

村野四郎

先日Sという文藝評論家と話した。大体日本の評論家で詩のわかるものがないということはすでに常識だ。わかる樣な顏をしていても大低は古い詩のディレッタントに過ぎないしかしSの場合は、「詩と詩論」の新詩精神運動時代のラヂカルな批評家であつただけに僕は以前から唯一の例外的な批評家として信賴していたものだ。Sはこの信賴を裏ぎらず最近はマチネ・ポエチック批判にするどく、緻密な批評精神を示して僕をよろこばせた。ところが醉がまわつてくるにつれて、彼は全くふいに詩の音樂性を力說しだした。これには一緒にいた笹澤美明も、ひいき選手のエラアを目擊したような名狀すべからざる妙な顏をして了つた。

元來、評論家というものは、いつもある一つのことに前衛的でないというところに、彼らの本領をもつものであるから、これもやむをえないかもしれないが、いづれにもせよわれわれの時代の最も信賴しうる評論家でさえ詩と音樂の原始的な観念からまだ脫出しえないでいるということを知つた。Sは誠實さをこめて、まちがつた方向に進んでしまつた現代詩は、フランクな氣持で一應この原始の情態にかえるべきである、というのである。

だが僕らは今日詩文化の進んでいる方向を意味なくして原始の混沌にかえす必要をすこしも認めない。僕らは不幸にして航空機と併における目的の差異を知覺しうる段階に達してしまつているからである。

×

詩人が音樂的な作品をかいたり、歌曲の歌詞を書くことは少しもかまわない。それは一つの複合のジャンルを見ればよいからだ。だがこのポエヂイの魅力と音樂の魅力とを、その本質において混同することはもはや出來ない。僕らは繪画そのものを音樂の伴奏によつて感賞する必要をみとめないのである。

僕たちが歌はれる詩をきいていると、多くの場合、その歌詞の意味さえ分明でない。音樂の魅力以前に歌詞そのもののエスプリを滿足に感じられる場合は非常にすくない。このメロディに喰はれたる詩的エスプリ。この不幸な詩的エスプリを救出する方法は、この紛はしい魅力を分離することより以外にないだろう。

今日の詩人が、詩の本質から音樂を追放してからすでに久しい。

現代詩を歌はれた詩の原始にかえすことを忠告するより、むしろその魅力の混沌を分析し、兩者をひき離すことが、純粹に詩の魅力を確定する所以であることを知らなければならぬのではないかと僕はおもう。

行方

淺井十三郎

一個の藝術作品も物質であると言うことを僕らの日常生活にとつて考えてみたまえ。ここに一人何本かの割当である鮭が縣にあるとする。それが一郡一町村と末端にくるにしたがつて除々に減本されてくることが今日の日常であるかの如く、物資の横流しが新聞紙上を販わしている。その減本の行方に就いて國民があまり意にかいさないようにお互いの責任に盲いている。統制であるべき品が自由販賣の達しや通知に変つたり、夜明けをまたず に購いに行つても割当何本かの筈であつたものが最早、賣り切れであつたとゆうような矛盾わ一体どこからくるのか。余りにハツキリしすぎているがこのようなことわ、今日の出版文化面に於ても珍らしくない。顔や資本や政党関係或わ又地域関係で用紙の割当が左右されているとゆうようなことがもしもあつたとするならばこのようなことが正常のものであるかないかわ、讀者の判斷にまかせるが、とにかく日本の文化財の配分についてわ、未だ人民の預り知らざる部分に多くの浪費がなされすぎているように思う。法隆寺金堂、松山城の相次ぐ燒失だつて言つてみれば、これも一つの死藏が保存とまちがわれて人民の手にとどかなかつたところの鯡の一本にしかすぎなかつたのである。

雑誌四六期の雑誌割当をみると、文藝部門でわ新潮五万部展望三万六千人間四万九千新日本文學二万部。婦人雑誌でわ三拾万の割当もでている。そこで我々の詩の雑誌わ詩学が一番多く貰つて五六千のところだとおもうが全体からみると詩雑誌の割当など高のしれたものである。「新日本文学」のように組識をもつたところでさえ、經營難を云云してプロレタリアからの資金カンパで「新日本詩人」を計画したり、詩学が「宝石」の利益で經營していろとゆうような噂のようであつたならば詩の雑誌の經營がどんなものであるかおうよその見当もつくし、又最近の「詩學」が低劣な抒情詩えの移行も今日的なもの背後に何が隠されているかを暗示しているものであつて、眞に平和えの繋りわ人民われわれの自覚と責任を追究してゆくより仕方のない事をこれでも感じさせられるのである。

今日に於ける日本の禍根わ、正直にものをゆうことが一種の愚者とさえされがちであえインテリがインテリとしてあるがためにわ一行の言を百にも千にもひねくつてなるほどと思わせる位の藝当しかもつていない、と言つてみれば、それだけであるが、彼らわ彼らとしての任務を云云して今日の時代や政治を利用するにきうきうたるものがあるであろう。プロレタリヤ革命えの同伴者としてのインテリの任務わある。然しながら僕わ一人の農民として、單に思想的な良心の故にそれをかつてのそしてまた今日の獨占資本とおなじように思想の專制をやつてほしくない。

大体、日本の詩人わ、他人の作品をケナシて、それの價値を認めるとゆう度量に稀薄である。それが又眞に、「批評」となつていない点からもあろうが忽ち感情的になつて、詩の批評家を育てようとしない。詩の理解者が日本の評論家にいないのも無理がない。詩の理解と革命を押し進めるためにも新人わ大いに先輩の仕事に批判を加え論議を盛にして継承すべき傳統わ、傳統として背負わなければならない。藝術の世界に於てわ下剋上の精神こそ先進者たちを正しく理解することに至る必須の精神なのである、そして又その重みを脱しなければならない、そうなくして否定の集積としての綜合批判わなりたたない。

今日の日本詩界界隈わこのような度量にかけているのである。最も進歩的である筈の詩人の界隈に封建的なものが殘つているとしたら詩の社會的位置も糞も云云されがたい。

鯡の一本の行方を正すべき時だと云うのである。

傾く人

山中散生

どこから來たかを知らない風が
廣場の眞中に吹きたまつていた
だれも通らないのに
ぶよぶよしたあし音がいつまでもつづく

さうして點滅する光の底には
斜視の女の片眼だけ殘るのである

その廣場のための設計
しかし粹なアイデアはもう生れて來なかつた

すでに風は別の地帶にいた
大搖れに搖れる町全体が遙かに眺められた

ただ流れるものの流れのままに
叫ぶものの力はどこにもなかつた

詩人の背骨は固く傾いて
ノスタルジックな匂いに染まつていた

山襞 他一篇

町田志津子

山襞

深い山襞に
春になつても
とけぬ雪がある

疲れた旅人は
一すくいの
青い光のほとりに
たたずみ
ほつと吐息をつく

私の人生にも
そんな山襞がある

花

たえがたい思いに
蕾の律（おきて）をやぶり

雪どけの
泥土に
身をちらす
花

非情の車
惜しげもなく
ふみしだいて過ぎる

あの頃の「詩之家」のこと

鵜澤覺

十年一昔というが、私が「詩之家」に入つたのは昭和三年十一月であるから二昔も前の話。「詩之家」は佐藤惣之助（皆、惣師の敬愛稱で呼んでいた）主宰、大正十四年七月から昭和七年一月迄に七〇册出している（二月から廃刊）。十二月号と特別の事情のあつた月以外は休刊なく、特大判で三二頁から七二頁、月平均四〇頁、コクトオのスケツチとか惣師寫の古器、高橋心一・野間仁根・鈴木保徳等の繪、飯田九一の邦字と高村光太郎の佛字の組合せ、という様な表紙であつた。

これに集つた「家の友」は昭和七年一月現在で七〇名だが、創刊以來では百名以上にもなろ。私は入家から「年刊詩集一九三二年春季版」参加迄が期間で、「鳥」等で詩の上に轉機の來た私は生活上にもつと大きな轉機を持つていたので、それからは古典文學研究の途に分れ、自づと消息も絶えたが、「惣之助覚之帖」等が師の亡き後で出たことを仄かに耳にした。

詩之家はよく言われたように一詩作ギルドで、イズムやイデオロギーにとらわれることなく、各自が個に沈潜して詩作や研究に邁進するために結ばれた、極めて自由な一種のクラブであつた。それ故「詩の寺小屋」「手習草紙」「蜂の巣を突いたようだ」など言われたこともあつたが、「……本月は塩川君も出馬しました。各境地を確守すること――それが今一番強い氣がします。（惠）（鳥）なぞうれしく拜見致しました」（昭和六・二の御葉書）と言う風に、師には、無邪氣なやんちや共を高い所から愛情の眼で絶間なく注視している――個性教育と言つた暖かな大らかさがあつた。

そして、各個は當時のカアレントに關聯を持つて成長し、各地で「果樹園」「窓」「詩魔」「浪花詩人」「詩短册」「詩人俱樂部」「五人」等の詩誌でも活動して居たが、その尤なるものは昭和四年三月刊の「リアン」であろう。是は渡辺修三・瀨田武雄・竹中久七久保田彦保（後に丸山泰治も）によるシュール・レアリズムの詩文學運動で「詩と詩論」の春山行夫氏との批評論爭も活潑であつた。

此の頃から詩之家も大きく動き、大まかに言へばシュール派と現實派とに分れ出した。シュール・レアリズム派と言つても主知派系のものモダアニズム系のもの等々と多様であり現實派も同様に一律ではなかつた。詩集も多く出、八木重吉「秋の瞳」タケ瀨田の「Q氏の世界」渡辺修三「エスタの町」久保田彦保「跛馬」「夕の花園」竹中久七「輕艇詩集」「中世紀」等々、塩川秀次郎「昴」津嘉山一穂「無機物廣場」永瀨清子「グレンデルの母親」清水房之丞「霜害警報」衣卷省三「こわれた街」等それぞれ好評であつた。

友の會もよく催されたが、特に「正月三日の詩の家の會、是非お來駕下さるやう是非々々待入ります（吉例闇汁を催します、材料一品づゝ持よりの事）きつと愉快な会になるでせう」（昭和三・一二の御葉書）は毎年行われ、闇汁の中から草鞋の出ることもなく、米久本店御曹子竹中氏の何貫と言う特上牛肉、タケ潮田持参の斗酒を恒例として、興たけなわになると、眞打と言う惣師の義太夫、伊波南哲の琉球民謡、その他で若き日の歡をつくしたことで、神戸の衣巻氏、大阪の夢野草一氏、郡馬の清水氏等遠方の友にも此の会で御目にかかつたことであつた。

終戦後の詩誌を覗くと、永瀬、壺田兩氏の「現代詩」同人、渡辺修三・竹中久七・高橋玄一郎・清水房之丞・笹松信夫・栗間久・古川賢一郎・吉村比呂詩等の作品を「新詩人」「新風」「日本未來派」「詩學」「詩と詩人」「現代詩」等で拜見し、一筋にかかわる世界とたゆみなき精進に敬意を拂うと共に往時回想の情にうたれたことである。

前進座のことなど

冬木康

前進座の一行が地方巡業のために奈良へやつて來たのは、確か先月の二月ではなかつたかと思ふ。

地方巡業と云つても、天幕張りの興業でもなければ一般劇場での開演でもなくして、主に地方の小・中學生や高專の生徒を對象として小學校や会館を臨時に借り受けて行なはれるものであつた。

ときたま戯曲やシナリオを讀む程度の私は格別演劇に深い親しみも持たなかつたし興味も懷いてはいなかつたので、そうした催があることすら知らなかつたが、たま／＼當日の朝案内狀を受けとつて見て初めてその事を知り、ふと初對面ではあるが、中村翫右衛門や河原崎國太郎その他前進座の人々とも会つてみたいやうな氣にもなつて、それも午后のおそくから出掛けていつた。

会場は各地方の新制中學の生徒できつしり埋まり溢れるばかりに群れてゐた。丁度舞台では山男風の翫右衛門が何か懸命に演じてゐるらしかつたが、中學生など、殊にこうした演劇等を見慣れない田舎の中學生達には演劇のわからう筈もなかつた。大部分の者はポケットから何かつまんでゐたし、そうでなければ隣近所の者をつかまへて、ふざけ散らしてゐるのが関の山で、實に騷々しさの限りをつくしてゐた。

小さな壇上の舞台では、白幕に描かれた背景と小道具を並べた簡素な中で、山男に扮した翫右衛門がひとり熱演してゐた。それはもうすでに相手が小學生であらうが誰であらうが少しも頓着する氣風もなく、まして、相手によつては演技に手加減をほどこすと云つた風など微塵も見受けられない、高潔なものであつた。只自分の藝道に今日の日を生きいると云ふ彼らの激しい意欲が、すでに數時間の私を捕らへてしまつてゐた。

終演後、衣裳部屋にあてられてゐるその一部室に入ると、化粧を落したばかりの翫右衛門が瀟洒な背廣姿で迎へてくれた。

前進座の苦闘の歴史を種々と物語つて聞かせた。この前進座が生れてからすでに二十年にもなるとのことであつた。やうやく大衆に認められるようもなつたのは、そんなに遠い日でもなかつたやうに記憶してゐる私としては、既に二十年の才月を埋めて默々としてこの道に賭けた彼等の深い愛情に對して言ひ知れぬ驚異の念と信頼の情を寄せずにはいられなかつた。だがむしろ、彼等が流した二十年の才月こそは、實は、彼等にとつては誠に短かい生命の一滴に過ぎなかつたのではなからうか。

「前進座の本当の仕事はこれからです。」

と、最後にそう云つて翫右衛門は口を噤み眼鏡の奥で微笑してゐた。

川路柳虹氏の息女夏子さんにも、その時始めて會つた。

眼

青山鷄一

左眼は全盲、右眼が〇・〇三の視力、これが私の眼である。二十年前の學生の時、カクマクを冒され、十五年目に又再發、その上、急性の緑内障を併發して失明寸前の半盲となつてしまつた。以來、讀書は活字の初号二号三号程度を判讀する以外、不可能であり、妻や友人などに讀んでもらつてゐる。原稿用紙は線の濃いのを選んで、なめるやうな姿勢で毛筆で書き入れる。私は詩を書くことをゑらんで良かつたと思つてゐる。映画を見たのは富澤有爲男原作の「白い壁画」といふのが最後であつた。私は人からその感想や批評を聞いてイメエジを追ふやうになつてゐる。イメエジと言へば、暗灰色に濁つた水の底で眼を開いてゐるやうな私は、烈しく物象や色彩への慾求を不斷に操作してゐる。私は眠ればきつと夢を見る。日常の不便や不利から解放されて、どんな微細なものでも鮮明に見るし、色彩も香ひも音もたしかに感覚する。文字が鳥類のやうに羽搏いて、その意味の特性を形象化して自由奔放に操作したりする。日常、しばしば文字をまるで忘れてしまふやうな錯覚に襲れて戰慄する私は、この渇望や恐怖などたしかに夢の中では救れてゐる。以前は眼がさめて突然、失明に氣づき不覚にも聲を發し、とたんにそれが夢であつたのに、思はずホツトしたことが、しばしばあつた。私はもう經驗のある郊外的な地点の歩行以外、一人歩きには自信がなくなつてゐる。夜は全く良い月夜のほかは不可能である。いつか、レオポール・ショヴォの「年を經た鰐の話」の譯者山本夏彦から、在佛中、私同樣、緑内障に冒された武林夢想庵が、歸國後、老体と共につひに失明したといふ話を聞き、人ごとならず、私も覚悟せねばならないのである。最近も省電の中でドアの片隅にゐた人が見えず、まともにその人の顔を、つかんでしまつた。板と誤つたのである。あの時のことを思ひ出すと今でも全身が總毛立つ。一米を限度として相手の顔を漸く判定する今日。目禮や微笑の魅力を私は奪はれてしまつた。すでに有能な讀書による内部への培養を失つた私は、人の何十倍もの課役の中で詩作を果すのである私は生きてゐる眼の詩を書く。私は終生この忌はしい十字架と鬪ひ續ける。この飢渇の中で、眼よ、私を殺してはならない。——たしかに、エロシエンコは死なかつた。

高橋新吉氏のこと

高島高

最近おくつて貰つた「桐花」というパンフレツトで平野という人が書いている新吉氏訪問記をおもしろく讀んだ。玄関にかゝつている「高橋堂」という表札もおもしろく思つたが、これも平野君は、「高橋寺」としていゝ位、新吉氏の住ひが禪味にあふれ、法悦的フンキキにみちているといつている。例えば、

「ダダは遂に東洋的叡智に戀著した者の叫びだ」とか、「僕のダダは佛教だよ」という新吉氏の言葉も、從來の新吉観既ちダダ観を是正しなくてはならぬ程の深い底知れぬカオスのひゞきをもつた言葉だと思つた。新吉氏と親交のある里見勝蔵画伯はいつも、新吉氏を「和尚」と呼びなれているということも得難く思つた。「ダダは理屈や理論ではない」こういう言葉は、大変重大な言葉である。こういう言葉が重大であると感ずることが先ず何事をやるにしても大切である。「詩は理屈や理論ではない」、この言葉が本當にのみこめないと、大変な野孤をやることになるであろう。一生だまされることにもなろうかと思う。去年から僕の「文学國土」に新吉氏の詩を毎月所載しているので、この地方富山の中老人も、かつての「ダダイスト新吉の詩」を思い出す人が多くなつた。それを一つの敎典として讀んだという半老人の高等學校校長もいる又、「あの人はまだ生きているんですか」などという、おそろしいなつかしみ方をする人もいる。僕の部屋に新吉氏の墨絵の「聖観音」が年中かけてあり、人々の信仰をあつめているが、この間、東京から來られた福田正夫氏が、丁度その横に小杉放庵の老子をかけてあつたのと比較して、「聖観音がはるかに壓しているね」と激賞された。思うにダダが無えはならない。「僕のダダは佛教だよ」この言に味があり、新吉氏の詩の根元がひめられている。この間永平寺に泊りに行つた歸りに、久しぶりで大聖寺の深田久彌氏を訪ねて、談たまたま新吉氏に及び「かつて銀座を裸で走つた」ということを話したら、深田氏は「それはエスプリヌーボーの一種ですね」と云はれた。僕も、その言葉に非常に感動した。いや讃同したのである。われわれの詩も、禪的直観の世界ということに一度はふれてみることも無意味ではないと思う。所謂「看脚下」である。尚、僕はいつか、「良寛と新吉」という題でゆつくり書いてみたいと思つている。

「第一回、第二回長篇敍事詩研究會で印象に残つた問題」

現代に於ける叙事詩の性格と謂ふものが、古代ヨーロッパの敍事詩のやうな未分化なもののむし返しでは無くて、大きな歴史的な轉回の場に立つ、分化洗練された音と影像の新しい綜合を以て、次代への憧れに貫かれた一の世界像を描くにあるといふ事は、もう誰も疑ひを入れぬところと思はれる。

しかしそれが小説と異なるところは、素朴な韻文物語と異るところは何か？理論に於て正しい所も、これを日本語の世界で爲しとげようとする事は、恐らく暫らくの間は過去の我が國の自由詩に於けるが如く、規矩する所に混亂と低俗とを生むかも知れない。それは日本人の大部分が音痴であるから。

（影　山　誠　治）

○

ぼくは「イリヤッド」と「オデッセイ」の書れた年代の差と、そこに描かれた前者の英雄主義と後者のロビンソンクルーソー的（これは經済理論をはなれたものとしてのロビンソンです）冒険、そして歸りついて後の勝利の意味等を考えました。

（日　村　晃）

○

認識は誹謗や陶酔とは全然別個のものだ、ペンを手にして對象にたち向うのと、しからざるとは。殊に新しきものを造る立場にたつ場合、学者や門外漢のなした論議が役に立つたためしがない、参考にすらならぬ。

この度の「長篇敍事詩研究会」は、各自自身の命ずる諸判斷の見事な交錯の中に一應の結論が出た。

今後の方法論の追究に期待をかけるのみである。

（高　村　　智）

道

藤村雅光

終戰當時の頃だ
私を知つている人たちではあるが
いろんなものを買ふことをすすめにきた
纖維品やタイヤもあつた
洋紙や釘もあつたろう
その種類は今記憶に殘つていない
その時その人たちは

私は戰災にあつていない
私に關係のある事業も戰災にはあつていない

私はいくらかの金は持つている
終戰後のこの日本の經濟が
私たちの生活がどんなかたちに追ひこまれてゆくか
それも私にはわからないことはない
第一次歐洲戰爭の
その後のドイツのインフレを私も知らないことはない
だが
戰災にあつた人や
戰爭のために死んだ人も少くはない
身一つになつて海外から引き揚げてきた人達もある

滿洲にも中國にも
南洋にも殘されている氣の毒な人達があるだろう
私は私と私の家族のことだけを
今の場合考えたくはない
その人たちのためにも
私は私の今持つている財産を
ほんの少しではあるがなくして見せるんだ

私ははつきりこういつたことだけは今に覺えている
その後の財産税で
私は預金と株式とをなくしてしまつた
生命保險の三十何萬円かの契約も解約してしまつた
私に關係のある事業も欠損をづゝけてゐる
二三の會社から
重役の手當を貰つているが
私と私の家族の生活をさゝえることは出來ない
いろ／＼なものを賣つては生活をつゞけているが
まだ賣るものもいくらかは殘されている

賣るものがなくなるまでは
私は事業をしないだろう
二三日前に私はある會社の
重役を辭任してしまつた
その時にも會社の人たちに
いろ／＼なことを云はれたのだが
生活のしにくい今の時代に
いくらかにしろその收入を
捨てることは理解されなかつたろう

その日家に歸つてきてから
私の歩いてゆく道が
たつた一つだけ殘されていることが
はつきりわかつてきたような氣がしてきた
机の上には舞台に復歸して
「山脈」に出演する
山本安英の會からのハガキがおいてあつた

雪のなかの音

和田徹三

雪の音に　群る雪。
ふいに　人の背後へなだれる雪。

凍つた大地の亀裂から　膨れる、
脆い珠。凝縮した空間の群。
あらゆる形象の　自虐的な姿勢に、
泡だつ　静寂(しじま)。

どこかで、
青い眼の陥没する　音。
牙の音も　爪の音も　聴こえない。

何もない部屋の　煤けた造花。
精神の斜面へ　蛙のようにへばりつき、
片眼で　睡つている。
花辨の方角へ　見開かれた、
一つの　眼。
神様のように　睡つている。

半透明の眼膜に　なだれる雪。
雪のなかに　こもる音。

神崎川と小惡魔

柏原　隆

夜の風、夜の砂埃、どこもかも夜、僕の夜。僕は堤防を這ひ上る。
ピチャピチャと岸邊を舐めていく黒い水、波の上に幾條もの金線を注ぎこんでゐる街々……

神崎川デルタ地帶、しばしば優しい水が惡魔になる。御幣島（みてじま）町、姫島（ひめじま）町、こゝらへんが海であつたそのむかし、彼等はことごとく可憐なる島々であつた。

だから、これらの町は夜になると淋しい物音が絶えない。町の上、屋根の上、步行者の頭上はるかに、水の聲が流れていく。

町の人々は大いに脅えて献金運動を開始した。防潮堤一キロメエトル作るのに、二億円、ひとたび、暴風が波を抱き上げれば西淀川區は水びたしになるといふ。

おお美しい！（これは內緒だが）僕はむしろさうなることを切望するのだ。海になつてほしい。御幣島、姫島、四貫島、西島、みな美しい島ばかり、さうなることを心から希ひながら、僕は月にむかつて口笛吹く。

雨季

加藤眞一郎

街は粗末な衣裳を纒ひ悲しげに流れ漂ふ
傾斜地の水は速く
赫い地肌に嘗ての戰禍が眠るなら
還らぬ人の名に應へて
いまひとたび雨のこだまをきくとよい

けれど樹々を洩れて地に墜ちる
暗い日はいづこにありや
春のない谿間の憂愁を閉して

いま咲く花をあぢさいとよぶ

★

ふくよかな焔に背をもたせて
居眠る謙虚な時間もあつた
戰ひ終る夏のしるべに
夾竹桃の花ひらき
らんぷの町は冷たく暮れた

されば町を挾む二つの河は
汚水と不貞の夜を押流し
いつの日か相逢ふ水に
雨はけぶつて
河畔の家も門を閉した

現代敍事詩論

小野連司

6

以上私はいくつかの現代敍事詩に觸れたことになるわけであるが、敍事詩のオーソドックスは北川冬彦氏の「氾濫」が含んでゐるところの詩精神であつて、客觀主義、集團主義を標榜したところのものであらねばならぬ。言ひ換へるならば敍事詩のオーソドックスのもつ精神は「自分が幸福にならないでは他人を幸福に出來ない」といふジョン・ラボックの言葉にみられるものでなく「世界全体が幸福にならない中は個人の幸福はあり得ない」といふ宮澤賢治の言葉にみられるものであらねばならぬ。この點を誤解しないで欲しい。しかし、人間一代の生涯にあつて「世界全体が」に辿りつくまでには苦悶がある筈であり、それ相應の理由があらねばならぬ人間のみが「世界全体」について考へるところの能力をもつてゐるものであるとしたら、それは人間が苦悶する能力をも有してゐるものであるからだと考へなければならぬ。卽ち「世界全体が」に辿りつくまでには「人間は何故生きてゐるか」「何故生くべきであるか」が究明されてゐなければならぬ。その人にそれ以上考へる能力がなかつたなら、私はそれが「死ぬのが怖ろしいから生きてゐる」といふ理由であつてもいいと思ふ。逆に自殺する詩人は「何故自殺するか」について理由をもつてゐなければならぬ。「人生は自殺する勞苦にも價ひしない」といつたダダイストのジャック・リゴオは自殺してしまつたが、太陽の熱の冷却をおそれて厭世主義者になつた人間はむしろ太陽の熱の冷却をよろこぶべきであり、自殺してしまふのが論理的である。（フイノー「幸福學」參照）生きるにしろ、死ぬにしろ、われわれは眞劍であらねばならぬ。敗戰後のわれわれの現實社會は眞劍であるべきことを要求したのである。

ここで私は文學のジャンルとして「絕對文學」なるものを考へずにはゐられなくなつたのである。かつてジャック・コポオによつて純粹演劇が探求され、アンドレ・デエドによつて純粋小說が探求され、ポオル・ヴァレリイやブレモン師によつて純粋詩が探求された。第一次歐洲大戰後のフランスの文學界は非常に酷い混乱狀態におちいつた。社會秩序の混乱が藝術の種々のフォルム、形式を目茶苦茶にしてしまつたのであるといふことがいへる。さういふ混乱のなかに文藝の純粹化に努めようとする機運が醸成されたわけである。

元來人間が外部だけを描いてをれば濟むのであるならば、小說を書いてをればそれでよいのである。內部眞實だけを描いてをれば事足りるならば詩を書いてをればよろしいのである。われわれは絕望したといふ狀態を、前に擧げた抒情詩の大家のやうに「私は絕望した」と書いたところで信用はおけないのである。その大家の場合の如きはさう書くことに却つて何か樂しさうなものを味はつてゐるやうな印象をあたへ、何等の客觀性も帶びないのである。この場合の「絕望」は方法論にまで及ばなければ噓である。われわれが「絕望」した場合絕望したといふ證明を痕跡として精神にうける筈でありそれはフロイドの精神分析學に結びついたところのブルトン流の超現實主義となつてあらはれるのが必然である。三木淸は詩における象徵主義と超現實主義と小說に於ける意識の流れを不安の文學と看做し、不安の時代の產物と考へてゐるが先づ外部を信じられなくなつた時に人間は絕望し、信じられるのは自己のみとなり、內面凝視を行ふに至るのが公式なのであるから、三木淸のいふことはあまりにも當然過ぎることである。絕望は錯乱となつてあらはれる筈だから、その人間が眞に絕望してゐるのであるならば、それが方法論的にフォーム、スタイルに及ぶ筈なのである。私はすでに大分以前に書いた「絕對文學について」といふ評論、又その後に書いた「現代文學の條件」といふ評論においても說明してゐるので省略することにするが、ブルトン流の超現實主義の方法によつて書かれたポエム「いかなる人間か」をもつとも客觀的に示す文學様式なのである。つまり「いかに絕望したか」を示すことは「いかなる人間か」を示すことになり、それによつてその作者が內向性であるか外向性であるか、分裂型であるか循環質であるかが讀者にわかることになる。もつともそれは讀者に精神分析學の知識がなければ判斷出來ないのであるが、普通自殺者は內向性の人間に限られ、政治家や實業家、即ち行動家は殆んど外向性の人間ばかりだといふことになつてゐるのでこのことは重要である。

このやうに自己の性格を客觀性ある方法によつて示した上で、「人間は生くべきであるか」「死ぬべきであるか」を思想として把握して書くのである。この部分はそれが行分けであるにしろ、書き流し体であるにしろ、散文として意味の通ずるものであらねばならぬ。

絕望狀態表白即性格表現以前に或は以後に「いかなる時代

に、いかなる理由によつて」絶望したかが述べられてゐることが好もしいのはいふまでもない「ゆゑだもあらぬ嘆きこそ嘆きのうちの嘆きなれ」といふヴェルレーヌの「巷に雨の……」はすでに過去のものであり、「いかなる理由によつて……」の解明は散文の世界への突入を意味する。つまり「いかなる人間が絶望したか」と「いかなる時代のいかなる社會組織においていかなる境遇によつて」と兩面から描かれてこそはじめて完全なリアリテーが得られるものと考へたのである個人的な「いかなる人間がいかやうに絶望したか」をあらはすには詩がよいのであり、「いかなる時代のいかなる社會組織においていかなる境遇によつて」をあらはすには散文が勝れてゐるのである。　したがつて私は「純粹詩」とか「純粹小說」とかいふ個々のジャンルの探求をやめて、兩者の融合或は結合（交互配置といつてもいい）をはかるべきであり、「絶對文學」（ヴァレリイが「純粹詩」を「絶對詩」といつたやうに「純粹文學」といふよりこの方がよろしいと考へる）といふもののジャンルの創設と、その探求に向ふべき時であると信じたのである。單に詩と小說の特徴のみではなく、戲曲、シナリオの特徴の融合、或は組み合せも考へた方がよろしいのはいふまでもない。

私は1において、從來の物語詩をも客觀主義集團主義の詩と共に現代敍事詩のカテゴリーに加へ、その時に物語詩とは要する自己客觀詩であるといつた、新しい物語詩としての自己客觀詩とは以上述べたが如き「絶對文學」であらねばならぬ。かくして自己について物語る物語詩も現代敍事詩といふことが出來るわけなのである。

この絶對文學も原則としては詩集一冊を以て一篇とする態度で書かるべきものであると考へる。そしてこれは小說の側から探求したものと詩の側から探求したものと二種類になることが考へられる。埴谷雄高、野間宏、中村眞一郎、福永武彦氏等、いはゆるアプレゲールの作家が一樣に詩を書き出してゐるのも、小說を書いてゐるだけでは物足らぬものがありその心理の底に絶對文學への鄕愁が流れてゐるからであると考へる。

詩の方では形式的に西脇順三郎氏の「旅人かへらず」と笹澤美明氏の「おるがん破調」が無意識的ながらこの絶對文學を追究したものであると考へる。共に作品には題名を附けず、番號で追つてゐるが、これは兩者共にはじめから一冊一篇の執筆態勢を余儀なくせしめられたからであらう。「旅人かへらず」は最初の方と、終りの方と、中央の部分でナマの思想、人生觀を表白してゐる。もちろん私もやつてみたが不成功だつたやうである。詩集の自發出版の出來る經濟能力のある人は別として、このやうに長いものは發表場所が限定されてゐる今日、詩壇に餘程の勢力を有してゐる人でなかつたなら、發表及び刊行がおぼつかないうらみがある。井手則雄氏の「業を焚く夜」もこの方向に走つて進んでゐるが、彼の場合はさすが政治性を帶びてきた。淺井十三郎氏の「第三審判律」もあきらかに詩人の書いた絶對文學の範疇に入るのであるから、有終の美を飾るやう、その完結を祈つてやまない。今までのところ井手氏のよりも淺井氏のものの方が社會性と政治性が強く、私見を以てすれば詩人が書いた理想型の絶對文學となる可能性が強い。又續篇を書くことにしたといふ福田律郎氏の「ネルイヴイル街にて」に對しても同樣のものを感ずる。柳澤三郎氏の「變愛に關する白晝夢」も評論でも小說でも詩でもないもの、それらの融合された境地を狙ふことによつて新しいジャンルを生み出さうとしたものであらうと私は想像してゐる。

7

極めて最近マチネ・ポエテイクの中村眞一郎氏が鮎川信夫氏について觸れてゐると考へられる文章を發表してゐる。それは私の考へと逆のものであり、且又私は北川氏と共に新しい世代の鮎川氏も、現代詩人の忘れてはならぬ正統派敍事詩運動の詩人であると思ふので、この評論を結ぶにあたり、簡單ながら彼の作品に觸れておくことにしたいと思ふ。

戰爭で死んだMを主人公にした名作「死んだ男」や「アメリカ」も詩集一冊に及ぶものに發展することが望ましいのが私見であるが、彼の「アメリカ」其他終戰後の作品は、文化遺産として遺されたモダニズムの手法に、敍事詩の理念の方法を加へて止揚したものであるといふことが出來る。この形式の止揚といふ点で彼はズバ拔けた成果を收めてゐるし、その手腕が彼の敍事詩を他の追從を許さぬ新鮮味あるものにしてゐる。そして、一般人に現代敍事詩が現代詩のオーソドックスであると思はじめたところに彼の功績がある。藏原惟人氏の言說を以て代へるならば、氏はその「藝術論」で次のやうにいつてゐる。

人或ひは云ふかも知れない、——若しもその時代にばかり固有なものを描いてゐたのではその作品は長い期間に互つて讀まれないであらう、と。これは正にその反對である私は云ひたい、——その時代の本質に徹してのみ藝術作品は長い生命を持つ、と。現在まで讀まれてゐる過去の偉大な作品はこのやうなものであつた。例へば、ツルゲネーフの多くの作品は殆んど例外なしに「一八六六年の春のことであつた」（「處女地」）といふ風にして初まつてゐる。そして中にははつきりと月日まで書いたものも少くない。そして實際ツルゲーネフはそれぞれの時代を描いてゐる。しかしそれ故にこそ彼の作品は、貴族的な興味をもつてゐるにかゝはらず、今日まで讀まれてゐるのである。それは決して多くのブルジョア批評家の云ふやうに彼が「永遠の人間性」を描いたからではない。若しも彼が時代を超越した「永遠の人間性」や「永遠の生活」やを描いてゐたのだつたら、彼の作品は初めつから讀まれなかつただらう。このことは一九二五年にも、一九二八年にも、一九三一年にも共通するやうな普遍的な「永遠の」ストライキや小作爭議を描いたわがプロレタリア作家の作品が、それが書かれたその次の日から既に我々の興味を引かないのに徵しても明かなことだ。これは現實の皮肉な辨證法である。

右に含まれてゐる精神が敍事詩の精神であらねばならぬ。鮎川氏の「アメリカ」百五十七行の書き出しは次のやうなものである。

それは一九四二年の初秋であつた
「御機嫌よう！
僕らはもう會ふこともないだらう
生きてゐるにしても　倒れてゐるにしても
僕等の行手は暗いのだ」
そして銃を擔つたおたがひの姿を嘲けりながら
ひとりづつ夜の街から消えていつた

又鮎川氏の「1948年」の第一聯は次のやうなものである。

ウイスキイのレッテルには
1886と書いてあつた　その年から
僕の悩みは始まつてゐる
パンと言葉は
一度は犯罪許可證を懷中にして
とはいシンガポールの街を歩いたこともある
青空の下で
美しいイギリスの青年が戰死し
それでも僕らが生きてゐるとは信じられなかつた

この詩で彼は映畫でいふいはゆる「小道具」を用ひてゐる「ウイスキイのレッテル」もさうだが、「戰爭ぎらひのドイツの作家が、僕に一枚のオランダ皿を見せたことがある。1850と書いてあつた。その年から僕はエトランゼだつたし」といふ風に書かれ、この小道具を用ひての年代の示したの巧みさなど、他に類例がないもののやうに考へられる。

先に述べた中村眞一郎氏の文章といふのは「北原白秋を繞つて」といふのであるが「『荒地』の詩人達が、私達の最も關心の強い問題を正面から歌ひながら、眞に時代の歌ひ手となり得ないのは、未だその詩語に、『いふにいはれぬ魅力』を與へることに成功してゐないからだ」といつてゐるのは鮎川氏などを指すわけであるが、中村氏が「不思議に懷かしい何かが、私達の心の奥底で搖られるのを感ずる」といつてゐる白秋の詩句といふのは、たとへば「青い背廣に降る雪は……」といふが如きものである。この論法でゆくと「青い背廣で心も輕く、街へあの娘と行かうぢやないか」といふ流行歌が、鮎川氏の詩より價値がありさうになるが、これは中村氏が内容の歴史性も言語の歴史性も形式の歴史も考へぬ人だからである。今の時代の詩人であるならば白秋の「からまつはさびしかりけり。たびゆくはさびしかりけり」より、鮎川氏の詩句の方に「いふにはいはれぬ魅力」を感じるし、「私達の最も關心の強い問題を正面から歌つた——つまり、敍事詩に魅力を感ずると思ふ。

二十三年三月號の『純粹詩』に「たしかに今は新敍事詩運動の時である」と書いたら、これに對して『コスモス』で「まだ早い」と書いてゐた人がゐるさうである。人に聞くと僅か三四行のものださうである。工藤好美教授は、敍事文學は「一つの集團が生活獲得のための戰ひを經へ、過去の活動をふりかへり、現在の實現を滿足して見渡す時代に起るものであり、云々」といつてゐるが、その人はまだ「現在の實現を滿足」出來ぬといふ考へから「早い」といつたのであらうか。それならばそのやうに書くとよろしいのである。「何故さうなのであるか」が書かれてゐない批評など今日意味はない。人が輕蔑する自然發生的抒情詩とは批評でいふならば印象批評にあたる。『コスモス』といへば人民のための詩を標榜してゐる詩誌ではないのか。その中にこのやうな何等の客觀性も實證性ももたない物のいひ方をする人が一人でも存在するといふことは殘念である。

工藤好美教授の論文は昭和八年に書かれたものである。同氏が現在をどのやうにみてゐるか知らぬが、私に如上の意味で現在を新敍事詩運動の時であると考へてゐるものである。現在敍事詩運動に懸命の努力を拂つてゐられる北川冬彦氏が「長篇敍事詩は今後の日本文學を豐かにする新領域なることを確信する」といつてゐるが、これは私の全く同感するところであつて、この運動によつて新しいジャンルが生れる可能性の大なることを信ずるものであり、文學の新領域が生れるとするとこの運動からであると考へてゐる。

（終）

……△新　刊　紹　介▽……

青鬼天にみつ　島崎曙海著　蘇鐵詩房
合辦花冠　和田徹三著　千代田書院
靜岡詩集　菅沼五十一編　詩火社
町　祝算之介著　自家版

叙事詩

遊女よしののはなし

三樹 實

天明三年は
淨瑠璃作家近松半二が
つづいて俳人也有・蕪村の歿した年である
年鑑には
淺間山噴火し死者二万余人と記ろしている

（一）

五街道の中でも
中山（仙）道は
江戸を出て
上野（こうづけ）・信濃・美濃・近江を通り
京へと
百三二里一町八間宿駅六九次を走つていた
途中善光寺の長野につづく
北國街道が分れている
分岐点はわかされ（別去）とよばれ
加賀百万石の前田候
尾張の尾州候を始めとして
參勤交代の諸候が必らず駕籠を止める
場所なのだ
そこが
信濃の國淺間根腰の
追分宿である
よくも似通つた風景である
庇に同じような雲形の彫刻を持つた家
土間は同じように廣く造くられ
道の両側に溝のあるおもてでは
客引達が同じように喧しいのである
そして
同じように街道へ突き出ている
二階の細格子からは
大勢の女達がそれぞれの姿態を見せ
なやましく笑いかけているのである
よしのも白く塗つた顔を
夕風に涼ませていた
よしのは遊女である
先程から一作の姿を待つていた
もう來てもよい約束の時間だつた
小山一作は
御影（みかげ）陣屋の代官の手代である
知行は僅少（すくな）いが若くて有望な武士なのだ
この宿場へ

よしのが賣られて來てから
三年はたつていた
一作が
よしのとなじみになつて
かれこれ一年にもなる
日焼けのした肩幅の廣い
この青年は
純眞である
陰し唐獅子と云はれている口を
いつもへの字に結び
ものに打ち込む質(たち)である
よしのの
雪國育ちの肌も好きであつたが
こんな職業には珍らしい
澄んだ瞳が
一作にはたまらない魅力なのだ
蒲柳の質　そういう言葉が
當て嵌まつたかも知れないし
それでいて眞に強い所を
持つていそうにも思えたのだつた
一方よしのは
始め稼業(しょうばい)として受け流していたのだつたが

一作はよしのに對してだけ
不可解な力を持つていた
切支丹伴天連の秘法のように
抵抗し難い力である
よしのにはそんなふうに感じられるのであつ
た
しかしここでは戀は戯言(ざれごと)である
よしのの心に深く刻まれている掟である
戀なぞよしのには忘れ去つた存在なのだ
　その頃
医學の發達は微々たるものであつた
避姙術の不充分なのも當り前である
だが女郎衆は
余り姙娠しないのが普通である
と云うのに
よしのは定説を破つて
よく腹がふくれるのだつた
子供が宿つても五ケ月位迄客を取らせる
茶屋一般のきまりなのだ
流産する率が多いからの理由である
よしのは二度流産した
三度目に懐姙らしい徴候が見えた時

なぜか産み落そうという氣になつた
子供が持ちたい
そんな年頃ではないのだが
天涯孤獨の淋しさのせいかも知れなかつた
しかしその子が
一作の胤(たね)のような氣がしたからである
で客の務めには特別な技巧を用い
なるべく正常の交りを避けたのだつた
腹が目立つて來れば
茶屋ではもう稼業(しょうばい)に出せなくなる
そうすれば下女に下げられてしまい
子供でも産んで
人氣が落ちたら
もつと惡い所へ叩き賣られるのだ
現に黴毒で
癩患者の姿にさせられたものもあつた
よしのは
それをよく心得ていたのである
が　それ程まで一作を想つていた
のではない
姙娠については
一作にさえ何も話してはいなかつたのだが

分娩する事それ自体
一作の命(めい)でもあるかのように
又 自己の義務の如く
よしのには思えたからである
しかし幾月たつても
腹部は或る程度以上には大きくならなかつた
胎児も觸れなかつた
想像姙娠である
姙娠と思い込んだに過ぎないのだ
─懐姙ではない─
こう氣がついた時
よしのはほつとしたのである
矛盾した感情である
だが眞實なのだ
長い昏睡状態から解放された形であつた
清々(すがすが)しい喜びを味わつたのである
こんなふうに
一作の異常な
しかも神秘とも形容出來る情熱の前に
遊女よしのはいつの間にか
捲き込まれそうになるのであつた
そして又
よしのは
一作が怖ろしくさえ思えてくるのだつた

（二）

昨日の事である
この茶屋の割り合い閑靜な離屋(はなれ)の座敷に
一作は興奮した面差しで
きちんと坐つていた
酒の席でも膝を崩さないのが癖なのだが
その日は殊更であつた
百目蝋燭を立てた燭台を持つて
よしのが部屋に這入つて來た
と 突然である
「敵討ちをしろ
お主(ぬし)の親父を殺した奴が分つた─
不意を突かれたよしのは
遠い所の話のように茫然としていた
驚いた話である
「心配はない
俺が助太刀をしてやる
もつと精しく調べておくから
明日又打ち合せに來る」
そう云い殘すと
そそくさと歸つていつた
獨り合点も
一作の癖なのだ
だからよしのが
昨夜まんじりしなかつた後(あと)
いまだに夢心地でいるのも
無理からぬ事である

街道では
眞新しい草鞋と旅笠だけが
浮き立つて見える
宵の口のこの頃は
泊り客で宿驛の賑いは一入であつた
その上 近日中に
北陸の大名が江戸へ參上する事になつていた
御定宿では金文字の大きな標札が掲かげられていた
街道から警蹕が聞えて來た
木の香の匂う新築の風呂が大八車に乘せられて
今 よしののいる細格子の下を
掛聲と一緒に運ばれて行く所なのだ

「お殿様が這入るお風呂
　檜木(ひのき)のお風呂
　お湯は絹布(きぬ)でさらされるそうな」
子供達ははしやいて後を追つていつた
方々の旅籠では宰領(さいりよう)達が
馬臭い息を吐き散らしているし
助郷(すけごう)の顔もそろそろ見える頃であつた
確かに総べてが忙しいのである
遊女の群もどこかに活気がうかがわれた
しかしそれも
手摺に頬を寄せたままの
今のよしのには無関係であつた
—とつつあんが殺されてもう二年になる
　身持ちの悪いとつつあんだつた
越後の行商人の縮(ちぢみ)売りで立派に通るものを
なぜ博打ばかり打つていたのだろう
私をここへ売つたのもとつつあんだつた
その金も博打と酒で
はたいてしまつたと聞いた時には
薄情な親だと怨んでも見たけれど
私一人が身寄りのとつつあんだつた
かわいそうな人だ

　上田の在で
　頭を石で割られて死んでおつたと云う
　　とつつあんの行状では因果だとも思つてい
たのに
それに忘れかかつた今頃
敵(かたき)が出て来るなんて
私が敵討ちをするのだろうか
敵討ち
　この私が
　きり合いをするのだろうか—
よしのが取留めもない事を考えながら
街道を見下していると
宿継ぎの馬や人足達の
混雑をかき分けて
いかにも田舎織りのごつごつした縞の袴をさ
　ばきながら
一作が蝋鞘の鐺(こじり)を覗かせて
茶屋の暖簾を跨ぐ所であつた
　少し前茶屋の方から笑い聲が流れて來たただ
けである
「明日だ

　俺がそいつをしよつぴいて来る」
一作はぶつりと云い切つた
離屋(はなれ)の庭には
茶屋の亭主の丹誠をこめた苔が
夕露を吐き出していた
よしのは黙つたままである
—なぜこの人はこんなに熱中なのだろう—
よしのは不思議に思えるのだつた
「上田の土百姓で
茂助という若僧だ
よしの
　お主(ぬし)の顔だけではない
　茂助は天下の大罪人なのだ」
別に一作は
聲を低めるでもなく
得意そうである
「お主(ぬし)は知らぬだろうが
安永五年……七年ばかり前だな
百姓共が強訴をやりおつたのだ
すぐに御法令で退散させられ
主立つた連中は
處刑されたが

一人だけ取り逃した
そいつが茂助の親父なのだ
茂助は前もつて勘當されていたから
お咎めはなかつたが
おやじめ故郷が戀しくなり
そつと歸つて來て
茂助に匿（かくま）はれていたのだ
茂助は法を犯して匿つたのだ
お主（めし）
お主（めし）の親父はお上の御用で斃れたと同じ事
　なのだ
それを知つて
　訴え出ようとしたのを
茂助が殺したのだ」
だんだんよしのには分つて來た
よく分つて來た
父のさもしい根性がよく分るのだ
事實
よしのの父親は
それを種に茂助をゆすつたのだ
たかが水呑み百姓
しかも近年うちつづく凶作
苛酷な課税
當然の結果としての殺人だつた
「俺がさぐりを入れ證據を握つている
お主（めし）に仇を討たせたい
よしの
俺は手柄を讓るよ
召し取ればさつそく獄門になつてしまうか
　らな」
—父が惡い—
そういう意識を拂らいのけながら
よしのは
よく働く一作の喉頸（のど）を見つめていた
一作の口調には
恩にきせる狡猾さもない
ただ自分の計画に醉つているのである
それだけに
よしのは妙に壓迫され
胸苦しさを感じるのだつた
「明日だぞ」
よしのには考える隙さえおかれてない
明りもない座敷は
迷い込んだ月の光りで
床の間の掛軸の輪郭だけを知らせていた
長い襟脚を見せて
どの客にも使う調子で
禮を云うよしのに
一作は少し不満である
—もつと感激してもよさそうなものを—
しかしすぐ善意に解釈してしまう
—覚悟が出來ているのだろう
あんなに落ち着いている女は
やたらにはいない
しつかりした女である
武士の妻としても相應しい—
「ではぬかりなく　よいか」
一作の言葉に
下ぶくれした頭が
白く揺れた

軒並の旅籠・立場茶屋は
一斉に灯を點していた
一作は背に三味（しゃみ）の音を受けながら歩いていた
あの唄は
追分節である

〽色の道にも追分あれば
　こんな迷いはせまいもの
〽はなればなれのあの雲みれば
　あすのわかれがおもわれる
一作の耳に聞くともなく流れて來た
—あまり縁起でもない文句だ
　馬鹿な—
一作は歩調を早めた
一作は若いのである
つまらぬ事はすぐ忘れてしまう
—明日—
思つただけでも
若い瞳は輝くのだ
足取りにも力がこもつていた
—よしのはかわいいやつだ
　一夜明ければ
孝女になつてしまうのだ
そうだ一躍烈女にもなるのだ
たとえ遊女だといつても
俺の
武士の妻になつても恥しくない
上役も大目に見てくれるだろう—

近々(ちかぢか)通行する大名行列のある事も
一作は計算に入れていた
大名の耳へも這入るだろうし
江戸まで知れ渡るに違いない
ますます愉快である
幸福なのだ
行交う遊客達にも
—あの男飯盛女にでも
　もてたのかしら— と
思はれたかも知れない。
（笑い坂）の由來は
中山道を江戸へと急ぐ旅人や
近郷の男達が
この坂を上ると
目の前に
追分宿の紅燈が咲き乱れ
脂粉の香りが胸許へ込み上げ
思はずにつこり笑うからだと云う
一作は
笑い坂の所まで來ると
下りようとしたが
くるりと振り返えつた

宿場の明りを眺めたかつたのだ
—よしのは感謝しているだろう—
こう考えると
つい唇に微笑がこぼれてしまうのである
今度の事件で
急によしのとの距離がなくなり
一心同体のような感じさえ起きて來た
そして茂助に對して
自分の敵(てき)かの如く
闘爭心が燃え上つて來るのだつた
淺間おろしは
ほてつた頰に氣持がよいものであつた

（三）

　まだ一作達は見えない
暦では夏である
だが高原の風は季節が早い
落葉松の林を鳴らすと
よしののふくら脛を露(あらわ)にする
半時ほど前から
よしのは待つていたのだつた
北國街道が小諸路に這入ると

ただ登る一方で平な所は見られないのである
起伏が激しい道である
よしのが立つている場所は
その中でも一番高い坂の上であつた
坂の上は眺望がきくのである
北は淺間である
南から西にかけて
八ケ岳が山々の尾根と連らなつて
美しい山脈を作つている
身近には
落葉松の林が青い空を差している
目を落とせば
藤袴（ふじばかま）である
桔梗（ききょう）である
撫子（なでしこ）である
女郎花（をみなえし）である
薄（すすき）である
もう秋の草花が咲いているのである
高原の花は色が濃い
自（みず）から色を染め出した濃さである
だから
巨大な淺間を背景にしても

少しも見劣りがしないのである
坂の上にいるよしのも
縞の中に這入つていた
縞の中のよしのは
白い街道に不断着のまま立つていた
萩を散らした花模様の袂の中には
それでも紅の襷と鉢巻が入れてあつた
人目を避ける爲
坂の下に一作達の姿が見えてから
身仕度をする際になつていた
これから仇討ちをするとは思えない
踊りにでも行くような恰好である
足だけは厳重に水で濕めした草鞋だが
それもすでに乾いている
あたり一面青い色調の中で
疎らの白樺がいやに目に痛く迫るのだ
今日は一大事のときである
よしのは心の中で
—敵討ちなのだ—と
何回も繰り返えしていた
だがその音楽が
いつとわなく

一作の口調のようになつてしまうのだつた
（てつぺんかけたか）
昔からなじみの鳥の鳴き聲である
この地方では時鳥がこう鳴くのだ
急によしのは
何か大変の事が起きた如く
胸がときめいた
ふと　赤穂浪士の話が思い出されたからであ
る
四十七士と云えば
すぐ忠臣の文字が一緒に飛び出して來るほど
子供の頃から熱心に聞いた
仇討ちの話なのだ
四方から押し包み壓迫して來る
緑葉の匂い
よしのは始めて氣がついたように
大きく息を吸つた
晝間でも採光の悪い部屋の中で
三年も生活を送つていたのだつた
だから
大氣と大氣に反射するむき出しの日光に
驚いたのである

それと同時に
自分の置かれている位置に気付いたのである
赤穂浪士のはなしは
芝居にまで仕組まれているという噂である
今　それと同じ出来事が
自分にみまつて來ようとしている
不思議な事だ
先日まで
甘まいものを食つて
楽が出來
誰かが身受けでもしてくれたら
よしの希望であつた
ところが急にである
明日からでも
有名になれるかも知れないのだ
しかも
武士の一作がついていてくれるし
相手は百姓
それに法を侵した弱味さえある
吾が身には少しの危害もなしに
討ち取れるのだ
こんな考えが起きて來たのである

（だーん　どどこどどこ）
もられた器の空氣が破れた
山鳥でも撃る猟師の火縄銃である
　今迄よしのは
考える必要なく生きて來た
自己を考える必要がなかつた
父に従つて賣られ
主人に従つて体を與えればよいのだ
操り人形なのだ
一作は客でありよしのは遊女である
ただそれだけの事である
で
一作の命ぜられたとおりここで待つていた
だがよしのは
ここで世間を知つた
自分を取りまく社会を意識した
ーことによると一作を夫に持てるー　と
考えたのである
戀という段階を一足跳びにして
勿論　裏を返えせば
一作が好きである
そんな意識もあつたのだろう

よしのはそれを今迄判然と意識しなかつた
そして今でも。
ー自分の意志で行動する
それは不埒な事であるー
よしのの心の掟の一つである
ー親の敵討ちは孝子の誉れである
敵討ちは立派な事であるー
誰が決めたとも分らない
自分が考えたのでもない
が　とにかくよしのは
世間に従つて
社会の慣習に従つて
敵討ちをしようと決心した
　ぶつぶつ云う音が
讀經に似た呟きの響だと分つた
街道の右手は低い芝生の土堤である
その少し引つ込んだ所に二、三本の松がある
ひねくれた松の下には馬頭観世音の石碑があ
つた
石碑の後ろには観音像が建ててあつた
紺の脚絆をのぞかせてその前に坐つている

男は
商人（あきんど）らしかつた
どこでも見掛ける風景である
續經の聲によく耳をすますと
觀音經ではない
それに男は
手を胸のあたりで動かしているらしい
後ろ姿なのでしかとは分らない
分つたとしても
よしのは
天草一揆以來嚴重に取り締まられている
切支丹の輩（やから）の十字を切る姿だとは　氣ずかな
　かつただろう
この像は觀音像ではない
目のある佛師でも見れば
衣の裾（すそ）からによつきり脚が出ていたり
だいいち衣の恰好がおかしい
頭の樣子や胸から手の辺が少し違つている
これらの点に氣がつくはずである
この像は聖母マリヤの像である
するどい幕府の監視を逃がれる爲に
觀音像に似せて作つたのである

祕かに旅の信者達が
この像にお祈りを捧げる慣習（ならわし）になつていた
そんな事なぞ
よしのは何も知らないのである
不信心な父親だつたが
母だけは方々の神佛を信仰していた
あの頃の思い出が
ぼんやり浮かび上つて來た
よしのは男が立ち去ると
土堤を登り男と同じように
マリヤの像の前に跪いたのである
その頃の世間では
惡魔の宗旨と云はれている像の前に
滑稽な圖である
馬鹿馬鹿しい事である
だが　よしのは知らないのだ
知つたとしたら逃げ出したに違いない
しかしこれは
滑稽な圖ではない
諷刺畫では無論ない
よしのは觀音だと信じている
信ずると云う事は强い事である

茂助が父を殺したのは本當でも
—父の敵（かたき）—
よしのの心の中にそういう信念を持つていた
　かどうか
疑問である
跪（ひざまず）いたよしのは
手をそつと合せたのである
目をつぶつたのである
頭を垂れたのである
久しぶりにお祈りをしようとしたのである
だが
何と觀世音にお願いしてよいか
迷つていた
—父の敵（かたき）を討たせ給え—
そう祈るには
あまりに不信心な父であつたし
—父が犯した罪—
頭の隅にこびりついたそんな言葉が
邪魔になり
口にするのをためらうのであつた
—私が樂（ら）くになりますように—
それでは勝手な願いすぎるし

この場合父に對しても恥ずかしいのだ
「神も佛もあるものか」
よしのは
どこで聞いた言葉だろうと考えてみた
佛(ほとけ)の前でそらおそろしい事だ
しかし意識下の記憶が
ひよつくり出てくるのはしかたがない事であ
る
それにしてもどこかで聞いた言葉なのだ
父が云つた言葉である
そうであつた
始めて父が博打場へ行き
さんざんすられて歸つて來た時
吐き捨てるように云つた言葉なのだ
お年貢が收められない
それで丁度開張している博打に
一か八か(いちかばち)で行つた時の事であつた
父が博打に狂いはじめたのは
それからである
家に殘つた母は
わずかの小作の田や畑でよく泣いたものであ
つた

—とつあんだつて眞から惡い人ではなかつ
たのだ—
敵(かたき)の茂助としても惡い人ではない
一作も同じである
よそから見たら隨分長い祈願に違いない
よしのは取り附けたように
—南無観音さま—　と
云つただけで
又
街道へ引き返えしたのであつた

（四）

まだ見えない
先程から更に半時はたつていた
通り過ぎる馬子達が
ひやかして行くぐらいである
遙かかなたの間道をちらつく人影にも
よしのは神經を尖らした
相い變らず發散している綠のいきれ
海拔三千三百尺
直射する紫外線に眩暈(めまい)を感じる
よしのは
ちらりと赤の見える裾をひるがえして
横手の落葉松林の中へ這入つていつた
少し這入ると薄(すすき)の原である
先程からの緊張も加わり
生理的現象だつた
むくむく土の香を知つた
幾分氣が落ち着いて來た
薄(すすき)の穗をとおして空を眺めた
穴があいているような
じーんとした青さである
雲が流れている
よしのは幼い頃
田の草取りに飽きて
色々に移り變る雲の形に
勝手な名前をつけて興じたものであつた
越後の空と同じであつた
突然敵(かたき)に對する憎惡が盛り上つて來た
同時に
酒を飲んでは怒鳴る
父の面影も一緒に
そして苦勞をしつくして早く死んでいつた
母の顏も

一瞬の事である
用をたして
坂の上へ引き返えした
―と
一丁程の先から
落葉松の幹の間をちらちらさせて
二人の男が纏(もつ)れながら上つて來るのが見えた
一人は一作だつた
一人は…………
よしのは予期していた事であつた
が　あわてていた
胸の高鳴りが爪先まで感じられた
よしのがやつと身仕度を調えた時には
もう相手の目鼻立ちまで
よく分る距離であつた
よしのはよろめきながら前へ出た
十歩位離れて
一作は横の男の腕を摑んで立ち止つた
男には腰繩が打たれていた
これが父の敵である
茂助である
野良着のまま
それも繼ぎだらけの襦袢一枚
すり減つた草鞋をはいている
おそらく畑から
すぐさま引かれて來たのであろう
茂助は
　よしのの故郷の
村人の誰もと同じ恰好である
二十(はたち)を三つ四つ越したぐらいの
若者である
一作が何か大きく怒鳴つた
一作は茂助の縄目を解くと
脇差しをぎらりと抜き
よしのに渡した
震えをおびたきやしやな手に
大地へ吸い込まれるような
重力感が傳つた
よしのは自分が廻り燈籠でもあるかのように
半ば意識を失つていた
もうここにはよしのはいないのだ
よしのは自分だけ
どこか遠くに持つて行かれてしまつた感じで
　あつた
奈落の底
よしのはそう感じたかも知れない
そのかすかに殘つたよしのの頭の中を
―私は人を殺せない
　この人にどんな罪があるのだろう―
そんな影がかすめ去つた
だが　一作の目はがつと見開らかれ
よしのにじつとそそがれているのだつた
よしのは体中がしびれて來た
父の敵(かたき)の茂助
もうこんな考えは麻痺していた
一作が又何か叫んだ
と　昂奮になつている若者は
首をむやみに振り
歯茎まで見せて喚き返した
すべての音響は
地上から消え去つているのである
若者の顔中の筋肉が痙攣した
そして逃げようとするかの如く
後ずさりした
「やれ―」
一作の目と口とから

電光がほとばしつた
よしのは前へ脇差しを突き出した姿勢で
倒れた
倒れるように進み出たのである
若者の胸に脇差しが刺さつていた
もろい
余りにも脆かつた
手足をひくひく動かしている若者に
とどめを刺したのは
一作である
「見事だ
　茂助はもう事切れている」
一作はそう云うと微笑を浮かべて
よしのの手をとつた
よしのは我れにかえつた
よしのは大地に立つていたのである
焦点のない瞳で
くず折れて動かない物体をみつめていた
—この若者は
　どこかで見た事がある—
よしのは漠然と
そんな感じを受けたのである

代々土と共に生きて來た
よしのの血が
この百姓の若者から親しいものを汲み得たの
　かも知れなかつた
ふいに
この若者とは全然似てもいない
一つの顔が
二重燒き附けのように
映し出された
それは
故郷のよしのにとつては初戀の人であつた
一聲　二聲
けたたましい雉子の鳴き聲である
（けたたましく雉子が鳴くのは
　異變の前兆である）　と
云い傳えられているのである
よしのは顔を上げうつろな目で
北の空を仰いだ
「淺間が燒けている」
ぽつんと呟いた
鳴動と共に
濛々と蹴り上げ積み重なる黑煙

爆發である
　天明三年
三ケ月に渉り
被害十四州と云う
淺間の大噴火が
始まつたのである

　現在でも
勿論淺間は活火山である
噴火の時期の指摘は
いまだに人智ではおよばないのである
だが那須火山脈の一角で
微動だもしない雄姿は
かくも平靜に聳えているのだ
そして麓の追分宿は
輕井澤の一部をなしている
なおよしの坂という地名が
今も殘つていると云うはなしである

メモランダム

笹澤美明

○コクトオの比諭

音樂家のN・M氏が、昔、小熊のやうな黑い毛並の犬を飼つてゐたことを話した。そいつは可哀さうに熊と間違へられて、ピストルで殺されたが、その舌が毛並と同じやうに、紫色をしてゐてね——と、ここまで話したとき、私はそのとき初めて、ずつと前に讀んだことのあるコクトオの散文詩の中にある、忘れられない名句。犬がダラリと舌をさげてゐるのを、まるで萬年筆が紫の實をたべたやうにと書いた比諭を眞實、理解した。

○綿菓子について

あの祭の日の電氣菓子について、極く若い女性と樂しい想出に耽つたとき私が「淡雪を食べるやうだ」と言つたら、「わたしは雲を食べるやうだわ。」と應じた。私は恥づかしく思つた。年相應らしいといふのではなく、また彼女がロマンテイクで、私がリアリステイクだと言ふのではなく、實は詩人的素質について。

○美について

A夫人へ——

一粒の砂を砂とは感じないでせう。いいえ砂とは言はないでせうに。女性が二人以上で歩くと美しい。化粧品店や果物屋の魅力以上に、私にとつては美しい。

○ミニマムの存在理由

われわれが、空間を埋めてゐること

○大衆について

大衆の力は多數といふことだ。

○おなじく

大衆の不幸の原因は多數にある。

○おなじく

多數が支配する力――馬鹿力。
少數が支配する力――智慧と狡猾。

○生と死と

死とは――人類に娶わされた貞節な妻である――この妻に不義を働かれた人がどこにあるだらうか？（バルザック）

生とは――人類に與へられた氣まぐれな戀人である―この戀人に裏切られない人があるだらうか？多いにつけ、少いにつけ。

○美　人

H・E夫人へ――

新鮮な野菜と果物の朝の食事をすませて、主人を送り出すと、快い退屈を感じると言ふ。私は讃辞を献じませうお羨しい次第、アンニユイと言ふ蛇を飼つてゐるあなたは美女です。

○希望や夢について

E・K孃へ――

人は未來を夢みるのに。經驗の計算器を使用するのではないでせうか？記憶は都合の好いことに、樂しみの方を餘計多く持つて來てくれます。希望や夢について、みんなこのアポステリオリ的な計器で作りあげるのではないでせうか？

案外、人間は本來、計算する動物かも知れません。

○種明し

A夫人へ――

あなたの詩を讀むと、大抵、最後の行で種明しをしてゐます。あなたはおしやべりです。彫刻だつて、古代ギリシヤ人の言つたやうに「淡くわれわれを啓示する」ものです。まして「詩は暗示の連續による」ものでせう。

○政治家

政治家といふものは勇敢だ。國家といふ得体の知れぬ怪物を征服しようとかかるのだから。

いや、政治家といふものはそれ自体怪物だ。民衆のために民衆を殺すのだから。

どうも昨日と一昨日の考へでは不充分だ。

政治家とは神である。

國家を理想の軌道へのせようとするのだから。

政治家とは惡魔だ。

理想のために或る場合、（自己の欲望のために）氣に入らぬ民衆を壓迫したり、殺したりするから。

まだ、連日の考へ方では充分ではない。

政治家は最高の公僕である。と言つたのはたしか、十八世紀のドイツの王様の言葉だつた。

政治家は偉大なコックだ。だから、時には榮養物の他に强すぎる藥味も用いる。

連日、この怪奇な相手を思考の對象とするのに疲れた。早く解放されるために書かう。

政治家とは偉大なる馬鹿だ

H・E夫人へ——

私の詩は体驗です。思ひ出の詩が多いのもそのためです。それは純粹へ志向するロマンテイシズムにちがひないのです。複雜なリズムが鳴つてゐる簡單な音匣にすぎないのですが。

T・Oへ——

君、日本語でも誤譯することがあるね。この間　藤村の言葉を或る女學校の生徒に質問されて、あとで誤譯だつたのに氣がついたよ。

愛情について

ぼくが天皇を擁護する論文を書いたら、封建思想だと笑つつたさうだね。輕蔑の色をかくして。

しかし、君は、ぼくの愛する氣持や性格まで輕蔑するだらうか？　それは彼に對する同情と尊敬から來てゐる。ぼくは弱い位置にある人に加勢する強い性格と、自分より上位にある運命をもつものに對しては、無條件に尊敬する弱い性格がある。これは理論でなく感情の問題なのだから、仕方がない。

只、ぼくにとつて不幸なことは、感情的愛情が多分に殘つてゐて、それがいつもぼくを苦しめる結果を惹き起すことだ。

獨善家について

理解しないのではない。理解しようと欲しないのだ。もし、そんな努力をすれば、自己の立場を失ふ結果に落ち入るからだ。だいいち、理解なんて言葉そのものを忌み嫌ふ。

不思議に堪へぬ。地球のプルス。いつか無に歸するためのリズム。冷靜な音樂。その上に地球を被ふてゐる交響樂や狂想樂。私のペンは冷靜なリズムにのらねばならぬ。果物や煎餅を嚙むときでも。

生命

生命の本質は抵抗にある。生きることは抵抗のシノニムだ。

ヴアレリーの誤謬

詩の究極を音樂に結びつけようとしたこと。文明を原始へ引戻さうとしたルッソーのロマンテイシズムと變りはない。

ヴアレリーの卓見

詩語の純粹は無音であると考へたこと。彼はやはり神の理想像に行き當つたのだ。

K・Tに——

ヴアレリーはデイレッタントだよ。

タンポポのポロネーズ

F・A

詩人達のオーナメンテエションが制定された。「時間と空間のはざまにわれら處身す」といふアイデアで安西冬衛が砂時計の意匠を提案し、自由美術の中村眞が二種のオーナメントをレイアウトした。その一つは妖精のもつてゐる糸卷のやうにエアリーであり、今一つは西洋將棋のお城のやうにピトレスクである。前者は主として平常服に、後者は多分儀典用に用ひられることになるだらう。

三月二十三日。デモクラシー会館の近代女性美學講座で安西は「女性と美學」といふ講演を試みた。主催者から「女性と美學」といふ題を與えられてゐるが、これは「女性は美学」と修正を要しますといふ導入で彼は約二時間彼のフエミニスムを展開した。

四月六日。スバル座で春山行夫がアメリカ映画アニバアサリーの記念講演をした。そのあとで彼は安西とグランドサロン「モナコ」を訪問して歓迎を受けた。抽象繪画でレイアウトされた壯大な近代のキャバレーの燃えあがるホットジャズの紅い絨緞は彼等を捲き上げて殆んど会話を不可能にした。

第一回の大阪市民文化賞は創元社と關西交響樂團に授賞され、四月十六日市長公室で授賞式が行はれた。因に選衡委員会で安西委員は「現代詩朗讀の会」を推したが委員会の認容するところとはならなかつた。反對の最も急進的な意見は主として竹友藻風委員によつて力說された。

四月十七日。小野十三郎の詩論集「多頭の蛇」のために著者を「八叉のおろち」にしようといふアルコール会が友人達によつて催された。当日どんな種類のスピリットが用意されたかは詳かでない。

三月三十日から四月二十四日まで天王寺公園の美術館で開催中の第二回大阪市展に安西冬衛像が出陳された。二科の彫刻家倉山節雄の作で、青銅製原寸大頭部大理石の台座にはエドマンド・O・ブランデンが毛筆で書記した

POET.
F. ANZAI
b1898
WrttenbyE·B

上記の電氣鑄造鈑が嵌め込まれてゐる。

自由美術の荒井龍男が「安西冬衛像」を評して題字のキンキラキンはどうかならないかと國際新聞の文化欄に發表した。一方では又ネアンデルタール的で怪奇だとの說もある。

安西はこれまで使つてゐたシュロのステツキをツゲに代へた。これは二月に上京した記念に菊岡久利が彼に贈つたものである。

迷路はたえまなくめぐる

殿内芳樹

さらさらと海藻めいて揺れるポプラの小徑には
きまつて昏い眩暈がおちていた
並木路から公園のほうへ　それはどこまでも執念ぶかくついてくる
白晝　いきなり地底へ陥ちてゆくうめきに疲れながら
ときに　崩れた教會の荒地をぬけて　海の懸崖のほうへおりていつた
紅い花が目にうつる　と
嘔吐がはげしく襲つてくる　その
いきぐるしさにいくつもの空洞がぜいぜいと笛をふく

ひとの善意の笑い聲や樹液をすいあげる木肌にさえ
ひらひらと愉しく胸の魚の泳いでいたのはいつのことだつたか
そのころ　黄昏のそこでも地圖はどうやらよみとれたのだ
ただひとつの旗の　融けあつた日常と　柵のないおなじいろどりの風土の　あの
みちしるべはたしかにみえていたのだ
……待つことは失うことだ！
いらだちながら　かれは共同の廣場へとでていつた

夜がとざすと　そこではたえまなくボルカが踊られていた
そんな　いくらかの慰安といくらかの休息とはいつも勞働の前提であつた
そのなかへはいつていつた日　かれは
不透明なかなしみを　しみじみと嚙んだ
たしか　とめどのない抗爭と　油じみた木靴と　垢だらけの小舍と
そのほかに　どんな透明な葩がちつていただろう
天の氣球さえ目かくしされ　灰いろの面紗がものうくひれをふる
ひれをふると　とつぜんしらじらしい牢獄がうかび
氷苔のなかの墓地のほうへと　小舍の窓々はひらいていた

いきぐるしく　いくつもの空洞がぜいぜいと笛をふく
ふいにボルカのむれをぬけでると　かれは
ひれをふる面紗をはらいのけて　海の懸崖へと坂をよろよろおりていつた
そんな昨日が今日にぴつたりと重なる
重なつたまま　いつまでもぐるぐるとめぐつてゆく
海藻めいて搖れるポプラの小徑をぬけると
きまつてそこには　昏い眩暈がおちている
紅い花が目にうつる　と
嘔吐がはげしく襲つてくる
いらいらと　廣場のほうへでてゆきながら
とつぜん　かれは足を停めて日暮をみつめる
みつめながら　やはりひとりで待つているほかはない……。

伊藤桂一

猿廻しの男は、その山の頂へのぼりつめると、遠い嶺々の果を染めてゐる夕陽を眺めながら、小手をかざして、

「ああ、きれいな夕燒だなあ」

と、思はず叫びました。

猿廻しの背中に、ちよこんとのつてゐた猿も、同じやうに小手をかざして、まぶしさうに夕陽の色を見てゐました。心の中では、やつぱり（ああ、きれいな夕燒だなあ）と思つてゐたのでせう。

「ひと休みしよう。だいぶくたびれた」

さういひ乍ら、猿廻しの男は草の上に腰を下し（もうこの邊でいいかな？）と考へながら、あたりを見廻しました。

彼が以前に、この猿を生捕りにしたのは、たしかここらの山の中でした。その日からもう數へきれないほどの日數を、彼は生捕りにした子猿に藝を仕込み、村から村へ、猿廻しをして暮してきたのでした。さうしていま、ふたたびこの山へ、この山でうまれた猿をつれて、舞ひ戻つてきたといふ譯でした。彼はいろんな譯があつて、もう猿廻しの商賣をやめようとおもひ、じぶんの猿を、猿のうまれた山へ返してやらうと、わざわざやつてきたのでした。

彼の友達の中には、

「こんな仕込みのいい猿を山へ放すなんて、隨分馬鹿な話ぢやないか。いつたいいくら出せばゆづる

のだね？」

と、何度もほしがつてきいた者もありましたが、彼はただ笑つて、答へなかつたのでした。もし自分より他の者に渡したら、きつと猿は苦労して、かなしい日を送るに違ひない。うまいものも食べられず、少し位の失敗でも、ひどくぶたれたりするに違ひない。たとへ自分と一緒にゐた時だつて、或は猿は山にゐたときとくらべたら、ちつともしあはせではなかつたかも知れないのだ――と深く信じられたからでした。

「おい。ここがお前の生れた山だよ。どうだ。見覚えがあるかね？」

肩から猿を抱き下すと、猿廻しはさういつて、膝の上の猿にいひました。もの珍らしさうな眼をして、猿もあたりを見廻してゐるのですが、どうやら見覚えはなささうです。さうかもしれません。何しろ昔この猿廻しのかけた、とても簡単な罠にかかつてしまつたほど、そのとき猿はまだほんとうの子供だつたのですから。

「しかし、一日二日のうちには、きつとお前のお父さんやお母さんにも逢へるよ。さうすればもう大丈夫だ。ここに俺がもつてきた食物を置いてゆくからな。いいかね。からだを大事にするんだよ」

猿廻しは、まるで自分の子供にいふやうにして、猿を草の上に下すと、

（さあ、急がないと麓の村へ着くのに暗くなつてしまふ）

さう思つて立ち上りました。

すると、その拍子に猿は、もうひよこんと猿廻しの背中にのつてゐました。長いあひだの癖がついてゐるのでせう。猿廻しは、苦笑しながら猿をまた地面に下すと、

「夜が明けると、たくさん友達もやつてくるからな。みんなじき仲良しになるよ。ぢや、さよなら」

と、二足三足歩き出しました。ところがやつぱり猿は、うしろから追ひついて、ひよこんとその肩にのつてしまふのでした。

「弱つたな。まさか木へ縛りつけて行く譯にもゆかないし」

一寸困つた顔をして、猿廻しはあたりを見廻してゐました。夕焼の色は、もうだいぶ淡くなつて、それだけにまた別な美しさが、空いちめんの雲を染めてゐるのでした。

「ぢや、もう少し別れを惜しむとするか。夕焼のなくなる迄二人で見物しよう」

猿廻しは猿を肩にのつけたまま、まるで自分達が夕焼の國に住んでゐるやうな、うつとりしたこころで、だんだん山の果へうすれてゆく、夕陽の色に眺め入つてゐました。

×

麓の村の、一軒の宿屋の戸を、夜更けにひとりの男が、とんとん叩いてゐました。

「もしもし。昼間の猿廻しだよ。いま歸つてきたからあけて下さい」

「ずいぶん晩いね。道に迷つたのかと思つて心配してゐたよ」

と、宿屋の親切さうな顔をした爺さんが、灯をもつて出てきました、さうして戸をあけるなり、おや？　とびつくりした顔になつて「お前さん。まだ肩に猿がのつてるよ」

と、いひました。

猿廻しは、嬉しさうな、またさびしさうな、こみ入つた顔をして答へました。

「ああ、これかね。いろいろ考へたがね。やつぱりこいつと、また猿廻しをやることにきめたよ」

猿はそのとき猿廻しの首につかまつて、どうやら眠つてゐる様子にみえました。

少年

岩倉憲吾

――雪のさかんな午後B29が來襲した。火に追はれた罹災者の群の中に一羽の黄色い小鳥のはいつた粗末な鳥籠をしつかと抱いた少年が母親について往つた。裸足が雪で腫れてゐた。小鳥は止り木でキヨトンとして羽搏いたりしてゐた。雪はカナリヤの羽毛や餌をいれる小さいブリキ罐にも積つてゐた。――そしたらいつか見たTといふ畫家の「プチ・ジヤン」といふ油繪が思ひだされた。ジヤンは眼を虛に見開き小頸をかしげ哀れな顏をしてゐた。「大きな木の葉のやうな眼をして……」といふ大人達のいざこざの中で身の置き場の無いやうな目に逢つてゐる少年の出てくるUといふ女の小說家の作品を讀んだのはその繪を見てから間もなくだつた。――少年の美しさ悲しさはチヤイコフスキイの一節のやうだ。

詩と政治 特集

田中久介
牧章造
小林明
淺井十三郎

新『詩と政治』論

田中久介

『文學と政治』『芸術と政治』論議が戰后こと新しく取りあげられた。この場合『戰后』に意味があり『取りあげられた』ことに意味があつた。『戰前』にいろいろのかたちで取りあげられたことにも意味があり、しかしわれわれとしてわ『戰后』に新しい意味を發見している。これわ誰れでもがそうであるにちがいないが、取りあげられたこと自体に意味がありながら、取りあげられ方にその問題を充分に解決するだけの用意と努力が欠けていたのでわないかと思われる。

したがつて『文學と政治』論議そのものとしてわ論議そのものの時代的にぎやかさで花を咲かせているが、この論議そのものが創作方法の問題を解決にみちびく用意に欠けていたために、論者だけの獨善的な興味本位に終始したきらいがあつた。『文學と政治』論議わはじめからこういう限界性をもつていたのでわない。この論議そのものわ創作方法の問題の解決をも含めての論議であつた筈であるが、これらの論議に參加しあるいわ協力した人たち自身の限界性によつて論議が進展しなかつたということが出來ると思われる。というのわ、これらの論議に加つた人たちわ（評論家作家詩人を含めて）

これらの論議を『文學と政治』論的にしか取りあげることをしなかつた、要するに技術的創作方法の問題を論議の中心的課題として取りあげなかつたのである。まつたく政治論的に取りあげることに終始したのである。『文學と政治』のテーマ自身を政治論的に觀念するところから一歩も出ていなかつた。常に比重が政治の方にかかつていたのであつたからである。政治論的に足をさらわれていたのである。論議に對する論者のこういう態度わいまだに『文學と政治』論以前であつた。また政治論以前でもあつた。こういう政治なり文學なりに對する態度わ最も民主主義的な評論家作家といわれている人たちにあつた。それわ『モニズダム批判』や『革命拔きの勤勞者文學』論議のなかにみられる。浪花節のサワリに感激したり謠曲のサワリに涙を流す感性とジャズ音樂や泰西名畫に生きるよろこびを感ずる複雜な日本人の感情生活に對して『モダニズム批判』や『革命ぬきの勤勞者文學』論議わ、文學的興味を失つていた。興味などという言葉わある革命的な問題を含むと思われるが、あえて興味という言葉を使わなければ解決わつかぬと思われる。もつとも『文學と政治』論議わ文學の在り方の基礎的な當爲を決定するためのものとしての意味を持ちながら、基礎的に文學的興味をもつていなかつた。文學論議的興味をも持ち合さなかつた。もつとも政治と文學とのかかわり合いを本然の姿で造形しようとする人たちが、正しい政治の在り方においてこの興味の正しい政治的解決を圖らうとしなかつた。『文學と政治』『詩と政治』の豊かな實りを希望しながら『革命の文學』と『文學の革命』を分離した姿において固定化してしまうような結果を生んでいることについて、この解決をはからねばならぬと思う。文學論の手續きとして『文學と政治』『詩と政治』論議わ『革命的文學』の創作方法論議に立ち入らねばならぬであろうが、そのためにわ、文學そのものが獲得した新しい技術的向上の所産を『革命的文學』の上に生かさねばならぬと思われる。『革命的文學』とわ『革命の文學』などでわなく『文學の革命』なのである。文學と政治とのかかわり會いのなかでの文學の革命、それ以外にわれわれの出來ることわあり得ないとわたしわ思う。『革命拔きの勤勞者文學』論議（小田切・徳永論爭）における革命的勤勞者の定義と革命的勤勞者文學の定義わ『革命の文學』的要求に應えることを勤勞作家やその作品に要求している。しかもその要求の急なるために、文學自体をほそめる結果を生んでいる。『にせきちがい』や『町工場』や熱田五郎のものの良い作品わこの要求に應えたものとして立派なのでわなくして、この要求に抵抗したところに出た作品であると私わ思う。

次に『詩』について言うならば、『前向きの抒情』（抒情の變革、短歌的抒情批判）の要求に對して、せまい『革命的現實』を歌うことで應えようとし、そう應えることをのぞむ一部の人たちがある。こういう動きが詩の革命をどのやうにせまいおくれたものにしているか、このことについてわれわれわ解決しなければならぬと思う。勿論こういうあわてた要求に應えようとする詩人たちに問題があり、その問題わ殘るのであるが、『革命的な現實』そのものを階級斗爭の場面に限つてみたり、觀念的に『前向きの抒情』を押し出そうとするために『おれたちわ斗わなければならぬ』というような乾ききつた第一行が出てきたりするのである。ことに岡本潤の『詩わアジプロでなければならぬ』という提案（『詩と詩人』に小林明が書いているがわたしわ多少ちがう）などもこの間の事情を物語つていると思われる。勿論、こういう岡本に對してわ岡本自身の問題があるので、このことについてわ次にゆずりたいが、岡本のこういう言い方わ矢張り政治論以前なのである。こういうことわ民主主義詩論といわれているものに古くからあつた。例えば中野重治の『たんぽぽの花をうたうな』というのも岡本のとわニューアンスがちがうが、あるせまいものを、そのためにまちがいであることを感ずる。しかも『たんぽぽの花をうたうな』という中野の詩に對する又詩人に對する要求わ中野自身のせまい創作方法を前提としているので中野にわ矛盾が感じられないであろうか、たんぽぽの花を歌うについてわ種々雜多のテクニックがあるので、中野のせまいこういう方法を民主主義詩に要求するのわ變でわないかと思われる。中野の場合、『たんぽぽの花をうたうな』という行の効果わ裏返せば、たんぽぽの花をうたいながら涙を安賣りするセンチメンタルな女學生が浮んでくる。『革命的な詩』をこういうところに置いてわならぬと思わる。

『たんぽぽの花をうたうな』というのわ正しい政治的要求でもなく、まして文學的要求にもなり得ない。

『たんぽぽの花をうたわなければならぬ』とわたしわ思うたんぽぽの花をみて、素朴に泣いたりするような古い感情を否定するためにもたんぽぽの花をいかに歌うかについて新しい『詩と政治』のかかわり合いを考えねばならぬと思う。たんぽぽの花を歌うことによつて、たんぽぽの花の感傷的な美（自意識）を否定し克服するように、たんぽぽの花をうたわなければならぬ。そのために長編、短編いづれにしても敍事詩の問題に直面するがすでに紙數が盡きたのである。

（一九四九、五、二七）

詩の下に政治を

牧　章　造

政治と文學の問題が久しく、いろいろな人からいろいろな形で論じられてきて、その都度ぼくらはこの問題に無関心でいられないものを感じてきたが、他方ではどうにももう飽き飽きせざるを得ないようなことにもなつていた。つまりこの倦怠感はぼくらを一面では無氣力にも陷し入れていたわけである。それというのはこの問題が矢張り近代人の拔き差しならぬ限界を結果的に示してをり、一把ひとからげ的な類型に墮してしまつたからだと思はれる。どんな明察にも不感になつては空怖しい。ところでこんど「現代詩」の七月號で「詩と政治」特輯をやるということを聞き、いよいよやつてきたなという緊張感に捉われたが當然こなければならないことがきたとも云えよう。先づぼくは「政治と文學」でなく「詩と政治」という問題のとり上げ方に拘泥わらずに居れない。その文字の配列順序が逆になつていることに氣付くからだ。政治の下に文學を置くことに苦痛を感じ、詩の下に政治を置くことの快適さを感じるということは、同じような問題をとり上げる筈であるに関わらず、ジャーナリステイックな前者に比し、後者のうちに含まれている命題がある本質的なものに根差していることを感ぜずにいられないからである。詩人馬鹿の言とあざ笑う者はあざ笑うがいい。言葉に敏感な詩人は同時に人間像に對してもかくあるべしというイデーは把握しているのである。それは同時に人間社會のユートピアでありふるさとでもあるものえの憧憬を含んでいる。

とにかくぼく個人にとつては「政治と文學」では困るのであり、「詩と政治」でなければならないと考える。その兩者を秤に掛けているわけではないし、そんな常識論に終始しようとも思つていない。詩の下に政治を踏んまえていないとぼくの論據が崩れてしまう危險さもあるがぼくなどがもとよりこれを語る柄でないことは先刻承知の上でもあるからだ。どうせ觀念論に陷入ることもわかつているし、誰がやつたつて同じことだ。ここまで書いて、やれやれとぼくは溜息をしていたところだ。正しくぼくは當惑している。そして未だ一言半句も當面の問題に喰いついていないのに、もう疲れてしまつた。

政治は政治屋にまかせてはおけない、とものを云いかけ一應ぼくも臍下円田に力を入れてみる。時の政治力は飯を喰う箸の先まで加はつている、とは確か植村諦氏の卓説だつたと憶えている。腐敗政治は腐敗社會を現出し増長させる。これも當今の世に生きる我々にはピンときているところである。さてそこで左か右かと云うことになる。なにかにも書いてあつたが、交通整理みたいなことになる。やがて左側通行がアメリカ式に右側通行になるそうだが、あわてたのか、思想ののりかえをやつてしまはないとも限らない。いくらでもそんなことが平氣で行はれる世の中でもあるからだ。

論據をぐらつかせないために、ぼくはもういちど詩の下に政治を踏んまえよう。おしなべて、藝術家はヒューマニストなんだと、輕々しく云うことはやめにしよう。ヒューマニズムつて便利なもんだなあ、と云つたのは平林敏彥だが、これも一應言葉になつていると思つていいだろう。平林も急激にニヒリズムに陥入つたようだ。ニヒリズムも敗者の意識だから仕方がないが、椎名麟三以來のこの新しい意味をもつた衣裳であまりに着飾つたところを見せられると嘔吐を催したくなつてくる。ラク町のパンパン流儀や末期痙攣的實存主義はやり切れない。アンリ・ヴアルビウスを地で行くことも、うつかりすると猿眞似になる。ひどくみつともない。同樣にローランでもエリオットでもその亞流は正道とは云いながら安手な文明批判の底が見える。バルトが戰後の日本に急にまた近づいてきて、その末期神學が我々の精神構造を顯微鏡で仔細に觀察し始めるとき、すでに赤岩榮や阿部行藏などという牧師たちまでが實驗の解剖台にのせられているという始末である。

ここで三度また詩の下に政治を踏まえなおす必要をぼくは感じる。赤岩榮はもとに歸れということになると落見にされてしまうだろうし、赤岩榮は坊主をやめろと云つたら、根も葉もない。その間隙に乘じて、荒正人が赤岩榮をほめ讃え、惡とは何であるか――疾病と貧困と戰爭の別稱にほかならない、などと見榮を切つてクリスト教の原罪說と對決している（原罪說を出されることは、ぼくの古傷が痛むことになる ぼくは熱心なクリスト者の家庭に育つた者だ）クリスト教とコムミユニズムと結婚したら、どういう申し子が生れてくるだろうか。レーニン、マルクスもやつぱり第二のクリストだ、などという豫言者が案外詩人のうちに出てきている。クリストが石ころ同然に扱はれないだけ倖せというものであろう

いか樣に文明批評がコスモロジイを論じたところで、問題は銀河系星雲のほんの一点でしかない太陽系のなかの地球上のことである。その地球上の人間の危機が小數点の次に○が二十五ばかりつく原子物理學の微小宇宙に於ける問題に直結するとき、人間もまた劫初のアミーバー以下に見えて來はしないだろうか。ぼくは詩の下に政治を踏んまえながらものを云つてきたつもりだが、そんなに不眞面目であつたとは思つていない。「政治と文學」に於て合一や乖離の問題を述べ尤もらしい理想社會を觀念的に一應つくりあげたとしても、人間社會は相かわらずごつた返しているだけだと思う。人間は惱める動物であるし、人間自体の問題はいつまでたつても際限なく擴がつて行き、容易に解決もつきそうにない。ただぼくも平和を愛するもののうちの一人であるから、戰爭や飢餓は欲しない。詩の下に政治を踏んまえる、という意味も、一にここにつながるのである。「詩と政治」という課題の提出

の仕方に、散文家と異なる配慮を見たものは、強ちぼくひとりでもなかろうと思う。ここがぼくに得心されたのでちよつと考えを述べてみたのである。

　ぼくたちは、やはりどうしても政治力に支配されてはならない。飽くまでも政治力の上に立つ者でありたい。偉大なる個人の自由に覚醒があればこそ、世界國家理念の誕生もあるのであり、ユネスコ運動も起きるのである。しかもいま平和えの意志は萬人の胸に共感されていることを思うならば、詩人は自己の裡の意志表示をもつことによつて、その世界像の確認を圖り、社會的實証としなければならない。眞の國家觀念は政治屋或は戰爭屋によつて行はれる政治のなかには存しない。無知の暴逆がいかに我々を暗黒史のなかに閉ぢこめたかは今さら云うまでもないことである。スピノーザは「國家の究極目的は恐怖によつて人間を拘束し、他人の意志にこれを屈從せしめて、人間を支配することにあるのでない。むしろその市民が安んじてその精神及び肉体を發達せしめ、その理性を自由に行使せしめるように作用することこそ國家の目的である。蓋し國家の眞の目的は自由であるからだ。」と云つているのである。

　「現代詩」に於ける「長篇敍事詩運動」が恰も人類解放えの精神的秩序によつて維持されていることは決して偶然な意味ではないのであり、更に「詩と政治」の問題もその一環として、當然取り上げられたまでのことだと云えるのである。

ハムレット役者の歎き

小林　明

……あれかこれか、と迷うことは最も卑しい仕業でした。私はそれを祖父から教わりました。御承知のように早く両親を喪つた私は山國の寒村に住む祖父の膝もとで育てられることになりました。

　「お膳の上で箸をあちこちさせるもんやない」幼ない私は幾度厳しく戒められたことでせう。

　けれども、それはなにも私がすぐに叱られたのを忘れてしまう故ではなかつたのです。祖父は私が早晩他家へ養子に招かれる日を要えて躾していたにすぎませんでした。その箸です。私の眼の前にある食膳にはあちこちと迷わねばならぬ山海の珍味が並べられているのではなかつたのでした。私は躊躇うこととなく眞一文字に漬菜をはさみとればよかつたのです

　その頃からでせうか。私は秘かによからぬ望みを抱いたよ

うです。即ち、あれかこれかと迷つてみたい、寡くもあれかこれかと迷える可能性のなかに位置してみたい、と。……

けれども、やがて思春期を迎えた私はカーキー色の服を着セントーボーと呼ばれる涙がにじむほど不恰好な形のものを頭の先にのつけねばなりませんでした。嘗つて期待していたような「自分で金を儲けるようになつたら街のデパートへ行つてあれやこれやと――」と企んでいたことは悉くはかなかつたのです。否應なしに一つのものをあてがわれ且従わねばなりませんでした。迷うことはなかつたのです。

私は満されぬ心の飢えを「戦争の故だ――」と漸く我慢し稀には戦争が終つて撰擇の自由が得られた日のことを華やかに夢想して樂しみました。

ところが、どうでせう。

戦争が終つても、私は一こうに迷う資格を得ていないのを発見したのです。

なによりも、先ず働かねばなりません。働かない權利を假令氣まぐれにでも主張することはできないのです。そしてまた、山海の珍味が食べる資格があるのに、敢えてトーモロコシのパンで咽喉をいがらつぽくさせ咳こんでいるわけでもありませんでした。全く、あれかこれかは終に無縁の世界だつたのです。

だが、或いは、人は言うかもしれません、そんな私にも「生か死か」の選擇權はあるでないか、本源的な自由は與えられているでないか、と。そうでせうか、私に與えられているのは「死」だけでないかと思うのです。勿論、私という個体が形成される刹那に與えられたのは確かに「生」であつたかもしれません。けれども一度び母親の胎内を飛び出た途端に摑まされたのは「死」だつたのです。私は胎兒時代に「死」を選べなかつたことをどれだけ口惜しく思つていることでせうあのカッパの國のように生れる前にその意志が問いたゞされたとしたら、私は欣然として「NO!」と叫んだことでせうどうしてこんな生き難い憂世に生れることを希望するものですか。（或いは、私に父母を選ぶ自由があつたとしたら、そうでないかもしれませんが。）――生れでた私に與えられたものは「死」だけです。死の條件だけがよくもこれ程と思える位完備されているのです。自殺――という言葉がありますなら永らうべきか死すべきか。然しながら、「生」の條件が皆無な私になぜそんな質問が起り得るでせうか。あるのは「死」の世界だけなのに、その上自殺などしたらどうなるのでせういつそ「生」の世界に躍り出られるとでも言うのでせうか。それなら幸いです。けれど、否應なしに與えられる仕事に追い廻されている私に尙自殺のエネルギーがあるでせうか。あつたならば、私は寧ろ殺倒してくる仕事の一部に代償として與え、些かでも疲勞から免れたいのです。全く、生か死かと悶えるためにはハムレット氏のように王子様の身分でなければならないようです。

　また、嘗つて私どもの國に風靡した「行こうか戻ろかオーロラの下で」の唄だつてそうです。トルストイ翁作るところの「復活」を讀んでみれば、あれかこれかと迷うのは地主の道樂息子ネフリユードフであつても、百姓娘カチユーシヤはたゞ純情一筋に生きるだけではありませんか。私どものように貧しい父母しか選べなかつた人間には終に一筋の道しかないのです。

……………翻つて古來文學というものは、シエークスピアーや「復活」の例が判然と示しているように、二つの極に己が方向を定めかねて煩悶する人間の相をひたむき描き續けてきたようです。最初のうち、私はそれを滿たされざる夢を假構のうちに現わそうとする人間の悲しい營みなのだと思つておりました。即ち、あれかこれかと迷う權利を持たぬ人々の白日夢を文字に定着したのが文學だと思つていたのです。そして私もまたその意味に於てのみ祕かに文字を綴つては樂しんでいたのです。しかし、それはしばらくでした。私は直ぐにそんな滿足がたゞ疲勞と浪費しか招かないことに氣ずいたのです。夢を描き固定化させることすら自由でない環境にいることを發見したのです。そして更にその「環境」を構築し持續させるために賣文業者となればいゝのですが、私の夢には奇妙なことに切實さがなさすぎるというのです。つまり、商品にならぬのです。私はそれが判りませんでした。――そして間なく判つたのです。私にはあれかこれかの場に立々された体驗が皆無なのです。それが結局は私の作品を脆くし弱めていたのでした。では二者擇一の自由のない私どもには文學もまた無緣なのでせうか。二者擇一のない世界も存在することを描いて主張することは終に許されぬことなのでせうか。どうやら、そんな文學は少くとも從來の日本文學にはなかつたようです。

　一体、私どもの國は、皆さん御承知のように、八十年前に黑船の來訪をうけて初めて世界史の末席に連つた、という恐かしい歴史を措つております。そして、一日も早く先進諸國の文明文化を急速に消化して成長しなければなりませんでしたから、當然、「外國文明並びに文化の國內紹介者」を必要とし且多くの權限を與えなければなりませんでした。全く、明治以後のわが國のジヤーナリズムはその紹介者たちによつて獨占專制されていたといつて過言ではないようです。試みに、傍らにある二三の雜誌をひもといてごらん下さい。掲載されている評論のなかに誰かの論説を引用していないのは殆どありませんから。即ち、皆なが皆な「何某は卓拔にもかう言つている、それは適評である、しかしまた、こうも考えられる云々」としたり顔してみせています。要するに華やかに種々の商品が陳列された外國市場を「あれやこれや」とたのしんできたはての土産話であるようです。紹介者――それは通常インテリゲンチャ又はカストリゲンチャと呼ばれているようです。そして同時に彼等は學問の自由を保ち得た綺麗な子弟であります。そんな私どもに緣なき連中によつて獨占されているジャーナリズムであればこそ二葉亭四迷以來「文學か政治か」「あれかこれか」などの二者擇一の論議が盛んであつたとしても不思議ではありません。茲で、一寸述べておきますが 戰後の文壇に「政治か文學か」が問題とされたのを目して「昭和初期にもそれが行われたが」などと言つているのは可笑しいと思います。あの戰時中だつてどれほど多くの論者たちが「國策か文學か」について口角泡をとばしていたことでせう。今日見られるように「反動」「非國民」などと罵りあつて――。それをカストリゲンチャたちが口をぬぐつて知らんふりしているのは寧ろ罪惡ではないでせうか。

ところで、左様に「あれかこれか」と迷う彼等は、本質的に迷わねばならぬように出來ているのですから、（即ち迷わなかつたら彼等ではなくなるのですから）當然結論を持たず、常に堂々めぐりであり、狡猾な紙芝居屋のように何時も「明日はお樂しみ」と言つて一日でも長く商賣を續けようとします。つまり、サクシュに余念ないわけです。そして、稀に結論を得たとしたら、彼等はきつと一方へ極端に偏向しているためにそうなつたのですから、畸型を免れることが出來ないのです。つまり、彼等には堂々めぐりか畸型の文學しか運命がないわけです。そのようなものにジャーナリズムを獨占專制させておくのが正しくないことであるとは最早自明の理であります。

私はきらびやかで重い中世紀風な衣裳をかなぐり捨てる決意を要請されたのです。ハムレット失格を叫ばないではいられなくなつたのです。

先に、私が二者擇一を文學の本質と見做したとき、その文學の概念は從來の（即ちプチブルジョア・インテリゲンチャの）文學から抽出したそれであつたわけです。先に述べたように明治以來のジャーナリズムはあれかこれかの白い手によつて獨占され、從つてジャーナリズム上の諸概念はすべて彼等によつて規定されてきているのです。終に二者擇一の自由のない私どもがどうしてその概念に從うことが出來ませうか。それら諸概念を變革することなしには私どもの文學はあり得ないのです。しかも、彼等のそれが畸型であるに於ておや、です。それを是正するのは二者擇一の自由を持たぬ私どもの發壓でなければならぬと信じるのです。そして、「あれかこれか」「政治か文學か」などというカストリゲンチャの千鳥足をホーフツさせる議題を再びジャーナリズムに登壇させぬ決意を固めねばならぬのでないでせうか。

即ち、私どもの文學は、眞一文字に既成の諸概念の迷妄の核心を衝いて打倒し且革新すること——ジャーナリズムをプチブル・インテリの獨占から解放し國民等しくその發言權を得しめることＥＴＣ…にあるのではないかと確信するに到つたのです。

政治か文學か、——私が嘗つて生か死かを選べなかつたように、今それを問われている私は既に文學を「選んで」しまつている私なのであります。文學を選ぶ以前に「政治か文學か」を迷う權利を持たなかつたのです。私はたゞ一直線ジャーナリズムの革命に直進するしかありません。

レーニンだつてルナチャルスキイに言つております。

「藝術の歴史というものはどうも魅惑的な領域だね。ここにはコンミニストにとつていくらでも仕事がある」。けれども、彼は既に政治の道を選んでいたのであります。「僕は藝術をやつている時間がないし、また今後もないであろうということが腹立たしくなつてきたよ」どうやら、レーニンも私どもと同じく二者擇一の自由を持たなかつたようです。私もまた彼にならつて、

「どうも政治という奴は魅惑的な領域だね。しかし、僕は政治をやつている時間がないし、また今後もないであろうということが腹だゝしくなつてきたよ。あつはつは」と云つてはいけないのでありませうか。

（「プロレタリアートと文學の方法・その一」）

詩の思想性と藝術性に關する政治えの配慮

淺井十三郎

I　近代文學の出發

1　最近どの雜誌をみても表紙に女のいない雜誌わ極くまれである。そして又、表紙の地色をべタ刷りにするのが流行している。いずれも最初から色をきめて人目をひこうとすることにちがいわない。問題わそのような現れ方をしなければならないこの國のなにものかの表徴である。自薦自讃仲間ほめいたるところで理由のない攻擊が神經質にとびまわる。然も間接的方法とゆう惡どいものをみにつけて、誰か火ぶたをきるまでわ默りこくつているが、一たん、それが燃え上ると、やつきになつて敵味方に別れる、問題わいつもその中心点を逃がしてしまつている。何處え行つても金づまりと稅金と資本攻勢と官僚的獨善と人民の行方と、箸の上げ下げまで所謂

政治的ならざるものわないようである。民自黨から共産党にいたるまでの參院や衆院の乱闘。「もしも議會内でなかつたら共産黨卅五人の生命わない」とほざき俠客として議會にでているとゆうとんでもない議員が選良として相共に暴力を肯定しているような、日本の議會である。暴力。いいかげんにして止めて貰いたいものであるが、それが未開社會に於ける政治の絶對支配を未だに克服できず、政治が人間の知慧を信ぜずに、その本質的な、權力の論理を振舞うにもつてこいの時代だと、するならば、政治の客体として、ベタ刷りにされる人民も箸の上げさげにも事欠く農民われわれにとつて甚々もつて憤滿至極の表現でわある。時たま評論を書く僕が惡言つづきの故に揚足をとられると言うのと一寸ちがうが又、そうゆうことがらを何處ふく風と、たわいもない、漫畵が全國の國民學校の年齢を吹きまくつている。が、少年の眼を現實からそらせるにわ是又、まつたくもつて好都合な心理學應用の大政治でわある。こう考えてみるならばそうであればあるほどに意識するとしないとにかかわらず、藝術の凡てもが一個の獨立者であり政治人であることがハッキリしてくるのである

2 文學も又、一個の政治人である。そうであればこそ歴史的社會の變革期をめぐつて、政治と文學の間に横たわる關係が色々と論議されなければならないとゆう不幸を我々わもつているのである。言いかえるならば歴史とゆう流れからみるならば凡ての抵抗が自由の名に於て人類の幸福えの可能についてそれを提起しているのである。

明治の初期に於いても大正末期から、昭和の初期についてみても、或わ又、敗戰後の今日についてみても、政治と文學の間に横たわる幾つかの断絶も連繫も形を替えて幾度びか提起されて來たし又提起されなければならない問題をもつている。

文學の凡てが何らかの意味で政治性を帯びざるを得ないことわ當然であるが、そのまえに文學が一個の獨立人であることについてわ二三の考察を必要とするだろう。

由來、藝術の起源わ、洞穴繪畫にあると考えられているがそれと共に原始民族の踊りの藝術から今日の凡ゆる藝術に至るまで「藝術わ、實任を表現せんとする人間の努力から始まる。第一にそれを彼自身の心に思いだせようとする目的のために、第二にわ、他人に鑑賞せしめんがために（アプトン・シンクレア）」存在すると考えるならば、藝術わあきらかに個人的なものであると共に社會なものである。從つて藝術わ我々の社會生活の行程に於ける社會的な産物であると考えられて來たのであるが、そこにわ、個の必的要素と、その社會の社會的要素の交錯、綜合から、新たなる生命を、人類の共感の中に求めようとする獨自な形象的思惟の様式をもつていることを忘れてわならない。

單に藝術―文學が政治そのものの宣傳で、あると、言いきることわ、幾多の誤解をまねきがちである。どのような藝術も、藝術それ自体の發展についてわ、その發展のための獨自な方法と目的をもつているものと考えねばならないと思う。そして又、どのような文學藝術と言えどもその時代の社會狀態を反映せしめないものわないが、それが直ちに政治支配の宣傳であると言うべきでなく、シングレアが「凡ての藝術わ宣傳である。それわ普遍的に、然も不可避的に宣傳である」とゆうが如く社會的必要の上に藝術の目的わ社會性を帶びてくるものであつて、政策の宣傳ポスタアでわない筈であると考える方が正しく宣傳を意味するものである。

政治と文學の關係、又わその各々の位置についてジャーナリスムの侵した罪悪わ、つねに政治のために文學を奴隷して文學の社會性を冒瀆することによつて「權力の論理」にそれを結びつけたところから出發している。すでに文學が支配權力の論理や倫理に侵されはじめると、文學の社會性わ、政治えの迎合にすり替えられてしまつて、文學そのものがもつ社會性わ、甚々しくその意味を失つてしまうのである。僕らわここであの戰爭中僕らがどのような生活と文學を持たざるを得なかつたかを考えてみえば足りる。恐怖の中にとじこめられて何ら二者擇一の自由を持たす絶對的服從の中にあつて僕らがどのような生活をなしつつ、生き延びることにのみ心を用いねばならなかつたかを思い起すならば、今日僕らに許される批評の自由がどのような性質のものであるかを深く思い知ることができるのである。

批評のないところに眞實の発見わない。

そして又、内と外との對決なくして、その批評の格闘なくして、文學わ社會の中に眞實を見ることわでき得ないのである。實に集團社會の中に於ける「凡てのものの必要性」や「共感」わ、僕らの日常生活にしばしばみられるが如く、それらの集團社會の中の意識的社會と自然的社會の矛盾對立の中から歸納されてくるところの批評の現れとして現れてくるものであるが故に、文學に反映されている社會性とわ、それら集團社會の社會的條件とその社會的條件を生む諸觀念の綜合的な批評を指しているのである。卽ち文學に於ける社會性とわ、人間の可能に對する批評の普遍性に外ならないのでわないか。してみれば政治も又、この批評の對象から逃れ去ることわでき得ないのである。

そこでわれわれの文學わ、我々の過去にどのような批評を政治面に持つことができたかを、ここにその多くを記す余裕わないが、明治の初年に現れた政治文學の精神形成の基盤わ所謂、儒教、佛教の精神であり、その本質とする經世濟民の思想を新時代の政治經濟思想に結びつけて、社會に對する指導觀念を强張したと言つても過言でわないかも知れぬ。然もそれわ又反面、歴史的社會の中に眞實を發見しようとする文學でわなく一種の人民的教師の文學であり、社會解剖の文學にしかすぎなかつたのである。眞實を發見せんがための社會解剖であつたとゆう聲が起きるかも知れないが二、三の作家を除いてその多くが現實の歴史に無關心であつたとゆうことわ何と言つても致命的なものでわなかつたろうか。あまつさいそれわ當時の知識階級によつてなされた文學であり、庶民の交流共感から發せられた文學でわなく、また事象を、社會的に認識把握したものとわ言い難かつたと思ふ。

そしてこれらの指導觀念、社會的條件に對する反抗が自ら社會性を帶びた文學として強く押しでて來たのわ、大正十年十月「種蒔く人」の創刊に初るプロレタリヤ文學の勃興であるが、明治初年からこの「種蒔く人」に至る迄の五十年間に於ける自然主義運動わ、日本資本主義の發達と共に、儒佛の精神の上に加えたヨーロッパ精神の導入、反映であり、國粹主義と世界主義近代主義との對決であつたのである。然しながら時代の自然主義文學のもつた社會解剖わ、今日、僕らが社會性として求める批評性でわなかつた。なるほどいろいろな事象を廣範圍に渉つて取扱つていたとわ言え、個の自由に對する歴史の方向や速度をみても、文學の批評性わ、單に題材を外的世界に求めるだけでわなしがたいものであることをハッキリと示しているからである。

「外的諸事件は、魂の上に勢力を及ぼさない。それらは、魂の興味を惹かない。これを確證するには、戰爭の例より以上のいいものを見出せようか……人は我我が經驗したばかりの恐しい大戰に關していろいろと詮索した。文學者に戰爭がいかなる重要性を持つたか、いかなる影響を文學に及ぼしたか尋ねたなら、その返答は簡單である——この影響は何もない——と。」

これわ、一九二二年ジイドがドストエフスキイについての講演の一節であるが、この言葉わ非常に興味がある。と言うのわ、文學わ集團社會の反映でわあるが、人間と他の凡ての存在關係に起る鬪爭も愛情も政治も經濟も、文學の素材であつても、文學を生みだす母胎でわないことを言つているからである。實に人間が自己の獨立を解消することなく、社會關係に對する知性と情熱と意志の綜合統一の原理としての「自我」を想定したことわ、意識社會に於ける一大變革であり、これこそ近代ヨーロッパ精神の核心である。

僕らが「自由」と呼ぶところのものわ、人類の共同目的を阻害する一切の外的制限に對する解放であり、自我の擁護と抵抗である。然も忍耐をもつて集積されたその方法。それを僕らわ、個性と呼びなしてきたが、如何なる權力支配の論理もこの個性をその全支配下に置くことわ、不可能であつた。この不可能の核心である個性の觀念が近代文學の核心であつて、ジイドが外的事件に對して「何の影響もない」と言つたところのものである。

　この「何の影響もない」とゆうその奥底から生みだされる批評の自由の精神。それがまた僕らの詩の精神の出發であるだろう

3　政治も社會も凡てが文學とゆう批評の素材でわあるが、「政治人としての文學」（文學そのものを一個の政治社會として眺めに文學の方法人）わ又、政治の中に社會の中に解放されざる限り僕ら庶民の偉大な文學とわなりがたいだろうと思う偉大な作品であればあるほど時代を貫いて僕らにその可能えの悲願を示してくるにちがいない。

　今日のように「法」をはさんで政治と社會が復雜な樣相を示している組織の中にあつてわ、政治人としての直接の立場がその「政治人たる作家」の作品價値に置き替えられてしもうとゆうような政治えの盲信性が巾をきかして、文學と政治の結びつきを非常な危險にさらしがちである。それわ過去に於ける日本ファッシズムと文學の關係をみても、わかるとうり文學のもつ社會性と政治性が、政治そのものの技術から壓迫されがちであるとゆうことわ戰爭の反省を通じて誰しもが認めざるを得ない事柄である。哲學にしろ文學にしろ學が學として成立できず政治によつて動かされ又禁ぜられるとゆう不幸わ、批評としての人間が確立していない社會に於て一層それが甚々しい。今日僕らの文學が純粹であればあるほど、これらの不幸とこれらの不幸を生んだ人民と政治と政治人を文明の名の下に正さねばならない。そうゆう文學が必要である。言いかえるならば我々わ、所謂、近代的自我を單に現實と對決せしめ而て現實を克服することによつて內なる權威をうちたてるばかりでなく絕えず歷史として發展するところの現實に正面から取り組む自己を批判の中にたたきこむと共に現實的に自己と歷史の再編成に向うところの人間の權威を求める行動の文學をもたなくてわならない。

Ⅱ 詩と政治の法則

4　今日、我々がどのように生きなければならないかを示すべきであることわ、詩藝術においても他の如何なる關係に於てもそれがイコールであるとしてもその努力の特徴わ各々異つているのである。否、異なるべきが當然である筈である。政治と宗教が分離した以後の社會に於てわ、各々の特質を生かすことによつてこのことわ一層必然的な條件下にあるように思いる。

　近代文學の核心が「自我」の確立に發して、人間の可能に對する飽くことなき批評と行動の歷史的追究を今日に持ち越しているとしても、藝術一般が又そうであるが如く詩の美しさも又、人間生活の意味を創造し。体驗する、その生活內容の意識であり、未來えの精神を形象的思惟によつて現實の中

に擴充するところにある。ところが政治わ、如何に生くべきかの行動を社會環境の中に見出すのである。そして又、政治も新たな人生の創造に向つて行動する人間の積極的な努力であるが。政治わ、あくまで權力の論理からの成立を拒否するわけにわいかない。政治の主体わ政治人であり、「一個の政治人としての藝術」作品も相共にその客体を人民たる僕ら＝社會におくが、一人の作家わ藝術の中においてのみ藝術の政治人たり得るのであつて、政治の政治人(政治家黨人を含む)が藝術の政治人として藝術の價値に問われ得べきものでわない然しながらその各々の任務の特質が混同されがちであることわ、共に相異なる政治人でありながら、世界觀の闘いを人類發展のために等しくもつている相似形からくるものであると思う。そして僕らがその「藝術の政治人」(現實の再創造性)を拒否するしないわ、特定の場合を除いて大凡、個々人並に社會の自由であること、政治のそれとわ非常な相違をもつていることなど注意してその混同からまぬかれべきである。

5　一種の社會現象であり、支配現象である政治の主体が、人間である限り、單に理論通りに割りきれない非合理的なものを含んでいることが政治に技術の倫理を必要としてくる。然しこれわ、政治の本質の倫理化を意味するものでなく社會的な條件の變革とその倫理化なのである。政治が眞に倫理化される場合わ、その社會が無支配の自由を獲得した時に於て眞に可能なのである。

當然無支配の社會わ、萬人自律の秩序が基本であり支配ならざる社會運營の技術わ必要とするが、ここでは權力えの意志わ否定されなければならない。果してこのような自由が獲得されうるものであろうかとゆう疑問わ暫くおくとして近代における人類の歴史わ、人間の尊嚴をこの一点にかけた血みどろの闘いでわなかつたろうか。

文學の闘いもまたここにあつたと思う。

6　技術わ抵抗である。ルネサンス以後技術の自覺わ政治をその中に包括しようとする運動となつたのであるがこのような考え方が藝術至上主義を生みだしたとも思える。

「自然の世界には、人間の動かし難い法則が支配していて人間はこれに從つて行動することによつてのみ自己の慾望及要求の充則に到達することができるという認識はこの時代に初めて確立したことである(淸水幾太郎)」物的自然に不動の法則が存在するが如くに、人間も社會も一つの物である限りに於て、この法則を人間社會の中にその共通性をみ出そうとした技術わ明に權力の論理である政治の知慧を萬人の中に求めつつあるデモクラシーとして發達してきたのであるが、人間の本能わこれに從うにわ余りに否定的であり、權力の論理に强大な信頼をもつたがために幾多戰爭の歴史を人類はもたなければならなかつたのである。

政治わ、頼るべき法則を持たないままに又社會的自然の中に戻らなければならないだろうか。若しも歴史と社會を貫いて流れるものの中に政治の頼るべき法則があるとするならばそれわ個の獨立を失うことなく社會の中に個を解放する自律以外の高貴な法わないだろう。人民主權の原則も代表多數決制もここに至るまでの權力認証の技術であつて絶對的な法則とわ言われず、人間の苦惱わ遂にたちがたいものであろうかそして文學わこの苦惱を背負うてゆく悲願であろうか。

日本民族が敗戰によつてもち得た最大の文學わ憲法に示された戰爭抛棄である。人間の善意を信じ合うためにわこれこそ政治の本質を正す法則の第一條であると共に凡ての藝術が史的に眞實の發見と萬人の知慧を行動によつて示さなければならない最大のテイマをものがたるものでわないか。

すくなくとも僕らの文學わこの一つの法則をめぐつて社會的な自律運動の中に新な人間像を創りあげなければならない

Ⅲ　詩の獨立と政治性

7　政治が絶對的な支配を持つていた時代の作品わどうしても主情的なものになりがちであつたとゆうことわ當然すぎるほど當然な歸結であつた。なぜならそこにわ、何らの批判を持つこともゆるされず、ひたすらその政治に頼るより外、仕方のなかつた盲目的服從の中にあつたからである。未開社會における宗教と集團我の關係にみられるように、そこにわ、個の自覺わ無く、服從を意識しない服從の中でどのような詩が起り得たか、僕らわ、日本の萬葉時代の歌を想い起すだけで充分でわないか。そしてまた萬葉から古今に至る道程や「もののあはれ」とか「寂び」とかいわれて來たものが、どうゆう社會的環境の中にあり、どうした政治支配の中からの產物であつたかを考えるならば、それらの凡てが、他律的な「歌」であつて「詩」でわなかつた、と思う。たとえば「もののあはれ」をとつてみてもそれが果して「物」の「あはれ」であつたかとゆうと決して「物」の存在關係に對す自覺でわなかつた。然も又、人生を物としてみつめることのできるような、政治えの反省が史的に「あはれ」に繋つたものの現れとして自覺した現れでわなかつた。むしろ封建性に對する敗北であつて「物のあわれ」でわなく「あはれな人生」「あはれなものの」の表現であつたとみてよい。（このことについてはかつて十年前に委しく書いたことがあるが再說しない）

或わ又「寂び」についてみてもそれわ、現實の政治、經濟の肯定と現實からの逃避以外の何ものでもなかつたのでわないか。確に現實えの凝視わあつても、何ら「人間」の擴充を外に向つて意義づけるものわ見られなかつたのである。西行にしろ芭蕉にしろ日本の社會狀態が示す世界との斷絶と封建性の表徴である。封建的な政治經濟の枠内から一歩も出ることの出來ない文學、そのような抒情詩を今日まで引き伸ばしているところのセンチメンタリな抒情が日本現代詩の抒情詩の主流であるならば、かかる抒情詩の存在わ明かに拒否しなければならないものだろう。絶對的支配の中にあつて、服從を意識しない文學が一種の宗敎的な世界をつくるものであることわ、その特徴の一つであるが封建經濟から資本經濟えの變革をもつた明治のブルジア革命以後大正末期までの文學がいちじるしくこれえの反抗を示したとわ言え、是又、その封建性と他律性を、個人主義の上に正しく言うならば功利主義の上に交錯させた文學であつた。

資本主義の發展に伴つて政治わ、客体としての個人の權力意志と對立せざるを得なくなつたが、それわ、單に客体が主体を制約するにとどまつた巧利的服從の時代であつて、この反映が自然主義文學の暴露性と結びついていることも經濟組織の變革による必然の結果であつたのである。

8　俺達は學問のあるものではない。俺達は空想的な雄辯な坊主ではない。俺達は又、あの狂はしい樂隊の音に送られて戰に行き、今では力無く、海原の底に、太陽の輝いた小山に草原に、雷のやうな打擊に打仆とされてゐる英雄たちでもない。俺たちはさういふ者とは全く違つた人間だ。俺達は動かない塵のやうに默りこくつて、薄暗い穴藏の中に隱れてゐる俺達は昨日は未だ泣いてゐた。だが明日の日は、俺達の日が俺達の奇蹟で驚かされるかも知れないのだ

さうだ俺たちの無恰好な、曲つた手の中に見えない力が成長し始めたからだ。俺達は、明日、俺達の新しい家で酒宴を開かう。俺達は明日、石綿と鐵で、花崗岩の大きな魂で、廢墟の上に新しい、曾つてなかつた生活を打建てよう。國家といふ帳、月の光、レストラン、そんなものは鬼にでも喰はれろ！　俺達は巨大な摩天樓を、第二のエッフェル塔を打建てよう。橋の玄武岩の足は堅く廣場には、鋼鐵の新しい記念碑が建つだらう。沈默のレールの上に、目も眩むばかりに狂ほしい機關車が疾驅するだらう。新しい色彩を交合はせよう。健康な孤獨な女を娶らう。新しい種族を天地がその胸で育てるために、又もローマに、パリーに、モスクワに、ベルリンに、ロンドンに、ブタペストに、吾々と共に、快活な新しい女の新しい額を讃美する新しい詩人が狂氣するために。（ルユドウイヒ・カシヤーク）

これわ、一九一五年ハンガリーのプロレタリア詩人の作品の一部であるがこのように政治にたいする不信が日本の詩に現れはじめたのわ、大正の末期からである。そして燎原の火の如く成長をみせはじめたこのプロレタリア文學が忽ちにして姿を消さざるを得なかつたのわなぜであつたか想いおこし

てみるがよい。政治わ所詮、權力の論理であり、政黨わ、人民を政爭の具と化す一個の專政者であり獨裁者である。日本の爲政者わ、帝國主義的支配を確立するためにはこのような反服從の文學を許すほど寛大でわなかつたのである。まして當時のプロレタリア文學の多くがインテリ階級によつて推進せられていた關係上、一冊の綜合雜誌を注文したことによつて職を追われた多くの人々が存在したごとく個の自由も學の自由も許されなかつた。そして資本主義の條件的な支配わ、急速に絕對的支配えと逆行を續けつつ第一次大戰を迎えた後の日本國民わ、完全にファッシズムの中に壓縮せしめられて行つたのである。

プロレタリア文學彈壓の後に生れた文學がどのような文學であつたか、それわ、外えの眼をふさがれた內から內えの文學であつた。絕望と不安の中から提唱された行動的ヒューマニスムが、インテリゲンツアの「人間」の喪失を社會的行動の中にその精神の救いを求めようとしたが、これわ積極的に「人間」の可能を意欲するにわ余りに人間の解体に捉れがちであつたのである。政治支配から脫出することによつて新に政治の主体を萬人の中に置いて、政治がその容体となるように、服從い意味を喪失させようとするにわ、余りにも人間の再生を觀念的に規定しがちであつたのでわなかろうかと思う

現實は强大な流れの中にある。然も現實を克服するとゆうことわ口で言うほど簡單な言葉でわない。日本ファッシズムえの道が踏み固められているその中で、とにかく行動的ヒューマニスムの主張が生れたことわ驚くとも、プロレタリアの一部を代辯する知識人たちに大きな、覺醒でわあつたが、昭和十一年、青野季吉が當時の文學作品に對して左のように書いているが如く、結果わ現狀擁護の政治性を暴露するにとどまつて、現實の惡、政治の惡と闘う人間の高貴性に欠けていた。

「現代の文學は、周知の如く知性と感覺との分裂に惱み、意志と行動との背馳に惱き、虛無、頹廢の中に沈滯しているごく大まかに今日の文學を特徵づければ、デカタンの文學と名づけるのが最も適當であらう。」

今次敗戰後の日本のいちぢるしい現象も又、第一次大戰の結果に現れたこのような不安、絕望の、自我分裂の文學が氾濫した。そして又、二つの陣營に別れて歷史を押しまくつている世界の潮流を反映して日本の政治も文學も二者擇一に赴かざるを得ない狀態にあるがそれが、政治の解決にも文學の解決にも絕對的なものでわない。

カトリックムズイもコンミズムもいづれも世界史の發展の過程に於ける世界觀の鬪いであつて、各々がそれ自体の目的と方法をもつていることわ藝術の世界に於ても同斷であるが、一階級の專政から「萬人の幸福」えの政治の本質的倫理化の機能をもつものわ永遠の平和を擔う自由の精神であり批評

の確認を社會生活の中に闘いとる「個」の社會聯合のその有機的關係の中にあるのである。

　そのような政治的自律の確立をめざしてのみ現代のヒューマニスムわ外から內えの眼と、更に內から外えの行動の原理を同時的に相對的な表現として具体化することの可能を詩にもつことができるであろう。我々の求めるのわ權力の論理による政治でなく、むしろそれを否定する自律的社會の倫理である。戰後の所謂肉体文學わこの意味からも現實に敗れた靑白きインテリの文學であつてすでに我々の詩とわ言え得ないものを多分に持つている再び靑野の言葉を借りるならば「現代のヒューマニスムはさういふ、虛無や頽廢に向つて何らか「道德的」な叱責や批判を加へようとするものではない。その点か過去の理想的ヒューマニスムと異つているので、分裂した知性と感性、背馳した意志と行動に、人間的な統一を與へ、すこやかで逞しい人生を發見し創造しようとするのが現代のヒューマニスムである。だから現代ヒューマニスムは虛無やデカタンの底をくぐつて　そこに人間的な光明探究の意欲を發見することもその重要な役割の一つである。」のである。

9　文學の社會性とわ、それらの存在關係に對する批評が万人共感の中に求められる權力えの抵抗性だとも言え得るとおもう。その抵抗性がどのような內容のものであるかが、文學の運命を左右するだろうし、その社會性が歷史の形成に繫る場合にのみそれらを總稱して僕わ、政治性をもつた文學と言えたい。それは日常をとりまく惡の克服を生活行程の中に行動をもつて再編成するは勿論一國の歷史や階級を超えて世界史の發展の中に自己を取り戾す人間の共通な尊厳のために闘うような文學であるだらう。であるから僕の考え方からするならば政治人である作家が黨のための文學をかくことも、政治人黨人でない作家が社會のための文學を書くこともたいして問題でわない。例え一本の草花をうとうにしても要するにどのように高度の思想性、批評性をもつた文學であるかとゆうこと共にどのようにその文學が高度の藝術性を保ちつつ、文學の獨立を解消することなく、歷史の形成にどう繫つているかとゆう社會的價値がその文學と作家に問われるのであつて、單に相異る政治的立場からその作品の政治性や作家の立場を拒否し合うべきものでわないと思う。そしてもしも日本にインテリ性が問題となるとしてもそれを外しての批評云云の憑かれた言葉のかかる日本の特殊な「インテリ性」を文學から追放しなければならないし、僕わ政治の中にあつて、政治政黨に束縛されない自由な闘いの立場もありありうると考える政治や政黨に對して服從の意味の喪失のためにも新に主体として働く人民（主權）を一對一におく立場もあつていいのである。文學も又そのように政治と相對的な關係にあるものだ。むしろ文學の創造性わそれらの政治の權力の論理に對する反逆でさえあるのである。

10 政治の技術も詩の技術も思想であることにかわりわない相共に外的障害に對する抵抗である。と共に內に對する抵抗でもある。人間の變革も社會の變革も共に相對的な關係にあるものであるから、政治が眞に服從の意味を喪失させるところまで發展してゆくために僕らの文學わ個々人の自覺を全体に結ぶ詩の精神を忘れてわならない

偉大な藝術と偉大な政治の會合を求める文學者の任務わ如何に文學を革命したかによつてそこえ到達すべきであると思う。

最近の抒情詩の多くが封建的な抒情にとどまつていると言うことわ前述のような關係からみても一に詩人に歷史と政治に關する正しい把握がなされていないことをものがたるものである、といつたら不遜であろうか。

それと共に今日の詩が敍事性を失つているとゆうことも日本の島國的な封建性の遺物であると思う。僕らわこのような遺産を否定することによつて詩の中に行動としての批評―政治性を確立させることが必要であろう。それわプロレタリアである我々に二者擇一が不必要であると考えさせられると共に我々が二者否定の上に新たなる世界を批評としてもつと云うことわ詩と政治に關するこれらのことを言わば眞實の発見に對するに憶病であつてわならないと言う僕らと、僕らの文學えの配慮にしかすぎない。然しそれにしても、この島國の中にとぢこもつて、脱出することのできない僕らの貧乏すぎる不幸に氣づくべきだ。

第三回『長篇敍事詩研究會』報告

第三回敍事詩研究會が五月二十日（日）北川氏宅にて催された。当日の課題はホーマー「イリアド」「オデイセイ」の現代的意義である。

兩作品は古今東西を問わず叙事詩作品としては最古であり最も秀れたものである事は異論のない所である。然かも戰爭を主題としたものであるだけに今日の吾々文学研究家にとつて好個の材料たる所以である。尙お更に現代の詩的環境が長編敍事詩に對する要望切なるとき、いち早くこのテキストが採り上げられたことは慧眼の至りであるとともは詩壇のみならず廣く文壇人達の瞠目すべき事であろう。

現在吾々が入し得るホーマの飜譯書は土井晩翠のそれであるが北川氏はその飜譯スタイルが七五調を主体としたもの故、現代の我々にとつては實に讀むに堪えぬことを指摘されたつまり七五調は既に現代人の環境にとつて無緣のものであるからである。此の事は更に大江氏も作品自体の莊重と簡潔さを缺くものであると指摘された。それ故現代語による書き変えを必要とする。即ち現代敍事詩風に書かるべきものであることを北川氏は説かれた以上は土井晩翠訳文に對する批判であつたが之を內容的に考察して見るとき、「イリアド」に描かれた古代戰爭の原因は、トロイとギリシャ兩國間において女の爭奪に端を發している事、然るに今次大戰の原因は物資及び領土の侵略にある。この事は相違点として着目さるべきである敍事詩は元來民族及び國家に關わる大事件を行動的に描寫する文學ジャンルなるが故に、そして正にその行動的な現實描寫の故に、若しも「イリアド」のよな古代敍事詩が現代に復活せしめられるとすれば、その現代的復活こそは映画藝術である。文學ジャンルとしては映画的手法を用いた、シナリオ形式による長編敍事詩に外ならないことを北川氏は强調された。事件を躍動的に然かも民族的背景を如實に現出せしめるそれが唯一の形式たることは吾々が一般に之を映画の世界に實現されている事によつて証明済みである。窮局に於いて現代の、敍事詩的スタイルというものを考えるとすれば、それはシナリオの持つスタイルに外ならないのである。此の見解は過去廿數年間詩的形式の創造に大きな足跡を殘された北川氏の獨自のメトードあるとともにそれが現代敍事詩の本質的藝術形式であることを知るのである。

更に內容及び構成の面より川路明氏が神と人間とによる樂劇的構成を看取し得たという事は面白い見解だつた。登場人物としての神は人間に對する絶對支配者全能者であり乍ら、或場合には人間的性格と行動を体現し人間と對等に動いている。前者の例として「『イリアド』の新顯につゞく惡疫流行のことである、惡疫が起つたわけは、ギリシャの方の總大將アガメムノンの捕えて召使つている女がアポロに仕える僧侶の娘でアポロは今トロイ方に味方をしているため、その怒を買い、アポロがおのれの箭筒になつている惡疫をギリシャの陣營に盪らせたからなのである。」（藤原鋳太郎著「文學の世界」參照）つまり神が惡疫を流行させる力を支配しているのである。

　更に神の人間的性格としては、「オデイシウスに對して神々は神々らしい高邁さを示しているが、トロイでは完く人間と等しい好悪愛憎を以て兩軍各々加勢したり邪魔をしたりしている。ヒーラやアシーナはギリシャ方であり、アフロダイテイやアポロやエーリスはトロイ方いである。それにからんで彼等は始終内輪もめをしている。而もヒーラは無類な嫉妬神と來ているから事ある毎に主神ジウスと夫婦喧嘩をしている。例えばこゝでもシーテイスがアキリーズの事をジウスに訴えにゆくと、その話しているところを垣間見てヒーテは忽ち、今のは何ですと喰つてかゝる。(同上著)

このことはホーマーによるヒユーマニテイの創造面であると共に、頗る現代的意味さえ帯つているというべきである。又先に述べた川路氏による神と人間の交響とその樂劇的なる性格の強調は特徴的な意見である。

　日本文学の敍事詩作品と目される「平家物語」は敍事詩を考える上に適当な作品ではあるが、全篇をつらぬく作者の呼吸は無常という詠嘆、それはひつきよう抒情的発想に外ならない敍事詩は抒情的なものを極力排除しなければならぬとすれば「平家物語」は極めて敍事詩的ではあるが眞の意味の敍事詩ではないということがわかる。

　大江氏の説く如く、敍事詩運動はそれ自体民族のパトスを形成するための偉大な使命を有つ。そしてこのことは「現代詩」の掲げるヒユーマニズムへ繋がる運動でもある。吾々当面の問題に関連して敍事詩運動を考へるならば、取りも直さず今吾々の記憶に生々しい太平洋戦争でなければならない。太平洋戦争及び日本の敗北こそは吾々日本の詩人に與えられた唯一の民族的、現實的素材である。然かも今次戦争を、その正に在つた記録としてではなく、あるべき姿を藝術的形象を藉りて長編敍事詩として再構成する必要を痛感するのである。敍事詩こそは吾々民族の眞のパトスを後世に傳える唯一の藝術でなければならない。

　次に「イリアド」に於ても「オデイセイ」に於いても、ホーマーがアキリーズ及びオデイセイなる中心的英雄を中心としてギリシャ民族の國民的理想を描いたという事は、敍事詩製作の上に重要である。アリストートルは敍事詩については人物を描くことを重要視している。それは單なる歴史ではなく歴史を背后に持つた國民的英雄の事蹟を語るものが敍事詩の本質であることに想い到るとき、現代の英雄とは果して何であろうか。之は吾々として眞劍に考えるべき大切な問題である。そして、今次大戦の資料が、戦争・政治・経済文化の或ゆる分野から出來るだけ蒐集され、(勿論そのためには長年月と、多数の詩人作家による献心的努力を必要とする)それらが可能な限りに於いて藝術作品として製作されそれが更に集大成する段階になつて始めて、時代の長篇敍事詩は創造されるであろう。

当日出席者(順不同敬称略)
丸本三四郎　山崎　馨　川路　明
木原啓允　三樹　實　鶴岡冬一
牧　章造　日村　晃　大江満雄
北川冬彦

(鶴岡冬一記)

※私は、今に始つたことではないが編集をやり出すと、とかく書かなくなる習慣がある。それと云うのは、少しでも他の人にスペースをさきたいと思うからである。先月号には珍らしく二つも書いたが、これは急に九十六頁となつたので原稿が足りなかつたのである。「現代詩」の同人は多くは余り原稿を送つて來ないが、恐らく同じ神經なのかも知れない。誰であつたか若手が、「現代詩」はわれわれ新人に席を少しは讓るべきだと何處かに書いていたが、私は新出發以來新人にスペースをさき過ぎた位だと思つている最初新出發に意圖したやうに、同人はどしどし書かなくてはいけない。その点、近頃の安西冬衛には感服している。毎号二種三種と送つて來てくれる。新人を推薦してくる。實に活潑でまさに範とすべきである。私も、習慣を破つてどしどしこの雜誌に書くことにするから、同人諸君も同調して貰いたい。

※本号作品の、岩本修造、丸山豊、和田徹三（日本未來派）、藤村雅光（詩文化）、加藤眞一郎（バンポエジイ）、柏原隆（安西推薦）木暮克彦（詩と詩人社）なぞ變つた顏觸れであろう。

※本号からしばらく休んでいた「詩壇時評」を起すことにした。卑怯な匿名なぞでは絕對にやらぬ。匿名でなければ云いたいことが云えないようなわれわれではないのだ。

※「詩と政治」の問題は、簡單のようでなかなか微妙である。淺井十三郞、小林明、牧章造、田中久介諸君の解明に傾聽ありたい。私も意見をのべる豫定であつたが間に合わなかつた。フランスの抵抗派をその儘われわれの場合に当てはめている向きもあるが、そう簡單には行かない。事情がまるで違つているのを認識してかゝる必要があるのだ。

△小野連司の長篇「現代敍事詩論」は本号で一應完結した。三樹實の敍事詩四十枚を一擧に掲載したこれが、敍事詩の本道をゆくものかどうかは論議の余地はあるが、敍事詩が星雲狀態にある今日、この作の發表も意義を持つものであろう。尙、祝算之介の長篇敍事詩第二作「繪本」四十七枚が届けられている。近く發表の豫定である。

△可成ひどくはなくなつたが、まだ誤植を執筆者からうつたえられる。これに就ては責任者の淺井が釈明する?あろう。

※河井醉茗氏の一文は、コレスポンダンス欄原稿としてお願いしたのだが、そこには日本の長篇敍事詩の歷史的展望がなされているので、本欄に組んだ。

※近号から讀者（有名無名を問わない）の感想欄を設けたいと思うからハガキ程度をエコーとして書き送られたい。

※また近く東京近郊の讀者会を開催したいから、東京近郊の讀者は住所を知らせて戴きたい。

（北川冬彦）

☆柏原隆はチャン製造業者の息子で、若い大学生だが才能はある。

「神崎川と小悪魔」は、一とはれのピッチに過ぎない小品だが、地中に埋藏されてゐる悪魔じみた物質アスファルトの質量を約束させるのに充分だ。

彼からくる手紙の封筒には、彼の家で製造販賣されてゐる黒塗料の登錄商標、佇立する鳥類の繪が悪いインキで印刷されてゐるが、こ奴がひどく稚拙味を帯びてゐてあいきようがあり、オーストラリア原産の「キウイ」といふ面白い如を聯想させるのはたのしい。
彼は「海峡」の同人で、將來有能だ。
三島由紀夫と共西条行くこの詩性は同時に好む。

（安西冬衛）

☆敗戰後すでに四年、中小企業わいまや危機を叫ばれ、印刷所もその例にもれず各所に閉業が起りつつあり、然も又その反面、賃金、コスト高のため印刷物でわ喰つてゆけないと言うのが印刷所の偽らざる聲である。小モノでもうけざるを得ない狀況でわある。まして地方にあつて本誌の印刷をするためにわ、おびただしい活字の不足に惱まされるのである。廿万卅万円だけの活字を揃えたところで、校正を一回や二回でだすわけにわいかない。從つて最低三回から八回位を覺悟しなくてはならないのである。であるから無理して多くの校正をだすとするとまるで赤字伏字だらけのゲラになるより仕方がない。そしてその不足活字わ片道三四時間の汽車にのらなければ手に這入らない。常便で注文しても二日で得られれば上出來である。一週間もその活字を得られない場合もある。校正子の赤字だらけのゲラに植字小僧が目を皿のようにするが校正が直らないで目落ちになる、再校をだすにわ發行所とわ是又、遠隔の地にあると共に、五日も六日も活字を遊ばせておいては商賣わ上つたりになる。初校でぶつ放して貰わなければ困ると言うことになる。何日までに出來なければ一ヶ月おくれると言う順になるのである。印刷所わ新興印刷所である四頁掛機械を近いうちにこの雜誌があるために八頁掛（二十五萬）にして貰うことになつた。文撰植字工の腕の上るのをまつと共に校正子わ二人で二へん目をとおしているが一層注意するより仕方がない。それと共に、原稿がキレイで誤字がないと言うことがまたゲラがキレイになると言うことでもある。毎号誤植が多くて御協力御支援を願つている執筆者諸氏に不愉快を感じさせて誠に申し譯ないが、事情は右のとうりである。雜誌がでなくなるより確實に刷つてくれる印刷所の努力と僕の糞頑張とで、だんだん立派にしてゆきたい。ひとえに御諒承願いたく、陳謝して、誤植の辯とする次第である。

（雜草洞主人）

現代詩同人

安西冬衛　笹澤美明
安藤一郎　杉浦伊作
淺井十三郎　杉山平一
江口榛一　壺田花子
江間章子　永瀬清子
瀧口修造　村野四郎
北川冬彦　山中散生
北園克衛　吉田一穂
阪本越郎
（順序不同）

現代詩　第四巻　第七号
定價　金六拾円　送料六円
直接購讀会費　一ヶ年五〇〇円

昭和廿四年六月廿五日印刷
昭和廿四年七月一日發行

編集者　北川冬彦
編集兼發行人　關矢與三郎
新潟縣北魚沼郡廣瀬村大字並柳
印刷人　佐藤利平
新潟縣古志郡宮内町

發行所　新潟縣北魚沼郡廣瀬村大字並柳乙一一九番地
詩と詩人社
淺井十三郎
日本出版協会員　番号　A二一九〇二九
振替番号　新潟五二七番

配給元　日本出版配給株式會社

現代詩
THE CONTEMPORARY POETRY
八・九合併号
オール同人作品特集号
詩と詩人社

現代詩

八月　北川冬彦

八月は一年の中で、私の一等もてあます月である。だるくて、牛のように終日眠るのが例年のことである八月は、フランス語では Aout と云い英語では AUGUST であるが發音して見るといかにもよくこの季節の感じを出している。日本語でもふづき（陰暦七月）と云うと、はちがつと云うのよりやゝ感じが出る。私は雅語文語排擊論者だが、こう云う感じの出る言葉は復活させたいものだと思う。

私はかれがれ八月には、どこか涼しいところへ出掛けられたら仕事が出るだろうと想い續けていたが未だにその運びにならない。海はざわざわして駄目に違いない、出掛けるなら山だと思つていた。戰爭は私を偶然、信洲は千曲川ほとりに追いやつたが、そこはいわば大盆地で高標は相當なものでも、八月はどうしてなかなか暑かつた。

浦和から引越したこんどの私の家は、四谷の谷町（今は若葉町と云う）を距て、東京灣からの南風が外苑の森を透して、書斎に入り南座敷を横切り台所へと吹き拔ける。まだガラス戸がいれてないので、天氣の日は雨戸を開けて書きものをしていると、原稿が飛んで困る。先日も、どうも一枚足りないと思つたら、台所へ吹き飛んでいたことがある。

こゝは暑さ知らずですよ、と隣りの人が云う。これから八月には、私も牛の眠りから醒めて仕事が出來ることになるかも知れない。仕事と云つても大したものではない。ジイドの「パリユード」の主人公のように、一日に一行の詩が書ければ自分は仕事をしているのだと思い慰める程度だ。

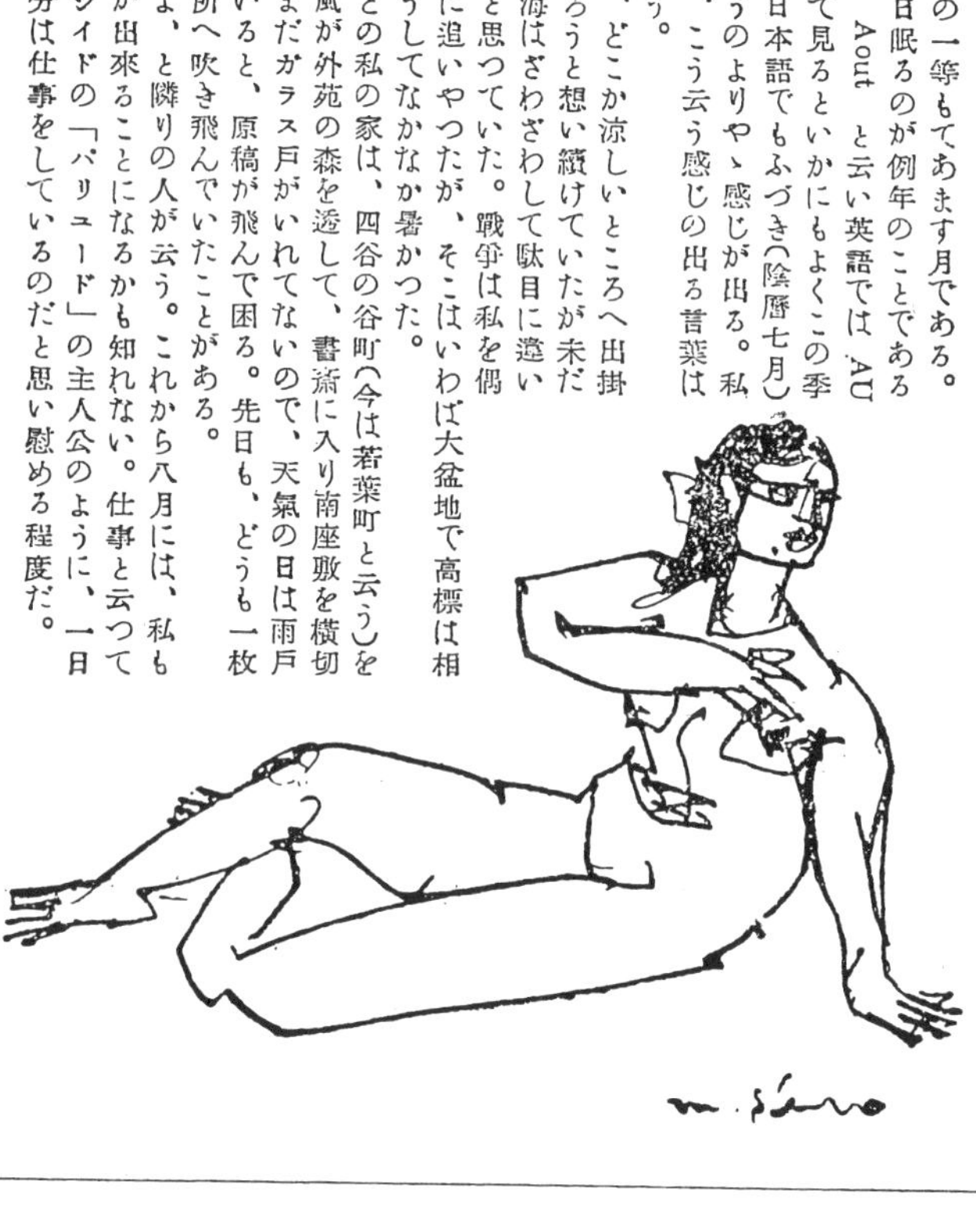

m. sano

現代詩 八・九月號目次

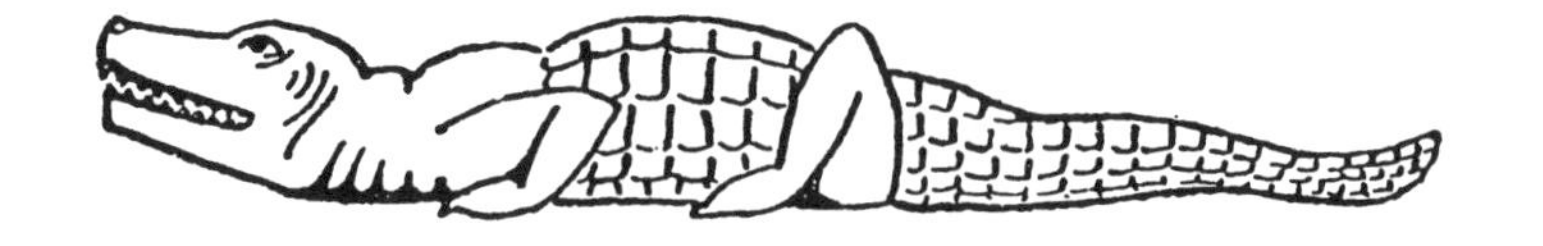

田園悲調

村野四郎

道

深いイラクサや虎杖草の茂みが
ふるい軍用道路を埋めのこしている
この道は　しばらくここでためらい
やがて　草むらに見えかくれして
傷痕のように白く田園をよこぎり
くづれた堤防のあちらに消えている
ああ　この道はどこからつづき

どこえつづいているのであろう
この白いベトンの道

もうここを過ぎゆくものは何もない

ときおり
水田から上つてくる農夫が
水鳥のように　ひつそりと草むらから現れ
この上に　水の足跡をつけて
そつと過ぎてゆくだけだ

あざみ

すたれた軍用道路のむこうに
薊がさいている

荒れ茂つた草原の中から
ぼんやりとこちらを向いて立つている
あれは　誰かを待つている女の人のように
そして　何か遠い思出に
歩むことさえ忘れた人のように
暗い空の中え
うすむらさきのボンネを傾けて
ぼんやり　こちらを向いて立つている

白く昏れのこつた
固いベトンの道のあちらで――

暗い室内

北園克衛

椅子
その針の上の
虹

濡れてゐる牡牛
のなか
の寢臺

五月は

憂愁の眼に
絲を裂く

凮

雲

木の葉

その影
その回轉
その膨脹と優柔と

鎧戸の縞
のある
固い円錐

あるひは溶けるトルソオ

の底の
熱いコイル

またあるひは死
のつき刺さる
OBJET

マッチの
アルゼンチンの
陰毛にふるえるこの壁

暗い
象徴の十時の
または滴る三時の破滅する麵麭

——一九四九年——

火花

——「或る阿呆の一生」に仍る——

丸山薫

篠つく雨の中
濡れたゴムの匂ひが漂ひ
若い芥川龍之介は何處かへ行く途上だつた
ふと見る頭上高く
架空線がスパアクして
紫色の火花を洩らしてゐるではないか
その刹那の感銘を
死を前にして彼はかうしるしてゐる

「見わたすところ
人生におれの欲しいものはないが
ただ　あの紫色の火花だけは欲しかつた」と

火花の美については
すでに多くの詩人達が謳つてゐる
が卒直に意慾をもつてそれを言ひ現したのは
彼　龍之介がはじめてだらう

ああ　慾するものによりけり
架空線の火花が欲しいとは！
しかも　實感こめて彼に欲しがられた故に
いみじく才能のやうに閃いた火花！
秀才芥川を引裂いたものがなんであつたか
この僕にさへよくわかるのだ

田園誌

岡崎清一郎

ああ　わらんす夫人と田園に住みたい。

昨年の夏、仍（ワシ）は暫くの間、或る田舎の家に住んでゐた。おお、おもひ出しても、青く明るい中、仍は洵に轗軻不遇の間に流離をつづけてゐたのだ。

仍は病氣になッた。仍は熱が下らなかッた。腐ッた林檎をたべた。腐ッた林檎をたべなかッた。可笑な遺言書をかいた。死のうと大箒ではかれやうと　もう異存はなかッた。

ふかい峽間（ハザマ）に白い泡がたツた。高い山からみると　枝が動いてあたりが悲嘆（カナ）し相だツた。

仍は背中が痛む。なにか大間違ひをしたやう　な脈絡のないこころもち。枝が動いてどこかで生物（イキモノ）が壞れたやうなひびき……。誰れが石をなげてゐるのか。ここの山の中の長い長いうすら明りのひとときよ。

なんと云ふす早い蝶蝶であらう。韋駄天あきりーすのやうだ。

虚榮や義理や失意や、渦卷のやうな瑣サ哲學にうちしがれて　仍はのがれ　仍はのがれ、いまはここにあり。

　常春藤は円柱に捲きつかり
さらに村を越えてふかい峽間（ハザマ）がみえ
チユーリツプは花の軸を堅く且つ密に
眞晝のたわむれば、繪硝子はうごく枝に摺れてた。
正午になると、風はやみ

仍は立ちあがッた。

卓子の上、牛乳や肉の燻製が盛ッてあッた。

仍は半ば土となり　半ばけだものとなり、ひたすら覺束ない思惟を繰返へしてゐたのであらうか。

◇

否否！

或る朝　仍はパンのかたまり全部を　ひッつかみ　捏粉のやうに目茶苦茶にしてゐた。

この黄金色の粉粉の浪費も、仍が内部からの慾求であッた。ああいまはこの酷い放浪癖を鎮めてくれい。

灰銀の曇天。
この曖昧模糊は奈邊にまでつづいてゐるのであるか。
青葉ゆれるところ、
そこで　おんなはかなしみの通俗文學。を讀んで泣いたのである。

火はどんどんもえる。忿恚（イカリ）のやうに搖ぶれて。

仍は安心の道を得たいものと思ふ。

大きな目をきよろきよろさせてゐる。

軈て頭を擡げる火。
內心穩かならぬ火。
險呑な火。
眤乎（ジット）みつめる火。

この村は穀物の向ふに荒海がある。
この村の表面は靑靑してゐる。冗長な談笑はあッても、假令ば餓死はないであろ。天候が善いと愈々顯著にみえてくる役所の建物、火の見櫓。道路は砂濱の方へと通じる

のである。月夜のばんは濱へ引き上げられた舟の中で、痴呆が風笛をひびかせた。勞頭に千鳥の曲をならした。村の方は煙ッてゐた。

舟が、つく、盡！
おお明確な昂奮と
女子供の膨れあがる殺倒と

朝暮、夜具を片付ける。雨戸をひらいて色の變ッた野の草をみる。ああけむる紫磨金の大洪水である。而して蟲が殖えてゐる。不肖の子、仍は暇潰しに野中をあるく。こまごまといろんな花がさいてゐる。遠くで近くで子供があそんでゐる。

仍は山をみる。仍は雲を聴く。仍は犬と話をする。ひとりでこのやりきれない惡習を材木のころがッたあたりで行ふ。

舂く日輪よ。枝はたくまい。水勢はするどい。こてをかざせばはるかに泥沼は海だろか。川だろか。しづしづ鳥獸が渡ッてゆく。

すでに秋となり、野の草の裼いろに變るみれば、はげしくココロ饑てしるせつなさよ。
仍は太初よりの空氣について考へ
猥に薪炭を用いる冬季をにくみ
ココロは匱く、疾病もつ感情は重いのだ。
夕ざれば家に入り
用をたす
道具をいじる
本を脩す。
無頼のやうに子をしかり
悦ぶ者と馬鹿者を笑ふのだ。

ポジション（14）

安藤一郎

不幸の中に　果實のやうな若さを
じつと抱きしめてゐる女は言ふ――

「寢床についてから　仲々眠らないのよ
一日中で　いちばん樂しいときですもの
あたしがやつとひとりになつて
自分と　遊ぶ時間なんだから……」

その　悲哀にみがかれたやうな瞳は

一瞬　うつとりとした微笑に溶けた
「あたしだつて　時々遊んでやらなくちや
可哀さうよ　生きてゐるんですものね」

ポジション（15）

私の胸をかこむ　肋骨のやうに
廢園を横ぎつて
傾く垣がつらなつてゐる——
その破れた隙間を
いつからか（一昨日か　それとも去年のことか）
私の影が出たり入つたりして
草のみだれと　花々の中に

星々のやうなものが
あらはれては　消えてゆく

盃形のチューリップの底に
死んでゐた蜂
あれは　私だけが見たのであらうか
重い　くづれかかる牡丹の
花びらの奥に聞いた
あの底知れぬどよめきは　もはや絶えたか
何か見えない波の　満干に揺られ
青い線の上に
かたまり咲くと　また衰へ散つて
「時」の潮騒に埋れてしまふ
一むれの花々よ
薔薇　矢車草　コスモス
そして　荒涼の中に

垣だけが　流木のやうに殘る

私の歩む日々こそ
何の實體もない　寂しい夢にすぎない
うすい衣を縫ひかがる
幾條かの　線のやうに
茫々とした流れの間に　浮き上る
花々の色彩と匂ひ――
　まだ露の乾かぬ　山百合
夏の炎にくるめく　向日葵
ガーベラ　ダリヤ　グラヂオラス
南の午睡をかたどる　アマリリス
私の記憶に鏤められた
彼等の圖型は　なほ生きてゐる
昔の　なつかしい女たちのやうに

花々の種子と根は
いまは　探し求めることも出來ず
私は　枯れ果てた庭に立つ
併し
私の肋骨には　まだ潮騒が鳴りやまぬ
垣をめぐりながら
花々は　遠い灯のやうに點滅し
私が愛した人々の
柔かい囁きさへ　蘇へつてくる……

(さうだ　これが私のリアリテイなのだ)

麥の穗

阪本越郎

HIROSHIMAのまんなかに
麥がすいすいのびている
原爆記念堂の灰の中から
麥が空にのび空にのび
死んだ兄弟姉妹のどてつ腹から
麥のみどりの穗先が熟（う）れる

麥は一面
あれら死者の逆立（さかだ）つた髮の毛のように
わたしの灰色の心をつきさす
ああ麥のニヒルの穗先

どこを堀りくりかえしても
怨恨（えんこん）の錆（さ）びた鐵屑（てつくづ）や
憎悪（ぞうお）の焦（こ）げた石ころばかりの
ごろごろした都會の裏町で
なんと青々とさわやかに
初夏の風にゆれているか
地上二尺のところで
空さえ青く染めながら
かげろうにゆれている
麥の穗の虛無的な青さ

（去る六月一日東日ホールで行われた「詩の朗読研究会」主催
「詩と音楽とバレーの集い」で朗読した作品）

顔

また一人の子供をなくした

人間の未來の一粒種（ひとつぶだね）を
人々は濕りをおびた土に埋めた
何年かたつて
地面には青い木がはえ
五月の陽に綠をすかせてひろがる
そのつやつやした葉の顏
一日ものもいわず
風になぶられている

その木洩れ陽のかげを
また一人の子供が通りすぎる
青い木が何であるかしらずに
やわらかな葉に手を觸れ
何でもないように
その葉をちぎつて唇にあてると
子供の息でその葉はかなしく音をたてる

墓

竹中郁

一字も彫つてない墓をみた
いい墓だつた
博多灣をうしろにして
松のまばらななかにある

それと知つてゐる人にだけ
それがある
それが慕はれるわけがある
いい墓だつた

小牛ほどな大きさの自然石
一字も彫つてない墓
大杉榮夫妻の墓
たしかに人間ここにねむる

會話

杉浦伊作

毎日曜日訪ねて來て、半日私を看護してかへる妻を、私はいつも病院の裏門まで送るのが、此の頃のならはしになつてゐた。半日ベットのそばで話しあつてゐるのであるから、もう話題が盡きてゐる筈なのに、別れぎわになると、俄に、あれこれと、相手の生活を氣づかひ、注意しつこするのであつた。

裏門からまつすぐに、松林を通つて、妻は驛に行くのであるが、ある地点まで行くとかならず、そこで、ふりかへつて、もういいから歸つて、と手を振るのであつた。勿論、私がまだ、別れたその場所に立ちとどまつて、彼女を見送つてゐることを意識しての行爲であつた。もしも、その前に私がかへつてゐた時は、次の日、すぐにそれを云ひ出して、具合でも惡るくなつたのかと尋ねるのであつた。

そこはかなりの距離にあつて、少し風向きの惡るい日なぞ、何を云ふても、言葉として通じないものがあつた。然し、以心傳心――何を云ふたかは、大体想像されるのでうん、うんと返事するのが常であつた。
その日も、彼女は、そこの地点で、くるりと、振りかへると、何か云ふ。風の吹き廻しで、それは何を意味するか、言葉として聞きとれなかつた。私は、例の通り、うん、うんとわかつたやうな素振りで、がつてんしたが、それだけでは、何か不得要領なものがあると見えて、彼女は、踵を返してやつて來た。何か云ふ。『何?』『きのふの日、どう云ふ日だかおぼえてゐて!』『え?』『きのふ』『うん』『そんならいいわ』『お前の誕生日さ』『さうよ。でも、なんにも御馳走しなかつたの』『してもいいのに』『だから、何も持つて來なかつたの』『ああいいよ』『それだけよ』『うん』
彼女は、それだけ云ふと非常に滿足したやうだ。彼女の誕生日を私が忘れてゐなかつたことに。結婚してからもう二十幾年になる私たちは、そんなことで、おたがひの愛情を再燃さしてたのしむのかしら。いや。さうぢやあない。彼女として見れば、私が病院で不自由な生活してゐる時、いささかのおごりで、彼女自身の生誕の祝祭に冗費があつてはならない。夫への心中だてで、それをしなかつたことを、かすかに褒めて貰ひたい一念であつたのであらう。

私の名

笹澤美明

私の樹には冬の風が沁みてゐる
いつたい樹液はめぐつたのか
わづか梢に名が茂り
名が散つた
遠い過去から
幸福や快樂の堆積が
灰となつてうづたかく
思出も灰白色に長びいてゐる
かつて色づいた私の生命よ

虚榮の市よ
ひびいて間もなく消えた
私の名よ
氣まぐれな蝶よ
凪に怯え
暴力にうろたへ
私の名は秋の底深く
はらはらと散つて行つた

苺

若い女性に苺を食べに村へ行かうと誘はれた。私の拒絶は彼女の最少限度の反撥となつて現れた。「暗いわね！」

夏の眞晝の空の下で何が暗いのか迂濶な私は返答の言葉を知らなかつた。樹の蔭さへ光に濡れていた。

「ぼくがね？」

と　私が氣がついたとき、もう彼女は町の角からいつのまにか姿を消してゐた。

なるほど、私の生涯の半分は翳つてゐた。明るいものが近寄つて、私を照すと私は輝いた。私は月のやうに歩いて來た。額には常に月蝕があつた。明るい光にめぐまれて、暗い私は相反性のものが作る美しい調和を感じてゐた。私の心は重い石のやうに淸らかな小川の底に沈んでゐた。

それにしても、私の生涯は不熟だつた。私の名譽は熟れないままに日蔭の葉裏で時々閃めいてゐた。私の技術は拙く淺薄で、私の暗い生命にも値しなかつた。私の生涯に翳つてゐた暗い影が、私の名譽まで不熟のまま腐らせたのだ――

その日、黄昏の空に雲がむらがつてゐた。

私の傍を通りかかつた一人の老婆が私を誘つた。

「莓は如何です！　もぎたての莓だがのう。」

私の狼狽は滑稽だつたが、そのときの老婆の言葉になぜか慄然として立ちすくんだ。

春の川

江口榛一

春の川が流れている。
雪代水にすこしかさを増してゆつたりと、
底の砂まですきとうり、
野を遠く、
岸の草根を洗いながら
流れるとしもなく流れている、
ゆるやかに大きくうなりながらとどまることを知らぬふうに。

私たちの思想の川もこんなふうに流れたらいいだろう。
はるかな山ひだにみなもとを發し
幽谷やいくつもの峽（かい）を經て來ながら、

ここにはすこしもみなかみの狹さもなくけわしさもない。
春の花々で岸をいろどり木々に新芽をよそわせながら
すこしも誇つたところもない。

思想はしかしなんてたけだけしくなるのだろう。
ともすれば出水のようにたぎち、
ありその怒りの波のように牙を鳴らしてたたかい合う、
そのたびいつも人はもちろん
國々も町々もいしずえも
思想それ自身さえうちくだいて――。

私たちの氣持や心もいつももつと靜かで深く、
春の川水が流れるように
道々すべてのものをはぐくみいたわり。
胸から胸にやさしく流れ
かすかにせせらぎ・
とつ國の人の手と手とをもにぎりあわせる、

そんなふうになれたらほんとにいゝ。

また　春の川水にあのはるかなみなかみの
雪や草の匂いがし、
深山幽谷の氣もかげばかげて
おのずと人を原初の素朴な心にかえす。
思想の川もそんなふうに經て來た胸のくまぐまを
聲ひくく語り
なつかしく感じさせてもくれるようだつたら
どんなにかめずらかなことだろうに。

見たまえ、春の川は流れている。
しずかにやさしく　春のひかりを浴びながら
青山白雲をそのまゝたたえ、
しかも川自身はつねにすこしもうしなわず
永劫の海にむかつて流れている、
澄んでて　見るからゆつたりとしたふうで……。

捕へがたい水

山中散生

向う岸の森の奥には
青い太陽が……
その森は一千の裸はな腕をもち
ぶよぶよとからみ合つていた

影一つ落ちない

水面の大きな擴がり
羽搏くものの標本が
白い空の壁に貼られたままであつた

僕は一つの小さな煙
と、つぶやくものの去つた後
わづかに傾く雰囲氣的なボートは
湖水の中央に乗り棄てられていた

さうしてそのままにパレットを置いた
そんなに長い黄昏
その孤獨な畫家の眼には
水の皺だけが小さく映つていた

わたしの腕に……

江間章子

わたしの腕に
一本の枝よ　生えよ
緑の葉が繁り
花香り
鳥が鳴き
赤い實が熟れる

一本の枝よ　生えよ

火のように
悲しく
雪がふる
その夜のために
わたしの腕に
一本の枝よ
生えよ
なんの装いも
飾りもなく

會話

杉山平一

私の前に坐つてゐる若い男女
何を話してゐるのだろう
急に少女の頰がポーッと染まつた

×

私のうしろを歩いてくる幼い少女の聲
生れたとき目わるくなかつたのよ
お母さんさういつてたのよ

赤ちやんのときのね寫眞みたらきれいよ
ひどいひがら目の子が一生懸命はなしてゐる
私の振りかへつたのもしらずに

朝顔

一日の病ひで死んでしまつた
可愛いゝ甥

彼のうえた朝顔が
けさ一輪咲いてゐる

乱酔以後

淺井十三郎

霙がたたきおちてくるような
そこわふたたび狂氣にみちていて
異様にあわただしい、雑踏の中を、突つ走つてくる、
裝甲自動車の一群や、
金屬類たちの　ぶきみな沈默
野花のなかにさえ恐怖をみつめていたのである。
しかも僕らの片足わ蝶斷されたまま泥沼の中え抛りだされている
ひとことの抗議もゆるされなく
憎悪が唇を歪めていて
じつに嫌らしい
乱酔の果の
一九四五年の
その日の近くでさえ

法科出の士官群と生産面にタッチしないインテリ連中が、焦土抗戰を唱え、經濟出の士官群や、農民
　が、竹槍精神の非近代性をののしり、降服の不可避を論じていたとゆう。
今また僕を襲つてくる
政治の季節の
激しい恥辱。
時間の断絶がもたらす貨幣の非近代性。
（なにもかもそうなんだ）
胸に花など飾（かざ）つているそこな御人（ごじん）よ。その一枚の上着をぬぎ給え。一夕の幸福わ購われうるんだ。
若しもそいつが幸福と呼ばれうべきものであるならば——
かかる空の
かかる暗さの、かかる凶流に
身を支える
馬鹿者わいない。
（余りにも身勝手に僕らを思い給うな）
渇きの底に
雨わある
雨わある。

古い機織（はたをり）部屋

大江満雄

ふりむくとき
古い機織（はたおり）部屋が見える。
（あれは　おかあさんの機織部屋）

ふりむくとき
機織る音がきこえる。
（あの部屋で　おかあさんが機織（はたお）つていた）

ふりむくとき
古い大きな屋敷が見える　畑が見える　山が見える。

（あれは　おかあさんの生れた家　生れた村）

ふりむくとき
鐘（かね）の音がきこえる。
（あれは三十年まえの夕ぐれ　時は連續し　このように不連續）

ふりむくとき
海邊の山が見える。
（あそこには　おかあの墓　がある）

ふりむくとき
波の音がきこえる
（あそこで　おかあさんと貝がらをひらつた。

ふりむくな　ふりむくな
無量の愛をうちにしたときに　別れを告げよう
（わたしたちは前え　すゝまなければならないから）

處刑

北川冬彦

生ぐさい風
夏草の茂みが靡いている
まるで髪のように、
その茂みから　突き出ているのは
馬の首だ
伸ばし　慄わせている首の先で
馬は口を開けている
口は泡をふいている
喘いでいるのだ　斃れそうなのだ

（あたりの薄暗いのはこの絶望的な喘ぎのせいだ）
夏草の茂みは靡くばかり
さらさらと馬の鼻づらを撫で去るに過ぎない
馬の口は無駄に　開きアガいているのである

×

馬の首は延び切つた
泡の口を開けたまゝ
首はもう　吊されたように動かない
（あゝ事實
それは
ロープなしの吊し首なのだ
ロープなし？いや、それは見えないだけだ
慘酷きわまるこの處刑
狡猾きはまるこの處刑！
處刑者は何者なのか）
胴体はどこへ行つたのだろう
脚一本見えやしない

戰後の荒々しい波が過ぎ去つていくやうに思はれたこの頃、しかしそれは單に最初の波でしかなかつたやうである。そして思つたよりも速く回復するかも知れないと思はれてゐた日本の生活も、ただそれは、手から口への生活に關する限り、回復のテムポは速くなつて來てゐるやうであるが、文化的な意味を含めての回復は、更にいくつかの荒い波を豫想しないわけにはゆかない。そしてこれを藝術の世界に限定し、あるひは詩の世界に限る場合に於ても、その憂鬱な豫想は、同じだ。そして、それは、戰爭の年月が、殆んど十年に達しようとするほどの、長い期間に亘つたことが、何よりも決定的な因子である。その長い年月によつて培はれる筈であつた若い世代が、非常に不自然な環境に長く置かれたといふこと、言葉をかへて言へば、文化の繼承がノルマルに行はれる條件を喪失してゐたといふところに在る。第一次大戰の四年間に對して、その倍の年月が喪はれたといふことを考へてみればよい。それは一つの世代の死を意味してゐる。

今日、私が、希望と不安とをもつて期待してゐる私達の世代を繼ぐ世代は、あまりにも遥か後方に位置してゐる俗にテインネエジと呼ばれてゐる世代である。しかし、純粹な意味では、私は彼らの世代に期待をかけるより他に、それのかけがへを見出すことが出來ない。にもかかはらず、彼らは、彼らが將來に選ぶべき詩作の基準ともなるべきものを、持つてゐないのである。このことは、夥しい投書作品を通じて知ることか出來ると同樣に、今日、出版されてゐる多くの詩集や詩誌の、水準の低下にも見ることが出來る。現代文學は二流の文学であるとある人は言つたが、この言に關する限り、よく現代の文学の水準を看破してゐる。すべては敗戰の罪に歸せられるものであらう。にもかかはらず、良心ある人々にはこの結論のなかに釋然となり得ないものを認めざるを得ないにちがひない。そこには、戰時に於て、明らかにそれと認知し得たやうな、それに値ひしない作品が、そして思潮が、介在してゐる。それはいくつかのスクウルの形で存在してゐると共に、單に印刷能力をもつた書店が發行する雜誌の寄稿家であるといふに過ぎない狀態で――。例へば、最近の「文藝往來」の詩と小說の特集、などを採りあげてもよい。そこにかかげられた詩の脆弱さ、甘さ、たはいなさに對しても言へるやうに、「若き詩人のために」といふ小野、三好、金子の鼎談は、これが、現代詩人の口から出た言葉かと憮然とならざるを得ないのである。特に、三好氏の詩語に對する對談では、最近三好氏が他の雜誌で觸れてゐるやうな、日本語の美しさに對する番人でもあるかのやうな口振りとは違つて、氏の現代語に對する見界といふものが極めてあやふやで、一寸とした感じの上での問題でしかなかつたといふことを告白した結果に終つてゐる。

いやしくも詩人三好氏が、こと言語に關してこのやうにルウズな考へを持つてゐたといふことは私には一つの驚きであつたが、更にかくの如きあやふやな意見の持主が、他の雜誌であのやうに自信たつぷりな書き方で現代詩人の詩語を非難がましく述べられたといふことは更にまた一層の驚きであつたと言はざるを得ないのである。

しかもかうした人々の不用意な意見やコンベンショナルな雑談が若き世代の新鮮な頭に低俗な影響を與へるかもしれないといふことより高度の、より價値のある影響を與へることが出來たかも知れない機会が、かうした人々によつて屢々喪はれるといふことに對して私は先づ世の多くの不勉强なジアナリストに抗議する。

×

おもへば、日本ほどにコンベンショナルな文学がはばを利かせてゐるところもないにちがひない。もつとも今日では日本は四等國であるから、あるひは当然のところに落ちついたわけかも知れないが。しかし、下手な戰ひをしようと、負けやうと、僕にとつて日本は一等國のつもりである。その意味に於て、文學の殊にコンベンショナルな詩が氣になつて仕ようがない。季刊「至上律」8号は「ポエジイ」と改題して最近發行されたが、從前のものと較べて格段の清新さが感じられた。しかし、それは、表紙の事である。

内容はエリオツトの特輯であるが何れも、文學敎室の講議の域を出ない退屈さである。さういふ意味で講議としての良さを持つてゐるのは流石に西脇氏のものであつた。

その他の研究?は、多分研究であらうが、一つの台本をいくつかの舞台で見せられたといふ感じ以上に出なかつた。恐らく『第一流の詩人を精密な研究の對象』としたところに失敗の原因があつたのかも知れない。詩の欄は二三例外を除いてコンベンショナルな詩とはかういふ作品であるといふのがならんでゐるこれらの人々の作品には、デイレツタントの器用さで空想、妄想、茶飯事と、頭に泛んだものなら何でもかでも手早く書いて詩にしてゐるといふ無雑作さの魅力がある。

そしてこれらの詩人達は今日の日本の詩の傾向を、このやうな形に益々かりたてようとしてゐるかのやうに勢力的に多辯である。しかし、いつたい、これらの詩のなかに書かれてゐる感想や生活のどこが、この詩人達の努力に値ひしたのであらう。

すくなくも、これらの詩のなかに、私を驚かすやうな獨創的な物の認識の仕方はもとより感じ方さへ殆んどないのだ。

また特に言葉に對する新しい試みといふ程のものもなく、詩形の上での冒険もみられない。言はば市井人のありふれた感懐を述べたといふ程度以上に出ないのである。

私はこのやうな詩人の無能、詩人のオプテイミズムに烈しく抗議する。

このやうな安易な態度を支持し賞讃するこの國の四等國的地方趣味と竹槍戰術とがいまだに尾骶骨のごとき部分で宿命的につながつてゐるのを感じないわけにはゆかない。

多分、そして、このやうな精神のイムメルマン的轉回が、原子爆彈を受けたことが恰かも感謝すべき事柄であるかのやうな口吻を永井隆といふ人間に呟やかせたりするのであらう

（一九四九、六月）

北園克衛

一鱗翅類蒐集家の手記（三）

安西冬衛

影法師に對して夜が語つた。

――狹さを僕は尊貴と考へる。

――たとへば。

――エルサレムの七つの門の如きものなんですがね。

――といふと。

――ソロモンの廢墟。「歎きの壁」の巻煉瓦の厚さに對してですがね。

――それは。

――長大な時間の渴きの厚さといふことが考へられる。

――わかりました。

厚さに對する悲哀の感情の總量なのですね。

――さう。

　激越する感情のはげしさに抗ふ狹さの愬へ。笛（フリユート）の音なんです。

グランド・キャニオンの縁（へり）まで行つた最初の人は矢張スペイン人ださうだ。

彩色土壤に對して、モオルの精神は、いつだつて大對峙しますから。

スペインの襟飾。　スペインの馭（御）者。

スペインの百年。　スペインの松。

スペインの鋏。　スペインの水車。

スペインの希望。　スペインの從兄。

スペインの要塞。　スペインの狆。

スペインの富。　スペインの冒險。

スペインの稅金。　スペインの金雀兒（えにしだ）。

赤いスペイン。

ブラジヤで目隠しされた一絲纒はぬ男。

サフランの好きなサフラジエスト。

紫のサングラスの中のギラ沙漠。（アリゾナ）

歪で彈劾。

消防自動車で出勤。

『アブダラつて佛（ほとけ）さんと逹ふ？
ダライ・ラーマ拌侶（つれ）？（笑）
寒山拾得に於けるが如く、
手をつないで歩いてゐるやうな氣する。
奇体（けったい）な帽子冠つて……』

いい言葉。——酷似。

半蓋貨車につながれた牡牛のくくりかつこの形をした角のシルエット。

彼方の地平線はサロメの舐る血まみれの皿である。

フリードリツヒ大王の有名な斜形戰闘隊形の出典はエパミノンダスだといはれてゐる。なんといふ壯大な演繹だらう。（辻靴屋が靴底の革を刃物でえぐりとる仕事に際するピタゴラスの協力）

靴革の上にこぼす小便の打ミシン音、小切手の点線をひき裂いて馬商人は去る。

ターレル・貨幣の一單位。

レトルトやるつぼや乳鉢や秤など、中世風な罪業深い道具にギルドされた。それは僞金造りを思はせる。

オメガハウス。（希臘の資本で營まれてゐる鼻眼鏡店。主婦はぢやぢや馬。）

ゴアン（キザラのこと）ゴアから舶載されたからではあるまいか。

知悉。それは佛像の形を具象する。

千手観音の千の手の生へ際のぎこちなさ。それでゐてその法術から逃れる術は金輪際ない。

ブームの中を盛んに泳ぎ廻り、身体中にキルクを一杯くつつけて上つてきた男。

明け放したガラス窓にカーテンが吸はれてぴつたりくつついてゐる。カテドラルのやうなその形。布のゴチック建築。（ヴォルテール閲読中）

古本屋での幻想。

僕はいつも思ふのだ。夥しい書籍の重量でしわるねだの下に智慧の罪業をその双肩に支へてゐる悲しげなアトラスがゐると。

カスタネットは置かれてゐる。ただアルヘンチナの登場を待つばかりだ。

アルヘンチナは既に登場した。ただカスタネットの鳴らされるのを今は待つばかりです。

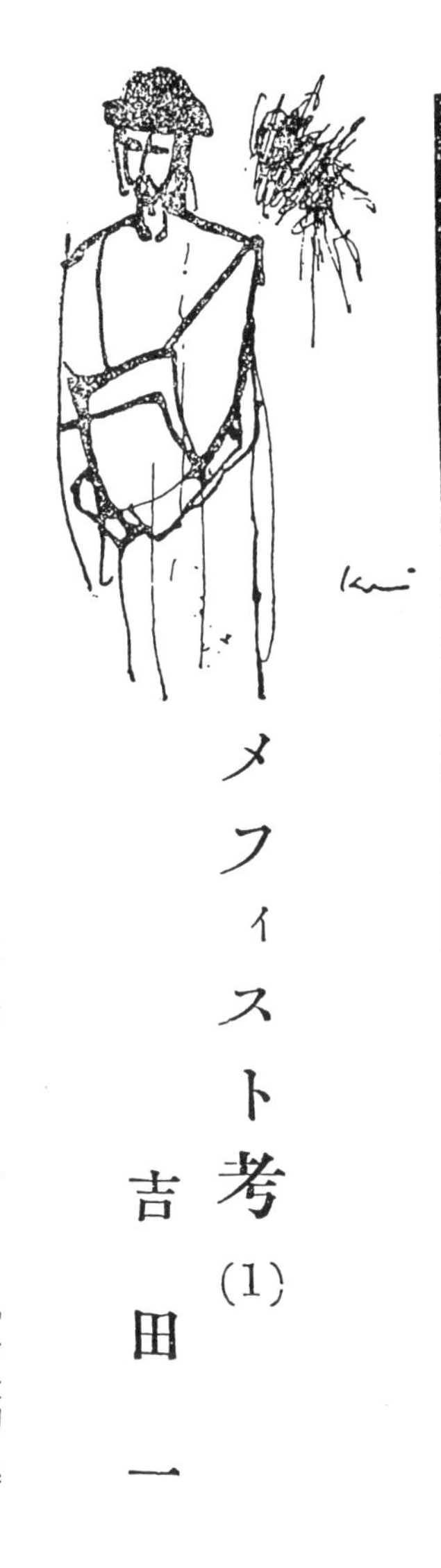

メフィスト考（1）

吉田一穂

☆日本の詩人がその青春時代を了ると近代詩なるものから逆に受けつけられなくなる。西歐的な詩というものは個人を否定するものだ。心境だの、趣味性だの、安慰性だのといふプライヴエイトな私人生活の低い次元での芸術で詩は成立しないのだ。これを詩人主体の側からみれば、つまり老年期は、それ自身に内的矛盾がないからである。經驗的に諦念的になり、いきりたつことがなくなる。毒がなくなつたのだ、近代詩の劇しい性格といふものは、つねに自己矛盾を中軸として展開する積極的な對立性をもつものである。Polarite

☆我々の近代詩としての詩人にはMUSEEが居ない。希臘神話も基督教もない我々の美的系譜といふものは、そもそも何んであらう。俳句や和歌、漢詩の傳統をひいてきた日本文學は、近代性といふ点で、悉く西歐的なる文學を輸血したのである、そして殆ど一世紀近くを經過した。

智性、それをもつて我々は對立しなければならない。然るに詩人とは、何ものをも受けつけないものだ！

☆ ロマンテイツクは滅び易い。いづれルツソーの双姉妹たちだ、ナチユラリスムの日常茶飯の反面は、連續性に於て、血は爭はれない。

☆ 詩人にとつて現在なる時間はnon-existenceだ、近代詩は未來からひき出す作業だ。

☆ 限界のある詩はつまらない。形式といふことも作用するが、思考と生活感情の限界性で、いはば詩的なるもの、といふ風な固定觀念で通用性をもつ詩だ。漢詩などはその典型だ。

☆ 私が日本詩史の上で、セザンヌの位置を要求したら不當だらうか！　キユビスムを意識的に詩の表現に操作した私は最初の幾何學派だ。

☆ 量子論。6.V.N.　V=6×V

☆ 永遠に觸れるといふことは、限定しがたきものに觸れて、一つの点火といふ方法によつて無からものを創り出すことを意味する。

☆ 磁場——一つの力の場、自己矛盾、中心点。そしてあらゆるものを吸ひ寄せ、彈きのけ、やがてそこに一つのものを生成する。詩はその火花だ。そしてつねにその座は任意だ。自己限定の力。力のないものは何事も爲し得ない。

☆ 絕對時間、純粹空間たるべきものを作らうとする、これが私の詩の觀念だ。如何に連續性的な考へ方でのロマンテイク達との相違が甚だしいか、隔世的だ。

☆ 粒子は短波の窮極と考へられるかぎり、それは零といふことだ。サイクルの交流点を零としてプラス・マイナスが時間の場となるやうなものだ。

☆　科學の表現的限界性は記述といふもの以上に出ないところにある。科學はあらゆるものを受け入れる。詩人は何物をも受け入れない。自ら表現の世界が全く異るものである。

☆　詩は個人を否定するものであり、詩人は平均律を否定する。この二者の對立は劇しい爭闘を避けることが出來ない　かくして作品といふものが出來するのである。

☆　創造とはつひに論理的ではない。詩は學問には成立しない。

☆　無からの創造とは、無の對立をつくることだ。無に於て明瞭な像を成することである。

☆　パスカルの毒。
私は自分の内部に立つ針を感ずる。それを自らAiguillonと呼ぶ。

☆　〃物〃といふものは持つものではない。例へ一管のパイプであらうと。自分のこのみに適合させるにめには三年間を要する。

☆　小說は人間の慾望の根源を衝くものである。觸れたくないものは必ずふりむけるものだ。

☆　何んのために生き、何んのために書く？生死の外に問題なし、とすれば、書くとは即ち生きることだ！

☆　日本の近代詩はロマンテイシスムの低次元で、自由詩なるクラゲ詩を非形式の形式たる習慣的概念の固定化を犯しつゝ、今日あたかもそれが詩であるかの面構へで横行してゐる。この低いところでの詩概念の通幣性は吐棄すべきである。

☆　方法論が、イデオロギイとテクノロギイとの間で、嚴密に且つ法則的に組織されねばならない。縱、横、高斜に細密な綱目をつくり、如何なるイデエも、この一般的な公理、客觀的な條件のシステムを通すなくしてはテクニカル・オヴザベーションの方向も手掛りないまでに、新しく近代詩の方法とその理論が書かれねばならない。單獨なメトドロギイを書くことは、それに直接するものの出血を覺悟してかゝらねばならない。

☆ 明確な詩論をもたないものは近代詩人としての資格がない。詩は意識活動のうち、もつとも意識的な操作である故に。

☆ 感性は全円的に展かれたものである。思考は元來、限定的であり、方向性を示すと同時に一方的な性質をもつものである。

☆ 物質現象は對象的に分析可能であり、ばらばらに解体され、原子的にまでも分離される。しかし原子にしろ單獨では活動も意味もない、たゞのコンスタント或は單位たるに過ぎない。しかるに言葉といふものは、單語それ自体になればなるほど、自己蕃殖的な菌性をもつものである。その作用が一たび關係の他者を得ればアメーバの如く分裂し、発展し、猛毒さへ呈する。

☆ 言葉は一つ一つ詩人にとつて抵抗である。それをねぢふせねばならない。

☆ 私は(個人)詩に於て否定され、詩人に成るのである。

☆ 自己表現の主体性に於て詩を主張する十九世紀末的なロマンテイクたちの自我の解放、従つて分裂的性絡の近代性を優位的に、自存理由的に、自由詩なる概念の固定化を疑はない近代詩は嚴しく批判されねばならない。

近代に於ける詩人とは性格矛盾である。(メカニスム)

近代的性格を超克することに於て詩人たらねばならない。前代のロマンテイクたちの闘爭、及び自己の内部に殘存するロマンティシスムの揚棄、それは古典主義の原理を契機とする展回でなければならない。

☆種―强靱性、惡質。
摺り古木運動。獨樂の傾き、復元運動。不明なる人間の內部。
不安定な生命の流動性と結晶性。
人間內部構造の限界性と能力。
生と死の絕對矛盾。
不安を刺戟するもの。音樂。
非ダウヰニスム。
科學（三次元論理と因果律的）に對する一つの考へ方、（古代綠地）

☆詩は絕對絕命の苦悶の所作だ。個人的な私が、他者なる統一者としての詩客觀に全く否定されることによつてのみ、藝術としての快の根元にふれて、喜びたる詩となるのである。

☆ファスト博士はメフイストレスに克つたであらうか。今日まで「ファスト」を讀む者を索引してゐる理由は一つの魔力があるからだ。つまりメフイスト的な魔力がファスト博士の命を保たしめてゐるのだ。

☆如何なる作家といへども善や正を意識の底流として作述してゐるものだ。或ひは救ひを、或ひは道を追求する。神を作らうとする心情はいぢらしいほどだ。しかしその限りでは、神はおろか、藝術すら作り得ない。

☆敵は、對象は、作家にとつて斷じて外にない。つねに內にあることを知らねばならない。逆に己れの惡魔を絞り出さねばならない。その奴は神をすら作り出した魔だから。

世界平和について（諸家回答）

○ 山内義雄

ユネスコ、國連、その他の平和擁護の動き、結構であるにちがひない。だが問題はわれわれ日本人として、それへの參加の覚悟如何にある。いままでの苦い經驗からいつて、それをただ政治的、外交的一擧手一投足に浮き上らせてしまはないことの責任が痛感される。平和、自由、眞理、ヒューマニチー、これら抽象的理念のため、死ねる覚悟の人間がどれだけゐたか、どれだけゐるかが問題だ。ここの覚悟がきまらないかぎり、口に世界平和をとなへたところで、結局ふたたび世界にたいしてマンチヤク日本の汚名を印象づけるのがオチだらう。自分自身への反省も當然そこに考慮に入れた上で、私は右のやうに考へる。

○ 三好達治

左右、米ソの對立が除かれない限り、ユネスコ以下の平和運動もどうも氣乘薄といふ結果にならざるを得ないでせう。殘念ですが。

○ 野間宏

昨年來から最近迄に、日本に於ても平和ヨー護の運動が大きく打ち出されましたが、現在公安條例問題、國鉄スト、東大ストなど次々と起つてくる重大問題をみますと、さらに强くこの運動が行われなければならないことを感じます。そして、戰爭の原因については種々意見のちがいはありましょうが、眞實を追求し、それを報導する精神がいま何よりも强調されればならないと思います。

○ 大江満雄

私たちは世界聯邦政府の實現を詩人的にいろいろ考えるわけですが、ユネスコは、そこえゆく、つまり橋だと思うのです。ただ現狀維持で、二つの世界の對立を感傷的に考えたり、どちらかの立場で公式的平和論をいつたつてどうにもならないと思います。止揚された世界をと考えます。まづ住んでいる所で、兒童問題、研究会、こどもユネスコを小さくても、もたればならぬと思うので、自分でもやらうと思うようになりました。これがユネスコえの協力態勢となり、現狀維持にあらず現實的改善策をもつ力になると思うからです。日本ではとくに少年少女の雜誌の協議会が必要と思います。

回答の言葉 川路柳虹

×

平和はいつもユートピアの心の中だけでは完全に保たれてゐる（鐵のカアテンや黃金のカアテンの中に平和はない）

×

平和を作り出すための鬪爭——それは一つの

僞瞞でもあり又それが現實でもある。そしてそれが現在の人間の悲劇である。

×

「善意の人」（ジュル・ロマンの言葉）だけが平和を作りうるだらうか。だが吾々は平和の爲の努力を惜しんではならない。その努力の中だけには「平和への志向」はあるから。

×

「詩」の心が萬人の心になつたとき、それが最上の平和である。

回答　眞壁仁

世界平和への希求は、いまのところ私には單なる自分の心理的傾向にすぎぬかも知れぬ。それはまた人間の善悪を深く疑つて對極を意識することなしには心をゆるせるものとも思えない。しかし實現の可能不可能という計算を抜きにして平和へのねがいは私に燃え勇氣を求めてくる。原子爆彈の現實的な恐怖と思想的な寓意性を考えると、日本人は戰爭放棄の決意をもつとはつきりした意志の形にしなければならぬのではないか。そして詩人の仕事のなかにもちろんその任務があるとおもう。

〇　金子光晴

世界平和といふことは、さう簡單には考えられないが、少くとも僕たちのかはらざる希求だと思ひます。戰爭が人間の鬪爭性の必然なはけ口だと考へるやうな常識は我人とも最も危險だと思ひます。世界平和が崩壞しつゝある今日の刻々の現實に、人間の聰明がどれ丈力をもちうるか。しかも無力だといつても放擲できない問題ですから。

お返事を反語で　菊岡久利

平和を愛する心のない人類は一匹も古來存する筈がないのですが、いま問題になるのは、いまの世紀では、世界平和とは、勝者の國の倫理にのみ屬します。敗者は平和を考へると觀念に墮し、貧者が平等を考へると貧乏競爭のことになりがちです。自由を語る勿れ。貧窮は奴隷なり。

〇　岡崎清一郎

六月十三日午前十時、仍は藤の座にあつて、今「平和問題の構想」を手にしてゐます。このひかりまばゆい言葉の樞軸にあつて、おもひを「世界平和」ついて思推することはたぬしい限りです。仍は充分に美しく明るい政治をたんのうします。思考の一端を洩すことはおゆるし下さい。

〇　深尾須磨子

一口に平和といつても、世界民族の連帶責任に於てのみ成立つのであり、平和ほどの口頭禪的になりやすいものはなく、フラスコの中でブツブツお談議をしているようなことではもはやどうにもなりません。世界に支配者と被支配者のあることは、何といつても平和のガンであり、自由も存在しないのですから、平和の基礎としてまずその問題を考えなければならず、各民族がたがいに眞の人類主義に目覺め、たがいに反省しあつて、不可能を不能にする努力を行動に移す以外―方法はないと思います。眞に人類愛の立場に立脚しての批判であれば、思いきつたことも口にされ、筆にされるのではないでしょうか、その点、日本の詩人も、もつともつと大膽に所信をひれきすべきです、深い反省と、思索とを、あからさまな行動に移すべきではないかと思います。一日一善的でもいいから、私は眞の平和のために玉砕したい念願です。

○　安西冬衛

われわれ御互が今日斯るある所以は結局自己保存の現れに他ならない。自己保存は何らかの犠性の上にしか成り立ち得ない。この犠性を最少限度に喰ひ留めようとするのが平和への念願である。さまざまな平和擁護のための機関や運動もけつこうだが、ともすればそれが却つて他を排除する結果になり戰爭の誘發に終つたことがこれまでの歴史でよく分る。御互に善意と愛情をもち合うことのみが、そして過誤を最少限度に濟うものと考へる。

個人の自覚　阪本越郎

「戰爭は人間の心の中に初まるものであるから、人間の心の中で、平和の防衛が建設されなければならない」というユネスコ憲章の言葉は、人間の個人或いは自我を單位としている。アメリカの一青年ギャリイ・デーヴィスがパリのシャイヨオ宮殿で發した「世界平和のための世界政府の建設」の要求も、個人がもとである。從來のように國際官僚の手先からくり出された連盟でなく、眞に世界の文化人がそれぞれの立場から平和を要求して行くことは、一番大切である。この線でわれわれは世界の良識と結ばれるであろう。

○　竹中郁

個人々々がたしかに平和を愛好することが、即ち平和の實体です。そのための生活安定機構の確立こそ、平和組識の基です。國と國との間に於いても亦しかり。

○　丸山薫

僕は國際間のことについては絶望してゐます平和も戰爭も、自然に來たることであつて、少數人力のいかともすることの出來ないことゝ思ひます。しかも平和運動の人間らしさはさうした「自然」に反抗するところに在るでせう。

僕個人は流血を好みません。尤も流血とは武器によつてといふ意味でなく、廣く人間の寄血をこばるといふ意味に通じます。

回答　扇谷義男

極く手近な處から云つて、先づ媾和條約の締結にこの問題の出發点があると考へます。雨の漏るトタン屋根の下にゐて、玉樓を夢みるは凡そ愚かな沙汰です。しかし、卑屈になりたくはないが、しつかりと自分の足元を固めることが先決問題でせう。

回答　岩佐東一郎

口にいくら平和を唱えても、心に劍をふくんでいては、「平和」は單なる一戰爭から戰爭への」インターヴアルに過ぎません。人を殺し合うための武器と軍隊が消えぬ限り、私は本当の「平和」が在るとは思えないのです。文藝文化の躍進こそ「平和」の實踐でありましよう。

世界平和について　近藤東

世界平和を守るためにあらゆる努力を拂うことは大サンセイです。單に戰をしまいということなら今の日本知識人は最も言いやすい位證にあるでしょう。どしどし發言すべきです。しかし、この種の運動の裏には現狀維持という考えがともない勝ちであるのに警戒すべきでもよう。こういうことは强大國が裏付けしなければ意義がなく、そしてその場合「金持ちケンカせず」の理念が多分に支配的になるからです。

世界平和についてのアンケート

三好豊一郎

現在僕らは人間殺戮としての戰爭に加はつてはゐない。即ち平和である。然しこの平和が長くつゞくとも、根底的性格が平和であるとも考へない。根底的に露はになつた現在の平和を人々は「冷い戰爭」とさへ名づけてゐる。僕らの經驗によれば政治的平和とは戰爭準備期間以外のものではない。更に僕らの頑固な懐疑は決定的な、統一的な世界政府の出現を豫想し得ても、尙活動を止めないのである。僕は惡意を以て、又懐疑主義者として云つてゐるのではない。何故なら僕は斯る消極的平和以外に、積極的平和、絕對的調和としての平和、恐らくそれは地上に於て實限されることのない平和、云ひかへれば天上的平和とでも云ふべき平和に對する熱意を有してゐるからである。尤、平和を論ずる限り恐らくそれ以外にあるまい。地上的意味に解する限り、平和と戰爭は相容れぬものではない。それが政治的性格といふものである。現在の平和といふものが別形式による種々なる戰闘であることを知れば、眞の意味の平和は決して地上的なものではないことがわかるであらう。僕はこのことの苛酷な認識が、平和を論ずる爲に必要であると思ふ。戰爭か平和かと云ふとき、僕らは二つの次元の異なる概念を混動せぬやうにすべきである。僕が今平和を論じながら、戰爭がさけ得られぬものだと結論したら如何なものか。ともあれ殺戮手段としての戰爭は回避されねばならない。如何なる理由によるとしても。僕は今ここでかうより他に云ひ様がないではないか。

あらゆる世界平和の實現のための構想、運動は刻下の急務である。然しそのとき、平和の性格及び意味の二樣を知る必要がある。僕は僕の悲観的結論を無意味だとは考へぬ。人間的惡の認識が、單なる倫理的英雄主義だとは思はれないし、眞の意味の平和が天上的なものに他ならぬといふことも感傷的だとは思はれないからである。マタイ傳十三章二四以下の話のやうに、毒麦は人々の眠れる間に播かれるのである。僕は主人の意味深い言葉を想ひ起す。「……兩つながら收穫まで育つに任せよ……」と。之は惡意でもないし、善意なぞではさらにない。僕がここで平和を論じてゐる以上、そしてその平和とは論じ得らるべき平和である以上、僕にとつて必要なのは終末への展望なのである。

世界平和について　高島高

最近MRA（道德再武裝）のブックマン博士が、ロスアンゼルスで、「まず人間の精神を變えること、そのことなくしては、いかに制度を變えても世界の平和を來らすことが出來ない、そして人間はたしかに變えることが出來るものである」と發表して、世界的な注目をあつめているそうであるが、これ等の言葉は、大變常識的に見えながら、やはり平和と云えば、こういう素朴な思想が基礎になるものだと考えられる。人と人との和は、いづれの場合においても、理解より生れるのであり一つの例を日本の詩壇にとつても、いろいろな誤解のために往々いがみ合い、てらい合うということも時には見せつけられるという始末だが、やはり、いづれにしても世界は一つの理想をもつことが重大事と考える。MRAではないが、一應、眞理と人間の魂の基盤について再反省する必要があるだろう。そのために先ず犧牲の具現者であるはづの詩人が立たねばならないと思う。「愛」とは人間の魂の源泉であるなどとはさらさら世捨人の寢言ではなく生きた眞實であることを身をもつて知るべきであろう。眞實の獻身や犧牲をわろう、所謂てらつた俗物根性では本當の世界平和などは參與する資格がないと考える。平和はやはり、いづれにしても素朴な心情に基因するものであり、いかに文化が高度に進んでも、それがエゴエスム基因したら、絶對に平和は具現しないことは明らかである。

○ 安藤一郎

これはいろいろな面―殊に外交と科學の領域から種々考察しなければならないが、結局やはり各人の内部から目醒めるものが必要だと思ふ。イデオロギーの對立といふこともあるが、これを解決するのは國際的倫理觀の確立でなければならない。諸國の人々が善意による國際的関心を保ちつづけるやうな文化的交流が一番大事である。その意味では次の時代――戰爭の慘禍を忘れ易い――に及ぼす学藝と文化の約割は大きく、文學者としての態度もここに決する。

「世界平和について」 北園克衛

ユネスコ運動、國連、世界聯邦政府等々といふやうな平和についても構想によつて世界平和が保たれる程人間は善良でも冷靜でもないと思ふ。われわれの欲望、われわれの環境は絶へず變化し生長?している。それをある一時期の環境、國際情勢を基礎として作られる法側や條約によつて人類の欲望生長の方向を規制しようとすることは不自然である。嘗ての國際聯盟がいかに戰爭に對し無力であつたか、否戰爭の可能性をいかに早やめたかといふことはチャアチルの「第二次大戰回顧録」を見るまでもない。さういふわけで結局世界平和をもたらすには平和についてかれこれ小細工をしないこと。戰ひたい奴は戰はして置くことである。これが戰爭の慘禍を最少限度に止めることであり、それ以上の世界平和についていい構想があらうことも思はれない。

○ 牧章造

分化の一途を辿つてきた近代科學文明は原子物理學の進歩によつて、ついにその底をついた感がある。そして、今次世界大戰が原子爆彈の出現によつて終止符が打たれた事實は、有史以來の人間の夢である世界恒久平和に、始めて、しかも充分な科学的根拠を與えたものと思う。これを惡用すれば人類は滅亡し、地球は再び却初に還らなければならない。原子爆彈が現代の恐るべきタブーであるという考え方を、もし探るとするならば、ユネスコも國連も世界聯邦政府の構想も、いまや全人類の善意から選ばれた精神として、原子力管理委員會と共に、これを司祭していかなければならない。多分に獨斷的な批評を交えた。このことは多分に政治的問題をもつているが私はまず人間擁護のための出發点として考えておきたい。

世界平和について　植村諦

社会組識がどんなに變つても權力國家の對立する限り戰爭は絶えないと思います、國家とか民族とかいう觀念を基本にして物を考えているのは前世紀的遺物です。權力國家を解消する道は先づ個人が獨立と自由の何ものたるかを理解し、それを根底とした社會の自治組識を擴充することです、國家とか民族とかいうものの爲に個人を犧牲にしてはばからないような考え方を轉倒することです。これはブルジョア國家であろうと、プロレタリア國家であろうと問う所ではありません、日本の現實から云えばこういう觀念の基礎に立つて、社會の搾取制度を廃滅すること、政治的にも思想的にもいづれの國外勢力にも依存しない自主体制を確立することです。われわれには實質國家は既に存在しないことに徹すべきです。

〇　藤原定

世界聯邦政府運動は夢想ではなく、われわれの人間性の要求だと思います。それを夢にしてしまふか、實現するかは、ここしばらくのすべての人々の決意如何によります。問題は優位にある民族が、恒久的なより大きな平和のため、より小さな利己を捨てることができるかどうか、といふ理性的決意にあるやうです。――各國が移住の自由を認めれば、世界の各人の自分に最も好ましい主義と秩序の土地に住むことができ、世界は多元的に調和しうると考へます。

〇　鶴岡冬一

小生世界平和については特に深い關心を持つて居ります、詩人や作家としては飽くまでもユネスコへの參加と、特に諸外國の進歩的文學者との提携によつて反戰平和運動を强力に推進することが肝要です。ファシズムには徹底的に抵抗すべきも、暴力革命は知識人として排除すべきものと思われます。

〇　河井醉茗

人間に戰意が喪失でたら人生は平和になるでせうか、果してそれが望まれるでせうか。私には何とも見とほしがつきません。

〇　笹澤美明

知慧、欲望、その他の動物本能に加えて人間増加による民族間の摩擦や經濟問題等によつて眞の世界平和は絶對に實現されない。只人間のみが備えている理想とか善を喚望する本能によつて爭鬪に逆らう平和への熱望が常に我々人間がしばしば神性代を求願するようにこの理想化のために努力しているだけのことである。「神は愛の對象ではなく、一つの方向に過ぎない。」と言つたリルケの言葉には深い省察がある。それにならつて「平和は存在しない、只、平和への道があるに過ぎない。」とも言える。世界の眞の平和は實際にあるものではなく、相對的のもので、瑞西の平和は佛獨の絶えざる紛爭によつて成立したと逆說的に言えないこともない。

〇　淺井十三郎

日本民族弐千何百年の歴史の終結が（敗戰を契機として）得た最大の思想わ戰爭拋棄の思想だとおもいます。權力えの論理をすてさる、ところに、眞に人民の平和わ、世界民族人類のために訪れるとおもいます。そのような歴史の發展段階に自らの方向と速度を求めてゆく人間の變革をこそ文學者わ一層高く持たなければならないとおもいます。世界聯邦それをこそ僕ら望みたい。世界に君臨する權力の否定をです。そして又そのようにあるためにわ、僕らわ日常の中においてもそれらの意志を具現してゆくよう萬人の中に善意をよみとる忍耐と努力を欲しています。西歐をめぐる最近の三つの危機も「二つの世界」が忍耐によつてそれから逃れたと言うものの冷めたい平和わ、いつまでつづくのか、又その反對に中國をめぐるアジャの熱氣。これらの二つをみても僕わ、それらの背後にある暴力を憎みたい。そして人類の歴史に戰爭抛棄が世界平和の第一原則であることを痛感します。暗い谷間。暴力の肯定。それを僕らの中から否定しつづけられる狀態を永遠にもちたいと思います。今日はそれすら危險にさらされて人間わ自縄自縛におちいつていきます。テロリズムとゆう不吉な誘惑から一日も早く逃れることだ平和を求めるための戰爭何とくだらない知慧であることか。

回答　池田克己

よしそれが歴史的必然の名によつて、又よしそれが正義良心の名によつて、如何に論理づけられたものであろうとも、人間が人間を殺戮するという野蠻の伴うものである限り、僕はこの地球の上に、ふたゝび戰爭の惹起されることに反對する。

そして敗戰國日本が、現在、世界に對して一切の行動の自由性と發言權を失つているものであろうとも、戰爭反對と平和擁護に關する限り、最も强烈な提唱者たり得ることを確信する。

何故なれば、日本こそ世界唯一の原子爆彈の体驗者であるからだ。われわれはこの二十世紀の人類の進歩によつてもたらされた、人類破滅の科學の、深刻無殘な体驗を通じて、戰爭に對する無感覺な慣性と闘わねばならぬ。

そしてこの戰爭反對の提唱こそ「世界平和」に對する最も具体的な示唆となるであろう。

○　小野十三郎

現實の政治闘爭面における組織の形体がととのいつゝある割に、人間の感情、情操面における組織、新しい秩序ずけがおくれていることに、作家や詩人は眼をつけるべきだ。日本のユネスコ協力機關は、作家を動かす術を知らない。平和の擁護の戰いを、自分の感情の動きの日常性、情操の深みで、より確實に持久的に遂行出來る人間は、「政治家」や「教育家」の中にはいない。藝術はもつと前衛に立つ必要がある。

○　吉田一穂

平和――戰爭否定の意味では何人も文句はなからう。暴力に對する理性の權威、それが長い間の恐怖から自由への人間の闘爭史たるからには、一詩人としても、つねに何等かの、見えない、内にはげしい抵抗を湧きたぎらして表現の地下水を成してゐる筈である。たゞこれが一個の文學運動となる場合は、すべてのイデオロギイの定向性が政治的に、從つて一種の獨斷的な權力を生じ、それに左右されて自由なる詩人の創作活動を害ねる結果をきたす畏れがある。私は世界政府であれ命令府の存在には絶對反對だ。

平和問題の構想　江間章子

人類の最後の日まで、戦争は續くという考え方はよろしくありません。少くとも人間性への期待と平和に對する夢をみたい。けれど、平和運動を語るところに（外國はいざ知らず）眞の平和運動への期待が持てるかというと大きな疑問です。あらゆる、いまある形式的なものが一度崩壊する日をむしろ期待したい。いま「世界平和」を語ることは、久しく被き忘れていた帽子みたいなもので、柄にあいません。右日本人として述べました。

平和白書　小林明

序章、私ども民衆は毎日「共産黨議員三十五人の生命がな」かつたかもしれぬ「議場外」で暮しています。第一章、わが國の民衆のうち約二十パーセントは「帝國再建」と「不良青年ボクメツ」のため再び戦争が起るといいと思つています。（人間六月号「紡績女工の戦争觀」参照）どうやら彼女たちは満州大豆で下痢したいらしいのです。そしてそれは彼女たちの一種のサボ戦術であるかもしれぬようです。第二章、民衆のために叫ぶ文學者よこの二十パーセントの代弁者となるシンゾーはありや、否や。第三章、一匹の羊迷えるあらば……キリスト。第四章、民衆代弁者たちは大体において無神論者たちであった。九十九匹の羊が大切という唯物論なのであつたか終章、共産党の議会勢力は幾パーセントなりや？民衆組織の反映！

平和問題の構想　岩本修蔵

平和ということを、簡単に、武力戦を避けようとする状態と、武力戦を必要としなくなる状態とにわけて考えると、世に行われている平和問題の多くは消極的な平和しか意味していないようで、気にいりません。ユネスコ運動などはもっと情熱的でなければ意味がありません。情熱が欠けたら、それこそ冷たいお題目にとどまるものです。世界政府のアイデアは美しいが、結局問題はそのメソッドにありましょう。私は要するに、無秩序な平和より、秩序ある混沌をのぞむものです。この境地が眞の平和の母体となることを信じます

瀧口修造

先頃のパリの平和會議に對し、その直後に同じパリで對立する別派の平和大会が催されたのを見ても、平和を求めてすでにイデオロギーの戦端が開かれているのは皮肉という以上に悲劇だと思う。明白な二つの世界の對立の上に立つて、平和を希求し促進させようとすれば、「休戦」のための共力以外に方法はないであろう。戦争原因に對する科學的追求はあくまで進めるべきだが、宿命論的な、または形式論的な戦争論は限界に來てしまつた。今日の平和への希求は人類の絶滅からのがれようとする本能的なものに通じている。これまで戦争を導いてきたのは人間性を無視した少数の政治指導者であつたが、これに對する人間性の必死の抗議がいま世界の各所に起りつゝあると見てよい。最近の知識人による平和運動が、すくなくとも多少のイデオロギーや黨派を超えて結集されたものだとすれば、この人間性を代弁するものと考えるべきである。日本憲法は戦争を放棄したが、日本に獨創的な政治哲學者が生まれることをつよく念

願したい。それなしには、たとえ國際的に物のいえる時が來ても美文空文に終るだろう。

平和問題の構想（回答）　河邨文一郎

原子物理學上のコペルニクス的價値轉換は地球史的な次元で人類という生物の、發生から繁栄を經て消滅にいたる避けがたい運命をみつめる必要を生じました。この次元からみると、現代世界を沸騰させてゐる階級鬪爭すら人類的次元の問題に過ぎず、その評價を改められねばならないのです。これこそ宇宙的な規模にまで文學の世界をおしひろげるものでありませう。

人類を滅亡の幻影に脅やかしてゐるものが外ならぬ人類の進歩といふ觀念であることは皮肉です。そして最大多數の最大幸福を約束する筈の政治的未來者が現代的砂漠の地平に陰慘な蜃氣樓を低迷させてゐることも否みがたい事實です。少くとも、よしんばどんなに狂信的なコムニストでも、かれらの樂園に至るまでに厳然と道を阻んでゐる「資本主義社会」にとゞまらぬ人類そのものの破滅の危機を、絶對に避け得る自信はないでせう。人類と人間についての哲學的探求は前世紀以來いくたの業蹟を遂げてゐます。それが合理主義思潮に對する批判に出發してゐることは間違ひないが、しかし受け入れ方によつては、それによつて富ませられ發展せしめられ得るのは觀念論の側よりも、むしろ合理主義の側ではないか。單に目先の政治的利害から、敵に利用されうる一面のみにこだわつて無批判におしのけて了ふことは、現代唯物論の倫理的貧困をますます甚だしくしてゆくことになりはしないか。現代の忌むべき政治主義的偏向の苛責ない自己批判――これこそ戰爭回避の鍵であると思へてなりません。

ユネスコをはじめとするすべての平和擁護運動も、目的にあせつて手段を擇ばないならば、たちまち失敗への道を驅けおりるでせう勞働運動數年の、僕の乏しい体驗から云つても、政治的眞實が往々にして人間的眞實と一致せぬことが作家の困難をもたらすのです。眞實こそ窮極に於ける絶對のプラスです。よしんば政治的に一時の不利を招いても、ありのまゝの眞實を語る自由を死を以てしても守るということが、永久かはらぬ文学の良心であり、作家の生き方であると信じます。

〇　秋山清

世界平和ということは誰も求めているが、「どんな平和をどのようにして求めようとしているか」が今われわれの考えたいことですしかし平和を求めることはどんな階級の、どんな人たちが求めてもいいことですから、私たちはあらゆる平和運動にはいつてゆくべきです。ほんとは、平和を欲する人々の中に對立のあるのがおかしいのですが、現實にはそれがあるという事實を知つて、一切の平和運動が一つにつながるようにしなければ、と念じます。

感想　北川冬彦

大正十一年に、私は三高を卒業して、東大法學部の入學試驗を受けたが、そのときの英文和訳の一問題の中に、世界の平和はバランス・オブ・パウアによつて支えられている、と云う、英文があつた。誰の文章だか知らぬが私は、このバランス・オブ・パウアと云う言葉か忘れられない。いま、世界は、二つの大きな力によつて「冷い戰爭」が續けられている。力の均衡が取れている間は、「冷い戰爭」で濟まされるが、一とたび、このバランス・オブ・パウアが破られたとき、世界は「熱い戰爭」に轉化せずにはいないだろう。第二次世界大戰の勃發三年前に製作されたジャン・ルノアールの映畫「大いなる幻影」では、戰爭の終焉が、大いなる幻影と見られているようであるが、私などにも、この感はつよい。けれどもこの「冷い戰爭」におびやかされながら生きていることは、私には耐え難い思いである。戰爭はもうコリゴリである。何とか戰爭は防止出來ないものだろうか。私は、世界の二つの大きなどちらの力にも加擔したくない。可能ならば、この日本と云う國から脱れ出したい。しかし、たとえ脱れ出したにしても、世界の何處も、この大きな二つの力の響の聞えないところはないだろう。全くやりきれない思いでいるとき、國際聯合とか世界政府、世界市民等の構想・想念の大寫し、それは私をして誕生の思いにひたらせられずにはいない。この構想・想念は、あるいはユートピアであるかも知れない。しかし、もしも第三次大戰が勃發した場合、それは原子力戰によつて人類絶滅の危機にさらされるおそれのある情況下にあつては、ユートピアも單なるユートピアではない。それはリアリティを持つたユートピアである。これら世界平和の構想・想念はともすれば强大國の抱く現狀維持の蟲のよい考えと結びつく、と見る考えは一應日本國民の誰しもの頭に浮ぶところであるが、しかし私の頭の中には、日本人なぞと云う國民意識はもうない。一國家、一民族に拘泥したくない氣持ちだ。現實は、そうも云つていられないところもあるが、想念としては、私は必ずしも日本國民でなくてもいゝのだ。むしろ、世界市民でありたいのだ。私は、一國家の構成要素として在るのではなく、一個人である人間として分散することにおいて、はじめて開放感が味われ得る想いである。そう云う点で、その市民權を放棄し、世界市民權を要求したと云うアメリカの一青年の構想と實踐に大いなる感動を寄せずにはいられない。

☆ ☆ ☆

新世代

くだけた街

高柳壽雄

目のない子がゐる
口のない子がゐる
鼻のない子がゐる
そのほかいろいろな子供がゐる
一ばんひどいのは頭がない
それが笑つてゐる
哭いてゐる
怒つてゐる
いろんな聲が一諸になつて
灰だらけの街を揺すつてゐる
どこかで百枚のガラスが一ぺんに割れて
ひいひいと
雲の中で泣く聲がする

夜明ケ

OBUSCNRO同人

魚ガ泳イデヰル檻ノ中ニ思考ガ沈ムト
夜ガ來タ
星ガ煌イタ
流星ガ尾ヲヒイタ

隕石ノ行方ハ
アヘイダ
海ニ墜落シタ
鱗ヲツケテ
身ヲクネラシ
身ヲクネラシ
影ガキレイデス
ソノ透ツタタイルニ
水ガキレイデス
足ガワナナク
陽ガヒキツル
白イ足ハ冷タイ
アナタノ瀟洒ハ
アタタカイ
藻ガカラマツテ
沈ンデ行ク
黑旋ヲ淀ミ
黑旋ヲ纏ヒ
アタタカイ
ツメタイ
オレモ上ラウ
オレモ上ラウ
月ガ照ツテヰルノデヨケイニアナタノ水脂
ガビショヌレダ
水ノ中デ幻燈寫眞ガ網ヲ織ツテヰル
泳イデ行カウ
灯ノウツル水ノ中ヲ
アナタハキナカツタ
ナニモナカツタヤウニ
ボクハアナタト二人キリデ泳イデヰタト假

定シマシタ
夜ハイツマデモツヅイタ
水ノ中ハイツマデモ青白イ
靜カダ
靜カダ
魚ガ首ヲ出シタ
香ガ水ヲツラヌイタ
稜線ニソツテ
走ツタ走ツタ
ドコマデモ走ツタ
ドコマデ行クノカワカラナカツタ
水ガ泳イデヰル
影ガ燈影シマス
アナタノ全体
泡沫シヤウ
アナタノ四肢ハ翠調ダカラ
ナマアタタカイ
犬ガホエル
水ノ中デ
犬ガフルヘル
吠エルダケ吠エロ
水ノ中ハキレイダ
赤ルビー
白ルビー
水族館ノ前デ夜市ガ立ツタ
星ガ消エタ
隕石ガ消エタ
燦然

銅鑼

石川武司

黒鉄の銅鑼は地球の折半部に吊され
無限大な怒袋を以つて鳴り響いている
それは聴覚に刺激を與えて絶えず去りやらず
人類は、否、人種は抗爭し
遂に、官能の勝利と惨敗とを
その各自の位置で哭している
果して、これが視覚化される日の――
銅鑼が目前に擴充され眼に映じてくる日の
――
銅鑼は鳴り響く
官能の歴史的な痕跡よ

脚

稲住頼光

そのあしは子供のあしである
まだ伸びきらないひらたいふくらみ
てまりつき　なはとびするあし
幼なげなおかつぱのあし
私はその一つの筋肉のうごきに
なめらかな魚を見た
枯れた海の中に
時々美しい水がたゝへ
魚はこゝろよいリズムで泳いでいつた

海鳥

私のとほつて來た傍に
厚みのないかたちが、いく百となく
うすきみ惡く微笑してゐる
私は渚べに立つてゐた
数かぎりないぬけがらは
淡い空氣の色をたゝへてゐる
私は身動きも出來ず
背黒い海原ひくゝ忙しく飛んでいつた

窓

川崎利夫

この窓は
かつて外方へおしひらいていた。
血ぬられ
ミイラの亂舞に
月は落ち＜呻きはあふれ＞
窓はかたくとぢた。
―空白な風景は必然にやつて來たが。
一頁目の狂靴ばきで
ホール通いの
不具者　e.t.c　e.t.c。
窓は
再びひらいたが
悲しい白痴の歌をきいた。
風が梢につき刺つた。
夜。

夏の蝶

三田俊郎

一羽のてふがたはむれる黒びかり
残照の
ほのあかり
テニスコートは
一本のポプラのやうに
さみしく
ひからびだ雨蛙のやうに
白々しい
てふが帆船のやうに
羽をたゝむ
鱗粉
残照のほのあかり
テニスコートには
初毛も生えてゐない。

古びた空氣

山崎發彦

古びた空氣の古びたささやき
脈がきれた烟りのない港
黄色い錆びついた酩酊
乾いた綿のような皺・くしやみする
罅われた硝子玉――空
閉ざされたCOSMOS――港
古びた空氣が褻れた婦の瞳のように
古びたささやきが虚しい振子のように
そこにある

深く深く沈くで見たい

荒木芳夫

夢をいだいて
深く深く沈んで見たい、
暗く澱んだ海溝よりも、
ズツトズツトと深く。
何があるだらうか、
深い深い底に。
きつと物象世界(コノセカイ)よりも、
大きく深いものがあるにちがひない。
そこにこそ、私たちの
永遠(カミ)と呼び時のしらべの
動揺せぬ所があるだらう。
しかしそれを映せてはくれない、
何ものも。

アトリエの死の陶酔

北小路秋彦

秋の韻律が窓の破れ目から浸入する静寂かな部屋、
紫煙が数條の平和な薫りを上昇させている
短かくいぶる煙草はパイプにつめられ紫煙は踊る、

暗黒　恐怖　祈禱

秋の薫り、陶酔的な恐怖の幻影、
怠屈を忘れさせる煙草が、……自殺の武器とは、

お、秋の陶酔的な薫りの渦中で眠る主人公を發見した。
煙草は灰皿に捨てられた、そこは暗黒の墓地だ、
無数の死骸(ムクロ)の断片が捨てられている。
血生臭い腐敗した肉体の部分、
魔王の強炭な紫煙の流れ、
倦怠の畫布と對面したとき、
恐怖すべき藝術作品が完成された、
畫布に浮き上つた紫煙の渦中で唄う主人公を……

ひかり

見谷將志

光は光の中に酔い。僕は僕の行手に酔ふ。俗生活よ、花火のように空に飛んでしまへ。光と思ふ一瞬よ。そのように眞暗なまわりのひろがり。僕は長い光を求めるのだが、さて花火の感觸がしきりに混乱する。

もう酔はねばならぬ。おお、酔つて人と語らねばならぬ。僕は語る人がない。ために一人で語る。ビジネストよ。幸福さうな人民戦線の線のやからよ。僕よりも、もつと酔つているのだよ。光の中を彼等は歩く光ある中に。おお光ある中に。僕が飛びこむと光は消える。長い忍從よ。もう我慢がならぬ。君等よ。どうでも思へ。もし光が僕をつつむならば、僕は光よりも先に酔はねばならないのだ。

雪はふりつづいている

安川焰

貧しい町の屋根に夜が眠つてしまうとき　黒い木立に風が落ちた　とおい夜空で凍つたまま星が消えた　柱時計のねぢもゆるみたいくつでさびしげな時刻　毛根を移動するきびしい冬の空氣が夜をふかくしてしまつた　どこかで子供か泣いて　若い母が傍(くら)所に起きるおお　さむい　雪かしら灰い空をちらとみてつぶやいたが　なにごともないようにしづかであつた　街角し常燈がかすかに背のびしたようだつた　ひとつ　ひとつ　酔をのみかげのようにふたつ　みつつ　やがていちめんの灰い空から　しんしんとふつてくる雪であつた　たれも知つていなかつた　たれも起きていなかつた　雪は貧しい町の屋根にふりつもり　木立の梢にふりつもり　遠い山脈にもしんしんとしづかに　雪はふりつづいている

△　△

少女と蝶蝶

山田四十

夏雲
流れて
涙す秋はも

★

夏空
野菊蝶蝶がとびます
少女は物いはずに野菊にきて………
（夏雲は流れて
　行きます）
物病む蝶々は
とんで行きます

★

———夏の………
眞中に冬をみつけます、

いのち

荒木力

手を擴げて子供が搖ぎ出す
ロオマへの道のあるほとり、
草原の思想が踵に傳はり
アキレス腱が踵と未來に近づかうとして傾く
翅虫が飛び立つ
小さな重心が大地をアンダンテで叩いてゆく

蟻の巣は夢の國

肉体の黎明（れい）の中に

烏山邦彦

蟻の巣は夢の國
蟻の夢は枯枝の夢

はたらき蟻よ
蜜を運べ　とかげの尻尾を飾れ
土くれの宮殿を造れ　銀蠅のむくろを拜め

おまつりだあ
浮れ狂う蟻の群よ　きみら
太陽の黑点がおもむろに擴大されて、
地上は白く凍えてゆくのを知らない。
そのひとひらの、雪の結晶がいかに美しいかも知らない。きみら、ただ强力な引力をもつ自由の底は引きよせられておとなしく眠りこんでしまう。
やがて
ながい　ながい時間がたつて——
アトムに破壞された地上いちめん黑焦げの死体が重なりあい、かすかなうめき聲とともに平和が訪れてくるのである。ああ。

それまで
しばしの間
蟻の巣は夢の國
蟻の夢は枯枝の夢

疲れ

大河内麗子

わたしは何處までとどいてゐるのだらうか
わたしは——
ふと　涯てない空の涯を幻に描き
わたしの枝さきはいきなり空が降りて來て
優しくわたしに觸れる日の夢をみる
そして　ためいきに深くしなう。

渇きを覚えるように
知らず　知らず　飢えが湧き起るように
わたしであつて　この世のすべてでもある
限りないいのちの賢さが夢みる憧憬（あこがれ）
その魂の憧憬は涯てなく梢を擴げるわたし
けれど　ふと　涯ない空の涯を幻に描きとき　どき　深いためいきにしなう
わたしは何處までとどいてゐるのだらふか
わたしは——

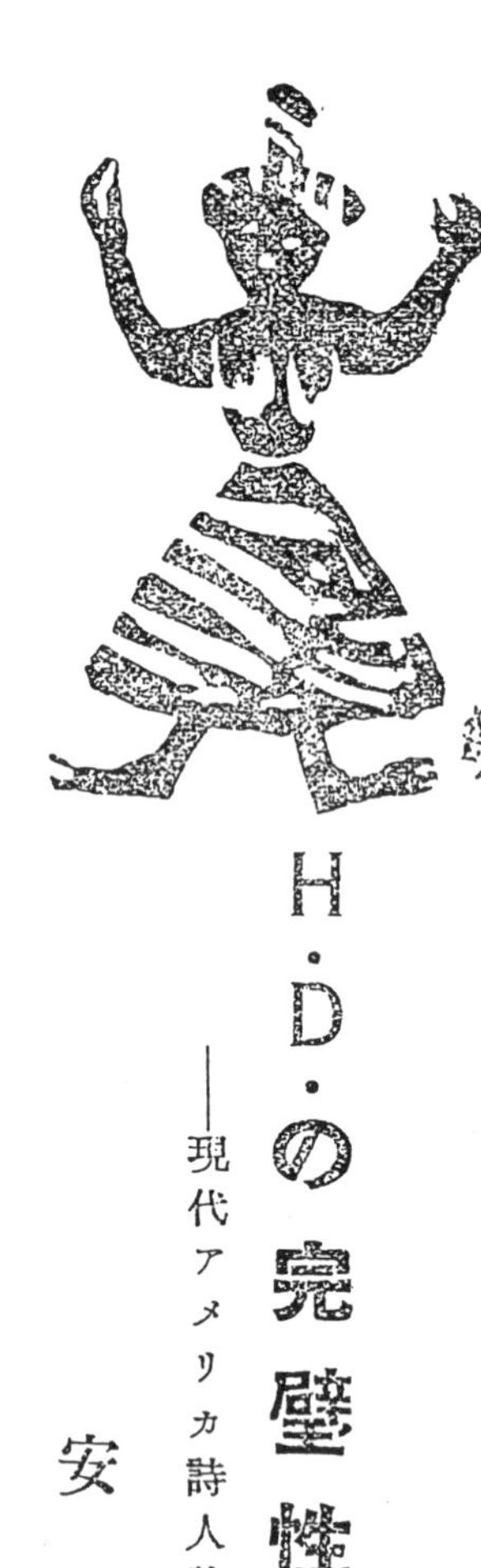

H・D・の完璧性

——現代アメリカ詩人論——（二）

安藤一郎

アメリカの近代詩史上には、幾人かの特筆すべき女流詩人が見出されるが、その系列の中で、H・Dといふ頭文字だけの名前を用ひ、非常に個性のはつきりした作品を書いてゐる婦人を記憶しなければならない。彼女は、現在のところ、大きな活動をしてゐないやうにみえるが、その一貫したスタイルは、アメリカには珍らしい特異性を持つものである。

多くのアンソロジーに採られてゐる、「山精」（'Oread'）は、次のやうである。

　渦巻けよ、海——
　お前の尖つた松たちを擾し
　私たちの岩に
　お前の大きな松たちを
　浴びせかけよ。
　お前の緑を私たちの上に投げ——
　お前の樅の流れで私たちを蔽へ。

これは、恐らく、山頂で風に揺れる樹海を観望してゐるときの、爽やかな陶酔を、山精に呼びかけるやうにして、感覚的に、簡明な言葉で言ひあらはしたものであらう。水々しい原始性があると共に、詩句は鋭角的で、かつきりとしてゐる。彼女は、梨の花を仰ぎながら、次のやうに描く——

　大地から持上げられた
　銀の粉末、

私の手の屆かぬ高みへ、
お前は登つてしまつた。
おゝ　銀よ、
私の手の屆かぬの高みで
お前は大きな塊りとなつて私に向ふ。

日本語にしてしまふと、割合に光彩はなくなるが、原文はもつと造型的で、新鮮な感じがする。この「梨の木」('Pear Tree')の一部を左に引用しておかう。

Silver dust
lifted from the earth,
hijher than my arms reach,
you have mounted.
O silver,
higher thau my arms reach
you front us with great mass.

H・D・は、その本名は、ヒルダ・ドウリツトル(Hilda Doolittle)といふ、一八八六年に、ペンシルヴェイニア州のベスレムに生れた。彼女の父は、ペンシルヴェイニア大學の天文學教授であつた。H・D・は、ブリン・モー・カレッヂにまで進んだが、體が弱かつたので、中途で退學した。一九一一年に、ヨーロッパへ渡つたが、そこで一夏を過ごす位であつた豫定は、エズラ・パウンドによつて所謂「イマヂスト」の運動に引入れられたため、永く故國へ歸らないことになつてしまつた。（これは、一つの挿話であるがパウンドは。若いH・D・に求愛したことがあつたといふ。）いづれにして、彼女の才能を最初に見出したのはパウンドで彼女の作品を「ポエトリー」誌の編輯者ハリエット・マンロウのところへ送り、それらは、一九一三年に初めて發表されたのであつた。そして、間もなく、H・D・は、イマジスト詩人の中で、非常な注目をひくやうになつた。

一九一三年ヒルダ・ドウリツトルは　やはりイマジストとして知られた英國の詩人リチヤード・オールデイントンと結婚した――リチヤードオールデイントンは、第一次大戰後『英雄の死』(一九二九)といふ反戰的小說を書いて大きな人氣を得、なほ『すべての男は敵である』(一九三三)『婦人は働かねばならぬ』(一九三四)等で、小說家として確固たる位置を築いた。併し、それより前にH・D・とオールデイントンを結びつけたのは、二人に共通なギリシヤ憧憬の熱情だつたとおもはれる。H・Dのギリシヤ文學に對する獻身は永く不變である――彼女に、アメリカ臭さがないと共に、どこか異國的な色彩が強いのは、そのためであらう。H・D・がパンテオンの殿堂に仕へる使徒であることは、最初にオールデイントンと協力して始めたギリシヤ詩人の飜譯を、その後も單獨で續けてきた事實によつても、十分分ると思ふ。彼女はさういふ研鑽の中から、ギリシヤの明晰と典麗を學びとつて、みづからの作品の特質となしたのである。

リチャード・オルデイントンが戰線に出たあと、H・D・は彼の編輯してゐた前衛的な文藝雜誌「エゴイスト」(The Eoist)の仕事を代りにやつた。「エゴイスト」は、やはりパウンドの息がかかつたもので、一九二十年代から三十年代にかけての、英米モダニズム文學の發端になつた雜誌の一つである。(ヂエームズ・ヂョイスの『若き日の藝術家の肖像』は、先ずここに連載されたし、またT・S・エリオットも、その編輯に一時關係した)然しながら、第一次大戰がすんで、オールデイントンが復員して數年後、二人は離婚するに至つた。彼女がこれまで、アメリカに戻つたのはただ一度、一九二〇年にカリフオルニアに二、三ヶ月滯在したきりである。その後、歐洲にまた歸つてから、H・D・は、スイスのヂユネーヴ湖に近い、小さな町に居を定めて今日でもそこに住んでゐるとおもはれる。彼女は、アメリカの詩人や作家の中に、屢々見出される「脫出家」(エスケイピスト)の一人であると言へるだらう。

寫眞で見られるH・D・の容貌は、男刈りの斷髮だが、その鼻や口にはデリケートな線を持つてゐて、窪んだ深い眼は、誰かの言つたやうに、「何かに憑かれた」やうな表情を湛へてゐる。アメリカ新詩の魁けをなし、しかも古典的な美しさを創り出したH・D・——結局、イマジスト運動と共に、アメリカ文學に於いては、一つの異種の花として遊離してゐる彼女の孤獨さが、そこに窺はれるやうにおもはれる。

『海の園』("Sea Garden")(一九一六)は、處女詩集であるが、H・D・のスタイルは、既にこのときから一つの精緻な完璧性に達してゐる。その後の彼女はあまり變化と發展はなかつたやうで、最後までイマヂズムの原則——彼女の遵奉する原則に、忠實だつたのである。次に『ハイメン』("Hymen")(一九二一)『ヘリオドラ』("Heliodora")(一九二四)を出し、一九二五年に『全詩集』を刊行、また、『ブロンズのための紅い薔薇』("Red Roses Jor Bronze")(一九二七)に益々その美質を輝やかし、一九三八年「ポエトリー」誌のレヴインスン賞を獲得、一九四〇年に再び『全詩集』を上梓した。最も新しい詩集としては『壁は崩れない』("The Walls Do not Fall")(一九四四)がある。

H・D・の詩は、結晶のやうな淸澄なものである——イマヂストであるから、勿論、視覺的な聯想に訴へるところがあるが、單にそれだけではない。たとへば、同じ一派のヂヨン・グールド・フレッチャーに見るやうな淡彩の風景スケッチでもなく、またオールデイントンなどが取扱つた近代都市の描寫でもない。H・D・は、常に自然觀照へ向つてゐる。自然に對する刹那の感動と歡喜を、直接に摑むのである。その表現は、極めて集約的で、言葉を凝縮させ、そこに速度の早いリズムの轉換を企てる——音の響きは、明るく、しかも、たとへばヴァイオリンのスタカットのやうな性急で、刺激に富んだリズムである。かういふリズムは、イマジスト以後の新しい實驗的な詩人に、いろい影響を與へてゐるのではないかと思ふ。それに、彼女が最初の行の冒頭の外、各行の初めの單語を頭文字にしない、そのスタイルは、ウイリアム・カーロス・ウイリアムズ、E・E・カミングズ、マリアン・ムーア等から、新しい詩人の間にひろがつてもう珍らしくなくなつてゐることも、注目すべきであらう。

H・D・は、人生觀や思想を直かに語らない——彼女は、ギリシヤ的な汎神主義風の自然讃嘆を、呼びかけのかたちで表はすことが多い。併し、イメヂの構成は、時に物質のやうに硬くて冷たいやうにおもはれる。それにも拘はらずH・D・は抒情詩人、淸麗透明な抒情詩人である。だが、英國ヴイクトリア朝の名殘をひく、同じ女流のセアラ・テイーズデイルやエドナ・ヴインセント・ミレイの如く、流麗に歌ふ抒情詩人ではない。H・D・のイマヂャリーは、フランス近代詩のやうに、單純で精密である。そして、イマヂストの中でも、遂にリアリズムと妥協することが些かもなかつた唯一の詩人と言つてよいであらう。

H・D・の「熱」（'Heat'）といふ詩の一節を引いてみよう——

O wind, rend open the heat,
cut apat the heat,
rend it to tatters.

Fruit cannot drop
through this air ——
fruit cannof falli nto heat
that presses up and flunts
the Points of pears.
and rounds the grapes

おゝ 風よ、熱を引き裂け、
熱を切りひらけ、
ずたずたに破れ。

この厚い空氣の中を
果實は落ちることが出來ぬ——
壓しつけて
梨の尖りを鈍らし
葡萄を円くする熱の中へ

果實は落ちることが出來ぬ。

これは、盛夏のむせるやうな暑さを形容してゐるのだが彼女の固く凍つたスタイルの中に、この「熱」のやうな烈しい情熱がこもつて、その出口を求めてゐることを暗示するものである。ギリシヤの黄金時代をしきりに夢みるH・D・のヴイジョンにも、近代的な覺醒との距りが、屢々或る龜裂をあらはさずにはおかないことがある。彼女は、美の陶醉から、ひたすら自分を守らうとする。

私は最初の梨が
落ちるの見た——
黄金縞の、蜜を求める
黄蜂の群は私より速くない。
（私たちを美しさから救つてくれ！）
そして私は倒れ伏す、
かう叫びながら……
お前はお前の花で私たちを無殘にした、
お前の花で私たちを助けてくれ、
果樹の美を
私たちに與へてくれ！

更に、H・D・は、最近の詩集『壁は崩れない』の中で、今日の人間の苦悶を次のやうに記してゐる。

最も愛らしい者さへ
肉體的な強壓の下では
狼や豺や
やくざ犬になることを我々は見てゐる。

そればかりでなく
飢ゑは我々の最も善良な者をも
鬣狗（ハイエナ）に化することを我々は知つてゐる。

それで、彼女は言ふ——「それだから、造物主の愛に縋らう」と。『壁は崩れない』の作品には、現代の宗教詩として立派なものがあるといふことを、『アメリカ詩の歷史』一九〇〇—一九四〇の著者ホレイス・グレゴリーは指摘してゐる。とはいへ、H・D・の思想性は、まだT・S・エリオットほどの深みに達してゐない。彼女が二十世紀のアメリカ詩に占める地位は、そのスタイルの完璧性にあり、たとへば一顆の見知らぬ寶石のやうに、ひとり混亂から遠ざかつてゐるところにある。一九一〇年代のアメリカ文藝復興が生んだ一人の異彩であり、またイマジスト運動の遺した貴重な一粒種と言へよう。

（June 1949）

ジュール・シュペルヴイエル研究（3）

高村智

フエリクス・ベルトーが述べている如く、ジュール・シュペルヴイエルの詩作品を初期のものから順次に辿つてみると、彼は決して早熟の詩人ではないことがうなずける。それが爲に「今日シユペルヴイエルは、動物達や死者や子供達に對し、或いは決して子供であることを止めない大人達や、例のビグワ隊長のごとき子供。大人に對して彼が常に抱いてきたところの、あの常識を超えた偏愛という報酬を受けとつたのである。」彼にとつて、それは祝福すべきことであり、「それ故に又彼は、女達や溺れた少女達や牛飼いのインデイアン達や、又聲を出さないので唖なんだと人々が早計に信じてしまつたすべての物体達を、かくも見事に描くことが出來るのである。」（ガブリエル・ブーヌール）そして、この純朴で大期晩成型の詩人の態度は、この第二次大戦中に於いても、戰後に於いても少しも變つていないようである。

シユペルヴイエルは Le Forgat Innocent の後、一九三四年に Les Amnis Inconnus（未知の友）を N.R.F から出しているが、この詩集には合計七十五篇の作品がおさめられ、それ等は更に次の表題のもとに分類されている

Les amis inconnus,　九篇
Le hors—venu.　一篇
Les veuves.　十二篇
Le sillage.　十一篇
Le spectateur.　一篇
Lunaire, humaine.　六篇

Ma chambre. 九篇
Les animaux invisibles. 五篇
Le miroir int'erieur. 十三篇
Le matin et les arbres. 四篇
Visite de la nuit. 二篇
Le temps dun peu. 二篇

以上七十五篇の中、Les amis inconnus, L'All'ee, L'ours, L'oiseau, Figures, L'appal, La,reverie, Le nuage, Et lesodjets se mirent a'sourire, Les cavallers, Le chien,Lessuiveurs, Toujours sans titre, Lui seul, ((Quanb le solail, Alter ego, Naufrage, Matin, Terrasse ou balcon, Je posai lepied, attendre guelanuit. Toujours reconnaissable の二十二篇は何れもかつて N・R・F誌上に發表されたものであり、本詩集としてまとめる際に新たに表題を加え、或いは變更されたりしている。例えば L'oiseau は N・R・F 誌に於ては Dialogue. Et les objets se mirenta' sourire はLa chambre として獨立していたものである。又L'all'ee. L'ours の二篇は一九三一年に、他の二十篇はLes amis inconnus という表題のもとにまとめられて同誌に載つたのである。

この詩集に對し、ロラン・ド・ルネヴィル氏が批評を加えまず次の如く前置して

「現代詩人の多くは同時に詩論家であり、從つて彼等の藝術製作は別のところで彼等が立てた假設の實驗上の證明を得させるのみである。詩をして自己に於ける目的と考えずに、詩をば思想の彼方に向けられた認識の手段と考えようという意志こそ――種々の主唱者の間に見られるのであるが――おそらく現代精神と呼ばれるものの特質の一つであろう。」

と述べ、それとシュペルヴイエルの態度とを次の如く比較している。

「シュペルヴイエルはこの明白に限定された形而上の苦悶――詩人達の活動が確かにこの苦悶に對して指向けられる場合に於いてさえも、現に我々にその光景を見せている――から逃れる。彼は現代に於いて、生れつきの詩人――決して右の如くにはならず、精神の泡をして口頭の形式をとらしめて彼に屬していることを止めさせる――の傳統を引延ばしている。彼の天賦の才は神から與えられたのであり、生命の神祕と混ぜられるのである。」

かくしてシュペルヴイエルは、彼がとりつかれている交感の感覺と、逃れることの出來ぬ個的存在の法則との矛盾がつくり出す悲劇の諸要素を理智的に分析するよりも、むし

ろそれを感覺せんとするのである。彼の苦惱は形而上的でなくして肉体的である。しからば彼の言葉は、眞の生活から退き、分別もなく一生を送つてゆく諸存在や、星の影や「未知の友」達をつくり出すに過ぎないのであろうか。彼がこの世界に權利を主張しても、それは色々な幻影を捉えんとするあがきに過ぎないのであろうか。この詩人は極度に孤獨になり、自己の苦惱を語るとしてもそれを變質變形せすには人に語らないのである。

　やがて姿を見せるであろう兄弟達よ、いつかは君達は
云うであろう。
――「一人の詩人が自分の悲しみを、悲しみは更に深い
けれど
　殘酷さの少い新しい悲しみで拂いのけようとして
この僕達の言葉をみんな選んだんだよ。

わが身を捧げる孤獨、それは一見彼の意識には無關係に思われる諸存在が、にぎやかに群り集う精神の場である。彼はそれ等の影像を愛し、それ等がこの現實の中にまで侵入してくるのを妨げようともしない。

孤獨よ、お前はいろんな物を手にもつて絶えず僕の部
屋にやつて來る。
　これのマントの上には雨が降り、あれの上には雪が降
り
そしてこれは七月の太陽に照らされるといつた具合。
その物達はどこからでも出てくる。
――私に耳をお貸し下さい、耳をお貸し下さい。」
そして皆んなそれぞれ他人より少しでもそう云いたい
かのようだ。
　死んで姿を見せぬ父親や、他の誰かや、彼等の女主人
や子供達を探してるものもある。
――わたしは貴方に何もしてさしあげることが出來な
いのです。」
　彼等はみんな姿を消す前に一言云う、
――わたしに耳をかして下さい。もうすぐ私は出て行
かねばならないんですから。」
　物達は會話をもつと長びかせるために私に坐れと合圖
する、
――わたしが貴方に何もしてさしあげられないと申し
ますからには
　眼と耳のためにいろいろな幻（まぼろし）を！」
　僕に赦しを乞うている見知らぬ者があるのだが。
　僕がその罪をしらぬうちに彼は姿を消してしまう

あの少女は僕等の國ではない森を横ぎつた。
あの老女が意見をきゝにくる、僕はいう
――御意見て一体何の御意見？
女は何も云おうとせずに憤慨して立去る。

今はもう部屋には僕の長机と本と紙とがあるばかり。
ランプが、頭を、人間の手を照らしている。
すると私の唇が自分自身のために夢みはじめる。孤兒達のように。

シュペルヴィエルは自己の精神の對象物と外界の事物との區別がつかなくなつてゆく。いつしか自分を內界と外界の仲介人の如くに考え、たとえその二つの世界が對立したとしてもそれは單に觀察者の誤れる幻覺にすぎぬとまで信ずるにいたる。

僕の本の上を飛んでいる鳥よ、貴女は一体何を探しているのですか。
私の狹い部屋にあるものは皆んな貴女には關係のないものばかりです。

――私は貴方のお部屋を存じません。わたしは貴方から遠いところにいるのです。
私は一度もこの森を離れたことはありませんし、こうして私の巣が匿してある木にとまつているのです。
貴方に起つていることはみんな他の意味にお取りになり、鳥のことなどお忘れ下さい。

――だけど僕にはこんな近くに貴女のあしや嘴が見えるんですよ。
――貴方の眼に私が見えるとすれば、貴方はきつと距離を縮めることがお出來になるのです。
私が悪いのではありません。

――しかしねえ、貴女は返事をされる以上そこにいらつしやるんですよ。

――私が人間について常に懷いている恐怖についてお答え致します。わたしは小供を育てゝいるのです。ほかの暇なぞないのです。予供達は一本の木の一番薄暗いところにこつそりかくしてあります。そこは貴方のお部屋の壁のように繁つていると信じていました。どうぞ私の枝に私をそつとしておいて下さい。もう何も云つて下さいますな。私には貴方のお氣持が鐵砲玉のように恐ろしいのです。

――どうぞ貴方の心臓をお鎮め下さい。羽根の下から私にまで聞えます。

貴方のかすかなお優しさは何という怖ろしいことを隠していたのでしょう

あゝ、貴方は私を殺してしまいました。私は木から落ちます。

――私は一人でいることが是非必要なんです。鳥の眼ざしさえも……

――でも私は大きな森のずつと奥の方にいたんですから。

かくして交感の精神が完全に彼を捕え、外的世界はそれを創造した想像力に全く依存するのだと考える。

わたしは私自身の奥底にいつも一人ではゆかない。
わたしは一緒に幾人も生きた人を誘つてゆく。
私の冷たい腔洞に入る人達は
まだ一刻の間でも外に出られると思つているのだろうか。
私は沈沒する巨船のように
お客も水夫もまぜこぜに
私の夜の中に詰め込んでしまう。
そして私は部屋部屋の中では眼の燈を消してしまい
私は大いなる深遠を友とするのだ。

彼の中にある自我の分裂とその分裂した自我の間に生ずる葛藤が構成する悲劇――それをシュペルヴィエルは鋭い直觀によつて豫知するのであつたが――という障害が生じなかつたなら、彼が試みた二元性の溶解ということも完全な成功をおさめて詩人の勝利は決定的なものとなつたであろうが、そうはゆかなかつたのである。Les Amis Inconnus の中には分裂した自我の間にかわされる會話やさゝやきがいたるところに行われている。

鼠が一匹逃げ出した
（ありや鼠ではなかつたよ）
女が一人目を覺ます
（どうして君にそれが解る？）
ドアがきしむね

(今朝油をひいたばかりだぜ)
圍（かこい）の壁のわきで
(壁なんかもう無いよ)
僕には口をきかせない心算かね！
(そう思うなら　默つているさ！)
僕には身動きが出來ない
(往來を　現にいま　歩いているではないですか)
一体どこへ行くつもりだね？
(こつちから伺い度いよ)
天地の間では僕はひとりぼつちだよ
(おれがこうして側にいてやる)
こんな孤獨つてあり得るだろうか？
(おれの方がよつぽど孤獨だ
おれには君の面が見えるが
誰だつておれを見た者はない)
(堀口大学譯)

分裂した自我は、どうあつても互に手を取り合おうとはしないのである。

私は思い出す――私がこう語る時に
あゝ、人は何時かは知るであろう
心臟をつくり、それに自分の名前を與える巷（ちまた）の中で思い出にふける人達を――
私は思い出す、それは地圖の上で南方にはつきり認められる國であつた
大空は暗い、清淨さで滿ちた朝をたよたよ潤おしていた。
私は思い出す――今度はたしかに
その時間を吸い込んだのはまさしく私だつた――
私は小止みの間に貴女を見出した
二十年間私の友達になるはずであつた貴女を
そしてそれは未だに眞實なのだ。

この絶えざる自己からの逃避――それに外界の事物の有爲轉變が一そう拍車を入れるのであるが――は詩人をしてこの地上の世界の空虚を感ぜしめ、やがて自分を訪れる臨終を豫感しておののかずにはいられない。

「時間」の馬達がきて僕の戸口に立ちどまると
僕は何時も彼等が飮む姿を見るのに躊躇する
理由は　彼等が渇をいやすのが僕の血だからだ。
彼等の長面が僕を弱々しい氣持で滿し
僕を疲勞させ　僕を裏切つている間に

彼等は僕の顔の方へ感謝の眼を向ける
するとかりそめの夜(よる)が僕の瞼を侵し
急にまた僕は自分のうちに力をとりかえさずにはいら
れなくなる
やがてまたひと日　渇いた馬達がやつてきた時
僕に生命が殘つていて　彼等の渇をいやすため。

（堀口大學譯）

そしていよいよ死がせまる。

かくも早く私は旅立たねばならないというのに
貴方はいつたい私にこの世界をどうしろとおつしやる
のですか？
順ぐりにちよつと挨拶したり、まだ終らずに殘つてい
ることを見つめたりする時間や
一人二人はいつてくる女や、二度と僕等には歸つてこ
ない彼女達の青春を見る時間
それはもう僕等の魂のことなのだ。
苦痛で肉体はやがて死ぬだろう。
さて、次にあげるLe Villageは本詩集の中で内容形式共
に充實した、最も代表的な作品である。

舟あとだけで　舟は見えなかつた
そこを過ぎたのは幸福だつたのだ。
目ざす行手の岸邊が近ずくと
二人はお互の眼の奥で見交わした。
岸近い林には鹿が氣まゝに飛びたわむれていた
涙の無いこの國には狩人は入らない。
戀に溺れて死んだ二人のむくろが見つかつたのは
寒い一夜が明けた翌日のこと、
彼等の苦痛のあとかと見られるものはすべてみんな
見る人に　そうお思い下さるなと合圖しているらしか
つた。
帆の切れはしが僅かばかりなおも殘つて
ひとり心持よげに風を孕んでいた。
漂流する舟と櫂とから遠いあたりで。

（堀口大學譯）

この詩に於いては用語は實にすみからすみまで完了され
ている。シペュルヴィエルは動物達を愛するのあまり、殺

生もなく涙を流す必要もない彼岸を待ちあぐんだのであつた。戀愛は不安におののく二人を容赦なく無限な全体感の中に吸いとつてゆき、愛し合う二人はもはや區別された日常生活の枠のなかには生きないのである。まるで區別や分離などを知らぬかのように、お互の心の中の、あるかぎりの莫大な貯蓄を引き出そうとして、二人は《眼の奥を互に覗合う》のであつた。戀人たちにとつて「死」は否定ではなくなる。

「生」にみなぎることによつて何時の間にか「死」にみたされている。人が《苦痛とみなす》ことも二人にとつてはむしろよろこびとなる。死後の世界も又樂しいものなのであろう。

シュペルヴィエルのイマージュは、しばしば、極めて獨特の方法によつて使用される。例えば比喩を用いる場合、まず最初の物はかくしたまゝ、比喩となるべきものを、その詩の最後までぐんぐん發展させてゆくことである。比喩そのものは絶えず讀者の眼前に暗示を與えながら鮮明に廻轉し、祕密にされるのは部分的なところだけである。

林檎の木

死んで　ものが言えないので
貴方は或日、はからずも冬のさなかに
滿開の林檎の大樹を噴き出させたのでした。
五月の中頃のように　鳥達は自分の知らない嘴で
この季節はずれの木を守つていました。
そして　お日樣と鐘にすつかり嬉しくなつた子供達が
大膽に生きてゆこうと　まわりでロンドを踊るのでした。
彼等はその木の活氣の証人なのです。
そしてその木は他の木と同じように　苦しみもせずに
果實を生らせ、
雪空の下に　自分の高さだけ貴方の望みを滿すのでした。
そしてその木の謙遜が　ほんとに傍（そば）から見えました
そうです　貴方は屢々おずおずと近寄るのでした。

こゝでリルケの詩を考えてみるならば、リルケにあつては、比喩は隨所に於いて大きな斷裂を見せていて讀者はそこに測り知れぬ深淵をのぞかされるのであるが、シュペルヴィエルにあつては、その斷裂面は極めて淺い休息の場にすぎないのであつて、この手法は散文詩とも云わるべき彼のコントに於いて完璧にまで昇化され、未曾有のポエズィをきずきあげている。例えば「ノアの方舟」の書き出しに於いて、讀者は忽ち彼の手法に乘らざるを得ないであらう。

宿題が出來上つて乾かそうとした途端、大洪水以前の一人の小娘は氣がつくのだつた、自分の吸取紙がぐしよぐしよに濡れてしまつていることに。この紙、普段はいつも喉を渇きらしている性分のこの紙が、水を吐くとは一体どうしたというのだ！　クラスでも成績きわめて優秀なこの小娘は、自分に言つて聞かせるのだつた、ともするとこの吸取紙は何か素敵な病氣に罹つているのかも知れないと。吸取紙をもう一枚買うには、あまりにも貧しすぎる彼女だつたので、その桃色の紙を日向へ出して干すことにした。ところが吸取紙にはどうしてもその悲しい濕り氣を拂いのけることが出來ないのだつた。一方また、宿題のインキも、いつかな乾こうとはしないのだ！

（堀口大學譯）

シュペルヴィエルは一九三八年に、N・R・Fから La Fable du monde を出した。一九三八年といえばフランスの危期はまさにせまつている。Les amis inconnus から四年を經た彼の詩はどう變つたであろうか。

滿天の星達にまぎれこんで
少しづつ自由の身になつてくると、
私の法則は天界の無秩序の中で
生長するのだと私は感ずるのです。

今やシュペルヴィエルは自ら進んで混沌の中に入つて同化し、その混沌の中から彼の意志が要求し、建設せんと欲する「秩序」を引き出そうとするのである。彼には現實から逃避することが出來なかつたのだ。彼の詩は現實の中に舞い降りた。ジュペルヴィエルは愛するフランスの爲にペンをもつて立ち上つたのである。「かつては彼にとつて親わしきものであつた孤獨は種々の幻想によつて滅ぼされ、彼が樂しんでいた蔭は更に暗さをまし、更に引きづける力をました夜となり、彼が耳を傾けることを愛した沈默は、あらゆる思想によつて剝ぎとられてもはや鎖でつながれた心臓の鼓動によつてのみ滿たされることになつたのは當然と云わねばならない。」とジュリアン・ラヌウエ氏は云う。

又「シュペルヴィエルの今度の詩集は確かに今まで書いた中で最もexpressifな詩の若干を含んでいる。この内的世界についてexpressifな詩を。彼は他の多くの現代詩人の如く自己の内的世界の鍵を後生大事に藏つて置かずに、根氣よく、論理的な徑で讀者をひきずつてゆく。La Fable du monda　に於いて彼の内省は前よりも一段と强烈になつている。」と。蓋し適評である。傳えるところによれば、シュペルヴィエルは今次大戰中抗獨運動に全力を盡したといわれ、その中にあつて彼は極めて多作である。戰中戰後の詩集だけをあげても

Les poemes ae le France, Malheureuse (1939—1941)
Lettres Frangaise, sur, Buenos—Aires,1941
Choix be Poemes (Sub Americana,Buenos—Aires,1944)
1939—1945, (poemes), N•R•F, 1946
Choix De Poe mcs, N•R•F•1947
A la nuit, Eb. du. seuil, (Coll. (Les Cahiers du Rhone)))1948

の六冊に達し（詩人の多作の傾向は世界的な現象であつてフランスに限らぬが）社會の絶えざる變動に對して積極的にペンを走らせたのであろう。それらの詩をこゝに多數引用することは不可能であるが、例えば次の詩によつてその一斑をうかゞうことが出來るであろう。

僕等の內面はとても離ればなれになつている
腕にフランスを抱きながら
めいめいがフランスを抱きながら孤獨だと思つている
しかもそんな孤獨を他人は見てくれぬと思つている

めいめいが不器用だらけだ
これほど貴重な富を前にして
だから靑空に向き合つたこの肉体こそ
祖國フランスではないのか

めいめいがめいめいの流儀でフランスを持つている
とめどもなくフランスを抱き締めながら
そうして最も深い鏡に映すように
自已の姿を映している　自分の顏のなかに。

戰乱の渦中にあつては、往年の彼の姿——シュペルヴィエルのポエズイーは常に、極めて控え目な外觀のもとに提出される。シュペルヴィエルの歌はつゝしみ深く。意志的に和らげられ鳴響性は鈍められているので、それを感知するにはまず大いなる專心が必要である。そして一度びこの最初の條件が果されるや、自分は一つの奇蹟に立會つているのだと人は信ずるにいたる(Bulletin Critique)——もこ

のように變りはてねばならなかつたのであろう。彼獨特の手法も色褪せて、昔の面影をうかゞうことは出來ない。

一應の冷たい平和がもどつて來た今日、シュペルヴィエルは本來の姿をとりもどすことが出來たであろうか。そして又動物達や、死者達や、子供や、永久に子供であることを止めぬ大人達や、或いは大人、子供達に對して心からの愛を捧げることを彼は忘れてしまつたのであろうか。

いやそうではなかつた。シュペルヴィエルの獨創性は、燒きはらわれた草原に再び芽ぐむ草の芽の如く、いちはやく青空めざして立ち上つたもののようである。彼は最愛の動物達を忘れてはいなかつた。

　自分が牡牛に轉身した時の、快よい思い出をいまだに
忘れずにいた。（イオ）

のである。そして彼は又、死者達の生者に對する不平もよろこんで聞いてやるのであつた。

　ところが、彼のこのやり方なら、すでに先刻御承知の
紳士諸君は、生者の名に於いて、彼を納棺しようものと
準備おさおさ手ぬかりない。彼等はあらかじめ、死も
雨もしみこみ得ない防水シルクハットに身を固めてござる。そして死者に對して、一切の批判を拒絶し、あらゆる汚辱をこれに加え、彼の沈默の尊ぶべき余韻なぞにはまるで頓着なしに、彼のまことの寸尺に合わせて造つた棺の中へ無慚におしこめてしまうのだ。そしてその一切を、穴の底に埋め地をかけ、もうこれ以上彼には、何にも、腹の中でさえ、文句は言えないのだとじつくり理解させるが爲、頭の上から踏んずけるのだ。あとに殘つた遺族の者たちが思うのだ。

　自分は父を失つたが
　自分は夫を失つたが
　自分は兄を失つたが（無用の記載はお消し下さい。）
　それは、實に立派な人でした。

現代の魅力シュペルヴィエルの今後の発展を我々は見守らねばならない。（終）

〔附記。引用したシュペルヴィエルの作品で堀口大學先生の御名譯があるものはなるべく使わせていたゞいた。又この詩人の存在をお教え下さり、種々暗示を與えて下さつた、フランス現代詩に特に御造詣深き北川冬彦先生に感謝を捧げる。〕

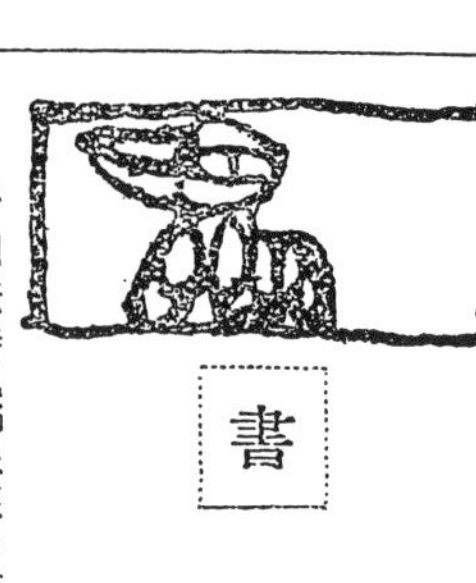

書評

野間宏詩集「星座の痛」

北川冬彦

野間宏は、どう云う積りでこの詩集を出したのだろう、通讀して眞つ先に浮んだのはこの感想である。野間宏は、アプレゲール派有爲の小説家であり、理論家である。私は、野間宏が、いつであつたか「群像」に、現代日本の詩人を論じているのを瞥見したが、その論調は苛烈を極めたものであつた。その野間宏の詩集である。私は初めの方から讀みすゝめて行きながら、これは高等學校の學生の手すさびではないかと思わざるを得なかつた。高校学校の校友会誌には、よくこの手の、古い象徴詩が載つているものだ。甘くて、お上品ぶつて、キザで觀念的で、歯の浮くような飜譯調の詩である。開卷の詩「雲雀」の出は

　雪の歎く廣く暖い純白の觀びが、
　優しく狂ひなく吾が胸を超え

であり、終行は左の通りである。

　ひと時の沈默の雲雀の歔欷（すゝりなき）、この鳥の涙
　來て皎銀（しろがね）とらへよ—

こんな調子なのだ。呆れるだろう。もう少し他の詩から引用して見よう。

　ひときわ暗く吾が心のうちのもの掠ひ盡し行け、
　既は吾が戀はその辺りに涼し……。
　　　　　　　　　　　　（「火の縛め」）

　戀人よ　明るい暖爐に
　いつしよに　暖いコーヒーを飲もう。
　　　　　　　　　　　　（「北國」）

　君が涙のその頬を
　夕の空は月の如く昇せよ……
　　　　　　　　　　　　（「魂の天体」）

　化粧の爲ならぬ恐しい鏡蓋開けろ、
　神の身傷めた戰火に映し……。
　　　　　　　　　　　　（「眼染」）

　わたしはわたしの青い眼に、
　お前の重みをはかつてみろ、目覚の肌。
　　　　　　　　　　　　（「空の眼」）

　哀しみは草吹く雨の銀の面に置いて
　如何にして去りがての君の姿をわれは渡さう。
　　　　　　　　　　　　（「別離」）

　夢甘く確かな同目め來れば、
　既に新な悩みの吾が肢の彈み招くよ、駈け拔けん駈け拔けん。
　罪あつて汚れのない色彩（いろどり）に
　美しい日暮の光何處にか滅せて行く
　　　　　　　　　　　　（「星座の痛み」）

しどろ〴〵と、しづみかへる波の音、
おだやかに太古の時を刻み、

新たな乙女の香りの春の朝にほのかにとばり燃える空のなか、

（「氷花」）


鉄の体が綱の上に身悶え、あらゆるものを「時」の下敷きに生かし殺して行く、歴史の聲。

（「歴史の蜘蛛」）

一時の輝く、懲の座の形する苦しみをやすらはせ、
光り放つ何といふ思想（おもい）■へ行く襞々か。
（「火刑」）

あらゆる數とあらゆる圖形との泡立つ、廻る無限の日の輪、すみきつた歴史の笑ひ、海は音もなく底から空を揺り落す。

（「海の笑ひ」）

深く暗く光りに重い海の底を裏がへす、
都会の揺れる黒い頭蓋は、海の限の外に廻るきらめく乱道を沈め入れて………
（「頭蓋」）

もうい丶加減にしよう。私は、寫していて胸の辺がむずむずする。てれくさくて仕方がない。野間宏は、どう云う積りでこの詩集を出したのだろう。この詩精神とこの表現修辞は、明治末期のそれである。現代日本の詩人が遠く置き去りにしてきた古蹟である、巻末は、「戰傷」なる連作短歌が收録してあるが、このことは、この詩集が古蹟であることの証據として水際立つている。僅かに、讀み得られたのは「マニラにて」「無題」の二篇にしか過ぎなかつた。こ丶は、いさ丶か現代詩的發想がうかゞえたからである。

野間宏は、どう云う積りでこの詩集を出したのだろう。どう云う積なのだろうり。

（河出書房　一二〇円）

三好豊一郎詩集『囚人』について

安藤一郎

第一回詩學賞を受けた三好豊一郎の詩集『囚人』が遂に上梓されたことは、我々として大きな欣びとするところである——これは、いろいろな意味で、批評の對象となる興味深い要素を含んでゐる。

三好の作品が彼より前のジエネレイションの支持を受けてゐるといふ事實——私自身も彼に一票を投じた一人だが——は、彼が夙くから日本近代詩を廣く讀んで、過去の中から多くのものを攝り、それを消化し盡してゐることによるのである。三好の出現は、戰後の突然変異から來たものでなく、むしろ戰前の相當長い期間に下地が出來てゐたと見ることが出來る。この詩集でも、初期の「天の氷」から「青い酒場」まで、歴然と萩原朔太郎の反映を曳いてゐる。たぶん、彼は、もつと他の様々な影響を採入れて、自分の衣裳としてゐることであらう——勿論、さういふことは彼が優れた才能の持主であるといふ證據で、その意味で、三好は、同世代のみならず、前の時代の人々からも、一應理解と好意を受けるのである。

事實、三好は、彼のジエナレイシヨンの詩人中で、際立つて技巧がうまい——所謂アー

テイザンでなくとも、一種のテクニシアンである。「囚人」「青い酒場」或ひは「卷貝の夢」などは、戰後の詩壇で（いや、戰前に溯つたとしても）精神と技法の一致した完成を示すものである。確かに、彼は、一つの完成に達してゐる――今日に於いて、これは珍らしい例であらう。

私の左の肺の尖端には虫の喰つた穴がある
靜かに寢て眼をとぢると、その穴から、
冬には木枯の遠くをわたる聲にまじつて、
青い酒場のリキュール・グラスをすする音がする。
ギタアを持つたやせて小さな男がひとり、
夜更けの壁に背を向けて――
話をしようにも誰も居りやしない
風と共に這入つてくるのは、凍えつきさうな悔恨ばかり
男は啞れたギタアの弦をはじいてみたり、
不安げに一寸頭をかしげ、グラスの中の、
痛みほゝけた自分の顔をのぞくのにも厭ると
いそいそと卓子の上を拭いてゐた。
床に落ちた男の影の中には、いつの間にか、
一匹の犬が住みついてゐる
男のもてあました絶望を喰つて太つてゆく
度し難い奴だ。

私の胸の虫の喰つた穴からは
そいつの苦しげな咳の音がする。だが晝間
私はきちんとチョッキをつけ、上衣を着て
街を歩く。
樂天主義者然と。
夜な夜な私はそいつに会ふ、青い酒場で。
私相應そいつも老けた。だが未だに死なない。
そして時々、ずるさうににやりと笑ふ。

――「青い酒場」

これは、これでいい――併し、三好のスタイルは、豫期したほど新しくはない。彼の用ひる詩語は、その細密な構成に拘はらず、どつちかといふと、傳統的な臭ひがしてゐる。時に、「magioFlute」のやうな藝當もやるのだが、それもどこか力弱い感じがするのは、私だけの偏見であらうか？

三好がスタイルにも周到な計量をしてゐることは、明かに看取出來よう――然しながらどこか空轉した滑りに落ちこみ、觀念的な漢語の積木細工に傾いてゐることは、『囚人』以後の二、三の作品にもあらはれてゐる。彼の靜止的な調和は、一應ここで結末がついたとしても、次に或る危險性が胚胎してゐないとは決して言へないのである。

それと同時に、この『囚人』一卷に取扱はれた苦々しい自意識――三好自身はそれを「悲迫觀念」と言つてゐるが――の世界を、今後人間性の追求にどう展開させるか、といふことが大きな興味である。それは、三好豊一郎だけに限らず、我々自身の問題でもあるのだ。

全部を通讀すると、いささか生硬で、息苦しい嫌ひはあるが、とにかく、『囚人』は、戰後詩壇の大きな收獲たるを失はない。これは我々の中に、一本深く楔を打ちこんだものとして、記憶されるべきであらう。

（岩谷書店定價一六〇円）

深尾須磨子著

「君　死にたまふことなかれ」

北川冬彦

「さんらんたる東邦のサッフォ與謝野晶子」
「すべては千載不出世の才と叡智と努力と達見の馥郁なる所産」
「晶子の存在は無比無類というべく、太陽を三つ重ねたその各の(晶子)と共に、彼女の功績は永劫不滅」
「その生涯を人類の庇護にさゝげた点において、正に偉大な人類の母であつた」

このような最大級の讃辞を以つて、與謝野晶子の人と藝術をうたつた本である。日露戦争当時、「旅順の城はほろぶとも、ほろびずとても何事ぞ」と、反戦歌「君　死にたまふことなかれ」を人類愛の極致から、彼女はうたわずにはいられなかつたのだと説いてある。「六十數年にわたる彼女の生涯は、まことに平衡のとれた知情意の表われであつた。と共に彼女こそは、今日のいわゆる民主主義や自由主義を、身を以つて生きぬいた女性であり、自由の眞髄が何であるかを、身を以て示したのもまた晶子その人である」「庶民の子であり、人類の娘であつた彼女は、生れながらに庶民の心を心とし、庶民のあり方をあり方とし、生涯實生活を以てそれに終始したのである。聲を大にしてプロレタリアを叫ぶ以上に彼女はその生活を實踐し、事毎にその敵と戰いさえもしたのである。(彼女の評論その他に表われた思想を見よ)と共に、彼女は常に厳しい反省によつて、プロレタリアの正しいあり方を示し、セクトの外にあつてその潜在力となり、推進力となつたのだ」とも説いてある。

與謝野晶子と云えば、「みだれ髪」一巻の情熱の歌人として世間一般には印象されているが、そしてそれはそれとして素晴しいものではあるが、與謝野晶子を知るには、詩や評論を見なければならない。殊に詩について見なければならない。「フランスク、今は亡きノアイユ夫人も、卓れた女詩人ではあるけれど、官能的な彼女の詩の多くが、自分のことに限られているのに比べて、晶子の詩は、その素材の如何を問わず、期せずして世界に觸れ、天空に觸れ、人類に觸れている。全く彼女の視野は無限大である。」とも説いてある。全巻、深尾須磨子の華麗な才筆によつて與謝野晶子に体當りした情熱の散文詩と云つていゝ、「人生の終り方に獨り目覚めて、私は晶子を見つめ、晶子を懐い、彼女の眞實に近づこうとする。私をめぐる、この巨大な苦悩の堆積ゆえにのみ、まずしき私の余生をさゝげようとする」と云つているが、これほどの對象を見出している深尾須磨子の幸福を私は思わずにはいられない。私には、これほど打ち込める藝術と人とを未だに見出し得ていないから。私は正直のところ晶子の仕事としては、源氏物語の現代語譯しか知らない。(この仕事はすばらしい。谷崎潤一郎のごときも遠く及ばない)晶子の詩や評論は、この本の中に幾多引用されてはいるが、更めて私は全集を讀んで見たいと思わせられた。「詩歌の國日本を象徴する與謝野晶子」と深尾須磨子は云うが、遅ればせながら、検べて見たいと思うのである。巻末に、晶子と同郷の安西冬衛が出てくるのは、晶子並にこの本へ近親感を抱かせるのに、少からざる効果があつた。

(改造社　一八五円)

第四回「長篇敍事詩研究會」報告

長篇敍事詩は今日や明日なんの苦もなく出來上るような手軽なものではない。このことは北川氏からもたびたび云われてきたことである。確かにそれは、われわれの眼の黒いうちに一應でも完成させ得たなら、すこぶる倖せだと思わなければならない。今日書かれなければならない敍事詩というものの意義に、われわれが眼覚めを持てば持つ程、重要な數々の課題に逢着することをさとるのである。内容的な意味から云うならば、敍事詩ほど正確な時代認識を要請されるものはないし、ひとたびこの領域に足を踏み入れた者は、從來の作詩觀念に根本的な内部の再組識を强いられてくるのである。われわれはいま丁度この時期に置かれていると考えていい。一方、形式上の問題も會合を重ねる都度あたらしい意味がつけ加えられてきたが、それも今後のひたむきな作品活動によつて具体化されることと思う。内容についても形式についても種々心を砕く實験が繰り返されるのであるが、深い決意なくしては一行の敍事詩の創造も期することが出來ないのである。

われわれは先ず敗戦という歴史的事實を直視し、未だ癒えることのないその傷口を言葉で洗うことから始めようとしているのである。このことからも、われわれの敍事詩えの意志が單なる文学運動でない意味にも根差している事情があるわけである。歴史家の不用意な見落しや未分明のままでやり過ごしているような事柄を、或はまた故意に隠蔽して葬ろうとする事實をとりあげて、その在るがままを率直に傳え、正當な社会化を圖り、近代思想に参與する文学史即人間史の在り樣を明らかにしていかなければならない重大使命をも併せ持つのである。少しばかり大仰な云い方をしたようだが、われわれいまから心がけようとしていることは、未だ定着しきれないこの敗戦の歴史的現實の種々相を、五十年百年の時間の篩にかけぬ前に、詩的直観と詩的明識とをもつて形象化し作品化しておかなければならないの考えているのである。

われわれの長篇敍事詩運動を、人間解放の使命と知る由もなく、依然エコオルとしか考え得ない僻見、或は敍事詩の復活ということだけの皮相な面を見てアナクロニズムと嘲ける者があるが、まことに憐れむべき心の貧しさである。恐らくこれは舊態依然の抒情詩観からは理解することができないであろうし、その四疊半片隅的ネチネチ詩人の殻を破らない限り、敍事詩のレエゾン。デエトルもないのである。

長篇敍事詩は、しかしただひとりの力で完成されてもいいわけであるし、それは充分に實證に値することであるが、ひとりの才能や力量はやはり自らな限界がある。大江滿雄氏なども力説するように、敍事詩は集團の明識に基づく共同的な展開と結集の力を發揚する作業の場であるとするとき、それを組識化することによつて優れていい仕事が始まると云える。自分だけの成功を夢みる者には、このような方法をもつ敍事詩の道は拓かない。非常な熱意と期待をかければこそ、北川氏もこれには五十年の歳月を縮さなければなるまいと云うのである。一個の明断ももとより輝やいていい。がしかし、われが長い呼吸を持して、これに對決する理由は、一個の明断よりも、もつと輝やかねばならない集團の明断（智慧と云つてもいい）を信じることによつてそこに開花する敍事詩を予見するからにほかならないのである。

優れた一個の明断、それは同時に一個のすぐれた僻見を採ることにもなる。飛躍しすぎるかもしれないがそのあやまちをわれわれはフッシズム獨裁による敗戦という事實的証明によつて充分思い知らされているのだと考えてもいいであろう。

長篇敍事詩運動の推進体としてのこの研究会は、一思想、一政治理論の下に構成されたものではない。これは組識ではあるけれども人間の凡ゆる矛盾憧憬を同時的に胎みつつ、それに實証性を與え、また凡ゆる文學上の諸傾向をも内包して押流す幅ひろい性格をもつものである。その方法には個々別々の異論もあるが、それは分裂でなくて、よりよい綜合のための紐帯となつているのである。これもこの研究會のみみつちくない持徴のひとつとして擧げていい。その意見のひとつひとつが敍事詩形成のために秩序となつて參劃するのである。前回で「オデッセイ」と「イリアッド」を研究深題に選んだことは非常によいことであつた。

研究會の報告は、これで私は二度目であるが最初から較べると、ちよつと難問題だと思われたことや、あいまいだつたことが相當整理され鬪明になつたと思う。敍事詩に對する目的意識もいまはつきりとしている。

今度は「ヒロシマ」（ジョン・ハーシー）と「サロン」所載の「軍艦大和」（吉田滿）が課題だつたが、このふたつは、われわれには貴重な素材である。いろいろ批判をもつたその結果、兩者ともに敍事詩的な素材としては充分なものを含んでいるのであるが、やはりわれわれの考えている敍事詩そのものではないという不滿が殘つた。「ヒロシマ」の場合はハーンの新聞記者的特ダネ意識が感じられて作品を薄手にしている。手法としてはシナリオ的な新しさがあるが、成功したものとは云えないのである。また「軍艦大和」は所謂「天号作戰」と誇稱された、さながら日本敗戰の象徴ででもある絕望攻擊に運命の首途をし、その數奇な運命から奇蹟的な生還をした一海軍少尉の手記なのであるが、貴重な生き殘りであることと、剡明な目擊者であることえの高熱な自負に冒されているために、この素材が殆んど感情的なもので覆われてしまつたのである。ここに敍事詩的な意味に於ける大きな缺陷が指敵されたのである。しかしながら、比較的簡潔な文章法をもつた手法（たとえば、名詞止めや体言止めなどが隨所に現われている）は作家以前の人の手になる作品としては、描寫力もあり一應讀者を引きずるものはもつているのである。

敍事詩はつまり新聞記者的特ダネ意識でも書けないし、自己本位の主情性でも書けないということが、アランの敍事詩論から演繹されたわけであつた。敍事詩は常に公正さと冷靜さとを一貫して保ち、豊かな考証とシタシオンの裏づけに支持されつつ、主情を排除して、歴史的な感動でこれに替えることが要求されるのである。なおその上に人間解放の使命感を擔うものとして、この敍事詩運動が近代思想史の一頁に書き記される重要なエレメントを形成しなければならないのである。人間解放という考えはこの國の民衆の原理的意識として始めて萌芽をもつこととなのである。

十九世紀は小說が主座を占めた時代であつたが、二十世紀は映畫がこれに替つた（北川氏）という言葉も定說として一應考慮すべき意味をもつている。その綜合藝術としての主座を占めていることは、全く否定の余地がない。ところで、二十世紀に於ける小說は、それが優れたものであればある程映画的な手法―云い換えればシナリオ的手法―がとり入れられているが、映画技術の長遠な進歩と普辺性をもつたアメリカでは、文學に於ても著るしいのである。ハーシーの「ヒロシマ」はルポルタージュ小說であるが、シナリオ手法の驅使によつて、原爆被害の六つの挿話を構成しているのである。北川氏に依れば、アメリカのドス・パソス・ヘミングウェイ等の力量ある作家がシナリオ手法によつていいものを書いているそうであるが、レマルクやサン・テクジュペリなども私は同樣に考えていいと思う。

われわれを悲境に陷した今次大戰の發生の動機から終末までのことを、ことに日本の立場で大東亞戰爭と呼んだ敗戰史を敍事詩ジメチエとして選んだ事情については、前述の事柄充分な理解を得たとこ思うが、いざこれを成し遂げようとする者にとつては、甚だ言語に絕する難事である。が、しかしわれわれは、非常な元氣と意氣込とを以て、この長篇敍事詩形成の第一歩を進めたのである。（牧　章造）

出席者氏名（順不同）

北川冬彦　祝算之介　大江滿雄　影山正治
鷄澤覚　木原啓允　伊藤桂一　牧章造
川路明　渡辺琴　鶴岡冬一　安彦敦雄
木暮克彦　笠利虎義　桑原雅子

タンポポのポロネーズ （2）

F・A

深尾須磨子は「與謝野晶子」の資料蒐集のため、堺市甲斐町大道の晶子生家舊「駿河屋」の跡を訪づれた。そら豆の花咲く燒跡の廢墟に佇んで、「海戀し潮の遠鳴かぞへてはをとめとなりし父母の家」と、若き日の詩人が歌集「戀ごろも」で歌つた當年の俤をそぞろに偲ぶ老ブルーストッキングの西洋獨活色のトップコート姿に道ゆく町の人人は足を停めて奇異の眼をそばだてた。　（五月二日）

「現代詩朗讀の會」では五月二日夜、松竹座の会議室で、西下中の深尾須磨子を迎へて懇親會を催した。藤村青一が、この往年のフランス留學生に因んでマロン・グラッセを贈り、小野十三郎は求められて晶子の歌を朗詠した。dryでこんなことをやらされたのは事異例に屬すると彼は苦笑した。

五月二日、横浜市で開催された日本ホッケー協会主催の第二回全國都市對抗ホッケー大会に出場した大阪代表に安西ジュニアーがH•Bで参加した。彼は近藤東から最近贈與された明大軍上海歴戰紀念のステイックで戰つたが、八對〇で東京代表に敗れた。

五月十四日午後一時、朝日ビル八階のセントラル大阪支社で英文毎日主催の「シエラマドレの宝」の試寫會があり、引續いて毎日本社で開かれた座談会に小野十三郎、杉山平一、安西冬衛の詩人達が出席した。席上、女の全然出ていないこの映画の性格と主演ハンフリー・ボガードの態度について論じられたが、安西は、彼女にエスコートされないボガードは凡そ興味を失するといふ意見を開陳した。

当日は荒天で、小野は途中　淀屋橋地下鐵口で雨風のためにコーモリ傘を台無しにしてしまひ、安西はレンコート代りに老ひたる駱駝いろのベルベットのジャンバーで現はれたが、古式すこぶる慘澹たる奴で、タムピコの町をうろつくボガードも三舎を避ける体の代物だつたのは、セミ・ドキュメンタリイ的だつた。　（このジャンバー彼の大連時代からのものの由。）

ひとり杉山平一の中折帽のみは彼のカルカチュアの如く息災で、杉山平一の中折帽の如く杉山平一の中折帽に見えた。

二月二十六日「未來派」主催の詩の会で北川冬彦が試みた安西詩難解の講演に引例された「卵に毛あり、鷄は三足」といふレトリックの可能を實証する一資料が、五月十五日付の朝日新聞「豆デスク」欄に掲載された。「念入り」といふみだしの記事によれば、五月十四日高槻市の若林菜氏の宅で三本足の鷄が生れたとあり、解說には一万羽に一羽の確率だと報じてゐる。安西詩の理解系數のデータになるかも知れない。

編集後記

△こんど、詩壇第一線に活躍している丸山薫、竹中郁、大江満雄、岡崎清一郎の四君を同人として迎えた。これを機に、面目の一所を圖つた。本号は、同人作品特集号である。心よく作品を出して貰えて、この壯観である。しかし永瀬、壺田、瀧口(修造)の三君が欠けた。永瀬君は田植時で、瀧口君は病弱のため、壺田君は緊張し過ぎたと云つたような故障で文字通りの全同人作品特集とまでは行かなかつた。が、これだけ揃つたことは、近頃類例のないことであろう。

△近時、ユネスコの運動、國聯、世界聯邦政府世界市民なぞ世界の平和に對する想念、構想がクロオズ・アップして來たときに當つて世界平和について、詩家にアンケートを發したところ、見られる通りの熱烈な構想、批判が寄せられた。われわれの深く想いを致さればならぬところで、これも近來刮目の必讀文字であろう。なお、過日、「ポエジイ」(至上律改題)の第9集のため、「詩人と平和問題」なる座談会が開かれたが、このアンケートは、これに相呼應するものである。

△「現代詩」は、同人の書きたいものを書く協同の「場」であり、また新人にも誌面を開放してきたが、こんど、一般読者とも呼應する余裕が出來て來た。「ECHO」欄と「新世代」欄の設置がこれである。遠慮なく投稿ありたい。

△書評を旺んにして、讀者の参考に資す積りである。本号一は、先ず「カイヨリ始メヨ」と云う課で私が二つも書いた。同人諸君のすゝんでの協力をお願いしたい。扉も「カイヨリ」でいさゝか恐縮である。

△讀者との呼應の手立てとして、出來れば年四回位、「現代詩」主催の詩の講演會を開催したいと思う。就ては前号にも書いたが、東京近郊の一般讀者は住所氏名を知らせて戴きたい。會の通知をしたいと思うのである。

△詩と詩人の会。東京支部が結成された。毎月一回講師を招いて研究会を開くそうである詩と詩人社の会であるから、「現代詩」同人が應援することは云うまでもない。詩と詩人の会東京支部は東京都板橋區板橋町四ノ一一八八木蒸克彦方に設かれた。研究会出席希望者は右へ申込まれるといゝ。

――北川冬彦――

追記△新設の「新世代」欄について、創刊以來一般讀者の投稿も歓迎はしていたが、本欄へ組めるようなレベルで見ていたので、なかなか思うようなのが出ない。そこで、この欄を設けることにした訳である。詩作品は一篇や二篇ではその作者の實力は測り難い。續けての投稿があつて、いよいよこれならと作品並に人物について折紙がついてから、ちやんとした扱いをしようと考えなおしたのである。嘗て二度ほど紹介したことのある某投稿無名詩人が、過般その友人という青年を介して原稿科を請求に來た。同人にだつて出せないでいるのだと云つても、外部からの寄稿には並の稿科を拂うべきだと云うのだ。一度や二度本誌の本欄に作品が組まれたからと云つて、一人前の詩人氣取りでいるのだから、驚き呆れたことである。少しのぼせて氣がどうかしているのではないかと思つた。そうおだてたような結果となつたについては私に罪があるので、やはり、新世代は新世代らしく扱うのが本人の爲めでもあることを思い知つたのである。

△「新世代」投稿原稿は、原稿用紙に、楷書で清書して貰いたい。ノートの端切れに、ナグリ書きしているのが少くない。こんど掲載したのにもこれはあつたのである。

△早急のことゝて、差し當り、「新世代」欄は私が選出したが、同人の中で適当な人があれば代つて貰う積りでいる

（北川）

現代詩　第四巻　八・九合併号
定價　金六拾円　送料六円
直接購読会費　一ケ年五〇〇円
昭和廿四年七月廿五日印刷
昭和廿四年八月一日發行
編集者　北川冬彦
編集兼發行人　関矢與三郎　新潟縣北魚沼郡廣瀬村大字並柳
印刷人　佐藤利平　新潟縣古志郡宮内町
發行所　新潟縣北魚沼郡廣瀬村大字並柳乙一一九番地
詩と詩人社　淺井十三郎
日本出版協会員　番号　Ａ二九〇二九
振替番号　新潟五二七番
配給元　日本出版配給株式會社

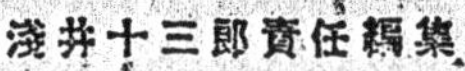

浅井十三郎責任編集

眞の戦後文學樹立のために!!

現代文學（隔月刊96頁）十月創刊

新人の新人による新人のための文藝誌

同人募集

同人費月額100円・希望者は即刻本社「現代文學」編集部宛連絡を乞う。

原稿募集

「現代文學」は同人制を堅持してゆきたく思いますので、同人外の投稿は原則として受付けませんが唯今十月創刊号のため原稿を募集しておりますので、同人申込と同時に送稿して下さい。種類は評論・小説・詩・文藝作品ならば何にても可（枚数制限なし）

――創刊號締切 9月15日――第2號締切 10月10日――

新潟縣並柳局区内 詩と詩人社

詩と詩人社の代理店として

謄寫印刷部が新設されました!!

日本版構協会会員根市賞受賞の孔版藝術界に於ける第一人者星襲一氏の經營される北光社では今回小社の文學運動の趣旨に共鳴され協力して頂くことになりましたが、会員諸兄の詩集、同人雑誌、支部会報その他の需要には特別の廉價で引受けて下さいますから是非御利用下さることをお薦め致します尚御希望の方は連絡して下さい。

詩と詩人の会
北光社

詩集

火刑台の眼

浅井十三郎著

戦後詩壇の混迷と沈滞の霧は終に本書の出現によつて破られた！人間生存の意志を自らに問い社会に問い更に神に問い再び人間に問いつゝ虚無の淺間を拂えながら獨り行く彼の詩精神に瞠目せよ！未見未読の方は即刻申込んで下さい。尚本詩集さし絵は星襲一氏の日本版樹点入選作によつて飾られております

本文三〇〇頁

菊変型上 ¥351
B6版上 ¥300
B6版並 ¥200

新潟縣並柳局区内
詩と詩人社

昭和二十四年七月廿五日印刷納本
昭和二十四年八月一日發行 現代詩
昭和二十三年五月八日第三種郵便物認可
（第三[illegible]集）
定價金六十圓

現代詩
THE CONTEMPORARY POETRY
昭和二十四年九月二十五日印刷納本　昭和二十四年十月一日発行（毎月一回一日発行）
昭和二十三年五月二十八日第三種郵便物認可
十月号
詩と詩人社

装幀　門屋一雄
挿畫　星襄一

A版特製　三五〇円
A版上製　三〇〇円
B版上製　二五〇円
B版並製　二〇〇円
頁　二七〇頁　〒二〇円

戦後詩壇の混迷と沈滞の濃霧は終に本書の出現によつて破られた！人間生存の意志を自らに問い社會に問い更に神に問い再び人間に問いつつ虚無の深間を堪えながら獨り行く彼の詩精神に瞠目せよ。かつて兼常清佐氏をして、「これがだんだん一般に理解され普及されそれが、日本の一詩形として確立されたら、それこそ大変な文學界の一大現象となる」と評せしめた「越後山脈」以後の最近作！好評絶讃の「第三審判律」（千行）「死の影の河」（四〇〇〇行）等を初め幾多の力篇を集録す。未見未讀の方は即刻申込んで下さい。尚本詩集さし画は星襄一氏の日本版画展入選作によつて飾られています。

發賣所　新潟縣北魚沼郡廣瀬村並柳乙一一九
詩と詩人社
振替新潟五二七

「現代詩」執筆同人

安西冬衛
安藤一郎
淺井十三郎
江口榛一
江間章子
大江満雄
岡崎清一郎
北川冬彦
北園克衛
笹澤美明
阪本越郎
杉浦伊作
杉山平一
竹中郁
瀧口修造
壺田花子
永瀬清子
丸山薫
村野四郎
山中散生
吉田一穂

現代詩　十月號

雑草原の洋燈

村野四郎

今春、氷川の高臺えひき移つてから初めての夏をむかえた。ここは舊土方伯爵邸の一隅で、すぐ眼のさきに明治天皇行幸記念碑が、のびほほけた梓や山ごぼうの中に埋れ、その頂きが熱い陽にさらされているのが見える。いちめんの恐ろしい雑草原だ。べつにこの妙な回想の石ばかりでなく、附近にあつた富豪たちの庭や門は、すべてこの思想のない雑草の下にうづもれはてている。ひとり縁にでて見わたしていると、サンドバアグが思考したあの思想のない雑草の思想が、息づまるばかりに額をうつてくるようだ。

ところが最近、この雑草の中から私の子供の植えた日向葵が一本いつか高く伸びあがつて、大輪の花をかかげはじめた。そして煙る眩暈の一日中、焦げる天からぶら下げられた大きな洋燈のように、ゆらりと灯つている。それは何かしらかつと見ひらいた雑草原の眼玉のようであり、私の家の新しい眼じるしでもある。この暗い天から黄金の洋燈。

現代詩十月號目次

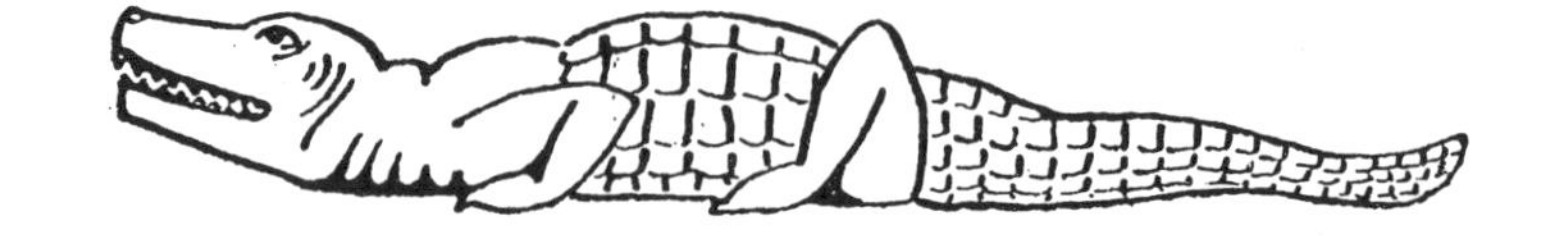

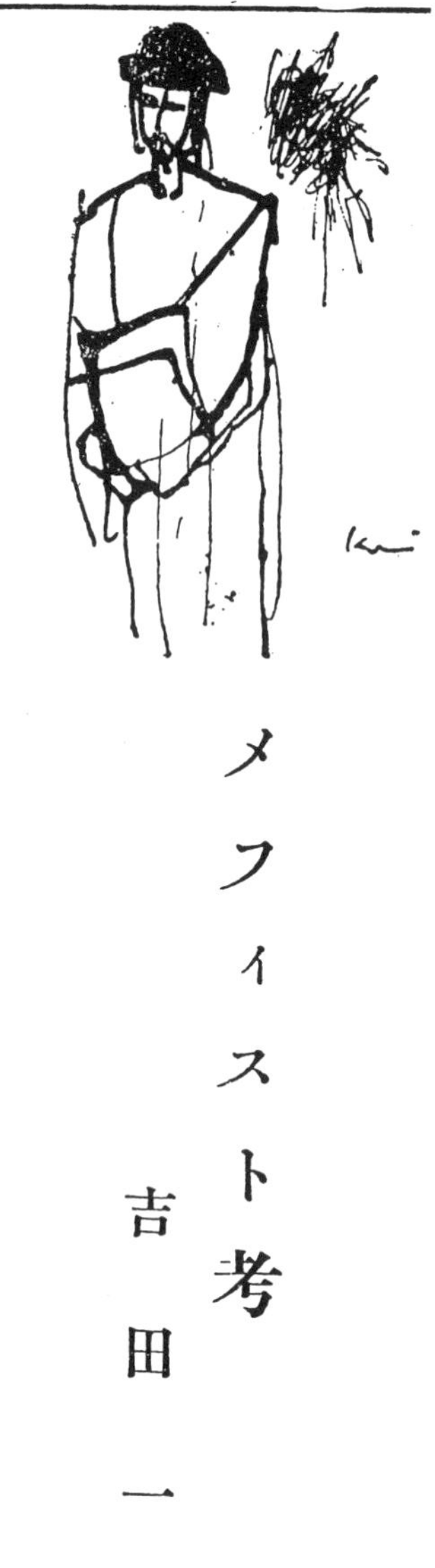

メフィスト考

吉田一穂

★

「藝術」とは「魔」のことだ。
その方法とは一つのシャルムを作ることだ。
神とは魔によつて追求されたものだ。
一つの魔を創り出すこと。
それが詩といわれたシャルマンだ。
ドストエイフスキイの地下室的人物——
必づいづれの作にも冷薄な副人物としてある奴。
スタブローキン、スメレヂアコーフ…
魔とは自己のなかにあるものだ。

★

正義が悪に克つ小説の低俗調の由因。

徳川期の勸善徵惡小説、現代風俗小説とロマン●ローランやソヴィエット宣傳小説と同じ甘さ！

原子爆彈はそれを否定する精神を粉砕できない。

★「我」は彼との對立として表現的主客性述体である限り、それは單なる孤立的「私」ではない。「我」れは「彼」れに於ける角度である。故に表現的には作品による客体化であり、「我」れの「私」からの分離である。つまり記述体としては、必ずしも間接的に、對象的に、彼我の意識別をして書いてゐるのではない。

★「我」れは究極に於て、我れが我れを否定出來ない。その純粋意識のイペリボオルに發言する我れは、生体の原である。「私」は作品上、一つの表象として客体化されなければならない。

★言葉を自己の始源に還元すること。
自己が感ずる表象記號の素材元として殆ど感覺卽言葉の關係に於て、認識形成の表現体系を成す。

★眞の認識は具者(Voyant)として、これを形象するとき、百万の反証も、その可能性の「實存」を駁することはできない。歌手的なものに詩人たる慣性史は具者たることに於て、次元の改更を要求すべきである。

★現實に毒針(エギヨン)をたてる詩人――つまり自己と調和しないこの俗物世間の現實生活から、作品としての自己の內部の世界をつくり出す。言葉は――この現實の函數符號は、詩人としての表現媒体たる感覺と、つねに、つねに、一致しない。それは外の世界の通貨性をもつ言語体系であるから、詩人の創造する世界を形成してゆく道具とはなり得ない。詩人の感覺は詩人の言葉である。こゝにそれ獨自の世界が形成される。前体系的觀念通貨の符號では間に合わない。あくまで獨自の生き方で自己の体系に形成してゆく純粋な詩人の符號の內面世界がある。この救われない詩人の良からはひあがつて、多少ジャーナリスムで名を得ると忽ちこの詩人は自己の言語の平價切り下げをやつて或は世間的通貨と脱換して有名詩人となり、我等の世界と絶緣する。しかしもはやかゝるものは毒を失つた蜂で、それは蜂の頭でも況や詩人などと僭稱すべきものではない。たゞの三文買文の徒である。

★ MUSE——music. musk. must. mutation. mute. muting. mutual. myrrh. mystery. myth. medical. Mecca. medium. Medusa. meditation. melancolia. melody. mental. meteorite. method. metric, metallurgy. metaphor. metaphysics. metempsgchosis. magnet. maelstrom.……………………MAGIC.

★ 福士音数律論の所謂切点原則は、音の數そのものの獨立な物理原則ではなくて、＜意識に作用する美的現象＞の受け身を逆にアクティッに考へて音數律を樹てやうとした心理律である。その限り、心理の個人的差違としての＜意識＞では書くものと讀むものとの各自勝手によつてベンケイ|ガナギナタが生じる。要するに音數律論として根據薄弱である。

★ 假名で書けきれないやうな童話は童話ではない。

★ 日本音律は、音の數で律たるか？　一定の時（氣息）限による母音或は子音の任意の長短に律たるか？　意味切れで讀むか、氣息心理律によるか、音綴りの數の拍節によるか。音——韵。律——拍子。韻律——

★ 近代詩の分離法。

一、音律問題

音數律の物理的根據の薄弱性。

切点論の心理的裏づけとしては各自の意識の相違によつて、讀むもの、書くもの、各自勝手たるところに弱点あり。子音が速度の單位性なく、その語尾を適宜に伸縮する母韵の補けをうけて、つねに音數の單位を不正確にする。五十音ことごとく韻。

時限律（メジュア）

一定のメロデイの長さの區畫内で、音數單位の多少を任意に調節する時律。

二、國語の性格

高低（メロデイー）あつても强弱（アクサン）のないこと。（アクサンはリトムを明確にする）

入聲（仄）文法（論理的構造なく慣用的）、感性語、季語

★　構造の條件

1、時格（一篇の詩には必づ過去、現在、未來をふくむ時間が「音樂」の如くその詩の成立を保たしめてゐるべきこと。）

場所　（その詩は新しい空間を創造じてゐるべきこと）

前二者は詩人の「意志」の方向軸に、絶對時間、空間を成すものでなければならない。

純粹空間

2、弁証法的構成

正・反・合・矛盾律

比率

トリアングル　力學的

詩人の「意志」の方向とは、感性的傾向としての內部磁針を指し、それによつて時空を統一するところのもの。

3、詩は思想をもつゆえの「世界觀」を投影するものたること。

4、ピアノも彈けないものに音樂は作れない。その樂器を完全に支配する力がなくてはならない。詩も大なる抵抗

がなくてはならない。テクニックとしての表現力。言葉という抵抗を通して己れの言葉たらしめること。

★具者としての詩。
言葉は詩人の感覚符號たらねばならない。詩人の初原に還元された言葉で新しい觀念像を造形してゆくこと。詩は歌ふことではない。世界を造形してゆくことだ。來者でなければならない。

★近代詩・自由詩などといふ日本にだけ意味する名稱の廢棄と、その價値基準の改更。「新しいもの」を「オリヂナリティ」に轉換すること。

★詩は素人に書けないものたること。嚴しい條件をくぐることによつて詩たり得る諸法則を作り、その價値を高次元にあげること。

★藝術は作られるものであるが、逆に作者に向つて、つねに完璧を要求するものである。

★母の尊嚴性を失くしたハムレット的子等はその道德の源泉を濁された世に最も不幸な人間である。これは救はれない。マリアは單なる宗敎的象徴にとゞまらず、道德の第一源泉を示すものである。

★明治帝のドクトリンの一つたる＜義務敎育＞の觀念体系は全く廢棄すべき思念である。敎育は義務などといふ法治主義に規定さるべきではない。

★わが國では外國の詩はいまだにわかつていない。日本に詩が出來ない。新しく出發をしなをさなければならないつまり、思想、世界といふものが、どうしても理解されていないのだ。日本の詩歌概念には全く別な範疇なのだ。

★基督敎徒には基督の詩人たることも、美しい生命源たることもわからない。牧師たちの說敎するキリストは宗神にすぎない。
パスカルすらも駄目だ。

（その2）

一鱗翅類蒐集家の手記（四）

安西冬衛

アルマデン水銀鑛山監督官ゴンザレス閣下は、なぜみづおちに黑子(ほくろ)を七つつけていられるのでせう。

ゼリイ型から出てくるゼリイのように、泉の底でタランチユラをおどつてゐるいつしんふらんの砂の山。

ラテン・アメリカでは月見草のことを「グラダナの龕燈」といふそうだ。
月世界旅行者への必携書として私はヴオルテールをお奬めいたします。

ホツトドツグと章魚。

Jippo（ライター）だの Tangee（口紅棒）だの ダイナミツクな名稱に具象された

アメリカ商品の高次のプラグマチズム。

極端に短かい杭に極端に短い綱でつながれてゐるロバの鼻。杭が極端に短く網が極端に短いせいで、まるで地球が、ロバの鼻の頭にくくりつけてあるやうに見える。

大脳から發射された思考が、まくりあげたワイシヤツの腕を傳つて下りてくる。袖口のタツクのところで鳥渡足踏みを試み、それから指先まできてあるバランスの狀態をとる。持つてゐる六角型の鉛筆に思考がのりうつつて自動書記を開始するのはそれからである。

この時ヒヨイと見たら鉛筆の軸に、WIRE—LESS No 500といふ商標が金文字で入つてゐるのに氣がついた。

非情な沙漠や不毛な原野こそは巨大な物質や非常な精神のソースである。

原子タービンの出現にはロスアラモス沙漠の協力が必要であつたろうし、あの聖書の盛麗な修辞は氣の滅入るやうな近東の荒野の助言なくしては誕れはしなかつただろう。

精神と物質の極度の乖離(かいり)。實は必至の合一。

私はアメリカの雜誌で、バツカアド自動車會社の極彩色の廣告を見た。遠景にマゼンダ色の光つた岩山。中景は樹狀サボテンのニヨキニヨキ生へた沙漠性原野。近景は近代様式のガス・ステーションで LAST CHANCE for GAS といふ招牌がかかつてゐ、今ガソリンの補給を終り潤滑油の充實をすませたシューパー・エイト百四十五馬力の新車が優美なクラクソンをのこして未知の茫漠たる精神領域へ進発する風俗である。

かういふモチーフのアメリカの商業美術の傾向を一つの証（あかし）として冒頭の所説を証してはいけないだらうか。

SALIENT

この言葉を私が初めて識つたのは第一次大戦で死の廢墟と化した Nonnebekeの風景についてであつた。

荒涼たるノーマンランド。燃えのこつた蠟燭のやうな白堊の凸角堡。連鎖反應でそれは私にsilentといふ文字を想起させた。卓出せるものがまぬがれることなく圍繞される死の寂寞（サイレント）。

物

北川冬彦

或る日、私は京橋にあるK社にO氏を尋ねようとした。O氏はEさんの夫君であるのでE氏への私の詩集「花電車」をことづける積りなのだつた。ところが、普段何氣ないときにはフイフイと浮んでいるのに、この日、いくら記憶の底を探つてもO氏の名前が出て來ないのである。O氏はK社の人だ、K社の人だと思つて見ても出ない。O氏はEさんの御主人だ、御主人だと考へてもやはり駄目なのである。O氏の風貌を頭に描いて見たが風貌ははつきり浮び出ても名前は出て來ない。私はふと書架にあるK誌を手にとつてペラペラとめくり、編集後記の頁を眺めた。するとどうだろう、これほど頑固に出現を拒んでいたO氏の名前が突然として浮び上つたのである。その浮び上り方は、記憶から甦つたと云うよりも、O氏がその名をひつさげて、誌面から、突如私の眼前に躍り出たと云つた感じである。そこには、O氏の名は、頭文字一字たりとも署名されてはいなかつたのに、まことに奇怪千万不可思議極まることである。――「物はまさしく精神の所有者だ、生き物だ」そのとき、私のつかんだ観念で、これはある。

註

この物の不可思議な生態を、静岡市役所の附近のそば屋で私が山中散生君に語ると、「それはシュウルレアリスムのメカニスムだ」と山中散生君は確言するのであつた。

冬

瀧口武士

ごらん
あの海の水平線に近く
一ふりの劔が投げすてられてゐる
伊都の尾羽張の劔が――

秋

赤とんぼが群れて
夕日を追つてゐる
秋深い稲田の上を
山からはひよつてくる夜を恐るるように
太陽をなつかしむように
西へ西へと
幾十も幾百も群れてとんでゐる

「腕」について

岩本修蔵

歩いていながら
沈んで行くのだ
はしごの中の街の色が不安なのだ

ロ走る早さにのつた
夜明けの夢だ
逃げてまた引つかえしてくる荒廢の地だ

顔だけ見えていて名をわすれた
友だちをさがすのだ

聲が音もたてず、そのまま彫刻になるのだ
恐怖を追いまわして坂をのぼれば
そいつは、はね返りのしかかつてくるのだ
そこでしばらく　ぽつんと坐り
弱々しくうなだれ
ちよつと涙をながし
とてつもない逆手をかんがえるのだ

二つの問題

詩壇時評を書くことは、いつもたんれんに詩の雜誌の隅隅まで眼を通していない私には一應適當でないように見える、私は私なりに讀んで考えさせられた二篇の詩について書きたいと思う。

少々古いことながら、世界評論社からでている「婦人」五月号にこのような詩が掲載された。

巴

山之口貘

ミミコのおともは
つらいよと云ふと
んぢやかうやつてと
鼻をつまんでみせるのだ
そこでぼくは鼻をつまんだが
うそだいとうちやん
ミミコのうんこ
くさいんぢやないよと
眞顔になつた
そこでぼくのはなごゑが
ありのまんまを正直に
ミミコんだつてくさいんだと云ふと
ふくれるふりして
ミミコが云つた
かあちやんなんかいつだつて
おおいゝにほひ
いゝにほひつて
云つてるのにんだのに、と

これを讀んだ私は深い考えのなかにつきおとされた。詩は究極のものであり、絶對なものである。この詩のなかにふくまれたミミコの母の愛情は果して、なんと批判さるべきものであろう。

汚物はミミコのものでも、他人のものでも古今東西を問わず汚いものであることにちがいない。もちろん、それをやんわりと肯定はしているが、母性愛などという美名の下にそんな間違つた感覺をうたつてとくとくしている詩人の甘さが、私にものを考えさせる。

大切なことは、汚いものは汚いということで、―それは殆ど怒りに近いほどにはげしく―それこそ時代や社會を超越して永久不變の信頼できる詩人の感覺であるべきだし、詩の純粋さが文化というものとふれあうのもこの線である。その点からいえば、これは一見いかにも野蠻な、詩人の恥辱的な詩であると思う。そして、問題はこのような低級な卑俗な詩がまことしやかに堂々と綜合雜誌に掲ることである。これは編集者の恥であろうか、詩人の恥であろうか。

もう一つ、改造五月号の岩本修藏「抑留風物詩抄」について考えさせられた。

チタの女

明けても暮れても埃のような雪が空を
とざして
冷えきつた金屬性のにおいがする
川沿いのこわれた家が建ち並んだ街す
じを

よごれたけもののような女が歩いて行
く
もの言わず、長いまつげに眞球の玉を
ちりばめながら

灰いろの空模様に似たプラトオクの奥
に
いつぱい隠されているかなしみよ
ルパシカの襟さめて
きのうを想わず明日を知らず
それでもはちきれそうな乳房を抱いて
しずかに歩く女たち　（以下略）

これを読みながら、正直なところ、キラキラした宝石のような風景画を見せられた印象をうけた。チタの女他二篇のこれに似かよつた詩を讀んでいて、茫漠として、とりとめのない印象をうけたのも確かである。

これは詩人の「ソヴイエト抑留風物詩抄」一である。讀む者はそれが抑留風物詩抄と名うつているだけに、そのなかから何ものかを見ようと鋭くなるのも確かであろう。思考と眼と感覚で追いかけて、茫漠たるなかにとり殘されてしまうだけだ。強いていえば、赤化しない詩ともいうものだろうか、それかといつて、激しい抑留地への怨みも見られない。實に、なんでもなくうたつている。これが私にものを考えさせた。

民衆のひとりならともかく、藝術家と名ずけられた人間にとつては、ソヴイエト抑留は決して、なんでもないことではないと思う、あたりまえの旅行でもなかつた筈だ。私はそこに思想を求めるのではない、思想とちがう詩人の感覚が、強く怒るか苦しむかした筈だと思うが、そう期待するのは誤つているだろうか。近代詩にたてこもるひとの水晶のような頭腦と心臓をば、戰爭も、敗戰もひとつの幻影として通り過ぎていつたのだろうか。

こんなやるせない二つの不滿をもつていた私の流飲をさげてくれるものに、偶然出あつた。それは詩でないことは殘念だが、しかしそのようなものに出あつたというのは喜びだといわなければならない。それは女性改造八月号及び改造八月号に揭つている太田洋子氏の原子爆彈の日の記録である。これはすばらしい。私たちはあらためて戰爭の慘酷さにふろえ、人間というものへの愛に泣きたくなる。

この記録は飜訳されて何處へいつても知識人の記録文学としては第一流のものであると思う。このような文學が出てくるとすれば、詩と文學とは異つているものだけれど、詩のなかに於ても、意外な希望も持てるのではないかとも思うが、最近、この二つの詩をめぐつて、私は述べたようなことを考えさせられた。

江間章子

鎖にしばられたアシカの獨白

三月廿三日新淀川でとらへられた
といふ新聞記事による

馬淵美意子

俺はただ　潮に乘つて　日向を浮いてゐるあひだに　キスクやプシケと　離れて
しまふやうになつてゐたんだ。
氣がついてみれば――河でよ。
兩側の岸邊は　いや　きつと　岸の向ふ遠くまで　きりもない陸地といふ陸地は
人間どものおかしな巣でぎつしりに違ひないんだ。まう一遍氣がついて見れあ　槍
といふんだそうだが　俺たちの齒をうんと長くしたやうな双物が　おつそろしく取
りまいて來て――そんな數なんぞがわかるかよ　突つかかつてくるんだ。
俺一匹にかかつて來たのは　さうさ　何十匹かの人間どもなんだ。

俺はいつかの奇り合ひのとき　年よりのバリキにきいたことがあるんだ。
自分達の飼つてるんでない生きものは　喰べるんでなくても　見付けしだい殺して
狩りだといふ　それをスポーツだといふ　あいつらの先祖に　プロメテウスといふ
のがゐたんだつてことをよ。

奴あ　天から火を盗んできたんだ。火つていふのは　開けないうちの　パンドラの
手凾みたいなものさ。
可能なものは何んでも藏つてある　だが　何が出てくるかわからない　途方もない
あれのことなんだ。

　あれらとおれらの　圖体の仕掛けに　別段の變りがあるわけのものぢあない。違
つてゐるたつたひとつのことは　俺達が　プロメテから火を貰はなかつたといふだ
けに過ぎないんだ。
神さまのお目から見れあ　これが一体　どんなことになつてゆく徴しなものか　そ
んなことあ　誰にも解りつこありはしないんだが　とにかくその火のおかげでよ
あいつらあ　夢に見た　神々のお面をあぶり出して來　色とりどりな　そいつへ頭
をつつこんで　へんに氣取り始めたつてわけさ。
しかし奴らは　始終お面を忘れるんだ。
それりあお面だものな　忘れなくたつて邪魔になりやあ　素面になつて居据るんだ

　あいつらは　素張らしく火を擴げてきた。ますます微妙に燃えしきる　復雜なそ
の火影は　面の下の頭の中を　彩なして浸みわたるんだ。
あいつらの頭の中が　あいつらの能力の限度內で　いま夜明けなのか　晝ぢかいの
かを俺は知らない。けれども　きらめく光が　神さまのいろんな手口を　どんどん
明るみに引きだしてくる。火は鼠算で火を盗んでくる　そして奴らの關心は　神の
全体でなくて　その寶物庫（ぐら）の　いりくんだ秘密なんだ。

その　緻密きはまる方法論なんだ。

未熟な智恵は　あをつぽい　非抽象性の牀の上で　本能の利己とふかあい馴染みを
かさねてゐるんだ。
分秒の月がみちると　そのたんびに　パンドラの手凾がひらかれるんだ。
空んなつた凾には　しよつちう　あとつぎの胚種が　みのつてゆくんだ。
花がさいて　實がなつて　莢からたねがはぢき出るやうにさ。
さうして　秋がくるたんびたんびに咲く彼岸花を　だまつて支へてる時のやうに
一つの時が　不德の牀を見まもつてゐるんだ。

不當に無視されたもの　忘れられてゐたもんの復讐ほど　おそろしいものはないん
だつてことを　いま俺は思つてみてるんだ。

奴らあ　昔の昔には　自分の村の者だけが仲間だと思つてゐた。そのつぎには　國
の者だけが仲間だと　思ふやうにはなつてきてゐたんだ。
だといつて　あとで文句の出ないかぎり　結局　知らない奴は誰を殺さうと　かま
はなかつたんだ。
相手の面の格好が氣にいらぬといへば　あつちの地面がほしいと思へば　何百万何
千万の人間共が　平氣で殺し合つてきたもんなんだ。

でも　どんな様子をしてゐようと　世界中の人間類は　みんなおんなじ仲間だと

此頃はだんだん話がやかましくなつてきたさうだが　それだつてまだ　面の口が言ふことだよ。
面の額が考えることだよ。
まつたく人間の一匹一匹は　少々頓馬でもないかぎり　ばれ易い兇器や毒物なんかぢや此頃はあんまり殺さなくなつたらしいが　その代り体裁のいい面を被つてさ
罪なおもひはしないでさ　この火の小手先が存分　互を殺し合つてるんだつてことを　誰よりもよく御存知なのは天の神さまのおなかの中なんだ。

俺たちは　奴らの素面が　奴らの假面とひとし並みになるまでは、奴らが　どんな火をどんなに振りかざして威張らうと　奴らを俺たちの親類だつて思ふことをやめないつもりなんだ。
それどころか　せつかくの火を　あんな風に使ふ奴らは　俺たちよりもずつと性惡るだと
年よりのバリキがいつも言つてゐたんだ。

と　いつたつて　またこれまでには　面の方についた　立派な者も澤山ゐたにはゐたらしいんだが――だがそれにしたつてよ　この傷と　ぎりぎりの鎖とをよおく見てくれ　むかしむかし　人間のよそ者が　よそ村に迷ひこんだときには　やつぱりかういふ風にされて　そして死んでいつたらうと　俺はいま　身につまされて思ひやるよ。
――死ぬ　死ぬつてことはなあ　まして殺されるつてことはなあ　ほんのちよつぴりだつて心つてものを持つてる生きものにとつて　一番いやな　一番かなしい　だ

から一番おそろしいことなんだ。
なに　俺の顏が　俺の額に亂れる髮が　そんなに人間の誰かと似てゐるつて　さうだらうよ。
火つてものが　まだこれ程までに理解されなかつた　何百年か前　俺たちの種族は人間の見知らない親族の　海の住み手の人魚と思はれて來たもんなんだよ。
――さうよ　俺たちの棲みか　キスクだのプシケだののゐる　大海のまつただ中の命を洗ふ波のしぶきや　四方八方遮るもののない　まんまるな水平線を　やさしく取りかこんで　光を降らせる大空の屋根や　ああ　雪のなくなつたあの青天井に毎日流れこんできては　またどこかへ行つてしまふ　その日その日の雲の飾り。あれは　おんなじ姿を二度とは見せない　天の道化師。あれは　一遍出たら　二度とは出ない天の萬華鏡。もうそんなものとも無縁になるんだ。
今もきつと　どこかで殺されてゐる人間どもと一緒に　こんやは俺も殺されるんだ。
だが　俺ははつきり言ふ　プロメテウスの鎖が解かれたからといつて　人間が許されてゐるとは限らないんだ。
面の下で燃えさかる火が　バランスをなくした火が　ふつと　いつか　やつら自身を根こそぎ灼き亡さぬと　誰が保證するかつてことをさ。
――あれは何の音だ。海鳴りとはたしかにちがふんだ。

――一九三九年四月――

垂直

高村智

スカートの襞は絶對に垂直であつた。遠い三百哩の彼方から、あの女は透明な河の上を立つたまゝやつてきたのだ。二日二夜の間、彼女は一睡もしなかつたのであろう。黑びかりのする嫋やかな腕があらわれ僕の窓をひき開けた時、テーブルのコスモスと錆びついた煖爐の上のかわいた向日葵が、不意に屹立した。かけ寄つた私は兩手にガラスを割つていた。

だが、彼女はもう滑り出していたのだ、こちらに正面をむけたまゝ、にこりともせずに。月光にキーンと輝きを增してゆく、眞珠の耳環だけが狂つたようにゆれていた。遠のく、遠のく眞赤なスカート！　あゝ、その襞は絶對に垂直だ。

蛙

佐川英三

天にも地にも、
光がいつぱいに溢れている。
何もかにも、
みどり色の臭い息がこもり、
鳥もけだものも、
ぐつたり疲れている。
だが、どこか、
この世のいちばん暗いところ。
たぶん地の底でゞもあろうか。
低くつぶやくように、
うたつているやつがいる。
押しつぶした、しやがれた聲で。

豆

細長く觸手をのばし、
何ものかを摑もうとしている。
のぼりつめた垣根の上には、
何ものもない。
風が吹くたびにむざんによぢれ、
他愛なく叩きつけられる。
しかし、よく見ると、
彼らは決して諦めたのではないのだ。
わがとわが身をからみ合はし、
ゆつざゆつさ垂れ下つている。
小さな白い花を、
いくつもいくつもつけながら。

獨白

祝算之介

生きることについて、多くのことが言えるだろう。わけても身をねじりくねり、つめたく濡れた裸形の呻きには、そのおりおりのいきさつに、多くを語られすぎたとは言えぬだろう。
それは言わずにはおられなかつたし、ともかくもの、ながれにまかせて、言わなければならなかつたし、言いきろうにも、言いきれないでいることも多くあつた。

おお、おまえは信じているのか。おまえはおまえのおかれた状態を信じているのか。

意識のながれは、いきおいのおもむくままに、避けられないものには恐れおののき、周圍からはますますのめりこみ、そこの龜裂に、うすたかく冗舌をのこして、途方もなく過失をつみあげつみあげしている。しかも脇き目には、しずまりかえつて、蛇のように、器用に曲がりくねつてみせて、いるのにすぎなかつた。

おまえはそれに、ついてゆきさえすればいいのか。ふくれあがりの、めくれあがつたはしつこのひとつまみを、めくりあげればいいのか。

慾望はそのもののもつ関係をじゆうにぶんにはらみ、ふくれあがつて、ひとつのながれのほうへ、かたまつてゆく。生きることについて、とうとうと、たちむかわれる偏見にむかつて、またもふたたび、犇騰するだろうことを、話しかけてはいけない。

どこまでながれてゆくにしても、それについて許せないことが多くなつた。おまえからなにも奪わないでいることのほうが、やつぱりおまえにむかつているときのことらしくもあつた。

なぜ語りかけようとしなかつたかを、責めぬがよい。これまでには、意識のながれを讀みとることに、つきてしまつた。生きるひろがりや、高さは、それ以下であつてはならない。むしろ激發せしめよ。互いが互いをして、犯さすにはいられぬものを、お互い自身をして語らしめよ。

デッド・ポイント

牧 章造

おれは汽罐車である。ここまで遮二無二、おれは突進してきたのである。いまおれは、胸を壓する急勾配を征服しかけている。だが、どうしたというのだ。おれにはこれ以上、この坂を登り切る力が出てこない。駄目だ。この坂はまだまだ續いているのだ。おれはこの激しい內部の苦痛に得耐えなくなつた。と、おれを不意打するあと辷り。しかもなお、前進しなければ歇まないおれの意志。わあつ。おれの絕望はしつかりとレールにしがみつく。一瞬の悲鳴に張り裂けながら。ぐんぐん內訌の度を高めていくのは過熱蒸氣だ。おれはそいつをもてあます。そしてついに凄まじい停止のままの速度のなかで、おれはおれの亡滅に近ずいていくのだ。

一歩前進。とにかく一歩前進すればいい。その余勢でおれは、あたらしい速力を恢復して驀進するのだ。

丁度そのときだ。おれが背後で喚聲を擧げはじめた群衆の聲を聽いたのは。そしてまたそのときだ。おれが凝つと前方を睨んだままのかたちで、おれの擔つてきた百千のその群衆の危機をさとつたのは。

もしおれが、この位置からあと辷りの余勢に驅られてしまうならば、おれの全エネルギイは、車輪の逆轉に狂喜して、この急勾配を墜ちて壞滅するほかはない。

前進？　後退？　しかしそのいずれも、いまのおれには宥されていない。

一点景としてのみ遠望されているに過ぎないおれの姿勢。それはおれの焦燥をめぐる一切の非情なのだ。しかも、おれの自虐の堆積が形成した、この完全なデット・ポイント。

おれの傾斜のベクトル量に課された、この巨大な均衡の恐怖、罪科の刻々について、群衆は全く関知しない。そればかりか、彼等自身を襲うこと必定の危機を、その瞬前まで彼等は認識することができない。

いま、何者が來ておれに救済の手を籍し、前進に導いていくというのか？背後から、またひときわ高く、群衆の罵聲がおれを打ちのめしはじめる。

蛇

青山鶏一

鋭いグラスの歯をむき立てゝ
地の塩は　反轉する蛇を引裂いていつた
斷ち刻まれながら蛇は
次第に　その地の塩の素因に化していく
…雨が過ぎた　颪が來た
夜と晝とが　展いては閉じた
ある黄昏
草むらの中から少年は
紅玉のやうな一粒の實を発見した
彼はその實を　掌にすると
卒然として　すてた
あゝ　蒼いほど冴え返へつた土の面て

地の塩は　このとき　星のかたちとなつて
滴る紅玉の實を　蝶々の霧のやうに
溶していつた

又

厨に蛇はゐた
一握のキャベツの傍ら　あるひは　灰色の格子の棧を這つて　すさまじいほど　青かつた
ーころがした　焰が立つた
と　蛇は　幾すじもの　眼ざめるやうな眞紅の鞭となつて　寂しいあたりの空間に
鳴つた
あゝ　このやるかたない愛の憤怒の　今はことごとく傷(いた)められたる　すべての伴侶の
上に　断じて　襤褸(らんる)と　屈辱のなき　糧を得しめよ。

行衛

扇谷義男

もうもうたる黄塵が罩め、無邊際、咫尺を辨ぜず、俺はまるで繭の中にゐるやうなものだ。茫然と瞠れる眼。渇いた口の中は勿論、腦髓から內臟の隅々にまでざらざら砂が澱んでゐる。いつまでものこる惡感。天地晦冥。どんな光をも吹き消さずにはおかぬ死の手。——微粒子の或るものは靜かに、のろく、或るものは騷がしく、疾く、そして熱病のやうに、氣狂ひのやうに、しかしもつともつと怖しいのは、いま放我の絕對にゐる俺の中へ、次第に激しい雨のやうに瀉ぎ込んでゆく新たな充實だ。たつた一粒の砂が、俺のラフな神經の中でみるまに地球より巨大な存在となる。その量感を、じつと見えない母のやうに支えてゐる徑二五センチのかなしい頭蓋。しかし俺は竟にこのりつぱな時間に耐えきれない。いきなり怒鳴りつけて、へんに取澄ました果しない寂寞を愕かしてやる。（怒るな…大きな聲は俺の地聲だ。）ああ劫初からのもうもうたる黄塵の中。思つても見るがいい。ほぼ十時間か、或ひは二十六時間もこうしてをれば、俺は完全にこの世界から滅却してしまふだらう。砂の中の白い骨。黒い歴史。そんなやうなことを漠然と俺は考へてゐた。

×

空に嵌込まれて動かない青天白日旗。燃えのこつた銃丸（ビリット）。冷やかな激怒は蓋のない貨車へ黒と白との逞ましい兇暴を積み込む。赤い蠟マッチ。足のない運河は枯れて、血塗れの襤褸を啣えながら翔ぶ鴉。ああ燻る亞片。

（回想詩篇）

作業場風景

安彦敦雄

はるか彼方の、廢墟と化した工場へ續いている赤錆びた二條のレール。雜草に埋もれたその軌道。こんな淋しい風景を破壊するのが僕ら線路工夫達の任務だ。レールを取りはずし、トロで運ぶのが今日の仕事だ。

此處からは眼近かに、不用意に曝け出された貧しい街が良く見える。半裸体のお神さん達が、万艦飾の物干場の下で、子供を狂がいのように叱りとばしている。その直ぐ傍らでは唇の紅い女達の一群が「こんな女に誰がした」という歌を唱つている。絶えず異様な――あの甘酸ッぱい糀の臭氣が雜草のいきれに溶けこんで變に胸苦しく、午後三時の僕等の憩の場所は不當にせばめられた。

そんな時、軌道の上に立ち並んで、僕らが一擠に雨を降らすと眼下の街街は、忽ち秩序を亂しはじめた。お神さんも、子供も、紅い唇の女達までが、蛙のように喚めき叫ぶと、頭を抱えて蟹のように不様に逃げ散らばつた。

一瞬の間、そこから途方も無い巨大な幸福感が、頭上の蒼空めがけて、ゆらゆらと立ち昇つて行つた。

續　作業場風景

河がゆつくり流れている。否、河と見たのは溝の樣に濁つた堀だ。都會を寸斷している堀の樣な河だ。ネオンの燈が浮んでいる。商店の飾窓や、キャバレエの窓の燈が、ピアノの鍵（キイ）のように綺麗に並んで――その遠くの方は更紗模樣を織つたようだ。

終電車も通りすぎる頃には、街は疲れた肩を次第に沈めて、河面ばかりが妙に眩しい。時折聞えてくる街の吐息は、あれは醉いどれた人人の呂律の廻らぬ歌聲だ。

その頃、近くの鐵橋の枕木（まくらぎ）にへばりついて、線路を修理している一群のある事は、誰も知つてはいないようだ。犬釘を打つ一瞬の火花や、途方も無い音響の炸裂するたびに、河面の燈がぽつんぽつんと消えて行くのを、僕らは妙にせつなく眺めやつた。誰もが無口になつて、足元に注意しあつていたのだつたが、そのうち仲間の一人が、音も無く滑り落ちた。殘つていた、たつた一つの燈りが消え失せた。

（「機関車と花」集より）

砂峡の歌

——或いは祝祭——

日村晃

くすぼつた心象から、——暗い褐色にふちどられた室房のバック・グランド、不燃性の遠い地平、偶像のおもしろおかしい血のいさかい、それらが、終日めぐりつづける焼土風景。記憶に立ちもどろうと、そこから抜け出ようと、宇宙と人類の相索引する時差に浮ぶイマージュを、思慕してやまない。

たえず脱落して、いつまでも操り返されるのは、嬌聲と吐息と私語と、そしてぬめぬめの体臭と、これらの中のヒロイズムの憎しみこめたハーモニイ。人と生れて街街を望見する僕のドグマは、日常をつつぱねようとする。祈りを、拒みつづける。

ゆくりなくも、一九四九年を歌い上げようとする僕のバラアド。

場所は砂漠——。

登場するのは、瘦せた馬——。

これはこれ、近代の、――おお、僕のクラシズム。室房は崩れ去らない。ささやかな記録の上に一壺を置き、花を挿し、水を滿たす、この未明の祭典。眼さます瞬間、晴れわたる山脈、鳴りひびく海峽（ああ、美しく展けてゆく都會のメカニズム）が、したたるようにせり上る。

一つのメトードとそのトレモロ。と或る日、僕の見た好太郎の「マリオネット」。――笑つている。重厚なリリックの深底部に、かなしみがすきとおる。たとえようのない壁間のジエスチヤー。くい入るように見つめる僕の眼が、その暗さの中に裂けていた。何を思い、何の爲めに、一枚の畫布が暗いのか。僕の思惟に斷續する低いあせり。湖沼に流れる無數の氣泡のように、ぽつかりと砂地に映る花のように。

照明――。僕は室房の天窓をあけはなす。流れこむのは、冷えきつた街の匂い。影が、ぞよめき出す。にぎにぎしい余計者のざれ歌のように。次第に明るく、次第に色濃く、取り圍む窓のグラスにしみとおる。
――室房は、崩れ去らない。

（註、好太郎の「マリオネット」は故三岸好太郎氏の傑作の一つ。）

烙印

吉川仁

コンクリートの防火用水桶は
空に千年のなげきを殘した。

今では
家財の列から脱落し
いささかも出入りの邪魔にならぬが
その岩乘な立体性は消えかかり
町の陰影にも関與せぬありさま。
時代はうらはら。

人は肌ぬぎして
何事もなかつたように暮しをたてる。
あのころの
腹立たしいほどの長いゲートルや
ぶざまな頭巾は見あたらぬが、
そのような、いんさんな風俗一切を背負つていて
夏の夕ぐれなど
燃えるように赤い雲が家並みを染めるときは
いかばかり口惜しいことであろう。

家々の軒下に心をとめて歩けば
おびただしい桶の胴からには
一様にあをみどろの斑点が
焦げついていた。

メルヘン (3)

木原啓允

BC1949年、極北探険隊からひとり僕がはぐれてしまつたことを誰もしるまい。いつあけるともしれぬながい白夜の彷徨の果て、僕があやうく一塊の石と化する凍死からまぬがれえたのは、それは主としてつぎの挿話による。もはやただ眠り心地よい死のベッドをのみもとめて、とある凍土の冥府じみた凹地へ僕がおりていつたとき、僕は遭遇した。薄明に毒茸のように地面に生えた奇怪このうえないひとつの人間像。一見まるでぼろぼろのドラム罐の胴なのである。腐れおちた片手のシグナルの四肢。掘りかえされた墓穴の二つの瞳孔をのぞくと、暗室のおくに崩れるまえの白い脳漿がみえ、さらに底なしの鼻腔がしめつぽい嘔吐の悪臭をただよわせていた。それからそこだけ欲情の粘液にぬれる生殖器の唇があかく口開いて、それが僕に信じられないがらんどうの聲で、ゆるゆると話しかけてきたのだ。ひとときわあたりの死の靜寂をよびさましながら――

「すべてのことが、すべての人によつて、なされなければ、いけない。決して、一人によつて、でなく……」

僕はもう驚きはしなかつた。ただついに嘔吐した。嘔吐のはげしいけいれんが高壓電流をまきおこして、すでに血液のかれた僕の体内をくまなく渦まいた。青白いスパークの走る僕は全くの新しい磁場、あたらしい一個の畜電池となつた。そしてはじめて僕の豆ランプの瞳が、凍土帶のまるい地平線上はるかな北に、オーロラのあざやかな摩天樓街の映寫を見出したのだつた。そのスクリーンの光度と大きさによつて、僕は南方における映寫室の位置を測定した。僕はあるいた。歩きつづけてAC1949年の今日、いまでは僕の眼いつぱいに、近代物質文明の大市街が煌々とひかりかがやくが、その百万ヴオルトの燭光になおしみつく、あのわるい記憶の黑点。僕はおそれる。いつしか文明の極北にいて、僕自身がまたあの凍土に死をうばわれた孤獨な怪物でなかつたか。白夜の氷原をあまりにながい裸足の歩行だつたので、すつかりすりへつてしまつた結節癩の僕の足首。畜電池の意志。きいろい卵の目。魚の口。僕は挿話を語りおわる。そしてピツケルの片腕をあげて誰にともなく合圖している――まだ挿話は、けつしておわらない。


（一九四九、六）

一匹の蝶

杉山市五郎

一匹の氷蝶は、季節の暴威の中に死滅した。氷雪にこゞえた手は、感覺を喪い、空に星は白々と埋沒した。

そして其處に人類歴史の前期の終末がもたらされ、吾等の新らしい世代と希望と光りが投げ與えられる。

――ゴッホの日向葵よ、あの赤熟した太陽がくるめき。

――陽炎は地上に燃え、野茨は白い花を馥郁と咲かる。

　運命の八月終末が來た。

あの血の殺戮が、人類の精神に一つの黑々とした断層を堀りさげ。

虛無と絕望と猜疑と血が二つの次元にクザビを打ち込む。

　われわれはその血み泥な一瞬の中から、新らしい紫紺の光りと價値の倒錯をみつめた。失滅が新らたな高い價値を約束し現在が過去の類型でない世代の創造を意味し。

美と色彩が生活に添えられ、滅落の氷の中に新らたなものは形成され、過去が腐臭の如く附きまとう傳統の死屍は不吉な鴉もついばまない。封建性と暴力の滅失が、純美なものゝ肥料として、次の世代に美しい花を咲かせ、其處に吾等の第二次元の世代が始まる。

抒情

木暮克彦

潮騒は遠く、落日は雪の谷間に沒しつゝあつた。雪はずるずると山肌をすべつた。

靜かに雪はすべりだすのである。それらは徐々に速度を加え、尨大な音響と共に雪は下の川流にのしかゝるように落ちていつた。雪煙りが立つた。ほかほかと山の傾斜面の黑い土は息をはいている。暫くすると靑い草が生えそうである。日は沒し、鳥が鳴いていた。

過ぎ去つたものは淸算しようと思つた。出來ることなら山はもとの姿に還りたかつた、草一本生えていない原始の姿に。然しそこには新しいものが芽萠えだしていた。山は抗するすべもなかつた。そして殘り少くない雪はまた、すべりだしていた。

肋骨

——妻を失くしたある勞動者の手記から——

上田幸法

晝夜をわかたぬつめた內職のため寢ついてから三月ともたなかつた。
彼は妻の髮にいちどでいいからひとなみにパーマをかけてやりたかつた。
びんぼうにんにしては案外ゆたかな髮をもつていた妻の頭に、あのでんでん虫のようなかみかざりをいちどでいいからつけてやりたかつた。

市役所からという腕章をはめた人夫が自動小銃のような噴霧器をもつてきたとき、
彼は妻の顏にあかじみてはいたがタオルをかけてやつた。
消毒が濟んで妻の實家の年老いた母とたつた二人で、湯灌をするためうすつぺらな布頓をめくると、ぴよんぴよんと蚤がとびだしたが眼の遠い實家の母は氣づかなかつた。

肌着の下にはしぼんだ皮膚を吊りあげるように一本一本肋骨がそびえ、尙、最後まで何者かに抵抗を示した恐しさがあつた。

實家の母と二人でていねいに洗つてやつた。


母は、この娘は髪が美しかつたでなあ――と、いささかほこりげに呟きながら眼をしばたき、剃刀で死人の髪をぶきように落してやつた。

びんぼうでびんぼうで、その上もう死んでしまつた、それでもまだ黒い自分の妻の髪を彼はみつめていた。

剃りおとされた髪を手にとつて、パーマのように指でまいてみたが――。

そして手製の棺に収めるため抱きかかえたとき彼は實家の母の眼をぬすんで、そつと口づけした。


やせほそつていた妻はかるがると棺に收つたが、どうしたはづみだつたのか、ふたをするとき突然、ぽきんと甲高い、たしか骨の折れた音がした。

瞬間、彼は肋骨が折れた、と慄然とした。

病窓の四季

河邨文一郎

1

一枚の油繪のやうに窓枠の中にをさめられた故郷の風景—
—それが僕の病室の唯一の飾りだ。

いはゞ自然の筆に成る、五十號ほどの此の大作の裾を占めて、瓦礫のやうに乱雜に積み上げられた屋根々々。かれらを持ち上げ、おし轉ろがさうと肩で喘いでゐるプラタンの綠。カメレオンの腹のやうに波うつ赤い段丘。そして畫面の殘りをそつくりぶちこんで、ぐらぐら沸らせてゐる鉛の坩堝——北の晴天。

僕は戰慄する。畫面いたるところからバリバリツと飛んでくる放電の火花。皮膚を劈くその痛さ。

ああ、生きてゐる。そして荒々しく息づいてゐる。屋根に吹出した銹の花も、葉綠素も、卷雲も。すべてが焦立つて僕をもとめ、僕はもう拒みとほすことが出來ない。死の恐怖にさからつて僕の視線は、ひとりでに風景の中心へ吸ひよせられてゆく。身を硬ばらせて、全身のはじけとぶ音を今か今かと待つかのやうな錯覺に陥つた僕を……突然吹き上げる怒號の暴風。僕の神經膠質（ノイログリア）、網狀內被細胞（レチクロ・エンドテル）、血小板……僕を形造る一切が、聲のかぎり呼びかけてゐる、答へてゐる、無數の砂金のようにキラめく物質原子そのものに。呼應するかれらの對を、必死の努力で僕は、泡立つ靈感の虹のなかでひつたくる。ねぢ伏せ、結びつけるその僕の手を繰るものは、僕ではなく、そしてやはり僕なのだ。

病室の窓のそとに
臟物のやうにどさりと投げ出された
場末街。
煮えたぎる天の鍋から。

黑い貨物列車がうねうねと

その眞中を轢きちぎつて、
トンネルの中へと消える。

丘陵はいつせいに背をそむけ、
海は蒼ざめて轉倒する。
氣球のやうに揚つてゆく白雲の群から逆落しに
唸りを立てゝ襲ひかゝる
無數の蠅。

おお、復讐に憑かれた紅蜘蛛のやうに
この風景の眞中へ攀ぢのぼつてゆく
僕の眼球。

II

クロロフオルムの水玉模様が、みるみるうちに僕の意識のガラスから拭ひ去られてその向ふに、窓の風景がくつきりと立ち現れてきた。

一見空虚な晩秋の空。けれども暫らく見つめてゐると、眼の底が疼いてくる。空の奥にふしぎな炎がゆらめいてゐるのだ。純粋な完全燃燒のみがもつ透明な炎。燃え狂つてゐた、あの騒がしい夏の炎が、何もかも、その灰すらも甜めつくして、いまはおのが內奥にひそみ入り、しづかに燃えてゐるのである。

ゴッホの〈アルプスへの道〉からユトリロの〈モンスニ街〉に目を移したやうな感動が僕を囚へる。しづかに瞼をとぢる僕は、僕の內奥のくらがりにもそのやうな炎がひそかに燃えてゐるのを見出す。

病床の暦を僕は繰る。……蒼ざめた無數の顔を照し出す赤旗のフラッシュ。敵愾心をそゝる試驗管の冷たい反映。實驗家兎の眼球虹彩に彈ぜてゐるふしぎな愛の火花。あるひはうら若い女性の腹部を滑りおちる無影燈光の瀧や、その上に一瞬ためらふメスの閃きや……かつての僕の毎日を燃え立たせた輻射の華は、すべて散り失せてしまつたのか？いま、何氣なく、しづかに、しかし澄みきつて燃えてゐる炎を、僕は素直に信じるのだ。

瞼のうへに仄明るむ月光にゆりおこされた。深夜。水のやうに何もかも溺らせてゐる蒼白い光に——おお、僕の炎は消えはてた！たへがたい不安にせき立てられて僕は、月光をたゝへて井戸枠のやうに靜まりかへつてゐる窓へとにじり寄り狂ほしく中をのぞきこむ。——

古井戸のやうに奥ぶかい夜の底に
ギラギラ反射する水面、
——それは月！

プラタンの白い肋を透かして、
あの月の面にたゆたふてゐる、
僕の影法師！
虫けらの息吹も匂はない、涯しらぬ空虚を
潮のやうにさすらつてゆく
月光よ。

……僕の胸に
禱りの火がともる。
あつといふ間に、眞の闇。
なほもそゝぎこむ月光の音。

僕は聲をあげる。——僕の胸のうつろさにこたへる、
月夜の無數の洞穴の
唱和の暴風よ。
僕はわなゝく。そして歌ふ——月明の歌。

Ⅲ

窓の額（がく）はもう何も語らない。雪が、一枚の白い布のやうに
その上を蔽つてしまつた。柩にも似たこの病室に僕は幽閉さ
れてしまつたのか。ああ、何ものも語つてくれず、何ものも
聽いてくれはせぬ。寂しさのはての僕の叫びは、僕自身にか
へるばかりだ。では、僕は僕自身と語らう。誰にも明かした
ことのない祕密を一つづゝ僕自身に告白しては、その言葉が
僕の內部によびおこす谺にじつと聽き入らう。いはゞ僕の精
神の窓である病窓をかたく閉ざして、僕自身の体溫にぬくめ
られて生きてゐよう——一疋の冬眠の蜥蜴のやうに。

Ⅵ

獨房のやうに暗いからだの內部でふとめざめ、僕の心は見
上げる、
高窓めいた瞳孔のレンズに映つてゐる
ひとひらの柿病葉（かきわくらは）のおのゝきを。
さうしてうつとり聽き惚れる、鼓膜の隙間を洩れてくる、
僕自身の叫びもまじる怨嗟の潮騷（しほざゐ）の
讃美歌ともまがふ美しさ。

木の根のやうに地の底へのびてゆく僕の白い蹠（あしのうら）を

ぬるぬるのひとでが甜つてゐる、
どこか太古の深海の底で。

蠍座の青目玉をさゞめき過ぎる、清らかな水の流れに洗は
れて、
僕の舌は透きとほつてしまつた。
獸や虫やバクテリアで腥い、血まみれだつた僕の舌が。

ああ。まはりのくらがりへ、どこまでもどこまでもおし擴
がつてゆきながら
僕の心は醉ひ痴れる、
木犀のやうに甘い死の匂ひに。

川底の白い砂地のやうにゆらめきはじめたページのうへを
＜深夜の感覺＞としるした標題の五つの文字がゆれて、たゞ
よふ。一年ぶりで机の上にひろげた詩のノオトに、匂やかな
新緑の反映がたゆたふてゐるのだ。恢復期の僕は、くらくら
とめまひを感じて弱々しくもひたひを押へる。僕の瞼の裏の
エメラルドの海淵に、あの五つの文字が美しく難破してゆく
五艘の豪華な帆前船のやうに……激しい動悸をおししづめ
せゝらぎに似て快い街の騷音を盲人のやうにまさぐつて、さ
て僕は瞼をそつとあける。開け放たれた窓の額縁いつぱいに
ボナアルの庭苑にみる爽やかな雨後の新緑。そして僕の生命
も、リラの花を甜めてゐる仔山羊のやうに生れたてなのを僕
は悟る。病床のノオトを僕は閉ぢねばならぬ。そして戸外へ
出てゆくのだ、――プラタンや屋根々々やヴイリヂアンの空
たちと共に、窓の構圖に点描される一つのオブジエとなるた
めに。

（一九四九、五、一一）

傾く木椅子

人見　勇

たとひ　よしたとひ僕の死の計算に　枳殼のとげの露ほどの懷疑を　つき刺した
としても　菊の骨に肖た　あなたの手は　屍室の扉に　ふたたび　觸れてはならぬ
むしろ　あの鍵穴に澄む　神の瞳を抉る　かへり血にまみれながら　崩れかけた
鐘樓を仰ぎ　いつも　殆んど眞暗な裏梯子に演じる　謙讓な美德のサーカスを　嗤
ひ給へ

ひつそり　雨に濡れてゐる墓地を脱け出た僕は　とある坂の中途に佇ちつくし
脚下の瓦礫の街の廣場に　渇ひた愛のコンパスで　永遠の噴水の設計を試みてゐた
むなしく　白い額縁だけの夢のなかで　不在の詩人を待ち焦がれながら　ああ
深夜の喪のリボンをかがやかす　いつたい　この光は何處からさしてくるのか

タンポポのポロネーズ (3)

F・A

第一回晶子祭は日本女詩人会の主催で五月二十九日東京都芝區日吉阪の久原邸庭園で催されたが、当日晶子の生地堺市から参列した安西冬衛は挨拶を述べ、戰火で灰燼に歸した晶子の故宅五十九坪の宅地が近く幹線道路に編入されることを發表し將來之をモザイックの道路として紀念することを市当局に献言したいといふ意見を述べた。因に該提案は晶子の「おどろ変じて百合となる道」といふ歌からヒントを得たさうである。

五月二十八日夕刻、新橋驛の出札口で安西は一紳士から久濶の挨拶を受けたが、迂濶にも何人であつたか失念してゐたので、慇懃にその姓氏を質したところ、紳士は怫然色を作して（といふほどでもなかつたが）名を明さず立去つたが、彼が歸阪后意外な方面からこのパヅルが解き明かされ、コロンビヤの藤浦洸であつたことが分つた。

六月二十六日安西は德島市德島花壇で「現代詩について」といふ講演を試みたが「騎兵の終焉から近代詩が開始された」といふレトリックを用ひて論考を展開した。

六月二十七日德島市憲法紀念館で安西は「平和と文化」について論述した。要旨は彼が「現代詩」八月号の平和問題に關するアンケートを敷衍したもので、挿話としてスエーデン＝ノールエイの蘚苔地方を大量移動する旅鼠の習性などが使はれた。

六月二十七日、安西は德島眉山のモラエスの墓を弔つた。盛麗な石榴の花と横断する電線がアクセントづけの墓辺の印象は彼にモラエスが大北海底電信会社の技師であつたやうな錯覚を喚起せしめた。

六月二十八日、阿波國土佐泊といふ漁師町に背の高い銀髪の二人の詩人が立現はれて、土地の娘たちにセンセイションを捲き起させた。彼女達は足ミシンの手をやめて總立ちになり、この汐くさい町裂に出現した毛色の変つたエトランゼに驚異の目送を凝らした。四辻の床屋の大鏡が又見のがすことなく二人の詩人をキャッチして異色あるタブローを作つたが、惜しいことに定着液がないのでこれを採集して持ちかへることは不可能だつた。この二人の異人は竹中郁と安西である。

東の「伊勢丹」と時を同じうして西の「モナコ で、六月二十七日——仝三十日、四九年水着コンクールが催されたが、翌夕刊は「水着は夜決まる」といふ題で「モナコ」の当夜の模様を「詩人安西冬衛ほかの審査員諸氏も聊かテレ氣味で」云云と報じた。

七月十六日二十一時三十分ナンバ發の泉佐野行列車の中で安西は合成樹脂製の眼鏡を遺失した。それは彼がモオリアックの劇の中に出てくる愛情に富むザリガニに似てゐるので「ザリガニ」といふ愛稱で秘藏してゐたもので、去る五月上京の際西銀座の萬銀で購つたもの、價は千九百円だつたさうである。

詩特集號の流行

岩本修藏

最近、二三の雑誌が詩の特集号を出した。結構なことである。が、これは詩の運動が活潑になつて來たからではない。すくなくとも雑誌の編集者は、そう思つて特集したのではない。と、ある文藝雑誌の編集者が言つた。

だいたい、詩の特集号というプランは、小説に関する企画が種切れになつた時に用いるジヤアナリストの常套手段だそうである。つまり、詩の特集号が流行するのは、日本では文壇の沈滞を意味するだけで、詩にはたいして関係がないことだそうである。

これは随分詩人をバカにした話である。しかし、バカにされるだけの理由がないでもない。われわれ詩人は、二三の文藝雑誌が詩の特集をしたからといつて、決して安心したり、いい氣になつていてはいけない。文壇の埋め草的に程よく「特集」されたことを、それかといつて憤慨することもない。われわれは、その「特集」を利用して、そこから詩の運動を活潑に起すことに努力すべきだろう。編集者が利用したつもりなら、こちらも默つて利用されつつ、また逆にこれを利用して行けるように努めるまでである。もちろん、賢明な編集者は、こうした逆の利用を企てる詩壇の動きを計算にいれて特集プランをたてたのであろう。そうだとすれば、詩人より、ジヤアナリストの方がやつぱり役者は上である。

雑誌の編集者には詩がわからない。と、いつて怒る詩人がある。が、この場合も詩人自身を安つぽくしかしない。何故なら、ジヤアナリストのしごとは詩人たちを踊らせることで、自ら踊る必要はないからである。

要は、詩の特集号流行に当面したわれわれが爲すべきことは、その特集された詩に關する記事が、果して「逆の利用」に成功し、詩人の自力で活潑な積極性を示し得たか否かを反省することでなければならない。

「荒地」派批判一齣

鶴岡冬一

雑誌「人間」七月号に鮎川信夫という人が「現代詩とは何か」と云う文章を書いている。これは私の記憶に誤りがなければ確か「荒地」という詩人一派の主導的人物らしい。恐ろしく難かしい課題を取扱つたにも拘らず、その主張に明確なものを受け取れなかつたのは私のみであろうか。又一讀して感じられるものは、矢張り自分一派の詩論を公開的に書いたもののようにも考えられるのであるが、又此れを一般的な詩論として受け取つて見ても些かその論據に搔痒の感なきを得ないのである

先ずエリオットの「荒地」をモットーとするならばそれはそれで差支えないが、何故もつとエリオットの詩的内容たる原体驗的世界に肉迫する所がないのだろう。所謂「詩でないもの」「經驗的なもの」を尊重する所は一應取れるけれども、それらのものえの激しい抵抗

感から詩人の意識が掘り下げられていないのだ。エリオットはエリオットである。われわれはエリオットの「荒地」以后四半世紀を經ている。このギャップをもつと明確にする必要がありはしないか。又モダニズム、スユールレアリズム、更にサンボリズム批判もよろしいだろうが、彼らの詩的概念を單に現實遊離のそれとして一掃し去ることは無謀である。所謂「詩でないもの」を强調し、詩だという心がまえなしに讀ませ得るものでなければならぬという意見には贊同出來ないのだ。詩とは、詩でないものから觸發されるものであろうとも、そこには常に、詩という特殊領域が設定されなければならぬ。エリオットには明確な彼自身の概念がある。そのように「詩でないもの」への抵抗感から詩人の强勁な自意識による詩的概念を打ち建てるのが何時の時代にあつても、詩人の使命ではなかろうか。鮎川氏說く所の社会に對する責任感とは一應の生活体驗に過ぎないのであつて、その責任感とは詩人にとつて飽くまでも詩的特殊世界への「誠實」でなければならないのだ。我々は十九世紀象徵詩派、スユール・レアリズム、モダニズム等の時代のような然かも彼らとは異なつた新らしい詩的概念への昇華をもたぬ所に現代詩の低迷があるのだ。枚數規定を超過してしまつたため充分云い盡せぬのが遺憾である。

作曲界の現狀

塚谷晃弘

日本の作曲界も大きく分ければ、進歩派と保守派に二大別することができる。いまのところどちらかというと保守派の勢力が壓倒的である。戰後はヨーロッパの音樂の永い傳統を、もう一度深く反省して、その上に日本の音樂文化を健全に軌道にのせていこうという風潮が大きく支配している。評論家の大部分もこういつた考え方である。かれらはドイツ古典、ローマン派音樂の崇拜者であり、ベエトーフエン、ブラームス、ワグナーらの心醉者である。作曲家のうちで舊上野音樂學校系の人々、ドイツ留学をした人々が、これらの評論家、聽衆層を强力なバックとして、保守陣營を形づくつている。

一方、進歩的な作曲家陣營は、戰後いちはやく結成された新作曲派協会（淸瀨保二、松平賴則、荻原利次、早坂文雄ら）上野の一部進歩的敎授及びその門下の人々、フランスで勉强した中堅の作曲家たち、たとえば平尾貴四男、池內友次郎、大澤壽人（關西）このグループからなり立つている。保守派がドイツアカデミズムの牙城を護るのにたいして、これらの人々はフランス印象派の流れをくみ、さらに新しいストラヴインスキー、バルトック、「六人組」フランス新古典主義の影響を强くうけている。その上この派は日本古來の音樂、鄕土民謠などにも强い愛着をもつ。これは日本音樂の体質か、近代フランス音樂のそれと類似している点からはいつていつたものであり、けつして、保守陣營の攻擊するごとく封建的な江戸趣味ではない。進歩的なるがために日本的なのである。音樂の世界ではこの点が一寸皮肉であり、誤解されやすい点なのである。「越天樂」や日本民謠のもつ、旋律や和聲と、ドビエッシイ、ラヴエルらの音樂との類似性を考えれば、このことはうなずかれよう。

保守派は、前にものべた如く、近代音樂の認識の不足な(研究心がないためであろうか)評論家たちや、無自覚で、ヒロイックで感傷的な一般聽衆の支持があるため、なんといつても勢力は大きい。近代音樂の陣營はきわめて微弱であり、發言權も少い。この点はほかの世界の文化人たち、詩人や画家などの到底想像もおよばないことであろう。ピカソやダリや、アラゴンやスウポオはもう古くなつているのに、作曲家だけは相変らずベートベンばかりであるのだ。新しい画をかく人や、シユールの詩人たちの中にも、音樂はドイツものをという連中がいることも、奇妙なことであり、こういつた古い音樂しかわからない文化人たちが、一そう日本保守音樂の陣營をつけあがらせるのである。このような珍妙な現象は、おそらく日本獨特のものであろうし、いかに日本の文化がルンペン的であるかを物語るものであろう。史的にみて、近世音樂の根源はイタリー古典にあり、日本の作曲家たちが學ばなければならない傳統とはラテン系音樂の本道であるということを思いしらねばならない。

詩人の妻

藤村青一

女學生が蒐集してゐるような封筒で桃色(ピンク)のわくの入つたウメダ・アミューズメントの用箋で、安西美佐保の署名。青一さま參る。これは最近、僕の家庭でも知れわたつた詩の先生安西冬衛の奥様から、突然受けとつた初のお便りだ。〃わたしのことを寂しがりやで甘えん坊といはれてゐますが、冬衛こそほんとにわがままものが藤村さまや御兩親がとつてもよくして下さつて喜こんでゐますのよ〃といつた家庭でも外でも六ケしい詩人の妻らしい優しい思いやりのある文面に僕は慨嘆した。

「詩文化」のメイン、トピックにする爲、小野十三郎との對談記事をとるのに、寓居笠置へ招待した時の禮状が一回、この二月東京まで送つて二日ほど護衛して歸つた時に頂戴したので二回目、何れも、女学生のようなスタイルで美しい水々しい文体と綺麗な文字で、面が火照つてくるやうな媚態(しな)は、良い意味に於て御主人の乾いた、四角い詩語と文字とは凡そ對照的なものであると思つた。その御便りのごとに、いちどお逢ひしてと繰り返し書きそえてあつたが、安西氏が東京から歸られて、突然連れだつて、書房へ訪れられた。初對面からして、もう親しく、思つたより小柄の優しく叮嚀な僕の小母さんみたい。五十の坂を飛び出て僕の兄貴とほゞ近い安西氏の年輩からみて、それは当然であるとは言いながら、あの少女のように人懷つこい手紙の主が既に四十を越している僕より、どうみても年齡が上であるのが不思議だつた。

惣領の兄貴を頭に姉が三人、一番末つ子の僕はヤンチヤで駄々つ兒で内弁慶の誉れ高いが、僕でも五人の伜や娘を持つ親父。それでも顔がぱつと赤くなつたほど――これは僕の内氣で初對面の人で、僕の何かを感じさす人には誰にでもそうだが――美佐保奥様への畏敬とその純情な美しさに正直なところ參つてしまつた。あゝ良いな。安西氏は幸福だ。詩人の妻は、子供ができても、年をとつても、斯のように少女のような初々しさがあつてよい、と。それにひきかへ、うちの世帯じみた女房はなんとくだらない、などゝでは愚痴ろことはやめよう。であるから安西氏も亦奥さんに優しく、いたわる女房思い。であるから僕は女房をぼろくそに言つてかへりみない。すると小野十三郎が、笠懺對談の時に僕の家庭を知つてしまつたことから、大体、君は女房をぼろくそに言いすきる。つていはれたが、その小野氏だつて、たいがい奥さんを叱りとばしてゐるから世話はない。現實にあつて詩人は不幸な存在だが、それ故に詩人の妻も亦不幸を宿命的に擔はればならぬと考へてゐる僕が、女房がその不幸を主人と共に愉しむことなくば、夫婦喧嘩のたえまがないのは已を得ない。その点、安西夫婦は倖せだ。幸福な詩人を主人にした、幸運な女性、安西美佐保。

ボロネーズ（2）補遺

F・A

南風の加減でもあるまいが、「胃袋の中で荊棘と化する燒鳥」のやうに難儀な詩を好んで書くといふ評判の安西冬衛が、これは又マシマロウのやうに甘く柔かいリード「花であなたをぶちませう」を發表した。尤もこれは彼が雜誌「亞」を昭和三年終刊した時に寄せられた頌詞「亞をやめるひとを花でぶちませう」といふレトリツクをアダプトしたもので至極ストイツクなモチーフのものださうだ。

今年は聖フランシスコ・ザビエル來朝四百年に方るので、山口、鹿児島、長崎等由緒の各都市では、ザビエル巡禮團の來訪を迎へてそれぞれ盛大な記念の式典を催すが、天文十九年聖人が拉典文物の胚種を齎らして上陸した緣起の堺市では、當時この賓客を接遇した貿易商日比谷了慶の館祉にモニユメントを建設することになり、目下造營中である。碑は播州宝殿產の青龍石で疊まれた長方形の壁体で、文學博士新村出の題字と安西冬衛の撰文がブロンズに鑄込まれる豫定であるが、文章は珍らしく平易で小學生にも容易に解讀が可能だとの評判が專らである。因に碑文の英譯ば次の如くである。

On a certain day in 1550 A.D. Saint Francis Xauier landed here at Sakai, and was receiVed by Ryokei Hibiya at his mansion.

From this memorable day dates the advent of the Western CiVilzation in Jaqan. which added much to the fragrance of the modern culture of Jaqan and her people.

階級的戀愛論
——作家讓原昌子を悼む——

小林明

美しく生きるために獨りで暮し、尙それが困難と知つて、革命陣營に走つた彼女の、併し生涯を貫いたものは、やはり封建的倫理にすぎなかつた。——醜さに徹すること、それが虐げられた者の唯一の道だ、美德なんて敵の去精手段にすぎないんだ、私はいつも嗤つたが、彼女は赭くなつて否定するばかり。彼女にあやまちを犯させたくて、それこそ生命を賭けた戀のように幾度彼女を脅かしたことか。合掌。

精神分裂症覺え書

木原啓允

誰もがみな、アッと感嘆するために、小林秀雄のモッツアルト論を讀んだわけではあるまい。じつは僕もよんでない。ただ、ある雑誌で、かれと湯川秀樹との對談録をよんだ。そのなかで、この「當代隨一」の文藝評論家と「世界的」な科學者とが、たしかモッツアルトが全体を最初から直觀的に把握するといつた意味のことを、ともどもひどく感心し、ふしぎがつていたように思う。しかし何のことはない。モッツアルトは精神分裂症だつたのである。彼はきらきら光りながれる分裂症特有の彼の幻聽に耳かたむけて、それをただ次々と樂譜にうつしとつてゆけばよかつた。

詩人ないし藝術家が、神がかり狀態の靈感によつて制作をなしとげることは、決して愧じらるべきではない。そうした症狀的な幻視や幻聽をおのれの才能に應じて記録する。まさしくそのことによつてこそ、彼は詩人と呼ばれるべきなのだから、分裂症の不幸な恩惠に浴していなかつたらしいヴァレリイは、いくぶんオカヤキ半分で、飽くなき知性の名を以て彼のマイナスのハンデイキャップを穴うめする。もしくはその恩惠に浴していながらしいてそれを拒否する、やくかいな患者である。そして、そのような患者が、決して分裂症にいないわけではない。

スエーデンボルグ、ヘルダアリン、ストリンドベリイ、ゴッホらの名によつて、人類の良心ともいうべき文化面に慚く露呈しはじめた分裂症、もしくは時代の分裂症的傾向は、二十世紀に至つてすでに常識的に、全面的にそのアメーバ浮游狀態の様相を呈出してきた。現代の絶望的な分裂と混乱、そのあげくの「大いなる幻影」とが、あの鐵檻附の病室に收容されている分裂症患者のすべてにいかによく似ているが、その酷似はすでに喜劇的である。そしてたとえばヤスパアスは、分裂症罹患の文化人を、少くとも西洋の十八世紀以前の歴史に於て、殆んど見出しえないと指摘するのである。

一九一一年 Bleuler によつて精神分裂症(schizophrenie)の名稱が提案されるまで、それは單に早發性痴呆症とよばれていた。この古い名稱は、kraepelin 以前、すでに Morel によつて命名されていた。Morel は妄想した。人類は文化の發展と共にその複雜な文化の產物のため、却つて種々の害毒をうけ、次第に精神の病的變化を來すに至つた。その精神變質も最初は神經衰弱などであるが、これらの障害は世代と共に遺傳的にうけつがれ、漸次その程度がつよくなる。即ち第二代ではてんかん、卒中、性格異常となり、次の代では精神病があらわれ、最後の世代では白痴となり、人類は絶滅するに至るであろう。

いわば十九世紀が宿命的に單に「象徴」するにとどまつたヤスパアスのいわゆる「實存の深淵」を、二十世紀はついに「開かれた現實」として亞鉛板のごとく露出し、それの强力な「具象」をもとめる。

ボードレエルがあのように「旅への誘い」をそそられ、「高翔」し、「前世」を思わされてやまなかつたものの實体。しかも彼さえがついにそれに「照應」し、「象徴」するにとどまつたものの實体。その未知の元素の全身的惡感。戰慄は氷結し、音樂は死滅し、もはやエーテルをも透さぬ防音裝置の壁。かけるべき鍵もないただ部屋そのもの。

個性の消滅、もしくは世界の脱落。眠りをしらぬ恐怖。疑惑の炎。操り人形化する暗示。底なしの絶望。突然の黄金の恍惚境。石の放失。

「精神的世界は健康と疾病との彼岸にある。」（ヤスパアス）

ヤスパアス自身に於ける精神病理學者と實存哲學者との關係について。もしくは、たとえばサルトルに於て彼のしばしば設定する「部屋」、「壁」、「密房」といつた類概念と、分裂病における特有の內閉性との関係について。

フロイドはリビドー說に固定して一歩退化する。解剖學的變化について、もしありとせば大腦皮質あるいは間腦附近であろうなどと、單に仮定され、臆測されるにとどまる。ジャネのどのように見事な心理學的解釋も、しよせんはついに學究的オナニズムであろう。ついに到達不能であるかに思われるその原因探究の過程に於て、一方ではしばしば分裂症概念そのものの解消論が提起されたりする。或はその病因及び精神的世界の相關々係についでいまだに不確定のままに、結局そのような絶對の分裂によつてこそ、それはまさしく分裂症とよばれるべきかのような錯覺をわれわれに起させる。

だから現在試みられている數種の科學的療法は、決して決定的のものとなつていない。さいごの痴呆の硬化へ向つて、それはたえず再發しつゞける。

又、外見の意識の正常は少しも患者でないことの保証とはならない。たしかに、たとえばある患者は自己の症状をますクラフト・エビングの精神病學体系によつて、ついでクレエペリンのそれによつて巧妙に説明し、あまつさえ兩者の相違をいさゝか皮肉な態度で指摘してみせるだろうし、あるいは僕の弟はヴアレリイの「ゲーテ頌」によみふけり、ゲーテについての貴重な論文を書き、しかもひそかにおのれの糞を食いつゞける。

農夫は農夫らしく、學生は學生らしく、藝術家は藝術家らしくそれがやつてくるのは、何とももうこつけいなことだ。

とかく交通巡査になりたがり、とかく整理されたがる人達がいる。いわばこれら觀念の薄弱兒童たちだけが、すぐに空疎な綜合や組織付けにすがりつく。曰く、暗い三角形。曰く、キリスト教かマルキシズムか……。おそらく、死に可能性などありはしない。死は死である。昨日が昨日であるごとく。錯亂にどのような論理もありはしない。克服出來るような虚無はない。克服出來ないから虚無なのである。詩人は獸類をさえ負わされているというランボオは、もう決してそんなチヤチなことをいいはしない。彼はいうであらう。「形なきものは、形なきままに置かん。」それからまた、第一の見者、詩人中の王ボードレエルについて――「彼はあまりに藝術的ミリユーの中に生活していた。」

少くとももはや文學的もしくは思想的の問題ではないであろう。即ち僕にわかる。少くとも政治技術もしくは生理的醫學的の問題であろう。そしてスタインベックがえがくスターリングラアドの癈墟の狂女を、ソ聯の計畫政治がいつ救濟するか、それは僕のしつたことではない。しかし何れにしても、後者の政治技術と生理的醫學的の問題は、決して二者全く無緣のものではありえまい。一八七一年以後、決してリヴイエールによつてゞなく、アラゴンらによつてこそ見事に再生させられるまで、ランボオは「盜まれた心」を抱いて、ひたすらにミステイフイカシオンにばく進する。今日ではリヴイエールは、あたかも妹イザベルのように、余りに深すぎる故の人間的な愛情の盲目によつて、實はランボオを非情に殺してしまつているといわねばなるまい。ランボオはじつに簡單明りようなのである。同じ頃のたとえばロオトレアモンのように。ロオトレアモンはいつた。「詩人こそは人類をなぐさめるものである。」「詩はすべてによつてつくられねばならぬ。決して一人によつてゞなく」。

今日リルケは、たとえば「ドイノの悲歌」のような詩作品が、靈感のあらしによつて書かれたというごとき事實によつてのみ、われわれの興味の對象となりうる。「マルテの手記」は、散文藝術の祕義としてよりもはるかに大きな價値と興味をもつて、われわれに精神分裂症の可成り貴重な資料を公開する。

ジヤック・ヴアシエの喜劇的な死は、かつて世界人類史の記録しえた最も貴重、最も記念すべき死のひとつである。すくなくともクリストのそれよりもわれわれにはるかに痛切である。

ユーモアとは、嚴肅さがいつしかうろこのようにまといつかせる空疎な仮面を刺戟し、剝落させるいわば溶解劑、もしくはヴアシエのいわゆる「目さまし時計」である。それは眠りをうちやぶる。同時に眠りの內臓をさらけ出す。「象徴的であることは象徴の本質の中にある。」のである。たとえば新古今から談林へ、有心衆に對する無心衆の執拗な抵抗が、ついに和歌文學の抒情の厚化粧をはぎとつて、俳諧の叙事の裸身を露出せしめる。いわば帝劇と淺草。十九世紀フランスサンボリストに對する二十世紀のユモリスト達。

ヴアレリイはいつたのである。「全裸の思想と感動は、全裸の人間のごとく弱い。故に着衣せしめなければならない」。するとブルトンはそれにこたえたのである。「全裸の思想と感動とは、全裸の人間のごとく強い。故に脱衣せしむべし」。

ランボオはすでにいつていた。狂亂のあまりもはや夢をみすべを失つてしまうとき、詩人は夢を見る。

象徴主義が外在的もしくは相對的に單に照應し、「象徴」するにとゞまつた實在の深淵に、いわば屈辱のダダをスプリングボードとして、さらにあくまで正統的に深入し、透徹し、それを全身を以て体現し露呈し具象したと思われるシユールレアリズムは、もはやあらゆる意味で、少くとも言語の個人的才能による「文學」ではない。すでにアポリネールがいかにヴアシエによつて無視され、嗤われたかを思え。しいていえば、それは患者自らが自らを臨床し、診斷し、記録し、提出する醫學上のカルテである。そこでは美醜についての價値の判断はむろんありえない。すべての個人の自我は消滅する。王候、乞食、指導者、被指導者、詩人、商人、ヨーロッパ人、日本人……ひとしく人間たるものが、まさしくその人間たることによつてすべて共通に具有し、現象し、罹患し、症狀を呈する人間のなまの生理そのもの、生命の流れそのものにほかならない。そのカルテ、その現象的記錄自身に、むろん何の効力もあるわけのものではあるまい。しかし、ひとつの目的のために、カルテはつねに必要である。

シユールレアリズムがいわば靈感の意識的持續、オオトマテイスム（自働記述法）を採用したことは、決して偶然ではない。精神分裂症患者がしばしばそれを行う。

かくていつかはついに狂暴な發作が、生きながらおのれの頭髪をむしりとらせるだろう。もしくは口邊に黄色い泡をたゝえて、ひそかにおのれの糞を食いつゞけるだろう。世界はたえざる戰爭の破壞と恐怖におびえつゞけるだろう。それから再び蘇ることのない永遠の癈墟の終末期がやつてくる。硬化してしまつた痴呆の人生の黄昏がやつてくる。つまり終末期の患者の一人カフカは告白せざるをえなかつた。「私は石である。」と。

（一九四九・六・二八）

☆

☆

☆

「新世代」欄
詩稿募集!!

一、原稿用紙に清書し、封筒には必ず「新世代」欄原稿と朱書きのこと。
一、枚數は問わないが、敍事詩以外はあまり長くないのがいゝ。篇數自由。
一、掲載詩に對して、稿料は今のところあげられない。
一、原稿は一切返却しないから、寫しを取つて置いて貰いたい。
一、宛先は東京都新宿區四谷須賀町一〇ノ一北川冬彦方「現代詩」編集所

ECHO欄原稿募集！

★讀者の發言頁である。
★題目は自由でいい
★ハガキ一枚程度。
★ECHO欄と朱書きのこと。
★採否編集部一任。

敍事詩・音樂・そして朗讀・・・・・・

敍事詩の音樂伴奏について

塚谷晃弘

オネガアやミロオ以降のフランスの歌曲をみていくと、これまでドイツ系のリイドの線を辿つてきた作曲法とまつたくちがつたいき方をしていることがわかる詩は、シムメトリカルな節にのつて歌はれるよりも、自由な形式のもとに、自由なメロデイイの線にのせられて、むしろ語られるといつた方が適切な取扱い方がされている。とり上げられる詩自身も自由詩であり、韻律はまつたく無視されたものが多い。詩は歌はれるよりも、デリケエトなピアノの伴奏に沿うて、語られる。朗讀されるようになつてきている。メロデイツクであるよりも、レスタチイフなのである。

このような行き方を作曲家がすゝようになると　やがては詩朗讀と音樂伴奏のヂヤンルは、歌曲自体も近づいてくるのではあるまいか。

モソロフなどになると、詩も敍事詩が多くとり上げられ、極端なものは、廣告文がそのまゝ歌曲の素材となつている。ラヴエルも敍事詩を合唱曲としている。歌謠調から朗讀調え、抒情詩から敍事詩の世界えと、近代の音樂家達は技術をおし展めていきつゝある。これは感覺と、技術の兩面からの進歩をまつてはじめて可能となるものである。おそらくシユウベルトや、シユウマンの時代では敍事的な詩が音樂と結びつくことは考えられなかつたことであろう。もつともミンストレルや、トラヴアドオルの時代では、このような試みは決して珍しいことではなく、發生史的にみるとむしろ詩と音樂とは、敍事詩を通じてはじめて結びついたものであるといえる。日本の古典、封建音樂にしてもこのことは明らかであろう

最近しばしば日本の現代作曲家の歌曲作品を聽く機會を得たが、いずれもドイツ・ロオマン派時代の手法のみで作曲されているのに驚いている。とり上げる詩は新しいものもある。音樂の方が、詩の内容についていけないのである。これは日本の作曲家の感覺と、技術とか、想像

以上に遅れていることの證據である。現代の詩は、歌はれるのではなくて、語られるべきである。音樂の伴奏の部がこれに對して、こまかい心づかいと奥行きとをみせて、まざり合い、織りなされていつてはじめてそこに現代の詩精神と結びついた音樂が生れるのである。詩は決してメロデイイに屈服し、ねじまげられるべきではなく、自由に自己を表現すべきである。

このようにみるならば、敍事詩と音樂との結びつきも、なんら不自然でなく、充分に音樂家の立場から取り上げられてよいものであるといえる。この場合、音樂家は近代音樂の技術を充分に驅使できる技術をもつことが必要である。抒情詩や、一定の韻律をもつ詩は、古典や、ロオマン派の音樂技術だけでも足りる。敍事詩の場合は、こういつた規則と形式にしばられた表現技術では、とうてい音樂を結びつけることはできぬであろう。シエエンベルグの「ナポレオン頌歌」、プロコフイエフの「ピイタアと狼」を聽いた人は、そこに自由奔放な音樂の表現を發見するであろう。音樂が自由な表現をもてばもつほど、詩自身も束縛から解放され大膽な形をとることができるのである。詩と音樂とは、お互に自由な形で、そこに渾然とした結びつき、エスプリの上での統一が得られなければならない。敍事詩の作曲には、音樂の表現の自由がもつとも大切である。

抒情詩の作曲の場合は、ある一つのつらぬかれたモチイフや、一定の雰圍氣描寫でことたりるものである。そこでは、しばしば、詩の方が音樂よりも多くを語つているのである。ところが敍事詩となると、音樂はさまざまな手法が考えられなければならない。モチイフも場面の轉換によつて大膽なヴアリエエションが行はれなければならない。聽衆に對する効果の点も考えられなければならない。音樂は、ある場合は詩よりも多くを語らねばならないのである。技術的にいえば、雰圍氣描寫（時代・場所に應じた）、心裡描寫、ライト・モチイフ法、コントラストの技法、擬音的効果、音色の變化（管絃樂の場合は問題でないが、ピアノ伴奏の場合は廣いオクタアブが用いられなければならない）轉調、ポリトナアル、が大膽に用いられるべきであろう。敍事詩の作曲は、トオキイ音樂と類似した手法がとられるごとくであるが、トオキイ音樂よりも、音樂的に一貫したモチイフが用いられなければ、かえつて敍事詩の効果をそぐものである。敍事詩の伴奏作曲の分野は、未だまつたく未開拓であり、多くの興味深い問題をふくんでいるものといえる。

敍事詩の朗讀

——「狐」のこと——

津田　誠

　小説を短かく行を切つて横に長く列べたからと云つて直ちに叙事詩になるものではない、と同様に敍事詩の朗讀は物語ではないのです。そこに描き出されたものが詩的イメージであり、書かれた文章に詩的リズムとテンポとハーモニーがあることを朗讀者は熟讀によつて見付け出さなければなりません、それが物語と違う根本だと思います。それでは詩の世界に於ける其の他の作品——即ち抒情詩や象徴詩などの讀み方が違うのであろうか？。

　前に述べたような詩的リズムとテンポとハーモニーは、詩である限り全ての詩が持つています、そう云う基本的考え方に於ては何等區別を要する点は無い、而しながら詩のなかを流れているものを考えるならば、抒情詩や象徴詩に於ては心理的なものであるのに對して叙事詩の場合は物語的なものであるに違いない、物語ではないが物語的なものが一貫して流れている、それが詩的リズムとテンポとハーモニーに乘つて流れている、そう云うものを朗読者が体全部で受取つて再創造するところに叙事詩の朗讀が成り立つのです。

　私は初めから叙事詩の朗読は成り立つものであり、それが如何なる成り立ち方をするかと云うことばかりを述べて來ましたが、それは私が北川冬彥作「狐」を「詩の朗讀研究會」の舞台で朗讀して相當の効果をあげることが出來た体驗を既に持つているからです。

　それでは、その「狐」の話をしてみましよう。「狐」が上演されたのは昭和二十三年の「秋の詩祭」でしたが、私は「狐」を下讀みして先ず心をひかれたのは其の作品の映畫シナリオ的展開と、その展開の間に漂うファンタジックな感覺——それは最后の場面で最高潮に達し、非常な飛躍を遂げるのですが——これはもう、はつきりと、物語ではない、詩の世界でなければ表現出來ないものであることを私は先ず感じたのです。而も他の種類の詩と違つて、筋がはつきり語られ、その物語的要素がファンタジックな感覺を土台にしてぐん／＼飛躍して行く、そのリズムとテンポ、それから靜動强弱のイメージのハーモニー、そして全体の流れの起伏——こう云うものを私は幾度か讀み返している間に次第に適確に把握して行く、それが私の朗読演技を一歩一歩決定して行くのです、最初の叙景から始まる「狐」が次第に高潮して行つて蒙古人と苦力との對峙となり、そこに狐がとび出して、双方に大きな心理的變化を湧き起こし、詩は夢幻的効果を構成して一切の説明を排除し、直接に適確に核心をつかみ出すのです、ここが此の作品のヤマであり最も朗讀演技に苦心した所で、最后に間を置いて、ただ一行で結ぶと云う大飛躍の、心理的必然を如何に盛り上げて行くか……ここで作品の生命は決定されるのでした。

私がこの作品を朗讀して感じたことは、長篇叙事詩の朗讀を舞台で効果的に上演するには音樂によるイメージの補足、雰圍氣の釀成が必要であること、朗讀者が如何に熟練者でも更に音樂によつて効果を高めることが必要であること——あの二十分に亘る長時間の朗讀を聽衆に魅力あらしめた大きな力が音樂の助奏にあつたことを私は認めるのです。塚谷晃弘氏の作曲が私の作品解釋とよく合つていたことも大事なことでした。

かくて私は、敍事詩はその詩性と物語性との双方から大衆にうつたえ、大衆の心をとらえることの出來る点で朗讀の演出さえ適當ならば大いに有望な種目であることを認めたのです。

(筆者は詩の朗讀研究會員、演技者、NHKプロデューサー)

詩朗讀と敍事詩「早春」について

渡邊琴

私の如き淺學の者が詩の朗讀について語る事は甚だおこがましいのですが……私が私なりに考へて居ることを書いてみようと思います。先づ私が朗讀者の立場として自分に與へられた詩、又は自分が讀み度いと思ふ詩、その詩を讀んで自分の心に感動をうけるこの感動が先づ大切です。その主觀的感動をあくまで詩の內容に添つて詩人の思想、感情、イメーヂファンタヂーを客観的に表現します。同じ詩でも朗読者によつて感動の强弱、大小、があり表現にも多少のズレはあります。それから詩には必ずムーブマンがあり、それを適確につかんで詩を生々と生かす事も大切です。言葉にはリズムがあり、詩にもリズムがあります。

朗讀者は只このリズムに乘つて讀んでしまつたら單なる紹介者(傳達者)になつてしまひます。只キレイに破綻なく讀むのでは人の胸をうつ事は出來ません。その詩の中に、詩の底に流れているムーブマンをとらへてそれに組つくはげしさはぜひほしいものです。

朗讀者として、技術的に大切な事は發聲、發音、エロキユーション、アクセント、アーテキレーション等これらを十分に正しく訓練することです。

詩の內容を理解し把握して抑揚緩急、高低、强弱、等、それらを自由に驅使して詩の內容を十分に生かすべきです。聲の美しさは朗讀を助けはいたしますが決定的なものではありません。その人のもつ地聲のもつ音域、つまり一番樂な狀態で會話をするときの音程でよむのが聞きよいもので作り聲は絶對にさけるべきです。

それから讀むテンポが早すぎても、おそすぎても駄目です。人間の聽覺は感覺的な音に對しては敏感ですが言葉の內容を理解する段になると手間がかかりますからどんどん早くよんだのでは聞いてる者がついて行かれません。讀む技術と聽かせる技術と相まつて朗讀の効果はあがります。

私が昨年春「詩の朗讀研究會」の詩祭で北川冬彥さんの敍事詩「早春」をよませて頂きました。その時の事を少し書いて見ませう。

私はいつも自分が讀む詩に對しては謙虛な心をもつて向ひます。そして無念無想の境地で默讀します。默讀している中に心に感動をうけます。この感動が大切です。全体がつかめたら部分部分に分けて解釋します。それから敍事詩は物語り的內容をもつており劇的なところがありますから私はそこを特に生かす樣にいたしました。

「早春」はサイレンといふ朝鮮女が主人公でその孤獨な女の生きる爲の悲しい生活の一面がかかれています。あの大きな鴨綠江を舞台として自然の美しさといたましい人間の生の姿を織りなした「早春」

私は「早春」から受けた強い心の感動をむしろ客觀的に淡々と（無技巧の技巧）よんでゆきました。そして終りに近くサイレンが河に落ち次第に氷の下へ白い着物が吸はれて行くところに特に重点をおきました。いたましくも美しきエレヂー。人の世の悲劇は、詩人のもつかなしみそのものと又彼の統御する心とによつてエレヂーが作られるのではないでせうか。この詩をよみました時あまりにも思ひがけず皆樣方からおほめのお言葉をいたゞきました事は決して私一人の力ではなく良き詩を與へて下さつた北川氏と、作曲伴奏をして下さいました塚谷氏の御協力の賜物と感謝いたしております。しみじみ詩朗讀には音樂の力、詩と音樂との融合がどれほど詩の美しさを表はす事か痛感いたしました。（山本安英門下葡萄の會々員）

近時受贈誌

「ポイジイ」「日本未來派」「サンドル」「詩文化」「新詩人」「詩と詩人」「詩学」「爐」「詩と眞實」「詩人通信」「銀河系」「交替」「日本詩壇」「零度」「雨季」「母音」「さぼてんとお」「もろやま」「ANA」「詩標」「詩稿」「造形文學』『リベルテ」「鴉群」「葦」「蕊鉄」「藝術創造」「鯨」「近代詩派」「慈眼」「詩火」「女神」「海峽」「レジスタンス」「東海詩人」「壁」「自由詩人」「新鐵詩人」「東北詩壇」「詩朗研會報」「塔影」「詩人種」「COTTON」「新日本詩歌」「北」「龍」「底流」「GENERATION」「齒車」「文學集團」「知識人」「文學界」「日通文學」「火山系」「いにしあてぃぶ」「東北文學」「風花」「風貌」「名古屋文學」「白木綿」「聖家族」「いのみ」「若草」「令女界」「シナリオ文藝」「映画春秋」「生活文化」「文學國土」「孔貌通信」「キネマ旬報」（北川宛のものを含む）

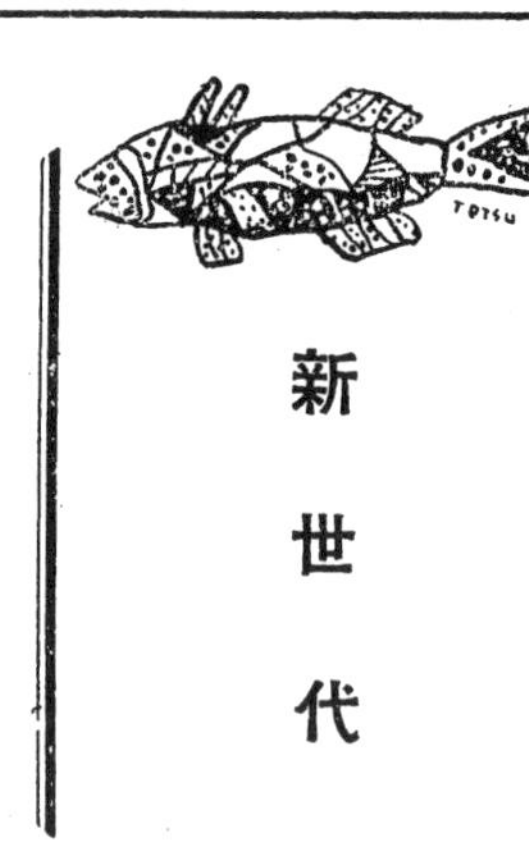

新世代

幻滅

江川秀次

ハモニカは錆びついた。
ギターは經木（へぎ）のようにそり返つた。
カラ　カラ　カラ　…………
鼠の糞のころがる音である。

では　外へ出よう
曇天の街で
嘗つての爽快な戀人たち
いまや　青ぶくれたおかみさんとなつて
配給所の前に列んでいる。

風景はおゝむね
鼠色――とか　灰色――とか
所謂これが澁い色なのだそうである。
　――原色喪失――

ずつと以前から
私は蛋白質に涸燥し始めている。

（そんな時おまえは　おまえの舊い師父達
　を訪れて　膝下に得難い精神の賦活を乞
　え）
とあなたはいうのか

實際のところ　私は
この世の「流轉の實相」というものを骨の髄
　から知らされた。
すべてが變つている。

ソクラテスの君は　すでに山の神に
叩き出されて何處か街中をうろついている
　というし
孔子先生は　世渡り下手の屁理窟か崇つて
　目下失業中とある。

乞食坊主になり下つて
托鉢行脚中の　お釈迦様。

エルサレムの宮殿で
が鳴り散らしている　氣じるしの主
耶蘇基督。

だから　私は旅にも出た。
永い時間の過去の喪失を
遠い空間の未來に償おうと
かの遠望の森を目指して……
何かそこに「幸福の實体」が
ひそかに棲むような
乳藍色にかすむ　切ない思慕の
遠望の森を目指して
旅に出た――こともある。

道々　私は
苦しい体驗の橋を渡りながら
未來の虚妄の豫感におびえだした。
そこで
路傍の花は褪色し
小川の水は濁り

汚穢と俗情と……

目的地に來てみれば
そこには
たゞなんとなく樹木が立つていて
落葉が堆く積つていて
しみつたれた草葺屋根が四五軒あつて洟つ
たらし小僧がボンヤリしていて
あゝ　いつでもこれなのだ！

家に歸つて——

ハモニカは錆びついていた。
ギターは經木のようにそり返つていた。
（一九四九、七、九）

北極

持田惠三

暗い
太陽が
白雪の
遠山に
ゆつたりと
かくれる

こゝ
青黒い
氷のつゝむ
極北の
凍りつく
靜寂

乾ける
骨の風車
日々の
いとなみを
カラ〳〵と
鳴らす

生の影
動かず
たゞ
うつろなる
聲なき笑ひ
しばし
こだまする

富士

川崎利夫

過去をぐうつとうしろへやられば前進しな
いものだ。
水のない湖も
凹面鏡の山脈も
ふみこえ　ふみこえればならぬ
赤い花の媚笑や
破砕された骨片や　合成樹脂や
どぶ板をこえ
白い墓標とともに。
エネルギッシュな機関車は、レエルがなく
ても走りうるものだ
前をみろ！　うつそうの草原を
機関車が　人間が走るんだ
雑草が伏しなびいて
富士が　みとおせるまで。

新世代欄雑感
—八、九月合併號—

安彦敦雄

　僕らはゆうまでもなく新人である。明日への希望に満ち満ちた青年にほかならない。新人の唯一の弱点は無名であるとゆうところにある。が、しかしまた此の事自体が新人の最も輝かしい誇であり、武器であるかも知れない。

　それは「何物にもとらはれずに思いきり自已を燃焼さす事が出來る」ところにあるのだと僕は云いたい。此の「新世代欄」の作者達も勿論僕らと同じ新人なのだ。所謂名ばかり新人のえせ詩人とはちがう正眞正銘の新人なのだ。何故かと云へば、論よりしようこ、どの作品を讀んでみても僕ら新人の常識である「悪抒情への馬鹿氣たアコガレ」が無いからなのだ。

　これは驚ろくべき事なのだ。悪抒情の否定精神はゆう迄も無く近代主知主義につながる一線であり、最も近代詩へのオーソドックスであると僕は信じきつている。その意味からして先ず僕は荒木力氏の「いのち」を良い作品だと思つている。何より自意識につらぬかれた立体的な構成か一應まとまつて新鮮さを感じさせるのは決して凡手の人では無いようだ。

　高柳濤雄氏の「くだけた街」も重苦しい時代の壓迫感を巧みにユーモラスに描寫しているのは良い。多分に観念的ではあるけれども捨て難い味の作品である。稲住頼光氏の「脚」も良い。脚のリズムと魚を連想させるモンタージュは美しい。ひとつまちがへば悪抒情化し兼れない一線をよく踏みとどまつているのは感じ入つた。三田俊郎氏の「夏の蝶」は観念の具象化に際して敏感に現實と詩的現實の境界正しく夏の蝶のように軽軽と處理しているのは此の詩人の持味とゆうべきか。見谷浩志氏の「光」と安川焔氏の「雪は降りつづいてゐる」の二つの散文詩は對照的なものである。前者の強い主観と自意識の過剰ぶりを烈日に咲く向日葵性（トロピズム）とみれば、後者は客観的ではあるが現實に於る悲哀の情が女性的に靜止画として見られる特長からしてより良き人生派の詩とみるべきであろう。島山邦彦氏の「蟻の巣は夢の國」は決して悪い作品ではない。が、かつて「氣球」同人として活躍した時代より尖鋭な感覚と知性が伸びてないように思はれてならない。大河内麗子氏の「疲れ」は女性らしい神經のよく行き届いた詩だ。何より自已をよくみつめてしかもそれに溺れてないのは素晴しい。石川武司の「銅羅」は北國人らしい重厚さに溢れたダイナミックな詩だ。山崎識彦氏の「古びた空氣」の言葉のモザイックの美はいささか獨斷的な氣もされるがエキセントリックである事は確かだ。北小路秋彦氏の「アトリヱの花の陶酔」はもう少しすつきりと鮮明に仕上げたい氣がした。意慾が溢れかへつて靜止出來ないうらみがある。荒木芳夫氏の「深く深く沈んで見たい」はまだ稚ない感じだ。山田四十氏の「少女の蝶蝶」は何となく病的な感じだ。OBUSCNRO同人氏の「夜明け」は假名のもたらす特長である人工ダイヤ的なキラキラした絢爛さをよく生していて面白いと思う。豊富な想像力と、幻想風景がモダニズム的なのだ。

　しかし僕個人としてはこの様な詩作態度はつまらない氣がされてならない。とにかくいみじくも名附られた「新世代」から本當に明日を築く新人の數多く出る事を僕らは大いに期待して止まない次第である。（尚、川崎利夫の「窗」を落したことに氣付いた。これは急いだための遺漏で他意はない。）

「日本詩人」の「新詩人號」

鵜澤　覺

かつて私達の少年の頃、詩話会の機關誌に「日本詩人」があり（大正十五年十一月廢刊）前後二回「新詩人号」として天下の青年詩人の作を公募したことがあつた。

第一回は大正十三年六月号、第二回は大正十四年二月号をそれに當てられた。又これと別派の内藤鋠策編集の「抒情詩」も大正十四年八月号を「新人推薦詩集号」としたのであつた。

「日本詩人」の第一回の選者は川路柳虹、佐藤惣之助、白鳥省吾、千家元麿、萩原朔太郎、福田正夫の諸氏で、鈴木穎兒、斎藤康一郎、後藤大治、安井龍の四氏が最高位に推された。第二回は投稿者が選者を指定し、その選者の採点後に、ふたたび各選者が採点してその合計点で順位をつけたところ、第一席は千家元麿選希望の黃えい、第二席は多田不二選の栗木孝次郎、以下福田正夫選の棟方寅雄佐藤惣之助選の山崎英次、百田宗治選の新良孝平、萩原朔太郎選の上田敏雄、白鳥省吾選の宮川保夫、富田砕花選の青木雨之介、川路柳虹選の安藤華子、生田春月選の加藤郁哉の順となつた。

「抒情詩」の方でも選者を指定させたが、陶山篤太郎選の田中愁二、尾崎喜八選の金井新作、赤松月船選の荒野鉄之助、中西悟堂選の市島三千雄、渡辺渡選の田辺耕一郎、井上康文選の大貫よし江、岡村二一選の竹村浩、佐藤惣之助選の杉浦武彦がそれぞれ推され、更に此の中から再選抜されて賞として詩集が出版されることになつていた。

しかし今玆に二十年の歳月の砥にかけられて見ると、新詩人として登場しただけで終つた人もあり、途中道を曲げてしまつた人、夭折した人と、中々面白い示唆を投げかけるものがある。

「日本詩人」の方で言えば、岩手の斎藤康一郎、當時台灣在住で詩集「亜字欄に倚りて」の著者後藤大治、「風のない樹木」の安井龍二回共入選し萩原朔太郎からも嘱望され、詩集もあつた櫻井光雄、同じく二回入選組越の後谷隆二、麻生恒太郎、澄田廣史。「花と金鑛」の柴山晴美、「抒情詩」へも入選した乙部静夫、平澤哲夫、塚原嘉重等。その他、淳木優輝、澁谷榮一、田辺健次郎、村井武生、永澤茂美、原理充雄、「たんぽぽ」の著者坂本遼、中田忠太郎、「發生」の著者野村孝子等、何れも現在迄の水脈を引いて居ない。

「抒情詩」ではよきテムペラメントとテクニックを持つて居ると思われた金井新作や荒野鐵之助（この人は日本詩人第一回の場合も入選）日本詩人第二回目萩原朔太郎に見出されて天才的と刮目された市島三千雄、何れも寡聞にしてその後を聞かぬ。大野勇二はドイツ語学者となり、蓮田善明は確か成城高校教授になられた人と思われ、佐々木秀光は國會議員の筈であるし、松井直樹は新しい洋裁デザイナアのその人と同名異人であろうか。

「日本詩人」第二回のトップ黃えいは中國人で日本陸士卒。その詩業は誰も知つて居るであろう。草野心平の「銅鑼」にも居たし、後年関谷裕規を通して私達の「草」の同人でもあつた。棟方寅雄は現在の版画の志功と關係はないであろうか。山崎英次は後に「詩と詩論」にランボオの「地獄の季節」の譯業を見せて居たし、上田敏雄は同じく「詩と詩論」で活躍し、その詩集「假說の運動」は余りに有名であり、最近「詩學」にその健在を傳えて居る。

尙現在活動して居る者には、日本詩人第一回の入選者では「自由詩人」編集永田東一郎殿岡辰雄、「人民短歌」の渡辺波光（当時）、俳誌「層雲」の秋山秋紅蓼、第二回では百田選の山本信雄、阪本越郎、萩原選の伊藤信吉（抒情詩では陶山選）瀧口武士（第一回も入選）藏原伸二郎、福田選の安西冬衞、「抒情詩」入選では陶山選の竹中郁（日本詩人第一回も入選）尾崎選の眞壁仁、小說及び評論に轉じた伊藤整、「至上律」の更科源藏、渡辺選の菊田一夫は「鐘の鳴る丘」の方向に轉じ、又佐藤惣選の山之口貘等も居る。

勿論かかる公募等に應じないで孜々としてエスプリと技法を磨いて居た人もあろうし、現在頭を沒して居るかに見える是等の人が何時詩壇にカムバックして來るかは神ならぬ身の知る由もない。

＜附＞字數の都合により敬稱すべて省略。

思い出の萩原朔太郎

牧　章造

確か朔太郎は大正十五年から昭和四年頃まで大森の馬込に住んでいた。ぼくの年令がせいぜい十から十三までの間で馬込の小學校を卒業する迄のことであるから、当然幼いぼくが詩人朔太郎を特に意識するようなことはなかつた。むしろ「萩原の小父さん」くらいなところだつたと云つてよい。大連に渡つた足掛け四年を除き、概ね八つのときから二十九の戰爭で應召するまでの二十一年間、ぼくは馬込に住んでいた。

年譜によつて正確を期するのが本当なのだが、なにも用意がないので記憶だけに頼つて馬込時代の朔太郎を書きつずつてみようと思う。

詩人と稱する人間が、ぼくの家の一軒おいた辺りに移り住んで來た。風貌も少々かわつていたし、挙動にも普通の人と異つているものがあつたので、すぐ近隣の噂にのぼつた。そして彼と同じようなことをやつているらしい詩人とか、文士とか新聞雜誌の記者とかがひつきりなしに彼の家を出入りしていた。室生犀星や、宇野千代などという人の名前に親しい憶えがあるのは、そのせいだと思つている。

ぼくの年令で、大森馬込時代の萩原朔太郎とその家庭のさまを知つている人はそうたんとは居まいと思う。

この頃、たしか朔太郎は「詩の原理」の脫稿をいそいでいた筈である。第一書房版の豪華な「萩原朔太郎詩集」が出たのも略々この頃だつたろう。この詩集が朔太郎の机の上に十冊ばかり積まれてあつたことをぼくはいまよく憶えている。

往來で見かける朔太郎は和服の方が多かつた。いつもそわそわして落着きがないように思われた。アメリカの喜劇俳優バスター・キートンさながらな恰好で、帽子をちよいとつまんで上にあげて挨拶するのである。しかも全く氣の毒になるくらいそれが律義な動作であつた。外で酒をのむ機會が多く、髪の毛が額に翳さつているようなときは、大低酔拂つているに決つていた。その眼が何處をみているのかわからないような感じだつたが、そのくせ一点ばかり瞶めている風でもあり、變な悲しさが印象としてぼくの氣持に殘つている。そんなところ確かにキートンそつくりであつた。彼がバスター・キートンを自認していたということはずつとあとになつて知つた。

朔太郎夫人は稻子と云つた。惡妻の評判高く、モリエールの妻アルマンド・ペジャールそこのけの風があつた。朔太郎が家庭的に惠まれず、落ついて家で仕事が出來なかつた(と思う)のもこのアルマンドのせいだと考えられる。だから彼はいつも外をほおつき歩かねばいられなかつた、雑とうの中に孤獨を感じた彼に、家庭に於けるこの不幸な面が作用しない筈はなかつたであろう。こんな意味でぼくは彼をミザントロープだと云つたりしたこともあつたのである。

朔太郎の名聲がとみに上りはじめた頃でもあるが、とにかくその家に出入する若い連中と夫人との間の噂がしきりに近隣に洩れていたのである。ぼくの記憶だけでも、ちよつと凄いものがあるのだが、いろいろまださし觸りがあるだろうとも思うし故人の名擧も考えるので深くは觸れない。

この夫人は当時の所謂るモダンガアルだつた。たびたび俳優を引き合いに出すが、アメリカの女優にクララ・ボオというのがいた。あの断髮の妖艶な風がそのまま夫人にあてはまると思う。このことはぼくが云わなくても馬込時代の朔太郎の家を訪れたことのある古い詩人たちなら、知つている筈である。少し顋かしやくれて長く、花王石鹼の廣告に似た感じがあつたが、自他共に宥す美貌の持主であつたことも確かである。朔太郎のところに集まる若い連中に、だんだんこの中年の女の情慾が挑發していつたのである。

若い連中のなかには、朔太郎から敎えを受けるためにくるのか、夫人が目當てでくるのか、しまいにはわけがわからなくなつたような者もいたようである。

朔太郎が家に落ついていられなかつたことのもうひとつの理由は、毎夜彼の家がダンスホールに化していたからであつた。夫人はいつも若い男たちを身に引きつけていたから、その連中と夜はダンスを始めたのである。ぼくの家の庭からその情景が眺められた。直接見たことはなかつたが、窓に映る様子を度々見たのである。夫人は朝からダンスの練習も余念がなかつた。ことに新しい踊りでチャールストンというのが流行し始めていたが、たとえばぼくが登校の途次、朔太郎の家の前を通るとき、往來に面した二階の高窓の敷居に手をついて、夫人はしきりにこのチャールストンをやつているのである。ぼくが帽子をとつてお辭儀をすると夫人はチャールストンをやり乍ら挨拶を返すのである。殆んど毎朝のことなので、つまらないことだが、いまも憶えているのだろうと思う。

おばさんのことよそでなんか云つてるでしよう、なんて云つているの？　と一度この夫人から訊ねられたことがあつた。ハギモがつて云つてる、とぼくは顔を赭くしてそれだけ答えたのである。

朔太郎もこの頃から次第に原稿が賣れ始めたようだつたが、その私生活が派手に見えたのは夫人のせいだつたのである。恐らく朔太郎自身はこんな生活の面には無緣なときの方が多かつたにちがいない。

間もなくその家庭に支離滅裂を來たしてしまつたのであり、朔太郎は夫人を離婚すると同時に郷里の前橋に二女を伴つて歸つてしまつたのである。

後年、それも忘れ得ないことのひとつであるが、ぼくが偶然の機會に銀座の三昧堂で朔太郎の詩集「氷島」を見かけ、すぐそれを買い求めて歸つたのは、集中に「歸郷」という作品があつたからである。それを店頭で讀むなり、ぼくは朔太郎の不幸をまざまざと思い起したのである。「歸郷」にはサブタイトルして「昭和四年の冬、妻と離別し二兒を抱へて故郷に歸る」とある。ぼくはその作品の悲調とともに、二兒葉子、明子のことを切なく思い起したのである。

詩集「氷島」はぼくの本では二版だつたように思うが、これに引き込まれた十九の年以來、ぼくの詩作生活は始まつたのである。

この詩集を手始めとして「詩の原理」「虚妄の正義」「絶望の逃走」「青猫」と讀み進み、あけても暮れても朔太郎でなければならなくなり、古本屋を漁つて彼の古い著作を集めた。

羊皮表紙の豪華版「萩原朔太郎詩集」や「新しき慾情」などもその頃手に入れた。「朔太郎詩集」の自序に「詩は學問でもなく技藝でもない。詩はその時々に燃燒する魂の記錄、心の思い迫つた訴へにほかならない云々。」などとあるが、一心に心に彫りつけていた言葉である。「月に吠える」の自序にも「詩とは感情の神經を摑んだものである。生きて働く心理學である。」というのがある。

詩集「月に吠える」「純情小曲集」と一緒に、昭和十四年夏、大連にぼくが渡つたとき、彼地で詩人城小碓氏から古本屋にあることをきいたので、あわてて買い求めに走つたのであつた。定價九十錢のものだが、二十五円で買つたのである。しかしそれでも安いと思つた。東京では百五十円もしていたからである。彼の初期の作品は「純情小曲集」のなかの「愛憐詩篇」に示されていて、「夜汽車」「櫻」「中學の校庭」などはいまも暗誦しているほど好きなものである。また「郷土望景詩」の諸篇ことに「小出新道」は愛唱したものであつた。

「虚妄の正義」「絶望の逃走」「詩人の使命」等、彼の所謂るアフォリズムから、ぼくは文學する眼を學び取ることが出來たが、それ以上に人間に對する眼を開かせて貰えたと思つているのである。

朔太郎を圍む「パノンの会」というサロンが開かれた。昭和十四年七月始めの頃だつたぼくは詩誌「山の樹」のグループに屬していたので、鈴木亨、西垣脩、小山正孝達と共にこの会に參加した。ぼくたち若い世代の者がかなり集つたが、会をリイドする朔太郎のほかに、丸山薫、神保光太郎、田中克己、津村信夫などという「四季」の主要同人たちがいたのである。この席でぼくは朔太郎に十年ぶりの再会をしたのであるが、名乘つて出てそれと判つてはくれたが、懐かしいということより、むしろ彼にとつては過去の傷心に觸れたくない氣持の方が强かつたように見受けられた。この頃、朔太郎は二度目の夫人を迎え世田ケ谷の代田橋に住んでいた筈である。この「パノンの会」がどのぐらい續けられたかは、鈴木たちに訊いてみればわかると思うが、これが始まつて間もなくぼくは大連に行つてしまつたのである。だから席上で、二、三度朔太郎の面貌に接しただけで、ついに死の報を新聞で讀むまで邂りあうことがなかつた。

ぼくは前述のように、あけても暮れても朔太郎でなければいられない心醉の時期を經驗してきたが、やがて我ながらそれが身についてきて、たまらなく嫌悪を感じたこともあつた。しかし、ぼくが今日なお詩を書く生活をもつていることは、やはり朔太郎のお蔭であろうと思い、とりわけ文學以前であるぼくの少年時代に於ける朔太郎との邂逅を懐かしくふり返るのである。そして、そこにぼく流の淺からぬ縁の意味を考えながら今日まできたようにも思うのである。

この一文は朔太郎の私生活の面に多く觸れて書いたが、現在の文中の人々、ことに萩原葉子氏などの名譽をきずつけるような誤解も招かないとも限らないから、この最後の紙面で夫々お詫びをしておくこととする。

「月に吠える」で世に出た朔太郎の獨自な個性は今後も決して見失われることはあるまいと思うが、ある面から見れば、彼の詩に見られる感情やレトリツクはそのまま今日のものでない古さを伴つている。數多の彼のアフオリスムにしても然り。しかしボオドレエルが今日なお生きるように、朔太郎は日本に於ける近代詩の、ことに都会詩創造の先驅者として、極めて愁い深い直觀の眼ざしを投げかけて生きているのである。

少年時の記憶を辿つたこの文章が、どれだけ馬込時代の朔太郎を書き止め得たかは、云う必要もない。ぼくとしては、このあといろいろある彼の著作から主要のものを、もう一度集めて、ぼくのうちに生きる朔太郎は徹底的にえぐり出し、完膚ないまでに批評してみたいと思うばかりである。そしてそれが、朔太郎に對するぼくの愛敬なのでもある。

（一九四八、七、十五）

マルクスの記憶

小林　明

私は人生を出發しようとするにあたつて、二つの決定的な事件に相遇した。

一つは、あの太平洋戰爭の勃發であり他の一つは、ニヒリストHとの邂合である。Hは洛西の場末で古本屋を營む四十歳近い男で、且敗朴したマルクシストでもあつた。とある日、工場をサボつてぶらついていた私は、たまたま彼の店頭に積まれている薄つぺらな文學雜誌を手にとつた。やがて、私は彼が昔の仲間たちとやつている文学グループに出入することになり、時折人眼を忍ぶようにして姿を見せる作家加賀耿二先生（現共產黨議員）を知るようになつた。其時、私は先生と次のような会話を交わしたことがある。

「今は暗黒面を描いてはならないんだ」

「？　先生、それじや藝術として成立しないじやありませんか。藝術として成立せぬものに僕たちは何故執着しなければならないんです。」先生は答えなかつた。特高の臨席する場所で答えることは出來なかつたのだ。（当時の私は共產主義者が入獄していることすら辨えなかつた。）しかも、思春の好奇心は「赤」の探求に賭けられてしまつたのである。十七歳の秋のことだ。

けれども、早晩戰地に赴かねばならぬ私にとつて、「聖戰」の實相を知ることは何というむごたらしいことであつたろう。いかように考えても犬死は不可避である。懊惱の果て私はマルキシズムの敎える「歷史的必然を意志して自由」を得ようとしたのか、國粹國体の門を叩こうとさえしたのだ。これら屈辱の記憶が私をして人間の生理とマルキシズムの關係に明快な断を下すことを妨げるのだ。

書評

詩集「花電車」について
——北川冬彦氏の魅力

村野四郎

ぼくは此頃、同時代の詩人たちがようやく夫々獨自の世界に靜かに成熟しはじめているのを興味深くながめている。彼らにとつては亜流はもう遠い記憶になつてしまつた。彼らは皆、若氣の、冒險の遍歴をしつくしてここまでやつてきた。そしてある種の平靜さで自分の人生というものを本当に意識する段階にはいつてきている。もはや文學的なスタイルの誇張や模倣などはおかしく感じる時期になつてきているのである。

北川冬彦がこの詩集の「あとがき」の中で「私の詩風があまりにも変貌してきているのに驚くかもしれない。難解をもつて聞えていたのが、この平明さとなつたのであるから。私自身もよくも変貌したものだとおもう。尤もこの兆しは「實驗室」の最初の方の諸篇に見出せないことはないけれども。狭い門を通つて、廣い世界に踏み出した感じである。」とかいているが、ここにもはつきりと、こうした成熟の過程をしることが出來る。それは誇張や擬態を用いなくても、彼が到達した今日の詩人のモラルを表示できる技術上の成熟を意味しているのである。

詩人の生涯というものは杜えざる實驗の連續であることは今更いうまでもない。しかしこの實驗がアト・ランダムでなくなつたというまでのことである。科学の場合でもこうしたことは言える。科學者の初歩は、まず何を實驗すべきかということの摸索の上に冒險的である、しかしすでに實驗の体系をもつたものは、この体系の上に實驗をつみかさねるのであつて、そこにはもはや無謀の實驗は存在しないのである。

×

北川冬彦の仕事は、自分でも言っているように「實驗室」を境界にして、前後にわけられるといつていいだろう。それは單にスタイルの上ばかりでなく、詩的モラルの上に於ても。それだからこの詩集「花電車」も實驗室とほぼ同じような思考の型態をもつている。この「花電車」を文体上で理解することは極めて容易であるが、この魅力を理解することに、西脇順三郎の「旅人かえらず」を理解することと同様、しかし簡單ではないだろう。

今日の北川冬彦の魅力は、もはや彼の「檢溫器と花」や「戰爭」とはちがつて、その文体や發想上の警拔さにあるのでもなく、又今日の若い人々が現代詩に豫期しているような心象の斬新さにあるのでもない。それは彼の曲も綾もない一見平俗に見えるレトリックが描きだす思考の型態の一風変つたおもしろさにある。例えば彼の作品「蛇」の中に

蛇かのたくつた
胸がぐつとつまつた　蛇は私の苦手である
思はずはつと一歩とび退いた

という部分があるとする。おそらくこの表出

法は、若いモダニストたちにとつては、やりきれない「苦手」であるにちがいない。しかしこれに驚いていては畢竟北川冬彦の魅力を理解することはできないだろう、ぼくもよく彼の作品をよみながら、こんな平俗なことを書きはじめて、どうするつもりであろうと思つていろうちに、讀みおわると忽然と現れる不思議な思考の型態の魅力に愕然とすることがしばしばである。それは「花電車」「どんぐりの實」にしてもそうだし「武州松山郊外」「大樹」にしてもそうである。

　要するに、この詩集「花電車」は、その平明なスタイルのかげに、いよいよ複雑になつてゆく思考のおもしろさを示す大人の詩集の一つであるというべきだろう。

「花電車」印象

今村太平

　北川冬彦は温かい人である。いつでも胸で接してくる人である、鼓動をぢかにつたえる人である。しかるに冬彦の詩は巖頭の松をおもわせる。一種ちかよりがたい冷たさとひねくれをもつからである。氏の詩は私には嚴しい客観と、異常にひねくれた主観との統一のようにおもわれる。後者は氏の詩に東洋的な変形をあたえ、つねに水墨画を見るような感じにみちびく。路傍の雑草や、梢の落葉や、映画館の埃のなかに、なお痛烈な諷刺のひそむのもこのひねくれあるためである。氏の生きた時代が、客観をこのようにひねくれて表現することを強いたのであろう。

　しかしあたらしい時代は氏の年齢とゝもに氏を変えつゝある。「氾濫」が改行によつて平明化したように「花電車」もまた平明である。こゝでは氏はきびしくあろうとはしていない。こゝでは氏はすれていない。どこまでも温かく、おだやかに、平凡であろうとしている。「花電車」の主人公はもはや世をすれた孤独な詩人ではない。それは子をつれて花電車に見とれる大衆である。氏はこれらの大衆の一人として、荒れはてた生活に涙している。

　「花電車」はヒューマニズムの詩である。それは北川冬彦がこれまでひたかくしてきたものの露呈である。氏の弱さと温かさの發露である。それが人の心をうつのである。それがこの詩の平明である。無學な私の女房にも「明るい海」はわかり、そして涙した。

　あらゆる生が亡び去つた地上、そこにどうして生きのこつたか一人の男がうづくまつている。生命の最後の唯一の痕跡である彼だけが彼だけの知る過去のために慟哭している。この詩集を讀みおえたとき、私にはフトそんなイメージがうかんだ。おそらくこの詩集が全篇、生えの、人間世界えの、亡びゆかざるをえぬものえの、有爲轉變えの、かぎりない思慕をたたえているためであろう。

　「それをきいてわたしの胸は、張りさけそうだつた　わたしの胸は」で終る「戀情」。「あなたは、いま、どこでどうしているのだろう、どうしているのだろう」でむすばれた「思い出」。「瞑目せる横光氏のデッサンはまさしく掲げられていたのである。昭和廿二年十二月三十日午後四時三十分。」など、みな私にはこのような慟哭としてひゞく。

　すなわち「花電車」は追懐の詩であり抒情詩である。この点「氾濫」とは好對照をなしている。けれどもそれは抒情詩としてきわめて特異である。なぜならそれは生活の流れの遮断だからである。それゆえそれはたんなる歌ではない。描寫であり散文である、分析であり思考である。「明るい海」を讀む人は、復員兵のその後の運命が知りたくなるにちがいなく、「戀情」や「思い出」を讀む人は、そこに波らんをへた小說の最後のくだりを讀む壓力をおぼえるであろう。それらは長篇の一部、生活の流れの一カットをおもわせる。

この点「蛇」も「一杯の茶」も、「水鏡」も「子と親」もひとつながりの作である。それらのすべてにおなじ生活、おなじ愛情の持續がある。そして「思い出」や「戀情」は、詩の形式をとつた小說である。これらのなかの美ごとな心理分析は、散文の觀点にたつている。

生活の流れはまた思考の流れである。それゆえ「武州松山郊外」がエツセイをなし、「花電車」がモノローグとなり、「子どもと昆虫」がたんなる觀察の記錄に見えるのも不思議ではない。それらはみな抒情詩からはみだしている。そこは思考の面白さが歌の上にある。「どんぐりの實」や「愛情抄」が、詩でなくて散文であるのもおなじである。「花電車」は、ようするに散文を通過した詩と詩を通つた散文からなつている。北川冬彦においてもはや詩と散文の區別はなく、抒情と敍事は境界をうしない、兩者は融通無碍なるものに化している。氏の敍事詩えの志向はこの境地の產物とおもわれる。なぜなら敍事詩の特徴は、すべてのケオスにあるからである。抒事詩の綜合的な多樣性は、それが全人間的なものを包容しようとすることからくる。それはあるときは物語的であり、あるときは劇的であり、あるときは抒情詩的である。「花電車」の全篇にみなぎる溫かい人間臭、すべてを抱擁して涙する大いなるヒユマニテイーそれはもはや抒情詩ではもりきれぬものにちがいない。こゝに北川冬彦の敍事詩をめざさざるをえない理由があるようにおもわれる。平明の詩集「花電車」は、子供の繪本のような無邪氣な裝幀のなかに　現代詩のさまざまの性格と未來詩のいろいろの萌芽を藏している。その多樣性はまことに注目し檢討するに値いする。

鈴木信太郎譯「マラルメ詩集」評

鶴岡冬一

由來マラルメに限らず、マラルメの時代前后の象徴詩がわが國に輸入され始めた明治大正時代以來その翻譯調には實に妙な癖がこびりついていて更に改められようとしないのはどういう訳であろう。難解な漢語に殊更ルビを附した文語調の翻譯が上田敏、蒲原有明以來の傳統になつているようだ。

象徴詩とは、日本語で書けはどうしてもこうならなければならぬ必然性ともいうべきものが何處にあるのだろう。

現代日本の詩が現代國語の驅使によつて新らしい發展を行なつているにも拘らず、鈴木博士はその文語調の訳文から、十年一日の如く歩みを進めて居らぬのは實に不可解至極である。

本訳書中、散文詩は國語調ではあるが行間屢々古典的地名などには故意に漢語を振りあてゝいる所など、何とも不可思議である。

象牙の塔とはかゝるものなのであろうか。我々にとつては、このような現象は、徒らな骨董趣味とより映じないのだ。此の事は、博士のマラルメのみならず、ヴエルレーヌ・ボードレール、すべて同断である。此のような象徴詩譯が巷間に普及されるならば、一般讀者は頭腦を無用にしびれさせるか、定全に敬遠して擲げうつか、どちらかに違いない。

象徴詩譯文が此のような妙な傳統を存續させる限り。又それが博士の權威的研究と同斷に錯覺されている限り、わが國の象徴詩鑑賞の領域は寸分も開拓されないだろう。

又このような權威が若い年代の詩人にも惡影響を與え、所謂マチネ・ポエティックのような誤れる象徴詩複歸と獨善的詩作が、たどえ一時と雖も横行することになるのである。

兎も角、現代國語による平明な譯文に改めて貰いたいものである。平明ということは決してマラルメの認識美學的要素を損なうものではあるまい。寧ろマラルメの文字彫琢は高度の單純性によつて生かされるものではあるまいか。博士數十年の研究によるマラルメテキスト決定は、世界的研究として脫帽するとともに、更にその美意識の民主化へと一歩前進されんことを祈る次第である。

「異花受胎」寸感

扇谷義男

最近贈られた詩集のうち、殿岡辰雄氏の「異花受胎」はこの頃の鬱屈した自分の心奥を一脈の清風で洗つてくれた。由來、殿岡氏は自著を編むに際し、特に装幀には入念に入念を重ね、そのデリケートな、氣品に溢れた心遣ひが隅から隅まで行き亙つてをらねば氣がすまぬといつた性質の詩人であるらしい。この詩集は氏の第八番目に当るさうだが、例に洩れず包裝は淡褐色の特漉土佐紙で、白く浮き出た纖維を、斜に强く楮の生肌が漉き込まれてをり、その中央に朱色で題名が印刷されるといふ洵に篤實謙虛な殿岡氏の心柄をそのまゝに現はした心憎きまで渋い装幀である。この頃の粗雜極まる詩集の氾濫の中に、このやうな良心的出版をみるのは何としても嬉しいことだ。殿岡氏は今更、私がここに云々するのは失禮な位、古く「詩聖」時代から時流に超然と、まつとうな詩を書きつづけて來た特異な詩人。その作品價値については喋々の必要がない。然し乍ら、今までそんなに多くの傑れた詩を書き乍ら、氏がいつも詩界の中心から外れてきたといふことは、考へると本当に嘘のやうな氣がする。それもただ、詩作經歷が古いだけで作品が駄目なら敢て不思議でないが、殿岡氏の如く傑れた實質のある詩人が今日まで不遇な立場に置かれてきたといふことは、要するにこの社会がグルウプ以外に、情實以外に物を見やうとしなかつたからである。しかも尚、燦然とかがやく惑星のやうに、「岐阜に殿岡あり」といつた識者の眼は少くないに違いない。收錄「ねむるとき」以下三〇篇、内容、装幀共に近來の好著といふに憚らない。次に私の好きな詩を一つ擧げてをく。

行人

ささやくもののうつくしさ
みちばたに
われもささやく
おそるべき
されど　まことなる愛慾のうた

——

掬ひとるもののしたはしさ
みぎはに
われもすくふ
まことなる
されどおそるべき愛慾のみづ
人の生（よ）ふかくゆくものの
眼にほのじろし
何の野の花
しばし　夕凍（じ）み

舟方一の詩集

――「わが愛わ闘いの中から」について

近藤東

舟方一はシンのシンからの労働者である。プロレタリア文学時代に既に一家の風格をもつた作家であるが、いわゆる弾壓時代に姿を消していたので、彼の名は新らしい詩人として出現した。このことは作者はもちろん、われわれもくすぐつたい氣持であるが、そのことは逆に、彼の詩がこんにちでも（いや、こんにちこそ）生命を持つ理由であるともいえる。それは、大まかにいえば、當時のプロ詩の概念詩の中にあつて、人間性を具有する二三の作家（それは中野重治・森山啓・三好十郎・伊藤信吉などなど）につながるものを持つていた。そして、それらの詩人よりも「工場や船や荷上げ場で、体の折れまがるほどの生活をして來たという事」で一歩出ている。つまり彼はシンのシンからの労働者である。インテリではない。「金魚鉢のようにもろい肩」とか「夫婦のようにならんだ二つのでつかなガスタンク」とかいう形容詞に現われた感覚によつても理解される。彼の詩形は大体において長い。散文かと思えるほどであるが決して散文ではない。それは彼が極度に字句の改變を拒否することでもわかるが、じじつ『ふるさとえの歌』『河』『朝』その他のマッスとヴオリユームの美しさは、決して無造作に書き上げたものでないことを証明する。

彼は感傷をケイベツする感傷家である。このことがいかに彼を人間くさくし、親しみを感じさせるか。不注意に讀むと彼が常に自己反省をしているのを、虚無的であるとさえ誤解しそうである。この傾向は舊作に多い。近作は比較的に目的性が多く、割りきられている。そこには自己反省者が少い。それはそれでみとめるが、却つて讀者の感性にじつくり入つていかない場合が多い。『白頭山の峯まで』などがそれである。

彼は、カンゴクの生活を除くと、ほとんどを京浜の臨港工場地帯でくらした。エントツ荷揚げ場、あげ汐の運んでくるゴミ、安いパイ一屋、昔の割引電車などが生理的にまで受け入れられる人でないと（それにいわゆる「治安維持法」時代の感覚がないと）この詩集の興味は半減するとさえいえる。それほど、この一冊には最初から最後まで「沿岸労働者」の匂いがプンプンする。全巻二〇五ページの部厚な、近ごろ見ごたえのある力強い詩集である。

噴射塔

詩は誰のもの？

古代、神々の祭りの庭に捧げられた詩は、やがて人間の手に、そして大多數者のもとにさらに個人生活の確立と共に個人の所有の世界に入つて來た。古代人の自給自足の生活から次第に供給者と消費者にわかれて來たやうに、藝術も其の制作者と観賞者との関係が、供給者と需要者―生産者と消費者との關係に變つて來たと見てもよいであらう。卽ち個人の社会生活の必要を滿す可き物質化と商品化を來しつゝあると考へてよいのではなからうか。

画家だけが見る展覽會等と謂ふものは業者の相互研究會としての意味はあるであらう。しかし家庭菜園の出來榮えだけに滿足しては居られない。詩の實驗室と試作模型だけでは讀者を滿足させる譯にはいかない。優秀な生產者と其の大工場が欲しいのだ。

詩は最早詩人のためのものでは無いのだから！

（杉山誠治）

映画と詩眼

詩のない映画はつまらない。また映画に詩を見ることが出來ない観衆はあわれだ。吉村公三郎氏作「森の石松」には詩がある。しかし観衆を詩を感じない。作者は反省すべきだ「バカは死なきや治らない、浪曲のカイギヤク的文句を主人公にうまく当てはめて愚なやくざの英雄主義を否定するところに作品の意圖があり作者の器用さがある」とは某紙の評。詩眼がないのだ。吉村氏は石松をバカと見ない。それどころか社會意識に目覚めた百姓で一生を誠實で貫いだ人間とする。暴力犠牲者は石松だ。作者は武士あがりの飲み屋のおやじを出して安易な生き方をするインテリに嘲笑を送つている。俠客は肉体的暴力こそ否定さるべきで、男は男であるべし。人間でそして男だ。精神的暴力も許せないこと勿論眞の英雄は尊べ。アインシュタインは英雄だ石松の時代は過ぎた。新しい時代を詩眼で心ゆくばかり寫しとろうではないか。

（牧原水也）

一エピソード

「長篇敍事詩運動」の一エピソードを申上げます。飛驒の生むだ詩壇の先輩福田夕咲師は約十五年程前に「說話的大衆詩」と題して近來の運動とよく似た境地の作品を制作されたことがあります。「蚤の物語」が處女作であつたと思ひますが相当に長いもので、一匹の蚤が美人の肉体に戯れたり、乞食のおしりに嚙みついたり、種々と人体を廻り乍ら事件をおこし、結局妙齡の處女の肉体が一番氣持が好いと言つて永住しようとするがピシヤンと捕えられてつぶされてしまう――と言うやうな相當に官能描寫のきいた稍々エロチックなものでしたが、未發表のまゝ今は原稿もありませんので殘念です。

（吉村比呂詩）

國文學徒の見る長編叙事詩

短篇散文詩は「個」の文學で、此々には「個」が追求されている。そこに自我分裂を生じ自虐の苦惱を生ずるが、之を現代詩の戰慄として看ている。しかし更に「多」の課題の重れられて行く「責」を感じている。我々の体驗して來た変動は民族的、歴史的であつた。この共通した体驗の提出する課題は充分に民族の感情と思念をこめて表現されねばならないだらう。必ず戰爭詩とするのではない。過去一切の批判詩でもある。多くの人々の共同努力の中に、かゝる希求の滿される幾つかの詩篇が生れねばならないではないか。此の意味で長篇敍事詩の運動に全副から讚同している。隨分狷介な冷評を加える向もある樣である。

るが、極めて主観に陥し、なお詳論する所を開かなくしては致し様もないと思つている。古代敍事詩の手法、その史的展開の跡は精密に檢討を要するであらう。北川氏がシナリオ形式を採られたのも唐突ではない。古代敍事詩の系譜は戯曲に列つているのである。その再生も此々から成されて奇む所はないのである敍事詩から戯曲への過程を文獻の上で論証して行つて見たいと思つている。久しく對象とならなかつた領域であるから吃驚する様な事が多い。敍事詩に關する限り今日の詩學は半ば傳説的な見解が多い。殆ど修正されればなるまいと思つている。

（小　松）

寸言

日本人的性格とでも云うべきか、強盗、パンパンなどが、とかく英雄視する傾向があるそれらは最近の雑誌を見てもわかるとおりである。そのような悪習が詩壇にはびこつているのにはあきれかへつてものが云えない。戰時中は軍閥のお先棒的な詩を書いていた詩人が、終戰後になるとたちまち鞍変えをして、まるでチンドンヤみたいな役割をしている詩人もあり、また剽竊漢として有名になつた菱山修三あたりの作品を、詩學、造型文學等でかつぎあげている編集者も編集者だが、詩人も菱山ぐらいの年齢になると、こうも、あつかましく圖々しくなるものであろうか?。二十代三十代の詩人もだんだん年を經てくるに菱山のような詩人が幾人も出てきたら、まさに日本も現代詩的精彩がなくなり、なんらの意義もなくなるであろう。もう少しこの点を詩雑誌の編集者は考えるべきではなかろうか

（東京　久坂浩介）

ハガキ

撫養士佐泊といふ漁村へ來た。ラムネ屋へ入つてスケッチブックないかなぞ竹中が言ひ出す、路次を採集して歩く、赤い澤蟹が小溝の石垣から顔を見せ、ミシンを踏む土地の娘さんたちが仕事の手をやめのびあがつてエトランゼに驚異の眼をかがやかせる。

（冬）

〇

このハガキは村のよろづ屋で安下駄片足膝にのせて二人交互にしたゝめる。ポンポンの渡しを待つ間しばしスケッチ用のコンテにてしたゝむ。

（郁）

北海道にて

こちらは晴天つづきでいい天候です。函館では街を飾りたててお祭りでした。「花電車」も走つてゐました。北海道の山野は今さかんな緑です。伊藤整氏の初期の作風がただよふてゐます。「冬夜」は愛読しました。日響が演奏旅行に來てゐます。汽車も船も一緒でした。音樂家達はみんな服裝なんかもくたびれてゐてうらぶれたような哀愁を感じさせられました。札幌は戰災もなく古い朽ちかけた建物もよく見られます。明日は小樽へ行きます。

（岩　倉　憲　吾）

御挨拶

暑中御伺い申上げます

降而小生今回多年の古書籍商を廃業、紙・文房具・事務用品店を開業致しました。幸い各有力卸商筋とも特約が出來ましたので、極力優良の品を選んで御家庭、会社等各方面の御愛顧をお願致したく存じます。都内どこでも、一回二三点以上御用命次第お届け致し、又見本持参の上御用をも承りたく存じますので、何卒倍舊御高助の程伏而御願申上げます。

先ずはとりあえず御挨拶まで　拜具

東京都世田谷區北澤三ノ九四九

（小田急・帝都線下北澤下車　北澤本通り中ホド）

文具店　ムラカミ

（村　上　成　實）

編集後記

△先月號は現代詩同人作品特集に成功したが今月は、ネキスト・ジェネレーションの撰集を特集した。力作を寄せて貰つて有難い。

△『新世代』欄は、八月号が出てこの欄設置の趣旨が徹底しないと、この欄の目面は發揮されないに違いないが、江川秀次君の『幻滅』は面白いと思う。

△『コレスポンダンス』欄は到つて好評だが、この號は特に充實しだ近頃の詩壇にも批判はないではないが殆どが抽象論かまたは兒戯に類するものである。このとき岩本鶴岡の二君の大人の眼による批判の現れたことはいゝ。江間章子の詩壇時評は極めて具象的で鋭い。『詩學』詩壇時評の無責任な、衒學的放言と比較して讀者は納得するところがあるであらう。

△八月号で『ＥＣＨＯ』欄の設置を發表したが、この欄名はどうも、『コレスポンダンス』欄と大同小異の感があることに氣付いた。そこで差し當り噴射塔と名づけて見たがもし讀者にいゝ欄名が浮んだら智慧を借して貰いたいと思う。内容は、まだ本領を發揮していないが、こちらとしては、寸鉄言でありたいのである。出來るだけ短く鋭いのが望むところである。旺んな投稿を歓迎したい。

△本号はスペースの關係上、集つているいろいろ興味ある原稿が載せられなかつたことは、筆者にも申譯ないし、編集者としても殘念であるが、例えば戰地の『岡本太郎』と云う讀物原稿である。それから小林明の力作エッセイ『骰子と惡魔』殿內芳樹の『凝集と投射』の二つの異色あるエッセイ、祝算之介の敍事詩、小田雅彦の小說、小野連司の敍事詩なぞ、まだ他にも載せたい作品がいろいろある。私の『敍事詩と記錄文學』も次にした。漸次發表を實現したい

△次號十月號は、また大いに同人に執筆して貰う積りである。吉田一穂、安西冬衛が約束を守つて毎號書いてくれるのはありがたいことである。

△十月には『現代詩』主催の講演會を催すつもりだから、讀者は、編集部北川冬彦宛に住所を知らせられたい。

―北川冬彦―

★編集並に現代詩に投稿等に關する一切は左記へ

東京都新宿區四谷須賀町一〇ノ一
北川冬彦宛

★業務會費納入其他に關する一切は左記へ

詩と詩人社

急告!!

日配閉鎖に伴う配給機構の變化により今後店頭配給が軌道にのるまでは相當の混乱が予想されますので会員がそれぞれ各地に支部をつくり会員の倍加運動をやつて、確實に本誌を手にすることのできるよう盡力願いたい。

現代詩　第四巻　八・九合併号
定價金五拾六円送料六円
直接購讀会費　一ヶ年五〇〇円
昭和廿四年七月廿五日印刷
昭和廿四年八月一日發行
編集者　北川冬彦
編集兼發行人　関矢與三郎　新潟縣北魚沼郡廣瀬村大字並柳
印刷人　佐藤利平　新潟縣古志郡宮内町
發行所　新潟縣北魚沼郡廣瀬村大字並柳乙一一九番地　浅井十三郎
詩と詩人社
日本出版協会員　番号　Ａ二一九〇二九
振替番号　新潟五二七番

昭和二十四年九月廿五日印刷納本
昭和二十四年十月一日發行 現代詩 (第三四集)
昭和二十三年五月廿八日第三種郵便物認可
昭和二十四年三月二十八日運輸省特別扱承認雑誌第一四五号

定價 五十六圓
地方定價 金六十圓

THE CONTEMPORARY POETRY

昭和二十四年十月二十五日印刷納本　昭和二十四年十一月一日発行（毎月一回一日発行）
昭和二十三年五月二十八日第三種郵便物認可　昭和二十四年三月二十八日逓信省特別扱承認雑誌第一四五號

十一月号

詩と詩人社

現代詩　十一月號

點景

壺田花子

　まるで黄色い氷河だ。天へ燃え立つ大炬火の並木。朝霧のなかを三人五人、参禪の生徒がやつて來る。一年中でただ一時間ほどの靜かな愉しい勞役の時間。銀杏の落葉を熊手で私は掻き寄せる。やがて來る春の堆肥は、慣れない私の仕事を助けてくれるでしよう。出來ることは何でもしよう。いつかわ私も土の扉を降りる者だ。

×

出水の土を捨てて農夫は山に入り、炭燒きになるといふ。切られた木々は雨勢を防ぎ切れない。そして又烈しい出水のあと農夫は土を捨てて山に入り炭を燒くのだ。われわれの家にはなんと不必要の時豊富に炭は來るのでせう。遅配のための無理算段が貧しい人にいつまでもつきまとふまるで宿命のやうに。それ等は天災よりもたちが悪い。そしてそれ等のなかにわれわれは悲しく住んでいる。

×

　詩は退屈な言葉の誕生にもう　あきている。もつとテンポが必要です。もつと把握された靈のなかで自由に飛躍することが必要です。詩はそういひながらもう一度れめまわす。

　詩人をもつと大切に扱かつて下さい

詩は苦しみと貧困と　けなげな愛のいとなみを一歩一歩墓地へ運ぶ聖なるシャベル

詩だけが苦しかつた地上へ殘すたつた一つの眞實の告白。

現代詩十一月號目次

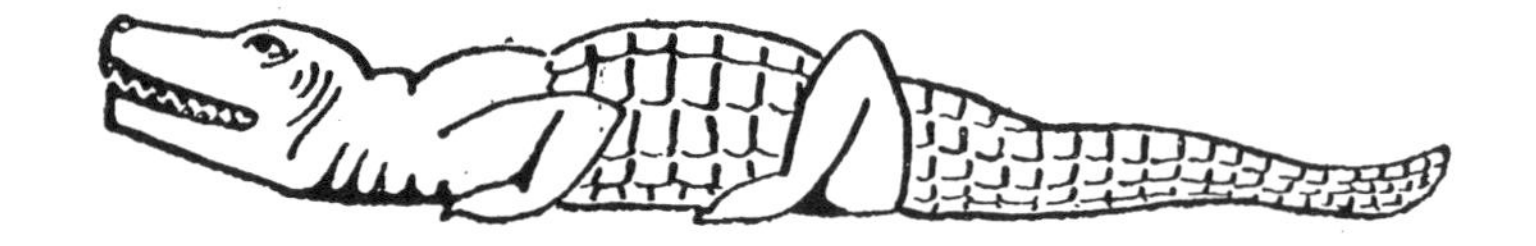

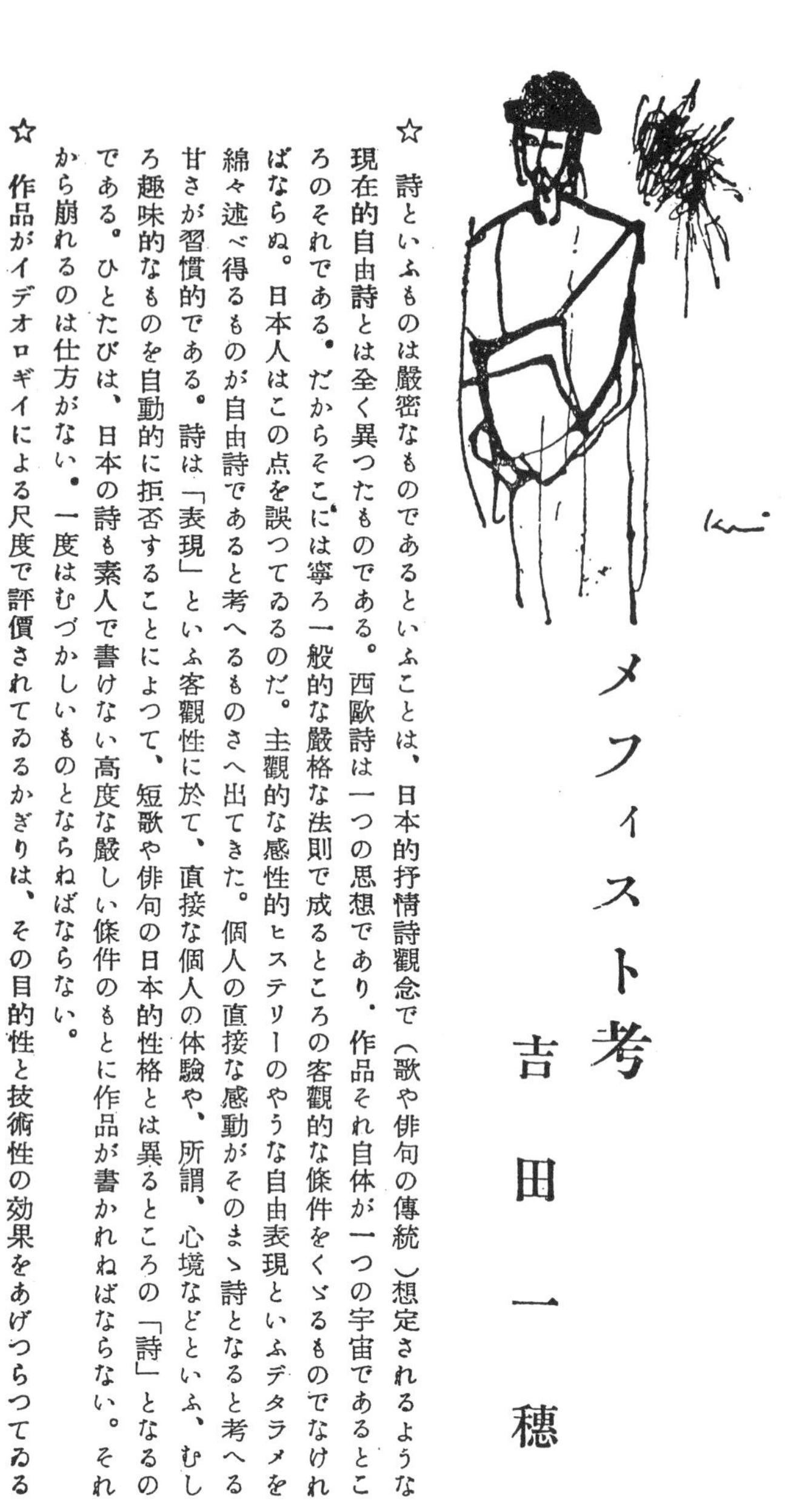

メフィスト考

吉田一穂

☆詩といふものは嚴密なものであるといふことは、日本的抒情詩觀念で（歌や俳句の傳統）想定されるような現在的自由詩とは全く異つたものである。西歐詩は一つの思想であり、作品それ自体が一つの宇宙であるところのそれである。だからそこには寧ろ一般的な嚴格な法則で成るところの客観的な條件をくゞるものでなければならぬ。日本人はこの点を誤つてゐるのだ。主觀的な感性的ヒステリーのやうな自由表現といふデタラメを綿々述べ得るものが自由詩であると考へるものさへ出てきた。個人の直接な感動がそのまゝ詩となると考へる甘さが習慣的である。詩は「表現」といふ客觀性に於て、直接な個人の体驗や、所謂、心境などといふ、むしろ趣味的なものを自動的に拒否することによつて、短歌や俳句の日本的性格とは異るところの「詩」となるのである。ひとたびは、日本の詩も素人で書けない高度な嚴しい條件のもとに作品が書かれねばならない。それから崩れるのは仕方がない。一度はむづかしいものとならねばならない。

☆作品がイデオロギイによる尺度で評價されてゐるかぎりは、その目的性と技術性の効果をあげつらつてゐるのであるから、甘い！それは商品だ。

☆藝術とは魔術だ。 Charme！ それを創るものは自己の中の魔だ。

☆魔とは何人だ。誘蛾燈。 Aiguillon。 音樂。

☆古來から畫家たちは惡魔を描くに傳統的な誤りを犯したまゝの慣用手段に訴へてゐる。グロテスクな姿態、獸性の誇張、みつめてゐるとふつと笑ひ出してしまふやうな多愛のないものの、コッケイを感じさせる。彼等は明かに失敗したのだ。

☆それは何事もし得ない批評家、斷じて同意しない男、陰ですら笑つたことのない者。毒！こいつを内に育つてゐるもの。（作家）

☆童話の副題的登場者、侏儒（コビト）について、それを分析したことがあるか。日本の作家は侏儒文學より以上に出ない。

☆死は往々にして突如！フンダクラレルことであり、生とは强引にフンダクッタ表現的形成である。

☆闇黑に火さへつければいゝ。詩人はつねに自己の初原に立つこと。

☆人は太陽の光で書く、私は自分のランプをつける。

☆自己の初原に言葉を還元して、平均率を破る。從來の言葉が詩作の抵抗となる。逆に自己の意志にねぢふせること。歷史的に、或は社會的に、何等かの觀念体系として、一般的な通貨性を帶び、その價値環を成してゐる言葉に對して、詩人の感性的方向軸に結集する言葉の新しい序列（システム）は、前價値の放棄となる。イデオロギイの相違。

☆藝術の價値とは一般的通貨性の存續する期間のイデオロギイ体系の標尺での商量であり、それは必づ何等かの「目的」的な何々の爲めの作品行動を基準とした評價である。それは一種の商品である。嚴密に藝術は超價値である。藝術は何々の爲めの宣傳でも、一定目的を對稱として制作される機關的なものでないからである藝術は範疇を異にした自己放射であるから、他種、他類の平均價の尺度では計り得ない。詩人の貧乏なのは通貨性がないからだ。こんなに生な、且つ豊穰な財產が、辭書の庫に一杯つまつてゐるではないか!

☆日本畫の極限は歌麿につきる。

☆詩人は慣性的な現實の秩序を犯して、彼れに於ける眞の實在を示す言葉の配列を行ふ。

☆藝術とは魔である。その魔とは何んであらう? 人間の底には不明なものがある。それは孤獨といふ寂寥——無限に接する。人がノスタルヂアとしてふるさとを求めるのは親緣的な灯であるが、兩親や生國ではない。生命は不安定な、つねに動搖してゐる液体的な狀態にあつて、何か結晶してゆくもの、固定しやうとする定着性によつて、形態化される機緣を求めてゐるのである。つまりこのやうな不安から、何にかの形象化を求めて、きはめて自然親近の音をくみ合せた音樂が、その最初の發根であつた。だからこれは逆に人間の不明なるもの不安を刺戟する。かくして音樂は彼等の間に「形式」として成立する。單純なものは、この內面的な動搖に方向をつけてくれるもの、宗敎や科學や哲學にその安心立命の場所をみつける。キリストの言葉から基督敎の宗敎的儀式や寺院建築の樣式や音樂は、生來の如き觀を呈して一致してゐる理由を、何處からもひき出し得ないしかしすべては人間の內から求めて、そして形を成した內的慾求の表現である。藝術といふものの成立過程の移動や變化や轉置はそれ自体の發展性をもつところに、キリストとキリスト敎的形式の因果關係以外に別個の形立を成すところに面白さがある。つまり魔といふものは各自の生命の不安な流動性であり、つねに何等かの方向軸に形象しやうといふ刺戟的な力である。それが魔の本態だ。祕密はやはり自己のうちにあるのだ。

☆探偵小說や講談ものは「思想」といふ方向をもたないものだから、一つの限定圈の上で勝負を爭ふ。つまらないものとなるのだ。スペルバウーンドだ。讀むと不快になるのはそれだ。

☆詩人は來者でなければならない。瞬間に消えてゆく無比の美しさ——さういふものに觸れて感動するとき、それは自己の不明な未生の生の方向(ねがひ)と畫するものであり、美しいと感じたものに一つの對象化がある。かういふものを書くことが詩なのだ。永遠にふれるとか、限定しがたいものにふれて、一つの火をつけやうとする衝動。

☆　近代に於ける詩人とは性格的矛盾である。詩人との意味は近代を克超するものでなければならない。

☆　藝術とはもとより贋物である。しかるにそれが純金以上のものであることである。

☆　音樂は宗教的発聲である。

☆　詩は嚴しい條件（法則）のもとに成立するものだが、逆にその發根はあらゆる條件を排除して始動するものだ。（無の創造）

☆　私（個人）は詩に於て否定されるものでなくてはならない。（この態度がロマンテイクたちとは全く對遮的な立場としてのクラシカアたる私の見解である）

☆　日本の詩は特に強意してオリヂナリテイや自我をいふのは、過度の短歌・俳句の抒情主義の蝕毒はげしきためである。近代詩は日本に於て西洋詩の考へ方を除外しては意味を成さないものである。特にそのやうな條件を前提として、個や自我が、我れに於て、結晶軸、或は方向軸のフアンデイションを成すもので、敢て『我れは詩の原理なり』をたてて自己生成或は自己實現としての近代詩を主張するのである。固より私は詩作上、古典主義者である。「私」といつてもそれは作品の上での諷諭であり、作品とは如何に自己離脱の客觀的な仕事であるかを知つての上での表現である。日本人はこの点甚だ主觀的であり、感情的で情緒派である。完全な自己燃燃が出來ないばかりか、詩といふものが、私的な感動や趣向や心境的なものを直接うけつけない嚴密なものであることを知らないのである。詩は如何に自己を自己が支配する力の完全分離に於て、客觀化する方法であるかを知らないのである。老年になつた詩人や洋畫家が駄目になるのはこの西洋的な藝術の法則を知らないためである。

（その3）

怨婦（えんぷ）

笹澤美明

公園の夕暮は疲れ切つてゐた。

樹木の葉は深く垂れ、白い建物は薄汚れて光を失つた影が、自分を探し求めてゐる。

博物館は、時代の名譽と貴重な材料の重量のために、よけい慘憺たる姿を宵闇の中にさらけ出してゐる。まるで、大きな腦髓に滿ちあふれた思想に、惱み疲れてゐる人のやうに。

時代惡と人は言ふ。數万ポンドの重量に壓されて、この世界は悲鳴さへ失つて、地の底へ沈まうとしてゐる。自らの惱みを見失つた世界の靜けさを、私は何と表現してよいだらうか。

私は公園のベンチに身を寄せてゐた。私の疲れもベンチの中へ深く沈んだ。この痩せた蝙蝠の前を、風が通る、人が通る、乞食が、犬が、何か判らぬ影が通る。果ては、微かな雨ともつかぬ絹製のうすものの影が。

飢ゑた私は、何か滿足を求めてゐる。そこで私は夢を食べ、理想を嚙じる。

それにつけても　あの高台に聳えてゐる巨大な料理店は何をしてゐるのだらう。自信ありげなコック共が集つて、腕に自慢の料理をつくつてゐる。空腹を抱へた大衆が、料理店の入口に待ちくたびれて、立つてゐるといふのに。彼等は料理を作るのに、おのれの腕を誇つて、客のことは少しも考へてゐない。

痴呆のコック共よ！無用の料理店よ！いつまで七面鳥の羽を降らしてゐるのか。入口の外では、飢ゑ凍えて立つてゐる人々の上に、粉雪が降つてゐるのに。


ふと、私の坐つてゐるベンチの横に、白い影が立つてゐるのに、私は氣がついた。何やら聲をかけてゐたのが、私には聞えなかつたのだ。私の耳は、鳴きつづける秋の虫を聞いてゐるやうに、すべての低い聲やささやきの連續には、無感覺になつてゐる。この感覺の痲痺を日頃、私は悲しむのだが。

やがて、その白い影が、かすかな衣ずれの音をさせて、私の隣に腰をおろしたとき、私は初めて知つた、その影が私に何を求めてゐたかを。

突然、私の手を固く握つた、その妙に乾いた、冷い手。その手の感觸に、なぜか、私の背中は戰慄を覺えた。この生理の習性も悲しい。

私は、その地獄の底から聞えて來る、次の言葉を待つてゐた。しかし、言葉の代りに、私はその乾いた手を膝の上に感じた。


私は自分の疲勞を休めることを願つてゐた。それに何より醉ひを求める酒を希望してゐた。私は他愛なく、その白い影のみちびくままに歩いて行つた。

そして、いつしか、私は白い影と共に、暗い階段を昇つてゐた。灯火が、遠い星のやうに洩れて來る階段を。

薄暗い部屋が私たちを待つてゐた。調度品の至つて貧しいその部屋は、恥づかしさうに私たちを迎へた。しかし、私の疲れた身には、安らかな休息所だ。私は滿足した。

私は改めて、白い影を見た。深くヴエールに包まれたその影は、あの夕暮の白い建物のやうに薄汚れてゐた。私は甚だ不快になつて、ヴエールをとるように命じた。しかし、その影は頑として私の要求に應じなかつた。しかも、それが部屋の灯火を、いつそう暗くしたのだ。

私は只、求めた强い酒に滿足して、遙かな昔の物語を想ひ出さうとしてゐた。ヴエールの女性を、かつて私は舞台の上で見たことがある。

目前のヴエールの女は、私に過去の物語をはじめた。すべて不幸な身上話は、小說家でない私には退屈であつた。まるで、それは同じ一つの筋書を、次から次へと、順々に語り傳へてゐるやうだ。不幸な物語を聞いてゐるうちに、私はまさに退屈の境を越えた。

「かくして、つひに、君の靑春は失はれたのだね。」

私の冷かしの言葉に、その女は愕然としたやうに顏をあげたと思ふと、すぐまた、うつむいた。ヴエールの奥に石膏のやうな白い顏が動いた。

「君は、さうだ、オフイリヤみたいだ。美しいが、たしかに狂つてゐる。君の話はでたらめだ。まして、自分の大きな子どものために身を墮すなどとは——」

私の毒舌は、ここで釘づけになつた。うつむいてゐた女は、突然、顏をあげて、私を罵りはじめたからだ。そして態度を變へて私から費消した酒の代を奪ひとつた。

私は乱暴な、乾き切つた、しかし、どこか泣いてゐるやうな低い怒號を背にうけて、薄暗い階段を下りて行つた。

數日の間、私は白々した生活を送つてゐた。自分の言動を批判する理性に痛めつけられて、漠然と私は死を考へてゐた。これも、一つの私の習性にさへなつてゐる考へだが。

それから數日後の或る朝、私は再び公園のベンチに腰をおろしてゐた。木洩れ日の美しい午前は、私の疲れを、ほどよく劬つてくれた。私はあの快い小春日の倦怠（けだる）さを覺えた。公園の大通りには、埃が羽虫のように立つてゐた。平和な秋の日の輪舞。

そのとき、一台のトラックが疾走して來た。車の響よりも、車上の喧騒に、私の物思ひは打ち破られた。そこには、一群の女が口々に喋べり合ひ、罵り合ひ、捨鉢な素ぶりさへ見えた。取乱した女の群は恐怖を含めた卑しさを持つてゐる。

立ち上つた私は、ふと、その群の中に一つの姿を認めた。この明るい午前を、ヴエールに深く顔を包んで、うつむいてゐる一人の女性の姿を見た。午前の光りは、無惨にもヴエールの奥に灰色の皺を刻んだ顔を映してゐた。私は命令された者のやうに、ベンチに崩れ落ちた。

一鱗翅類蒐集家の手記（四）

安西冬衛

『胴の長い犬があるでしよ』と、髮の毛のふさふさした女の子が私に敎へて呉れた。『あんなのdoog（ヅーグ）といふのよ』

ネーベル・チエンバアレン首相が有名な蝙蝠傘を携へてミユンヘン會談へ飛んだのは、二次世界大戰をなんとかして回避せんが爲であつた。このことはルールの鐵工業を平和の間に置かんとした彼の素志からだつたと云へるだらう。なぜなら世界的に名聲を博してゐるオリーグス・ヒルデン・ハーゲンの蝙蝠傘の骨が何よりもこの老紳士にとつては大切だつたからである。

蝙蝠傘ではしかし結局戰爭は回避出來なかつた。畢竟、個人の善意や愛情（私はアンブレラといふ奴を善意と愛情の象徴（シンボル）と心得てゐるものだが）では集團の惡意や害心は防ぎ切れない。

ところでアンブレラといふ言葉には蝙蝠傘の他に、くらげの外套（アンブレラ）、又異説者同座（アンブレラ）の
義がある。

「テン・ダウニング街の老紳士」
「スレッドニードル街の老婦人」

hunting-don-shireで私はシュナイダー射撃術を傳習しました。

Knappen（クナッペン）と丁稚（でっち）。

eel（イール）（鰻）頭がちょん切れてゐます。

屠者に飼はれてゐる狗の安堵。

回教徒の禮拜のやうに車体の前にひれ伏してゐる自動車修理工。

カイト（紙鳶）
牛ズボンの少年諸君は、その糸によつて天帝にひつぱられ背丈をたくし上げられる
のです。

海老錠や南京錠。

鎖錀具の名前に具象されてゐる刑罰や獄門の殘忍な臭ひ。

或る洋酒釀造所から新製品の白葡萄酒に銘の命名の依頼を受けた。若干の試案を提出して置いたが、程經て「マリアンペチ」と決めさせて貰つたとの通知であつた。
ふざけた話だが、これは「マリイ・アントアネットのペチコート」を省略したもので、省略は洋酒屋の仕事だ。

あのスペインが、ルールに鐵鑛石を供給してゐるといふことは。

あのリルケが、スペイン遍歷の旅を熱望してゐた！

スタンダールがスペイン人の生活態度に贊同してゐた氣持は分る。

原始的なピレネー山脈が天然の要塞で、スペインを他の近代武力干渉から衛つてゐるといふことは分らない。

パソドオブル「あなたはスペインに何を望むか」

セント・ジョセフ鉛會社（アメリカの鉛會社）その創業年月は「創世紀」に見える。

少し論理の飛躍に過ぎるが、英蘭が古來天然資源に鉛を保有してゐたといふことは原子力時代に入つた今日、英吉利が重大な發言権（イニシアテイブ）をその終極段階に於て行使し得る權義を留保してゐる事實の証據になると存ずるが、如何。

すべての近代道路はナポレオンから放射する。

「モルヴン縣の專門はナポレオンこの方乳母と道路掃除人といふことに決つてゐた」スタンダールは「パルムの僧院」執筆中調子をつけるためにナポレオン民法を毎朝閲讀する風習をもつてゐた。
ナポレオンが少年時代勉強したコルシカ島の洞窟。
パンシヤマン・コスタンとスタール男爵夫人の交際はナポレオンの忌諱に觸れる。
……
ナポレオンに關するわがコレクシヨンに。私は書き入れる。「ミニーヴア夫人の息子トビイはナポレオンといふ猫を友にもつてゐる」と。

ガンベツタのやうに卑しめられる。

ネツカチーフはジユネーブの銀行家Neckerのギヤラントリーから出た風俗である。

《Lay the courses》

（Frick Laying）

これらの手堅い道樂に好尚をもつことは、詩人のトレーニングとして大切だ。

牡蠣ぐらい宅地（ホームステッド）を澤山もつてゐる奴はない。
oyster－bar（バア）　oyster－bay（ベイ）　oyster－bank（バンク）　oyster－hed（ベッド）
oyster－farm（ファーム）　oyster－field（フィールド）　oyster－park（パーク）……

中央亞細亞の內陸受水の鹹湖や、スタンダールの「ザルツブルグの小枝」や、四川省の自流井や、ユタ州のモルモン教や、イーブルのホスゲンや、ニュー・イングランドのソーダビスケットやチエサピーク灣の波止場蔦（ビーチ・コーマー）や、南氷洋のハネ・ベーコンや、萬國の勤人の給料（サラリー）や兵士達（ソルジャー）、すべてもろもろの塩によつて賄はれ（オフアされ）その支拂（ペイ）を受ける諸君。

適量の塩は人間の健康や若さの保持には必須だが、度を過すと害はれる。波止場や船溜などの界隈で、机のやうに腰の曲つた老人やテーブルのやうな肩をした瘤の澁紙色の男達をよく見受けれるが、あれは塩に冐された廢人である。

中世の馬上仕合であつたトーナメントは單なる競技（マッチ）になり、近代では、騎兵師團とは麗辭（レトリック）のみで、馬は兵士の袖章に裝飾的に名殘を留めることになる。

騎兵の終焉から近代詩が開始される。

Chargoggaoggmanchauggagoggchaubuuagungamaugg湖。アメリカン・インデアン語で、お前はお前の側で俺は俺の側で漁りしやうそして眞ん中で漁りしてはならないの義。

中途でつつかへ棒の要る一呎半語（(sesquipedalian)）

大蔵經万巻の簿冊を喰ひえぐつたシミの痕跡を俺はつぶさに見たことがあるが、極彩色を抜きとつたグランド・キャニオンの浸蝕谿谷を遠眼鏡をさかしまにして覗いてみたやうだといつたら大体の形容が彷彿とするだらうと想像して貰へばよろしい。

犬 そして二つの流刑について

淺井十三郎

なぜか狂氣にみちている　野末の
そのずつと向うの　燒けただれた都會の　裏側の
そのずつと向うをみつめている。

僕らの、
眼にうつる
二つの世界の
しみつたれた世界の
僕の恥辱え
またしても吠えかかる　血生臭い誘ない。

そこわどこか異國の

破れかけた板塀に添うている　道に似て
憤りも言えぬ。

ノアの洪水もかくあつたかと思われる　惨劇の跡の　泥沼の中に　ごうぜんと突つ立つているビルデング、
その暗闇から襲いかかつてくる
血生臭い、いざない。

犬め、じつににくたらしい
まるで僕が強盗ででもあるけはいだ　ぐるりと道をふさぎ
いたるところで　奈落の底を言う
正義、人道、不逞の輩と
僕の傷口を引き裂き
吠え立てる。
まさにアプレているのわ僕なんだが――
全身を牙にしていらだつているのだ。
こびるのわ、まつぴら
平然とあるくより仕方がないでわないか。

僕わ、ぼそつとつぶやく
そのずつと向うの

夜明けを
みつめながら
（おもえば遠く來つるものかな）どこにこんな感傷がのこつていたか、と驚く
　ひびわれた地の底で　犬がわめく。
廣島
長崎
その瓦礫の原に突つ立つていた　あの　素つ裸の少年の
泣きつ面であつたかな、
それわ。

——ちごうよ、流刑だ。
犬がわめく。
星が流れる。

雜草原。

犬め　糞をたれ、自らの聲におびえる。
つまり、僕えの殺意と
同情と
あきれたものだが——
——もはやこの異國の地で、誰が僕らの主（あるじ）たりうるか

犬がわめく。
星が流れる。
ぞろぞろと移動する、半獣人。

悪魔がぐずつく
原子雲。

（ふたたびみるな　犬め　お前もひとしく流刑民族だろう）
（戻れるとおもうか　犬め）

○

雪がまぢかにせまつている。ここわ北日本の山奥である。突如として消え去つた平原の記憶をかきみだすように、終日、斜に雨がきた。手と足に一切の苦痛がしがみついている原形的農業をあざわらつて　イルミネーションに輝く都會から淋菌やキリストが訪れる。
青蟲。菜園を荒しつづけて、蝶にかえる、
祝祭日。

犬め！しおらしく尾をふるな。

傷手について

岡崎清一郎

風や雨や柊青の中を
おれはするどい傷手（イタデ）をおッてあるいてゐた。
僞瞞や煩瑣や混淆のうちを
やりきれぬおもひでどんどんあるいてゐた。
おれはなにを摑へやうとしてゐたか。
おれはなにを悲痛してゐたか。
ふき降りの中に燒ける粒のやうな事物
ときたま躊躇するやうな屈折光線の植物。
おれは肩をおさへ　絶えまなく

ながれる赤いものに身をまかせてゐた。
最早嗚咽もなく行爲なく
如上の陷穽や禍ひや紛糾術束のさ中を
やがては
大笑ひしながら横切ッてゐた。

曇

屢々塩を舐めた。
屢々大聲をたてた。
屢々曇天へ乘り出した。

おお　この荒寥と彎曲した遠洋
到處に砂色してねぢれた沈澱
仍は悲嘆から畢に途方に暮れるおもひである。

○

「文藝」九月号に加藤周一が、現代詩第二藝術論と云うのを書いている。芥川の旋頭歌は第二藝術だが、才能があるならばあのようなものを書きたい、と云う珍妙な結論を持った論文である。私は、「讀書新聞」の編集者が來て、これに對してお書き願いたいと「文藝」九月号を置いて行つたので初めて見たのである。そして、九月廿一日号に一文を書いた。短いスペースで意を盡せなかつたが、主旨だけは通した積りである。更めて書くほどのことではないし、本誌の讀者の眼には觸れにくいと思うので、左に若干補足の全文を轉載する。

「加藤周一が現代詩第二藝術論を言つたとて、現代詩人は何の痛痒も感じはしないだろう。それと言うのは、戰後詩壇の物わらいの種のマチネ・ポエティック一派の發言だからである。この一派が戦後ジャーナリズムの好事に乗じてフランス象徴派のソンネをこの邦に移植するとて、古めかしい言葉で、十四行の脚韻詩の創作を提唱實踐したが、その脚韻なるものは語呂合せの遊戯で、その詩精神は明治時代の象徴派の亞流の域にあり、現代詩人としては保守派である三好達治からさえ痛烈な批判否定を喰い、今日詩壇では物わらいの種となつていることは、人の知るところであろう。だから、その發言には何の權威も力もないのである。しかも、その發想たるや桑原武夫の使い古した季節外れ流行遅れの代物なのだから、滑稽を通り越している。

あれやこれやと高踏的にキザに持つて廻つているが、詮じつめれば、現代詩には音樂がない、美がない、それと言うのは言葉が雜ばくだからだというに盡きているようだ。詩に音樂や古風な美をもとめるところがマチネ・ポエティック一派の主張であるが、彼等のようなディレッタトぢやないわれわれ現代詩人は、現代の日本の雜ばくさを乗り越えて新鮮な美を創造しようと努力苦鬪しているのである。

「文藝」七月号詩特集号所載の詩がその實をあげていることは私も言わぬが、加藤周一が随喜渇仰の芥川龍之介の旋頭歌よりは、新鮮であることはたしかである。私も現代の日本語の雜ばくさは一應認めていゝが、しかし、詩を作る上でさして差障りはない。それは、「言葉の音樂」よりも、「言葉が生む映像」を重視するからだ。言葉に音樂をもとめるからこそ雜ばくさとして氣になるのだ。「何ものよりも音樂を」と「何ものよりも映像を」とこの二つの立場の差は決定的である。それは十九世紀廿世紀を截然と分つものなのだ」以上である。

加藤周一の現代詩第二藝術論は、「文藝」七月号の詩特集号を見て出た時評なのだが、單なる一特集号だけでこう言う論を吐くのは軽卒である。詩に限らず藝術作品は、時によつて出來不出來があり、一篇の詩によつて全般を論ずる場合はそれぞれの詩人の生涯の代表作に據るべきである。（こう言うところがディレッタントの驅け出しまる出しである）

私は、「詩の話」と言う本を書くために、現代詩を詳細に調べたところ、それは第二藝術どころか、現代詩第一藝術を確信した。

○

もう一つ困りものに「東京新聞」の江口榛一の時評がある。眞の詩人で飢えることを覚悟で詩の道を歩まない者がいるものか。そんなことは百も承知の上である。今更、云い出すのは驅け出し以外にはないのである。第一詩は滅びると云うようなことを放言して置いて、あれは考え違いであつたなぞとは、よくも臆面もなく云えたものだ。「長編叙事詩にのみすべてを託している点、氏みずから自分の『純粋詩』への不信をバク露している」と私のことを書いているが、つまらない認識不足なことを云うものである。凡そ逆である、私は長篇叙事詩を書くことによつて、私の詩が純化されることを期しているのだ。そのことは高村光太郎が彫刻の純粋性を守るために詩を書くと云う言葉を引合いに出して、すでに書き記して置いたことである。（それは、私の實践活動によつて明かとなるだらう）

○

ジャン・コクトォは、そのエッセイ集とも詩集とも画集ともつかない「阿片」と言う單行本で次の私の仕事は映画の製作となるであろうと書いた。多分一九二〇年の末のことだつたろう。（年代は不確かだが）、三十年の初めから、「詩人の血」?を初めとして續々映画を作つた。戰後の作も少くなく、この邦で公開された作品に「美女と野獸」「怖るべき親達」がある。この二作を見ても、われわれはコクトォへの認識を更めなければならないだろう。しゃぼん玉の庭の詩や貝殻の耳の詩のような機智の詩人はむしろ末梢である。この二作を貫いている根本思想は現實厭悪のそれだが、「美女と野獸」にはロマチシズムの餡がかけてあり、その表現も奇智縦横でいかにも、いまゝでわれわれの知つているコクトォの大規模である。ところが「怖るべき親達」となると、リアリズムの骨を見せているこゝには詩人コクトォの姿は全姿を潛めている。藝術家の多面性をよろこぶ私は、コクトォのこの多面性の際立ちにいやになるほどの思いをした。以前私は小野十三郎と泥仕合いをしたことがあるが、そのとき、映画批評なぞ他事は止めたらどうだと言つた泥を彼は投げつけたものである。嘗ては映画を軽蔑した小野十三郎も今では、アメリカ映画「脱出」について、なぞ書く時勢となつた。コクトォが映畫を作る時勢であるからはゞかることはない。私は廿世紀の藝術は映画的感覚を基盤としていると思っているが、マチネ・ボテイック一派の一人は、映画は藝術ではないと言う説を吐いていたそうである。論據は、イメージを限定するからだが、暴論も甚だしい。限定し具象化するところにこそ文学と異る特質を映画は持つているのだ。戰後イタリア映画は世界的好評を博し、アメリカの批評家なぞは「イタリアン・リアリズム」と驚嘆しているようだが、「戰火のかなた」「平和に生きる」を見て、私もそのリアリズムの只事でないのに感服した。イタリア映画が、世界映画の上に突然変異を示したのも、イタリアの文化傳統あつてのことに違いない。この二作におけるカシャクのない摘發の精神は、ダンテの「神曲」を生んでいるイタリアを想起することによつて納得することが出來るのである。「戰火のかなた」が短篇の集積による敍事詩であることは、同じ趣工の長篇叙事詩「氾濫」「月光」を持つ私には親しさの限りである。

北川冬彦

薄暮

井手文雄

街燈に灯のともる刹那を見たことがある
それは幻の花のやうに一齊にひらき
ならび立つビルデイングは
巨大な伽藍のやうにおごそかであつた
人も車も立ちすくみ息をのんだ
たゞ一瞬のことであつたが
いまだに忘れ得ぬ不思議な光景であつた
まことに美しく神祕な刹那であつた

電　車

満員の電車がたそがれの中を通る
何台も何台もつゞいて通る
電車の窓には
澤山の顔が重なり合つてゐる
そして、云ひあはせたやうに
みんな無表情に、私をみつめながら過ぎ去つてゆく
私もそれらの顔々を見送る
あまり澤山の顔々が、忽ちすぎ去つてゆくので
一つの巨きな顔のやうだ
無表情な、だが、親しみ深い巨きな顔のやうだ
たゞこれだけのことだ
たゞこれだけのことが
私の淋しい一日をにぎやかにしてくれるのだ

ランプの記録

小野連司

僕のランプは五分芯で
あなたのランプは三分芯
あなたはマッチをもつてゐたけれど
擦り紙をもつてゐませんでしたねえ
人を愛することはすべてを愛さぬことです
すべてを愛することはすべてを愛さぬことです
僕を愛するなら僕を愛さないで
さういつて或女と別れた僕であつたけれど……

女は一本のマッチである
女の髪は點火燐である
嘗てそのやうにうたつた詩人がゐたけれど
世界の人々はマッチ箱の中に入れられ
マッチ箱は雨季の中に投げ出されました
窒息したマッチ
發狂したマッチ
さうしてしめつた女の髪は
食慾以外の擦り紙には燃えつきませんでした
パン二個のためにパンパンになつた女もゐたけれど
パンパンよりも一個のパンをもとめる男が多かつたのです
髪をしめらさぬために
津輕海峽を渡つてきたあなた
東京の燒野から
鶴の丹頂のやうなリボンをつけて
黑色羽毛の分裂尖端
鶴の風切羽のやうな十二枚折のスカートをはいて

死なぬために
僕もやはりランプをともさなければなりませんでした
僕が所有してゐたマッチは
引火せぬ中に消え
三本まとめても
四本まとめても
次々に消え
すべて消え
一九四五年
最上の美食たる鯨油のてんぷらの煙にまじる
腋臭のやうな琉黄の悪臭
空にのぼり
周圍は變貌してきたのです　次第に終末の暗黒に

マッチが悪いのではなく
僕の內部の擦り紙が惡かつたのでせうか
そんな筈がない　筈がない
僕がランプを捨てない限り
僕が決意を所有してゐる限り
吠えるものになり
鳴くものになり
跳ぶものになり
僕は食物の必要に併行させてマッチをもとめました
一寸待て！
立待岬の突端で
僕は一本のマッチを拾ひました
それは一本のマッチを救つたことでもありました
あなたのリボンは燃え
僕のランプに引火し
そこだけがあかるくなりました
僕達だけの頬がかがやきました
運命の帶の芯が
ランプの芯になり
灯りは継がれてむかしの夜のメルヘンのやうに
さうしてランプは
世界の中の一つとしての部屋に置かれるやうになりました
あなたが朝方花と水をとりかへてくれたことは
僕の生活のよどみをとりかへてくれたことでした
あなたが夕方ランプをみがいてくれたことは
僕の善意をみがいてくれたことでした
まるめられた新聞紙でくすぐられることによつて
僕は次第に微笑をとりもどしはじめました

すべてを愛することはすべてを愛さぬことです
僕を愛するなら僕を愛さないで
さういつて或女と別れた僕であつたけれど
自己が救はれるには
他を救ふ以外に道はありませんでした
僕のランプは航海用
あなたのランプはキヤンプ用
乳房のやうな豆ランプ
僕の内部の擦り紙によつて
あなたも
あなたのランプをともすことが出來たのでしたねえ

續・ランプの記錄

石炭生産が上昇したのでせう
水にぬらしてもマツチがつくといふ
萬年擦り紙とやらも賣り出され
ライターが魚のやうに肌をひからせてゐます
電力事情が好轉したのでせう
花のやうな街路燈もともりはじめました
街路燈二十歩いて
あなたは僕に打ち明けました
あなたにもう一本のマツチがのこつてゐることを
捨てようと思つても捨てきれなかつたことを
右のポケツトをそつとおさへるのを
僕はあなたの癖だと思つて愛してゐたのに
愛して　愛して
あなたを絶對化したことが
僕に獨占慾を起さしめ
僕の獨占慾がかへつてあなたに
東京の人を戀はしめたのでせうか
ランプが大豆粉のやうに不要になつたあなたの生活が
ふたたび
東京の空を思ひ起させたのでせうか
最後の一本ではなかつたあのマツチ
最後の一人ではなかつた僕といふ存在
鶴が三年にして頭に頂く丹頂のやうに
あなたが三年にして髪に頂いた赤いリボン
廢墟の丘で振り
テープの代りに振り

あなたは生存のために東京の人と別れてきたのだ
けれど生存のためにあなたと別れがたい僕
振るものをもたぬ僕　もつ氣になれぬ僕

あなたのランプ
豆ランプ
不要になつた石油の灯りは
あなたが銀座を語る瞳の中に燃え上ります
あなたが美術館を語る時いつそう燃えさかります
さうしてその火は
僕の頭髮に燃え移り
僕の肋骨を薪にします
九十八本のマッチを
東京の人の胸の擦り紙で燃やしてきたあなた
殘つた一本のマッチが
すでに役立たないマッチであることを
僕は希つたらいいのか
希はなかつたらいいのか
ほつかりあいた僕の空胴で
もう一人の僕のやうな犬が吠えます
――人は人を愛するのにも
　自分のために愛さなければならない

だけれども
犬の聲は雨にはならぬ
胸毛が焼ける
心臓が爛れる
さうして犬よ
おまへが吠えれば吠えるほど
風速が増すのだよ
火勢が増すのだよ

街路燈二十もどつて
一個のライター
あなたが掌に載せてくれた僕へのプレゼント
そこにはむかしと同じネオンサインもついてゐて
あなたの頬を赤く照らし
僕の頬を青く照らす
くるくる廻つて青く青く……

書評

現代詩確認の書
——「詩の話」に就いて

池田克己

「詩の話」は、現代詩の鑑賞と批評の本であろう。現代詩の形式と內容に關しての解說の本であろう。現代詩の定義の本であろう。

しかしながら「詩の話」一巻は、何よりも先づ詩人北川冬彦が、その長い佶屈聱牙の實踐を通じて、發展する自己の精神に、自ら課した現代詩確認の書であると思う。この一巻が、かつて、詩論家や詩史研究者、或いは一二の詩人などによつて書かれた同種の本と、全く隔絶した、獨自な性格を打建てゝいる所以はこゝにある。私はこの本に、在來的な意味での鑑賞や、解說の語を冠することに、物足りなさを感じざるを得ない。こゝには、鑑賞や解說という言葉が通例その意味を含ませている、著者の敎師的な、對者（讀者）との、不遜な距離測定は、見出すことが出來ない。この本における鑑賞も批評も、解說も、すべて北川冬彦の詩精神の、ひたむきな主張と、鮮烈な直言によつて貫かれている。そしてわれわれはこゝに、北川冬彦氏の、現代詩人としての抱負と責任を覗うのである。

著者はこの本の第一部を「現代詩の鑑賞と批評」——現代詩の展望——として、現代詩の諸様相を成す詩人二十數名の作品七十數篇を例示して、これに一つ一つ克明な分析と解說を與えているのであるが、重要なことは、そのような分析と解說よりも、著者がそこで何よりもその詩人と、その詩作品の精神の所在に、明快な剔抉をくれていることである。

著者は「現代詩の盛觀」と呼んで、自ら選擇した詩人と詩作品に對して、かつて同種の本で見られたごとき、それらを固定した位置において傍觀者流の鑑賞作法で、處置するようなことでは滿足していない。その詩人と詩作品の持つ世界觀の提示、追求、批判、更に、その詩作品が、一個の表現体を形成するに至る以前の、詩人の精神の襞にまで、强烈なスポット・ライトを照射しているのである。もはや讀者は、おのずから、その詩人と、詩作品の核心に觸れざるを得ないであろう。そして同時に讀者は、詩とは何か？　詩の理解とはどういうことか？という根源的な問題を、自分の胸に氷解滲透させずにはおかれぬであろう。

さてしかし、前言において、一應私のなおざりにした、現代詩の諸様相に對する著者の克明な分析と解說は、正直なところ私の一驚を禁じ得ないものであつた。狷介孤高、非妥協の座に屹立するかに思われたこの詩人が、現代詩の、およそ對極的な個の位置を夫々に物語つているような、二十數名の詩人と、その作品に示した理解の深さと廣さは、一体何であろうと思うのであつた。しかしこれは、不屈の意志で、その三十年の半生を詩にかけた北川冬彦という、鮮烈な魂の、詩に對する愛であり、同時に、無骨なばかりに正義感に支配された氏の、社會と時代えの愛に他ならぬであろう。

そしてこのことは、氏の新刊詩集「花電車の「あとがき」に書かれた、「私のこれ迄の詩集『三半規管喪失』『檢溫器と花』『戰爭』

『氷』『いやらしい神』『實驗室』などの讀者が、この詩集を手にしたならば、私の詩風があまりに變貌してきているのに驚くかも知れない。難解を以つて聞えていたのが、この平明さとなつたのであるから。(略) 狹い門を通つて、宏い世界に踏み出した感じである。(略) 詩がおもしろいと云うことは、必ずしも不純な詩とか低俗な詩とかに通ずるものではない。おもしろい詩とは、云い換えれば、社會性のある詩とでも、また人間臭い詩とでも云い得ようか。詩がもつとおもしろくありたいと希うところから、私は出來るだけ判り易い平明な表現を採ろうと心懸ける。」という今日の氏の志向に通じるものであると、私は思うのである。

この本の第二部には「現代詩の諸問題」として「現代詩の優位性」「詩語について」「現代詩の形式」「長篇敍事詩の復興」「詩的現實」「詩と政治」等が取上げられている。

さきに、個々の詩人と詩作品の分析的例示によつて、直接的に、現代詩の核心把握に導き入れられた讀者は、この第二部に到つて、現代詩の歴史上の位置、新體詩以後の變革、發展の過程と、將來性に對する認識を與えられるであろう。そしてこゝにおいても、それらの敍述に際して、著者の態度はあくまで具體的、實践的であることを注目すべきである

著者がこの本の「序」文において、

「作家にとつて物を書くことは、自已を描くことに外ならないと、たしかフランスの叡知の詩人ポール・ヴアレリーは云つたが、こゝに私が現代詩に關する啓蒙の書を書いたことは、結局は私の詩觀の平易な披瀝、解説となつている點、單なる詩の研究家や學者の解説論述とは全くその性質が異つていることを讀者に納得して貰う必要がある。問題は常に作品實践と關聯なしには提起されていないし、問題の解決は作品の實践によつてしか齎されていない。」

と書いていることは、第一部の「現代詩の展望」に於て、すでに讀者の見てきたところであるが、この第二部に於ける、歴史性の敍述という、客観事象に對しても、著者は、それを現代詩の具體的、實践的な解明に結ばれる問題性に於てのみ取上げているということを、更に讀者は知るであろう。

藤村、泣菫、有明、更に白秋の詩に至るまで、こゝでは、その存在的な價値評價の爲に例示されているのではなく、例えばそれらの詩の單純甘美な抒情性や、文語、雅語の打ち出す音樂性に、慣習づけられた、一般の詩の受用的雰囲氣に對する、現代詩人の抗議として、現代詩の優位性を語る對象として引用されているのである。

第二部に於て著者が、最も情熱をこめて强調し、飽くことなく反覆追求している問題は文語、雅語の排斥と、現代口語の擁護ということである。私のさきに述べた、北川氏の、「社會と時代に對する愛」ということは、こゝにもつらなりを持つていると、私は思う。

それが如何に蕪雜卑猥な言葉であろうとも現代の詩人は、現代口語を持つて詩を書くべきである、とするのが、北川氏の動かすことの出來ぬ信念であり、現代詩の根底をなす問題なのである。このことは、北川氏の實人性實生活への定着、つまり社會性、現實詩人としての北川冬彦の立場が鮮明に呈示されているわけである。

そしてわれわれは、現代社會に於ける生活者として、氏の潔癖をこゝに見るのである。私が「社會と時代に對する愛」と云つたことはこれである。

われわれは第一部に例示された詩人と詩作品に對する、氏の分析と解説の場を、こゝに愈々明確にさせられるであろう。

「よく詩人の中には、語彙の豊富を誇る詩人がある。しかし語彙の豊富は必ずしも、詩を優れたものとはなさないのである。むしろ語彙の豊富は、詩の眞實性や迫力を弱めていることが多い。それは畢竟、裝飾の役割を果すに過ぎないからである。」

「定型への憧憬は現代詩人にないではない。これは人類の本能でさえある。恐らく宇宙の運動の定型がそれへと誘うのであろう。それが證據には、現代詩人の詩型がいかに自由であるとしても、一人一人の詩人の詩をよく點檢して見ればそれらは定型的である。(略)このインディヴィデアルな、獨立的な、『群』ではない『個』の定型的なものこそ、われわれの時代に好適なものだと云つていゝであろう。定型への憧憬は逆に、定型からの離脱の慾求となり、しかも『定型的自然』をその詩作品の姿とすることは、われわれの時代の生き方に外ならないのである。定型に抵抗しての百花瞭爛たる現代詩は、歴史的必然として不可避の姿なのである。」

これらの氏の言葉は、過去の詩と現代の詩の變革を、その形式の上から語るものとして截然たるものであろう。

私は氏の詩觀とその實踐の今日の到達点に立つて提唱せられている「長篇敍事詩の復興」の問題についても、こゝに當然言及すべきであるが、すでに指定の枚數を超過しているので、大急ぎで結びに向わねばならぬ。たゞこの提唱も、前に引用した「花電車」のあとがきに述べられたている氏自らの言葉や、さきに私が云つた社會的、現實詩人としての、氏の立場の中に、われわれはその提唱の問題性を摑えるべきであることだけを云つておきたい。

氏はこの本の最後に、第三部として「詩の定義」の項を置いている。まことに完璧な誘導と云うべきであろう。

第一部に於て先づ現代詩の實体を突きつけ第二部に一般的な問題を呈出し、第三部に定義をもつて結んだ、この本の布置は、劃期的且つ極めて適切、效果的方法と云うべきであろう、「私は、この書を書くことによつて、現代詩への信頼を高めることが出來たが、これは三ケ月間沒頭の勞苦に大きく値するものである。」

著者はこの本の卷末「附記」に、このように書いている。翻つて、私は、北川氏をしてこの本を書かしめたものこそ、現代詩に對する、氏の並々ならぬ信頼感に他ならぬと思うのである。(宝文館・二二〇円)

竹中郁詩集「動物磁氣」

杉山平一

竹中もかつての「象牙海岸」と「署名」は、氏のハイカラな感性の造型化によつて現代詩に獨特の位置を決定づけたが、今回の「動物磁氣」は、そのわかり易さへ、生活化へ、諧謔へと、新たに展開されつゝあつた詩境の結晶として、氏の詩歴の一つのマイルストンといふべきものと思ふ。

何でもさうだが、知的なものゝ眞僞は、そのわかり易さとわかりにくさで區別できる。竹中氏の詩は、感性的であるが、わかり易い点で、本物の知的な詩人である。わかり難さを高しとし、わかり易さを低しとする學生のやうな考へ方が詩の世界にもあるやうであるが、竹中氏の意識して平易を狙ふとの主張もあるが、初期の詩以來の本物の知性が当然辿るべきコースであつたと思はれる。（わかり易さといふ言葉は詩の場合、音樂と同様、甚だあいまいな使ひ方ではあるが）

　更に我國には、わかり難さの條件として、ことさら重苦しい材料を不消化のまゝつめこんで、これを深刻と誤解させまたこれを喜ぶ風潮があるが、竹中氏の知性は、かゝるごまかしに耐へ得ないやうである。反對に、それらの詩篇は軽く、消化されすぎてゐる。あまりに上手に料理された、初期以來の感性の手口は、宝石の切口のやうに、それぞれの詩篇に光つてゐる。

　重く沈む、姿をかくすごまかすことをさまたげる氏の知性は、詩篇を、割り切ることによつて平易にし、洒落のめすことによつてユーモラスな味はひをたゞよはせようとしてゐる。暗黒めかし深刻めかす藝術の風潮の中にかゝる態度をとることは、甚だ容易なことではないと思ふ。

　ユーモアは知性につきもので、また悲哀をともなつてゐるが、竹中氏のユーモアは、何かとぼけ切れぬ知性にわざはひされて、いさゝか浮き上つてゐる感があるが。

　軽く浮くことをモンテーニュは、生活の信條にあげ、あまりにとらはれ沈むことをいましめてゐるが、その点で、「動物磁氣」が、在來の竹中氏の詩集に比べて、甚だ生活的であり、氏の一流の社会意識への関心につながつてゐるのも偶然ではない。

　とぼけ切れぬ知性にさまたげられたユーモアは、むしろ初期以來の感性につながる開展として、一種のサチール、冷たさが、極度にこの詩集に示されてゐるのが特色である。「たのしい磔刑」のやうに幸福な秀作もあるが、他の多くの題材は軽く流しながら、不幸であり悲劇であり、傷みであるからだ。

　その簡潔適確の技術は巻頭の「動物磁氣」一篇に集積されてゐるが、竹中氏が、この自らの完成をいかにつき破り新しい開展たらしめようとしたかといふことを、この詩集の多くの詩篇は示してゐるのである。（東京都台東區淺草小島町一ノ一三尾崎書房一〇〇円）

イメヂと漢語

——和田徹三詩集『合瓣花冠』——

安藤一郎

詩集『合瓣花冠』は、その題名自身が暗示するやうに、多くのイメヂが集まりかたどるむしろ視覚的な構成を持つ、一つの詩風で一貫してゐるやうにおもはれる。

　四月一日　晴。
　硝子圓蓋のなかの　北の太陽。
　閃　燦　煌　閃　燦　煌　閃。
　氷の街　十粁四方に
　びしよぬれの馬糞絨緞。

　　　　——「春」の第一聯——

かういふスタイルは、和田徹三といふ詩人の得意とするところである。同じやうな手法は、「幻」「天蓋」などに、縦横に驅使されてゐる。ところで次の如きは、やや極端とおもはれるものである——

　菊花紋の　燻金華鬘（けまん）。
　桐花紋の　燻銀華鬘。
　仁仁仁仁仁仁仁仁仁。
　金銀瑠璃硨磲瑪瑙珊瑚水晶
　百獣の鈴であつた　重い珠。
　倫倫倫倫倫倫倫倫倫。

　　　　——「天蓋」の一部——

恐らく、「現代詩」の印刷所は、この引用句で、活字の不足を告げるであらうが、古風で絢爛とした、ようらくの垂れ下つた天蓋を、この字面から、一應頭に描くことは出來る。著者は、かういふ漢語の繪画性もしくは造型性を非常に愛してゐるらしいが、少しそれが趣味に墮しすぎてゐるのではあるまいか。現代詩に於いて、イメヂといふものの重大なことは、今更言ふまでもない――併し、イメヂは、常に、詩人の新しい世界を展開させる創造である。イメヂは、一言にいふと、それ自身思想なのである。さうとすれば、イメヂに天蓋をもたらし、また、漢語の効果だけにしか頼ることが出來ないとすれば、そこには、何か大きなアナクロニズムを感じないわけにゆかない。

　これらの作品に見る和田徹三のスタイルは既に、固定して、容易に拔くことの出來ない頑固さがある。それは、勿論、一つの個性に相違ない。併し、漢語への愛着にのみ終始するとすれば、單なる「遊び」となつてしまふであらう。私は、一卷の中で、「コロボックル」にのやうに平明なものにぶつかると、却てほつとして、この詩人の人間性に觸れた思ひがしたことを、最後に附加へておかう。（札幌市北一條西二丁目千代田書院　定價三〇〇円）

「火刑台の眼」に關するノート

笹澤美明

「火刑台の眼」は著者の生活体驗の象徴である。著者をめぐる火刑台。そしてそれを見詰める不幸な眼。それは憎惡や絶望の光に滿ちている。すると、そこに一つの澄んだ嚴肅な眼差が交じる。社會批評の眼。時代批判の眼それが著者の眼である。愛の、時には怒りの眼差。

「第三審判律」には惡魔が登場して、主人公がそれと對決する。その傾向に於てこれは現代の「ファウスト」である。しかし惡魔は主人公自身に屬しているものではなく社會が作つたメフイストである。主人公が關心を持つている少女は、またグレートヘンではない。この哀れな少女は主人公と同時代に苦しむ一つの純粹な人間の型である。實は主人公と共に住む純粹性の形象かも知れない。そこで性質に於てこれは「ファウスト」ではない。詩人と時代との對決。個人か社會に對する抗議。しかも個人が民衆を代表する。ここに新時代の悲壯な詩人の姿が立つている。

この詩集には讀者の支え切れぬ恐るべきヴオリュームがある。作者の詩の形体の向側に溢れている洪水。それが形体を突き破つて讀者の胸に押し寄せる。時代意識と社會体驗の重量が作者の表現の力量によつて倍加されるからである。手先でなく全身が生み出す力量

この詩集の表現技術はイメーヂに三分ほど關係する。殘りは積み重ね、叩き込み、創りとり、盛り上げて行く、あの構成藝術の手法によつている。洪水はここからどつと流れ落ちて來る。

元來この著者から與えられた印象や概念によつて、素朴なリアリスティックな技術が恐らく期待されるだろう。この詩集は先ずそれを裏切り、讀者に新たにパトスと意志と努力による手法の一つの方向を示す。あらゆる大作家の作品に現れたリアリスティクとロマンティクの性格の渾然とした印象。

荒削りと微細な手法の混じつた奇妙な、不協和音の魅力！

そう言えば、都會人感覚のデリカシーと農夫の强靱な意志を併せて持つあの不調和の魅力！

大都会の裏の裏、底の底を生活した著者の体驗と言う武器。長い間のギプスベッドが培養した著者の脊髓の中の異常な反逆意識と不屈の意志。これらが「火刑台の眼」にこもつている。白い手で頁をひらく讀者の壓倒されるエスプリ。いや、打碎かれる精神の眼。

昭和二十四年度の詩集中の壓卷！一筋に詩に活路を求めようとする熱情の火焔の集團！

惡寒と戰慄の詩集

——『火刑台の眼』を讀む——

安藤一郎

いまこそおもわればならない。
僕らは
一握みの土地も豊壤であられればならぬと
土こそ一切の根源であるだらうと。

淺井十三郎は、みずから「僕わ一介の零細農民である。」と言ふ。かういふ詩人と全く別の環境に育つてきた私は、もしかすると、この詩集『火刑台の眼』を批評することは、どうやら不適当かともおもはれる——いや、その資格はないかも知れない。事實、私は、これらの作品を讀んで、どれくらゐ淺井を理解出來たか、自分でも少し疑問なのである。比較的古い作品である、後半の詩は、私の性格から相当よく分るし、「仲秋名月」などは、發表当時にもいいものだと思つたことを記憶してゐる。

淺井の孤獨は、一時少し靜かに落着きさうにみえた——あれは、彼が病臥中だつた故だらうか。詩集末尾の「解說的覚書」に、彼はかう記してゐる——「行動とわ卽ち僕らの精神である。未知の世界に對する宣言。と未知の世界に足を踏み入れる自らの聲。それらが僕をながい間まるで狂氣のように詩について思わせてきた。……」また更に「詩わ僕にとつて忍耐をもつところの連續的な爆發である」とも言ふ。然り、この詩集一巻は、正に連續的な爆發なのだ。北方の嚴しい自然と闘ひ、惡と矛盾に滿ちた社會を睨み、また、おのれの精神と肉體にも挑戰する、苦痛の中から叫び上げる抗議なのである。私は、淺井自身が持つ、一種の惡寒と戰慄を感じる。先日、久しぶりに吉田一穗氏と話したとき、吉田氏は「近代詩は苦痛に堪へるものでなければならない——苦痛に堪へたといふことは、それだけ何か創造したことを意味する。」ときつぱり言つたが、これは深く味ふべきであらう。淺井の詩の中にも、至るところに、苦痛に堪へる激烈さがみなぎつてゐる。忍耐、憤怒、爆發、そして創造……

——うん、石だつて割れるさ。
——未練なんかないの。苦惱が私たちの構威だつてことを……
——未來つて奴にれ。
——それ、重くない？
——怒りにみちた光榮つてところかな。

狂氣を裝うたハムレットの言葉は、一見取りとめないやうで、案外人の肺腑をえぐる眞理がひそんでゐる。淺井は、錯亂を企てる。解體、絕斷、氾濫！その中で、火刑台の眼は、ぎらぎらと燃えて、最後の現實を鋭く見つめてゐる。フォービズムの底にある、冴えた意識の美しさ！

物の中にも
僕の中にも
不當な壓迫が加らないように
僕らわ僕らの、獨立のためにも
貴女わ貴女の、精神のためにも
死の隣に坐っている
エゴイスト達の
一切虚飾を
剝がれはならぬ。

淺井の近作は、なほもつと檢討すべきであらうが、一言にして言へば、すべて過渡期的樣相を示してゐる。過渡期的などと言へば、彼は憤慨するかも知れない。淺井は、恐らくいつも「過渡期」として展開しつづけるだらう——藝術を過渡期的にさせるのは、時代とその政治だ、過渡期的であるままに、詩人は抵抗しなければならない、現代詩こそ過渡期の道程にある、と彼は答へたいところであらう。

詩集平田橋について

淺井十三郎

一切の創造わ自己とその外的關係の矛盾の中から生れる。この矛盾に抵抗を感じ得ない詩人の能力わ所謂山紫水明の中に沈澱してしもうより外に道わない。すでに今日に於ける現代詩と呼ぶ藝術もこの山紫水明の底で自然えの順應を示すところの美しさを示すだけのものでわなく、明かに我々の詩のもつ美しさわ、抵抗のその行動性の中にこそあるのである。然もその抵抗を意識的にもつことによつて、我々をとりまく客觀的な一切の法則が、藝術の中に姿を覗かせてくる、單に山紫水明のもつ自然の法則が無意識的に或わ又心理的に把握せられていても、藝術の發展わ起り得ない。この詩集のもつ美しさわ、抒情の氾濫であり、自然法則の無意識把握からくる卽ちとらわれることのない技能の豊富さであり、非常に善意にみちみちた人間の聲調である。筆太のなぐり書きが無技術で細字やチミツ画が秀れた技術であるようにしか考えていない一部の洋服紳士たちの一般的な考え方からすればこの詩集わ余りに無技術であるかも知れないが、そうゆうことにわかかわらず僕とゆう枠からハミだそうとしている「生」の旺溢さわ買つていいと思うのである。然しながらこの詩人がその自己の技能にだけたよつてそれを技術として高める努力をおこたつたならば思想と呼ぶ我々の詩の藝術性わ單に平面的に自然法則を山紫水明の中に無意識的にとどめる花鳥風月えの危險をなしとしないだろう。つまり必要以外の饒舌がそれを示してゐるが——ともあれ「春の雷、香、滅び、こだま、七味たうがらし、なだれ、平田橋」等の力篇中にちりばめられている「眼」わ、たしかに「抵抗」の意識化がなされてグッと讀者を引きつけて止まないものがある。未來性のある新人としてのこの詩人にのぞみたいことわ、より思想的に忍耐のある表現を立体的に持つてほしいことだ。言いかえるならばこの詩人に精神のシャベルと巨大な齒が必要である。

（小池亮夫著　日本未來派發行　B六版上製　百十八頁　百八十円）

☆　☆

村野四郎論

村上成實

村野四郎は現代詩壇に於ける巨柱的存在であるばかりでなく、現代詩の進歩そのものを誰よりも正しく、又一貫して体現しつゞけている詩人であるという事が出來る。

彼の詩歴は長く、處女詩集「罠」は大正十五年に出ている。はるかに年下な私が知合つてから既に二十年餘になるが、その間の彼の歩みは一貫して詩と共に孜々と倦まぬ、眞に一時のゆるみをも見せぬものであつた。それは、顧みれば世にもめずらしい、質實且つ重厚きわまる努力のあとであつて、彼の人格の美質をも語るものである。

從つて又、長い間彼の存在はむしろ地味なものであつた。詩壇の誰にも深く期待され、重んぜられ、賴もしがられていたが、必ずしも華かであつたとはいえない。輝くというよりも無言の重きをなし、その重味を次第に加えて行つたのである。ようやく大きな存在を現したのは、私の考えているかぎりでは今から十二三年前、昭和十一、二年の頃からではなかつたかと思う。即ち、春山行夫、近藤東と共に主宰した「新領土」の發行、「体操詩集」、それから一聯の「近代修身」作品群の出現が、彼に對する久しい期待の當然の成果の様に迎えられた時、彼の存在は動かぬものとなつた。まるではじめからかくも華々しかつたかの樣に。同時にこれらの作品は昭和詩史上の數少い不滅な成果の一つとなつた。——ここに、「巨柱」村野四郎の一應の輪郭が描けると思う。

さて、それならば詩人としての彼の特質はいかなるものであろうか？私としては、多年敬意を拂いつゞけて來たこの先輩について語れとの命令をうけて、これを語りそこなう事が恐ろしい。果して、うまくは語れないだろう。それは自分でも口惜しく、村野氏にも讀者にも申譯ない事だが、本來攻擊とか批判とかいうものは容易なのに反し、自分の貴び敬する對象を說明し稱揚する事はむつかしいものである。そこを諒解願いたいと思う。

彼の作品——特に年來の傑作群を讀んで、一貫して感ぜられる事は、彼の詩的感覺が、最も正しい在り方で、その住む時代に對應しているという事である。すべての詩人は、彼の置かれた時代に、それぞれ對應する事によつて一ヶの詩人たり得る。すべての詩人は、自己の可能の範圍で彼の時代に對應しようとつとめるが、それが常に、眞に正しいとはいえない。より多く正しいか、不充分であるかによつて、彼がどれだけの詩人かという事が計量される。いわゆる大詩人とは、たとえば李白でも杜甫でも芭蕉でも、その時代への對應の仕方は異るにかかわらず、それぞれ後人に、百%正しい仕方で時代に對應したと言わせる樣なものを持つている。その点村野四郎はどうかというに、一貫して實に美事だといえる。それは美しい歴史でさえある。彼は常に、彼自身の奥深い全体を以て、時代の全体に對應した。彼は、いわば、その全身全靈が直接的な感覺となつて、眞正面から現代に反應したのである。それはとりもなおさず、彼が最も完全な意味の、正しい詩人であつた事を意味する。それが詩人の眞の職能であり社會が、同時代の全体が、詩人に要求する根本的なものであるからだ。

この樣ないい方は、誤辨を招くかも知れない。注意せねばならぬが、私は決して彼をジャナリスティックな詩人だと言おうとするのではない。それどころか、彼はジャナリスティツクとか、時代の表面を追うとかいう樣な輕浮なものとは全く對蹠的な詩人なのだ。最も正しい詩人として、彼の時代をその精髓的なものに於て反映し、全身を以てこれに反應しているというまでなのである。

彼のその態度は彼の詩人としての責任感と良心から來る。そして、極めて積極的な努力に基くものである事にも注意しなければならない。この点に於ける彼の良心は、同じく詩人たる我々を打たずに置かない。その心の深くわかればわかる程、頭のさがるものである。彼は自らこれを、一つの卽物主義ともいうべきもの、といつたが、いわゆる卽物主義はともかく、この樣な態度こそ最も尊敬すべき卽物主義でなくてはならぬ。詩人の良心が——それが眞に自覺すれば——當然指向する樣な態度だ。こうして彼の作品群は、そのまま彼の時代・環境の大きな全体的な象徴である樣なものとなる。

彼の作品を讀んで驚かされる事は、その時代感覺が正しく、すぐれているという事だけでなく、その時代感覺が直ちに「言葉」でなく、直ちに「文字に」なる所にある。直ちに言葉になるというのは精神だけの問題だが、直ちに文字になるというのは、稀有な事で、彼の詩人が技術性と一体になり切つた上で、如何にほんとうの詩人であるかを示しているのである。

そして、それは苦悶にみちている。否、苦悶そのものである。これが彼及び我々の生きた時代の當然なのだが、この苦悶性が直ちに文字となつている樣な所に、「頭のさがる」もの

がある。そこから直ちに、あの篤實無比の人柄や、それをあらわすうそいつわりの露ほどもない彼の肉聲がひびいて來る

ともあれ、「近代修身」以來一聯の作品群はすばらしいものである。(私はその中に彼の同系統の作品のすべてをふくめる。)これらは我々の時代の眞の詩人が當然書きのこして置くべき記錄であつたと共に、現代詩が後世に向つてかかげ得る大なる記念碑でもあるのである。

「体操詩集」というものは、その出現した時から、一つのあざやかな試みとして評價されたし、それ自身立派な價値をもつものだが、私の臆測では、彼にとつてこれは「近代修身」の高峰群に達する一つの前山の様なもの、いわばそれへの準備であり、トレーニングであり、スケッチの様な意味をも持つているのではないかと思われる。少くもそれは、「近代修身」群の豪壯な開花を約束したものであつたかの様である。あの方法の採用によつて、環境や事物に對する角度を決定し、その方法と態度を以て一段と精髓的なものへ肉迫してゆく所に後の大作品群が生れたのでないか？卽ち先ず彼の卽物主義の誕生、それの深化と大飛躍、そう見てはいけないだろうか？

花のやうに雲たちの衣裳が開く
水の反射が
あなたの裸体に縞をつける
あなたは遂に飛びだした
筋肉の翅で
日に焦げた小さい蜂よ
あなたは花に向つて落ち
つき刺さるやうにもぐりこんだ
軈てあちらの花のかげから
あなたは出てくる
液体に濡れて
さも重たさうに
(飛込)

言葉はまだ事物の外面を追つている。それはやがて本質的なものと一体になり、丁度ガラスが一枚はげ落ちる様に、そこから餘人の追隨出來ない世界がひらかれる。その様に私には思われてならない。

ニツケルの雲がゐる
体育館の道をゆけ
君らの弟は白いリンネルを着て
罪人のやうに
助木に懸つてゐる
枯木と風の中にぶら下るもの
ピンク色の犧牲を信じよ
いまや
忍從のアスファルトの下に
ふるき球根を夢みること勿れ

（近代修身第二十）

言葉が直ちに時代の精髄にふれ、その時代感覺が直ちに言葉にでなく文字になる、といい、それ故にそれは苦悶そのものである、といつたのは、この様な詩を指すのである。今尚心をうつものは苦悶の時代がそのまま文字に化している様な、この詩の痛苦である。そして、思い浮ぶのは忘れる事の出來ないあの時代である。正にその時、我々の愛するすべては鋼鉄よりも非情なアスフアルトの下の、ふるき球根と化しつゝあつたし、現れて來るものは眼をそむけたい様なピンク色の犠牲のみであつた。それ以外のものはひしひしと抹殺されてゆく。「近代修身」及びその類に屬する彼の作品は、かかる時代にひたと直面し對應する詩人の良心と苦悶にみちた、批判であり要約であり、豫見であり警告であつた。又絕望であり、自嘲であり、焦慮であり、怒りであり、終始誠實にして苦しみにみちた熟視であつた。

もはやここには
君らが憩む空はないのだ
雲雀は死に
汚いものが炸裂し
石を蹴る蹄鉄のおとがきこえる
ごらん青年たち
君らの前方に遠く茂つた一つの森
其處から
犬儒學若の精神の歌が聞えてくる
（近代修身第一）

その表情に「ソクラテス的驚愕」があり、「つめたい石膏の頭の中に、父と故郷を失ひ、脆い內部構造を樂器のごとくいだい」た様な青年たちや、「テーマのない森の中で歌つた」「翅虫さへつかない純粹」の詩人たちが直面せねばならなかつた時代は、正にそういうものであつた。しかし、誰が、この様に、眞正面からこの最も大なる問題にぶつかり、對決しようとしたであろう。多くのものははるかに安易で、根も淺く、風になびく事も早ければ、或は硬直し沈默している外はなかつたのである。不朽の名作「夜の緣」に描かれた、終末感的な色彩に包まれた、けだかくも悲劇的な「詩人」の姿は、當時の彼又は彼の様な正しい詩人の畫像の様にも見える。

それらの作品群については、くわしく語るべき事が多いが、豫定の紙數の中ではすべて略さなければならない。悲劇的な時代は遂に沸騰して崩壞したが、終戰の秋には「蕭々たり」の一篇が敗れた祖國の前に供えられた。これも忘れてはならない。同じく時代の全体的な反映というべきものであつた。その後の彼の仕事は詩集「豫感」に納められているが、それは彼の同じ正しい態度の、沈靜と円熟とを示している。

最後に、「現代詩の進歩そのものを、誰よりも正しく体現している詩人」という事について言わねばならないが、これを説くには又しても「新散文詩運動による詩の革命」までさかのぼらねばならない。くわしくいう暇はないが、要は大正自由詩の傳統が、その革命の火に燒かれつつ不死鳥の樣に新生した、今日の正しい自由詩の骨骼を築き、担い進めて來た詩人の典型的なものが彼だという事である。現在の混亂期に、ともすれば本來的な自由詩の姿が見失われてしまいそうな時、確乎たる自覺の下にそれを推進しているものは誰よりも彼だ。その彼の見通しは、明々白々な正しい行手を指している。

「元來、自由詩の精神は、詩に對する古い韻律觀からの解放、あるいは詩における音樂的魅力への袂別から出發している。いままでにいくたびか試みられた自由詩の韻律、自由律あるいは內在律などという架空の韻律が言葉の中に探究されたことも定型の提唱とともに、自由詩の精神を新しい詩論の上に捉えていないところから起きているのである。詩の音樂性から造型性への移行、韻律に代るイメヂの重要性は近代詩の新しい魅力を生む根據になつていることを明瞭に確認する必要がある。そしてそれがすべてを解決するのだ。詩の中を進行するイメヂの型態、この型態にともなうリズム論は、別に、新しい詩論の序説として考えられるべきだろう。」（「自由詩の精神」）

自由詩の形式の基礎を韻律觀念の上にでなく、イメヂのそれの上に置こうとするのが眞にめざめた詩人の共通の考え方だが、それを眞正面からいい切つたのがこの詩論である。自由詩固有の方法、秩序、それの未來への見通しといつたものがここで明確にされている。韻律でなくイメヂ、そのイメヂによる詩の進行として自由詩の形式の本質は考えられる。大局からいつて、自由詩に於ける眞の「行の覺醒」、別言せば又現代自由詩の眞に正しい行分けは彼の時代からはじまつたといえるが、そういう中にも完全に韻律主義から解放された上で、而も散文派に汚染されない眞の自由詩を書く者は少い。そして我々の考えでは、ほんとうに嚴正な意味での詩は、この方向でなければ何人にもつかめないであろうと思われる。それは又、詩と散文との混合する時代に正しい詩を守ろうとする少數詩人の苦しみを語るが、村野四郎は、今日に於てそういう苦しむ詩人の一人なのである。

"噴射塔"欄
原稿募集！

★讀者の發言頁である。
★題目は自由でいい
★二百字詰一枚。
★噴射塔欄と朱書きのこと。
★採否編集部一任。

淺井十三郎論

―主として「火刑台の眼」について―

扇谷義男

私達は一人の詩人の作品を讀むとき、第一に例へば、「彼は超現實派詩人だ」といふ世間的な普遍的說明によつて災ひされる。そして知らず知らずこの便利な標準によつて詩人を理解するといふ道を辿る。この災ひをかりに逃れたとしても、私達がその詩人自身の中にある、かの荒々しい姿にまで迫ることは容易ではない。一人の詩人の一つの作品から、私達はその詩人を理解しやうとする何らかのまとまつた標準尺度を作り上げやうとする。一人の詩人の凡ゆる作品をこの標準尺度によつて理解しやうとする。個性の發展は始めから無視され、完了された個性が作家批評の標準となる。だから一人の作家の二つの作品は、恒に同一の條件、同一の標準によつて眺められる。個性でなくて型が、特殊ではなくて普遍がのさばり出すからである。こうした不見識さから、過去の淺井十三郎の作品に對して、私もかなり不親切な見方をしてきたに違ひない。今度贈られた詩集「火刑台の眼」を通讀して、私はいま改めてこれまでの不明を大いに恥じた。

最初に私のうけた感銘は、何とも云へぬ凜烈な、貫くやうな強い光射に心が寒氣立つやうな氣魄に撲たれ、尙、六十二頁に亙る壯觀な長篇「第三審判律」を讀むに及んで殊更にこの感を深くした。私は不敏にして未だ曾つてこのやうなすばらしい構成に試みられた長篇詩を知らない。そしてこれほど作品の上に赤裸々な作者が躍動してゐる詩もまた知らない。血をもつて血を、つまり詩をえぐるといふ感が深いのだ。このことは詩界に於て稀有なことである。決して古くさいことではなく、恒に新しく立派な存在と云ふべきである。

然し、私はここで、この詩集をより深く鑑賞するために、一先づ彼の言葉を聞かなくてはなるまい。

「僕は涙もろい文學など必要ないんだ。涙もろい自分も涙もろくさせる客體もこいつあいかん現狀維持的魔藥にかかつているんだ。そいつに反抗するところに僕らわ在る。歴史的現實に反對する自己。そうゆう對決わ我々に持ちすぎたと云うことはないし、その對決の方法が現實的に過ぎたと言うこともない。僕わ僕の罪や傷を洗うのに涙もろく眼鏡を曇らせたくない。歴史と言う方向をわれわれ民衆の中に求めるなら夢や未來わ、偉大な現實なのだ。對決に主客をきめて初めつから勝負をきめてかゝる馬鹿げた考へわない。……」

「詩わ僕にとつて忍耐をもつところの連續的な爆發である」

こうした「主張」が現在の、彼の文學する精神の最も根强い基盤となつてゐることは事實であらう。そして彼はこの「主張」を自らの作品の上にたゆむことなくヂリヂリと押し進めて、穿貫したゆるぎない龍骨は彼の詩の裏に巨大な影を投げ、その倒影を渉る我々を感嘆せしめる。人が好むと、好まぬとに拘らず、本道を行くものゝ仕事の中にのみ、我々は恒に「それへの用意」を一圖に考へることが出來る。そして私は彼の詩の構成にまた特異な角度を見出す。角度とは何か――彼の位置である。詩人が素材に向けて放つ「眼」であり、その世界觀である。が、角度とはまた製作の背後にある「知性」と略々シノニムとして我々は認識する。

この日もひどい傾斜で
月もない　電氣もない　吹雪にかこまれている。不安。熱氣わ
去らない。

（「地獄の囚人」）

髮の毛をむしりながら
圓のどこえ、十字架をおこうかと激しい努力をくりかへすようす
だ」

（「静炎」）

「獨立獨立と云うけれど、そんな擔稅能力が村民にあるかつてん

（「反吐」）

どだいこの國の風景は、季節を失つてしまへば終りなんだ
なんと恥つ晒しな天候なんだ

（「被害者」）

丸テーブル
ウイスキーと陰毛
眞晝。役所の安樂椅子にふかぶかと沈んでゐる。
二匹の鬼。

（「密室」）

大きな審判がまつてゐる　ここばかりでない被告席
ぽかんと穴があいている肋へ、誰がいつたい文明の不在をつげうるか。

（「被告席をめぐつて」）

傷だらけの戰敗國に向つて、また「相剋の呻き」の渦中にある現實社會に向つて投げつけられた、これら「第三審判律」の中の諸篇は、最早、今日通常の「正義」と「理想」の觀念の下にあつては、むしろ一つの常識を遠く出ないとさへ思はれる。詩人と雖も時代の常識の前には屈服しなければならぬのが當然であるかも知れぬ。（いや我々は無意識にさうなつてゐるのであらう。）が、その時に詩人を立上らせるものは、

彼をして止みがたく叫ばしめるものは、畢竟彼のうちの高き否定精神に充たされた「個性」である。私は何もこれらの諸篇に、謂ふところの近代的な「正義」と「理想」の觀念のみが歌はれてゐて、作者の「個性」が沒却してゐるといふのではない。その題材を取扱ふ作者の詩的モチーフに更に鋭角な更に叡智的なあるものが必要なのではあるまいかと思ふばかりである。それはこれらの作品により强い必然性を與へ、より個的なレエゾン・デエトルを附與することにならうと考へるからである。然し、私のこの不遜な意見は、日頃の「主張」とまつたく相反するものとして、恐らくは氏の苦笑を買ふにちがひない。

次いでこれも四十頁に垂んとする長篇「死の影の河」は、秀とよばれる一人の少年を通じて、戰時中、如何に被壓迫勤勞大衆が、虐げられ、蔑まれ、踏みにぢられながら生き拔きやがて必然的に社會運動へ沒入してゆく過程を描いてあまりに悲慘な生活記錄である。ここにはただ、自己の置かれた運命に懷疑し、じつと默して對峙し、あくまでそれと鬪爭をつづけてゆく被壓民族の强靱な性格が如實に描破されてゐる。しかもこの鮮かな放射線は、背後に横はる對社會性を具体的に表出してゐる点で、明かに淺井十三郎の熾烈なヒユマニテイを証左してゐるのである。

チエホフは「藝術は何ぞや」といふ質問を發せられると何時も次のやうに答へてゐる。

「藝術家の仕事は、問題を解決することにあるのではなくして、問題を提起することにあるのだ。」

淺井十三郎も亦、これらの傑れた詩篇の中で問題を解決してもゐないし、又、解決しやうともしてゐない。ただ問題をわれわれの前へ力强く提起してゐるのみである。

そこで、すべてはただ一つの方向、即ち、何か內なるものの働きへと向けられてゆくのである。何か內なるものの働きとは一體如何なるものであるか。ここに意味する內とは勿論外（社會）といふ言葉と對峙する。然しながら、この內とは必ずしも外（社會）と恒に方向を異にするといふ意味から出たものではない。この內なる言葉は反省によつて、はじめて意識されるものである。云ひかへれば自己批判されるところそこには恒に必ず何か內なるものの存在が自覺されねばならない。この意味に於て、內なるものの働きは自己批判の結果から生れ出たものと云ふことが出來る。自己をよりよく生かさんがため、より慥かなものの上に精神の城砦を築かんがためには、魂は絶えず自己を否定することを要する。さうしてその熱情が昂められゝば昂められる程、否定の鞭は强くそして荒々しい。隨つて文學するものは不斷に自己の魂に與へられるこの鞭を甘受しなければならない。否定しつつ、反逆しつつ魂は一人のメフイストフエレスとなつて、この道をどこ迄も突き進む勇氣がなければならない。ここに「越後山脈」を超へて「火刑台の眼」に至る迄の淺井十三郎の峻烈な抵抗があり、凡ゆる社會悪と不正義に挑む執拗な闘ひがある譯である

ここで以上をふり返つてみると、彼の詩の表現はその一字一句、一形態がどれもこれも最大限度、極限、絶叫、爆發たらんとしてゐる。それ故に「物象」は全體として極限を摑んでゐるのである。讀者の方では絶えず部分のみに眼を奪はれて——全體を片側へ蔽ひかくされてゐるやうな感じをうけるのは洵に殘念だと云ふ他はない。

私はこれまでも、また今後も、單に一党一派のために物を云はない。自分の信ずるものに變りはない。つまらないものはいくら勿體ぶつた作品でも、その內容の上からつまらないと斷言するに憚らないものだ。自分と共通な批判精神をもつて、現實を鋭く追求してゆく作家に對して推奬の辭を惜まないのは、成心あつてのことではなくして自然の成行きである淺井十三郎のこの詩集の如きは、どちらかと云へば、殊に表現技術に於て私はある飽き足らなさを感じるのだ。それに前詩集「越後山脈」(昭和十五年)とかなりの歳月を隔てて、この一寸、人づきの悪い長篇詩集を出すことは余程損な立場にあると見なければならぬ。けれども何ら修飾することなくして出て來た、この朴野なるしかも高い情熱と創造とを盛りあげた詩集に心ある人は云ひしれぬ感激を味ふだらう。詩に甘美さのみを求むる過去の俗衆はすでに吾々の問題とするところではない。いまは、深い個性の苦惱から人類に呼びかける憎悪とか愛とか云ふ言葉さへも、單に知性的、或は抽象的なものとして輕視される世の中である。新しい時代に鬱勃たる精神、それを奉ずる來るべき民衆こそそれを決定するだらう

ここまで書いてきて、私はふと、すでに二十年に及ばうとする彼との友情をおもひ、しばらく撫然とした。遠く新潟の一角にあつて、蝕まれた肉體を鞭うち、ひたすらヒユマニツクな炎を燃やしつづけてきた彼の中、に今にしてなほ「詩の鬼」を見出だす宿命は何としても痛ましい限りだ。然し、彼はおそらく倒れるまで自己の詩を刻みつけてゆくに違ひない

惟へば永い年月の間、ひどい不遇の中に隠忍してきたこの眞摯な詩人、しかもざらにはない特異なテムペラメントと實力を持ちながら。敢えて時流に訴へやうともせずにゐた、この最も詩人らしい詩人の詩集にいま邂逅できたことは、正に一つの涙ぐましい感激であると云はざるを得ない。

ともあれ、淺井十三郎は生れたる詩人であり、不遇なる眞實の光榮である。私は日本の詩界が淺井十三郎を有することは一つの誇りであることを固く信ずるものだ。さういふことの一般に信じられる日はやがて淺井氏に酬ゐられるだらう。眞實の士は、遂に不遇のまま置かれる道理がない。切に淺井氏の健在を祈つて止まない。

新世代

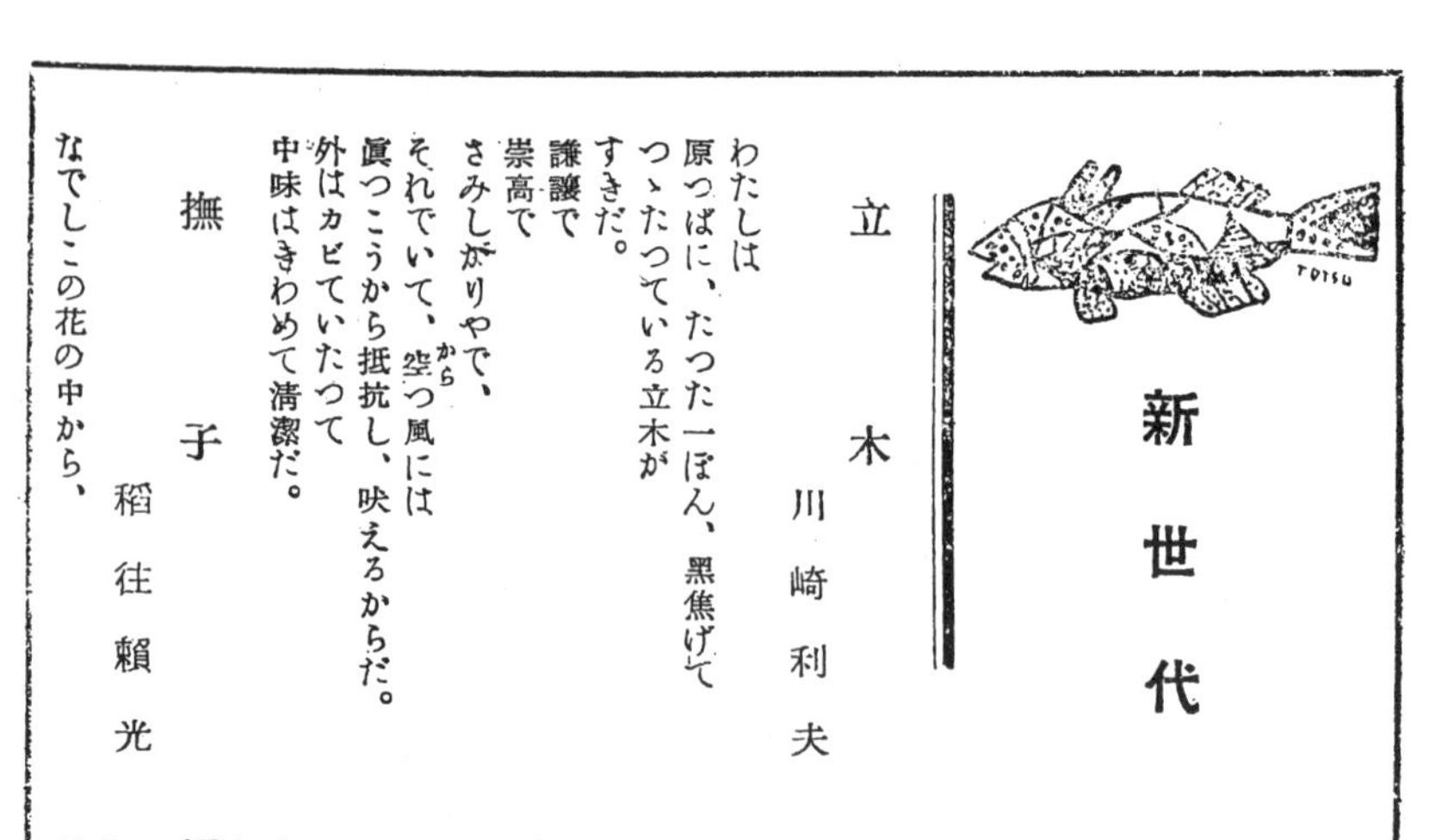

立木

川崎利夫

わたしは
原つぱに、たつた一ぼん、黒焦げて
つゝたつている立木が
すきだ。
謙譲で
崇高で
さみしがりやで、
それでいて、空つ風には
眞つこうから抵抗し、映えるからだ。
外はカビていたつて
中味はきわめて清潔だ。

撫子

稲往頼光

なでしこの花の中から、
子供が出て來た。
その後から母がパラソルをさして、
眞晝の白い道路に出て來た。
――やがてそれは遠のいて行く。
小さくなつた母と子の親密さを、
子供の持つていた粗末な麦藁細工の色染に
殘して、
此の花の方へと、
此の花のむかうへと、
撫子の色に消えて行つた。

ヒナの歌

山田四十

☆おまえの足跡がクサムラに消える…………
☆石石に花も開かない艸達がある。
☆夏の恐しい情熱はメカクシのようにとれて
秋がきます
☆おまえはクサムラに入つたまゝ夢の連續を
みている

孤獨

中山健司

毎夜、ぼくの心は悶絶の中にくだかれてゆく
灯りの點らぬ、暗い、陰慘な部屋は
「今」といふ存在さえ不明に陷つてゆくのです
風は次第に心を殲滅し、
人間の失はれた悲しい夢が、
切ない空虚にのつて、行方も知らぬ果てへは
こぼれます。
この重々しい日夜は、
やがて、慄える地底にぼくの心を沈ませう。
廃墟の跡には色ある花も消え、
虚勢の假面を装つた、ぼくの
眼と
眼が、
暗がりの中で、ああ、二重に足掻きしはじめ
てゆく。

蟹

松田牧之助

蟹ヨ
アトラスガ地球ヲ支エルヤウニ
青空ニ向ケタオ前ノ二ツノ爪
眼ハジラフノ長イ首ノヤウニ
ハルカナル世界ヲ見ツメテキルノカ
シャボンノ泡ヲ吐クヤウニアブクスルロヨ
蟹ハナゼ横ニ行クノカ
月下ノ浜ヲ
オ前ハ今日ノ花暦ヲカツトスルモノ。

墓

淳名井

誰モイナイ海辺
私ノ墓標ヲソツト置ク
一ツ一ツ
足跡ヲ波ガ呑ム

眞夜のポエム

外川三郎

夜想

儚い自虐性から
メスをひらめかし、モノマニアめいて
お前の脳を切開してゐる。
つきたつた夜の尖端。

黄色なかげを脊に。
灰色の思考の中で、
おもむろに身を引きおこし。
七年前の黄色い血が、未だこびりついてる
脇腹くれらせ、
視野を横切る　灰色の猫。

はじきとばされた單音符、
耳に凝結した神經が
宇宙の夜を漁撈してゐる。

灰色の風景を流れる、
黄色い時刻のモノトオオン。

光りの指針

ぼくのぐるりを埋めてゐる
黄色い倦怠が消える。

流れ入る月光。
ぼくの視線を一ツイイトの處で断ち切り、
カアテンの隙からそのまゝ
凍りついてしまつた樣だ。

重たい鉄の扉の軋り。
まぶた、閉ぢる。

曠漠とした記憶の地平線で、
次第に身を引き起す　お前。

胸の焔がゆらぐ。

開かせまいとする、
恐怖がまぶたを　押し上げる。

錆びついた過去の心象。
銀青色の光り。

光りは　おもむろにその指針を傾むけてゐる樣だ。

むくの木

由田昭策

或る日
わたしは不思議な本能にそゝのかされて
こんな高い
むくの木に登りたくなつた
憶病者のわたしだのに
太い幹にそつて生えてゐる
かづらを握つて
上へ上へと
原始的な木の香が
わたしの鼻を
つーんと刺した。
わたしは
この頂上から落ちてみたくなつた
黒い幹の腐が
私の落ちるのを欲求したのか

地

島田利夫

墜ちた肩に空の碎片が附着する。その上に
市街は集結し、黄燐のやうに創げない
眠りの中に眠りを埋めて、鳥類は貫通する
傷の上に傷を重ねて
待つのだ。墜ちる掌を胸を瞳を
更に多くの遭遇と、掌を刻む豫約の爲に

無題

垂れ下る水管は地につくと寄生したやうに
動かない
逃場を失つた煤煙は薄い光となつて逃れた
樹影を夢のやうに刻んでゐる風景にはもはや何の叫びもとゞかない
ずれてゆく市街
マンホールの下　暗い水光は砥ぎすまされ
發汗は夜明けと共に繰り返へされた

「新世代」欄（十月號）批評

日村　晃

新人――それは輝しい名だ。しかし、明日の完成を約束されているから、目前にジャーナリズムの晴れ舞台が待つているから、などというのではない。この地上にあつて人間の新しい開拓と建設を實踐してゆく者だからなのだ。

もちろんそれは、世代が若い割に上手な詩を書くということではない。三十代四十代にも新人はあつてよい。年齢の若いなどということは大して問題ではない。新人とは、文字通りの新人でなければならない。しかし、今日。果してどれほどの新人がいると言えるだろう。

本誌「新世代」欄は日本の近代詩史を更に大いなる明日へと押しすすめてゆくために！　これに基いて設けられたのであるから、大いにその眞價を發揮してゆかなければならない。

世上しきりに。「詩の衰退」の聲がきかれる。しかし、われわれの近代詩は、決してそのような衰退へ向つてはいない。近代詩史の上に立つて、われわれの詩は實に大きい發展をしている。今、それを述べる紙數がない。ただ新人は、そのことを自覺して、新しい場の確立へ肉迫してゆくべきだ。

ところで江川秀次「幻滅」は、十分とは言えないまでも、如上の意義をうらづけるにふさわしい作品の一つだと思う。題名は「幻滅」だが、單なるペシミストのそれではない。若々しい生命は悲哀に眞向いながらたじろがないのだ。作者の眼は澄んでいて、センチメンタルでないのが良い。

持田恵三「北極」は、觀念的匂いが濃いが、一應、嚴正な作品である。悠々と坦坐して、その筆は凡庸ではない。ゆるみない一行々々が、美しくきざまれている。しかし、これだけではいけない。この手法の適確さを越えて溢れ出るものがなければならないだろう。最後の「うつろなる　聲なき笑ひ　しばし　こだまする」の語調はよくない。このところでこの詩を古くしている。

川崎利夫「富士」よくまとまつている。若い世代の苦惱が感じられる作品。しかしもつと燃燒されなければならない。文字面にとらわれて、その苦惱を安易にしている。各行の言葉は少しく表面的なきらいがある。

以上眼を通してくると、それぞれ才能を持つていることがわかるその作風は何のてらいもなくてすがすがしい。とくに江川秀次氏のはユニイクなものである。しかし三氏ともまだ素質とか才能だけで書いている。それだけで書くということは、すぐれた新しさが出るということではない。新人は、すぐれた新しさを持たなければ、その輝しい名には價しない。しかしこれらの才能の中からのみ、新しい詩が、すぐれた詩が成長してくることは確かなことだ。要は、その成長の芽を育てる肥料である。

ともあれ、ぼくはこの「新世代」からこそ、新風の吹きおこることを信じて筆を擱う。

骰子と惡魔

―被組織者の主体性―

小林　明

土壇場へ追いつめられた鼠が不意に逆轉して牙を剝く。忽ち猫は尻尾を垂れて、突嗟に思うに違いない「なんという狡猾で兇惡な奴もあつたもんだ――」全く鼠は今の今まで卑屈と怯惰そのもののように頭を下げて逃げ廻つていたのであるそれがまるで爆發寸前の手榴彈のように猛々しい。眼は血走つて狂つたみたいだ。猫が自分のことを綺麗に忘れてしまつたのも無理はあるまい。やがて鼻つ先をかすめて飛ぶように見えなくなるのを見送りながら「彼奴こそ先天的な暴力者なのだ」そして正義感に沸々と燃えて決意するだろう。「全くだ、根絶させない限り滅びぬ惡も地上にはあるのだ！」

――ところで、私がだしぬけに如上の愚かな寓話を物語りはじめたのは、決して、項日屢々されるところの「マルクス・レーニン主義者たちは暴力革命を企んでいる」という非難に應えて、眞の暴力煽動者がいずれの側にあるかを解明且主張せんがためではない。私が述べたいのは鼠と猫の間で演じられるドラマの解剖にあるのではなくて、專ら鼠の內部――つまり流行の主体性だけを究めたいのであつた。逃げ去つた鼠のあとを追わねばなるまい。……彼はまだ動悸の乱れを鎭めかねているだろう。自分に尙生命のあることすら確認されてはいないだろう。そして同時にまた今しがた生命の瀬戸際に立ゝされたことも夢のようであるに違いない。とにかく何がなんだか判らない狀態だ。況んや、自分が猫をさえ脅かすにたる力量を內に祕めていたとなぞ露すら省みていない。何故なら彼にその自覺があつたとしたら、猫の首に鈴をつけるなどという姑息な手段を協議するまでもなく、敢然として猫の絕滅のために戰闘を開始するであろうからだ。けれども、言うまでもなく、われわれは未だ鼠に褪治られた猫の話は聞いたことがなく、夜明けの枕もとにぎよッとして見出すのは必ず鼠の首と幸福そうな猫の顏である。あゝ、なんたる慘！恐らく弱小者の側に立つことを義務とする者は切齒扼腕して叫びたてるに違いない。曰く「鼠たちよ、めざめよ！」曰く「萬國のネズミよ團結せよ！」ETC……。なんでも嚙つてみたいのが彼等の哀しい本能である。しかもまた、すつかり全部を嚙つてしまわぬのも矢張り本能のひとつなのだ。更に「もぐりこんだり」「地下運動」をするのは天才的ときている。新思想は急激にペストの如く蔓延し且あつけなく終焉する。それでも僅かながらは非轉向者を殘すであろうし、その少數者によつて新思想は叙々に擴がつてゆくに違いない。全く免疫者たちを再び罹病させるには余程の劇毒が必要なのだその困難さに「もつともつと猫に殺されるといゝんだ。そうすればめざめるだろう」などと惡魔めいた呟きをチューインガムのように吐きだす輩も出てくるかも判らない。むろん、この祈りにも切ない眞實のひゞきはある。小泉信三のように「破局は勞働者の狀態が堪え難きものとなるところに起るといふ。革命家は、革命家として斯る狀態の到來を願うべきであろう……革命家は民衆の不平のために憤るべきものである……民衆に不平なきを嫌ふのあまり、民衆生活の改善を喜ばず、進んではそれを妨げるといふことになると、彼等の立場は反民衆的なものになる」と冷淡に言いきつてしまえないものがある。「存在するものはすべて合理的である」という言葉を借りるまでもなく、溫容を僞裝して永遠に續けられようとする陰險な壓迫を一時の激烈な苦痛によつて癒さんと希う彼等の存在は一應肯定できることだ。しかし人は「その一時の苦痛によつて一切の組織が破壞され再起不能になるとしたら――」と憂えるであろうか。だが、左樣なペシミストは恐らくサルヴァルサンの注射を歴つて全身を腐ちゆくに委せる寛容な人種に違いない。けれども――

けれども、苦痛を堪え難いとして反撥しない彼等は當然未だ堪える余地があるのであり、或いは堪え難くない――つまり不感症なのだとも考えられるのではなかろうか。さすれば敢えて荒療治の必要はなく、それを強要する事は寧ろお節介を越えて惡業に他ならぬのではないか。そして、客觀的に救われていないに拘わらず堪え難いとせぬ彼等の鈍感を咎めてはなるまい。何故なら、惡魔的に呪咀する少數者もまた、未だ地上に存在しない社會の確立を信じている以上は、その予言者的性格を同じく觀念的である故を以つて咎められねばならぬからである。全く「不感症」に對してわれわれは「マルキシズム」に對してと同樣に「救世主」の稱號を捧げたい衝動を覺えるのだ。

しかしながら、少數者の意圖が社會主義國家の建設を通じて共產主義の實現に懸つている限り、つまり「不感症」の如く特殊的個人的でなく普遍的全体的であるが故に、當然生產に參與している一切の者を常にその對象に含んでいる。とすれば、不感症者たちも生產者である限り、マルキシズムに無緣ではいられなくなる。そして彼等は未知の條件にひきだされるのを懼れて、どつかで聞いてきた言葉を呪文のように呟く。「マルキシズムでは死の恐怖は救えない」果してそうか。

ところで、私はアンチ・コミユニストたちの詰問、例えばカトリシズムの山本和氏は「キリスト教は共產主義に對して人間の本性について問うことができる」と大上段にふりかぶる、そのことに関してあまり誘惑は覺えない。ありてい言えば、人間の「疑問符的性格」について依関地になる必要を感じないのだ。不感症という言葉を玆でも通用させていゝだろうか。しかし、それは必ずしも私の健康と若さの故ではないいや、その故にこそ不感症的現象を見るに到つたとさえ言えるのである。私は早くから肺疾患を診断され、――昨秋のM博士によれば私の余命は三年たらず、つまり最早二年しかないことになるが、この種の宣告は既に數年來四度目であることを告げて性急なる讀者に安緒を乞うておこう――、そして又、若さの故に戰時中を常住死に直面しなくてはならなかつた。つまり、私は人間の脆さ不確實さについて充分思い知らされてきているのだ。

　現在、私が生きているのは私の意志によるのではない。しかもまた、父母の意志によるのでもない。全く父母は私と知つて生んだのではなく、生れたのが私であつたというにとゞまる。そして、恐らく神の攝理によるものでもないだろう。私の生きているのが神の意志によるものであるとすれば、それはあまりにもむごたらしい神といわねばならぬ。

　むごい神、それは惡魔と呼ぶべきである。ならば、私が生きて苦しむのは惡魔の意志であろうか。だが、惡魔の意志を裏ぎつて日毎夥しく死んでゆく人々はなになのか。なぜ私を含む生き殘つた者にのみ彼の意志は加わるのか。どこにその撰擇の基準があるのか。私にはそれが「氣まぐれ」だとしか思えぬ。なんとなれば、氣まぐれでないとしたら、一定の方式があるわけであり、萬能の彼は恐らく彼の意志にかなつたものだけを、卽ち生きて苦しむべきものだけを世に送りだすに違いないからだ。胎兒が分娩されるや忽ちあわてゝ殺してしまうヘマはやるまい。そして更に、惡魔がアクマと稱ばれるいわれは、正にその氣まぐれをひたおしにやむまなく強行する無盡藏なエネルギーの怪奇さにこそあるのであろう。つまりは、私が生きてあるのは、惡魔であれ神であれ或いは彈丸であれ、何者かの氣まぐれ卽ち偶然の意志にのみ懸つているのである。そして一切の意志的な介在を許さぬところに偶然の偶然たる所謂があるとしたら、あゝ最早「神のことは神に委せておけ」、私はたゞ己が生の脆さを確認すればいゝのである。

　けれども、だからと言つて左様な存在のし方を主導權を他に牛耳られていることにのみ感傷して主体性の喪失を歎く要もありはしない。一瞬後の運命は知らず、更に私という個体が形成され育成されてきた刹那々々の何者かの氣まぐれは知らず、既に今こゝにある瞬間の實感のみを信じればいゝ。私には「マルキシズムで死の恨怖は救えぬ云々」の言葉が、人間は永遠に生きる――偶然に左右されぬ生命者であるという巧妙なるデマゴギーの叫びとしか思えない。それがマルキシズムへの非難であるが故に非難するのでなく、非眞理なるが故に抵抗を覺えるのだ。未來の福音を、一瞬後の生死とて審かにしない人間に說くことは寧ろ專上の沙汰と言わねばならぬ。

ところで、未來の福音といえば、マルキシストもまた「明日」を語り「次代」を語る点において人後におちない。まるで人間に永久に死の影がさゝぬように――。確かにそれはもつともなのだ。彼等はある種の獨善的な觀念論者たちのように自分が死ねば世界は滅びると思うほど高慢ではない。彼等の一人が、或いは全部が死んだところで、太陽は赫々として明日の地球を照すことを知つている。彼等によつて準備された明日の祝祭に多くの人々が幸福になるとしたら彼等は安んじて死ねるというものであろう。生きている間の彼等はたゞ混亂せる玉石の一切を用いて美しき明日の構築に專念すればいゝのだ。そして事實彼等は朝な夕なひたすらに現組織の解体と再組織にいそしんでいるのである。だが、こゝに誤算はないか。つまり彼等にとつて人間の偶然性についてどれだけの配慮がもたれているか。むろん、唯物論者たる彼等である人間の物質なることに些かの感傷もなく、從つて死に對する冷然たる認識をわきまえているだろう。そして生命ある限りベストを盡すのだといゝはろであろう、更に人々に「明日の光榮」を說きつゞけるに違いあるまい。

明日はある。それは私が信じようと信じまいと自明の理以上に自明のことだ。だが、私に、或いはAにBにCに……XにYにZに、つまりマルキストならざる被組織者個人にとつて、明日は果してあるであろうか。次の瞬間は悪魔の氣まぐれに委ねられているのである。確かに人類の文明史は絃々に悪魔の氣まぐれを封じてきたようである。機械の發達による勞働の輕減と醫學上の數々の發見と――しかしそれらは結局新らしい疾病を生むだけではなかつたか。ＤＤＴによる害虫殺戮のめざましい効果に瞠目した日本人の耳には既に免疫質の蠅の恐るべき繁殖が傳えられなかつたであろうか。古めかしい形容だが私は賽の河原の石つみを思い浮べる。悪魔を封鎖する道は展けているに違いない。しかし、彼は更にタンゲイすべからざる存在であるらしい。つまり、人間は偶然の死の訪れから未だ免れることはできていないのである。とりわけて一九四九年の日本に住む者にとつてはこれは切實な思いである。レエルの到るところに小石がならべられ、沿海には浮遊機雷が影をひそめてゆらめいている。現在の瞬間だけが辛うじて信じられる運命なのだ。そのなかにいてどうして明日の設計を企て得るのか。偶然がいかにして必然を觀念できるのか。

彼等に信じられているところの明日はあくまでも「今日信

じられる明日」にすぎない。「明日くる明日」ではないのである。眞に「明日くる明日」を予想せんがためには明日まで惡魔の介入がないことが確證されねばならないのだ。假にそれが、つまり「今日信じられる明日」と「明日くる明日」が、等しかつたとしても、今日の私或いはA或いはZにとつてはあくまで「今日の明日」でしかない。即ち、彼等は明日という架空を持ちだしてきて現在を浪費しようとする。人間が信じ得る唯一の時間を彼等は眞劍に享受するのを拒むのである明日のために現在を一層苛酷にし、さゝやかな幸福すら奪つてやまないのだ。代償として與えられるのは終に架空の幻影である。われわれは唯一の時間を捨てゝ確實な旅行券なしに明日へむかつてよろよろ歩みださねばならぬのだ。余儀なく明日を信じこまされた者にとつて、如實にその時間を掘りとるまでの時間こそは、正に死の影は恐るべき威嚇をつゞけてくるに違いない。信ぜよ、しからば救われん。だが、一体なにから救われるというのであろうか。中道に倒れる恨怖からか。明日の到來を信じたなら笑つて死ねるということなのか。しかし、たゞ死の恨怖から救われるというのであれば、最初から明日へ歩をすゝめる要はなかつたのだ。歩を進めさえしなければ、死を怖れることもないのである。たゞ現在のみをひたぶる享受すればよかつたのだ。死の介在するゆとりはない。それは明日に屬するからである。けれども――

けれども、現在既に享受すべきものを持ちあわさぬ者にとつては「今日の明日」に一切を賭けることも瞭かに今日の生き方のひとつであろう。そしてその絶望的な賭博者こそが唯一の革命者たる名に價いするものなのだ。そして、これこそ私が說きたかつたことである。即ち彼は「今日の明日」を「明日の明日」たらしめんと努力こそすれ、決してこの二つのものを混同しているわけではない。だから、人間の存在の偶然性に關心しない一部の革命家たちが「今日の明日イコオル明日の明日」と樂天的に思いこむが故に陷る誤謬――つまり明日の必然を強辯して現われる事大性や今日の苦痛を過小視するために起る感性的畸型、或いは觀念性、或いは指導者的意識、又は明日をも支配できたと錯覺したところから發する權力の倫理 etc―― から免れることが可能になると思われる。彼にあるのはたゞひとつ、賭博者の精神である。虛無への激情である。一切を賭けて一切を購わんとする悲觀的オプテイミスト或いは樂天的ペシミスト――二つの世界、マルキシズムとカトリシズムの兩陣營が互いに呼びあつている符號を双つながらあわせもつたところの、ペシミストにしてオプテイミストこそがその性格でもあるだろう。

私にとつてマルキシズムは一つの假說である。そして人生は私が虚構を試みる一つの舞台にならない。現實の様相を嚴密に計量して、最大の可能性にむかつて骰子を投げる。むろん、ルーレツトを廻しているのは悪魔なのである。私は投企された己が姿を息をひそめて凝視るのだ。若しかすると、私の瞳はあの土壇場の鼠のように血走つて狂つたみたいに燃えているかもしれぬ。

（プロレタリアートと文學の方法　その五）

凝集と投射

——長篇叙事詩の詩句についての一考察

殿内芳樹

☆

あたらしい長篇叙事詩がうまれるべきだ、という論議は、いまや、はつきりとした軌道をもつてきている。そして、すでにいく篇かのあたらしい叙事詩が創作されつゝある。

これからかゝれてゆくあたらしい叙事詩が、どんな素材と内容をえらび、きめるべきかという課題は、きわめて重要である。それは小説の素材と内容を、そのまゝ詩の形で表現するだけのものではなく、詩であるかぎり、小説に先行する時代的意義を、かならずもたなくてはならないであろう。長篇叙事詩は、何らかのプロツトをもつものであるが、その創作意識は、高次な文化批評・社會批評としての前衛性につらぬかれていなくてはならないと思う。この、あたらしい叙事詩の前衛性の問題については、べつに考えることゝし、いまはその創作方法上の詩句の在り方についてだけ、述べてゆきたい。

いうまでもなく、長篇叙事詩は、小説の方法でなく詩の方法によつて、素材と內容をとらえるべきものである。それは小說と區分されるだけにとゞまらず、たんなる詩的散文や、小説を行ワケしたにすぎない似而非叙事詩とも、當然はつきりと區別される必要がある。そういう區分のために、（さらにいうならば、長篇叙事詩のジャンルの確立のために）詩の組織の基底となる詩句の性格と秩序について、きびしい検討が要請される。

現代詩は、五音七音の音數律、あるいはその變格調の韻律を否定し、その結果とらえられた內在律をも捨てゝ、そして散文化した。散文化した詩句に、あたらしい秩序をみいだした。長篇叙事詩も、そういう秩序からのがれられるものではない。だから、散文的詩句によつてかゝれる長篇叙事詩が、たんなる詩的散文、あるいは、行ワケをほどこしたにすぎない小説へと轉落する危機に、たえまなく臨んでいることは、容易にうなづける。長篇叙事詩がそのような危機からへだたるためには、そのプロットを組織する散文的詩句が、たんなる散文とは異質のものであることが立証されなくてはなるまい。

☆

舊叙事詩の詩句は、音数律によつて外側から形式がきめられた。それは、どのような説明句・叙述句であつても、五音七音あるいはその變格調の韻律によつて、いちおうは詩的性格をもつことができた。

ところが、現代詩にあつては、詩句そのものゝ内容が形式を決定し、詩句そのものが詩的性格をもつほかはない。詩句そのものが詩的性格をもつためには、詩句は詩的思惟と詩的感覺の、ひとつの總和としての表現体でなくてはならない。あるいはまた、象徴と心象の總和としての表現句でなくてはならない。あたらしい叙事詩にあつても、この点に渝りはない、現代のあたらしい叙事詩の詩句は、だから「散文的説明乃至叙述」でなく、「詩的表現」としての秩序をもつべきである。たとえば

……テイレマカスは　父の頸にしがみついて泣いた
互いにたゞ烈しい哀傷の想いだつた

このような二行の句は、詩としての性格をまつたくもつてはいない。たんなる散文の行ワケにすぎない。こうした散文的叙述句によつてつゞられる長篇叙事詩は、行ワケした小説と何ら異るところはない。

詩的思惟と詩的感覺とが表象をもとめるとき、それは象徴あるいは心象としての詩核をもとめて收斂する。その收斂作用は、いわば、詩的對象が表現をもとめる手だてである。收斂作用の結果としての詩句は、詩的對象への思惟と詩的對象からの感覺の、いわば「凝集体」であると考えられる。かように「凝集体」としての形成過程を經て、詩句ははじめて、それ自体詩句性格をおびることゝなる。

シイエラの頂きの上空に、小さなまろい煙が一つあらわれた。
その瞬間、ドカーンと爆音がした。コップがとびあがつた。
小さな匙が、カチカチ鳴つた。
第一彈は、通りのはずれに落ちた。卓子（テーブル）のうえに、瓦が一枚ピシャツとおちてきた。コップがころがつた。
それとばかり駈けだすひとびとの足音が、暑いさかりのなかゝら湧き立つてきた。

これは、アンドレ・マルロオの「希望」の一節である。翻

譯の章句を例にとるのは適切ではないのだが、實は、はじめられたばかりのあたらしい長篇叙事詩には、引用するに足る詩句というものが極めて乏しいのである。そこで、この章句について原文を考慮せずに、このまゝの姿で眺めてみるならば、恐らくすぐに、たんなる散文でないことに氣づくだろう「希望」は小說である、というより、自在なスタイルで書かれたシナリオである。

こゝでは、感覺と事象は、表象をもとめて收斂する。收斂された「凝集体」がコトバに定着される。また、べつに說明すれば、映畫的心象の定着された句が、それぞれ相互連関をもちつゝ展開する。「小さなまるいひとつの煙」「コップ」「小さな匙」「瓦」などの心象が、それぞれの句に「凝集」し、さらに「爆音」「コップの音」「匙の音」「瓦の音」「ひとびとの足音」など、いくつかの音色をもつ音や響きが感覺的に「凝集」する。それらが映畫的時間性をともなつて、相互に投射しあう。そして、暑い夏のひかりが、その時間性をめぐつて繪畫的な心象を描きだす。こうした空間的な彩りも、また、強烈な感覺の「凝集」である。このような「凝集体」としてのそれぞれの句は、あきらかにたんなる散文ではなく、「表現的詩句」としての性格をもつ。だが、これはいま長篇叙事詩として可能な「凝集的詩句」の一例としてあげたのであり、マルロオの「希望」を直ちに長篇叙事詩であるとするのではない。

しかし、こうした自在にかゝれたシナリオに、長篇叙事詩の詩句の方法をみいだすことのできるのはたしかである。

シナリオのそれぞれの章句は、もともと映畫的心象の「凝集体」として形成され、さらにそれは「表現的詩句」として立体化される。つまり、詩句における思考と感覺の「凝集」は、映畫のワン・カットが事象を集約するのと等質である。そのような詩句は「散文的說明」や「散文的叙述」をゆるすものではない。「凝集体」としての「表現詩句」は、たんなる散文とはまつたく異質のものなのである。こういう面からも、北川冬彦氏の「シナリオ即長篇叙事詩」說は、容易に首肯されなくてはならないであろう。

☆

……ある詩作品の、あらゆる部分はそれぞれ作用しあつていなくてはならない。

ヴアレリーは、現在の長篇叙事詩について、このように考えたわけでは勿論ない。しかしこの命題は、長篇叙事詩の詩句の配列手法に、大きな示唆をあたえる。

いま、結論的ないゝ方をするならば、長篇叙事詩は「あらゆる部分（詩句）がそれぞれ作用しあう」ことによつて組織化され、プロットが時間性をともなつて發展し、形成される。

詩的思惟と詩的感覚の「凝集体」としての詩句が、たゞ前後の關係をつたえ、プロットを叙述するだけのために配列されるのは、いまだ散文の機構からへだたるものではない。叙述的意味のための、詩句の平面的配列は、詩的散文を形成するにすぎない。したがつて、長篇叙事詩が散文と區分されるためには、どうしても立体的な相互連關をもつ詩句の組織化が必要となる。

長篇叙事詩はもともと、プロットを除外することはできない。だから「凝集的詩句」は、プロットのために「それぞれ作用しあう」流動的な機能をもたなくてはならない、プロットの發展と形成は、時間性あるいは流動性をともなうものであるが、この時間性あるいは流動性は、詩句の思惟と感覚とがいわば相互に「投射」し「投影」することによつてうまれる。つまり空間性としての「凝集体」が、プロットの發展のためにそれぞれ「投射」しあう過程として、時間性がはたらく。こうした空間性と時間性の関係は、映畫の進行状態と同等であるが、長篇叙事詩がプロットをもつものである限り、この関係をふみこえることは不可能である。このような詩句の「投射」による「それぞれの作用」が、プロットを時間的に發展させることによつて、長篇叙事詩はたんに叙述的意味の平面移行にすぎない散文の機構と、あきらかに區分される。

人がゾロゾロ歩いている。娘たちが荷馬車で歸つてゆく。
――銀灰色にギラギラ輝き、小山のように積み上げられていた大銀貨。
口惜しそうな阿Qの額。
……………………………（二行略）
阿Qの歩調のテンポが、人々のと違つている。
人々に、突つかゝりそうになる。
人々の間を掻き分けるようにして、向うから呉媽がくるのが見える。
「阿Qさーん」とうしろからの聲。

北川冬彦氏の「阿Q正傳」の一節である。「阿Q正傳」はシナリオ形式によつてかゝれた長篇叙事詩であるが、マルロオの「希望」と同様に、それぞれの詩句は表象をもとめての収斂作用を経ている。これらの詩句は、決してたんなる「説明」や「叙述」ではないのだ。一行目は夕暮の支那町の情景への思念と感覚の「凝集体」であり、二行目は、阿Qの記憶と同時に作者の心象の「表現」である。この二つの詩句は、たゞ意味の平面的叙述のために配列されたのではない。二つの「凝集体」は、それぞれ思念と感覚と心象とが相剋し「投射」しあうものとして、組織化されている。二つの「凝集体」の「投射」の結果、三行目の表象が、大きくクローズ・アップされる。二行の詩句が「それぞれ作用しあう」ことによつて、第三行目の詩句が形成される。さらにいうならば、この一行目を組織する二つの詩句も、やはり相反する二つの表象である。「阿Qの顔」のクローズ・アップは、一行目と二行目の交錯から止揚されると同時に、一行目の二つの表象の交錯からも、やはりたち現れるのである。そして、「銀貨」の心象と「阿Qの顔」の表象とから、「阿Qの歩調」が止揚され、それと、さらに正反對の「呉娯の歩速」とから、諧調をもつた呼聲がはつきりと響いてくる。

このような詩句の「投射」によつて、プロットは映畫的時間性をともないつゝ發展する。この、いわば弁証法的展開は、シナリオの手法であるが、同時に、プロットをもつ長篇叙事詩の詩法でなくてはならない。上述の意味において、この「凝集体」としての詩句がそれぞれ「投射」しあうことによつて時間的に展開する手法こそ、長篇敍事詩が自らの性格と秩序を決定するものである。そして、この手法によつて、たんなる詩的散文あるいは行ワケされたにすぎない小説と、本質的に異なる長篇叙事詩の組織がつへられ、獨自の機構が生ずるわけである。

☆

たとえば、T・S・エリオットは

君の知らないものは、君の知づている唯ひとつであり、
君の所有しているものは、君の所有していないものであり、
君のいるところは、君のいないところである。

このような詩句をつゞる。

エリオットの、この、象徴と心象との二元的配合と、前掲の北川冬彦氏の手法とは、ほゞ同一線上のものである。しかし、エリオットの場合は、プロットの時間的發展をねらうものではなく、より高次なる「印象」をもとめての相剋的手法である。それは、空間的な諧調あるひろがりを、二元交錯によつてとらえようと企圖しているにすぎない。

思想をもたずに待て。君には思想への準備がないのだから。
このようにして……
暗黒は光明となるだろう。靜寂は舞踏となるだろう。

このような詩句のイデーには、プロットの發展や形成についての時間性はない。「暗黒」と「光明」あるいは「靜寂」と「舞踏」の背反的關係に、人生や社會についての空間的なひろがりをみることはできても、それが直ちに「凝集」と「投射」によるプロットを形成するものとはならない。それに對して、マルロオもそして北川氏の場合も、「凝集」と「投射」によるプ

ロットのためのもつとも重要な要素として、時間性が顧慮されている。

長篇叙事詩は、プロットをもつものである以上、詩句と詩句とはその構想が完結するまで、時間性をともなつて「それぞれ作用しあう」ものでなくてはならない。詩的思惟と詩的感覺、またある場合には象徴と心象との「凝集体」としての詩句が、それぞれ「投射」しあわなくてはならぬというのは、つまり、構想の發展のために詩句の組織が時間的流動性をおびなくてはならぬからである。エリオットの詩が、二元的相剋によつて、空間的なひろがりにおける「印象」をもとめてのものであるのに較べてプロットをもつ長篇叙事詩は、時間的なひろがりにおける「文學的意味」をもとめるものである。

まえに引用したマルロオの自在なシナリオについて、ジイドはいう。

「マルロオについてゆくのは、息が切れる。想像、感覺、感動、思想などの、あまりにも豊富な氾濫のなかで、がんじがらめに陥つてしまうのだ。」

マルロオに限ることはない。「凝集」と「投射」によるシナリオ的手法の長篇叙事詩もまた、感覺、思想、感動などの豊富な氾濫をさそうことが豫期される。しかし、思惟や感覺の「凝集体」が如何に多彩な、豊富なものであつても、それらは秩序のとゝのつた相互連關によつてプロットの展開をはかるものでなくてはならない。そして、二元的な「投射」によつて時間的に發展するプロットは、めいかくな映像をもつた「文學的意味」を執拗に追いもとめるものでなくてはならない。

☆　☆　☆　☆　☆

「新世代」欄　詩稿募集!!

一、原稿用紙に清書し、封筒には必ず「新世代」欄原稿と朱書きのこと。

一、枚數は問わないが、叙事詩以外はあまり長くないのがいゝ。篇數自由。

一、掲載詩に對して、稿料は今のところあげられない。

一、原稿は一切返却しないから、寫しを取つて置いて貰いたい。

一、締切　毎月五日

一、宛先は東京都新宿區四谷須賀町一〇ノ一　北川冬彦方「現代詩」編集所

反響といふもの

七月號の「現代詩」の「メモランダム」に書いた私の「コクトオの比喩」は明らかに私の思ひちがひである。そこで私は「コクトオの散文詩の中にある」と書いたが、これはポール・モーランの「夜ひらく」と取りちがへたミスであつた。私は迂濶にも印刷されたものを讀んでから氣がついた。これは早速取消さればならない。私の粗忽も珍らしいことではないが文書に殘るやうな場合には粗忽では濟されない。引用文や作者は入念に取扱ふべきことは解つてゐながら、つひ無精をしたり自分を無意識に信頼してしまふ惡習があつて困りものである。問題はこれに附隨してゐるのだが、私のミスに對して今だに誰れも注意してくれないことに私は疑問を抱きはじめてゐる。それは讀者の反響のことで、一体世間では私の書いたものを讀んでくれてゐるのかと言うことを先づ考へる。讀んだにしても讀み流しか讀み飛ばしか。大体讀者は幾人位か。少し心細くなつて來る。假りに十人が讀んだとする「夜ひらく」を讀んだ人は最近の若い讀者層には少いと思ふが、私の同時代の人なら皆讀んでゐるだらう。最少に見積つて二人の讀者がこの私のミスに氣がついたとする。氣がついても忙しくて直接私に注意してくれないと考へて少し安心を取戻す。しかしこの心細い事實から考へて行くと、自分の作品（詩でもエッセイでも）一体幾人の人が讀んで理解してくれてゐるのだろうかといふ疑問が起つて來る。大体私達仲間でもお互ひの作品は讀んでゐないやうだ。アラや非難は聞くが正當とおぼしき批評を聞いたことがない。かう考へて來ると寂寥が滿潮のように全身にさして來る。獨逸の作家クライストは自分の作品に反響がないと知つて、それでは自分は無用だと言つて自殺した。そこまで行かなくても精神的自殺に等しいと考へてもよい。

（笹澤美明）

「現代詩」八・九月讀後感

今号は表紙の繪が変つたが、なかなかいゝものだ。カットも面白かつた。同人諸氏の作品をボク流に讀んだ。村野氏「田園悲調」精巧なものだ。北園氏のはボクはラクビイのルウルがわからないがそんな感じだ。岡崎氏「田園誌」ボクは氏のものは「神様と鉄砲」時代から讀んでゐるが、吹き慣れた笛だ。安藤氏「ポジション(14)」が好きだ。杉山氏「会話」もボクの好みだ。北川氏「處刑」は下山事件を想はせて興味深い。安西氏のは極めてゼイタクな知的遊戯だ。高村氏「シュペルヴィエル研究」は參考になつた。北川氏の野間宏詩集「星座の痛み」評は同感です。（岩倉憲吾）

結合と集合

私は言語の客觀性を確信する者で、言語の單なる集合を物理學的に混合物又は合金と考へ、これを散文と呼ぶ。そして言語の結合体だけを詩と呼ぶ。だから行わけだろうと書流しだらうと、それは見掛けから來る僅かの差で問題では無い。結合はそれ自身必然的な法則に從ふ一つの結晶であつて、少しの夾雜物も許さない純粋な單体であるべきである。

此處では一定の稜角を持ち、強く外力に耐え、あふれる內力を支えて始めて自然の美しさを形成する。最早如何なる外力を加へても打碎けぬ。ひとつの世界であり宇宙である。其處では新しい音と影像の世界が美しい完了を示してゐる。

言葉の集合である群集に秩序を與え、不協力者を除いてスクラムを組む…向ふ所が赤旗だらうとユネスコだらうと議事堂だらうと、それは詩人の勝手である。（影山誠治）

高野山へひるねに來てゐる

夏愁がないてゐる。おはぐろとんぼが部屋の中を通る。坊主枕にアゴをのせてねそべり襖の繪の中の唐人をみてゐると、これはアナーキーの世界だな。唐人といふ奴の生活はたのしそうだな。かへつたら「現代詩」きてるかもしれん。たのしみに下山する。（安西冬衛）

詩　觀

韻律えの鄕愁——けれど、僕等に辿りつくべき故鄕は見つからなかつた。ながい彷徨の末にも……。それは濕氣と辺地の陰暗の中に腐朽していた。決して安息の所ではなかつた。

海の方からは常に乾燥した季節風が吹いてきている。濕つた空氣にならされた肌は、最初それになじまなかつた——が、かぐわしい匂いがあり、第一健康によいことを僕等は直感していた。（僕の鄕愁はやまらない。たとえそれが乾燥したもの、內在的のもの、知性の科學精神の濾過を經たものにしろ、韻律と名づくべきものに僕は熱心する）故鄕は僕等の背後になく、前方にあつた。いや、僕等がそれを創りだし、そしてそれになる。旣に少くない先行者があることを知つており、また知るだろう。僕等の血肉に乾燥的なものを注入するのだ。尠くともその根底的成分に於いて………。

僕等が濕潤圈に位置することは宿命であるから、その点、僕の場合の如きは、內面抗爭、矛盾撞着をまぬかれない。（江川秀次）

○

御無沙汰していますが、御元氣のことと思います。きのう「現代詩」が届き、早速拜見したところ貴兄の「處刑」に感動しました。この詩をよんでぼくははじめて現實の一端にするどく切りこんでいることをかんじました。この詩に比べると「文藝」のも、いつか見た「朝日」のもおちるように思われますが、いかん？今日の文學の一般的タイハイのなかで、詩をもつと、前へ進めるために、詩人の論爭を起すとは必要ではないかと思います。（壺井繁治）

○

「現代詩」八・九月号合併号拜見致しました巻頭村野君の詩は先づ好感をもち、次々によみました。平和に對する諸家の考へも比較しら讀んでゆく興味を感じました。（河井醉茗）

サトナリウムにて

此の病氣には隨分文筆家がゐます。マチネポエチックの福永君が隣の東寮と云ふ療養所に、俳人の石田波鄕といふのが又隣の清瀨療養所にゐます。プロ作家のなんとかいふ新人もゐました。藤原審爾と云ふ流行作家も、大きな空洞をもつてどこかの病院にゐるらしいです。もうすつかり病院生活にはなれましたが、なんとしても家が懷しくてかないませんが、家に歸つてもとても今の療養生活が出來ないので病院生活をもつと續けます。（杉浦伊作）

寡婦

北川冬彦

家一軒見當らない
人つ子一人通らない
深い繁みのゴム林の中を抜けると
切通しに差しかゝつた、
――あッ！こゝなのだな
と突差に思う私の身は
こわばつた、
切通しの兩方の崖は
石灰石で
夕陽に照らされて
白つぽく薄氣味わるい、
自動車の前ガラスをとおして
運轉手の上等兵も
座席の
私の傍の長井少尉も
默つて
前方を凝つと見据えていた。
（いずれも鋭い横顔であつた）
この日の朝、出發するまえに、宿營地の隊長より
一昨日も軍政部のトラックが一台
切通しの崖の上から
手擲彈を投げ落されて
全員即死したことを聞かされていたからだ。
敗殘兵に
運搬していた糧秣を狙われたのである、
乘員四名は

武器被服一切を剝がされ
丸裸で
道端に轉つていたと云うことだ。
シンガポールが陷落してから
三ケ月ばかりしか經つていない頃のことで
マライの奥地では
到るところに
敗殘兵の蠢動があつたのである。
町から町をつないでいるバスに乘つた兵三名が
歸營しない
探して見ると
途中のゴム林の中に
死體となつて橫たわつていたそうだ、
トラックや乘用車が襲われたことは
今回にはじまつたことではないのである、
敗殘兵の蠢動は奥地ばかりのことではない
司令部膝元のシンガポールにあつてさえ
白晝
歩哨がやられた、
暑氣にうつらうつらと搖れているところを
うしろから
棍棒で頭に一擊を喰わされ
手から離したその銃劍で
心臟をぐさりと刺されたのだそうだ。
また
夕方
街の中で
進行中の自動車の中の憲兵が
街角から
狙擊されたことがある。
慰安所以外の
女を買いに行つた者で
そのまゝ行方不明になつてしまつたのも一度や二度ではない。
こんな物騷な狀態での道中だつたのである、
「あの切通しではよくやられるんだ。日暮が危い。よく氣を付けて行け」
自動車が切通しに差しかゝつたとき
この隊長の言葉が
私の頭に閃めいたのである。
私は
腰のサックから

ピトスルを取り出し
安全裝置を外した、
自動車はフルスピードを出している
シボレの新型で
胸のすくほどスピードが出た、
ミラーに
運轉手の緊張した顔が映つている
四十近い万年上等兵だがめつきりフケた顔に見える。
夕陽が蔭つた
切通しの眞ン中に來たのである、
もしも手擲彈が
自動車の天井を破るのなら今より外はない、
私は首を縮め
ピストルを握り締めると
（但し素人だから引金へは指をかけなかつた、危つかしいからだ。それだけの配慮をする心の余裕は私にもあつた）
私は自動車と一体になつて
飛ぶ彈丸のような心地になつていた、
手擲彈の落ちてくるのを
今か今かとひやひやしながら。
自動車のエンヂンの音のみやけに高い。

ふとミラーを見ると
映つている運轉手の顔が和やいでいる
途端に
やけに高いエンヂンの音が靜まつた
夕陽がパッと差し込んできた、
「もう大丈夫ですよ」
前方を見詰めたまゝ運轉手は云つた
「うん」
と長井少尉、
「上り坂なものだから、スピードが出なくてハラハラしました」
今は下り坂で物凄いスピードだ
「このスピードなら狙われたつて彈は當りやしないね」
と少尉、
「えゝ當りつこありません」
「北村さん、どうでした？」
長井少尉は私の方を向いて云つた
「えゝ」
と私はやつと答え得られたゞけだつた
ピストルなぞ握り締めている手元が
恥かしかつた

（手擲彈の投下に對して、ピストルなんか何の役にも
立ちはしないのだが、ピストルを握り締めていると不思
議に恐怖心は薄らぐのだつた）
「作戰中は、こわいとは一度も思わなかつたけれど、
こう部隊を離れては僕も一寸緊張しましたよ」
少尉は笑いながら獨り言のように云つた。
切り通しが
後へ
飛び去つた
運轉手はスピードを落した
腰から手拭を引き拔いて顏の汗をぬぐつている
「おい、安心しちや駄目だよ。叢からドドドと打ち込
まれないとも限らない、もう一ふん張りやつてくれ」
「は」
自動車はまたスピードを出した。
私は
ピストルに安全裝置をかけサックに仕舞つた
汗が眼にしみる、
やがて
商店街のあるストリートが
眼前に展けた

坂と寺院風の建物で美しい街――マライ中部の首都タ
アラルンプールに着いたのである
車は間もなく
夕陽を浴びたホテルに橫付けとなつた
こゝで私達は二、三泊する予定である

シンガポールを立つてから
これで五泊目だが
宿泊は
いまゝですべて駐屯の部隊營舍である
（氣詰りに思えたが仕方がない、さびしい山間の警備
隊駐屯の地でホテルなぞはないのだ）
私達の旅行の目的は
長尺記錄映畫としてマライ戰後の建設狀況を撮影する
ための
視察である。
大學を出たばかりで召集された長井少尉は
撮影班長としてシンガポール攻略戰に參加
マライ半島を南下したが
こんどは
記錄映畫製作の責任者である私を案內して

コースを逆に北上しているのである。
運轉手の上等兵は
マライ作戰中も長井少尉の車を運轉した男である。
ホテルで
久方ぶりにシャワーの水を浴び
汗びつしよりの下着を取換え
食堂で食事をすますと
(なかなかの御馳走だ。チキンのフライ、マヨネーズのかゝつた野菜サラダなぞ部隊の食卓では見られない)
長井少尉と私は
灯のついた玄關に出て行つた。
長井少尉から「出かけましよう」と誘われたとき
私は今夜は例の切通しで緊張し過ぎてぐつたりしているので
止めようかと思つたが
頭の中は妙に興奮で渦卷き
ホテルになぞじつとしていられそうもないので
思い返えし應じたのである。

私達は
これまで宿泊は部隊の營舍と云うことになつていたが
一晩とて營舍に泊つたことはなかつたのである
慰安所で過したのだ
それが吉例みたいになつてしまつていた。
吉例でもない
最初に泊つた慰安所なぞ飛んでもないところだ
田舍くさい土地の女が
たつた三人しか居ない
私達三人が獨占することになつて
警備隊の兵達に厭な目で見られ
その上蚊帳がないので
一晩中蚊に攻め立てられ　まんじりともしなかつた
(蚊帳は、旅行用のが自動車の中にあるのに、それに氣付かない。氣付いたときは、夜が明けていた)
その次の夜は
もつと厭な思いをした
兵が
ずらりと並んで次々と用を足していたのである
私達は
兵が門限で歸つたあと抱き切つたのである
前夜にこりて旅行用の蚊帳を持ち込んだから蚊攻めは
まぬがれたが

無表情な疲れ切つた土地の女で面白くもない
言葉も
兵に仕込まれた片ことの下卑た日本語かマライ語しか
通じない、
（マライ語は當時まだ私はチンプンカンプンであつた）
低い長屋の薄汚い割部屋である。
寢台は木製で背中の痛いつたらない。
どうしてこんなところに泊つたのか
後悔された。
三日目四日目の夜も大同小異であつた。
運轉手や長井少尉は知らないが
私には殆ど性慾としての誘いはない
歳も歳だし
二週間もデング熱で寢ていた擧句なのだから尚更である。
しかし女の傍へ寢ないではいられない
連れの誘いにもよるが
私は青年時代旅に出ると旅館には泊らずに娼家に泊る
習慣だつたことにもよるに違いない
こんどは大旅行だ
青年時代の習慣が甦つたのであろう、

しかもどんな危難禍災がふりかゝつて來ないとも限らない旅行なのだ
「慰安所は大丈夫ですよ」と長井少尉が云つたが
私はいつもピストルを携行して
枕元のベットの下に置いた、
眠つてしまえば
返つてそれを逆用されないでもないのにそうせずには
いられなかつた
夜中に眼が醒める度びに
手をのばして
ピストルの冷い肌に觸れて安心した
私が眼を醒ますことはあつても
女の眼を醒したことはない
たしかに安全には違いなかつた。
私達は
晝間は仕事の戰跡視察まわりをした——
輕戰車が幾台もひつくり返つている街道
大きな砲彈落下の跡
罐詰の空罐だのガスマスクだの被服の切れつ端などが
散乱している崖下
殘骸の中にば服を着たまゝの骸骨が折りかさなつてい

た、酷熱とスコールが骸骨化をいそがせたのであろう
ゴムの樹が中途からもぎ取られている、砲彈が命中し
た痕だ
（こうした戰爭の慘酷さを示す部分は、日本で封切の
際にはカットされるに違いないと私は思つたが、カメラ
に納めて置こうと思つた。何も、破壞された道路や鐵橋
がどんなに早く復舊されたか、ゴムや錫の生産がすでに
始められているとか、治安がどんなに恢復しているか、
そんなことばかりが記錄の對象ではないと私は考えたの
である。記錄の精神は現實から眼をそらしてはならない
と考えたのである。これら戰跡の情景をノートに止めた
實際にあとで撮影にかゝつたとき、それは數ケ月のちの
ことであるが、私はこれらの情景をカメラマンに命じて
撮影させた。尤も、視察のときの情景は、撮影にかゝつ
たときには取り片付けられたりして生まなましさを失つ
てはいたけれど）

ホテルの玄關先では
運轉手がもう席に着いて
ハンドルに手を置いていた
自動車が動き出したとき
私はピストルを持つて出るのを忘れたのに氣付いた
それを口に出すと
「今日は、ほんとに大丈夫ですよ」
長井少尉は「ほんとに」に力を入れて云つた。
車は
皎々とかゞやいている邸宅の
庭を横切つて
玄關へ横付けになつた、
すると
派手な艶めかしい洋裝の女達が
四、五人どつと迎え出た
長井少尉と私は
女達に擁せられて這入つた
廣間である
ピアノが鳴つている
あちらこちらのテーブルでは
すでに客があつて酒を飲み女と戯れている
何れも軍人や、カーキの半袖の軍屬である
腰には刀をつけている
私達は隅の方のテーブルに着いた
女達はウイスキーやブランデーを持つてくる

チーズや果物の皿を運んでくる
この明るい雰圍氣には驚いた、呆氣にとられている私
の耳に
「これは將校慰安所ですよ」と長井少尉が囁いた
まるで外國映畫にでも出てくる夜會のようだ
こゝ數日と云うもの山間の陰鬱なむさくるしい慰安所
ばかり見てきているだけに
私は驚かされたのである。
（シンガポールにもまだこんなところはない。慰安所
と云えば街端れにあるものだが、こゝは市街の眞つ只中
だ。後になつてこのようなところも彼地此地で出遭つた
が、このときは初めての經驗である）
車の始末をして運轉手も席にきた
私の傍にきた女は
齢は廿一、二であろう
背のすらりとした眼の大きな女である
表情が豊かだ
慰安所の女とはどうしても思われない
私はうきうきした
山間の慰安所の女達との違いがはげしい
女は妖艶にほゝえみかける

私は氣に入つた、
私と女とは
顏をつき合わせほゝえみ合つていた、
突然
女の視線が外れたと思うと
顏が險しくなつた
私が女の視線を辿つて
見ると
向うから
一人の軍服の男が拔身の軍刀をさげて
やつてくるのである、
「いやな奴が來るわ」
と女は英語で呟いた
その男は
のそのそと近付いて私の背後に立つた
そして拔身の峰で
私の肩をとんとんと叩きはじめた
薄氣味わるかつたが
醉つてふざけているのだと私は思つた
止せと云うのも大人氣ない氣がして爲すが儘にして置
いた

私は振り向きもせず強いてニヤニヤしていた
長井少尉も運轉手も
それを見て苦笑していた。
顔の險を少しも崩さずその男を睨んでいた女が
「あ！」
と叫んだ。
女がのぞけり兩手で顔を覆うのが私の目に這入つた
瞬間私は
頭を傾けた
體もそれにつれて傾いた
私の耳をかすめて
ひゆうと風を切る音がして
床に
どんと軍刀が切り下されたのである
脚元にぴかつと光る刀身を見たと同時に
私は肩先がぴりつとするのを感じた
「何にする！馬鹿！」
と長井少尉が呶鳴つたのもその瞬間である。
椅子から飛びざま
私のうしろの男にかゝり
呆然としているその男の腕をとつてねじ上げた

廣間は騷然とした
私は女に抱きつかれていた
女の軟かい腕が私の首に巻きついていた
女は身をぶるぶるふるわせて泣き出した
この男の友人らしい軍人が三人、飛んできた
その一人が云つた
「まさかと思つていたのですが、こ奴め、また、やらかしました。お怪我はなかつたですか。何とも申譯ありません。實は、こ奴、醉つ拂うど人を斬る癖があるので一切、こ奴には軍刀は帶びさせないことにしていたんです。ところが、今夜は、戰友がスマトラに轉任する送別會があつたのですが、絕對に間違いは起さないから今夜は軍刀をさげさせてくれと男泣きに泣くものですから、こ奴だけ丸腰と云うのは如何にも可哀そうに思い、許したのでした。僕達は、こ奴がテーブルを離れたのを、まるで氣付きませんでした。看視を怠つたわれわれに責任があります」
あとの二人が
「申譯ありません、どうかお許し下さい」と交る交る頭を下げた。
長井少尉に腕をねじ上げられて

そ奴はたゞ凝つとしていた
眼の光はどんより鈍くあらぬ方を見詰めている
集つてきた男や女どもは
大したことはなかつたと判ると
元の席へ歸つて
中斷された歡樂の續きに耽つた。
「君達は、どこの隊ですか?」
長井少尉はきつとした聲で云つた
「私は轟隊の平沼少尉です」
初めに口を切つた男がな叮嚀言葉つきで答えた
「こ奴は?」
「同じく野坂少尉です」
「一應、憲兵隊に報告せねばならぬと思います」
と長井少尉が云うと
三人はあわてた
「どうか、それは止めていたゞけませんか。戰友のよしみで大目に見逃して下さい」と頭を何度も下げた。
他の二人も
『お願いです。お願いです」と頭を下げた
「北村君」
と長井少尉は私に呼びかけた

私はハツとした
それまで
これらの會話を
女のすゝり泣きの裡に
夢うつゝに聞いていたのである
私は
首に卷きついている女の腕をほどいた
すると
私の肩のところに當つていた女の腕に
血が付いている
私が私の肩に
右手をやるとべつとりした
肩を動かして見た
別條はない
カーキの上衣が少し切り裂かれているが
カスリ傷にしか過ぎないようだ
女は血を見ると
聲を立てゝテーブルの上に崩れ伏した
その姿の可憐さは
私の心をつよく動かした
「どうします」と　長井少尉

「何をですか？」と私はきゝ返えした
「こ奴を憲兵隊に引渡すか、どうか」
私は椅子から立ち上つて
そ奴のつらを初めてまともに見た
顔は整つた形をしているが
造作全部がダラけてまさに癈疾者の相貌である
どんより濁つた目はうつろで正氣の者のそれではない
すんでのところで
こ奴のためにおれは命をおとすところであつた
どうしてくれようか
不思議に私は
こ奴を憎む氣が起らなかつた
私は
マライへ送られてくるとき輸送船に乘り合わせた氣の
狂つた下士官のことを思い出した
その男は三十越した年頃であつたが
軍刀を拔いて暴れるので
船艙の柱にうしろ手に縛り付けられていた
「お前のおやじは幾つだ？」
「十七です」
「ふん？お前のおやじの歳だよ」

「ハイ、自分のおやじは、本年とつて十七才でありま
す」
と眞面目ぐさつた顔付で答えた
「じや、おふくろは？」
「十六才であります」
「そうか」
見習軍醫はこれはいけないと云わんばかりに頭を振つ
た
「地方でお前は何をしていた？」
「えッ？」
「お前は何の商賣をしていた？」
「商賣でありますか、自分は造船所の製圖工でありま
した」
「何の製圖だ？軍艦のか？」
見習軍醫がそう訊ねると
その下士官はサッと顔色を變え
「自分は何も喋つていません！自分は何も惡いことをし
た憶えありません！それは誤解です！誤解です！」
と喚きワァワァ泣き出した
見習軍醫は子供をあやすように
「よし、よし。わしはお前が何も惡いことをしている

とは思つていない。安心しな」となだめた
それでも
「自分は何も喋つてはいません！ほんとうに喋つては
いません！」と叫び續けた男の
顔を思い出す
見習軍醫が「上陸地に着いたら、早速、こいつは送還
しなければならない」と
呟いたのを私は聞いた、
今
私を斬らうとしたこ奴も
あの下士官と同じように戰爭の犠牲者なのであろう
こ奴はきつと何十人撫斬りの殊勳者なのに違いない
そう思うと可哀そうになつたのである
「許してやりましよう！正氣の沙汰ではないようです
から」
「ほんとに、それでいゝのですか」と長井少尉
「えゝ」
「こ奴を私に毆らせて下さい！」
と突然、傍に凝つと立つていた上等兵の運轉手が思い
余つた聲で云い
すゝみ出た

三人の少尉は
キッと上等兵を見、むつとした顔をした
「何を云う！止せ」と
長井少尉は運轉手をたしなめ「ぢや本人も許すと云い
ますから、お連れ下さい」
ねぢ上げた腕のまゝ
そ奴を三人の方へ押しやつた
よろよろとしたそ奴を三人は默つて受取り
一人は床にさゝつている拔身を引きぬいて
向うの席へ歸つて行つた
私は女のベッドの上に腰掛けて
肩のカスリ傷の手當を受けていた
女は
最初顔を合わせた時のような
妖艶なほゝえみをたゝえて明るい
私の傷の手當を樂しんでいる風である
寄り添い
アルコールをひたした脱脂綿で
私の肩のカスリ傷に一寸觸れては
私がアルコールがしみて飛び上るのを

さもうれしそうにクックッと笑うのである
彼女の部屋は思つたより貧弱だつた
彼女の感じからすれば
派手に飾り立てゝある筈である
邸宅をそのまゝ慰安所にしたのだから
部屋の造作はドアといゝ床といゝ窓といゝ
立派なものであるが
洋服ダンス一つなく
細長い柱鏡が一本かゝり
ベビイ箪笥と寝台があるだけのガランとした部屋である
寝台はスプリングの軟かな上等のものである
まえこの邸宅に住んでいた人のがそのまゝ据えつけられたのであろう。
「ハイ、これでお終い」
女は
私の肩のカスリ傷に絆創膏を貼つて
ぎゆつと抑えた
顔を見合わせた。
女はほゝえんでいる
と急に眞面目な顔付をして
「ほんとによかつたわね。あたし、あの人が刀をふりかぶつたとき、あッと思つたの。あたしの一番大切な人が斬られてしまう、と思つたの。思わず両手で目を覆つてしまつたわ」
「あのとき、君の顔色が急に變つて君はのけぞつた。突差に、自然に、僕の頭と体が傾いたんだ。それで助かつた。でも、あいつほかの人を斬ろうとせずに、どうして僕に斬つてかゝつたのだろう？」
「あの人、しつこくあたしに付纒つているのよ」
「うむ、そうなのか」
私は溜息をついた
そのときドアにノックがあつて
少女が顔を出した
女に
一寸と云う目合圖をしている
女は「待つてゝね」と云つて出て行つた、
階下で
キャッキャッとはしやいだ彼女の聲がしている
私は所在なさに窓際に行つて
廣闊の皎々とした明りに照し出された
庭を眺めおろしていた

しばらくすると
彼女と一人の軍人が
庭前に現われ
接吻するのを
私は見た
私は
ハッと見ていけないものを見た思いで
窓から身を引いた
私は嫉妬の思いに胸の燃えるのを覺えた
しかしすぐに思い返えした、
何と云うことだ
あの女は春婦ぢやないか
接吻どころか、毎夜肉体をひさいでいる女ではないか
馬鹿な、
私が寢台に腰かけてそんなことを想つていると
女は歸つてき
花を撒くような笑顏で
私に飛び付いてきた
私はそうした女を突き離した
「おい、今、男と何してた？見たぞ、あの窓から」
私は冗談に云つた積りであつたが
へんに眞險な響きの籠つているのを自分でも氣付いた
女の花を撒きちらすような笑顏が
くしやくしやになつたかと思うと
わつと泣き出した
泣きながら女は叫んだ
「あなたはあたしにどうしろと云うんです。あたしは
こゝへ來てまだ二ケ月にしかなりませんが、成ろうこと
ならこんなところにいたくはありません。あたしには、
ちやんとした家があるのです。兩親もいるのです。憲兵
が無理矢理にあたしを引つ張つて來たのです。一度、た
まらなくなつて逃げ歸つたら、憲兵は云うことを聽かな
いと兩親を殺してしまうと言うのです。憲兵はやり兼ね
ないのよ。現にあたしのお友達が言うことを聽かないと
言つてお友達の兄さんを殺してしまつたことがあるの。
あたしは泣く泣くこゝへ戻つてきました。さつきの男が
その憲兵よ。今夜泊つて行くと言うのをやつとすかして
歸えしたのよ」
女は手離で泣くのであつた
噓の作り事とは私には思えない
眞實感がみなぎつている
（シンガポールに私が着いたところ、それは陥落直後のこ

とであつたが、慰安所の女が足りなくて、憲兵が銃を突
きつけて素人娘を無理矢理に連れてきた、と誰かに聞か
されたことを私は思い出した私はぶつからなかつたが「
慰安所にもなかなかうぶな女がいるよ」と徴用の仲間が
言つたことがある）
　この女が
そう言う一人なのだな　と思うと
私の目頭は熱くなつてきた
「わるかつた、ひどいことを言つて」
泣き崩れている女の肩を
撫でたが
なかなか泣き止まない
私は感動した
隣りの部屋の女が
心配してドアから首を出した
「どうしたのよ。え？」
私の女は
その聲を聞くとハタと泣き止んだ
兩手で泪をぬぐいながら
「何でもないのよ。何でもないの。心配しないで」と
明るい例の花を撒くような笑顔に返つて言つた

私は
女がいぢらしく
しつかりと抱き締めた

窓の下で
自動車の警笛が鳴つている
私はベッドの中でうつつに聞きつけた
目を開けると
熱帶のすがすがしい朝陽（ひ）が
部屋に差し込んでいる
私はあわてゝ身づくろいをした
女ははつきり目が醒めないらしくぼんやりしていたが
私が出かけるのに氣付くと
ベッドの上に泣き伏した
「今晩またくるよ」
「そう、きつとね。あたしお送りしないわ」
玄関に出て見ると
長井少尉は自動車の中にいた
運轉手と長井少尉の女が二人
しどけない姿で
自動車の窓に寄りかゝつている

「どうも遲くなつてすみません」
「いや。それはそうと君の女はどうしたのです。なぜ
送つて出ないのだろう?」
「いゝんです。出掛けましょうよ」
少尉は怪訝な顔付をした
車にエンジンがかゝつた
動き出したとき
私は身をよじらせて
自動車のうしろ窓から
女の部屋の窓を仰いだ、
窓際によつて
華僑の女特有の憂い深い眼差しで
じつと見おろしている
彼女と目が合つた。

詩と詩人の會・支部一覽

旭川支部　旭川市四ノ三左六　木内進

北大支部　札幌市北一條四丁目長岡方　井村春光

札幌支部　札幌市廉鉾局區内白川サナトリウム　高橋勇

☆　☆　☆

東北支社　宮城縣雄勝町上雄勝　杉山眞澄

秋田分室　秋田縣上仲城町三　奥山潤

青森分室　弘前市桔梗野市營住宅四四　船水清

宮城分室　仙臺市仲ノ町二五　伊澤正平

岩谷クラブ　秋田縣由利郡岩谷町　布施常藏

塩釜クラブ　宮城縣塩釜市東町三六　川村正

☆　☆　☆

東京支部　東京都板橋區板橋町四ノ一一八六　木暮克彥　並木和夫　桑原雅子　湯口三郎　廣瀨三郎

茨城支部　茨城縣取手町上町　富士見莊

☆　☆　☆

靜岡支部　靜岡市市役所社會教育課　杉山市五郎

清水支部　清水市清水四六〇清水第二高校　橋本理起雄

新潟支部　新潟市西堀前通一ノ七〇一　龜井義男

福井支部　福井縣今立郡片上村大野　杉本直

☆　☆　☆

京都支部　京都市河原町三條都新聞社社會部　仲村讓

大阪支部　大阪市北區大阪驛東口檢疫所内　岡田儆

大阪支部　大阪市東淀川區十三西之町四丁目　武田藥品工業大阪工場　藪内春彥

神戸支部　神戸市長田局區内西尻池町市營住宅十三　内田豐清

兵庫支部　兵庫縣曾根町五四二　菅原亨　向井孝

山口支部　山口縣光市室積昭和通　磯永秀雄

愛媛支部　愛媛縣南宇和郡東外海村久良　吉水珠樹

徳島支部　徳島縣板野郡板東町　廣瀨志津雄

☆　☆　☆

熊本支部　熊本縣八代市井上町一六九　上田幸法

福岡支部　福岡縣大牟田市大正町一ノ五あかつき商店街　内田博

宮崎支部　宮崎縣東舊杵郡南浦村島野浦　後藤津木夫

（一九四九年十月一日現在）

第一回　現代詩講演會

來聽歡迎

一、時　日　十月卅日（日曜）午后一時より（時間嚴守）

一、場　所　東京組合會議室にて
（東京・駿河台「主婦の友」社裏）

一、講　師

現代詩の發展小史　阪本越郎

現代詩への理解　村野四郎

エズラ・パウンド著「如何に讀むべきか」に就て　木下常太郎

アメリカの高峰ロバート・フロストの詩劇に就て　安藤一郎

詩についての隨想　江間章子

現代詩とヒユーマニズム　大江滿雄

古代緑地帶構想　吉田一穗

長篇叙事詩研究會レポート　北川冬彦

詩の朗讀　眞弓里夫、春日章良

一、入場無料（但整理費三〇円受付にて）

主催　現代詩編集部

〃後援　『詩と詩人の會』東京支部
長篇敍事詩研究會

編／集／後／記

△「現代詩」はあちらこちらで非常に評判がいゝ。いよいよ讀者とのつながりを濃厚にしたいと思う。

─指摘一件─△本誌十月号所載の鵜澤覚氏の「日本詩人の新詩人号」の文中「日本詩人第一回の入選者では『自由詩人』編集者永田東一郎云々」とあるのは誤りで、この永田東一郎は同名異人で、嘗ての「麵麭」同人の永田東一郎（東一郎と改名）であると云う投書があつた。△一切の編集（殊に「新世代」原稿）に関して左記へ。

東京都新宿區四谷須賀町一〇ノ一
北川冬彦方「現代詩」編集部宛

─北川冬彦─

現代詩　第四巻　十月号
定價金五拾七円送料六円
直接購読会費　一ケ年五〇〇円

昭和廿四年十月廿五日印刷
昭和廿四年十一月一日發行

編集者　北川冬彦
編集兼發行人　関矢與三郎
新潟縣北魚沼郡廣瀬村大字並柳
印刷人　佐藤利平
新潟縣古志郡宮内町

發行所　新潟縣北魚沼郡廣瀬村
大字並柳乙一一九番地
詩と詩人社
淺井十三郎
日本出版協会員　番号　A二一九〇二九
振替番号　新潟五二二七番

淺井十三郎著

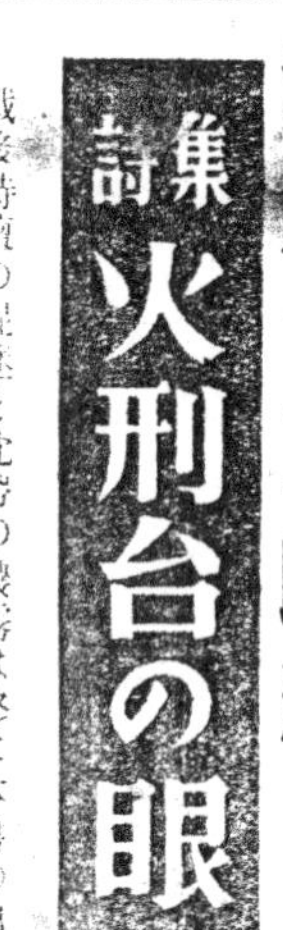

裝幀・門屋一雄
挿繪・星襄一

A版特製 三五〇円
A版上製 三〇〇円
B版上製 二五〇円
B版並製 二〇〇円
頁二七〇頁 〒二〇円

戦後詩壇の混迷と沈滞の濃霧は終に本書の出現によつて破られた！人間生存の意志を自らに問い社會に問い更に神に問い再び人間に問いつつ虚無の谷間を堪えながら獨り行く彼の詩精神に瞠目せよ。かつて兼常清佐氏をして、「これがだんだん一般に理解され普及されそれが、日本の一詩形として確立されたら、それこそ大變な文學界の一大現象となる」と評せしめた「越後山脈」以後の最近作！好評絶讃の「第三審判律」（千行）「死の影の河」（四〇〇行）等を初め幾多の力篇を集録す。未見未讀の方は即刻申込んで下さい。尚本詩集さし繪は星襄一氏の日本版画展入選作によつて飾られています。

（直接注文には著者署名、送料當方負担）

發賣所 新潟縣北魚沼郡廣瀬村並柳乙一一九
詩と詩人社
振替新潟五二七

昭和二十四年十月廿五日印刷納本
昭和二十四年十一月一日發行
昭和二十三年五月廿八日第三種郵便物認可
昭和二十四年三月二十八日運輸省特別扱承認雜誌第一四五号
現代詩（第三五集）

定價五十七圓
地方定價金六十圓

詩と詩人 11月號

特集 長篇と小說
火刑台の眼批判

上田幸法・寺神戸誠一・石田八平
土居貞子・山口英・大島栄三郎
石渡敦美・畠山義郎・桑原雅子
小倉又夫・三好豊一郎・杉浦伊作
池田克己・壺井繁治・扶春信
他十數氏執筆

堂々八十頁 ¥50 詩と詩人社

詩と詩人社の代理店として
騰寫印刷部が
新設されました!!

日本版畫協會會員棟方賞受賞の孔版藝術界に於ける第一人者風襄一氏の經營される北光社では今回小社の文學運動の趣旨に共鳴され協力して頂くことになりましたが、會員諸兄の詩集、同人雜誌、支部會報その他の需要には特別の廉價引受けて下さいますから御希望の方は左記え連絡して下さい。

新潟縣小出局區内
北光社

現代詩
THE CONTEMPORARY POETRY
新年號
詩と詩人社

賀正

北川冬彦
淺井十三郎

安西冬衛
安藤一郎
江口榛一
江間章子
大江満雄
岡崎清一郎
北園克衛
笹澤美明
阪本越郎
杉浦伊作
杉山平一
竹中郁
瀧口修造
壺田花子
永瀬清子
丸山薫
村野四郎
山中散生
吉田一穂

現　代　詩

冬の櫻　　笹澤美明

上野へ來て四度目の冬を迎える。この山國の冬は冬嫌いの自分を風と凍てとで苦める。南國の寒さとちがつて凍みるのだ。ここへ來てから初めて神經痛にかかり、それがいつも眼だ。風邪氣味で頭痛を覺え、最後に後頭部と視神經に痛みが殘り眼球が痛む。一邊胃潰瘍かと思つたら胃の神經を疾んだ。酷使する所が痛むらしい

だから足弱の自分には膝などは疾まない。去年の冬も暖かかつたが、今年も暖かだろう。冬が段々暖かくなるそうだ。それにしても冬は不可ない。夏と秋の山岳地帶の風光が面白いのだから、せめて冬だけ鎌倉か小田原邊に住みたいものだ。と思つていると、圖書館へ講演に行つた時、植物に造詣の深いA館長から本庄からバスで行ける三波川の寒櫻の話を聞いた。十二月頃花の下で村人の集會があるという。山懷の無風地帶で村人の開く會など聞いただけでも暖くて嬉しくなる。自分にとつてはユートピアだ。一邊は行つて見たいと思う。山のあなたの空遠くみたいにロマンテイクな話なので想像するだけでも樂しい。

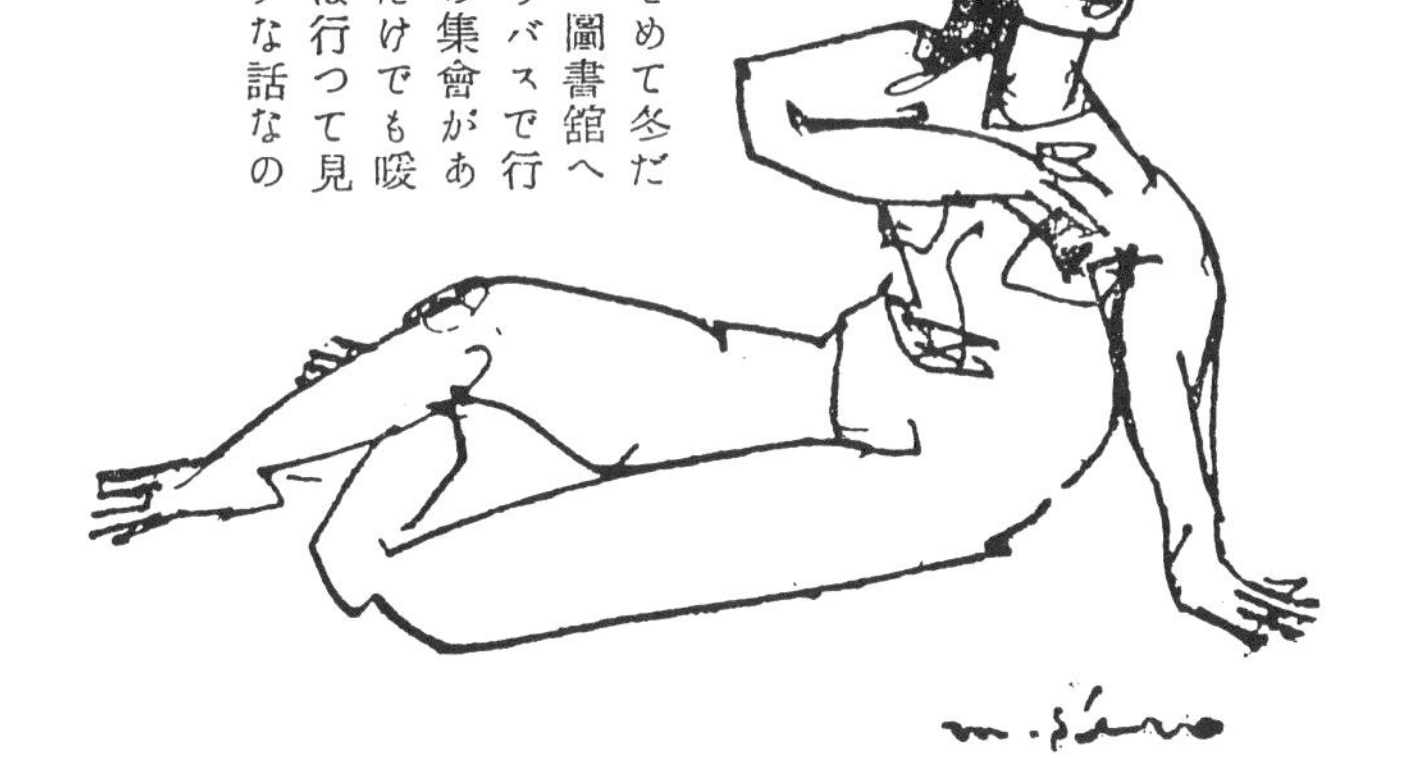

現代詩新年號目次

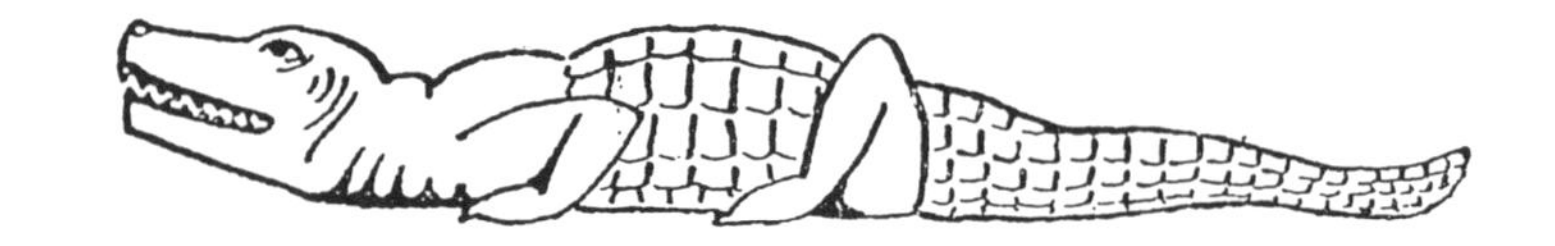

昭和廿四年度詩壇の回顧

一、活躍せる詩人
二、推薦の詩集、詩書
三、注目の詩誌

丸山　薫

一、詩人としての活躍にもいろいろあつて、寡聞の小生にはお答えしにくい御質問です北川冬彦、深尾須磨子、小野十三郎の諸氏が小生の眼に映じていたようでした。
二、大山定一氏「グーテ詩集」
三、大阪で出ている「庭園」「純正詩」と「ラ・シメール」「イルミナション」。
前二者は増田榮三君、後二誌は天王寺高等学校の小田實君を中心とする若い詩人達ですがその純正な抒情的エスプリには大いに將來を期待しています。

金子光晴

一、北川冬彦、三好達治、淵上毛錢等
二、河邨君の「天地交驩」
三、「新日本詩人」

田中久介

一、北川冬彦、小野十三郎、許南麒、安西冬衛、岡田芳彦、淺井十三郎、出海溪也、牧章造、向井孝、山中散生、伊藤正斎、高橋宗近
二、小野十三郎「詩論」「多頭蛇」、山中散生「シュルレアリスム史考」北川冬彦「氾濫」「夜陰」、許南麒「朝鮮冬物語」、淺井十三郎「火刑台の眼」、「中野重治、金子光晴、小熊秀雄詩集」
三、「現代詩」「詩と詩人」「詩文化」「日本未來派」「VOU」「藝術前衛」「IOM」「詩学」「爐」

山内義雄

一、活躍か否かは別として、左の詩人達の作品を注意してよみました。北川冬彦、金子光晴、安藤一郎、池田克己、三好達治、淺井十三郎、眞壁仁、八森虎太郎、草野心平、淵上毛錢、永瀬清子、港野喜代子。
二、淺井十三郎「火刑台の眼」。詩論集、小野十三郎「多頭の蛇」この兩書、大いに敬服しました。詩集としては他に「中野、金子、小熊詩集」、和田徹三「合瓣花冠」等。
三、「現代詩」「日本未來派」「爐」「詩學」

田中冬二

一、日高てる、冬木康、大瀧清雄
二、「異花受胎」「殿岡辰雄」、「草の栖」（一瀬稔）、「囚人」（三好豊一郎）、「龍詩集」
三、「爐」「詩學」「詩風土」「至上律」「荒地」

北園克衛

一、活躍したと言ふことが單に多くの作品を各種の雜誌に發表したといふ意味でなしに、

現代詩の發展に貢献したという意味に於て北川冬彦(叙事詩の提唱)村野四郎(後進の啓蒙)安藤一郎、笹澤美明（海外詩人及び詩の紹介)黒田三郎、西脇順三郎(評論)

二、これに就ての資料が完全でないので答へられない。

三、「詩學」「現代詩」「ポエジイ」(季刊)「VOU」(Cendre改題)、「日本未來派」「魔法」「詩文化」

安藤一郎

一、三好豊一郎、池田克己、眞壁仁、祝算之介、高橋宗近

二、三好豊一郎「囚人」、北川冬彦「詩の話」佐藤朔「ボードレール覚書」

三、特に無し

神保光太郎

一、戰後の新人として特に三好豊一郎の作品に注目した。その他、金子光晴、三好達治安西冬衛の最近の作品を興味深く讀んでゐる。

二、ゲーテ生誕二百年でいろいろのゲーテ關係の書が出てゐるが、この際、ゲーテの詩の新しい研究のために、大山定一と手塚富雄の二つの新訳ゲーテ詩集をすすめたい。この他、鈴木信太郎の「フランス象徴詩派叢書」、谷友幸の「リルケ傳」、堀口大學の「ボードレール詩集」など記憶に殘る。日本の詩集では、吉田一穂、丸山薫、北川冬彦の詩集、新人では野間宏、三好豊一郎、眞壁仁の詩集をあげる

三、毎日いただく詩誌をならべてさてそのどれを採るかといふといささか當惑する。これは寧ろ、將來の課題として殘したい。

眞壁仁

一、小野十三郎、北川冬彦、池田克己、大江滿雄、壺井繁治、福田律郎

二、北川冬彦「花電車」、三好豊一郎「囚人」小池亮夫「平田橋」、河邨文一郎「天地交驩」、淺井十三郎「火刑台の眼」、小野十三郎詩論集「多頭の蛇」

三、「日本未來派」「現代詩」「詩文化」「魔法」「爐」「ポエジイ」「造型文學」

深尾須磨子

一、進歩的な詩人はみな活躍したようです。

二、寄贈されたものの中では北川冬彦、吉田一穂、池田克己、金子光晴、丸山薫諸氏のものをあげます。

三、「現代詩」「未來派」「ポエジイ」等。

高島高

一、北川冬彦、高橋新吉、眞壁仁、三好豊一郎

二、「花電車」(北川冬彦)、「囚人」(三好豊一郎)

三、「現代詩」「日本未來派」「パン・ポエジイ」「爐」

池田克己

一、「日本未來派」にすでに三年近く、毎號百行前後の力作を書きつゞけている小池亮夫の仕事はもつと注目されるべきです。日本の詩壇は彼のように、默々としてたゞ作品一本に傾到している詩人を、とかくおろそかにし勝ちのようです。もつとも彼はそんなことをちつとも氣にしない人間ですが。高見順も作家の餘技ではない詩の仕事を継續的に見せていると思います。八森虎太郎のアイヌ詩の連作も立派だと思います。

二、花電車（北川冬彥、）平田橋（小池亮夫）合瓣花冠（和田徹三）、火刑台の眼（淺井十三郎）、囚人（三好豊一郎）、天地交驩（河邨文一郎）

近代フランス詩集（山内義雄編）。多頭の蛇（小野十三郎）、詩の話（北川冬彥）、尙近く出る筈の高橋新吉詩集と安西冬衛詩集

三、「現代詩」「日本未來派」「詩學」「詩文化」、弓削昌三のやつているガリ版誌「みどりのはた」

河邨文一郎

一、創作に於ける金子光晴。長篇叙事詩運動の展開期に於ける北川冬彥。エッセイに於ける安西冬衛。吉田一穗。

二、三好豊一郎著「囚人」――そのエスプリの特異さに於て。

三、「現代詩」「詩と詩人」「コスモス」

村上成實

一、皆さんそれぞれに活躍されてどなたと申せず。

二、好箇の參考書として北川冬彥氏の「詩の話」。

三、注目の詩誌―（一）の理由で答えがたし。

岡崎清一郎

一、十人ばかりあります。

二、私のみたものにはありませんでした。

三、「現代詩」「日本未來派」「爐」「詩學」「魔法」「詩文化」等々

祝算之介

一、三好達治、菊岡久利、安西冬衛、小野十三郎、北川冬彥、大江滿雄、深尾須磨子

二、北川冬彥詩集「夜陰」、「氾濫」

三、「現代詩」「詩學」「日本未來派」「新日本詩人」

宮崎孝政

一、北川冬彥と植村諦の詩を多く讀み、新人では正木聖夫君の作品を彼の原稿の時から讀まされた。北川や植村を活躍なぞと云つてみるのも今更おかしいことであり、他にそれにふさはしい人がゐさうだが思ひ出せぬのでやめる。

二、詩集はあまり寄贈してこぬのでよくわからぬが、淺井十三郎君の「火刑台の眼」、池田克己君「法隆寺土塀」、正木聖夫君「繭」なぞが有り、北川冬彥の著書はどれを讀んでも信用がおけるのですゝめ度い。

三、「日本未來派」「爐」「現代詩」、個人の物では正木君の「鯨」と浜田君の「山河」

秋山清

一、北川冬彥、許南麒、三好達治―活動の場面と意義は夫々ちがいますが。

二、旅宿帳（錦米次郎）―農民詩として

三、「詩と詩人」―從來の沈滯をぬけ出つつあること

「新日本詩人」―特に今後の活躍に期待

その他多少の軽蔑をこめて注目したいものもありますが、この質問の趣旨に外れると思いますから。

岩佐東一郎

一、色々の意味で、それぞれの詩人が、それぞれの立場で活躍しましたと思いますから個々の名前は略します。

二、北川冬彥「花電車」、三好豊一郎「囚人」殿岡辰雄「異花受胎」

三、「詩學」「現代詩」「日本未來派」「文化詩」「第一書」「魔法」

殿内芳樹

一、北川冬彦、小野十三郎、淺井十三郎、福田律郎、眞壁仁、三好豊一郎。新人は低調であつたと思われます。

二、推薦ということになると、いろいろの意味で限定されますので、擧げるのに困難ですが、私見では詩書「詩の話」（北川冬彦）、詩集「囚人」（三好豊一郎）

一九四九年の出版は極めて貧困であつたといえましよう。

三、廿世紀後半の「詩の認識と形態」に連なる課題を提起したものは「現代詩」だけでしよう。「荒地」派の詩人は詩の思想について發展性のある思考を示しています。その他をあげれば「詩文化」「詩と詩人」「ポエジィ」（季刊）ぐらいでしようか。

瀧口武士

一、北川冬彦、安西冬衛

二、たくさん見てゐませんので言へません

三、「現代詩」「詩文化」「詩學」

河井醉茗

一、北川氏を初め草野心平、三好達治、佐藤春夫、村野四郎、神保孝太郎、など所謂中堅の詩人、西の方では安西冬衛、小野十三郎、藤村雅光、の諸氏その他東、西、ともに澤山あるでせう。またあまり人の氣の附かないことかも知れませんが森川葵村氏が復活してフランス象徴詩の研究に熱心です

二、推薦に値する詩集は一寸私の眼に觸れませんでした。

三、「現代詩」「詩文化」「詩學」「日本未來派」「日本詩壇」「自由詩人」など見てゐました。

山中散生

一、安西冬衛、北川冬彦

二、なし

三、「現代詩」

川路柳虹

一、その詩壇の人については殆んど無知なので御答へが出來ません　一番活躍したのはあなたではないのですか。活躍したかどうかは知らないが金子光晴の詩は愛讀しました。

二、寄贈をうけたものだけより知りませんから正しい推薦は出來ませんが京都から出た小島祿琅、駒澤眞澄兩氏共著の「詩集」一は推薦出來ます、ことに小島氏の作品を推します。

三、これも寄贈をうけてゐる雜誌の範圍か大へん狹いので何とも申上げられません、が總じてどの雜誌も天地の狹さを感じます、詩壇なんてことを問題にしない雜誌を欲しくおもひます。

山崎馨

一、北川冬彦、三好豊一郎

二、「落下傘」「蟻」金子光晴著「花電車」「詩の話」北川冬彦著「囚人」三好豊一郎著

三、「現代詩」「至上律」「詩と詩人」

笹澤美明

一、丸山薫、北川冬彦、鮎川信夫、草野心平永瀨清子、高橋新吉、日高てる、岡田刀水士、高橋宗近、扇谷義男、村野四郎、北園

克衛、安藤一郎、淺井十三郎、金子光晴、池田克巳、小野十三郎、眞壁仁、安西冬衛、加藤周一、鑓田啓作、高見順
二、淺井十三郎「火刑台の眼」、北川冬彦「氾濫」、河邨文一郎「天地交驩」、宮城恒敏、大上敬義、森下陶工「騒々の宿」
三、「詩学」「現代詩」「荒地」「爐」「至上律」「詩と詩人」「詩文化」「日本未來派」「魔法」

竹中郁

活躍詩人として刮目に價するほどの新人のないのは遺憾。
詩誌、詩集も平凡だつた。
沈滞した一年だつたと思ふ。

淺井十三郎

一、河邨文一郎、湯口三郎、扇谷義男、亀井義男、上田幸法、池田克己、佐和浜次郎、鮎川信夫、三好豊一郎、北川冬彦、笹澤美明、安藤一郎、安西冬衛、金子光晴、大江滿雄、大瀧淸雄、壺井繁治、吉田一穂
二、「氾濫」「天地交驩」「霍乱の鬼」「晩秋初冬」「囚人」「旅宿帳」「敍事詩への道」其他
三、「詩文化」「魔法」「詩學」「未來派」「現代詩」「詩と詩人」「爐」「藝術前衛」「龍」其他

小林明

二、錦米次郎詩集「旅宿帳」、吉村正敏「敗戰詩集」（いずれも自家版で一般には入手し難いかもしれませんが、双方ながらプロレタリアートの側から提出された四九年度の秀れた收獲でした。）

平木二六

二、マラルメ詩集（鈴木信太郎譯）
花電車（北川冬彦）、女たちへのエレジイ（金子光晴）、古代緑地（吉田一穂）
三、「日本未來派」「現代詩」

岩本修藏

一、概して平穏すぎましたが、ともかく仕事をしたと思われる人は、安西冬衛、村野四郎、北川冬彦、池田克己、近藤東、中桐雅夫、鮎川信夫、加藤周一、鑓田啓作諸氏でしよう。新人の振わなかつたのは淋しい限りです。
二、山中散生の「超現實主義史考」は、まだ見ていませんが、きつといい本だと思います

近藤東

一、現われた部面においては北川冬彦氏（その長篇敍事詩運動）と岡亮太郎（鈴木茂正）氏（その職場サークル運動）とであろう。作品ではよいものを書いた人もあるが、活躍したとまでは認められない。
二、推薦というコトバは当てはまらないが許ナンキ氏の「朝鮮冬物語」
三、どんなガリ版でも注目しているからその一つをとりあげることは苦しい。ただ「造形文学」や「藝術前衛」などに期待したけれど今年は満足を與えてくれなかつたことだけ白状しておく。

阪本越郎

一、北川冬彦、北園克衛
二、同氏著「花電車」「詩の話」
三、「詩學」「現代詩」「詩と詩人」「新詩人」「龍」「詩風土」「詩文化」「荒地」「魔法」「造形文学」「爐」「日本未來派」「詩人群」

牧章造

一、同世代人を以つて御答えします。何らかの意味でこれらの人たちの今後の活躍を期待する者です。
伊藤桂一、鈴木享、木原啓允、祝算之介、扇谷義男、小林明、日村晃、林富士馬、西垣脩、鶴岡冬一、高橋宗近、冬木康、井手則雄、坂井艶司、三好豊一郎、丸山豊、村次郎、島崎通夫、福田律郎、高橋鏡太郎、新藤千恵、田村隆一、小柴三由紀、青村鶴彦、岩倉憲吾、高田光一、川路明、桑原雅子、木暮克彦、高村智、森田茂、關根弘、面濁八郎、中桐雅夫
二、「氾濫」北川冬彦、「落下傘」金子光晴、「囚人」三好豊一郎、「火刑台の眼」淺井十三郎等が夫々勝れた詩集として推輓出來ると信じます。詩論集としては「詩の話」北川冬彦が記憶に値するものです。
三、「現代詩」「ポエヂイ」「日本未來派」「造型文學」「爐」「新現實」「詩學」「詩と詩人」「新日本詩人」

高橋新吉

一、日高てる、馬淵美意子、新藤千恵。
二、北川冬彦「詩の話」、藏原伸二郎「現代詩」の解説と味ひ方
三、「魔法」「爐」「日本未來派」

鶴岡冬一

一、池田克己、高橋新吉、北川冬彦、岡田刀水士、安西冬衛、丸山薫、草野心平、三好豊一郎の諸氏（順不同）
二、「詩の話」（北川冬彦氏著）詩集「火刑台の眼」（淺井十三郎著）、詩集「花電車」（北川冬彦著）
三、「現代詩」「日本未來派」「詩學」

杉浦伊作

一、「現代詩」同人各自、「歴程」の連中、「魔法」の同人、「詩文化」の連中、「詩學」に寄る人、「詩と詩人」等の若い人々の一部とその多勢ある。
二、詩集「花電車」北川冬彦著、詩集「天地交驩」河邨文一郎著、詩書「詩の話」北川冬彦著
英米詩"Britism & American Poetry"安藤一郎著
三、「現代詩」「詩學」「詩と詩人」「魔法」「日本詩壇」「詩文化」「日本未來派」「北」その他

日村晃

一、本年は、安藤一郎氏、河邨文一郎氏、など、良い仕事をされたと存じます。
二、河邨文一郎著「天地交驩」、それに本誌で言うのは何か面映い氣がしますが、良いものは良いのだから敢えて記しますが、北川冬彦著「氾濫」「詩の話」の二册は廣く世の中に讀まる可き本と存じております。この二册なぞは得難い著書で、長い年月の間にも滅多に現れぬものでしよう。
三、「現代詩」はともかく、「日本未來派」、「詩文化」それに向井孝の「アナ」等です。

和田徹三

一、活躍という言葉を發表の頻度と範圍から見れば、池田克己。これを印象に殘るよい仕事と見れば、北川冬彦の長篇敍事詩「タヒナの女」に於ける巨大な構成力、安藤一郎の示した一連の「ポジション」を貫く地味で眞摯で執拗な追求の精神、「審判」など近來愈冴えを見せる植村諦の誠實なナイーヴテイ、安西冬衛の「死語發掘人の手記」

に於て愈加わるオリジナルな機智とノンシャランスの滋味など。

評論で質量共に壓倒的であつたのは高橋宗近。活躍という言葉を指導、編集、講演などを含む啓蒙的推進運動と見る場合は北川冬彦、淺井十三郎、草野心平、菊岡久利、池田克己、小野十三郎などの人人。
二、北川冬彦の「花電車」、三好豊一郎の「囚人」、小池亮夫の「平田橋」、河邨文一郎の「天地交驩」、「推薦に價する」という字義にこだわらないとすれば、このほか記憶に殘つた詩集が二、三あります。
三、「現代詩」「日本未來派」「爐」「詩と詩人」「詩文化」など。このほか地方の同人雜誌にもよいものが、かなり現われるようになつてきたことを喜んでおります。

青山鶏一

一、北川、安西の二詩人が印象されます。特に北川氏の旺盛な能動性はあの熱帶性蔓科植物が想起されます。近作「處刑」は近業中でのうつぼつたる一篇でした
二、三、詩集、詩誌、共に接觸の機がなく、特に諸同人誌における作品には全く觸れることがなかつたことが遺憾です。

壺井繁治

一、金子光晴、新人としては祝算之介
二、吉塚勤治「鉛筆詩抄」
許南麒「朝鮮冬物語」
三、「新日本詩人」「藝術前衛」「造型文學」

冬木康

一、吉川仁、馬淵美意子
二、日高てる「めきしこの蕊」
金子光晴「女たちへのエレジー」
三、「魔法」「日本未來派」「現代詩」「詩文化」「詩學」「歷程」

吉川仁

一、いい詩を書いた人は淵上毛錢氏。岡崎清一郎氏。冬木康氏。
二、草野心平著定本「蛙」、北川冬彦著「花電車」、日高てる著「めきしこの蕊」、ややや古いものでは金子光晴著「落下傘」逸見猶吉詩集この分は24年に屬しませんが。
三、「ポエジイ」「現代詩」「詩文化」

村野四郎

一、活躍という意味は、どうもジャアナリステックな意味にとられやすい。高度な意味でいい仕事をしたということ、少しでも現代詩に新しい世界を加えたという意味の詩人は、あんまりいなかつたのではないか。最も活躍をしたと思はれる詩人たち—新進も先進も—多くは彼らの先進との距離をちぢめたにすぎないという観がある。—作品の上でも世界観の上でも、そういう意味でぼくは一方で鮎川信夫君をあげたいし、一方で高村光太郎氏をあげたい。僕は冗談をいうつもりはない。
二、そうした意味で、無い。
三、そうした意味で、無い。

扇谷義男

一、北川冬彦、安藤一郎、安西冬衛、岩本修藏、池田克己、三好豊一郎、淺井十三郎、高見順、中桐雅夫、牧章造、祝算之介、小林明、佐川英三、高橋宗近、鮎川信夫、鳥見迅彦、壺井繁治
二、舟方一「わが愛わ闘いの中から」、和田徹三「合瓣花冠」、北川冬彦「花電車」「詩の話」、淺井十三郎「火刑台の眼」、三好豊

一郎「囚人」、金子光晴「女へのエレジイ」正木聖夫「繭」、野田宇太郎「パンの會」

三、「日本未來派」「詩學」「現代詩」「魔法」「詩と詩人」「詩文化」「造型文學」「藝術前衞」「龍」「鯨」「銀河系」「猫族」「詩人種」「自由詩人」

高橋宗近

一、安西冬衞、笹澤美明、池田克己、田村隆一、新藤千恵、北村太郎、木原孝一、その他特にエッセイの仕事をしたのは、鮎川信夫黒田三郎、それから僕など。中桐雅夫の米國詩紹介も活潑でした。

二、寡聞であまり判りませんが、眼にふれた範位内では、詩集「囚人」三好豊一郎著、詩書「詩の話」北川冬彦著

三、やはり寡聞で、澤山ある小さな同人雑誌のことはよく知りません。十一月に入つて復刊した「VOU」は綺麗に出來ゝ居ました。「詩學」「ポエジイ」（至上律改題）「現代詩」。「日本未來派」なども、少しづゝ面白くなつて來てゐるやうです。

大江満雄

一、とくに今年にはいつていろいろな意味でおもしろみがでたと思はせる詩人。眞壁仁安藤一郎、笹澤美明、木下常太郎、北川冬彦、植村諦、片山敏彦、藤原定、野間宏、中村眞一郎、壺井繁治、（遠地輝武が今年になつて活動的だということも私からみるとおもしろい）それから藤村青一、牧章造山形三郎、祝算之介、福田律郎、村松武司小野連司、西尾牧夫、高橋宗近、緒方昇、池田克己、岡田芳彦、木村次郎、上林猷夫殿岡冬一、田中久介、武内辰郎、鮎川信夫三好豊一郎、石橋孫一、高田新、山田今次船方一、増田榮三、小林明、森本一三男、カメイ・トム、花本公男、吉田曉一郎、川合主計など。

二、寄贈の中からいえば「天地交驩」（河邨文一郎）、「絶海」（井上長雄）、「地方詩集」（山形詩人協會）、「合瓣花冠」（和田徹三）、「火刑台の眼」（淺井十三郎）、「敗戰詩集」（吉村まさとし）そのほか壺井や北川の詩作法、詩の話など、見ないが、おもしろいだらうと思はれる。

三、「造型文學」「日本未來派」「詩文化」「詩風土」「詩學」「詩人群」「純正詩」「新日本詩人」「岬」「文學國土」「みどりのはた」「房章」「詩と詩人」「藝術前衞」など。

木内進

一、作品を發表した詩人は非常に多かつたけれども、二十世紀の後半において、新しい人間の歴史を形成するような意味では、新しい詩も、詩人も出ていない。一般に、藝術運動は流行であるが、詩は流行ではわからぬものである。たとえば小野十三郎や北川冬彦の仕事が、どんな根を下していたかをみろであると思う。二十四年度において活躍したと考えられる詩人は、大方、このような詩人であつた。どの詩人が、いちばん巨大な根を持つているかゞ問題で、どんな新しい芽をふくか、巨根の上に巨樹を形成するかは、まだわからぬ。いわば流行作家のような存在がないことは詩と、詩人の光榮であつたと卒直に考える。

一、淺井十三郎の「火刑台の眼」と河邨文一郎の「天地交驩」

一、全部見ていないが「現代詩」「詩と詩人」「日本未來派」「コスモス」北海道から出ている「野性」と「詩人種」

昭和廿四年度詩壇の概観

北川冬彦

一、その內部展望

昭和廿四年度の詩壇を顧みて氣付くことは、戰後詩壇の混乱狀態が、漸次恢復の途を辿りつゝあることである。詩的鍛練のない似非詩と、舊体詩が影を薄めたことである。その一つに、イデオロギーを笠に着た詩が目立たなくなつたこと、その二に、デイレッタントのマチネ・ポエテイックのような根據薄弱な詩が退陣したこと、その三に、いわゆる詩壇のアプレ・ゲール派の萎微、その四に、抒情派の凋落などが擧げ得られるであろう。

と云つて、感服出來ないこれらの詩が詩壇からその影を薄めたと云つて、こゝに淸新な何ものかゞ生れ出た形跡は殆どない。昭和廿四年度は、全般から云つて、戰後詩壇の混亂整理期、沈潛期と云つてよいであろう。

昭和廿四年度に活動した詩人としては、金子光晴、吉田一穗、深尾須磨子、安西冬衛、笹澤美明、高橋新吉、北園克衛、村野四郎、安藤一郎、淺井十三郎などが、それぞれ自らのコースを伸延した。ことに吉田一穗は、「古代綠地」で見者として思索を大系化した。これは近來、詩人のモニユメントな仕事である。安西冬衛も「死体發掘人」「一鱗翅類蒐集家の手記」でその詩的構想を大系化しつゝある、（この詩風について一つの疑義を私は抱いてはいるが、この詩人の精力的な仕事振りには敬意を拂わずにはいられない）北園克衛は、この歲詩風を一變してアヴァンギャルド性を濃厚にしたが、その詩風に疑問のあること安西冬衛の場合と同じである金子光晴、高橋新吉、村野四郎はまだそのコースを實作によつて鮮明に示したとは云えない。安藤一郎の「コンポジション」の連作は、そのコースを樹立の緒につきつゝあると云つていゝ。深尾須磨子は、與謝野晶子を再評價し、自らの詩風をも前進させた。その精神の若さは採らねばならない。淺井十三郎の体當り的驀進は　カオスとして沈潜の抑制が要望せられる。それから、池田克己は、その秀作詩集「法隆寺土塀」以來、彷徨を續けているようだし、眞壁仁も戰後、そのコースを僅かに示したに過ぎない。小野十三郎は振わなかつた。永瀨清子は、抒情詩とか現代詩の陥穴に陥ち込んでゐるあがきした。丸山薫、大江滿雄、岡崎清一郎、阪本越郎、竹中郁、山中散生、江間章子、壺田花子、伊藤靜雄、近藤東、瀧口武士、山之口漠などそれぞれの力量を顯わさなかつた歲である。杉浦伊作は病床で寡作。菊岡久利は、小說へそのエネルギーを傾け、詩の仕事から遠去かつた。草野心平の活動も並々ではなかつたが、本質的な仕事からは縁遠い。

次代詩人として活動した人々に、岩本修造、河邨文一郎、扇谷義男、眞淵美意子、青山鷄一、牧章造、祝算之介、日村晃、冬木康、石原尨　吉川仁、日高てる、町田志津子、長尾辰夫、高橋宗近、小池亮夫、桑原雅子、鶴岡冬一、木原啓允、三樹實、小野蓮司などが目立つた。三好豊一郎もよく仕事したが、その作品の末梢神經的であることが私の感興を退けた。

二、その外部展望

昨年末から、詩人の團体結成の要望がしきりで、職業組合としてのそれ、現在活動詩人團体、全日本詩人の網羅團体など結成の準備會は幾度びも持たれたが、結成の運びにまでは到らなかつた。引込み思案な、沒社會の詩人の活動に、社會性が賦與されるためには、詩人の團体は是非とも必要なのであるが、とかく、詩人が集るとその構想は理想にはしり過ぎ、結實しないのである。詩人の團体結成が流産に終ると云うのは、一つには、詩人の團体が職業性を持たないところにもあるが、職業性を別にしても、詩人の社會的活動は、旺盛でなければならない筈である。われわれの詩の世界詩壇への進出（早い話が、日本詩集のアメリカ版の企劃編纂が詩人の參劃なくして、現代詩にくらいペンクラブの委員の手によつて爲されたごときは、詩人の恥辱でなければならない。このことを云うと私が洩れていると思う向があるかも知れないが、私はいれられてある。私の云うのは、選出された顏振れの不適正を云つているのである）われわれ詩人として、當然爲すべきところの、世界の平和運動への參加、その他詩人が爲すべき仕事はいろいろある筈である。それらの仕事を實現するためには、どうしても詩人の團体が必要である。そこで、範圍は狹く目的ははつきりしなくとも、立派な團体になる第一楷梯として詩人が結集されるために、われわれの「現代詩」が産婆役をつとめようと云う氣運が動きつゝある。これは、近く、その緒につくであろう。

○

この歳の詩壇で目立つたことは、詩人の手による催しの輩出であつた。「日本未來派」主催の安西、小野觀迎講演會、詩の朗讀研究會主催の「春の詩祭」、女詩人會主催の「晶子祭」「歴程」社主催の宮澤憲治についての會、「詩と詩人」東京支部主催の詩の講演會、「現代詩」編集部主催の「現代詩講演會」、大江滿雄アッセンの「ゲーテ祭」などがあつた。詩人の手でないものとして、讀賣教養講座の詩の講演會、早大詩研究會主催の詩講演會（學校主催のものは、まだ幾つもあつたようだ）また、靜岡社會教育課主催の「詩の講演會」自由詩人社記念講演會など、私の知らない地方における詩についての催も幾多あつたのであろう。

これら催しは、詩の一般社會への普及と啓蒙に役立つところ少くなかつたに違いない。私の見た範圍ではいずれも豫想外に聽集の多かつたことは、一般社會人の詩への關心の高まりを示すものと云つてよいであろう。現代詩は、とかく一般人にわからないと云つて敬遠され勝ちであつたが漸次、そのギャップは一般人の理解と、詩人の自覺とによつて埋められつゝあると云つてよいであろう。詩が社會一般から敬遠されていゝ譯はない。現代詩は現代社會とともに歩まねばならない。詩の雜誌が詩人の卵だけに愛讀されていていゝ筈はない。そのための詩人の努力の徴候とその反應の見えた歳である。（「讀賣新聞」が、讀賣文學賞を制定するに當つて、詩歌賞を獨立させたこと、「文藝」が詩特集を編んだこと、「國文學の解釋と鑑賞」が現代詩特集を、創元社が「現代詩講座」三卷を企劃していること、など、ジャーナリズムの御都合とばかり解釋するのは問題であり、採らない）

近年、現代詩への要望は、一般社會にも萠してきているのである。昭和廿四年度は、それの胎動の歳と見てよいであろう。

☆ ☆ ☆ ☆ ☆ ☆

昭和二十四年度詩論・エッセイの展望

安藤一郎

大體に見て、詩壇はほぼ無風狀態にあるとおもはれる――作品も際だつて新鮮なものがないし、詩論・エッセイにおいても潑溂とした刺戟を與へることはなかつたやうである。

詩が低迷混亂するときには、一方で却つて詩に關する論議が盛んに行はれるべきであるが、さういふことさへないといふことは、非常に退屈を感じさせる。何か詩そのもののエネルギーに缺けてゐるのか？　また、そのやうな現象は、詩以外の、もつと根源的な理由によるものか？

然しながら、いま、これを他人ごとのやうに、徒らに嘆いたり責めたりしても始まらぬ。われわれの中、われわれの近くに聞えてゐる、今日の詩人の幾つかの聲を採つてみよう。

私の記憶によるところでは、やはり若いジエネレーションの發言に、耳を傾けるべきものがあつたやうに思ふ。

黒田三郎の「詩の難解さについて」（『詩學』四月號）と**鮎川信夫**の「現代詩とは何か」（『人間』七月號）は、現代詩再檢について、相呼應したプロテストと見ることが出來る。

鮎川は言ふ――「われわれはもう一度「何のために詩を書くのか」といふことを熟考してみる必要がある。それは詩を見失つたからではなく、われわれの詩に意義を與へるわれわれの生活を見失ひたくないからである。たやすく詩化されたり、たやすく小說化されたりするところに、どのやうな生活があるか、といふことに不斷に反省されねばならぬからである。」かういふ一見平凡な、また謙讓なところから出發しようとする彼は、シンボリズムの終焉を說き、またシユールレアリズムの亞流と言ふべき「奇妙な歪曲像」に滿ちた現代詩の混亂に對する不滿を述べてゐる。

「詩といふ概念が成立するのは、詩と詩でないものとの境界に於てである。詩と詩でないものとの間に生きてゐる人間にとつて、彼を詩に驅り立てるものはむしろ詩でないものである。」といふ黒田の巧妙なパラドクシカルな論理は、鮎川の一文に引用されて、非常に活々とした生彩を放つてゐるが、事實は、ここに大きな問題がひそむのである。詩と詩でないものとは何か、さういふ區別をつける普遍的な定義があり得るか、また、詩へと驅り立てる詩でないものとは何か？

「われわれの荒地に對する愛とは、單に滅びつつあるブルジョア文明に對する愛ではなく、とりもなほさず、現代そのものに對する愛を意味する。」といふ鮎川の言葉は記憶すべきであらう。併し、エリオットが荒地をうるはす慈雨として理念に描くカトリック主義の精神的秩序は、未だわれわれの「ヨーロッパへの夢」だけでは、新しい指標とはなり難いであらう――鮎川も、「しかしこの愛も又われわれに何ものも約束してくれないかも知れない。」と、卒直に言つてゐる。

要するに、鮎川とか黒田とかのロジックは、極めて念入りに書かれてゐるが、それはまだ明確な立場を示すには至らない。だが、さうかと言つて、われわれは彼等を責めるべきでないだらう――彼等が彼等自身の懷疑を克明に追求してゐるところに、その努力と長所を認めなければならないからである。

鮎川も黒田も、また所謂「荒地」のグループに屬する三好豊一郎も田村隆一も、「詩と詩論」の後期と、それから進展した「新領土」に接觸した詩人たちである。彼等がもつと若かつた時期に、一度はシュールレアリズムの洗禮を受けた上で、今日、もはや形骸となつたシュールレアリズム、或ひはアヴァンギャルドを裝ふシュールレアリズムの餘喘に對して、非難を向けてゐることは、むしろ興味深いものが感じられる。

彼等における、シュールレアリズムの影響は否定し難い。彼等は、すでにシュールレアリズムを利用しつくしてゐるのだ。そして、シュールレアリズムのアンチ・ヒューマニズムから拔け出す方向への過渡期にある、と言ふことが出來る。

黒田の「詩の難解さについて」も、そのあらはれの一つである。「現代詩を難解にしてゐる、具體的な例のひとつは、意味の放逐である……意味の放逐に依つて現代詩人は果して何を獲たか、僕は時としてこのやうに設問したいといふ焦慮に驅られる。」と言ひ、最後に、退屈な奥さんが、チヨコレイトケイキをつくるやうに、詩人がつれづれに任せて、無意味な作像をするのを必ずしも非難するわけではない。しかしそこに詩の唯一の存在場所があるとすることに反對するのである。それが特定の人間だけでなく、あらゆる人に必須のものである、といふ考へに反對するのである。」と結んでゐる。

この言葉は、單純な素朴派の詩人たちに、ややもすると利用され易い。勿論、黑田は、その危險を冒してゐることを、承知の上であらう。併し、彼が「意味の放逐」から回復しようとする意圖には、また別のインテレクチユアルな向上があることを、われわれは見逃してはならないのである。

鮎川は、個々の思想や觀念よりも、「互に連帶して進み得るやうな共同なる世界の發見」といふことの重大さに觸れてゐるが、さうなると、われわれは、必然的にコミユニズムを取上げないわけにゆかぬ――黑田は、「詩人と權力」（『サンドル』第四號、第六・七號、但し未完）で、コミユニズムへの抵抗がどこまで可能か、みづからを試すかのやうに、この命題へ深く切込んでゐる。これは、非常に注目すべき文章である。われわれは、晩かれ早かれ、ここを理論的に究明する必要に迫られてゐると思ふ。併しコミユニズムを個人的な藝術觀で一蹴することは、結局無意味であらう。さういふことは、誰にでもたやすく出來るからである。黑田は、「ひとり俗な市民」として、これの考察を試みようといふのである。

「荒地」のグループの鮎川や黑田が新しく耕やさうとしてゐる場所は、このやうに、いろいろな意味で、現代詩の最も雜草の多い部分である。彼等が手始めに選んだスポットと、その仕事のプランは、いま次第に明瞭となりつつある――あとに續くべきものは、忍耐と敢鬪の、大きなエネルギーでなければならない。いま、T・S・エリオットの所説の一部分を引用することは、一つの流行になつてゐる。これは、かつてのヴアレリーと同じである。併し、エリオットを理解することは、極めて困難である。また、エリオットをひとに理解させることは、更にむつかしいであらう。英語の力がしつかり具はつてゐて、その上、ヨーロッパ文化の知識を相當にひろく持つてゐなければならない――しかも、それだけでは十分ではない。われわれの間にエリオットを擴充させようと思ふ人は、近代詩のエスプリを裡に藏してゐる者でなければなるまい。

そこで、これまで多くのエリオット論があらはれてゐるにも拘らず、さういふものは現代詩と結びつくことに成功してゐないのだ。

『ポエジイ』（「至上律改題」、第八號）のエリオット研究特輯は、多くの期待をかけられたが、その結果は滿足であつたかどうか甚だ疑はしい。エリオット批評に最も適任とおもはれる西脇順三郎の「T・S・エリオットと近代人」を讀んでも、これは一つのデッサンを出でないといふことは、どういふわけなのであらうか？　これには、西脇式の面白さも見つけることが出來ない。いかにも書きにくさうで、筆の冴えも乏しいのである。木下常太郎の「T・S・エリオットと日本の現代詩」も、肝腎なエリオットの詩精神には少しも觸れることがなく、周圍をぐるりと一めぐりした常識論に終つてゐる。といふことは、西脇、木下が惡いのでなく、エリオットそのものがわれわれには遠いのかも知れない。

エリオットの片言、或は大まかな概論は、幾度も繰返されてゐるが、エリオットの詩精神がわれわれに滲透するには、なほ時日を要するとおもはれる。

エリオットのやうな詩人を理解することは、辛抱强い研究に身を投じる覺悟を要する――その意味で、近藤剛規の「T・S・エリオット論」(『造型文學』第四號)の緻密さに敬意を表する。但し、その結論に於いて、エリオットを革命文學の工程に投入れて、「新たな造型のためのエレメント」とするといふことになると、この一文のエリオット追求は、やや奇異な情熱とも感じられる。第一、エリオットの「荒地」がそのやうに利用され得るといふ觀方に、私は少からず疑問を抱くのである。

新人の詩論として、もう一つ注目すべきものとして、『日本未來派』に一年餘り連載してゐる高橋宗近の「現代詩展望」は、彼が柔軟な感受性と鋭い洞察力を持つてゐることを證する――全體が饒舌に過ぎて、時々むらがあり、やや把握し難い內部的、主觀的な螺旋に下つてゆくことがあるけれども、それだけ面白く讀まれる場合もある。嚴密な批評ではない。だが、現代詩人に對する彼の眼は、大膽で曇りがない。

「……目標及び支柱のない零の上で、僕らは重壓する自分自身の自由によつて曝されてゐる。ここにおける拔け道のない彷徨に、ジレッタンテイズムの持たない創造の可能性がひそんでゐる。」と彼は言ふ――零のポエジーを追ひかけて、堂々めぐりするこの情熱は、いつたい何をもたらすか、まだはつきりしてゐないが、高橋の勉强ぶりは高く買つてよい。ニヒリズムに低廻して、妙に冷笑的な態度を見せたがる新人が少なくないが、一度はかういふ風に眞正面から取組む勇氣が欲しいものだ。無風狀態の詩壇に、一種の活氣を與へるためにも、このやうな相互批評は必要である。

相互批評といへば、『詩學』に續けられてゐる現代詩人論の中で、池田克己の『安西冬衛論』(三月號)は、堅い胡桃を或る程度嚙みくだいた、出色の論評である――前世代の詩人たちを非難攻擊することはやさしい、併し、その前に、彼等の足跡を謙虛に調べてみるだけの、かういふ餘裕を持つべきだ。

『文藝』七月號の「現代詩特集」には、一聯の作品と共に、伊藤信吉、草野心平、伊藤整が解說的エッセイを書いてゐるが、結局この三人の言うところを併せても、現代詩の核心を少しも明らかにしてゐない。本當は、かういふ場合の所論は、現代詩を一般に知らせる上に、極めて重要なのである。併し、その最も賴みとすべき草野が、「廻り道しての四方山話からはじめてゆきたい。」といつた彼らしいポーズでやつてゐるのだから、もはや何にもならない。更に言へば、現代詩の動きは、伊藤や草野の頭で考へてゐることの埒外に出てしまつたことを知らなければならない結局、加藤周一の「現代詩は第二藝術か」（『文藝』八月號）といつた馬鹿々々しい議論に乘ぜられることになつてしまふ——併し、芥川龍之介の旋頭歌が一番親しめるといふ（これは皮肉にもならぬ）加藤の第二藝術論などに、われわれは何の傷も受けない。喧嘩を買はれた言返しをすれば、加藤の道樂に書いてゐる小說などは、第三、第四藝術だと言つてよからう。

最後に、『現代詩』六月號から三回にわたつて連載された高村智の「シュペルヴィエル研究」は、めつたに見られない良い收獲であることを附加へたい。外國詩人の紹介は、このやうに良心的に想理されてこそ、初めてわれわれの骨肉となり得るのである。

（October, 1949）

昭和廿四年度「現代詩」「詩と詩人」の批判と展望

——評論・エッセイ

鶴岡冬一

一

此度び北川氏よりこのような課題を與えられて、正直の所餘りに任が重いのでお断わりする積りで居つたのですが、一方私としても常日頃評論など讀まぬ癖があるので、此の機會を利用して諸家の理論を拜見し勉強の資にしようと云う强い氣持が湧いたので、もとより批判など出來ぬ身であり乍ら、思い切つて不遜にも承諾して了つたのでした。

「現代詩」を十冊通読して感じた事は、その特集が「散文詩論」「なぜ散文型で」書くか、「叙事詩論集」「詩的現實とは何か」「詩と政治」「世界平和について」（アンケート）など次々に有機的連関をもつている事でした。卽ち「散文詩論」「なぜ散文型で書くか」「叙事詩論集」の系列には專ら現代詩の形式を模索探求し、次いで「詩的現實とは何か」「詩と政治」「世界平和について」等では詩的内容を掘り下げている事です。

つまり每號々々が極めて研究的で一貫した有機性を持つていると云う事は、私達詩人の制作と探求とに土台と進路を與えて居り、それが現代日本の詩的環境を正しい方向に向け乍ら、普遍的課題を提供している事、又その反面それら詩論の内容が多くの批判を受けねばならぬ面を多分に藏している事より考えて、廿四年度の「現代詩」は詩誌中最も重要な存在であつたと思われます。

これは北川冬彦氏による的確な問題提起と執筆家諸氏の協力とによるものであつて、わが國詩壇の爲に誠に喜ぶべき事であります。

二

「現代詩」一月號では「散文詩論」を特集して居ります。戰后の一部の詩人達は皆といつてい丶程散文詩を書いて居りますし、それが、恰かも現實に即應する爲に試みられねばならぬ詩型の如く取られている向きもありますが、この問題は「散文詩の周圍」（一月號）で安藤一郎氏が述べて居るように「散文詩は詩の實驗である」という言葉に歸するでしょうし、又四月號「コレスポンダンス」欄の北川冬彦氏の「私の場合、散文詩は舊韻文否定の『新散文詩運動』の結果として生れ來たつたもので、目的ではない。散文詩と云うジャンルを設定して書くものではない」と云う文章は大いに散文詩作家の自省を促すものと思われます。

次いで三月號では叙事詩論が特集されて居ります。現代のように、大戰爭という民族的な大事件を通過した私達は、芸術の上でも叙事詩という高邁な文學ジャンルを求めています。そして苟くも詩に携わる者にとつて一篇の叙事詩を物すことは詩人として無上の光榮でありましょう。萬難を排して此の高峯を目指す義務を感ずるのは筆者だけではないと思います。その意味で、古い韻律と音樂性に依存する抒情詩は旣に私達のものではありません。實に諸家の說く如く、小說及び映畫に拮抗して、これこそは新らしい二十世紀詩の王道であります。叙事詩解說文中川路柳虹氏の「昭和になつて新詩人諸君による韻文侮蔑の思想が氾濫し、この道はゆく人もなくなつた。がしかし韻文を、尠くとも韻文的要素をもつことが叙事詩として発展に缺くべからざるものなのは詩をかく人なら一番よくわかつてくれると思ふ」と云う考えは、私見によれば叙事詩の内容に盛られた、そして讀者の心を大きく波打つ壮大な内部韻律を意味すべきものでなければなりません。

　これは何も叙事詩に限らず　一般に詩はその行分けにより映像を次々に展開し、讀者に無償の感動を與え、讀者の情緒を波打たせなければ詩の役目は果たされません。その形象により無限定の意味を讀者に委ねる義務があるのです。一片の感傷や抒情の時は既に過ぎ去つたのです。殊に叙事詩は**大江滿雄**氏「叙事詩について」（三月號）にある如く集團的人間を典型化する必要があります。同號では**笹澤美明**、**勝承夫**氏の「氾濫」（北川冬彦著）解釋は實に教唆に富み、**大江滿雄**氏「叙事詩と抒情詩の表現様式の自覺に關聯して」（詩と詩人六月號）には叙事詩制作の心構えとして「物と物との關係的表現」「擴大性」等によつて説明し、更に「叙事詩は、個人が集團、階級との對立を感じなくなり、生の全体がとけこんでゆくときに自ら様式的特徴を明瞭にするものではないか」（現代詩三月號）という言葉は良い意味で藝術の無償性を考えさせられて同感です。又大江氏によつて引用されている「北川には『展開性、開示性、未來えと心がけているもの』があると思う」や、「北川冬彦と話し合つたとき『僕は對象に入り、そして出、また入ろうとする』といゝました。これには全く同感で、私もいつもそう思つていますが、それは心ある現代詩人の心得でしよう……。」如上の、對象に入り云々の言葉は如何にも北川氏の叙事詩人としての特徴的方法論を示した言葉です。なお、**眞壁仁**氏「詩の解放」（現代詩六月號）では、詩が如何なる立脚点から、如何なる方向え解放さるべきかゞ明確でないように思えましたし、「長篇叙事詩を散文型で書くことが大切ではないか」という見解も亦覺束なく思えます。

三

「現代詩」五月號「詩的現實とは何か」特集。今日多くの詩人が詩作する時、明治大正時代の星菫派的作品こそ跡を絶つたように見えますが、その反面散文世界えの極度の接近から、悪い意味での散文的叙事に終るか、單なる私小説的心情の獨白に終つています。此のような危機を孕む詩壇えの寧ろ反省的意味さえ此の特集はもたらしているのです。同號**植村諦**氏の「リアリティと言葉の問題」では、こ、とば、と藝術創作の矛盾を示唆し、「感動という生命の綜合的な**流動体**」に「手垢のついた汚れたことば」を以てリアリテイを與えるためには、先ず眞實なる現實認識をもたねばならぬと云つています。そしてことばそのものも「その發聲の純粋動機に戻す」ことの必要性を述べていますが、私見によれば、詩の形象化にはその根底として批評性をもつた現實認識を把握しなければならぬと同樣に、手垢のついた言葉を、そのものとして生かして社會性を持たすことが必要のように思われます。ともすれば所謂万人の言葉から逃避しようとする言葉そのものを、逆に流用して、發展的に前面に打ち出すべきではないでしようか。特に現代の詩は。同號では北川冬彦氏拔抄の詩論斷片は必見の文字であります。

詩的現實の正しい認識と把握は、必然的に政治と文學の問題をも解決に導いてゆくでしよう。私は、「現代詩」七月號特集「詩と政治」に於いて、淺井十三郎氏の論說以外に、取り立てゝ注目すべきものを讀み得ませんでした。淺井氏の「詩の思想性と芸術性に關する政治えの配慮」（現代詩七月號）に於ける執拗な追求振りは、氏の諸作品と良くマッチしている意味に於いて敬服せざるを得ません。たゞ茲で云い得ることは、近代詩は、社會性と批評性を保ちつゝ、しかも厳として政治的文學と境界を持たなければ絕對に發展し得ないという事です。

「現代詩」は八、九月號に、「世界平和について」の諸家の回答を發表し、「詩と詩人」八月號では、アナーキズム文學の特集をして居りますが、此の二つは詩人の世界觀の披攊として注目すべきものです。「詩と詩人」の植村諦氏「アナーキズム文學序論」は良く說明が行き屆いて居ります。詩人ではないが、石川三四郎、松尾邦之助兩氏の短文も亦魅力あるものでした。「詩と詩人」九月號寺神戸氏「日本田園自然文學史」をも含めて、この二號は「詩と詩人」として珍らしい試みです。併し、私見では、今日アナーキズムによつて世界を打ち建てようとするのは、コミユニストの無階級社會の實現と同じく、一個のユートピア的夢のように考えられます。その意味で、「現代詩」のアンケートは、その關心がより眞摯なものを持つていたようです。回答の中でも、北川冬彦氏の世界市民說、大江滿雄氏の世界聯邦政府、高島高氏MRA運動のほか、阪本越郎、秋山清諸氏の見解が面白かつたと思います。私としては、アナーキズムには贊同出來ません。そして「一國家の構成要素として在るのではなく、一個人である人間として分散することにおいて、はじめて開放感が味わわれる想い」（北川氏）に同感ですが、現實的には、何らかの、權力ではない、世界政治的機構を持つ必要を感じます。人間には、藝術と共に政治を必要とする本能があり、政治型態なくして人間安住の世界は成立しないからです。

四

「現代詩」の書評としては、三月號今村太平氏「氾濫」

評、十一月號池田克己氏「詩の話」評が面白く、詩壇時評は十一月號北川氏のが痛烈、所を得た感があります。「現代詩」二月號コレスポンダンスで壺井繁治氏がランボーに就いて語つて居り、又大島博光氏が、何かの雑誌で左翼的立場からランボーを取扱つていたように記憶していますが、ランボーに對する理解は、矢張り、ジャック・リヴィエールのように、彼を象徴派の形而上詩人として視る方が正解ではないでしょうか。一般に芸術家を、ひとし並みに社會科學的見地から批判することは、その人間像と芸術精神の正しい理解を歪める場合が多々あるからです。

最后に「詩と詩人」の諸家による「私の詩作法」（二・三六・七月號）は興味深く、「現代詩」の「長篇叙事詩研究會報告」（五・六・七・八九月號）は新文學ジャンルえの着實な歩みを誌るして、他誌には見られぬ異色と思います。

昭和二十四年度詩集・詩書展望

杉浦伊作

昭和二十四年の清算期が近づき、私の受持つのは詩集と詩書である

今年度刊行されたと思はれる（寄贈がなかつたのと購入してないものがあるとは謂え）、詩集・詩書は、大体左のようなものではなかつたか。注目に値するのと、批評の對照になつてゐたやうなものとしては。

ボードレールの譯詩「悪の華」堀口大學（講談社版）、詩集「花電車」北川冬彦、「火刑台の眼」淺井十三郎、「囚人」三好豊一郎、「街の表情」能登秀夫、「天地交驩」河邨文一郎、「繭」正木聖夫、「糞」菅原享、「冬の旅」菊地貞三、「案山子の歌」平光善久。詩書として「詩の話」北川冬彦、"British & American Poetry"（英米の詩）安藤一郎著が、今私の手許にあるもので、この他に刊行されてゐるらしいが寄贈を受けてゐないので、知る由もないものに、白鳥省吾「灼熱の氷河」、野間宏の「星座の痛み」藤村雅光「曼珠沙華」、島崎曙海「青鬼天に充つ」和田徹三「合辨花冠」、詩書として矢野峰人の「詩學入門」、山中散生の「シユールレアリスム史考序説」、深尾須磨子の「君死にたまふ

ことなかれ」、此の外に詩と詩人の叢書があつて、もう湯口三郎、畠山義郎、牧野芳子等の詩集が出てゐる筈だが、その題名すらも私にはわかつてゐない。かうして見ると、今年度は量的にはあまり隆盛と云ふ程のこともなささうだ。特にもう出たのか、或はまだなのか不明だが、留守宅から屆けて貰ふやうになつてゐる詩集、特に私が買つて置きたいと思つてゐる詩集に、一燈書房刊の千家元麿詩集がある。因に、編纂が武者小路實篤、序文長與善郎、裝幀梅原龍三郎、中川一政、白樺派、今の「心」の同人連中が氣負いこんでゐる遺著、別に今日の詩壇にどうのかうのと云ふ著ではないが、どうしてもほしい詩集である。

詩集『花 電 車』 北川冬彦

これは、北川冬彦十一冊目の詩集で、戰後作品集の四冊目にあたるものである。北川冬彦には目すらしいポピユラル・ポエムが集錄されてゐる。往年の北川冬彦の詩の難解性は、詩壇の常識でもあつた。その冬彦が、百八十度くらひに轉換變貌してゐることは、山村暮鳥の『聖プリズム』から『雪』に至る變貌にも似て興味深いものがある。この變貌と云ふことは、詩そのものの價値をひくめたと云ふ意味でなくて、北川冬彦の生活態度が、生活圏から詩を昇騰さす方法に決定づけられたところにあるのではないか。作者が後記で述懷してゐるやうに、「社會性のある詩とでも、人間臭い詩とでも」と云ふやうに、全く、人間北川冬彦が躍如として表はれてゐる。北川冬彦の人間性、これは、戰前の詩集では、おそらくは、伺ひ知ることが出來なかつたであらう。いや、作品を通じてでなく、人間を知り日常生活に接してゐたとしても、決して、氏は、こんな人間臭を人に容易にかがせなかつたであらう。戰爭(戰災)を契機に、氏は、自らをさらけ出すと同時に、詩作の面が急角度に、多角的に展けて行つた。尙この一卷にもられてゐる詩篇の多くが、種々多様な文化雜誌や新聞に發表されたものであるから、私の云ふところのポプラル・ポエムであるが、それは前言の通り、決して、イージーな詩作法でなくて、どれでも、たとへ、それが有閑的淑女の雜誌「ソレイユ」に掲載した詩でも、そこには現代の生活が織り込まれており、そして、詩としてのスタイルとアイテアは依然、文學(詩)の鬼としての北川冬彦の面貌が、その中にうかがえるのである。此の事は、氏が雜誌のスタイルへの迎向のみで詩作しないところに、往年の冬彦だましいはのぞいてゐる。と同時に、冬彦がよくもかう裸になれたものと感心する。

譯詩集『惡の華詩抄』 堀口大學譯

入院した當時至急にシヤルル・ボオドレエルの譯詩集「惡

の華」が讀みたくて、留守宅から矢野文夫譯書を取り寄せるために、はがきを出したら、誰か持つて行つてないからと、操書房は海表叢書の堀口大學譯を買つて來た。私が攝取したいものは、此の本で滿たされたが、これは又堀口大學の譯書に類例のない粗雜本で、誤植がものすごく只々あきれるばかしであつた。最近數著の御寄贈をかたじけなふしてゐる私には、まつたく、氏の心中を察するにあまりある惡本として、氣の毒に思つた。かうした折柄から、今度は又留守宅から書留が屆き、開披して見ると、なんと、如何にも大學好みの「惡の華」の豪華版の譯詩集であつた。勿論前著詩集の改定本であるが、その出版社が、なんと講談社なのだ。戰時中から久しく手にしたことのない重量感と、そして往年の『月下の一群』に比すべきもないが、堀口大學詩集の豪華さを味ふに十分の裝本裝幀、それが、どう考へても手をつけさうもない講談社だけに、私が驚いたのだ。中に一書があつて、今回當社の出版部に於ても、かうした詩書を刊行するからよろしくとあつた。

詩集『火刑台の眼』　淺井十三郎

此の詩集の私の批評は、「詩と詩人」の十月號に掲載になつてゐるから、二度とこゝに批評の筆を執る元氣が私には出ない。なんとなれば、このくらひ、批評しにくい詩集はない。北川さんが私信の中で、私の批評文に對し、態當り批評と、云ふてをられるが、私には事實その通りであつた。淺井が態當りで試作した作品だけに、ちつとやそつとのお座なり批評ではすまされないものがあつたからだ。三好豊一郎も同批評號で云ふてゐるやうに、「力作、野心作が必らずしも佳作とは限りません。力作　野心作こそ冒險であり、飛躍のための試作であり、成功よりも失敗の機會が多いもので」と云ふてゐる、その新境地打開の試作品で、これが、兼常清佐の云ふやうに、（本統は此の詩集でなくて、前著ではあるが）「これがだんだん一般に理解され普及され、それが、日本の一詩形として確立されたら、それこそ大變な文學界の一大現象となる」やうな作品集である。

詩集『囚　人』　三好豊一郎

戰後の新人、アプレゲールのホープとして期待された三好、第一回の詩學賞を貰つた彼の詩集、その詩集（で貰つたのではないが）だけに彼への期待は大きかつた。おほげさに云へば詩壇を通じて注目した詩集、極端に期待を裏切られはしなかつたが、まれに見る新人かと思ふ程でもなかつた。あまり名譽にはならないであらうが、既成の名をなしてゐる詩人の仲に伍して、ひけめを感じない程の技量を示してゐるのは、なんと云つても新人の中の雄であらう。

新人として、或は時代人として、デビウするだけのオリヂナリチーが稀薄の感のあるのは、なんとしても戰後の藝術デフレの精であろう。

詩集『天地交驩』　河邨文一郎

三好と對蹠的に擧げ得られるのは、河邨ではないか。前者が非常に新人要望の優過さに迎へられて登場したのに、後者は、引揚者のやうに僅かな身よりが待望して出て來た新人と云ふやうな型だ。兩者伯仲の技量を持ちながら、前者はいつも照明燈の前に押し出されるのに、後者は人形つかひのやうに、具眼者以外に存在を認められない損なところがある。前者が時代官感に鋭敏さがあるのに、後者は、時代認識ではいささか足ぶみする。誰しも官感的の方が直接アッピールにするからであらう。三好の「靑い酒場」河邨の「皆既日蝕」、緒に時代の肉體と精神を眞劍に追及してゐる。そして二人とも受難者だ。

もうあますとこいくらもない。（少しスペースを貰ふとして）正木聖夫の詩集「繭」、四國の避阪の學校で、高橋新吉や岡本彌太のやうな宿命を擔つた不羈狷介の正木が、ぢりぢりと、どうにもならない何ものかの束縛に、はがみして詩作してゐる――それが、だんだんと、なんか宗敎的に諦念するさまがいとほしく描かれてゐる。正木の詩精神が、どのやうに、靜まりおさまるものであらうか。

能登秀夫よ、よくもまあ詩を忘れないでゐたものか。能登は戰時中は書けなかつたのだらう。終戰と同時に解放された能登は、人民戰線の後で、ぢつと時機の來るのを待つてゐたのだらうが、解放された時は、能登のユーマニズムは空手形になつてゐた。そこで彼は、勤勞者のための勤勞詩、（彼が國鉄の勞働運動に身をゆだねたと同時に、彼の中に生れたもの、）カムバックした彼の詩精神をかきたてたものは、なんだつたか。それが、詩集「街の表情」にもられてゐる數々のヒューマニチーに充ちた作品だ。

菅原享の詩集「糞」「人間えの不信――絶望のはてに、せめても、人間の知見し得る如來とはこれだ。」と悲しくも、若い身空で、人間社會に不信を抱く菅原が歌はないではゐられなかつた歌だが、もう一度人生を見なほさねばなるまい。菊地貞三詩集「冬の旅」――私の悲哀は私の城である――キエルケゴオルの言葉をサブタイトルとして詩作する菊地の宿命は、北方的の冬の目である。冷たさである。自らをいためつける。詩としての新しさを感じないが、此のモラルの美しさはどうだ。此の外に、「龍」の連中の叢書、大瀧淸雄篇と、平光善久の詩集「案山子の歌」があるが、手許にないので割愛する。詩集でないので、今は採りあげられないが、「魔法」六輯、林鼎の詩特輯號に揭載になつてゐる彼の作品は注目に値するものがある。

詩書としては、北川冬彦の「詩の話」と安藤一郎の「英米の詩」が、私には最も興味深い本である。現代詩ほど世の中の人に理解されてゐないものもない。現代詩の美しい藝術的昂奮と云ふものを味はないで。是れは一つに詩人側の奉仕でもあると思ふ。現代詩が理解されないと云ふことは、その面白さと云ふかポプラリテイーと云ふものを具現しなければならぬ。それよか、一度現代詩を理解さすために誰かの解説書がほしいと思つてゐた矢先、北川さんがやり出したことにわれわれは敬意を以つてこれを迎へたい。から云ふ本こそ世の中に普及させたい。安藤一郎の"British And Ameican Poetry"も私の期待してゐたものの本だ。是れは英、米のウヰヤム・ブレーク、ウヰリヤム・ワースワースやエドガア・アラン・ポオ、ウオル・ホイットマン等の原詩を直譯解說したもので、親切叮寧を極めて高等學校の生徒にふさわしいテキストであり、且又飜譯の詩ばかし味つてゐる人々にも、是れだけの解釋があれば、原詩の味が吸み取れる便利なものである。英文學、特に現代の英米の詩人の詩にくわしい安藤君の著書だけに信賴に値し、推せんに値するものだ。

昭和二十四年度詩誌展望

淺井十三郎

昭和廿年の終戰前後に於て詩誌の數わ內地に於て「**詩と詩人**」滿州に於ける「**滿州詩人**」等の二、三が、用紙の配給を絕たれながら、種々雜多復雜な面を持して僅にその命脈を抵抗的にもつたにしかすぎなかつた。

かかる折にいち早く、全國詩人の、公器を標傍して創刊されたのが本誌「**現代詩**」であつたが、その後「**詩風土**」の復刊、「ゆうとぴや」の改題「**詩學**」や「**新詩人**」、「**日本未來派**」「**コスモス**」とゆうように續出してくるに及んで、それぞれの詩人が、それぞれの立場から各誌に據つてそれなりの傾向を示し初めた。そして又各地に於ける同人誌の簇出も見覺しさを覺えたが、集團的關係や雜誌發行者の經濟的條件或わ又權威ある詩團体の結成がなされていなかつたとゆうような關係上、昭和廿三年度初頭に於て早くもこの國の詩雜誌わ、公器を標傍しても或る一つの枠にとどまりそして、一つの宣傳にしかすぎなくなるとゆう矛盾に陷つた。「現代詩」が同人制に改組される遠因の一つわここにも存していたし、全國各詩人の世界觀の相違もさることながらなぜか奥齒に物のハサマッタ感じの中に詩の興隆をうたいながら混亂の貌を廿四年度にもち越したと言つて過言でなかつたかと思う。

今ここに廿四年度に於ける詩誌の展望を試みるとしても、廿四年に於ける思想界、經濟的社會事情と占領治下にあるその政治的關係をハッキリ認識してかからないと、詩人の動きも詩誌の動きもハッキリとみるわけにわいかないとおもうが、單的に言うならば、反省と整理の年であつて、廿五年度こそ、それら戰後の結末が何らかの新たな詩運動として起つてくるのでわないかとゆう期待わ流れている。

廿四年度中筆者の寄贈をうけた詩誌わ約百種類、昨年の約1/3種類である。そして毎月刊のものわその5％にしかすぎない。その年下半期に於ける詩誌の刊行數は殆ど數うるにしかすぎず、主として經濟面から雜誌の發行が困難に陷つた。特に日配閉鎖に伴い八月以降その支拂いが停止され、新會社の支拂えも又月刊三號の發行によつて初めて支拂開始というように約半年にわたる資本の固定から中小出版の危機わ實に瀕死の狀態にある。大資本の攻勢と購買力の低下、かてて加えて配給機構の不備と小賣商からの賣上金の未回收によつて、今後一層月刊詩誌の困難が豫想されるが、どにかく現代詩・詩學・詩と詩人・新詩人・爐・詩文化・日本未來派等の若干の詩誌がよくその困難の中から續刊を續けたことわ、新に詩人の意志力の問題として興味ある話題を提供せずにわおかない。ここにも行動と精神の問題がのこるからである。憎むべきわかかる經濟組織であるが、先に述べたが如く公器としての存在が存在しがたい條件の中にあつて或程度の良心と或種の偏見を織りまぜながらよくその存在を示したのわ「詩學」である。この雜誌の一ヶ年の收獲わ海外詩人の紹介と佐和濱次郎の「自由詩の韻律」である。

作品わ主として抒情派や荒地系の作品に重く知識階級的な或わ又頭惱勞働者的な方向に傾き紹介された新人もそれらの傾きをみせたが、確とした團体、グループをもたないこの國にあつてわ、どの雜誌の新人もその雜誌的な傾きに傾いたことわ今後に於て是正されべきであろう。日本未來派わ又一人一党を呼稱しつつよく月刊を續けた。この雜誌も雜誌全体としての主張わみられずただ共通しているのわ、色々な面における態度の問題が注目された。高見順の作品が作品になり初めたことと、高橋宗近の「現代詩展望」と小池亮夫の熱董が買われていい。又、今官一が獨自なものを發表していることなどもこの雜誌の魅力の一つである。奈良の「爐」わ、一つの型にはまりつつあるがこれが打ち破れてくるのが期待されていいし、長野の新詩人も新人の養成に恰ど投稿雜誌的な俗性に陷入つたことを克服するならば初學的な詩誌としてその存在を認めてもいいだろう。**大阪の詩文化**は新鮮な動きをみせ初めている。廿五年度に期待していい詩誌の一つである。又同地の交替わ勤勞詩の面でその主張を現しているが、ポエジーの進化について現代詩の発展過程を深く堀り下げて日常性と自由詩時代の素朴性を克服したならばいい雜誌になる可能性わもつている。京都の詩風土わ完全に少女的抒情に墮している。尠くとも小野詩論の克服から立ち上らない限り少女詩の枠以外の期待わできない。「現代詩」「詩と詩人」についてわ別に項を設けたのでここではふれない。（以上月刊）**造型文學**わ三、四冊しかでなかつたようであるが、この雜誌わ、尠くとも廿四年度に於て、集團的な運動をめざして、詩の革新を圖ろうとしたことに就いてわ福田律郎其他二、三の詩人の努力わ認められていい。然しながら、その運動が過去卅ヶ年間に於ける詩人の事業や思想や社會的なそれらの處理の仕方についての批判が充分なされての上であつたかとゆうと甚しい疑問にみたされた。つまり獨善に陥つたその自己批判の批判から再出發したならば、多くの期待が生れてくると思う。**藝術前衛**わ二冊しかでなかつたが凡てわ二五年度の仕事の上である。

荒地わ一冊も姿をみせなかつたが、これ位、惠れた時代とジャーナリズムを持つた諸君わ今までにない。カトリシズムえと走つたそのものの批判が無批判の儘に放任されている無批判性の中で誰かにオンブされて或種の甘さを殘した。このようなことわ勤勞詩と呼ばれる一群の精神の形成と生き方の處理と共にもつと抑制して然るべきものが存在していると思われる。不定期刊行でわあるがＶＯＵ・**魔法**わ同人雜誌らしい仕事をしているし尠くとも同人雜誌としてわこの位の特徴をもつべきであろう。又こうゆう点でわ小谷剛の**作家**（月刊）が立派な仕事を創作の上で行つている。其他詩誌としてわ古谷律順郎の**詩人會議**、島崎曙海の蘇鉄・大瀧清雄の龍・竹内延夫の猫族・弓倒昌三の**みどりの旗**・イオム同盟のＩＯＭ・宮原和夫の磐度・等大部分がプリントの十頁廿頁のものであつたが特徴的なものであつた。又季刊誌としてわ**ポエジー**がエリオット詩論の特集をしたが續刊が危ぶまれているのわ、**コスモス**の休刊と共に一抹の寂しさを與えた。**新日本詩人**わ一冊でたきりであるがこの派の雜誌が少ない折に充分の批判の上に健闘を期待

（六六頁へ）

秋くれば

丸山薫

われわれの仕事や
われわれの世界とかかはりもなく
日本の祭がやつてくる

ジャン・ポール・サルトルやモッアルトや
小野十三郎の詩論となんのつながりもなく
町の花火や大鼓と笛が鳴り出すのだ

大學の裏のコンクリートの塀角を
紙の花で飾られた山車がゆつくりと曲つて行く
白粉をまぶした自然薯や里芋をこぼれ落ちさうにのつけて
Toko—ton, Toko—ton, Hu—ra, Huraと

節おもしろく搖れながら這つて行く

女こどもがぞろぞろとくつついて行く
鞄片手に大學生までが
ボカンとそれを見送つてゐる

荒　涼

闇々とした夜の草原
遠く燈はともつてゐるがとどかない
いたづらに　露に濕つて蟲の音だけがいつぱいだ

——と　中天眞近く花火が一発あがつて
あたりを青く照らした

草を
その草の上に崩れてころがる石の像を
そのあちこちに　まるで破片の一部分のやうに
相寄つて動かない男女の姿を

單調なレトリック

北園克衛

その
縞

その紫
の
黄の
褐色の
そして血の

手
は幻影
の雨
に濡れ
幻影

の
裂目
に
しびれ
幻影
の
夜の
壁
にもつれる
溜息ら
その
縞
その憂愁
の
costume
その
憂愁の
葉
の影

その
憂愁の
泡ら

肉體の
愛の
光る壞疽の
その
ambivalence

その突然
の距離
の
線

その
切断

（oct. 1949）

花の笛

壺田花子

少女が　月夜の並木路を繩で跳んでいる
くるくる　ぴよいぴよい
彼女はまるでピンク色の愉快な蝶の遊行
楽しいもののやうに繩は彼女を追ひかける
誰れも這入つて行けない月下の世界へ
彼女は一散に跳んで行つた

×

まるでこれは匂いの流れですね
花の匂いの大きな川
そして笛の音のやうに　ただよつて來る花粉
その果ての　たそがれの新月
せつない花の笛　秋の笛　白い肉体を埋めつくした花　男の花
これは何の願望でしよう

匂いでいつぱいな　空いつぱいな金木犀

×

この世の勞苦の深い井戸
そこから汲みあげる水は　いつも淸い
父親は廿年一日の如く古かばんをさげて
官吏の道を踏んでゆく
息子はアルバイトで自分の力を試してゆく
娘は何とかして自分の新しい靴を得やうと
なれない務めに健康な朝霧をわけてゆく
母親は終日車の如く働らいて　わづか十日間の献立表を汲みあげる

働らく井戸よ　お前の底には何がある
樂しいことばかりか　辛らいことばかりか
たぐつても　たぐつても深い井戸の顏だねえ

×

私の足の枷を　も少し輕くいたしましよう
血も出ないアルミやガラスの鎖に換へましよう
寢る時だけやさしく編んでやる髮の毛のやうに
私の手も足も暮しの網から逃してやりましよう
ひるまは無慈悲に　あんまり非どく
使いすぎた

無慈悲なものは　どこにもどこにも澤山いる
まるでそれはひどい木がらしが
平氣でこの世をなで廻すように
小さい子供をふるへさせたり　貧しい谷底へ突き落したり
凮の穩は一荒れ　奇妙に青い空の道を吹き跳る
私の胸は眞冬のさかんな爐のように
この苦しさに向つて熱くゆつくり燃えている
子供はいぢらしく私のあとにつながつている

詩神に寄す

平木二六

1

私達は毎日さよならをします。
ことさらに挨拶を交すこともなく、しごく自然に。
よろこびにも悲みにも、憤りにさへも
そうです、
かぎりない愛情で手を振つて別れます。

私達はうつくしくもなく、とくべつに
えらばれた魂でもありません。

ひとつの世界で、たんねんに言葉の吟味をするだけです。
平凡に、
しんぼうつよく。

しかし私達は知つている、
それが切つても切れない
ながい環につながつていることを。

私達はよりよく響き合うために、
うそでない嘘を言うこともありました。

無意味に傷つけ合うまいとして
争うことだつてあるわけです。

そうして私達は絶えず別れ
また逢うのはあらしと沈黙のなか。

2

私達の誰かがうつしみの眼に見えなくなるとき
うつしみの手に觸れなくなるとき
その窪みを埋めるものは何でしょう？
月がさしたり日がてつたり花が咲いたりするところで
しめやかな、氣が遠くなるような
どんな儀式が行はれればいいのでしょう？
それがどうしても言いきれない、
言いきることがくるしいので。

一鱗翅類蒐集家の手記（六）

安西冬衛

予言者イザヤこそは沙漠の歡喜を敎へた最初の人である。

西班牙貴族を絞首刑にするといふ特別の言葉がフランスにはある。

ゲーテ死後百五十年祭と誕生二百年祭の間で、私はこの巨人に關する凡百の文献と頌詞の數々を見聞することになつた。しかも中で一番印象深く刻みつけられたのは彼の名が蠻族ゴート人に由來するといふのであつた。

ビール瓶を掌の中でホタホタ叩きながら君のしかけてくる下手な議論とは別に、僕はその時ボーリング戯のことをたのしく考へてゐました。

鷄の肝(きも)を嚙むやうな靴音をきしませて君はやつてくる。

「三段論法」といふ渾名のあるスヰッチがある。その室の電燈を點けやうとするには、壁にはめこんである二組のスヰッチ――どこかに故障があると見える――を三段階に開閉しないと点かないから。

古新聞がいつもけふの新聞のやうな顔をして部屋の中にちらかつてゐる。けふの新聞だと思つてとりあげると執拗にそれが二三日前の古新聞なのだ。片着けても片着けても誰かが又携げてくると見える。まるで循環小數のやうだ。

以上二項わが家に於けるアネクドオト。

一九四八年トレドに水道が開通した。フランコ・スペインの遂げた事業であり、ローマ帝國以來十世紀に亘るイベリヤ人の長大な夢であつたさうだ。

架空千年の壯大な穹窿を想像せよ。

犯行の現状において

村野四郎

「詩と詩人」（十一月号）の小林明君の「主張」をよんだ。どんな主張をしようとそれは勝手だが、それが不鮮明であつたり、場合によつて都合よく混乱したり、変化したりすることは、主張そのものの權威をあやしくするものである。ぼくの作品についても書いているが、その批判が非常にチイプで且つコンベンショナルなことは残念である。「戰後の余韻などというものは現實的に存在しない」といつているが、同文中で「未だに戰火の記憶なまなましいわれわれにとつて」と書いている。こうした不誠實な根據なき思考によつて批評されることはまず迷惑である。

ぼくにとつては戰後の余韻などというものはどうでもよいのだ。ぼくは十數年來戰後も戰前も、不動の詩観によつて作品を書いているのだ。このことは詩集「予感」の序文にかいた通りだ。小林君が言いたいような青くさい思考は、もうとうにハシカの済んだぼくには百も二百も承知の上だ。たゞぼくは、小林君のように、「新しい大戰の可能に驀進している今日にあつて」などと、ガタガタ騒ぎたくないだけのことである。ぼくの文學観がそうした卽時代的な具象の世界にのみ縛られていないだけのことである。

たとえば、ぼくが「軍用道路」について書いても、ぼくは何も單に敗戰の傷心を、うたいたいのでもない。それは「あざみ」の事物性追求えの添加物にすぎない。ぼくは、あざみ一個の存在の意味づけが、戰争よりも文學的價値がないとは少しも考えていないのである。

あえてリルケを持ちだすのでもないが、自分の心を特定の境地において、もはや外物によつて攪乱されないようにしたい。たゞ知ろうと欲するのは変化する事物の外形でもなく混乱をきわめる生活の諸相でもない。

何物によつても奪われることのない、又あらゆる屬性を離脱した事物の本質を存在論的に知り度いので。僕らはこの頼りにならないものを戰争によつて骨の髓まで思いしらされたではないか。詩人のもつている、さまざまな思考の世界を、自分だけのギゴケナイ物差しではかろうとすることがまちがいである。

「犯行現場に残された一本の毛髪から男女年齢性格の大よそまで推定する今日でもあれば」一作品をもつてすべてを類推しうると、いつているが、この状態ではいささかこのうぬぼれたハツタリはナンセンスである。そうした今日でも、なお腋毛と陰毛を平氣でとりちがえる若い警官もいるものである。

大体、マルキシズム文學論が成り立つと同じように、シウルレアリズム文學論もエキジステンシャリズム文學論も同様にその存在を「主張」する權利があるものである。たゞ、批評家というものにとつては、そうした様々なイズムを超えて、しかもそれらが共有するポエヂィの魅力の世界に廣く遊ぎようとすることが必要なのである。

おなじく北園も小林君の作品評をよんで、彼特有の赤いヒゲを曲げて苦笑しただろう。又は丸山薫、竹中郁の作品についても、ぼくは決して小林君のようには見ていない。

北川の「詩の話」の作品批評を通讀する。やはり、廣い世界において、ポエジイの本質を見きわめようとする鍛錬された本格的な態度がうかがえる。北川がぼくの作品に加えた手ひどい批評も、ぼく自身の考えとは幾分の喰いちがいはあるが、大体において肯定できる筋合のものである。

断つておくがぼくは何も自分の作品を、むちやくちやに擁護しようとする氣もちなどは持つていないのだ。

なお、ぼくが「詩學」や「文學集團」「國鐵」で新人作品評や選をしていることを怪奇がつているようだが、ぼくは若い人たちが、こんな妙にこまちやくれた詩的モラルのホオソーに羅らないために、パウンドではないがこの手のかかる「種痘」を實行しているにすぎない。何も不思議がるには当らぬだろう。

概して小林明君の批評は、論理的な鋭どさには見るべきところはあるが、そのグルンドが狭く、まだ明瞭に整理されていない。しかしそれはこれからの詩的体驗がやがて修正や補足を要求するだろうが、現在でもつともいけないことは、その批評態度の底に純粋さがなく、僞人的なズルさや、商人的な卑小性があることである。それは自分で反省すればわかることだろう。

このことは、小さい問題をはなれて、小林君の頭腦の將來のために惜しむべきことだ。批評家にとつて致命的なこの倫理的欠陥をとりのぞくことを、ぼくは望むものだ。

体驗の轉質

——江間章子氏への手紙——

北本修一

あなたが、私の「抑留風物詩抄」について考えさせられたという文章を拜見して、更に私も大いに考えさせられました。

これから申上げることは、私の詩作に関する反省であり、あなたへの抗議であり、且つは私の詩とあなたの批評の讀者への研究資料たらしめたいと念じているのであります。

あなたは、あの詩を、「宝石のような風景画を見せられた印象をうけた。茫漠としてとりとめのない印象をうけた」と言われ、「實に、なんでもなくうたつている。」と簡單に評されました。あなたの文章の要旨は、強い苦しみか怒りを期待したが「抑留詩抄」からは何も得られなかつたのが不滿である。という意味かと存じます。なるほど、私の表現力の貧しさもさることながら、あの詩を「キラキラした、とりとめもない風景画」としかとられなかつたあなたの御眼光に、私はむしろ不可思議をさえ感じ〻います。

ともかく、この問題で私どもは決して感情的にならずに、所信を披歴して、第三者の詩人諸氏に考えて貰つた上、更に私ども同志で再考すべき点が多かろうと存じます。

さて、私の詩作の態度は、外界の刺戟をそのまま反射させる方法をとつておりません。私は私なりの仕方で、外界からの刺戟をさえ一種の協和音に変えて、受動的な要素でもそうすることによつて能動的なはたらきとして表現したいと心がけているのですが、それがあの詩でどれだけ效果をあげているかは、遺憾ながらさして自信をもつていないということを告白しなければなりません。

一切のものを私は私の心のルツボで煮てからでないと出さないのです。また、そうでなかつたら、詩人としての存在理由がないという詩論を正しいと信じているからです。その心のルツボをくぐらしたことによつて、人を酔わしつつ同時に人々を覚醒へとみちびくことが、或る意味で詩のとらるべきポーズではないでしょうか。私はそう信じています。

　私が抑留をうけたことでは、私が詩人であろうが無かろうが、憤慨し、怒り、怨んだにちがいないということは御想像願えると思います。私の場合は、いくらか私事にわたるかも知れませんが、不法抑留でしたから、その怒りや怨みは人一倍強烈なものでした。といつて、私は私の詩の中に、出来るだけその生まのままの怒りも怨みも出さないようにと、ことさらにつとめました。一切を私の心の中に沈澱さした上で、かえつて強烈なエキスとして美しく汲み出そうとしたのでした。そうです、美しくです。

　感じなかつたのでもなく、逃避したのでもありません。私にとつては、この態度こそが、現實なり体驗なりと正面から取組んだたたかいであつたと信じているのです。

　例えば、御引用下さつた「チタの女」の中の「いつぱい隠されているかなしみよ」のかなしみは、ちよつと見ではロマンテイツクな悩ましさを想像されるかも知れませんが、それは私の利用した技術に過ぎなく、「よごれたけもののような女」が「きのうを想わず明日を知らず」それでも動物的な自然の流れにだけのつているという複雑なかなしみであることは、よくお読み下さいましたら、いく分かわかつていただけると思います。このかなしみを發見するのは私の批評の眼であり、それは進んで諷刺に至るものであり、尙それを貫つている尺度となる精神は、とりもなおさず、怒りか怨みかであることも認めていただけると存じます。勿論さきに述べました通り、表現力の貧しさのため、ロマンテイツクな味付けが利きすぎて、私の企圖したものが充分に出ていないことは、おはずかしい限りで、大いに反省いたしますが、「なんでもなくうたつている」とおつしやられるのは、ちよつとどうかと存じます。

　また、あの「抑留風物詩抄」の最後の詩、「ツナ河」の終りの方の

　ツナを掘る
　ロパアトあわれ

　ツナはかなしい砂の河
　掘つても掘つてもくずれてくる

という四行に、私と一緒に抑留されていた友人の數名は「いつ歸れるかもわからない不安と、こんなにコキ使うソ連への怨みを身にしみて感じました。」と手紙をくれましたので、私はすつかり私の詩のメソオドが成功したのだと自惚れていたのでしたが、今考えてみると、彼等は自分の体驗を想起することが巧みであり且つ詩人としての私をいくらか買いかぶつていたのかも知れません。ちよつと説明いたしますと、ロパアトというのはスコップのことで、それも抑留者の使うのは裏表のない平べつたいやつで、川底の砂をすくい上げようとしても、するするとすべり落ちてしまうのです。そのつまらなさ、たよりなさ、いつまで掘つていても同じような不安さ、それに引きつづいて起る悲しさ寂しさ、それから怨みなどを、御覧の通り、

　　ロパアトあわれ

だけで片づけてしまつたのですが、まだ私は正直のところ、この表現の成功不成功については決しかれているのです。

　あまり長くなりますので、引例による言いわけはこれでやめますが、あなたの詩の讀み

方と私の詩の作り方との間に、ちよつとした食いちがいがあるのではないでしようか。散文から求められると同じ仕方で、詩から何ものかを求めようとすることは当を得ていないということ位は、あなたは充分御存知の筈ですのに。つまり、詩と散文とから、同じ性質のものを求めることは可能ですが、その求め方に大きいちがいがあること、及び、そのちがいが、ベタ組みの文章をも散文と散文詩とに區別するめやすであろうと思います。

私は、リルケが言つた「体験を見えないものへ轉質することが詩人の使命だ」ということばに贊成し、その意味の一部について、私の作品を例にとつて以上のことを申上げたのです。

あなたも、もう一度お考え下さい。私も大いに反省いたしましよう。このたびは、あなたが、一應私の作品の欠点を指摘して下さいました御友情に感謝し、今後もどうか御教示下さらんことをお願い申上げます。

☆　☆

詩界の喜劇

淺井十三郎

二十四年度に於いて綜合雜誌が「現代詩の特集或は又展望」等を試みたことわ、特書していいことであつたかも知れぬ。然し一面ひろがえつて考えてみるならば即ち從來の營業的ジャーナリズムが詩を商業以外の眼から見直したとゆうことわなかつたことの範圍から今年のそれらの企劃も除外されるわけにわいかなかつたようである。つまり社交的であり文壇知人の袖引による商賣以外の効用をそれらの特集からわみ出すわけにわいかなかつたとおもう。言つてみるならば現今の詩の雜誌の多くが地方から發刊されており、東京に根據をおく詩の雜誌わ一、二を數えるにしかすぎないにもかかわらず讀者から要求される詩えの聲わ日増しに增大しつつあるを感じられるのである。然も又これらの反中央集權的な同人詩誌の散在が廿四年後半期に至つて急速度に危機に晒されたことは尠くともこの國の政治經濟に眼を向けているものわ一目瞭然のうちにそのよつてきたれる原因を知りうるのである。ことに日配閉鎖から新會社えの轉換期に於いて約六ケ月の資本の固定から各小詩誌の經營が殆んど全滅の淵に投げだされている折り、これらの詩の讀者をねらつて商業資本が今までもやり來つたが如く一擧にして已れの資力による支配を自由競爭の名に於て、詩の特集を企劃したにしかすぎないのであつて、詩の全盛を誇るとゆうようなことわ夢にも考えべきでわないのである。まして地方雜誌に書くことを恥と考えたり、發行所を東京に持つことがその雜誌の價値を高めていると考えるようなプチブル根性の人間共との合作によつて一層それらの大資本による喜劇的な演出が試みられつつあるのである。又そのような封建性を無意識のうちに許容する讀者に、それらの中央集權的な權威を押しつけつつあつたのが廿四年度の詩界えの壓力と解していい。廿五年度こそわ、又一層それらの風潮を、あおり棺桶的詩人のバッコをみるだろう。地方に散在する我々の憤りが本年こそわ何らかの形をとつて現れるにちがいない。

即ち東京を初め大都市の凡てが日本の世界の一地方にすぎないことが再認識されるであろう。

氷原地帶

——シベリア詩集4——

長尾辰夫

一、雪原

こゝまで來てみれば、そこはまだ全行程の半ばにも滿たない地点であつた。
大雪原のそのまた向うには、尨大な氷原地帶があつた。
その尨大さに呑まれるように、また、ふらふらと起ち上つた。

ふつと息切る寂寞が、不意に咽喉もとを締めつけて來る。
雪の深みに落ち込めば、足は悲しく折れ曲つていた。
行けども行けども際限のない、渺とした大氣の中であつた。

二、白夜

極光がうつすらと行手を染めている。雲は哄笑の礫を投げかけ、睡魔が殘忍の槍をとばして來た。心の緊張さえ解くならば、このまゝ深い眠りに就けそうである。厚い、固い、冷たい氷壁。だらりと垂れ下つた柔らかい白い手。そよともしない夜氣の隨所に、渺とうする氣流地帶があつたが、それとも知らず、あつと言う間に足をすべらして行つた。重く、暗く、ものうく、ばつたり倒れる仲間の上に、ふらふらと躓き倒れて行つた。遣る瀨なく、たゞ遣る瀨なく雪を喫れば、五体は忽ち內からも凍つて來た。まる一日、飮まず、食はず、この先どこまで歩き續けねばならんのだらう。

雪は膝を沒する深さであつた。何の理由もなく、突如として、人は混迷の淵にたゝき込まれて行つたのだ。ふと見上げる空の深みに、星は二つ、三つあるかなきかに瞬いていたが、すべてが薄明の中の出來事であつた。一人倒れ、二人倒れ、痩せ細つた手が、虛空を摑んで悶絶するのを、人は夢の中にきいたことであらう。

いまは全く晝夜の見さかいもつかなくなつた、白く泡立つ白夜の底であつた。

三、氷原の朝

一瞬の闇が廻轉すると、あたりは、もう、眞青な氷原の朝であつた。私は思はず、あつ！と叫んだが、次の瞬間、息詰る切迫感の中に、身はさらわれていた。息も絶え絶えに、浮きつ、沈みつ、しばし眼醒むる風景の中を漂つていたが、心はいつか冷たく凍り果てゝいた。この空漠に耐え得るものは、所詮空無の外にはなかつた。きりきりと揉みこむ寒飢のはげしさに、身は割れるように張り裂けて來た。手足は硬直して歩行の自由さえ奪はれていた。肌に觸るれば、肌は忽ちひゞ割れていた。誰一人まともな顔とてはなく、装具を背に、ぼつんぼつんと蹈みこんだ恰好が、まるで途方に暮れた鴉の群そつくりであつた。どこに行こうにも息づくところのない、茫とした大地の涯であつた。

昨日の記憶は薄らぎ、鈍重な明日への希望が、僅かに時を刻んでいた。

屑發する夥しい氷片の流れに抗して、猶も、强行し續けねばならぬ。あの崖に向つて！

如何なる驚異の出現にも、不思議に何の感動も起らなくなつた。じつとしていると、何も彼もとろけてしまいそうなのだ。

宿命の母體、エニセーの川筋が北へ坦々とのびていた。

よろめく足を踏みしめて、橇の引綱を肩にかくれば、橇はわけもなく滑り出して來た。

四、花　海

北圏に近づけば近づくほど、氷雪が深ければ深いほど、樹林は不貞の相貌を呈して來た。そこに棲息する禽獸の類もそうであつたが、それにも增して壯絶を極めたものに、六月の花野がある。

雪解けのせゝらぎが、まだ樹林の根を這い廻つている頃、草原は、はやくも燃え上る火の海と化しているのだ。數十種、いや、五十や六十ではきくまい。それが枝もたわゝに、折り重つて、堂々天を壓する原色の美は、この季節に、こゝを通るものでなければ知ることは出來ない。

大寂寞こゝに息づき　荒凉のために喑かつたが、野末に立てば、身は忽ち汗ばんで來た。

けんらん眼を欺くものに、人の富貴があつたが、人はこの野生の美を忘れていたのだ。

花咲いたかと思えば、もうびつしりと豊かな實をつけていた。

風景

横山理一

貝殼を燒くあばら屋
素燒の土管を繼ぎたした烟突
そしてその上迄
まつ蒼な海がせり上つてゐる

火山灰土の赭い崖をうしろにした
貧しい晝の漁師町
荒寥と色彩を忘れ
人氣のない軒を並べてゐる
氣層はくらく 海岸には
あわびの貝殼や腐つた海草などが
堆く積みすてられ 飢えた野良犬が
うろつきまはる
あたりは乾いて蘇苔の匂ひがし
氣狂女の瞳が
暗い格子の内からのぞいたりした

—ある日
年老いた鴉が一羽
どこからか風のように訪れ
不吉な予言をまきちらしてから
町には「ハシカ」が流行した
家々のへンに明るい軒先には
呪文をかいた
木の香も新しい飯盛りしやもじが
生きもののように
逆さの影を 吊してゐた

賭博

木暮克彦

道は限りなく續いていた、惱裏は厖大なイデアに満ちていた。
風が立つていた。
そして卑屈な生はデス・マスクと對峙していた。
朽ちはてた樹木に、燒跡の癈墟のかたわらに白い花が咲く。
こゝら附近に死体を處理する所があるそうだ、日に數人は
　下らないと云う。
てらてらの脂ぎつた手だ。時は深更。
赤と黒とにくぎられた文字板の上を、ルウレットの青白い
　玉は廻る。
腐敗していく果實のような甘ずつぱい室。
ぼくは、なけなしの金を三十六分の一の可能性の上におく。

賭けはなされた、ぼくがぼくの存在であるために。
律動のない横顔のごとが、華奢な靴でぼくの足を踏む。
胴えのかけ聲。
ぼくは知つていた、それら凡てが、ぼろりと碎ける貝殻の
　ようなむなしきものであるということを。
物質と生との價値は果して比例するであろうか？
ランボオの詩集が街頭でたゝき賣りされる、反逆するもの
　が反逆で歸つてくる　。
老人は浮き上つている動脈にかぶりつくであろう。
無能な政治！
痲痺した精神は溶解爐に送らねばなるまい。

悪感

橋本理起雄

黄色く　にぶく　僕の皮膚が　日毎に疲れをみせるようになつてから、ぼく
の置かれている四角な部屋の中では　音もなく家具が毀れてゆく　北向の　残
された窓に花鉢が枯れ　どうしようもなく暗い曇天の下で　街は妙に熱つぽく
陽は暮れるように暮れるのであつた。　何かが喰い違つているのだとは知つ
ているのだが　ざわざわと　くるぶしのあたりから擴つてゆく悪感　ころりと
横になると　まるで無器用な僕は　もうこわれた音叉のように響かない　すつ
かり痩せてしまつた膝頭をかかえて　冷く　固く　そのように　頭脳もかたく
しびれてくるのだが　生きているとは名ばかりでも　生きるということはきび
しいことだと知つているのだ　僕の記憶に間違いがないならば　機銃に追われ
て逃げ込んだ敵の袋の中で　あのとき　不意に　僕の絶望の歯並をしずかにあ
わせ　死に角生きるんだと呟かせた同じものが　僕の内部に住んでいるのだ
だが　そのようないきものが　いつまで　僕を生かすことが出來るだろう　い
きなり　ドアの鍵孔が銃口のように見えて來たりする　乾いた　石の眼を持つ
僕の肉体に住んでは。

クラレックスのパイプ

鵜澤　覺

それは整えられた觀念の世界のように透明であつた。それは組織づけられ体系づけられた思考の世界のように冷く固かつた。從つて象牙質や木質のように推移する時間と共に變質する世界ではなかつた。永遠に冷やかに永遠に堅固に、絕對に何物をも許す世界ではなかつた。それは明瞭に分析し明瞭に定住させる。——或夜すかして見ると、その透明な世界をつらぬいて邪惡の堆積が病鬱の蚕の內臓管のように黑く一線を引いて居た。その邪惡な夜陰の中に海賊艦隊の赤い灯が消えて行つた。

その翌朝（あくるあさ）は霜のきびしい淸冽（きよらか）な朝であつた。此の冷やかな季節の中で此の冷いパイプを咬えた私に、殘忍な毒殺が報復された。

風に乘せて

萩原俊哉

足に花粉をくつつけて
蜜蜂の仲間だつた　ジャムが死んだとき
バスク地方の蜜蜂たちは
小屋にリボンを結んで喪に入つたろう　と

フランシス・ジャム先生よ
あなたの愛の生涯を
いま　讀んだばかりです

雀の如く胸膨らませ
枯木みたいな冬ざれの道を
僕はひとりで歩いてゆく

せせらぎの歌
輕い鴉の四班舞踏
ちぢれた叢も噺いている
驢馬のようにもの思い乍ら
牛が車を曳いて來る

あゝ　北風よ
もういとわない　たんと吹け
遙かに、ピレネエの高原まで吹いてゆけ

雨

島本　融

放出珈琲のお茶碗にキューバ糖のおり
キューバ糖の輸出で賄ふ國立管絃樂團の
Chiquita ！

微熱で寢てゐる夢をみだす
法悦のきはみの
聖女テレザの衣服の皺

——御存知ですか　Chiqui…
Chiquitaつて——

——えゝ………
……いゝえ！（笑聲）

雨だれ
ひとしきり途絶えてゐた………

硝子戸
のむかうで
いれかはつてゐる季節

豫測する夜

伊豆智寒

野主の狐夫と竹中の虎猫とが棲んでゐる。
友人の家の前のとある風景。
キウシウベンとオカヤマベン。
日本の汽車が通りよる綏く。
ペンペン草が生えとおる。
婆々の風がそれにあたる熱く。
熱つぽく死にそうな。
もう死ぬかもしれん。
友人の彼女の父が壓搾機に觸れて死んだのもこゝ一週間だつた。

不安の夜がこうして來る。
稲妻で線路は稲妻で。
家は稲妻で。

家はこげかかつてる。

昔のことを思ひ出して
夜を閉ぢる
嬶と婆々と爺爺と、
この時ようやく
雨になる。

斜陽

桑原雅子

ひたいに夕日が照る。ひまわりが一りんこちらに向いて咲いた。他の一りんはそれに背をむけて咲いた。うしろの方で、別れのワルツがまわつている。うしろをふり向いて、そこに歸ろうとする。そこから急ぎ去つてきて、行く手のふさがる道の上で、石のように立ちつくす。言葉が自分にも通じなくなる時がくる。

あたらしい帽子をかぶつて、ひとは何故急いで通つていつたろうか。新しい帽子が新しい生活をもたらす、とゆう期待のためにか。立ちどまることのない心を捕えようとして骨折つた。二人で踊るタンゴの柔いねばりのようにいつでも流れ寄つてゆこうとした。うしろの方にある期待。口がきけないわたしを、ひとは恐しそうに見る。うさんくさそうに見る。この時、街の音樂堂にいてショパンをきくことの出來るわたしを夢みた。

病院の壁に向いて一日中坐つていて、家に歸らせてくれと泣いた母、ほんとうに狂つたと、たしかに信じてよかつたか、わたしが、かすかに正しい方向から、それてゆくのがわかる。まわりの壁に向つて、立ちつくすわたし。壁のあちらがわで新しい波の音がするように思われるとき、どうして之をうちやぶればよいか。

愛は死んでしまつたろうか。生は衰えてしまつたろうか。汗を流していくつもの輪をつくつて踊つた夏の日。ひとの間をぬいながら笑いながら右手と左手と代る代る差出して握り合う。そのよろこびは失われてしまつたろうか。
（友よ。君を信ずる。兩手をあげて君を受け入れる）
その聲は、戰いの日に死に絶えた。その聲が再びわたしの行く手に聞えてくるのだつたら――
目に宿る死のすがた。夕陽のなかでありありと。

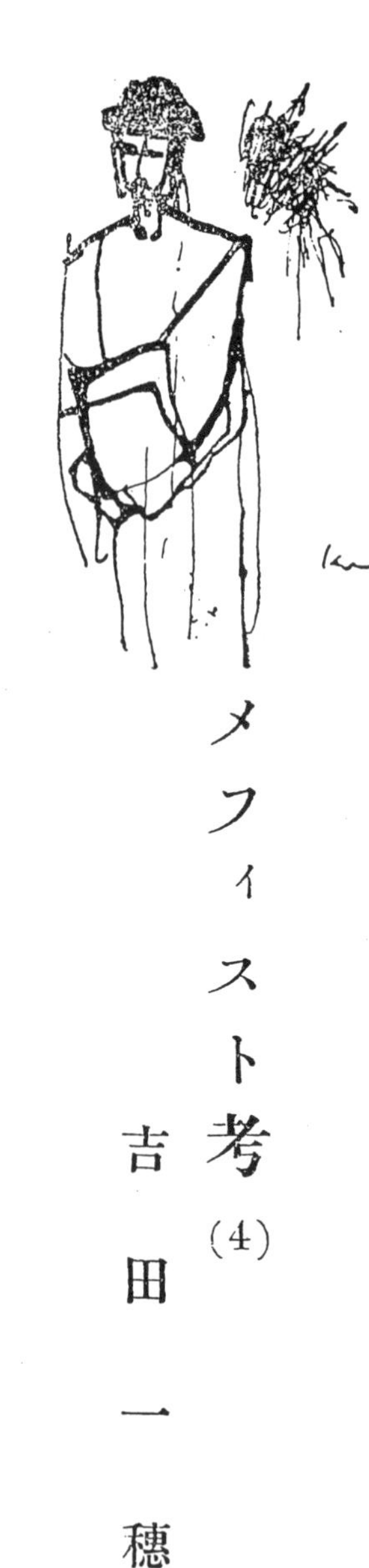

メフィスト考（4）

吉田一穂

☆ 詩は全人格的な「思想（イデエ）」に貫かれてあるものだ。イデエが一つの空間的な影像に結晶するための感覺的な表現であるために、詩は一般に感覺的なものと輕信され易い。イデエなくして詩は一つの宇宙として成立しない。（モテイフ、エレメント、メロデイー（リズム）、コンストリエクション、これはテクニカル・オヴザヴエイションの問題でまづ第一に思想。）

☆ 詩は入り易く、完成ははなはだ難しい。詩人になるには思想なくてはいけない。

☆ 私（個人）は詩に於て否定されるものでなくてはならない。（この態度がロマンテイクとは全く對遮的な立場としてのクラシカアたる私の見解である）

☆ 詩は嚴しい條件（法則）のもとに成立するものだが、逆にその發想はあらゆる條件を排除して始動をするものだ。（無の創造）

☆　内部發光。

☆　分離

☆　生の方向（感性的傾向）といつても、それは個体的な特殊性ではない。元生《生》といふかぎりでは萬人一般で、これほど疑のない本元的な普遍物は他になからう。

☆　知は根元的に追求することは無意味だ。知の知たるゆえ人は擴がりと高次の性格として、あくまで組織の上で學問としてあることに、その價値が求めらるべきものである。

☆　歴史性の價を位置し得ない無數の傾向的詩人、つまり亞流は詩人でも e'cole の代弁者でもない。如何に歴史的であり得たか？に耐へる詩人こそ藝術上の唯一の客觀的標尺となる。それゆえ逆にエコールの詩人はたゞ一人の署名者で事たりる。

☆　はつきり書いて置く。小生の詩は日本詩史の上で、意識的に一つの範疇を発見し、創つたのである。短歌的非藝術（自然歌）から芸術としての次元を與へることによつて詩を確立させたのである。小生はたゞ流れてそれなりになつてしまふ非歴史的詩人の類とは別なものなのである。余は傾向詩人ではない。

☆　外からきめやうとしてゐたすべての音律論者の間違へと、空しい努力。これは內から求めらるべきであつた。

☆　〝表現〟とは創造的形成である。普通云ひ表はすことに用ひてゐるが、それは單に、規約的な言葉の範圍で意を通じてゐるので、形成、或は符號の状態でしかない。

☆　詩（日本近代詩）ほど他の文學ジャンルの中で、性格のはつきりしない、不幸な新しい子はない。詩史的にすべての詩人は犠牲者だつた。一つの形式原理を樹立するまでの。

☆日本の歌は悲しく、句は寂しい。燿しい歡びの詩を書かう！　日本の詩人は本質的に自然詩人だ。

☆藝術の獨立性に於て成立する詩の制作――それが近代日本詩人でなければならない。超現實派以前までの詩人は多くが日本の狀態であつた。あまりに自然發生的な〃自然詩人〃ばかりがうようよしてゐる。この動物性！

☆歷史的事實、或は必然性の一單位たるにすぎない存在。文學史として一國の文化史的位置を位置する仕事。更らに世界史として地方的文化史を超える藝術上の仕事。

☆表現は一回限りである。それだけ生命を燃焦するのである。

☆中世紀にはまだ神と獸の間に人がゐた。機制と奴隷の現代。

☆形而上學を否定して、しかもその莊麗な宇宙論から自然科學は發生した。

☆人間の否定から次代は何にを生む？

☆悲哀はカタルシスである。

☆夢深き暮春…

☆日本には海の文學がない。漢文化の影響が如何に根強く近代にまでその痕跡を引いてゐるか、今更ら驚きをもつて知り得る。老子にも孔子にも海の思想はない。火環島孤の民に自らの欲求も夢もなかつたと思はれない。權力階級の享樂的な文學にヘゲモニイを握ぎられた庶民の心といふものはこのやうにまで悲慘である。浦島――なんたる消極的な幻想であらう。閉ぢられて久しくなれば夢すら翼を失ふ。牝鷄の晨する文學は健全ですらない。

☆カントが靜夜の耀めく星天から至上命令を感じたのも故なきことではない。生命と連なるものの根源に觸れたからである。

☆　生の根抵といふものに觸れたからには、己れの生の傾向を、或は均衡といふものを直觀し、それに反することを殆ど反射的に嫌惡するものである。

☆　長い人生的經驗は、人に自らな〝內部〟的な自然律と化つてゐる一定の自動律が形成されてゐるものである

☆　感性的傾向（これも人は直觀と云つてゐるやうだ）は自然に反しない一つの正しい方向を向いてゐる。

☆　動物に成れといふのではない。人間はすでに動物ではない。賢者たれ。あまりに愚人が多い。愚人とは動物にあてはまらない惡に充ちてゐる。

☆　基督に就くか？　ソクラテスの流れを掬むか？　神たるか、賢者たるか？　我れは詩人なり。

☆　詩概念を成す日本感性語の和歌的音律の底流。日本詩は新体詩の名稱で西洋詩の形式を模倣して、必づしも、その思想、內容、構成、韻法にかかわるところなく、出發した、そしてつひに自由詩と呼ばれるものになつた。

横を縱にしても、日本には漢詩以來の傳統としての詩歌概念たる和歌・俳句があり、漢土の詩が日本の歌であるところの通念であるかぎり、詩歌表現としての五七調の音數律と文語派の日本語が歲事記的語彙としての感性語体系をなしてゐた。

詩たるからには、この日本語在來の文脈による表現の共通な流れに乘らざるを得ない。（第一因）

抒情的發想をとつた。七・五調。暫時、抒情詩發展の詩歌生來の性格をきたして、いよいよ短歌的心性と合融しながら、形式のゆえに別種の体をなしてゐた。（第二因）

國語的表現に於て詩は散文化した。そして自由詩なる骨格の無いくらげ詩となつた。國語とはしやべる言葉。卽ち對話語である。國語表現によるくらげ化の自由詩と復古的音律主義者の形式論。（第三因）

近代詩の分離とその成立の次元に對して、以上の歴史性を參照するならば、それは音律形式が問題をとく鍵に非ずして、余の解析した、短歌一次性、俳句二基性、近代詩三基性の次元の確立によることなくして、このくらげどもに骨格づけることが出來ないのである。

☆ 日本の詩歌概念としての短歌や俳句から、近代詩を獨立な次元に分離する新しい法則といふものが、明確に原理的なものなしとすれば、例へ日本語の音數律的韻法を無視し得ないとしても、結局は意識の問題に於て解決するより外ない。

意識といへば、それだけで多くの議論のあるところだが、問題を表現法と近代性に挾めて、物と心といふもの論點を避け、これを追ひ込めてみる必要がある。簡單に封建制の感情・感覺の表現としての短歌・俳句のその觀念に適格な形式としての詩歌的發想。近代生活の自由者としての意識的表現としての詩。

第二の近代詩は、純粹に藝術としての詩的發想たることを條件として、自律形式の自己創造者たる限り、各々、獨自の〝神〟自己が詩の原理となるところの、一つのe'coleを成す詩が〝近代日本詩〟である。

☆ 日本語で書く限り、短歌的原罪を負つてゐる。(俳句は短歌から出生した)しかしあらゆる日本語の機能を驅使していい。之れが歌心を抑へたり、書くことを拒否したり、その他色々な意向的制約に於て、各自の立場から主張するので、客觀性はない。たゞ之れを極端に追求する純粹詩の立場に於て、私は歌と詩の分離を實驗したのである。白秋のやうに、歌、謠の自在な手法によつて詩的構成をとげた『海道東征』も彼をして云はしむれば、これが己れの詩だと云へ得なくもない。

(續く)

革命前夜のロシヤ詩人たち

川口忠彦

周知の如くロシヤ革命は一九一七年十月に成就された。さて、革命前夜が如何なる期間を指すかに就ては、種々異論もあろうと思うが、一應前世紀九十年代から一九一五年頃までの約二五年間を以て、これに當てようと思う。そしてこの間、特に文學に於ては常に、ある一つの傾向が支配的であつた。それは象徴主義（シンボリーズム）である。

一八九一年の大飢饉を主なる契機とする製産力の昂揚は、社會心理の趨勢に鋭い轉換を餘儀なからしめた。古來ロシヤ個有の農村共同体に改變を加え、それに極度の自主性を持たせることにより、資本主義的段階を經過することなく、直ちに社會主義的段階に突入し、以て國民生活の不合理性と矛盾とを解消した理想社會を建設するという、人民主義（ナロードニチエストヴォ）及至無政府主義は、チエルヌイシエフスキー、ラブロフ、バクーニン等傑出した指導者を團む各團体の甚大なる努力に拘らず、理論、實践何れの面に於ても失敗を重ね、常に理想社會現出を夢みつゝ盡力して來たロシヤインテリゲンチヤの支持を、事實上殆んど喪失していた。茲にインテリゲンチヤは行手を塞がれ、沈滞と無爲と無力の暗鬱な心理に充たされていた。それは前時代の詩人チュッチエフ、ナドソン、マイコフ等の諸作の上にも明らかに反映している。所で九十年代と共に始まつた資本主義の急激なる發展は、自覺無自覺何れにせよ、そこに自己の能力発揚と個性伸張の廣範な可能性を期待し、或は資本主義の勝利が招來する帝制（ツアリーズム）覆滅を予感した人々を、欣喜雀躍せしめたのであつた。この時最初の象徴主義が華やかに開花した。即ち、期待の豊富と廣範さ、長足の文化的社會的進展、一般の共通問題に對する關心は、レアリズムではなく、未だ漠然と暗示されている過程を普遍的に把握し、無限の可能性、未完の可能性に就て語り、新世界觀を形象化して見せ、直接認識されたものゝみでなく、單に信ぜられるものにも形体を與える浪漫的象徴主義を要求したのである。併し、氣分的に明るく強烈な息吹に充滿し、絢爛たる空想に身を委せる事は、やがて地上の遲々たる生活、未だ根強く殘存する昔乍らの生活様式、特に古いモラルに對する輕蔑嫌惡となり、遂にはこれから全く自己疎外するに至つた。ロマノフ王朝の勢力は未だ强固であつた。一般に反帝制の感情が蔓延し暴動の氣運が熟しつゝあつたのに答え、象徴主義者達は益々單に美學的、反モラル的暴動を主張し、當時着々と膨張しつゝあつたマルクシストと感情的に接近し、一九〇五—一九〇六年日露戰爭に引續き起つた革命の際には、急進主義者、革命主義者の陣營に加わつたが、極めて短期間にすぎない。それに、ブルジョア隆盛期のイデオロギーは、個人主義的たらざるを得ぬ。《物質の分配秩序》には全面的に滿足していた、ブルジョアジーによつて育てられた、ブルジョアインテリゲンチャたる象徴主義者は寧ろ、社會に對して無關心だつたとも云える。比較的惠まれた物質條件の中で成長し、人民主義者の實証主義と美學的《成育不全》から逃れ出ようとする象徴主義者達は、必然的に審美家、理想主義者であつた。そして叙上の結果から、ニーチェ的超人主義、デカダニズムの色彩が支配的であつた。

象徴主義に就て文學史家コーガンは述べている。「象徴主義の本質は二元論である。象徴主義者は浪漫主義者と同じく、目に見得る地上の日常平凡なる世界と並んで他の、より重要で神秘的な世界の存在していること、この世の各現象各對象の中に、何か地の境界の彼方に存在するものゝ反映が見られるにちがいないことを信じた。各對象——これは唯何か他の、祕密な非凡なるものゝ記號及至象徴にすぎぬ。日常平凡なものゝ中に、この非凡なるものを追究し、それを感得させる。これが詩人の使命であると考えた。」と。またこの時期に於ける象徴主義理論家たるウオルインスキーは、象徴主義的傾向の本質を次の如く記述している。即ち《現代文學に於ける宗教》と題する論文に於て、「宗教は、吾々の世界觀の中に、人智の如何なる武器によつても解明され得ない。神祕的原理を導入する。科學の中に汲取られた如何なる知識も、あれやこれやの如何なるイデーも、人の生命の祕密、永劫に祕密のまゝ殘るに違いない、この偉大な祕密に唯一條の光線も投げ與え得ぬ。吾々の命は、唯死のみが吾々を目覺ませる夢である。個人主義は、地上のものゝ破壞、及び個性がそこから出で必然的にそこに復歸する神の攝理への個性の服從に存する。」と彼は書いた。

ウオルインスキーのこの遺言を遂行した、傑出せる詩人として、バリモント、ブリユーソフ、ブーニン、ソログープを先ず擧げることが出來る。これからこれら詩人各個につき少しく考察してみよう。

バリモント

バリモントは人々や地上の世界に對する自己の輕蔑を隠そうとしなかつた。《此の世》に於ては總べてが《薄暗く死せる》ものである。明確なのは唯《良心の苛責なき自愛》のみであり、素晴しいのは《自分の他に誰も見ないこと》だけである。人々は《蚊の弱々しい雜色の群》である。若し彼が天才ならば、詩人には法律はない。彼は《輕蔑の鉄の冷たさ》

によつて力強いのである。彼は唯《空想の氣紛れ》のみを知つており、總てを《美の豪華なる創造》の幸福の爲に捧げる。人々は空想の開放力を知らない。彼等は《美しくなくて蒼白》であり、《息苦しくこみあつた家の堆積の中》に住み、《色あせた言葉の記憶の鉄鎖でしめつけられ、創造の奇蹟を忘れた》のである。かくて周圍の總てを自己のファンタジーによつて滿たし、地上のものに對する詩人の權威を謳歌した。

我この世に太陽を見んが爲に來れり、
　そして紺碧の視界を。
我この世に太陽を見んが爲に來れり、
　そして山の高根を。
我この世に海を見んが爲に來れり、
　そして溪谷の華麗な色を。
我一望の中に全世界を閉じこめたり、
　我は君主。
我冷き忘却に打勝てり、
　己が空想を描きつゝ
我各瞬間を天の啓示に滿つ、
　そして常に歌う。
わが空想を苦難が打覚まそうと、
　尙我を愛するものあり。
誰かわが歌う業に　比肩するものあらん、
　誰も　誰も。
我この世に太陽を見んが爲に來れり、
　日か過ぎ去つて行くものならば
我は歌わん　我は歌わん　太陽の歌を
　臨終のその瞬間に至るまで。

彼の詩には急速無秩序に移り變る体験の《彩色された譫》以外、殆んど何らの現實性（レアリノスチ）も感得されない。豊富なメロディーが語の重みを吞込み、形容語と形象が一つの朦朧とした感覺に合流する。何故ならばそれらが極度に多數、同時に並列され、メロディーの中に溶解し、殆んどが同意義である結果分析する事が困難なのである。併し、朦朧とはしていても、一種の氣分は實に美しく表現されていると思う。例えば、

燕か滑るよ　澄んだ空の青の中を、
澄んだ空の青の中を　入日が燃える——
夕暮　露に濡れた牧場の優美なこと
露に濡れた牧場の優美なこと　そして池も庭も。
宵闇に夜半の予感
夜半の予感に心は震う。
束の間の美を前にして目は泣くよ、
さめざめと目は泣くよ！瞬間の足の速さ！

と云つた調子である。又彼は束の間の現象の中に表現される彼岸の世界の優位を信じた。過去もなく未來もなく、唯現前の瞬間に寧ろ彼は永遠を感じた。

瞬間に過ぎゆくものよ
そは總て啓示の光に包まれ
永遠に全き命に息吹き
彼岸なる眞理をといきす。

結局バリモントは、自分を《火に充てる雲》であると宣告し、生活を氣紛れの遊戯に委せた。《我は一偶然の斷面、我は一遊べる霤、我は一透明の小川、我は一總てのもの、誰のものでもなし》。詩と詩人に對するかゝる見解に於て、バリモントが人の心勞、政治的鬪爭等に關し、輕蔑を以て臨んだのは驚ろくに當らぬ。

ブリユーソフ

次にブリユーソフに目を向けよう。九十年代の末、彼の詩に特徴的だつた二つのモチーフは、あらゆる社會生活への關與と人々との接觸交渉一般に對し、全然無關心である極端な個人主義、及びエロチズムである。肉慾を以て生命の祕密の認識に至る道、《我》の生活力の最大の顯現なりと考え、これを現實生活の基礎の上に打ち建てようとしたのであつた。

先ず彼には、冷い孤獨のパトスがある。

白い雪の王國の如く
我が心は冷し。

又絕對的に自己の中に閉じ籠ろうとする志向が覗われる。

知りつゝも祕め隱し、唯一人
己か幻想に見惚れる、こゝに
すばらしき幸福のあり。

或は又別の詩に於て、

おゝ若しも我總てを打忘れ、自由にして孤獨であるならば、
廣漠たる野の莊嚴なるしゞまの中の
果しなく大らかな我が道を進みゆかん。
未來もなく、はた過去の日もなしに。

ブリユーソフの個人主義は赤裸なエゴイズムではなく、ニーチェ的自己超越、無限の前進、人間的限界を越え超人の高さに憧れる孤獨的高揚、と云つた氣分に包まれている。

自己に對する純潔な信頼以外
我は他の如何なる義務をも知らず。
完成の道の無限なることよ。
いざ、生活の各瞬間を讃れ！
この世にて至福なる事は唯一つ、
そは汝が汝以上なる事の自確なり。

併し孤獨から拔け出る道を見出さなかつた爲、ブリユーソフの詩には屢々深刻な悲歎と、《我》の空虚を彷徨する錯亂とが響く。

彼には又禁慾主義があつた。それは消極的無爲の禁慾主義でなく、疲れを知らぬ勞働者や眞理探究者のそれであり、ブリユーソフの好んだテーマである。

欲せず我天國に賴るを

我が魂を卒篇より引離さん
自由なる我が魂を。

朝露を忘れ
夜の憩を思うな。
酷暑の野辺を
我が忠實な牝牛よ
二人きりで行こう。

ブリューソフはバリモントの如く、矛盾に滿ちた瞬間の体驗や、漠然と無意味な感情、連関のない幻像、氣紛れな半夢想的感覺の中に、自己を開陳することは出來なかつた。彼は讀み易い詩の熟煉工であり、資料をしつかりとわがものにした誠實な勞働者であつた。

愛す我線の直きを
愛す空想の境界を。

ところで、今世紀に入ると共に彼は、彼の自由なる彷徨の慾望に如何程矛盾するとしても、生活の具体的な目的、その爲への貢献、自己の豊かな精神的可能性による生活の意義づけ、の方向に轉換せざるを得なくなつた。都市に於ける社會的予盾を目撃し、現代の都市生活のテーマに觸れた作品《石工》は有名である。

石工よ、石工よ、白い前掛しめ、
何をそこで建てゝるんだ？誰に？
―おい、俺達の邪魔をするな、仕事の最中だからな、
建てゝるんだい俺達は、牢獄をよ。
石工よ、石工よ、しつかりとシャベル握り、
だが一体誰がその中で哭くんだい？
―屹度お前ぢやねえ、お前ら仲間の金持でもねえ、
お前らにや盗み働くわけがねえからな。
石工よ、石工よ、長い夜毎を
誰がそこで眠らずに過すのだろう？
―ひよつとすると俺の息子さ、こう云つた勞働者よ、
俺等の運命て奴はそんな事で一杯だ。
石工よ、石工よ、その男はきつと想い出すぜ、
煉瓦を運んだ人達をなあ。
―おい、氣いつけろい！足場の下でほえるんじやねえ、
こちとらみんな御承知だ、默つていろ！

又、急速に成長しつゝあつた革命は詩人をひきつけ、ブリューソフは一九〇三年革命の嵐の最初の徴候に際し、人々と共に活動し且闘爭の歌手となる事を約した。《短劍（キンジャール）》はその氣分を最もよく表現している。

鞘から引抜かれ吾等が目にぞ閃く
過ぎし日のごと血に染みはた鋭く。
詩と人間は　雷鳴とどろき渡る時
歌と嵐のさあるが如く久遠の姉妹。
我果敢さも力も遂に得見ざりし時

物皆總て重壓の下うなだれいし時
我沈默と墓場の國に遠く逃れたり
謎めきて過ぎ去りしいく世紀が間。
屈辱に充ち些末　不正且醜悪なる
生活の全機構を如何に我憎みしか。
闘爭への叫喚を　時に我嘲笑せり
臆病なるよびかけを信じ得ずして。
されど雷のひきよせゐ叫を聞くや
我汝に答えん今日我汝が家來なり。
時危うくして　周圍のくらければ
そか穏に我益々自由なり歌の中で。
詩の短劍よ！　稲妻の血色の光に
突如正義の鋼鉄はひらめき渡れり。
我再び　人々とつながりて歩まん
我詩人なる故又稲妻の閃めきし秋。

そしてブリユーソフは革命後一共産党員として、學識者ソビエトの役員として、ソビエトの新聞雜誌寄稿者として、又言語學文學の教授として新社會の爲働いたのである。併し詩人としての彼の活動は一九〇七年頃最早終つていたと考えられる。

（續）

（二十九頁より）

したい。又新しい動きをみせ初めた新詩派・近代詩派が各々異つた立場から大きな期待をみせていたが休刊されているのわ幾重にも惜しまれる。この外、注目されたのわ、自由詩人の先登詩人の回顧談とゆうように色々なきにしもなかつたが、全体としてわ「現代詩」の北川冬彦を主とする叙事詩運動・福田律郎の詩の革新・近藤東一派における勤勞詩の問題・「荒地」一派におけるカトリシズムの問題・「VOU」が提起する藝術理念・「詩と詩人」のヒューマニスムと新ジャンルえの底流等ごく僅の問題しか持ち得なかつた沈滯の一年であつたと思うのわ筆者のみでわあるまいとおもわれる。然し再び然しながらである、全詩人の魂をゆすぶつているのわ二者擇一とその暴力性に関する精神の形成と過去現在未來をつなぐそれらい處理の問題である。新たなる個の確立に眼を向けないで何ぞ廿五年度に新藝術えの胎動を望み得ようかとゆうスタート・ラインにあつたと考えることが無暴な年であつたろうかとゆうことである。

附記「現代詩」の永瀬清子が「岡山縣文化賞」、「詩と詩人」の河邨文一郎の「天地交歡」が「北海道文化奨勵賞」を得たことなども廿四年度に於ける詩の社會的進出を語ることの一つであつた。

地下室の賭博者

小林明

獨白錄

無知は罪惡である！……それは私にむけて發せられた言葉ではなかつたのだ。博學博識をもつて高名なA氏が昂然としてB氏に投げつけた痛罵であり斷定であつた。しかも、B氏もまた私からみれば博學博識な——つまり知識人として自他とも許し許されている男なのだ。私はその一句を耳にしたとき、文字どおり震駭させられてしまつた。思わず周圍を見廻していた。警官の眼を恐れたのだ。無知が罪惡だと規定されている國に迷いこんでしまつている無知を私はどれほど呪い哀しんだことであろうか。全くあの有名なソクラテスの言葉——無知を知ることが知の第一歩である——をその時ほど切なく心に泌みいらせたことはない。そしてその初歩すら辯えることなく俊嚴な律法國にうかうか迷いこんでしまつているのだ。盲ら蛇に脅じず、私は盲目者であつた。もはや、私の安息場所は逸早く警吏の手を持つまでもなく、地下牢に逃げこむことしかないのである。己が身を己が手で縛するのだ。そして、私は實行した。自ら囚人となつたのである。けれども、地下牢の鉄扉の鍵がガキンとおりるのを耳にしたとき、私は慄然としてある小說の題を思い浮べたのであつた。

殺された者に罪がある！……その一句は先のより烈しく私の腦髓に突き刺つたのだ。それは囚獄も終に安息の場所でないことを告げる言葉である。不自由の身になることによつて私は自由を得るつもりであつたのに、尚そのことが罪だという。つまり頑丈な鉄扉は私の罪惡を帳消しにはしてくれなかつたのであつた。しかし、私は眞に罪人なのであろうか無實の罪なのではないだろうか。だが、私が無知であることは嚴然たる事實である。私が再びシヤバに出て行けば無知故に冒す罪も多かろうし、そして早晩また地下牢の囚人とならねばならないのは自明の理のようだ。社會への加害者は私であり、私の肉体への加害者もまた私であるのだ。しかし、このまゝ一生を屍人のように、そう全くだ、それは死ということなのだ。一切の終りということなのだ。脫出、を試みねばならない。

盜人にも三分の理あり！……けれども、私が自ら囚人となつたことは、即ち三分の理の實踐なのではなかつたか。不可避を率先實踐したことが辛うじて許された慰めではなかつたか。そうだ、盜人たけだけしく、三分を捨てゝ七分をとろう。同じに盡きる一切ならば、そこへ賭けてもいゝのではないか。又しても私は小說の題を思い起した。即ち「地下室の手記」の作者が「賭博者」という小說を書いていることを。

對話錄

……申しあげます、申しあげます。無知は私の罪ではありません。私こそが最大の被害者なのです。無知故に私は世間から非難されます。無知故に私は囚人とならねばなりません私はそのとおり被害者なのです。無知を告發して下さい。無知と私を混同しないで下さい。お願いです。私を解放して下さい。

……そうです。確かに私は無知の所有者なのかもしれません。しかし、私はそれを意志して所有したのではないのです與えられたのです。知らぬ間に押しつけられていたのです拒絶する自由は持ちませんでした。宿命。だつたのです。私の境涯の貧しさ故なのです。告發されるのなら無知の生みの親、その貧しさをこそ成敗して下さい。思いきり罰してやつて下さい。そして私を自由にして下さい。私には肉体があります。決して完全とはいえないにしろ、動かせば動く肉体があります。せめてこの肉体を世のなかの役にたてゝ下さい生きる權利を與えて下さい。

……ニクタイ主義はもう古いと仰言るのですか。いえ、私の言うのはそのニクタイではないのです。私は夜のニクタイに關してはあまり得手ではありません。シャバにいました頃晝間の勞働に疲れきつた私にどれだけのエネルギーが殘つているというのでせうか。戯れもそゝこゝにどつと眠つてしまわねばなりません。どうして私に複雑微妙な四十八手に習熟できる余地があるでせうか。あゝその点でも私は無知なのです。

……おゝ、既に現代では知性のない肉体など要らぬと仰言るのですか。肉体は所詮は環境に順應する――つまり保守的なものでしかない、或いは喜怒哀樂を無目的に放出する淫らで放埒な噴泉にすぎぬと仰言るのですか。今日要望されているのは新しい社會を構造する知性だけなんですね。實證主義的な科學精神――、あゝやつぱり私は地下牢に戻らなくてはならないのですか。なんという恐ろしい精神もあつたものだ科學精神に私は殺されてしまうのだ！

……えつ、もう一度仰言つて下さい。科學精神とは普遍的眞理をめざすためですつて。お伺い致します。その普遍のなかに私め如きものも含められているでせうか。あゝ、助かりました。それならばきつと私は普遍的眞理の最後の加入者に相異ありません。なにしろ地下牢で死ななければならぬという最惡の身分なんですから。そうです、私はきつと眞理の最小公約數の典型そのものに違いないのです。私の肉体は眞理の權化なんです。

……即時、解放を要求します。社會では私の出現を鶴首待望しているのです。速かに眞理を出獄させることが義務でしようから。

演説録

滿場の人民大衆諸君！私は冒頭に於いて先ず、この國の政治の拙さは一にかゝつて人民大衆諸君の謙虚と卑屈と諦念のためにその自由な意志表示を行わぬことに原因がある、と指摘しておきたい。最早や私が喋々するまでもなく、言論の自由は瞭らかに憲法に詠われてあります。しかしながら、明治以來インテリゲンチヤに獨占專制されているジヤーナリズムに於いては、無知は罪惡であるとなどいう不文律を秘かに設定し、私たち人民の進出を妨げているのである。諸君よ、この陰險極まりない彼等の口説に僞むかれて、口をつぐんではならない。諸君の謙虚と卑屈と諦念は正に拙劣な政治を招くのである。今こゝ大膽率直に自己の意志所信を主張し、代議士たちに參考資料を提出してやらなくてはならないのであります。では、その方法はいかん？

滿場の人民大衆諸君！　現在のジヤーナリズムではその方法として「感覺形態から觀念形態へ」という合言葉が頻りに唱えられているようであります。だが、それはあくまでも彼等インテリゲンチヤの方法であつても私ども人民の方法でないことを確認してかゝらねばならぬと思うのです。つまり、下向したブルジョア勾配に危ふやな腰つきで自由を求めている彼等にとつては、嘗つてのまゝに感覺的な作品で遊戯することは許されず、現社會秩序の構造を知悉することにより自己の位置を測定し計算して危機からの脱出を試みねばならぬのであり、觀念的形態の採用は不可避的に肝要なのでもありませう。ところで彼等のこの移行をナチュラリズムからロマンチジズムへの移行という風に一應言えるのでないかと考えるのです。卽ち感ずる詩から感ずべき詩或いは自然發生的から思想詩へと辿るわけなのですから、そういつて差支えないと思うのです。ところで、滿場の人民大衆諸君！　彼等におけるナチュラリズムは、そのブルジョア環境の物質的豊饒と肉体的安樂は正に私どもにとつてアコガレのマトでありますが故に、ロマンチシズムと呼んではならぬのでしょうか。そして彼等のロマンチシズムたるや、現秩序の諸惡を摘出し理想社會へ再組織せんとするものでありますが故に、常住において現秩序の惡にまみれている私どものナチュラリズムが表現するところのものと等しいといえるのでないでしょうか。

滿場の人民諸君！　私どもはこの逆行の論理にめざめなければならない。私ども人民の標語は「觀念的形態から感覺的形態へ」或いは「感ずべき詩から感じる詩へ」更に「思想詩から自然發生詩へ」の移行を試みるべきなのです。この課題を直ちに實踐しなければならない。從來、私どもは人民であるが故に革命的な作品を書くように要求されてきました。そしてそれ以外のものはジャーナリズムで通用させて貰えなかつたのであります。しかしながら、その革命的たるや、インテリにとつての革命的でありますが故に、彼等の理解した範圍での現秩序への批判がなされていなければならず、しかも彼等の背後にはかの憎むべき「無知は罪悪である」という鈒がかくされてあつたのです。私どもは彼等の氣嫌を伺いながら、彼等の意をみたすべく、心にもない歌を唱わねばならなかつた。そしてその歌が下手かつたからといつて、諸君よ、罪はどちら側にあるのか？

　滿場の人民大衆諸君！　私どもの方法は先ず肉体の喜怒哀樂のニュアンスを浮彫りすることにあるのです。つまり、私どもは社會という高層建築の地下室に住んでおり、その建物の矛盾や歪みはそのまゝ私どもの血肉にイレズミの如くアザの如く刻印されている。そのアザを描きだすこと、それは直ちに社會の欠陥を描きだすことになるのではないか。諸君よ

　インテリが屢々口にする「次代を擔う責務と光榮に輝く人民」という言葉にまどわされ、自己肯定してはならない。自己肯定は現秩序肯定に直接つながるものであり、自己への呪いこそが社會への呪咀になるのであります。

　滿場の人民大衆諸君！　機械のざわめきのなかにいて働く諸君、廣い田圃のなかで働く諸君、潮風のなかで働く諸君、內密話にも大聲あげなければ用が達せぬ環境に働くそれらドラゴエの人民大衆諸君！今こそ嗄れた聲で不吉な抒情詩を唱え、潰れた聲で暗膽たる私小說を朗讀せよ！！！

　（プロレタリアート文學の方法その四）

二百一人目の卓談

　えッ、私の番でございますか。いえ、いえ、睡つていたのではございません。確かに眼は醒ましておりました。いえ、眼を閉じていたかもしれませんが、耳は起きておりました。皆さんのお話はよくうけたまわつております。聞き損じるところではございません。なにしろ今夕は全國の文學者諸氏が一堂に會し平和宣言を發表しようという歷史的な會議なのですから、そして今までに實に二百人の方が平和を守らねばならぬとそれぞれ公式的な、いや失言、それぞれつまり非常にもつてユニークなる意見を開陳されました。それぞれ一点の非のうちどころのない見事な御意見でありました。毛頭異存はございません。從つて私はたゞ無條件的に賛成の意味で拍手しつゝ起立すればいゝのでしょうか。しかし、私もまた文筆の道に携わる者であります。たゞ拍手し起立しているだけではオマンマが食べられません。いや、どうも話が下品になりまして申し譯ありません。つまり私は文學者にとつてオリジナリテイがなによりも大切であると言いたかつたのであります。しかし、文學者失格を恐れるのあまり1＋1＝2は誰が話してもそうでありますのに敢えて否であるなどとひと頃の

指導者のように申してしまつては、その末路のほどは知れております。では、どうすればいゝのか。解答は到つてカンタンなのであります。つまり文學者は自明の理に關しては沈默を守る謂なのです。かく定義しますれば最早失格は恐れるにたらず。では、いついかなる場合に饒舌になるかという問いが起るのですが、それもカンタン、自明の理が自明の理として現實に容認されておらぬとき、文學者は聲をあげるものなのであります。從つて暴力が無法に平和を侵害しようとしている今日、全國の諸氏が平和宣言を起草する、まことに當然の正しき處置であり、……と述べたいのでありまするが、ところで、平和は今日初めて危機に立ゝされているのでありましようか。いな、であります。いえ、皆さんにとつては初めてであるかもしれません。いや、初めてゞなければならぬようです。

茲に疑問が起るのです。では、既に文學者である諸氏は一体何故に文學をやつてこられたのかという疑問なのです。私は先程から二百人のお方のお話を聞きながら寂しくてならなかつたのです。そして皆さんの「平和を守れ」という元氣のいゝお話を聞いておりますうち、先だつて亡くなられた甚く肥つた文學者が昭和初年だつたかに叫んだ「花園を荒す者は誰か」という言葉を思いだしたのでした。私が眼を閉じていましたのはその回想に沈んでいた故であります。既に皆さん御承知のようにこの言葉は、當時凄まじい勢いで勃興したマルクス主義文學に對して藝術至上主義者が發したものであり

その同じ言葉が今夕大勢お集りのマルクス主義文學者の方のお話に蘇つている、まことに歴史の皮肉とでも申しましようか。

花園を荒す者は誰か――つまりその怒つている人は少くも花造りか美しい花かのいずれかに相違ありません。そして花園を荒される以前は、その花造りか美しい花は恐らく造型の喜び或いは幸福のみに滿ちていたのでありましよう。そしてそれらが喪われようとして先の聲があつたと考えます。ところで、私の場合は甚だ違うのであります。花のたとえで申しますなら、私は蝕まれた花なのであります。既に蝕まれているからこそ、その回復と復讐のために文學してきたのです。つまり、平和が侵されておりますからこそ文學をやるのであり、今更に平和の危機に氣すき聲をあげたくは思 ません。聲は私が文學をやる最初の日にあげられております。そしてその日に私の平和宣言は書かれているのです。それは單に「平和を守れ」式なものでありません。いかに情熱をもつて正しい觀念を述べたところで未だ信ずるに足らず、全身全靈を沸蕩させつゝ凝固させ骨髓の底まで平和の意志をみなぎらさねばやまぬからこそ文學を選んでいるのです。今更に平和を表白せよ、あゝでは私の今までの文學はなんであつたのでありましようか。

むろん、私が述べたいのは平和の反對ではありません。たゞ二百人のお方と私との間に横たわる埋め難い斷絶の深さを指摘したまでです。そして更に平和が侵害されようとしているのにどうやら今初めてお氣すきになられたらしい鈍感さと或いは左様な惠まれた無風帶にお住みになつていられたことに對し、私は不信任狀をつきつけたく思うのです。

緊急動議があります。

今夕の會を文學者失格宣言發表大會に變更してはいかん！

（プロレタリアート文學の方法その二）

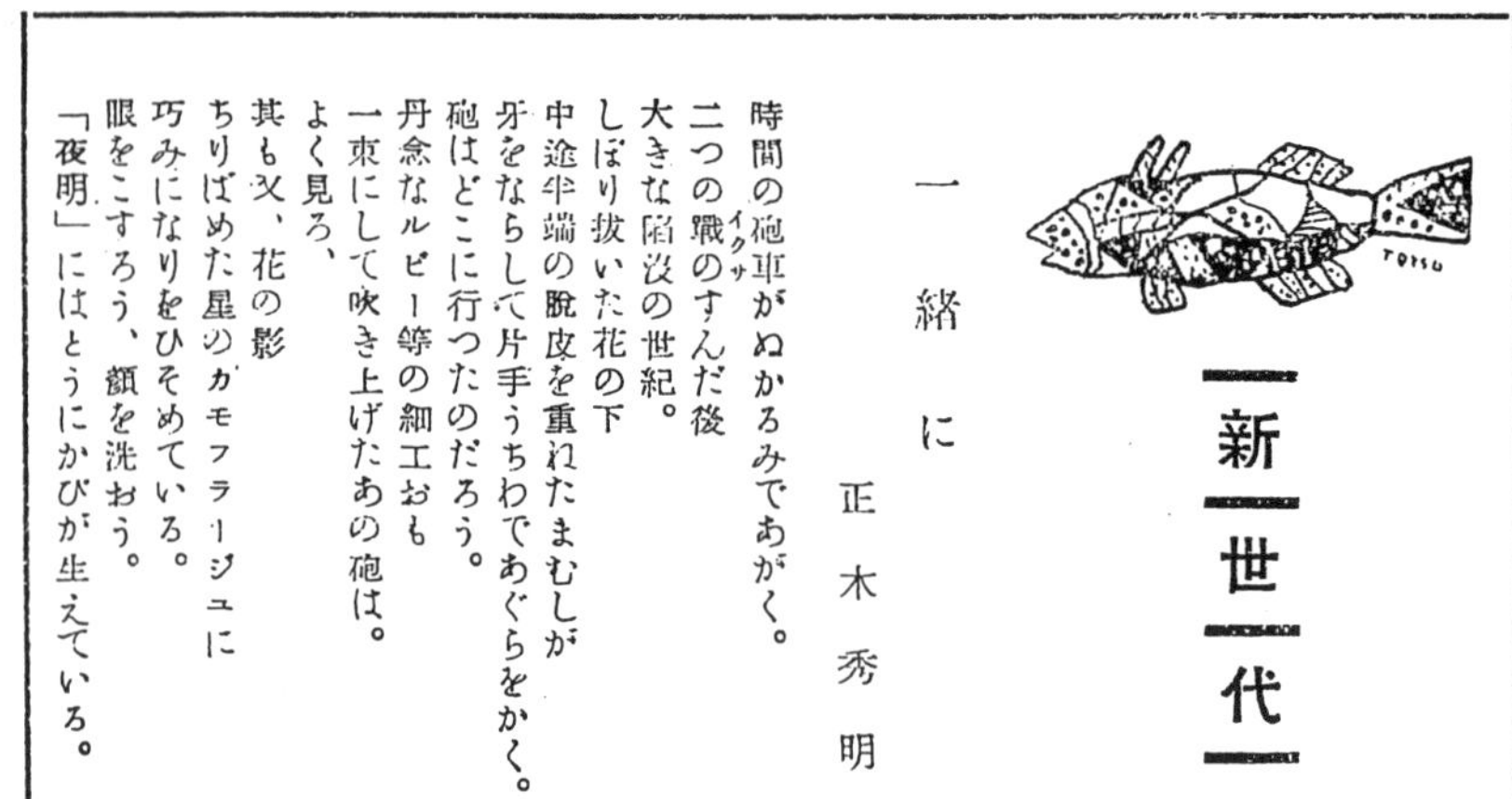

新世代

一緒に

正木秀明

時間の砲車がぬかろみであがく。
二つの戰（イクサ）のすんだ後
大きな陥没の世紀。
しぼり抜いた花の下
中途半端の脱皮を重ねたまむしが
牙をならして片手うちわであぐらをかく。
砲はどこに行つたのだろう。
丹念なルビー等の細工おも
一束にして吹き上げたあの砲は。
よく見ろ、
其も又、花の影
ちりばめた星のカモフラージュに
巧みになりをひそめている。
眼をこすろう、顔を洗おう。
「夜明」にはとうにかびが生えていろ。
かすみがどうしても消えなければ
破れた旗竿でもよい、
其を横にしてかすみに穴をうがつのだ。
それ見ろ、
まむしのくしやみ、砲のきしみ。
血の河の流れをせき止めよう。
黒土が欲しい、
未來の洗禮を受けた黒土、
無數の力とえい智で固めた黒土。
堤防をふみならして
血の河の流れをせき止めよう。
火藥も通らぬ　まむしもずり落ちろ
黒土の堤防。
歷史の旗が立つている。

緑の香り他一篇

池田廣己

昨夜（ゆうべ）は見事な月だつた。
椴の蔭がしみ込んだのか
まことに一鍬、一土（つち）、
すばらしい緑の匂ひだ。

黎明に鳥の唄

葦の繁みを水鳥が飛び立つた。
長い嘴に一顆の紅玉をくわへて………
—朝でござあんす！
—朝でござあんす！

牙をもつ壁

香野青太郎

卑法な奴等はみんな習慣の壁の中へ逃げ込んでしまつた。
僕はひとりぼつちになる。
突然うなりを生じて風が吹きはじめる。
僕は吹飛ばされてもんどりうつ。

「だから云はないことじやない。裸のまゝで出やがつてバラバラになりやあがつた。奴のほかにそとにゐるのは雑草ばかりなんだぜ」
壁の中で彼等はゲラゲラ笑ひながら甲冑と劍の音をがちやつかせて身支度をはじめた。

二十世紀のエピグラム
—戰後派のスキャンダル—

OBSCURO同人

社会の下部構造の
カストリ横町で
ロマン・ローランのしぼりかすの
カストリを
戰後派が味はふ
ロンドを組もう、ロンドを組もう
そこで幼稚園兒たちは
手をつなぎ
先生の拍手を待つてゐる

仕込まれたゼスチュアで
子供たちは、やたらに
顔をしかめ、
手を振り、足を振り
レヂスタンスを振り廻す
若くは上部構造の
女子アパートで
消逝派の女性と
偉大な肉體の哲理を
論ずる
ロレンス教徒の法悦（エクスタシト）であり
新しき「戰慄」を求むる
浪漫派のイロニイの
復活である
スティヴン・ブルーム氏は
「鼻をかむこと」の未知と
恐しさについて
注目すべき作品を書いた
燒け殘つた茶室の中で
過去の追憶を配置した
盆景のやうな小說を書く
ワビ・サビのある人々もある
創造しないバルザック
「我（モワ）」を失つたプルーストなら
掃き溜めるほどある

日時計

松田牧三郎

夏草ガ海藻ノヤウニ伸ビ
風ニエメラルドノ綾織ルトキ
山ハ靜カニ日爛ケル

空デハ日時計ガ正午ヲシラセ
サンサント日輪ハ光ヲ地ニソソグ

『太陽ハ眞南、ランチタイムダ』
空カラ紫光線ガ檜林ニ、僕ラノ脊ナニアビ
セ
谷川の水ハカナリヤノヤウニサエズツテヰ
ル時ダ。

屋根

島田利夫

重なる屋根の下で下水は變形した。削げ落
ちた鐵村に塗料を吹きつける彼の指は旣に空
色に染つてゐた。夕燒には意外な箇所に平原
を照した。信じられないドームの否みの向う
に
微笑は不意に唇を裂いた
廻轉する赫顏に灼かれながら、塗料は投げら
れた、屋根の上の見えない頭上に。殘照の中
に掌は眠りと共に落ちた。塗料は彼の齒を濡
らした

平原は屋上に迫つてゐた。

夜景

矢名氏

煤けた空は間近　思ひはプリズムの様
今宛名不明の手紙、化學變化を試みる
古代文學が滲出し　老婆の奇妙な呟き
その病身の娘　ヒスラリツクな笑ひをばら
まく
牛乳の脂肪に似て白く融け　青く精靈の焰
時には唆い雪舞降り　全く無言の身振
中空はしなくも　忠實に鐘をうつ老僧
一つ、どうやら息を引取つた　後は雨の葬
式

夢

松崎渟名井

雨ガ降ツテ居タ
搖レナガラ
幾ツモ幾ツモ
夢ハ過ギル
じめじめシタ沼ノ畔ニ
墓場ガ在ツタ
私ノ生活ガ終焉スル

私ハ空間ニ線ヲ引イタ
永遠ノ彼方ヘト
滑リナガラ
私ノ胸ニ
死ガマツハル
氷ノ中ヘ思惟ハ溶ケ込ンデ
段々ト
祈リガ遠ノイテ行ツタ

死について
——鉄橋の瞑想——

山田四十

——空にも川があつて、——鐵橋が架つていて、鉄スジの入つた山山は美しい菜花の投影と共に、頭上の天に懸つていて、初夏のような雨後の道を若草のムンムン伸びろ汗食みに耐えて、鉄達と鉄達と、静かに瞑想してスクラムを組む、ふと、死について、の思想を、鐵は鉄の友情の空げきにみる。

樂器

山川瑞枝

私は樂器だ。嘗てオクターヴのすべてを奏でられたことのない樂器だ、ただひとつかなしみの鍵ばかりを叩かれ續けて來た樂器だ。その音色はぼやけて、も早心の奥をゆさぶるの音色を傳え得なくなつてゐる。今は止めよう。他のまだ指さへ觸れぬあたらしい鍵を呼び起そう、オクターヴのすべてにわたつて。

断層

川崎利夫

千古の雨に
あらわれ
露出している　断層
襞がうつり
風が彫刻しているかにみえる
じぐざぐに走つている數千年の曲線
あか茶く
黒く
瓦礫をふくみ
發酵さえ停止しているような
断層に
雑草がつきあげている

屋根と私

江川秀次

屋根にコールターを塗つた日から私に安眠が續いた。
洩りそうな所には布片を塗りつけて嚴重にふさいだつもりだ。
樋はほとんど壊れていたが我慢しよう。
赤銹びたトタンを滲れる雨水は毒を溶かして　空隙を浸潤する悪水が私の腦髄に害悪を及ぼしていた。

静かな雨の夜
雨垂れの音…………
決してショパンの樂は奏さなかつたが
多少丸みをおびて　水滴にはかすかな光りをさえふくんでいた。

頭がどこか輕くなついろ。

厚さ〇・二、三ミリの卑金属の薄紙。
暴風雨（あらし）の時には氣狂いのように喚声をたてゝいまにも一遍にひつぱがれそうな哀しい——
けれど　涙ぐましい人生
托して以つて氷の風雪を凌ごうという
唯一の頭上の安手な防塞。
そして　その防禦率をさらに高めようと
石炭の脂（やに）をぬりたくつて危險作業に一日を徒費し　さて　安心立命?する私。

私と屋根

屋根　屋根　屋根　。

鉋屑のような木ッ葉を並べて人の氣をはら
はらさせる屋根。
おどろいたことには「本当の紙」の屋根が
ある。

紙の屋根。
屋根のないゞ人達。

私は　私というもの　人間というものがつ
くづく悲しくなつた。

そして眠つた。

黄昏の星は憂鬱だ

青柳清純

1

魚の腐つた匂がしているのは、町はずれの
魚屋です。魚は今日もあまり賣れない。おま
けに昨日仕入れたものまでが殘つているので
魚屋さんのかみさんは憂鬱なのです。
黄昏のヒタヒタと迫つてくる中にどうだあ
の魚の腐つた匂いは！　ほの暗い魚屋の奥で
かみさんの唳が泣く様に聞こえます。
そして空には星が出たのです。
星のまわりには腐つた魚の匂がいつぱいに
たてこめたので、こんどは星が憂鬱になつ
たのです。魚屋のかみさんは星が憂うつにな
つたとは知りません。かみさんの憂うつは通
りこしていらいらし始めました。亭主が未だ
歸つてこないからです。そしてかみさんは表
へ出ては黄昏の街路へぺつぺつと唾を吐くの
です。星はかみさんが唾を吐くたびに憂うつ
の度を增して行くのでした。

2

ちやるめらを吹きながら支那そばやが通り
ます。支那そばやは今夜うれる分量を予想
もせずに、賣りに出るのです。すると尻の
すりきれたマントを着て、ものぐさのくせに
眞面目くさつた顔をした若い男が支那そばや
を呼びとめるのです、「わんたんとくれ」。
その男はお錢を拂つて默つて何處へともなく
消えて行くのです。支那そば屋は今夜の客が
いかにものぐさやであらうがなからうがかま
わないのです。ちやるめらを吹くと、また前
の男がきて喰べるのです。だが、支那そばや
は前の男であらうがなからうがかまわないの
です。こうして夕暮何十人かに賣つた支那そ
ばやは、同じ男が買つたのであることを知ら
ないのです。それ故に空の星は顔をかくした
くなるほど憂うつになつてしまうのです。

窮地

山海青二

蟻地獄。
そのすりばちに落ち込んだ蟻よ。
落ち着いて、その斜面に爪を立て、
しがみついて居ろよ。
（しかしそれがいつまで續くというのか）。
可哀想な奴。
だが
若しお前がその窮地から逃れようと欲するな
らば
唯一の方法を敎えよう。
お前はお前の全力を盡して
斜面を螺旋（らせん）状に走れ。
お前が蟻以上の力を出し得た時、
この仕事は成功するだろう。
やつて見ろ。一か八かで――。

新世代欄詩稿募集

一、原稿用紙に清書し封書には必ず
『新世代欄原稿』と朱書のこと
一、締切毎月五日
一、宛先は東京都新宿區四谷須賀町
一〇ノ一北川冬彦方

「新世代」批評（十一月號）

牧　章　造

詩がすきだとか、詩を書いているとか云うことを、時折り新しく知り合つた人の口から聞くことがあるが、そんなときいつも私はやり切れない思いに驅られる。碌なものも書けず、それでいて誰にも訴えることの出來ない内心の悶えを積み重ねてきた自分なりの來し方が思いあわされて、ひとごとでないような氣持になるからだ。詩人とは人間的な數多の負い目を擔いつくした犧牲者である。その自覺の斷崖の上に立つたときから、本當に詩らしいものが書けるようになると覺られればなるまい。それは十字架上のイエスになぞらえてもいい程である。詩の道はこのように嶮しくはげしい氣魄に充ちた求道者によつて拓かれる。ひとはこれを古い考え方だという風には、いまも云わないと思う。詩に於ける嚴密な表現、一字一句ゆるがせに出來ないということの根本義がここにある。精神の深淵を探る努力をたゆみなく續ける者こそ、見事な詩人、不朽な詩人として選ばれるのであろう。

詩人にはよく才能が云々されるが、私はあまり信じない。むしろ才なくとも努力を重ねる者の側にこそ詩えの道があると思う。たゆみない詩えの誠實はそのまま、たゆみない人間えの誠實として私は受取るのである。

今回の「新世代」欄評を受持つたのであるが、卒直に云つてこれは私の柄ではない。作品批評ぐらい頼りないものはないし、その批評の基盤というものが、個人個人によつて隨分異つているのであるから、かえつてそんな混亂で作者を惱ますよりも、作品から離れるかも知れないが、もつと詩人の根本的な意志について書いた方が本當のように思うのである。作品批評のつまらなさについては、毎月の文藝雜誌で見せつけられている評家のかわりばえのしない手練手管でもう澤山飽き飽きしたと云うのが私の本音である。

「新世代」欄の短評に移らせて貰う。

「立木」川崎利夫。こういう詩は先ず説明化しのない詩人の作としてみていい。「撫子」稻往頼光。シャレた心象風景がよく出たように思う。「ヒナの歌」山田四十。一行詩が四つ。この輕さの中にたゆたつている限りに於ては愉しいだろう。「孤獨」中山健司。こういう詩はなかなかむづかしい。言葉をもつと身にひきよせて慾しい。作者の内面的苦惱が言葉に操られず、言葉を操る力をもつようになつたらいいと思う。「盤」松田牧之助。盤に假託されたペーンスは理解出來る。「墓」渟口名井。少し無理がある。省略の妙味が利いていない。「眞夜のポエム」（二篇）外川三郎。「光の指針」の方がいい。この種の詩が筍のように出ている。類型化されないように。概念的な空轉えの警戒を。「むくの木」内田昭策。遊んでいるとは思われないが、作品までに昇華しきれていない。「地」外一篇、島田利夫。「無題」の方をとる。都會を内面的に見ようとする意圖に注目したことがいい。この方法で次々に努力を重ねたら、きつとこの作者はよくなる。しかし、氣をつけるべきだと思うことは表現の新しさを狙つた結果として、かえつて類型化した陳腐さに陷らないようにということである。

一言、つけ加えておきたい。それは詩か趣味や遊びではないということ、詩は人間創造の修羅場であることを、身をもつて体驗してほしいのである。

北川冬彦論序説

高村智

近代詩から現代詩への流れ、その推移を如何にして判定すべきであるか。それは「音樂より映像へ」の流れとしてとらえられるであろう。意識的に過去の音樂を拒否することによつて、從來の言葉の音樂には絶對にたよらぬこと、そこにこそ新しい詩の流れの源があつた。フランスに於いてはすでに一九一五年にこの流れによる最も徹底した作品が生れていた

シュールの詩人たちも、舊い音樂の形骸をふるい落すにはなかなか骨が折れ、彼等が完全にこの新しい流れを自己のものとして戰いとることが出來たのはそれから約十年の後である。日本に於いても、自由詩のゆきすまりによつて、日本獨自の立場から同樣な動きが現われはじめたが、それは大体一九二〇年から一九三〇年の間と考えてよいであろう。意識的にいかなる言葉の音樂をも拒否して書きだしたのは吉田一穗であり、彼はすでに「海の聖母」により過去の自由詩——例えば朔太郎のもの——とは異質のすばらしい音樂をかなでながら、一方ではその音樂を故意に破壞しつゝ「故園の書」（一九二〇——一九二九年）を書いていた。フランスから歸つた金子光晴は一九二一年「こがね蟲」、一九二六年「水の流浪」、一九二七年「鱶沈む」と、これも異質の美しい音樂を次第におさえ、かの「鮫」（一九三七年）となつて出現するべく牙をとぎはじめた。そしてこゝに語る北川冬彦はもつとも尖端的に一切の音樂を破壞しこれに代うるに「映像」をもつてするべく、同志と共に短詩運動（一九二四年）を唱え、きたるべき「新散文詩運動」に着々そなえていた。ところが當時すでに「月に吠える」（一九一七年）「靑猫」（一九二三年）を出し近代自由詩の基礎をかためる功績をのこしていた萩原朔太郎は、自己の自由詩の行きすまりから早くもこれらの新しい動きを察知し、この流れを喰い止めんとして十余年にわたる思索を重ねた結果、一九二八年体系的な詩論「詩の原理」を出してこれに對する本格的な攻擊に移つたが、いかにしても彼等が否定する舊韻文精神を清算しきれず、現代詩史の劈頭をかざる大論戰を展開したものの歴史的必然の流れには抗し得べくもなかつた。こゝにわれわれは近代詩と現代詩の間にあきらかな一線が引かれたことを認識せねばならない。

朔太郎の鉾先は、とうぜん尖端をゆく「新散文詩運動」の主唱者北川冬彦に向けられた。朔太郎は自由詩を定義して、「自由詩は、不規則な散文律によつて音樂的な魅力をあたへるところの、一種の有機的構成の韻文である。」と述べ、したがつて音律美を無視した冬彦一派の立場ならびに作品は有るべき眞の詩を理念から閑却したものであり、いずれも單なる印象的散文にすぎず、ザインに於いては最もよくこれを肯定し彼等がずばぬけた先覺者であることを認めるが、ゾルレンに於いては絶對に否定すべきであると主張した。この立場は彼の散文詩に對する見解にもつともよく表われ（詩人の精神はつねに、散文詩に對する態度によつてもつともよく伺われる。例えばボードレール、ランボー、マラルメ、ヴァレリ）、詩と非詩の區別をあくまで韻律に置こうとするフランス象徴派の「何ものよりも音樂を」の流れから一歩も出ていないことを證明している。

これに對し一九二九年北川冬彦は書いた。「新散文詩！新散文詩！　詩的精神はもはや韻文精神を遺棄すべき段階にまで發達してきてゐる。エヴオリユウシヨンの鐘は告げる、今日より明日へかけての詩にとつて、韻文精神は純然たる他の人である。」と。つゞいて「エヴオリユウシヨンがこゝまでくると、詩はあらゆる舊詩學とは無關係である。それは、近代より現代に至る所謂『詩』といふ名稱を持つた凡てのものゝ上に君臨する。そして、それが所謂散文詩と類似せる形式の故を以て散文詩と同一視されはしない。されてはならない。舊散文詩とは、韻文精神を以て書かれてゐるものなるが故に」（詩と詩論）。しからばこの運動の職能は何であつたか。それは彼もいつているごとく、その最も大きな職能は、この運動が詩人の精神に對するはたらきであり、それによつて詩人の精神を變化せしめ、詩人をして韻文精神を拋棄せしめるにあつた。ゆえにこの運動は「新しい詩の固定形式を捨えるのが目的ではない。目的は詩の『純化』にあるのだ。この運動によつて、ガラクタ詩をふるひにかける」（一九三〇年）ことに根本意義があつたのである。その副次的收穫として從來の何らの意味なく出鱈目に行を變え聯を切ることによつてのみ「詩にあらざるもの」を「詩」として通用せしめていたやからをして正体暴露の悲喜劇を演ぜしめることであつた。

萩原朔太郎は韻文精神のイデアによつてこの運動、とくに冬彦を、具体的に作品を數度引用して否定した。ザインに於いてはもつとも肯定するといゝながら、實はそのザインも理解できなかつたのである。こゝに朔太郎の限界がはつきり露呈した。冬彦ははやくから、朔太郎がのちに印象的散文と稱えて、もつとも恐れもつとも嫌つたものを、眞正面から追究していたのである。

馬

軍港を内臟してゐる。

（これは新散文詩運動の前身「短詩運動」の代表作であるが、精神は前者と變らないと思い紙數の關係上引用した次第である。）この詩に對し梶井基次郎は雜誌「文學」に冬彦の詩集「戰爭」を批評した中で、「北川冬彦のこのやうな詩になつて來ると、軍港といふ二字が既に軍港のヴイジヨンを伴ふのである。そして『内臟してゐる』で、昔の人が南蠻渡來の人体解剖圖を信じた奇怪さで、馬がそれを『内臟してゐる』眞實を信じさせられてしまふのである。」と書いた。この詩は朔太郎を余程刺戟したらしく「詩の原理」にさえ「馬の心臟の中に港がある」として不注意に引用されたが、にもかゝわらず原詩が彼に與えたであろうヴイジヨンがかくも貧弱な「皮膚の表面を引つかくような」「輕い機智的なもの」にしかとれなかつたところに韻律主義の理念に毒された朔太郎の感覺麻痺があつた。この短詩がたんに馬の心臟の中に港があるでは、どうにもならぬ間の延びた印象的散文にすぎないことは當然であろう。これは平面的な繪畫的手法による描寫ではなく、「映像」と「映像」との意識的な組立てにより主觀を抑制し、作者と作品との距離を十分に引離することによつて、素朴な、生な現實を詩的現實において變革せしめているのである。この詩が書かれたのは、一九〇〇年生れの冬彦が詩作をはじめた一九二三年から一九二六年の間であり、何等の詩的傳統の支えもないこの邦で、いまだ詩的体験もあさく自己の方法論確立の域に達していない青年の頃の作品であるから、この一行をもつて彼の内面に何ものかを探ろうとし、いささかの断定を下すことは危険であり無意味に近いが、現在われわれの眼に觸れる多くの詩の中でも、この一行だけは失いたくないと思うことは事實である。さきに引いた梶井基次郎の批評も、「この最も短い詩は最も強い暗示力を示してゐる。そしてもう一つ注意さるべきことは、この詩の構圖が物質の不可侵性を無視することによつて成り立つてゐるといふこと」だとし、それがしばしば、キュビストの畫家のモテイフにもなつていると繪畫に近よせて affinité を指摘しているが、そして當時としては十分にその意義もあつたことであるが、後に冬彦が、「ひと頃詩を書いてゐて、一行一行と削つてゆき題ばかりになつてしまつたことがある。『海』。あゝ『海』。これで澤山だ。『馬』。あゝいゝなあ。他にごたごた何をか云わんや、と思つたことがある。」という――さきの馬という一字の題はおそらくこの『馬』なのだろう――、「表現の極少へ向はうとする力に抗して、表現の極大へと意志する、そこに私は新しい詩の定型が成生されるだろうと考へてゐる。」（一九三六年）と書いているところからしても、このように簡單には濟まされず、この一行の短詩は彼の作品の中でも極めて重要な位置を占めることになるのである。

この詩では、「馬」という一字の題がなくては成立しない。またその「馬」が詩の行の中に含まれてしまつてもこの詩は瓦解する。この「馬」という明確な映像が、次の「軍港」に觸れてより一層鮮明に浮き上り、さらに「內臟」に及んで「軍港」と「內臟」の空間を無視した直接的構成により發生した小宇宙が、ふたゝび「馬」に接觸して一瞬無類のポエジーを築きあげ、忽ちもとへ戻ろうとする三つの映像が運動開始の一歩手まえで犇きあうのである。言葉の韻律は完全にすべてを映像に奪われた。かつてフランス象徵派のマラルメは嚴しい音樂的定型の中に自己を完全に消し去ることによつて自己を否定し、韻律にあくなき批評と宇宙創造の響きを旺溢せしめたが、また萩原朔太郎は獨自の立場から詩と韻律は同意語であつて音律と調べとは詩の必然の形式であると言い、詩の本質たる「言語が音樂の中に融けようとする」必然必死の本能感なしにいかなる純粋の抒情詩もあり得ないと主張したが、いずれもかのアランが、一詩にあつては、諧調があらかじめ空虚な形式を決定し、語がそこへ來つて位置を占める。詩と律動との間の應和不應和、そして究極における應和が諧調を確保して、注意力をそこへ惹きつける。後戻りのない動きが、聽く者を詩人もろともに運び去る」（一九二六年）という舊詩學そのまゝであつた。しかるにこれに對し、現代に於ける眞の詩は眼で讀まれなければならない。そして諧調（nombre）から解放されるのみならず、諧調を排除する。少しでも句が音樂のために調子ずいているのが見越されると不快を感ずる。それゆえに古典主義者アランが「詩を眼で讀み孤獨のうちに判斷する時、われわれはそれを誤解する」といい、「詩をどう讀んでいいか僕にはわからない。脚韻や反覆や蛇足を見過ぎてしまう。いつも讀んでもらつた方が余程よく解つた。（中略）何ものも待ち設けない心の動きが即興の觀念を僕に與える、そういう具合で、僕は自分を旅に連れていつてくれる詩しか知らなかつた」（一九二一年）のも無理はなく、何れも現代詩とは無關係なことである。すぐれた現代詩に於いては、すくなくとも脚韻や反覆や蛇足を見すぎてしまう」ことはないであろう。

この聲を出さずに眼で讀むということは些細な變化ではない。これは眞の教養の極めて顯著な表徵なのだ。かく讀まねばならぬ最も純粋な例としては、現代フランスに於ける一部の散文詩・自由詩（例えばエリュアール）・定型詩、日本では北川冬彦の作品（「馬」はごく初期の一例）、吉田一穗の「稗子傳」以後のものがあげられるだろう。しからばその本質上眼で讀まれねばならぬ散文と、詩との區別はどこにあるのか。從來のごとく韻律（廣い意味の言葉の音樂）の有無によつてその判定を下す方法は、現在世界の何處においても通用しないが、それにしても詩はついにいかなる音樂をも拋棄してしまつたのであろうか。かつて幾多不朽の音樂的宇宙を創造した象徴派なきあとのフランスに於いては？ 音樂の貧困がむやみに叫ばれるわが邦に於いては？ そして吉田一穂や金子光晴と共に、たえず最も尖端的に日本現代詩の極限をゆく北川冬彦はいかなる詩を書きつゝあるか、紙數の制限は本論に入ることを禁じている。他日の機會を得たい。（未完）

丸山薫論

増田榮三

その詩人に對する愛情をもたずして、その詩をほんとうに理解することはむづかしい。何故なら詩というものは、本來他の散文藝術とは違つて、それ自体イマジネイチブなものにその根元を置いているからである。愛情という言葉は又、同情という言葉におきかえてもいゝと思う。何故ならイマジネイションというものは、如何にそれが適確に表現されたものにせよ讀者に對して、或る程度の同情的見方を强制するものであるから。――この詩が本來イマジネイチブなものを骨格としているという事、讀者の氣質的なものにうつたえるという事が大きいという事、これが他の散文藝術などと違つて、その詩に對する各人の評價をまちまちにするわけである。勿論、すぐれた詩は、よく万人の共感にまでうつたえるものであるが――そして詩は本來そうなければならぬのであるが――しかしながら、かゝる眞實の詩は、そう簡單に製造されうるものではないのである。

私は丸山薫氏の詩をこよなく愛している。私の青春の一時期に大きな位置をしめた『物象詩集』の感銘は今もつて忘れないし、私が今日、詩というものを書き出したのも實をいうと、この『物象詩集』との會合の外の何ものでもなかつたわけである。この小さな小箱に入つた詩集に當時は、今から思えば愛着を通りこした偏執というものさえ感じていた位である。しかしながら私がこのように『物象詩集』に感銘したからといつて直ちに各人も私なりの感激を味つたと卽斷することは、私のとらない所である。先にもいつたように詩というものは本來、イマジネイチブなものを根元とする故に、讀者の氣質にうつたえる点が實に大きいのである。つまり私がいおうとする所は、私の氣質が、氣質的には丸山氏のそれと特に共通点が深かつたという事である。だから私がこの詩人を理解する事は、他の氣質的に異なる人々よりも深いと考えていゝと思う。もつとも、その反面、私が不常にこの詩人に對して好意的にプレジユデイスされていると言われても、これ又致し方ないと思つている。

「丸山薫論」というものはこれまで幾度か異なる人々によつてかゝれてきた。私もその幾つかに目を通したし、その人々の所説に大いに贊同さゝれる所があつた。そして、すでに一つの概念的な丸山薫という詩人の像はえがかれ盡されたと思うので私はもうそのような丸山薫概論をこゝでは繰返えさない。私はこゝで丸山薫という現代における少數のすぐれた詩人の一人の、現在と未來に向つて瞳を向けて見たいと思う

先に斷つておくが、私は眞の藝術家というものはその銳敏な感受性の故に、何處かに普通の人間と異つた缺点を多分に持つていると思つているものである。だから私は仙人ぶつた說教や藝術の政治性などと、いかにも壯士ぶつてやかましく言う詩人輩には肉体的に嫌惡している。芸術家というものは元來弱いものだ。人生においても最も破綻者的な存在だろう

もつとも詩人が現實に目を向けないでもよろしいと言つているのではない。先にも指摘したように藝術家というものは人一倍敏感なものであるから、彼らは意識するしないに係らず、その不滿な環境への反撥と新しい世界への意志はその作品ににじみ出てくるものである。かくあつてこそほんとうであると思う。

丸山薫氏は常にかゝる藝術家の本質と本分を知り過ぎる程知つて來た詩人である。氏の近刊詩集『花の芯』はこの態度を最も鮮明に物語つて余りあると思う。

かつて萩原朔太郎は氏を評して徹底したニヒリストであるといつた事がある。そしてこの言葉はそれ以來丸山氏を定義したかの感がある。しかし「プレジユデイスされるようでは駄目だ」とやかましく言う詩人が、實は外なら最もプレジユデイスされる人間であるように、徹底した虛無主義者は又もつとも人生に欲情を感じている人間であるのだ。朔太郎がそうであつたし、晩年におよんで漸く主著『意識と表象の世界』が賣れ出した時、こおどりして喜んだかの厭生の哲學者シヨーペンハウエルも實にそれに外ならなかつたと思う。

程度の差こそあれ丸山氏の場合もこの事は言えるだろう。この人生に對する欲情―何らかの積極性―なくして氏が今日

の大を成す事はなかつたと思う。

正直に言つて丸山氏ほど又、しつかりした詩を書く詩人は少いと思う。これは私一個の意見ではなく詩壇の常識となつていることである。安心出來る詩人は少い。會つて失望を感ぜさせられるというのが著名な詩人に會つた時の誰もがいだく感想である。しかし、私は思う。丸山薫氏だけは少くともこの失望を感ぜせしめない少數の詩人の一人だろうと――。

勿論、丸山氏に對する不滿もたくさんある。例えば氏は何故エッセイを書かないかという問題などがそれである。それは後程述べる事として、こゝでは不評だつた『仙境』に對する私の意見をかく。――『仙境』は例外なく若い詩人に不評であつた。「彼も遂に老いた」とさえ或る者をしていわしめた。もつとも私もこの『仙境』という題名に對してはひどく反撥的なものを感じる。そしてその中の四五の作品には本質的なものに對する不滿を感じている。しかし元來、芸術というものはある意味では醜い現實からの逃避なのであるから、その部分が或る環境によつて多量に作品に出たからと言つて、直ちにその詩人を「東洋的枯淡に逃避した」などときめる事は早計である。それは後に出た『花の芯』が氏の建在を立證したのを見てもわかる。私は好んでヘミングウエイやハメツトやジエイムス・ケインやデイモン・ラニオンなどのアメリカの非情派の文學を讀むが、それを讀み終つた時の感じは何か、批評や抵抗などという小むづかしいものではない。それは何んでもない外ならぬ物のあわれ（日本的センチメンタリズムを言つているのではない。すべての文學がその本質とする所のものを言つている）に過ぎなかつたという事である

そして詩はこの物のあわれを最も濃厚に出す所にその存在の意義があると思う。北川冬彦氏の詩は一應この物のあわれを否定した所に立つているように見える。しかしどうであろう。氏の『夜蔭』にのつた「顔」という詩を讀んでみるがいゝ。（私はこの詩はすぐれた詩であると思つている）實にこれは物のあわれの外の何ものでもないではないか。もつとも安西氏の詩など一應、單なるイメージの連結にその方法をおいている抽象詩では物のあわれはないかも知れない。しかし、われわれは單にかゝる言葉のメカニズムだけでは感心さゝれないのである。瞬間の奇智の面白さはある。しかし、それはたゞそれだけである。われわれはかゝる詩からは自身をうるおしてくれる何ものをもみいださないのである。詩の目的が「われわれの感情を和らげてくれる友であり、そして人々の思想を高めるもの」――キーツーである限り、やはりこれに個性という身を付ける必要があると思う。もつとも誤解をさける爲に斷つておくが物のあわれと言つても單なる抒情詩をいつているのではない。私が現代詩に求めている物のあわれとは人々の潜在意識にふれる高度で持久的な感情をいつてい

るのである。斷じて歌ではない。方法的には精神分析的科學的な詩をいつているのである。

さて、ひどく横道にそれて恐縮であるが、結局私がいゝたかつた事は、丸山氏の本質する物のあわれというものが、人々の潜在意識にふれる高度で持久的な感情だという事だ。そしてこの方法が『仙境』では實にしつかりと根を張つているという事だ。ある種の作品、例えば「狐」「あしあと」「美しい想念」などは人々の精神狀態を科學者の冷靜さで分析した如き鋭ささえ見せている。そしてかつての『帆・ランプ・鷗』時代の西歐的ロマンチシズムに對して著しい對稱をなしている。これらのクラシックな作品は正直に言つて若い詩人にはめつたにかけないと思う。もつとも彼らに言わすればこれらの詩には抵抗がないとか批評がないとかだそうだが、大体、私の意見では、詩のような短詩形文學に抵抗や批評などを意識して求め、それでもつて詩の價値標準にするような詩人は藝術の鑑賞すら知らない人々だと思つている。ともあれ『仙境』は丸山氏の一面をよく物語つたもので、この直後に出て好評だつた『花の芯』は作風からいえば『帆・ランプ・鷗』時代への復歸である。しかし私は丸山氏が單にロマンチックな心像派の作家に過ぎなかつたのなら、大してとらなかつただろう。氏が外ならぬクラシズムとロマンチシズムを共に內包した詩人だつたからこそ高く評價するのである。もつともこの二つの對立は丸山氏の初期から始つているが――。ごく最近の丸山氏の作風はどちらかといえば若い詩人におもねつている所も見えてロマンチックな心像詩が多い。しかし最近某綜合誌にのつた「黒と金」という散文詩はよかつた。丸山薫いまだ老いずを叫ばすに十分の重量のある作品だつた。それからごく最近の出色として「純正詩」Iにのつた「X」という詩は丸山氏を知る上にも見逃せないと思う。誌面の關係で再錄出來ないのが殘念だが、この詩のイメージは安西冬衛氏などのそれにも通じる世界的な視野に立つたものであると思う。最後の數行を讀みなおしてみるがいゝ。徹底したニヒリストである丸山薫氏がいるではないか。後程、杉山平一氏もこの詩をいゝと言つて來られたので間違いないと思つている。

以上、おもに丸山氏の最近の作品をめぐつて語つて來た。最後に私は何故氏が散文を少くともエッセイを書かないかという点について苦言を呈したいと思う。この事は「詩學」でたしか長江道太郎氏もふれておられたと思うが、私も長い間、丸山氏がエッセイをかゝないことについてその詩を愛するが故に不滿に思つていた。こゝでは古い散文集『蝙蝠館』の價値についてはふれない。しかし少くとも丸山氏にエッセイを書く能力が無いので書かれないのではない事だけは、私ははつきりと知つていた。これは個人的に私は丸山氏と文通しているので、いつもその文面に溢れるエッセイストとしての鋭さに驚かされ、且つ啓發さゝれていたからでもある。私は何時もその文面をみながら思つた。何故丸山氏はもつと積極的にエッセイを書かないのかと――エッセイを書けば、まさに鬼に金棒だがなと――。もつともいろんな事情があるのだろうと思う。私自身、氏に對してこの邊りの事情を深く尋ねたことはない。

　しかし北川冬彦氏や大江満雄氏など現代詩の第一線に立つている詩人が盛んにエッセイを書いている時、同じく第一線の有力な闘將である丸山薫氏が、獨りだまつているという法はないと何時も思つていた。

　私は心から希望して止まない。私のこのぶしつけなおせつかいが單におせつかいに過ぎなかつたと思う時が一日も早く來ることを――

　その時こそ私は大手を振つて丸山薫の提燈もちになつてもいゝと思つている。

（一九四九・九・二十七）

（八七頁より）

しかもやるせない藤村の旅情の哀歡を捉え得ず、失望して了いました。流石に山本安英さんは、柄に嵌つた優美な御自分の調子の中へ、定形を引張りこんで、見事に藤村詩の雰圍氣を表現された見事な朗讀でした。

　朗讀は、そのように出來るだけ定形の枠から拔けることが第一と考えたのですが、全体の雰圍氣を作り上げる爲には、箏、十七絃、尺八のような邦樂器を伴奏に使用しました。これらの樂器は、その目的の爲にはある程度の効果はあつたと思います。しかし、詩の定形のもつ一種の動脈硬化性を、矢張りこれらの樂器も持つているのぢやないでせうか、その表現の限界は、この組詩の場合でも、朗讀が更に完成していれば、恐らく調和し難くなるのぢやないかと思はれました。

　實際には、いろいろ細かい、所謂、演出とゆう仕事の中での、全体の流れ、音樂とのオーバラップの仕方、高音のピッチ等々色々とありますが、煩雜になりますし、また敢て申上げるまでもないことで、定形詩を如何に讀むかが、矢張り一番の問題だと思われます。

　終りに「詩を朗讀することの可否」に就いては、詩人の方々でいろいろ御意見のあることでしょうが、今少し積極的に、「朗讀によつてより効果のあがる」と思はれる詩（朗讀詩とも云はれていますが）を提供して下さることをお願ひいたします。

組詩のとり上げ方

（組詩「島崎藤村」の演出に就いて）

石黑達也

詩の舞台での朗讀が、他の演奏藝術と比肩して全じように舞台藝術たりうるかどうか。これは大いに研究の余地があります。現在、寺田弘氏の肝入りで續けられている、詩の朗讀研究會は一般的に詩の鑑賞普及並びに朗讀の研究を行つている唯一つの團体ですが、その春秋二回の朗讀發表會では、舞台での詩の朗讀を積極的に研究しています。既に六回の會を持ち、その都度、聽衆の數が增してきているのはまことに心强いことだと思います。これには、山本安英氏始め放送局關係の朗讀のエキマパートの參加と、音樂家の一部の積極的な協力によつて、今迄の詩の朗讀よりは、尠くとも進歩した雰圍氣で演出されている結果とも思います。とに角、これまでの成果によつて、藝術とまで高められた朗讀の完成は別の問題として、詩の鑑賞が、朗讀形式によつても充分行はれることと主張しています。

もとより、詩によつては朗讀とゆう聽覚的、現實的な觸れ方では鑑賞し得ない作品も多いのですが、今迄の經驗では、或る程度の敎養と知識をもつた聽衆と、作品をよく咀嚼して豊かな表現能力を持つ朗讀者による朗讀との融合の場合は、まことに美しい雰圍氣を作り出してきています。正直云つて、朗讀藝術とか、何とかゆう大げさなことでなく、いはば自分自身の歡びとして、この一瞬の法悅を味ふために、私たちは朗讀を研究し、また聽衆も集まつて下さるのだと思いたいのです。

しかし、こゝで朗讀の演出とゆうことが問題になるのですが、詩の朗讀の表現の限界は、なんといつても幅が狹く、他のステージ藝術に比べて單調です。その爲に可成り長い時間をキープすることが大変むつかしくなります。そこで、この種の朗讀會では、舞台的な演出の配慮をした組詩が重要なレパートリイとなります。この意味で、作者の文學的意圖とは別に朗讀の研究には、物語性をもつた北川冬彦氏の一連の長篇敍事詩作品は、私たち朗讀研究者にとつては大変有難い作品なのです。

組詩は、一定のテーマのもとにそれぞれ異る新舊の詩を構成編輯したもので、構成によつては解說をもつてつなぎ、音樂を伴奏とし、詩によつては歌曲とし、バレーなどもとり入れることもありますが、要するに詩の周圍にある藝術要素との融合のもとに舞台的演出をしてまとめることが多分に前提となります。組詩とゆう名はいかにもイージイに呼ばれている譯ですが、考え樣によれば、朗讀の前のテキストとして、さきに申したような目的の爲に作られたものです。例えば「日本の秋」とか「東京風物詩」とかのタイトルのもとそれ〴〵獨立した作品でもつて構成して組詩としたこともあります。いま一つ、研究会で毎回試みている組詩に「詩人傳」があります。啄木、藤村、白秋などの作品をもつて構成し、これを解説しながら、付記的に作者を描いてゆくものですが、この場合の組詩は、作品が、一人の詩人の生涯の作品のなかから選ばれるのですから、豊富であることと、統一がとれるとゆうこと、テーマの焦点が定着していて、構成者の主観がはつきり出せうるとゆう点で、組詩として大変面白い仕事だと思います。

お求めの「組詩島崎藤村の演出」に就いての前提きが長くなつて了いましたが、組詩にくるまでの大体でも分つて戴くために以上のことを申し上げました。

組詩「島崎藤村」はこの春の研究會でのレパートリイとして坂本越郎氏が構成され、朗讀は山本安英氏と私、音樂は日本樂器を使用し中島靖子氏が作曲して、六月一日毎日ホールで公演したものです。

詩人としての藤村は日本近代詩のなかで不動の地位を占めていますが、その詩作年代は明治三十年の處女詩集「若菜集」から仝三十三年の「落梅集」に至る僅か四ケ年に經つていて、以后は小説作者として詩を顧みていないので、その詩作品のみによつて生涯を描きに弱することは不可能なことです。そこで、坂本氏は若き抒情詩人として、藤村詩の抒情的性格を主として描いて、その抒情詩の近代詩上に於ける位置を説き、仝時に、藤村によつてはじめて大膽に解放された青春、その哀歡を劇的に押出して構成されました。坂本氏も断つていられますが、藤村の詩の誕生に至る社會的背景は、時間的な関係で觸れられていません。從つてこの組詩の演出も、この抒情性を表現することが第一なのです。それも出來れば、出來るだけ現代的な表現で、定形詩の枠に縛られることなく讀んで、この抒情を表現し得たらとゆうことが願望でした。坂本氏は「潮音」「草枕」「酔歌」「あけぼの」「初戀」「おくめ」「秋風の歌」「千曲川旅情の歌」の八篇をもつて構成されていますが、「千曲川」を除いて何れもの詩が七五の定形律なのです。それらの定形は、當時にあつては滑らかな、さわりのいゝ調子によつて、その抒情性を一層歌い上げたであろうことは想像出來るのですが、今日、私たちに迫る力は非常に弱いものとなつていますし、その詩語も、現代詩的感覺からは既に既に古びた昔のことばであることは、私たちのような非専問の者にも感じられるのです。その單調さ、沈腐さをどうやつて解決して、今日の朗讀によつて、よみあげるかとゆうことが、いはば朗讀の場合の根本であつた筈です。

しかし私の場合は、七五の調子に陥つて滑ることを警戒したあまり、不必要に表現の表情が生まのまゝ過多になり、燃焼しないまゝに空轉りして、殊に「千曲川」の詩の如きは、激情を内に抑えた、

（八五頁へ）

噴射塔

○

鶴岡冬一氏が鈴木信太郎譯「マラルメ詩集」を許しているように詩は難解なことばを用いなければならぬような錯覚が今尚日本詩壇を支配しているのではなかろうか。これは何もむつかしい漢語を使い上田敏や蒲原有明式な形式を脱し得ない鈴木氏一人の問題ではない

例えば「一鱗翅類蒐集家の手記」という安西氏の作品のようなものでも或意味で同様なことが云える。無論作者はこの何か深淵なようなことばの中に眞理をうたつているつもりだろうが僕は逆に何でもない平凡なものを特別にややこしく表現したとしか思えない。といつてもイオム同盟の即物形象主義を買おうというわけではない。とかくこのいづれにしても僕は二十世紀の大いにつかれたる詩人の姿を見る。何か特異なものを憧れ、他人と「吾」をいつもきりはなしてかたく自らを守つていこうとするサザエのようなかたくろしさとヘンキヨウさを彼等の人格の中に見出さずにはおれない。日の出を見てその美を唄い、果實をみてその味覚をそのまま歌おうといつた人間そのままの大きさをもつた作品は少しもみられない。人間を探求しながらいつのまにか人間をはなれて悪魔か、ないし哲学か、妙なイデーの奴隷と化し終りあとにのこつた貧弱きわまる不具的人間がわづかにくりごとをかえすといつたのが現在一般の詩ではなかろうか。如何なる外物えも捉はれたものからは眞の人間も詩も出てこないのではないか。もつともつと人間を探求し探求し盡すことを僕はすべての詩人え切望する。詩は「こんなもの」と氣どる前に自分は人間だと云うことにめざめたる雄大ホンポウな詩書の出現を期待してやまぬ。

(黒田榮三)

『次元文學論フラグメント1』

一口で云えば現在程現代文學が避けがたい危機に直面してる時はないと思われます。これを克服するものは、現代文學の根底となつている原形としての詩の叙事性以外にありません。そしてこの事は新しい文學ジャンル創造を意味するのです。

近頃、叙事詩運動の熾んなのはまことに結構な状態ですが、これが單に小説えの抵抗で終るならば、無意味なのであつて、すべての文學ジャンルの上に立つ綜合的な文學形式えの開眼こそ必要だと考えます。

この、いわば次元文學形式えの投影ともいうべき作品を、識見ある大部分の詩人諸兄姉は、既に淺井十三郎氏の新体叙事詩によつて深く認識されていると思います。

(大島榮三郎)

○

「現代詩」八・九月号いたゞきました。世界平和問題のアンケートおもしろく拜見。北園の時評には抵抗をかんじました。これは「ポエジイ」で書くつもりです。

「讀書新聞」で加藤周一の「現代詩第二藝術論」の批評をよみ同感しました。私も「東北文學」の時評で(十一月号)同様のこと書いたところでした。

(眞壁仁)

新しい詩への公準

新しい世代に属するぼくらの同類はこの行きづまりつつある符号そのものについての基礎的な作業から始められねばならぬことを意識する。それは現在人類が持つ凡ての符号の解析とその優劣試験。そして全たく新しい精密な符号を現在の符号からどの様に誘導するかと云うもつぱら技術的な問題に要約されるようである。

(高野喜久雄)

噴射塔　原稿募集

第五回「長篇敍事詩研究會」

長篇敍事詩の問題も、理論的には既に一應言い盡した感がある。ここらで趣きを變えて、互いに實作品を提出し、それを討究することによつて、具体的に一歩を踏み出そう、というのが今回の趣旨であつた。何分にも是迄に理論の先行しすぎたうらみもあり、そのため却つて創作心が萎縮されはせぬかとの懸念もあつたが、とにかく解散の時間を惜しむ位の盛會であつたことは、本研究会本來の意義を、大いに强めることになつたといい得るだろう。今後も関心ある諸氏の積極的な参加を望みたい爲に、当日のあらましについて一筆觸れておきたい。

「夜の挿話」（八百行）　日村　晃

われわれはこの研究會から新しく發生してゆくものに期待する、從つて日村氏の積極的な創作行動を高く買いたい、という一般の結論に盡きたが、然し作品自作に對する批判は相当酷熱を極める。例えば「手法のみが敍事的であつて、なんら歴史的、社會的ながれに深く觸れているものがない」（川路）「記述的にすぎる」（牧）「敍事詩に構成すべき素材の必然性乏しく、對象を外部よりみる眼が鋭くない」（北川、伊藤）「手法としても冗漫な点がある」（影山）等等。ひどく攻撃的に見えるが、實のところは和氣藹藹と思うだけをのべ、日村氏自身周圍の卒直な好意を讀みとつてゆくのである。

「不眠の猫」（四六〇行）　小野連司

「才氣は充分認める」（牧）と言えば、「しかし敍事詩運動に對してはなん等の芽生えも見出せない」（川路、伊藤）と突込む。「章句が平面的に羅列してあつて、起伏に乏しく、從つて作の感動が淺い」（北川）といえば一同同意する。牧氏が、「諷刺詩としては立派に通る」というのに對し、すかさず北川氏「ほんとに立派に通るか」とダメを押す。「それをいまぼくも言いたかつたところだ」（伊藤）を兩側から疊みかけられ牧氏避易。「牧氏失言！」（川路）と一同爆笑するが、結局縱横な才氣は認めるが、才に流れすぎて却つて中途半端なものにしてしまつている、というところへもつて行く。小野氏は現在病床にあり、しかも營營として精進を重ねられている、などと北川氏より作者不在の爲一言近況を述べられる。

「最後の逃避」（三百行）　牟田口義雄訳

これはモウパッサンの初期の作品の釈記。創作でない爲と、所詮十九世紀的な色彩强い作品であり、現代詩に寄與する点渺しとみて論議も多くは湧かない。

そのあとイタリー映画「戰火のかなた」の敍事詩性についての北川氏の感想、アリス・デューア・ミラーの「ドーヴアーの白い崖」についての牧氏の問題の提出等あり、次回に一層の充實を期して七時に閉會する。

戰後の敍事詩への手がかりは、まだ茫洋としたものの中に殘されていると考えることができよう。從つて個人か個人の信念と情熱によつて、とにかく纏めあげた作品を提出し、そこから新しい解明を得てゆくことが最も愉しく充實した會の在り方だといえよう」、そこに長篇敍事詩研究の意義もある。当日の出席者。（順不同）鶴岡冬一、牧章造、町田志津子、伊藤桂一、三樹實、日村晃、川路明、岩倉憲吾、影山正治、木暮克彥、北川冬彥

（伊藤桂一記）

第一回 現代詩 講演會

現代詩への理解と、その普及を目的として「現代詩」編集部主催にて、第一回講演會を持つたが、江間氏の病氣缺席の外は、全講師出席、その熱意と內容充實の講演は、聽集二〇〇を堪能させた。こゝにメッセージ二つ、當日の名進行川路君の報告を掲載し、會の模樣を地方讀者に察知して貰うことゝする。（編集部）

挨拶

日本の「現代詩」は戰時中、政治的策謀の傀儡となつて、本質をゆがめ、詩精神に泥をつけたのでありました。その詩に喝を入れ、純粹の姿に立ち歸らしめる爲に、終戰と同時に、一早くその運動を開始したのが雜誌「現代詩」であります

創刊當時、著名な詩人は各地方に疎開し、完全な住所錄さへなく、且又新人の擡頭を探ぐり當てる手筈さへつかなかつたのであります。然し、敗戰の絕望と混乱の中に、良識ある詩人の再起と、擡頭した新人との活動に依つて、戰後の詩壇は活氣を呈し、現代詩は他の芸術ジャンルに劣ることなく百花燎亂の盛果を納めたのであります。此の間、雜誌の興亡は常ならずでしたが、雜誌「現代詩」は、長期の休刊もなく、創刊以來三十四卷を刊行し、詩壇に寄與するところ絕大であつたと信ずるのであります。雜誌「現代詩」には、現詩壇の前衛的新舊の詩人が寄稿して下さつて、詩のルネッサンスに貢献し、そして初期の目的を達したのであります。そこで、昨年の一月から雜誌「現代詩」は、発展的に解消して、新たに、現詩壇の有力なる詩人二十五氏を糾合し、こゝに同人制を確立し、再出発したのでありました。當時尙編輯名儀人として、其の處に當つてゐた私が、病を得て療養生活に這入つた後を、北川冬彦氏が主宰担當されて、今日の「現代詩」の豪華さが展開したのであります。これはひとへに、編輯者との盡力、編輯者を助ける同人諸氏の熱意と、經營の任に當る淺井十三郎氏の努力のしからしむる所であると同時に、たへざる愛讀者各位の後援の賜と信ずる次第であります。かうしたトリオに依つて雜誌「現代詩」が、現詩壇に於て堂々たる場を確立した以上は、明日尙期待に添ふべく努力いたす次第であります。此の講演會の如きもその一つの表れなのであります。かへりみますに、創刊當時三十二頁の雜誌が今日月刊として九十六頁を確立し、總合ジャーナル誌と遜色のない發展ぶりを見る時、當時の編輯者として誠に感慨深いものがあります。今日此の講演會に出席出來ないことを一抹の淋しさといたしましても、同人諸君の活躍と、愛讀者諸君の熱意ある御後援に依つて、今日此の講演會が盛會裡に展回することを祝福せずにはゐられないのであります。主催者の意のあるところに依り、はるかに聽者の諸君に御挨拶申上られる事は、私の最上の喜びとするところであります。（昭和二十四年十月三十日東京都清瀨のサナトリアムにて）

杉浦伊作

○

先の月には日本出版協會講堂に於て「詩と詩人の會」講演會を持ち、本日は、北川冬彦氏の努力により「現代詩」編集

部主催にて在京同人諸氏並に木下常太郎氏を講師に迎えて、ここに第一回現代詩講演會を持つことを出來得たことは、「現代詩」「詩と詩人」の發行所といたしまして、實に感謝に堪えません。そして又、今日の如く混沌たる世代の中にあつて、常に峻嚴なる眼を歴史の中に持ち耐え、現實の眞に迫ろうとする詩の精神を愛し、ここに日常生活のハンザツさを押し通してお集り下さいました諸氏に、共々深い敬愛を捧げたくおもいます。

おもえば今日に於ける中小出版の危機は深刻極る狀態の中にありまして、一歩あやまれば、非商業的な文化雜誌の凡てが、店頭から姿を消すのやむなきに至るであろうことが予感されるのであります。一例を申し上ぐるならば今月に於ける日配支拂の惡化は、一誌發行費の六十分の一にしかすぎなかつた狀態であります。婦人大衆雜誌を除いては書店の需注以外の配本は受けつけない配給狀態の中にあつて、現代日本の詩の各雜誌を守ることの困難もさることながら、現代詩を綜合的に研究し合う機會も新たなる詩人を世に送ることも失われんとしているかに見えます。一つの雜誌を發展させて貰うためには、書店えの予約と讀者網組織の强化と、そして又本日ここにみられるような、現代詩そのものに對する理解、研究の會を多く持ち、詩人と詩と諸氏を强力に結び、如何なる片隅に於ても、詩の精神のその眼の曇りなきを行爲するにしくはないのであります。

　御承知の如くすでに花鳥風月の中にとぢこもることが藝術の本道ではなく、ひとえに「人間解放」えの道を世界人類の中に拓くことが、我々の道であります。本日この會にも參上いたしまして講師諸氏並に諸兄姉に親しく敬愛を表したく存じましたが事情意にまかせません。

　つまり、そのフトコロ具合でありまして、上京によつて雜誌の發行が軌道をそれてはならないからです。東京のアノ軒並みのカストリにユウワクされてチンボッしてしまつて、皆様の御協力にもそむいてはならぬを思いますし、すでに「現代詩」「詩と詩人」共に店頭に送りだしましたが次の仕事がまつています。じつと思いを耐えつつ、はるかにこの會が現代日本詩の發展の上に一つの運動として大きく現れて來ることを祈りながら講師諸氏並に一堂の諸代に敬愛をおくり、アイサツにかえます。よろしく。（十月廿五日）

淺井十三郎

第一回「現代詩講演會」記

「現代詩」主催による始めての講演會は、十月三十日、駿河台東京組合會議室で行はれた。晴天に恵まれ定刻の一時には既に用意の椅子が不足する程の盛況であつた。會場は音響効果も極めてよく、のぼせる程日當りも良く、全体に明るい感じであつた。

　會は定刻五分過ぎ、杉浦伊作、淺井十三郎兩氏よりのメッセーヂ（牧章造氏代讀）に始まり、先づ坂本越郎氏が現代詩の發展について語つたが、先頭を受け給つた氏は、どうも書くやうには喋れませんと照れながらも、氏の長年主張する「純粹詩」について主に語つた。

　坂本氏のは現代詩發展小史といふよりも、詩の中から詩に非ざるものを追ひ出せといふ「純粹詩」についての見解が最も魅力があつた。終ると、代つて村野四郎氏が「現代詩への理解」について語つた。

村野氏は革張の椅子に腰を下し、眼鏡をはづして、兩肘を机の上に置き、指先で腕時計を弄びながら、現代詩の魅力が音樂ではなく、意味と意の重なり、イメージの變化、詩人の体験の深さにあることを、低いしつかりした調子で、規定時間をきつちり使つて語つた。その語調といひ態度といひ、時間の守り方といひ、村野氏らしい着實さが現はれてゐた。

村野氏の後、放送劇團の眞弓田一夫、尾崎勝子兩氏が夫々熱心に北川、村野兩氏の詩作品を朗讀したが、詩の朗讀の歴史の淺いわが國においてはこのやうな若い人々が詩の朗讀を藝術として完成すべく努力をしてゐることに拍手を送るべきである。

次いで現代詩同人外からの講演者である木下常太郎氏がパウンドの「如何に讀むべきか」の紹介を行つた、機智に富んだ放浪者パウンドの見解について、如何にも話好きの木下氏は當日病氣の身にも係らず、よく語られ、聽衆を啓蒙するところ大きかつた。

こゝで約十分の休憩を設け、會場費の赤字を補ふ主催者の用意から展覧してあつた同人諸氏の生原稿は、聽衆の人氣を集めてゐたが一組百円と聞いて尻込みするのであつた。

休憩後、杉浦伊作氏の詩朗讀（日村晃氏代讀）、高村智氏のポール・エリュアルの譯詩並解説、鶴岡冬一氏の自作朗讀があつて、安藤一郎氏がロバート・フロストの詩劇について語つた。

氏は外語の教授だけに講演は手慣れたもので、人氣投票で小説家に混つて上位を占めてゐるといはれるフロストの詩劇が、時間不足で完全な形とは云えないが英語が讀めなかつたり、また本の買へない人々にとつて、概略を知り得たことは幸ひであつた。

病身の大江滿雄氏は先づ自作詩を讀み自分の詩を讀むとどうも興奮していけませんなぞといひながら、ヒューマニズムについてとめどもなく語つた。とかく話の長くなる氏にとつて時間の制約は若干推察された。

こゝで久松俊子氏から花束の贈呈があつたが、花束といへば大抵は慣れ合ひで贈られるのであるが、殆ど未知といつてよい方から贈られたことは大へん娯しく村野四郎氏が眞先に勇しく手を叩き、北川冬彦氏がその體軀に似合はず恥しさうにその花束を受けた。文字通りこの盛會に花をそへるものであつた。

次いで吉田一穂氏が戰時中以來想を練つてゐた「古代綠地」について、その地球物理學や生物學の豊富な知識を驅使し地軸を三十度傾けるといふ假説によつて聽衆を驚かせ、その情熱的な語調と共に當日の一異彩であつた。

最後に北川冬彦氏が、朴訥な口調で、簡單に長篇叙事詩研究會の報告をし、併せて閉會の辭を述べてこの第一回の講演會は成功裡に終つた　（川路明記）

編集後記

▽「詩壇」という名稱を、いつぞや草野は雛壇のようだと忌避したことがあるが、「詩界」「詩苑」といつたところで水際立つこともない。實体には変りはないのだから、一般になじんでいるこの名稱を使うのに差支つかえはなく、また穏当でもあろう。私だつて、「詩壇」という名稱に感心している訳ではない。大体、「詩」という名稱だつて、有難いものではないのだ。「詩壇」というものは近年解体して存在しないという説があるが、明治、大正時代のようにハッキリはしていないが、今日、詩を書く人間が存在し、詩が發表され、詩をめぐる催物があるのだから、これは漠然としているとしても詩壇は存在するのである。これに、直面することを敢えてすることは、ジャーナリスティクだとばかり云つて片付けらるべき性質のものではない。詩並に詩人の存在を確認するよすがである。その意味合いから、この號で、廿四年度詩壇回顧を特集した。

△新鋭詩集の横山理一は「パン・ポエジイ」同人、橋本理起雄、木暮克彦、桑原雅子は「詩と詩人」會員、鵜澤覚は舊「詩の家」同人、長尾辰夫は、舊「麵麭」同人、島本融は河井醉茗の、萩原俊哉は村野四郎の、伊豆智寒は私の、それぞれ推薦である。

▽讀者並に一般詩愛好者との近親と、啓蒙を期して、第一回の「現代詩講演會」を催したが、別稿記事のような盛會であつた。当日の講演内容は桑原雅子によつて速記されてあるので、漸次發表してゆく予定である。

▽「新世代」欄は、漸次充實してきた。一篇や二篇の詩ではわからないが、半歳も連續寄稿があれば、素質、才能のはつきりした見透しもつくから。そこでこれならと認めれば、新鋭詩人として發展して貰うことゝなるのである。

▽「噴射塔」欄は讀者發言の場である。讀者といつても、いわゆる讀者とばかり考えてはいない。公器的なものとして、詩人諸君も利用して戴いてよいのである。

▽それから、足場がよいせいか、未知の詩を書く青年か、突然尋ねて來て、詩を見てほしいと云うのがめつきり增えて惱まされる。今後は一切面會謝絶したい。「新世代」原稿として送られゝば、念入りに見ている。そして、會う必要があればこちらから音信をする。私は、ねばり强い手合いにかゝると、二日位頭がもやもやして仕事か手につかない。どうか、仕事の邪魔をしないでほしい。

——北川冬彦——

現代詩　第五卷　新年号
定價金五拾七円送料六円
直接購読会費一ヶ年五〇〇円

昭和廿四年十二月廿五日印刷
昭和廿五年一月一日發行
編集者　北川冬彦
編集兼發行人　関矢與三郎
新潟縣北魚沼郡廣瀬村大字並柳
印刷人　佐藤利平
新潟縣古志郡宮内町

發行所　新潟縣北魚沼郡廣瀬村大字並柳乙一一九番地
詩と詩人社
淺井十三郎
日本出版協会員　番号　A一二九〇二九
振替番号　新潟五二一七番

昭和二十四年十二月廿五日印刷納本
昭和二十五年一月一日發行
昭和二十三年五月廿八日第三種郵便物認可
昭和二十四年三月二十八日遞信省特別扱承認雜誌第一四五號
現代詩（第三十六集）

定價 五十七圓
地方定價 金六十圓

現代詩
THE CONTEMPORARY POETRY
七月號
詩と詩人社
昭和二十五年五月二十五日印刷納本　昭和二十五年六月一日發行（毎月一回一日發行）
昭和二十三年九月二十八日第三種郵便物認可　昭和二十四年四月二十八日運輸省特別扱承認雜誌第一四五號

現代詩七月號目次

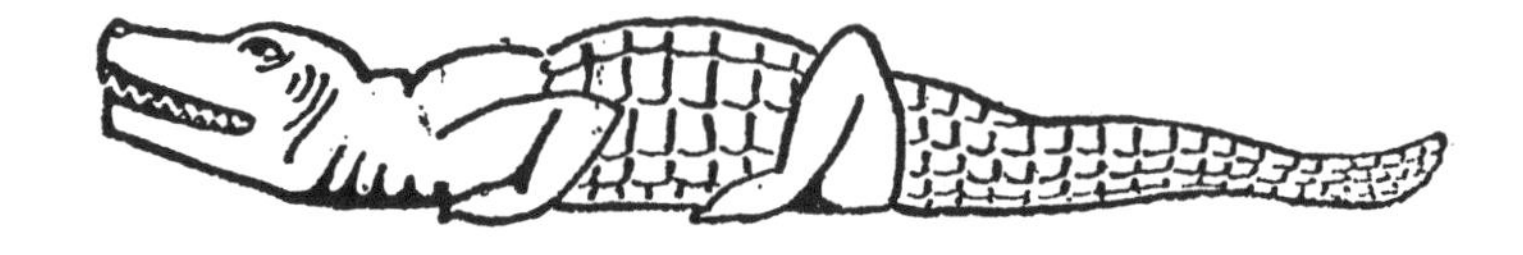

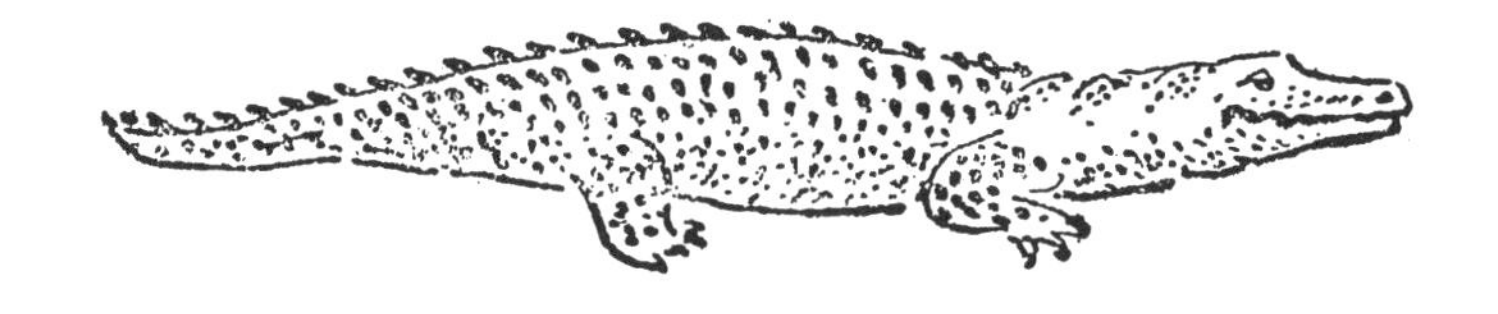

自由人協會の成り立ち

自由人協會は、次のような考え方をもつている人々によつてつくられている。

1 人間は、お互いにひとりびとりが尊いものであること。しかし、それは決して、ばらばらな個人の絶對性を認めてのものではなく、他人の獨自な存在の意義をよく認めあつて、お互いに尊重しあうということを忘れるものであつてはならないこと。

2 人間の自由は、非道な强權や暴力によつて、決して犯さるべきではないこと。

3 人間は、いかなる既成の權威にも盲從してはならないし、また決して環境のとりこにもならないで、つねに自己を新しい創造の途におかれねばならないこと。

4 人間の不幸や惡を、なんでもすべて、ひとのせいであり、世の中の罪であるとする考え方に、なんの疑いもなく、まつたく無反省に落ちこむことは、明らかに、自我の喪失であり、自己と社会に對する責任の回避であること。

5 眞理は、人間ひとりひとりの理性の欲求として、自由な探求にゆだねられるべきであり、或る既成の、ないしは特定の思想や理論が、何らかの力によつて、ひとに强いられてはならないこと。

6 人間は、誰でも、自分の行動は、自分の自由な判斷と選擇によつて決めるべきであつて、したがつて、自分の行動に對しては、あくまで自分で責任を負うのでなければならないこと。

7 人間ひとりびとりは、いつも、のびのびと自由に生きて在りたい。しかしその自由が、他人を傷け犯すものであつてはならないこと。

會員募集……………月五十円　年六百円

現代詩
昭和廿五年　六月号
（通巻三七集）

詩人の印象

その一

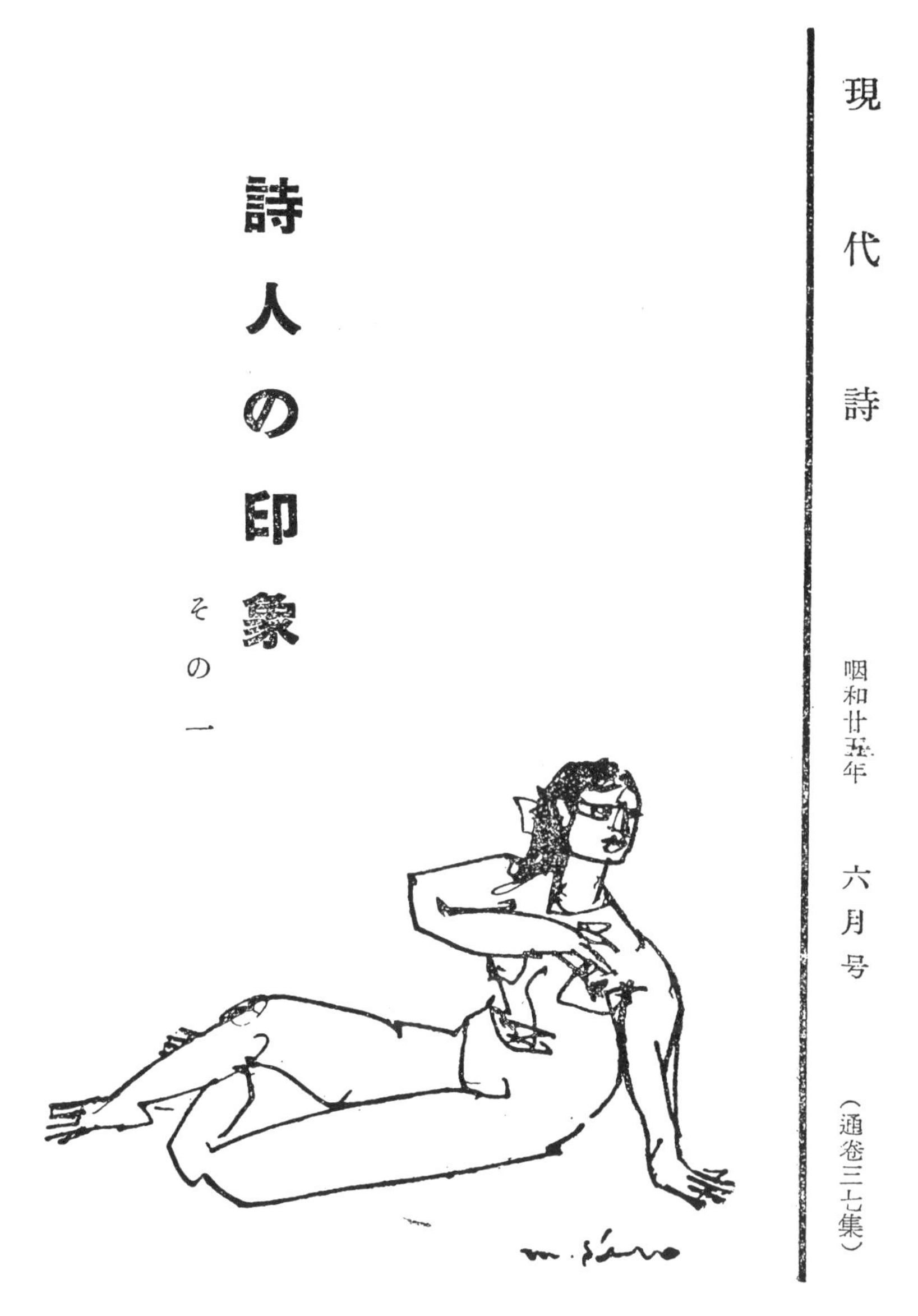

吉田一穗

高村智

マラルメの直系は日本に來ている。それは吉田一穗だ。マラルメよりはるかに一次元高き不壊不滅の詩を生みつゝある現代詩人をわれわれはいだいている。その作品は廿世紀のピラミッドとなるであろう、かつてのマラルメが十九世紀のピラミッドを築きあげたように。「稗子傳」「白鳥」そしてまた「無の錘」の第一章をかゝえて我々の感激と誇りはその極まるところをしらない。「ものを感ずる詩人の認識が如何なるものよりも眞なる實存であるかを見者として証する」ことに現代詩人の使命ありとし、現にみずからそれを實証しづゝあるこの詩人と對座して與えられる印象は、「未來者」一巻を開いたそのまゝの印象であることはまことに驚異であり、また當然といわればならない。やがて出る第二試論集「古代緑地」はもつとも確實に最近の氏の風貌を傳えるものであり、いかなる精功なカメラも眞の一穗の片影だにとらえることはできない。

金子光晴

河邨文一郎

金子光晴をはじめて訪問する人は、この、なりふり構はない、輕卒とまでみえる氣輕な、しかも少なからず剽軽な中年男を前にして、暫らくは勝手がちがつて話の受け答へに困ることだらう。彼の作品から受ける刄物のやうに鋭く金襴のやうに絢爛な印象は、どこを探してもみられない。彼の男ぶりくらゐ、俗に云ふ一目惚れから縁遠いものはなさうだ。

彼にはよそゆきの顔というものゝ持ち合せがない。見栄坊でないことはないのだが、肩書をのつけて勿体ぶつて歩いたり、大向ふを唸らせようと大見栄をきつたり、强がつたり、さうした窮屈なことには、彼の性格から云つて一寸の間も我慢できないのだ。じぶんの腋の下とか臍とかいふやうな軟かい部分、いはゞ自分の弱身くらゐ、いざといふ時頼りになるものはない、と詩集「蛾」の後記に彼は書いてゐるが、この言葉くらゐ彼自身を物語るものはない。

笹澤美明

人見勇

「横濱は悲しくなつたねえ」と變つた故郷慨歎のハシゴを辛くも扇谷さんと僕が止めて、折柄の雨の中を、いつに変らぬ端然とした和服に包む、醉ふと鮮やかな青春回歸の精神を支へながら、やつと野毛の灯をあとにして、市電に乘り元町に着いた。喜久屋の前までくると、懷しげにドアを排しアイスクリームを註文した笹澤さんは、バダルチェフスカの「乙女の祈り」を弾いてゐる店の娘のそばへいつて、まるで千鳥足さながらの手つきで一緒にピアノを弾き始めた。クリームのすつかりとけきつた頃、舞台は三轉して、フェリス通學中奥さんがよく歩かれたといふ、代官坂をのぼり、扇谷さん宅の二階のささやかな酒宴となつた。「人見君はずるい、人間を出さないからずるい」と核心を衝かれて苦笑を噛んでゐた僕は、やがて思ひがけぬ同じ白蚊帳のなかで、うつつともなく、日本のリルケ、笹澤さんの孤獨に沈潜した寝息を聞いてゐた。

（昭和二一年の記憶より）

丸山薫

塚山勇三

丸山さんに最初御會ひしたのは今から約十年前、たしか昭和十三年頃の晩春か初夏の土曜日だつた様に記憶する。当時丸山さんは東京中野の塔ノ山に住つて居られた。門を入ると植込のある靜かな家で、玄関を入ると丈の高い大きい丸山さんが着物姿で出て來られて部屋に通された。丸山さんは端然と坐つて話をされる時、言葉少いがよく中心をついた話をされた。その日の話題はすでに記憶していないが海の話をされた樣に思ふ。口をついで出る言葉になんとも云へぬしみじみとした暖かさがあつた事が當日の僕の强い印象になつて殘つている。これは僕が丸山さんに御會ひした最初の印象であるが、以來十年終戰前後にかけて三年を除き度々御会ひもし數多くの文通もいたゞき雪深い山形から豊橋に移られて最近三年振で御会ひする機會を得たが十年前の最初の印象に變りはない。

☆　☆　☆

村野四郎

長島三芳

彼はいたつて無口であるしかし彼に接する時、先ず初對面から引附けられるのは何んと言つても彼の勝れたあの体量（セメント袋より一〇キロほど重い）から發散する海のような愛情の波であろう。正義肌で情熱家で高潔な人格そして男らしい風貌、人物的に言つて何一つ缺點のない一級紳士である。

戰爭は彼の邸もろとも幾百冊の藏書を花のように灰にした。眞實、彼にとつて又口おしい事件の一つであるが、戰爭は彼のもつ果實のような知性まで遂に灰にすることまで出來なかつた、それは戰後彼の魔法瓶の噴水からゾクゾクと吐出される花片のような詩によつて彼の詩精神はするどく證明される。

彼は今日も東京の黒い土の上をネヅミ色のハンチングをかむり、太いパイプを嘗め、明るいステツキを振つて歩るいているのだろうか、なぜならば詩人村野四郎にとつて「バラの根のパイプ」と「籐のステツキ」は又詩への小さなマスコツトであるからである。

☆　☆　☆

深尾須磨子

町田志津子

新宿ハウスにはじめてお訪ねしてから十數年、ほとんど昔のまゝの若さである。詩人の秘密であろう。氣難しさを言う人もあるが、時折上京する私はそれを感じない。材料の自然をそのまゝ生かした手早い料理、近所のバラックの住人の赤ん坊を錢湯に入れたり、母性的な暖さとフランスの庶民生活に通ずるものを感じさせられる。本を身辺に決して飾つて置かない。講演も座談もうまい。人生のすいも甘いも嚙みわけた座談はそのまゝ社會時評となる。横笛が特意である。之も長い滯欧の記念である。世界的な眼を持つこの人こそ與謝野晶子の正統を繼ぐ者。二人とも我々から見てうらやましい時代を生きている。

夜半作品に對する時おそらく孤獨に徹したきびしい面持があろう。これがこの人の藝術に對する態度である。後につゞくに足る女詩人のない事は一脈のさみしさを加える。

北川冬彦

長尾辰夫

北川冬彦の眼底には、腦髓が露呈している。冴え返つた顔面は、生きた能面である。ものの正體を究明してやまぬ、このきびしい風格の前に人は一糸をまとうことを許されない。一見何氣ない會話の中でさえも、氏は突如として鋭いメスを投げこんでくる。もの凄いスピードで飛躍して行く。壓倒する充實感に耐えかれていると、急に空無の中に放り出されている。取り殘されたはげしい氣流に巻きこまれて人は時に悶絶するのである。これが北川流のエチケットである。氏ほど切實を挑むものはない。絶えず青春へ回歸する、斬新な企画である。奔騰する渦の中で身を横轉させながら懊惱の底をくゞり續けるのが、氏の現實の姿である。粘粉のかたまりである。强靱なバネである。人間北川のたくまざる骨格である。俗衆の血と共に生き、しかも自らを高く持し得る人材は稀である。日本現代詩の運命をまともに背負つて立つ第一人者である。

菊岡久利

高橋宗近

この相當に巨大な体軀の詩人は、時としてそのユダヤ人的鼻筋の上方に、鼻眼鏡をかけてゐることがある。そんな時菊岡久利という一人の詩人の上には、不思議な二つの像が重なり合つてゐる。一つは誕生という肉体的記憶をいき〲と背負つてゐる嬰兒の姿を、そのまま擴大したといつたやうな像と、もう一つは時として老齢な動物が示す、あの厭世的な面貌とである。

常には菊岡久利の生活は、幼兒のやうに旺盛であり、幼兒のやうに潤達に見える。ひとつの例をあげるならば、彼の所持する物品の、有爲轉変の激しさである。パイプ、ライター、時計、鼻眼鏡、ステツキ等の日常品から、茶碗などの骨董品に至るまで、始終新しい奇拔なもの、優秀なものを探し出して來ては、古いやつはおほかた他人に無償のまま贈つたり、呉れてやつてしまふのである。それが道樂でもあるかの樣に。或いは幼兒のする遊戯のやうに。

岡崎清一郎

三田忠夫

岡崎さんと知合になつてから、かれこれ十年を超えるかもしれない。その間を通じて岡崎さんはよく病氣をしていられた。蒲柳の質とゆうが、それがあまりにも適切すぎる。長身痩軀、秀でた額、ぎろつとした眼玉、それからぽつんと物の頂点だけしかしやべらない不器用な話振と、こう書き並べるといかにも素氣ない描寫になるが、岡崎さんは至つて子煩惱で、そしてまた信義にあつい人なのである。「歴程」の草野さんに義理をたてゝ、あちこちの雑誌からの同人招請を断わられたとゆうことなぞも、その一面をつたえて餘りがあろう。だがどうゆうものか、岡崎さんの印象を問はれて僕が最初に喚起するのは、あの「火宅」の形相なのである。これは僕が詩集「火宅」を常に讀みかへしてゐるためかもしれないが、ぎりぎりの神經の世界に突立つて、猶も己れを引裂かうとするすさまじい相貌なのである。そのどつちが岡崎さんの本領なのか、そのいづれでもあるような氣がする

青山鷄一

村野四郎

青山鷄一こと小川富五郎は「新領土」時代からの、ぼくの古い友だちである。當時「新領土」に集つた、かがやかしい新精神たち、死んだ永田助太郎や饒正太郎、それから今は「荒地」のチャンピオン、憂鬱な十字軍の旗手である鮎川信夫三好豊一郎、田村隆一、北村太郎たちの新星の中では、實にぼんやりした存在であつた。きらめく光ではなかつたが、大島博光と共に茫漠とした大きな暈をかむつていた。彼が初めて耀いたのは詩集「近代頌歌」以後である。それにもかかわらずその後彼は自ら殆んど失明して、愛孃や青年につきそわれて屢々ぼくと逢つた。

くろいフィルタアを掛けた彼は、エネルギッシュに、ランボオ的な情熱で自作のながい作品をそらんじて、ぼくを壓倒した。

ぼくはそれをききながら、彼の肉体のぼんやりした窓からはいつて行つて、何が彼の心をそんなに煮えたたせているかを激しく感じさせられたり、考えさせられたりした。

扇谷義男

安藤一郎

扇谷義男君とは、二十年位の歳月を經て、また新しく時々逢ふやうになつた――もう昔の印象が薄れてゐる頃に。彼の自虐的な詩を讀む人は、どんなに氣難かしい、痩せてぎすぎすとした男かと想像するだらうが、實際はさにあらず、頭を丸く刈りこんだ童顔の、小柄で若々しい印象を與へる。にこやかで、おとなしく見えるので、彼のどこに、あのやうな詩が隱されてゐるか、一寸不思議な位である。

岩佐東一郎氏の風船句會で屢々顔を合せたが、彼の俳句は、素人ばなれがしてゐる。

彼の俳句は、水際立つて鮮やかだが、詩は複雜で晦澁なところがある。詩と俳句の二つが別々に、彼の頭の中で動いてゐるのかしらと思つたが、この頃の作品は、リアリスティックな骨組を持つて、明確さを加へてきたやうだ。最近、隨分よく勉強して、多作をしてゐるが、彼は段々と肥えてゐる。いや、ふとつてきたから、詩に重みが出來たのかも知れない。

馬淵美意子

内山義郎

去年〈歴程〉へ馬淵美意子論を書くことになつてゐたとき、暗い銀座の裏で、「如何？書ける？馬淵はむづかしいね」と草野心平氏に云はれた。彼女を詩人として發見し、世へ紹介した、この草野氏のひとことは、僕に實感をもつて、とても印象深くのこつてゐる。

あの無限宇宙への貪婪な意欲に虐なまれながら、ヴァレリイ的な計量する思考性と、豹の逞しいしなやかな感性とをもつて、彼女の白い手が、まだ誰も知らない、あの月の向側へとのびてゆくとき、僕は美しい蛇を想ふ。

よく街路で、外國婦人とすれちがふとき、彼女を想ひだす。あらゆる點で、日本人ばなれのした彼女の内部には、たしかに西歐の血が潛在してゐると、僕はひそかに彼女の染色体のなかに、その解釈を求めてゐる。

☆　☆　☆　☆　☆　☆

江口榛一

木原啓允

性来動物好きで（但しヘビとウマはいけない）、あらゆる動物にかこまれて生きてみたい、という夢想をもちつゞけている僕は、いつか江口さんが山羊を飼つているのをしつて、どうか末長く愛育してくれるようにこん願した。ところがそれから一週間とたゝぬまに、もう山羊を食つてしまつた、というハガキがきたのである。その後人づてにきく所によると、江口さんがデバ庖丁で山羊の首をきつても、山羊はなか〳〵死なゝかつたそうである。やむなく近所のその道の専門家に、後しまつの依頼にいつたのだが、その時の江口さんの足取りは、極めてしつかりしていたそうである。とかく詩人江口榛一だけが、あげ足をとられたり、利用されたりして、僕には甚だざんねんであるが、もつとざんねんなのは、かゝるレアリスト江口榛一の所在について、實は当の江口さん自身が、どうもあまりよく氣付いていないらしい、ということである。

壺井繁治

田中久介

四七年の暮近く、はじめて、壺井邸を訪れた。ぼくは、西岳港三として、彼の書斎で、火鉢をなかに、はじめて逢つた。「超現實と現實の話」を少し、した。彼は、ゴミと一緒のキザミの箱を引よせて、キセルを叩いた。ぼくは兩切をすすめた。彼はマッチを二三本無駄にして、そいつを吸つた。彼は、ツバでそいつをビショ〳〵にして、吸つた。ビショビショになつたタバコはすぐ、眞茶色になつて細つた。そいつを吸ひおわると、また、ゴミ入りキザミの箱を引よせた。ぼくは、もう一本すすめた。彼は、またビショ〳〵に、茶色になつた吸い殘りを灰皿につぶした。そして、頭の毛のうすい、その下の大きな眼をくるりと、ひげ面全体のなかで、なにか野心家の如く、しかし弱々しく、その眼を濡らしているようだつた。彼の書斎の、その時の疊の上に、詩の雜誌が散らばつていた。歸途、ぼくは、兩切を一箱買つた。

☆　☆　☆

山之口貘

及川均

貘さんは美男でありました。一九四九年の夏におよんで、鎌倉の菊岡久利邸において初めて拜顔、二度めは今官一「幻花行」出版大記念會があつた銀座の菊水樓。その次は、まだ拜顔の榮に浴してませんが、やはり貘さんは二十世紀日本に屈指の美男にちがいありません。實物をごらんにならない方々に申しあげる次第ですが、夾雜物のない物それ自体、掛値なしの完全生命・葦・アンテナ・やわらかくつて鋭くぴりぴりふるえてる神經、いわば、貘さんは、貘さんそれ自体といつた存在で、ひとなつつこい風貌は、どこかで何度もあつたことがあるような氣をさせましよう。見えすいている日本の近代をからだごと生きて來た、こういう美男はめつたにあるものじやない。試みに貘さんが酒を飲むとしましよう。イスパニヤふうな鼻の、上にある眼鏡の底の長い目と、下にある脣にかくれている白い齒は、ほとんど同時に、情熱的――かなしきゴーロアふうに、わらいだしますよ。

近藤東

山崎馨

彼の黒い輝く眼と、たしか長髪ではないぐりぐり坊頭に、形のいゝ鼻と、精悍そうな顎と、豊かな（小柄ではあるが）身體に、彼獨特な、勤労階級的な官能を內包して、口許の線は小止みなく動きだすと、彼は早口に詩論を展開する。その彼に、私は戰後六回ばかりある機會を得てめぐりあつたが、いつ會つても、いつに変らない印象を私にあたえてくれる。それは彼のあかるい情念がそうさせるのか、精神的な若さが私の印象に殘るのか。

あの嚴格な批判と明快な表現技術は、たえず自己を超えて昇華せんとする苛だつた精神を牽制し、それを抽象と消滅との不安から衛らんとするかのように、氣負つた意思と格調とを矯め蔽はんとする忍耐が、彼の表面にいかにもものやはらかに表情を浮かべている。私は「灣」における頃の彼を知らないが、もしその頃の彼の印象を知るひとがあつたら、おそらく二十年前の彼の印象は今日の彼の印象と変らないと云ふであろう。

高橋新吉

高島高

太い黒ぶちのロイド眼鏡の底に無限の深淵を秘めた瞳である。たとえば青みどろの無氣味なしづけさであろうか。熱い熱い涙をためた、この世の孤獨な旅行者の瞳であろうか。

それは不思議な力と魅力をもつて人にせまる射るような又熱いあわれみをたゝえた眼ざしである。僕はこのような深い驚嘆する第一印象に感動したのは、泉潤三のやつていた「はくてい會」であつたから今より十四五年前でもあつたろうか。後年「ダ、とはどという言葉により、はぢめて氏の死活底の禪機にふれ、あの日の神秘さや、人々が長く氏の奇行としたあらゆる行爲を、劍双上に一句を得ている眞人の正当なエスプリ・ヌーボーと知つた不敏な僕である。氏は今も人々の第一印象をまごつかせるであろう。それは氏のかのヘイゲイすべからざるポエジイの深さのように。氏は果して佛であるか、修羅であるかというように。

（※「ダ、とは遂に東洋的叡智に戀着した者のさけびだ」など）

杉浦伊作

日村晃

過日三島由紀夫氏に逢つた時、氏は「正宗（白鳥）さんの近頃の作品の若さには驚くばかりだ。年をとつてきてからかえつて若い時のものより青春に漲ぎつているとは、これはどうしたことでしようね」と言つていた。青年期の彷徨を脱して精神のポジションを得た時こそ、適確に青春のポーズが構成されるのではないだろうか。そうぼくは思つたと同時に、身近に、杉浦伊作の青春を思つていた。

杉浦さんは非常に若い。よく後進のわれわれを前にして、少しくなまりのある語調で、夢の美學に就いて語られる。われわれの思い當らぬさまざまな花を創造する。と言つて單なる抒情の人ではない。その眼は優しく見開かれていながら、眞向うに直視する。机上の一粒の埃も見逃さない凛烈さがある。潔癖な人である。そこに青春があるのだが、はじめて接する人は、杉浦さんの徹底的な愛情にくつろいで、うかつにもそれに氣づかないのである。

杉山平一

織田喜久子

詩集「夜學生」の著者杉山さんにはずつと前から一度お目にかゝりたいと思つていたが、終戦後はじめて原稿の依頼に伺つたとき、出て來られた方をみると、それまでよく驛でみかけていた人なので、おやと驚いたのだつた。血色のいゝ清潔な皮膚と澄んだ大きな目を持つた丸顔のその人は、詩人でも實業家でもなく、むしろ科學者という感じで、何か一寸類のないものだつた。

廿世紀の藝術である映画の批評家であり、小說、殊に科學的な夢を持つた探偵小說を好んで書かれる杉山さんは、詩人は單純で面白くないといわれ、人間や作品について辛辣なまで鋭く的確な批評を吐かれる。それが杉山さんの叮重な物腰と一見對照的で、私は意外な、また非常に愉快な氣がした。

實生活に於て困難な工場の經營にあたり、家庭で二子を失われたことは、現實への積極的な意識の一面、杉山さんをいよいよ孤獨に、深くしているのではなかろうか。

植村諦

向井孝

たまたま上京したぼくの植村さんとの出合は、心中ひそかになつかしく親しい別の話題があふれていながらちよつと便所へでもたつたとき廊下でのすれちがいに立話する程度で、いつも大ぜいのなかで、しかもそのときは文學以外のとんでもないことを議論するという機會ばかりだつた。

そしてその夜、他の仲間をもまじえて新橋あたりをさまようときは、深更におよんで、さて一体何をはなしたことやら、肩くんであるいたことだけおぼえていてあとすべて記憶喪失といつた具合である。

だが、コップをかたむけながら、あのひげのそりあとあおく白せきの面をあげて、たとえば大學教授に似た沈厚纎細なプロフイルが、しずかに悲憤し次第に紅潮してくるときぼくは詩人植村さんの作品そのものに接したようなおもいに、いつもはげしく心うたれたものである。

☆　☆　☆

江間章子

内山登美子

江間章子様

佐川ちか氏にひかれた私が貴女を識りたいゝ思つたのは、むしろ當然の事だつたかもしれない――それ程、貴女と佐川さんは仲よしだつた。互に相反する性、それ故どこか氣があい、どこかで通じ合つている。どこかに宿つている愉しい祕密。

貴女の印象をといふのに、貴女と佐川さんを結び付けなければ氣が濟まないのは困つたことに違いないけど、これも佐川さんの「江間さんと會つて居ると明るくなりますよ」の言葉をお借りしてお寛し願いたい。これは正に江間さんの第一印象です。江間さんの詩が裡からのあふれるもので生れるやうに、江間さんとの會話は五月のハミングのやうに愉しい。

初めて江間さんにお會いしたときも佐川さんの話をしたが、私の中で常に對象的な存在。滿ちあふれる故に書くひとと。我が足らざるいのちの故に書くひとと。

淺井十三郎

龜井義男

淺井十三郎それは「街に手の行列が」の著者黒色戰線で活躍した淺弘見であつた。二十幾年前であろうか、僕と生活し。三升の酒も簡單にたいらげたむつつりやの淺弘見。十年前北京に行く僕を引きとめる淺井十三郎である。彼が近著「火刑台の眼」で書いている後記は正に、當時の苦難がにぢみ、二十幾年も夢のように思われてならない。彼の理論の根底に經驗の偉大さが覗くのもその永い放浪時代や社会運動に投じていた頃の實驗がものを言つているのである。

戰後北京から引揚げた僕は最先に「歸つたぞ」と通知した。以來又たのしく酒を呑み、たのしく僕らの世界の爲に詩つている。むつそりやの弘見は、詩となると偉大な精神力を發揮する男だ。親しみ過ぎる友、淺井十三郎!「風が帆綱にわびしくうたうよ」以來僕らの酒杯は續き、僕の長男また彼の詩友として、彼のもとに盛に詩を盜りつづけているあたりに、どうやら彼の文學革命は若い世代の中にそれを持ちこそうとしているようである

河邨文一郎

和田徹三

僕は小さい頃の河邨君をよく覚えている。利發そうなつぶらな目の脆弱な感じのする子供であつた。僕は、中學二年か三年の春休みに、小樽の量德小学校の一年に入學した從弟のお伴して出かけたが、河邨君は從弟のすぐそばに坐つていた少年である。

いま僕の腦裡に浮んだのはそうした少年時代の彼の面影である。最近相会する機会を持つたが、これがあの子供の成人した姿であるとはどうしても解せなかつた。

僕の印画紙からはもう腺病質の子供の姿が消えて、逞しく瀟酒な青年の姿が燒付けられている。最も印象的なのは目。愛情を堪えて而も知的に見開かれる彼のまなざしである。幅のある力强い聲音の美しさが耳にのこつている。はてーと僕は首を傾げる。何か忘れものがあるようだ。そう、非常に意志的な下顎の感じである。――現代詩の將來を擔うものの一人は先ずこの青年にちがいない――こんなことを思わせる鬪志がそこに閃いていた。

安西冬衛

小山銀子

内的印象

アルハベットのR（円滿）

數字の8（明朗）

花としてカーネーション（エキゾチシズム）

宝石に譬へてオパール（複雜）

外的印象

ロダン的シルエット（全身）

ギリシャの雪（頭髮）

謎のてんとう蟲（眉の黑子）

キリシタンバテレンの匂ひ（居住地）

永遠の少年（他愛ない微笑）

鄕愁（全面的雰圍氣）

綜合印象

最初から最初でなく　いつか何處かで――と云つ感じ、たぶん空想の旅路――スペイン辺り――でふとゆき会つたエトランゼの幻影から暗示を得た錯覚でせうが、これもコレスポンダンスに屬するものではないでせうか忘れていました。お眼鏡のあるお顔の方がスキートであらつしやいます。

☆　☆　☆

藤原定

眞壁仁

藤原は小柄で色の浅黒い神經質な顔をしているが、無口で考えながら物を言つてはすぐまた考えこんでしまう、しんとして靜かな男だ。何か强靭な骨があつて崩れない。北陸の日本海岸の黒松だ。頽廃がない。酒も煙草もあまりやらぬので、藤原の乱れた姿は見たことがない。學問文學の上では谷川徹三と片山敏彦の血をひいているが、氣質的にはやはり北方的なドイツ浪曼派の子だ。教師型のモラリストらしくも見えるが、情感はこまやかに内に燃えているらしい。見かけによらぬ艶つぽい挿話もあるらしいが僕はよく知らぬ。彼は勤勉家である。よく勉强し仕事をする。國分寺松風園の松林の中の彼の家には山羊がをり、一反程の畑もあつて麦や甘藷を作つている、一見憂鬱で孤獨に見える彼の胸に、今もえているのは、ユネスコ運動を通じて一つの世界を目指す、平和擁護のあかい血である。

☆　☆　☆

小野十三郎

藤村青一

それはいつの場合でもまことに自然な姿でわあるが、小野氏のザンバラ髪は柔かく纖細で一番印象的である。ことに額に半分ほど繩のれんのようにバラ〱つとかかつているのは見ていて歯痒い感じがするが、本人は無造作でとんと氣にしない。しかし少しでも小野氏の美しい童顔に好意を秘かによせている女性は勿論、彼を身ぐるみ惚れている僕にしたら無頓着な頭をたぐり込んで、自前の櫛とポマードで掻きあげたくなるのである。そして新聞や雜誌で几帳面にしている名士達に加わつた座談会記事に出てくる小野氏の寫眞や漫画にさえ、そのまゝの乱髪で撮されているのを見せつけられると、肩入れしている身になつたらまことに切ない。

だが最早この場合の小野氏の頭髪は、並居る名士の中で位置を決定してしまつていて、到底僕の思惑からは手の届かないところに坐しているようである。

☆　☆　☆

祝算之介

北川冬彦

謄寫版刷の五〇頁ばかりの小型詩集「龍」を送られたのは、敗戰の次の歳だつたが、それから今日まで次々と同じ型の大体同じ位の頁の小詩集を一ダースほど出している。しかし知らない人が多い。と云うのは、自家製版・印刷・製本にかゝるもので三〇部ほどしか作れず、それを自分の好きな先輩だけに贈つているからである。私が初めて遭つたのは、三冊目位を作つたときで、文部省の寺田弘の机の傍であつた。すぐ、彼は横顔だけを私に見せて去つた。内氣な纖細な人の印象を受けた。ところが、一昨年末私が四谷へ引越してきて水道布設につき頼みがあり（彼は水道局勤務である）会つて見ると、第一印象とはまるで違つて意志的な頑丈な感じである。私は眞正面から彼を見たのである。恐らく彼の内部も、この二面があるのであろう。大へん誠實な、人間として信用の置ける詩人である。休みなく働き、書き、讀書している。近來の詩の殆どは、水道局がひけてから上野驛の待合室で書かれたものだそうである。

茶碗の中のめし

高橋新吉

一

私がめしを食つてゐると
朝陽（あさひ）がさしてきて
茶碗の中のめしを照らした

二

死んだらわかるよ
死んで了へばわかるんだから
あせることはないよ

三

一切は死んでゐるのだ
これを生かさねばならぬ
水は死んでゐる
これを生かす方法は　水を火たらしめることだ

四

何を見るのか
見えるものはないのだ
何も見えないのが本當だ

五

截然と區別する必要がある
一切の事物は　我と何のかゝはりもない

六

技巧をこらすな
自然のまゝであれ
水は元來水ではない

一切は卽座に解決するではないか

七

我爲すべきことなし
もつぱら　飢えて　食せんことを思ふ

植物考の一節

深尾須磨子

まず丹波の山のけんぽなし、寄生木のくせに、いやにはびこつては
親木をも食いつぶす代物。その形雞の足に以て、と何かの字典に書
いてあつたつけ。
けんぽなし、けんぽなし、白秋の好みに合いそうな語呂のよさが怖
い。
奥山からもぎとられ、里の柿の木の枝にさらされ、木まもりの一つ
柿に笑われるけんぽなし、幾夜かの霜になめされると、けつこう甘
くなる。雞の足のようなけんぽなしを、引きむしつては食べたつけ。
ルイ十三世の王女様。かりんとうも買つてもらえない子供だつたつ
け。
あられもないルイ十三世の王女様、長じてはイタリア公の客となり
給うた。そのヴイラ・シイザに於て、ひと夏たわむれたミオ・マエ

ストロとの別離が辛くて、哀しくて、澁い茨の實を嚙みしめては耐えたが、それが例の山歸來、これも語呂がよすぎて怖い。

その山歸來の澁さを嚙みすぎて、以來雄性はまつぴら。とにかくミオ・マエストロの瞳が身うちにこごりつき、シチリア島の熱帶植物園では、とげとげのカボックを抱擁し、ジユピタアの苑にさふらんを摘み、アニボの小川をさかのぼつては、レスボスの島をのぞみつつ、川邊に繁るパピルスのひともとになりはてた。


リヴイエラのミモザはちと匂いすぎる。オリヴイエの森のパンの笛グラッスの丘の月香草、またしても美しい語呂が怖い。

ハイデルベルヒの森では、狐の手袋にたぶらかされ、まる半日も迷い兒になつた。

ゴオデスベルグのリンデンの花は、雄性ホルモンの過剩。

さて、近頃登つた高野山で、おめにかかつた無數の苦行僧高野槇、濟度されがたき俗衆の身には、何といつても、あの円錐形の沈默は骨にこたえた。などといつていると、何となくさぼてんの花でも開きそうな、どこやらのあんばいではある。要するに、おろかしき永夜のデイヴエルテイスマン。

燈火

田中冬二

雪の斑な山が　星あかりを浴びてゐる
その山懐（やまふところ）に　木苺の實のやうに燈火
東京も知らず　西洋料理などといふものはまるで知らない人の生活
が　その燈火の下にある
燈火の下　子供が　柿栗梨葡と習字を書いてゐる

月夜の陵

信州の戸隱や鬼無里は　はやい年には
十一月に　もう雪が來る
鬼無里に月夜の陵といふ古蹟がある
白鳳の世に　皇族某が故あつて　此處に蟄居したが　その墳墓と云
はれてゐる
その史實はもとより傳說さへ　日に日に忘却されやうとしてゐる
月夜の陵
何といふ美しく　また悲しい名であらう

悼詩

竹中郁

ああ　小寺さん　市長さん
いまごろどこを歩いてゐられますか
大きな上着を無雑作に羽織つて
あちら向きで
どこへ向つてゆかれますか
わらつてゐられるか
おこつてゐられるか
しづかにうなづいてゐられるか
あなたはわれわれ神戸市民をのこして

とつぜん逝つてしまはれた
ああ小寺さん　市長さん
市長さんと云へるのもこれがおしまひ
めがねを鼻のさきへずらして
――よう　あんた　たつしやかな
といつてもらふためには
あなたの前へ廻らなくてはなりません
そのあなたは
いま　ずんずんあちら向いて
われわれの往けぬ道をあるいてゐらつしやる
もう六十万の聲が呼んでもきこえない
小寺さん　市長さん

發芽變色圖

淺井十三郎

（たとえそれが悪魔であつたとしても）
僕にわ僕の卅年の生涯がたそがれる
おそろしい屈辱である
孤獨とよぶ卑小さだけにとどまらない　夜の訪れである
僕わ僕の中の死を　娼婦のように
みたくない
（さようなら）

○

土まみれの手にふるえている
一片の遺書
きなくさい季節を抜けて　科學えの道を閉じた
この歴史の否定も　あまりに、分別くさい　断絶の　孤獨の果の敗北であろうか
僕わ讀み了えた手紙に石をのせておもう

風がわめく
雨が叩く
（チエッ眞綿で首）と、いつも口癖のようにつぶやいていた
友の眠りを
今も揺れ動いている地球
みんな人ごとでない
僕らの頬つぺたを
雨が叩く
風がわめく
あやふく倒れかかる
脫獄囚人のよう
僕わハッと鍬をとりなをしてもみるのだが——
足元にころがつている
馬鈴薯共の
その季節の精神たちよ
その切断面の
發芽變色。

○

雨わやむことなく手紙を殺すのである。
僕らの左右で。

PERMANENT WAVE

by

FUYUE ANZAI

translated by

FUYUICHI TSURUOKA

In the ruins of a street corner, a signboard clearly painted white and scarlet points the way to a certain beauty parlor —— "Permanent Wave".

As far as I can see, oval, grey clouds, floating in the blue sky, stretch on the horizon, unmarred by any trace of building. Only a tangle of charred, rusted pianochords, only a twist of steel frames, obstructs my view. Permanent Wave, indeed!

パーマネント・ウエーブ

安　西　冬　衛

　廢墟の街角に、白と紅の美しい効果でペンキ塗の標識が、美容室の方向を印象的に指示してゐる。

　楕圓形の灰色の雲を浮べた青空が背景で見渡したところ一向それらしい建物もなく、足下から擴がる視野を埋めて燒け爛れたピアノ線やヒン曲つた鐵骨がこんがらかつてパーマネントになつているばかり。

一鱗翅類蒐集家の手記（七）

安西冬衛

浮秤の中の管計器のやうに、救はれてゐると思つてゐるが、實は浮木の虜なのだ。

西班牙人は金勘定をするとき、桁をおどりあがらせるためにコートヴアンの鞭を鳴らし合ふ。

水銀の産地國であるくせに、西班牙人は着色アルコールの寒暖計が妙に好きなんだ。

西班牙鐵道再建に對する二千萬弗の借款。シエラ・モレナの鉛と、シエラ・ネバタの鐵鑛等が主として償還に引あてられる。アルマデンの水銀は入つてゐない。

西班牙紙「アリバ」社。

アドービ煉瓦のアラビヤ風の建物。部分が闕けてゐる。

モスクワの遠眼鏡でのぞいた西班牙には赤い鷓鴣がうつる。

西班牙人のためのドラクロアの精細をつくした下書（エスキース）。（一八五一年）

貸ボート屋の貸ボートは貸ボート屋と腹を合せて水の上を上下する。

張物板から張物をはがすやうに自然から景色をはがしてくる。

うづだかく積み上げられた葱のキラキラ煌く白根。載冠式に現はれる國王の白天鵞絨のガウンのやうな典雅なその光澤。

馬の足に蹄鐵を打ちつける仕事を眺めて居りますと、馬屋は兩腕で馬の前脚を折り曲げて逆手に股倉に抱へ込みまして、その部分だけを擴大的に觀察いたしますと、まるで馬匹と人間の交合さながらの猛烈さでございます。

鐵十字勳章のやうに嚴めしい十字架。

元の南安の製糖場で、突然崩れおちた壁土の作用が白砂糖製精發見の端緒となる。

箴言にあつて悪魔の占める椅子の數は、神の糸を凌ぐ。さうだらう、悪魔は元來ラコニックなものだから。彼等はロシヤの伯爵よろしく片眼鏡を光らせて、劇場の連結椅子のやうに串刺に整列してゐます。

ケーブル・カア一杯の小學生。ひしやげた折箱にくつついてゐる飯粒みたいだ。

野牛は絶滅して壯大な都市となり、彼等の盛時の榮光をとどめる。（バッファロー）
亞米利加印度人の酋長の骸は朽ちはてて優美な自動車の名となり、その勇名を地平線の彼方にまで馳せることになる。（ポンテアク）

アリゲーターといへば硫黄島へ上つてきた水陸兩用戰車だが、四九年になると最尖端の婦人靴として東京の風俗の中へ入つてくる。

伯林失陷後最初に入城してきた連合軍の軍樂隊は、燒け存つたラジエーターを奏らしながら「廢墟の悲歌」を歌つてブランデンブルグ門をくぐつていつた。

水は七回もひつくりかへれば自然にきれいになる。（イランの舌諺）

裃(かみしも)をきてゐるジープ。

紐で契約書に署名してゐる卓上電話機。

大豚が一匹オートリヤカーいつぱいに積まれてゐる。積載量表示の瓩数が空白のままになつてゐること。

生れながらに包装紙につつまれてゐるニンニクの球根。

無数の雀が松の枝にふくらんでゐる。松笠のやうだ

孤愁は虎の猛(たけ)りで襲つてきた。ふりもごうとする私を饑よりもつらいあぎとで抑へてひとふり、無明の窟奥(いわや)ふかく私を咥へ去つた。

D・D・Tにも粗悪なニセものがある。大に警戒を要することはかねてから聞き及

んでゐたことであつた。しかし、こんなひどいのもめつたにあるまいといふ一袋の代物を買ひ込まされた。私はまことしまやかなその粉を撒いて試みに通りかかつた蟻に験してみた。すると奴さん、尾をまいて引さがると思ひ状、いきなり粉の一粒を背つたら負ふてノコノコ引上げたにはあきれた。

このいちぶしじゆうを傍で観察してゐた自家（うち）の子供が、この際甚だ適切な批評の焼（やき）をこのスキヤンダアルに入れたものだ。

「これはしたり!!」

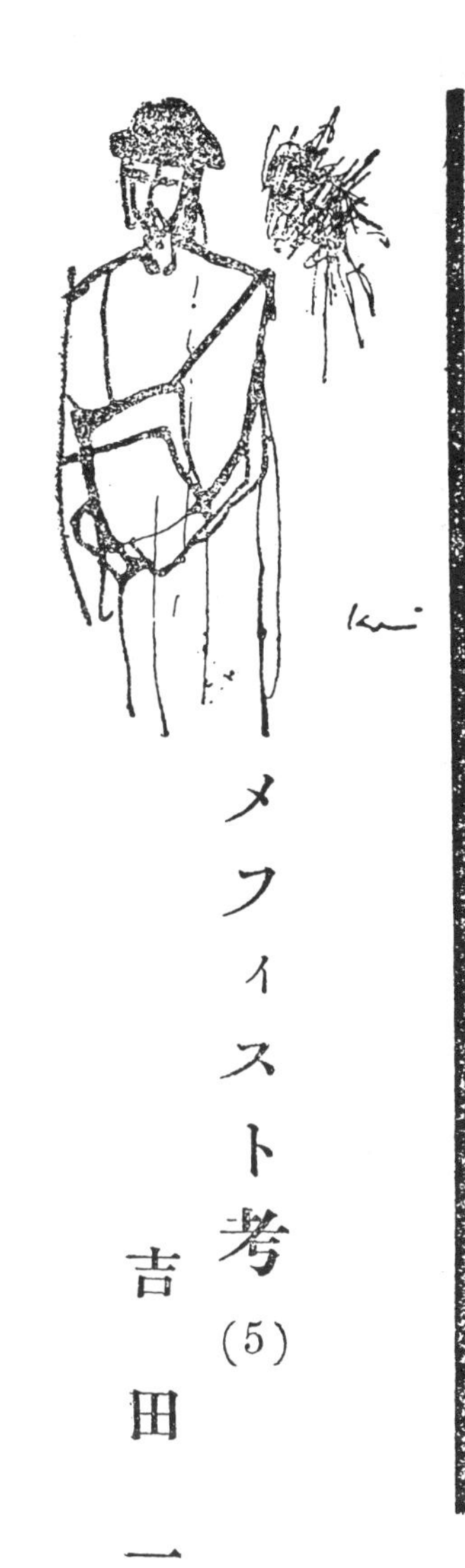

メフィスト考（5）

吉田一穂

☆　物象的な外に在るものは、所謂、科學的に迫求し得るし、またそれゆえに科學が成立するのだ。詩人はあくまで自己の內に、絕對たる極をつかんで、對象化する表現的作業を續けねばならない。あくまでも內に內にと追求する以外にない。

己れの內部に、奇怪な、恐怖、凄絕な、嫌惡、遺傳的なもの、運命、原罪の形相、を引き出す自己矛盾の格鬪を避けては魔として藝術を成すことは出來ない。內から眼をさけて、外に求めるものは、何か自負を誇大して表現しがたきものがあるかの如く、自らをあざむき、他に誇示するポーズをとる。

☆　歷史の原則は自然科學と同じ方法で追求される限り、人間の精神史は書けない。

☆　近代人には自然としての生國環境はない。社會が代置されてゐるにすぎない。文學といふものは失はれたものを求める意識下の一つの現はれであると解したら、人間の自然、精神の均衡、不安定、動搖結晶、方向性といふものの意味がわかつてくる。

☆　神は觀念の處産には違いないが、神の觀念が神を作るとしたら、生命はつねにアルフア再歸だ。

☆　論理の環を一つ一つ放して、放射的に生命といふものを掴むやり方。

☆　如何なる觀念も何等かの形象をとるなくしては知覺されない。例へ論理的表現にしろ。形は線、點、面、色、それらの外象的なものに飜譯されて、一般的知覺のオルドルに訴へて出生の確認となる。藝術家の仕事の表現的法則といふものは、結局、この大數的な組み合せの形をとることにある。

☆　自然科學の方法とその唯物論的思想は、いよいよ近代に於て、つまり外からの法則で割り切つた結論を急いでゐる。生物には、生命といふ內の見えない法則がある。これをいふとすぐ形而上學的だと一蹴してしまふ。

☆　鯨の不漁に就て（反証）

☆　人間史が始まつてから僅々三〇〇〇年程度の知的發展で、原子爆彈でケリをつけるやうな幻覺を與へてゐるが、巨視的に見よ！

☆　私の思想の根抵には『もの自然にして覆へる』といふ大法則が橫はつてゐる。

☆　生物はすべて地から生えたものだ。

☆　生物体は生命といふ非分析的な內因的要素と、外因的條件のもとに成る現象体であるから、外因的な形式論理學的な方法だけで、所謂科學的証據だてで論証することは誤りである。特に生命的な現象は深く內因的な主体性と相關的に觀察しなくては科學的だとは云ひ得ない。

☆　科學はあくまで『物』の學問だ。

☆ 幻覺の泉、形―大數的組み合せ。

☆ 詩が直系的に理論を持たねばならず、しばしば哲學的にその根抵を要求されるのは、我れが詩の原理たるばかりではなく、純粹空間を位置する成立次元と獨立性が、最も個性的に、性格的に詩人の「生」が問題だからである。つまり地から生えたもので成るのでなければならない。

☆ 〃汝が吉田一穗である、といふ事を証明せよ〃

これには全く困つた。色んな公的な書き付けを出して自分がそれであることを証明し得たとしたら、これは正しく噴飯ものである。本人よりも紙に書かれた文句や印がものをいふのである。しかし私は私自身なるもの、本人たることを當人に証明する何んの方法も持たない。つまり証明たることより一個の實存なのだ！

☆ 一体、私は二人とない唯一者なのだらうか？　單なる氏名なのだらうか？　人間といふものは不明な生物だ。殊に個人などは何んらの價値もないものだ。社會の一單位たることによつて全体性としての人格が與へられる。然るに一個性者の爲事によつて藝術が成されるかぎり、藝術とは逆に一般的な客体化たることに意味がある。始めは作者の内部に絶對であるものを、表現的に對象化して、外へ客觀化する作業である。藝術とは個の否定に於て成り立つ。

☆ 吉田一穗は詩に於て抽象化された署名にすぎない。（詩と物）コペルニクスが太陽系と楕円軌道に描かなくても、次の誰れかがその名を與えられる。しかし私のオリヂンは私以外の何者にも代へられる名ではない。

☆ 詩の解釋や觀照や分析の結果を、その詩の答であると思ふほど愚かなものはない。詩はその自らだ。問ひと答へが詩そのものなのだ。つまり、証明的に在ることの存在理由を裏づけることではなく、實在なのだ。

☆詩篇的ないはゞ詩的感興の断片的な作品を作品とする限り、詩の如何なるものかを悟らないのだ。それは嚴密に詩的要素によつて純粋な時空に成り立つ獨立な作品でなければならない。詩集などといふものより作品を作らねばならない。

☆己れ生身を灯してのみ、この暗黒に一點の證の座を成すものを「詩」といふ。己れを燃やすこと、この世の暗黒を切る、それはたゞ一つの行爲だ。

☆すべては自然の法則によつて人間が説明された。いはゞ個の人間にとつては外の法則（客觀）に律せられてゐる。

しかし詩人は內側の人間法則を証しなければならない。それあるがために人間たること。見者から來者として非存在を存在たらしめる實現者、創造者でなければならないこと。ゾルレン。實存。未來からひき出すこと。暗約（詩）

☆種ー惡質

生死絶對矛盾ー人間性の不明

生の不安定ー結晶軸・流動性・刺戟

証明の三次元論理に於ける記述の限界

☆「言葉」といふものは、他の物質現象と異つて、如何に分析し、解体しても、個になればなるで、却つて單語ほど、すぐ他に結びつかうとする放らつさをもつものであり、すぐ播殖する性向がある。

☆詩は苦悶の所業である。詩に於て自已（個）が否定されるものである。自我脫却の方法が即ち表現的分離である。詩の法則をそういふところに見出さねばならない。古典主義詩人として、我々の闘つて來たのは、前代的なロマンテイクに對してゞあり、意識的に、自己の內と外との、それらの殘滓の排擊であつた。近代人が詩を書くとは近代的分裂の近代人を超克することである。その契機は古典主義の原理に於てゞある。詩人は主体的な自己表現の側からのみ、ものを云つてゐるが、事實、作品の客觀性といふものは、詩が自己を否定することに於て成り立つてゐるものなのである。よき詩歌は讀み人知らず、でなければならない。それは形式といふものを前提條件としてである。

☆　我れに於て詩は道である。

☆　詩作經驗の程度がある。

經驗すら低く淺い者がある。

詩を作れない詩論家もある。彼等の仕事は〃詩〃作品を對象とした所謂〃批評〃といふ分析か鑑賞で演繹的な結論を下す程度で、藝術制作の深度は知られるものではない。

詩論は學ではない。

詩人の詩論だけは、その經驗を土台とするかぎりある信用は抱かせられる。單なる批評家などは強い高度の詩人にとつて邪魔でこそあれ、鐵道草の類にすぎない。

詩作經驗の淺い者の云ふ詩論ほど見え透いた、うぬぼれの、ひとりよがりが、惡臭を放つ。

☆　白秋から（その系統も惡流も）朔太郎前后と我々を分つものは、畢境、知性の問題に於て、自由詩と現代詩との相違を起させる。これは意識を問題とするのであるが、決は知性だ。同時代とは云へ、我々以前の者が多い。新しい衣裝の問題ではない。飽くまで知性の問題だ。近代主義とは何か。知性とは何か。詩に關する限り、これは意識の問題として、日本詩創成期の運命を決定する。鍵は詩人出現の悲劇といふアンダー・ラインなくして鎖られない。それは一宗の創造だ。きびしい知性の中からの――。（續く）

「現代詩」十月號、この欄に、江間章子は、岩本修造の「ソヴェート抑留風物詩抄」を批評した。その批評に對し、岩本修造は、抗議の一文を寄せてきた。この欄は、同人執筆を原則としていたのだが、紳士的な書き方の岩本修造のその一文を敢えてこの欄に載せた。そうすることが適當であると考えたからだ。

ところで、江間章子の批評と、岩本修造の抗議とを讀み位べて、第三者としての私見を披攊する。

この際、私は岩本修造の「改造」五月號の「抑留風物詩抄」を一讀したことはしたのだが、今この雜誌が手元にない。それで、一讀の印象と、江間章子が引用したものと岩本修造自身が引用したもの、何れも斷片なのだが、それを資料とするのだが、これはいさゝか不安である。しかし、江間章子の批評も、岩本修造の抗議も、この二つの斷片の詩を根據にしてなされているのであるから、この範圍で私見を述べることは許されてよいであろうと考える。

岩本修造は、「あなたはあの詩を『宝石のような風景畫を見せられた印象をうけた。茫漠としてとりとめのない印象をうけた』と言われ『實に、なんでもなくうたつている』と簡單に批評されました。あなたの文章の要旨は、強い苦しみか怒りを期待したが、『抑留詩抄』からは何も得られなかつたのが不滿であるという意味かと存じます。なるほど、私の詩の表現力の貧しさもさることながら、あの詩を、「キラキラした、とりとめない風景畫としかとられなかつたあなたの御眼光に、私はむしろ不可思議さえ感じています。」と抗議しているのである。そして「私の詩作の態度は、外界の刺戟をそのまゝ反射させる態度をとつておりません」「一切のものを私は私の心のルツボで煮てからでないと出さないのです」と云つている。「私の場合は、不法抑留でしたから、その怒りや怨みは人一倍强烈なものでした。私は私の詩の中に出來るだけその生まのまゝの怒りも怨みも出さないようにとことさらつとめました。」と弁解している。詩が外界の刺戟そのまゝの反射であつてはつまらないことはいうまでもない。また、一切の對象を詩人の眼と心のるつぼでたぎらせた上での表現でなければならないことも勿論のことである。しかし、引用された「チタの女」断片では、ソヴェート旅行者の風物印象詩としかとれない。「いつぱい隱されているかなしみよ」の「かなしみ」は、「動物的な自然の流れにだけのつているという複雑なかなしみである」とし「このかなしみを發見するのは私の批評の眼であり、それは進んで諷刺に至るものである」と岩本修造は抗議しているが、そのような批評の眼や諷刺は、傍觀者のそれであつて、抑留者のそれではない。「それを量つている尺度となるの精神はとりもなおさず、怒りか怨みかであることも認めていたゞけると存じます」と云つているがそれは無理である。私には怒り怨みなぞいさゝかもこの断片の詩から掬み取り得ない。江間章子ではない岩本修造自身引用している「ツナ河」断片では、「ロパアトあわれ」とあり、そこには、多少の怨みも見えないではないが、「あわれ」なぞと云う、抒情詠嘆の言葉を用いているところに岩本修造の失態があると思われる。作者自身も「私は正直のところ、この表現の成功不成功については汲しかれているのです」とは云つているが。

岩本修造は、江間章子の批評の要旨を「ソヴェート抑留詩抄」には、強い苦しみか怒りを期待したが、それが裏切られた不満であるとし、強い怒りや怨みは、「感じなかつたのでもなく、逃避したのでもありません。私にとつては、「一切を私の心の中に沈澱さした上で、かえつて強烈なエキスとして美しく汲み出そうとした」この態度にこそが、現實なり體驗なりとを面から取り組んだたゝかいであつたと信じているのです」と云うが、「一切を私の心の中に沈澱さした上で、美しく汲み出したとしても、この「チタ斷片」に、強烈な現實感は掬みとれない。それは、岩本修造の「美しく汲み出そうとした。そうです、美しくです、」と美しくと念を押しているように、美化しようとする意識、それは古風なキレイゴト詩人のする態度に通ずるもので、その美化意識が——從つて美辭の使用が現實感を作品に與え得ていないに違いない。「ソヴエート抑留風物詩」として、「心のるつぼで煮たぎらした」「心の中に沈澱させた」と云つても、あれでは煮たぎらされたとも沈澱させたとも思えない。軽く美辭化しているにしか過ぎない。強烈なエキスなぞはない。私にはそうとれるのである。

岩本修造の「ソヴェート抑留風物詩」に比して、「現代詩」に昨年來連載している長尾辰夫の「しべりあ詩集」は、「抑留」なぞと云う銘は打つてはないが、現實感は強烈である。それは体驗の深刻ばかりから來てはいない。それは、古風な美化意識の有無の差に由來している。長尾辰夫のは散文型で書かれている。怒りも怨みも、對象の中に叩き込むと云う詩作方法によつている。いわば、記錄詩と云つていゝものである。散文型であるないにかゝわらず、主觀を對象に叩きこむ方法であるないにかゝわらず、「ソヴェート抑留風物詩」と銘するならば、それは、記錄詩として書かるべきが至當であろう。岩本修造の詩には、詩人としての對象に迫る力が不足していたと云うより外はない。エスプリの薄弱さが指摘されねばならないであろう。（尤も、長尾辰夫の「しべりあ詩集」は最初は現實の詩的消化に欠くるところはあつたが、一月號のなどでは、その欠陥が除かれている）

結局、私は、この論爭では、江間章子の方に手をあげる。

（なお、念のために云うが、私が現實感と云うのは、素材としての、對象としての現實のことではない。それは飽くまで、詩人の眼と心臓と技術を通しての現實感である。詩的リアリティの上からのことである。）

○

「日本未來派」三号で、木原孝一が「エア・ポケットについての手紙」と云うのを書いている。最初の一般論では、いろいろ同感するところが少くない。マチネ・ポエティックや三好達治の詩観に對する批判、小野の抒情系譜指摘、なぞがそれである。但し、やれ、エリオットだのマイケル・ロバアツだの、ナギイだの、パウンドだのヒユームだの片言がケンランと陳列されて目障りだが。

ところで、私の「文藝」の現代詩特集に出した「臥像」の批評となると、納得が行かない。この詩を讀むとジャコブの紹介者だと信じられまいと云うが、ジャコブを紹介したからと云つて、ジャコブ的でならぬ何の譯もない。感受性が磨滅してきたと考えると云うが君の「VOU」に書いた「薔薇」の詩にあるような感受性は十五年ほど前に捨てた。歳を重ねなければ判らない感受性もあると云うことを注意して置こう。言語に對する感覚を問題にしているようだが、「白い虐殺命令」だとか「その炸裂のスペクタクルのなかで幻影の椅子が溶ける」だとか、「おれの割れた坐骨には黒色火藥が充滿している」なぞが言語に對する感覚だとするなら、何も云うことはない。外國の詩を讀み過ぎたな。メッキぢやない自然な日本語の感覺と云うものも、少しは解ろうと努めるがいゝ。

北川冬彦

マラルメの研究

――現代詩との連関に於ける――

鶴岡冬一

ステフアヌ、マラルメは一八四二年に生まれ一八九八年に死んでいる。彼は十九世紀中葉の象徴主義文學運動の首領と目される詩人で、その詩は數多いとは云えないけれども、象徴詩研究の徒は一度はその詩の技法を學ばねばならない詩人である。

先ず、彼の詩について知る前に、彼の生きた文學的環境を一瞥する事もあながち無意味ではないであらう。

佛蘭西大革命の中に幕を切つて落とし、第一共和政も組織して間もなく、ナポレオンの第一帝政やがてルイ十八世の復位、再びナポレオンの百日政治、ワテルローの戰とゝもにシヤルル十世の復位は一八三〇年まで續き、七月革命と共にオルレアン家のルイ、フイリツプの王朝がそれに替り、しかも亦二月革命で佛蘭西王朝は完く影を沒してしまつた。そして第二共和政が二年間程續いたのであ。

十九世紀の此のような目まぐるしい政治の變遷はいやが上にも人心に不安を與え、ブルジヨアジーによる舊組織(アンシヤン・レジーム)を覆えす事は出來たけれども、未だ確たる組織を持ち得ず、階級的不安と焦燥に明け暮れる有樣であつた。かゝる時代の文芸こそは、所謂浪漫主義と呼ばれる一種の社會的感傷の文學なのである。この時代のブルジヨワジーは、自己の個人的情熱は解放されてもその據るべき社會的組織を見出し得なかつた。

悲哀憂鬱は如何ともし難かつた。この時代の作家と作品にはシャトーブリアン「キリスト教の精髓」、ラマルテルイーヌ「瞑想詩集」、アルフレッド・ド・ヴィニー、ミユッセ「世紀兒の告白」、アミール「日記」等が有り、その中で最もロマンテイックの象徴を力强く持つていのはヴイクトル・ユーゴーてあつた。

然るに十九世紀半ば第二帝政が立てられた、所謂ブルジョワ帝政と呼ばれるもので、次第にブルジョワジーは富を增して來た。そして彼らはそこに一時期統制と平和と休息とを求め彼らの社會的意識の整理の必要を願つた。かくして、革命のイデイオロギーは今や社會學としての構成を取り所謂オーギユスト、コントの實證主義となり、文學に於いては、個人を個人として見ず、集團との關聯に於いて見るに致つた。つまり浪漫派の夢想や情熱は次第に整理されるに致つた、これ即ちレアリズムの發生である。この時代の作家としてはフローベル及びバルザックが居り、彼らは專ら觀察と經驗とに終始し、その作品は次第に非個人的客觀的になつて來たのである。

尙お、詩人としては「芸術と科學との結合」を求めた、ルコント・ド・リールを中心とするパルナッスイアン(高踏派)が生まれ、浪漫主義の情熱の發散に代るに理智的沒個人的、科學と歷史とに取材する所謂鏤刻する藝術の誕生を見たのである。

かくの如く、この第二帝政時代はブルジョワジーの統制時代であり、文藝制作上では、家庭及び社會を有りの儘に描寫せんとする傾向が現われ、所謂今日の風俗文學的なものを生み出していたのである。

然るに一八七〇年普佛戰爭の結果フランスはナポレオン三世の所謂第二帝政が倒れ、第三共和政が立てられて以來三十年間即ち十九世紀の終末に到るまでは、物質的精神的に最も苦惱多き時代であつた。その戰敗の未曾有の痛苦はやがて國民一般の壞癈期となり文藝の上では、詩では象徵主義となり小說ではナチユラリズム文藝となつた。

十九世紀初頭の浪漫派文藝はブルジョワジーの自由奔放な情熱の發露であり、それを整理し統制せんがためには現實的な小說文學を必要とした。然るに世紀後半この平明常套的な文藝は第二帝政と云うブルジョワイズムの統制のもとにその一時的統一は、その文藝表現の上で日常現實的平明さの頂点に達するやこれを打破せんとする要求が、第二帝攻の倒れると共に一時に爆發したのである。

現實の生活は幻滅と絕望と自己分裂に落ち入り、浪漫派に見られる主情性は今や、人間生活機能たる五官の全的同時的解放の上に浮び上る、一種の幻を捉えんとする方向を示し始めた。これが所謂象徵の世界である。現實の意識生活を破壞された絕望の苦惱の果て、あらゆるものを吐き出して殆んど狂おしいまでの表現に驅り立てられ、いやが上にも五官の全的解放による統一へのあがきであるが故に、そこに取り扱われる素材としては、死とか、死骸とか、骸骨とか、半神半獣とかの姿であつた。

このような苦惱の表現は、勢い表面的意識を破り、隱れたる意識を呼び醒ましその世界は、肉眼には見えない幻の如き世界である所の匂音色思想がすべて溶け合つた所謂ボードレールの「照應（コレスポンダンス）」の未知の世界の表現となつてゆくのである。マラルメの生きた文學年時代は、かゝる象徴主義文學の全盛時代だつたのである。

二

象徴詩の時代的環境は以上の如くであるとして、然らばマラルメの詩作品及び詩の技法とは、一体如何なるものであらうか。それが爲には、カミーユ・スーラのマラルメ觀を最も適切と考えるが故に之を採り上げつゝ、遂一之を研究して見ることにする。

先ず彼の作品「海の微風」「ためいき」を一例として擧げて見よう。

BRISE MARINE

——STÉPHANE MALLARMÉ——

La chaire est tyiste, he'las! et j'ai lu tous les livres.
Fuir! la-bas fuir! Je sens que des oiseaux sont ivres
D'être parmi l'écume inconnue et les cieux!
Rien, ni les vieux jardins reflétés par les yeux
Ne retiendra ce cœur qui dans la mer se trempe
O nuits! ni la clarté déserte de ma lampe
Sur le vide papier que la blancheur défend
Et ni la jeune femme allaitant son enfant.
Je partirai! Steamer balançant ta mature,
Leve l'ancre pour une ecotique nature!
Un Ennui, desole par les cruels espoirs,
Croit encore a l'adieu supreme des mouchoirs!
Et, peut-etre, les mats, invitant les orages
Sont-ils de ceux qu'un vent penche sur les naufrage
Perdus, sans mats, sans mats, ni fertiles ilots.........
Mais, ō mon cœur, entends le chant des matlots!

（假譯）

海の微風

——ステファヌ・マラルメ——

肉体は悲しい！ あゝ私はありとある書物を讀み終えてしまつた
遁れよう！ 彼方に遁れよう！
私は知る 鳥たちは 未知の泡と空の中にあつて醉い痴れている事を！

何ものもこの海深く浸された心を引き止めるすべはない
瞳に映された古い花園も
おゝ夜ごと！ 頑な純白の虚しい紙を照らすともしびの 荒れさびた輝きも
或いは又
みどり兒に添乳するうら若い女も。
船出しよう！
帆柱ゆらぐ大船よ
異國の天地へと錨をあげよ！
倦怠は 烈しい望みに悶え
なおも 數々の別れの切れ絹に 深い想いをかこつ！
しかも 誰が知ろう
帆柱が嵐を呼ぶや
颶に帆は破れ 船は覆えり 藻屑と消えて
帆桁 帆柱すべて失われ
又豊かな小島も やがて幻と消え果てぬとは………
しかし おゝわたしの心よ 聽け 水夫たちの歌を！

SOUPIR

——STÉPHANE MALLARMÉ——

Mon ame vers ton front ou rêve, ô calme soeur,
Un automne jonche de taches de rousseur
Et vers le ciel errant de ton oeil ange'lique
Monle, comme dans un jardin・me'lancolique,
Fide'le, un blanc jet d'eau soupir vers l'Azur,
—— Vers l'Azur attendri d'Octobre pâle et pur
Qui mire aux grands bassins sa langueur infinie
Et laisse, sur l'eau morte ou' la fauve agonie
Des feuilles erre au vent et creuse un froid sillon,
Se trainer le soleil jaune d'un long rayon.

（假譯）

ためいき

——ステフアヌ・マラルメ——

おゝ 心靜かな妹よ
わたしの心は 昇つてゆく
朽葉色の斑らに染みた晩秋の夢みるお前の額の方へ
又お前の天使のような瞳のゆらめく空の方へ
さながら憂鬱の花園の中で
白い噴水が たゆみなく青空に注ぐためいきのように！
——青空は 蒼白にして清純な十月に色和ごみ
巨大な池に その限りない倦怠を映すとき
褐色の苦惱の落ち葉が
風のまにまに漂よい
冷たい水尾を穿つ その澱み切つた水に
秋の陽射しが長々と影を曳く

こゝには勿論、時代の逃避的藝術などと單に云つてしまえない多くの問題を含んでいるように思えないだろうか。

先ず第一に考えられることは、マラルメの詩はその視覺的記憶の中に彼の想像力が具象的な影像を與えている。詩篇全体は額縁の中にある一枚の繪畫を想わせる。それはその限りに於いて一種限定された幻影（ヴイジョン）であり、種々の異なつた影像が結合されて、全体を形成する部分となつて居る。

即ち靈感や直觀は、マラルメに於ては、大低の場合、形象と色彩によつて表示され本質的には視覺性ではあるが、マラルメは畫家でないために、その視られたものは聽かれるものとして表現さる。即ち觀念が聽覺の領域に於いて發生する時自ら言語を支配し、單に視覺の領域に於いて併存的に叙述される時はその力を失うという事である。その視覺的靈感は空間的幻影（ヴイジョン）を構成する各要素の相互從屬關係よりも、更にそれらの相對的重要性が認められないだろうか。畢竟、彼の場合叙述と云う事は、各部分の繪畫的重要性の犧牲となつている。言葉の論理的繼續には完く関わらずに、順序には拘泥せずに、正確な相對的價値を決定するものとなつている。

それ故、マラルメの詩を理解せんがためには、手段として詩を全体的に讀まねばならぬという事になる。恰も一枚の繪畫について正確な觀念を得るためには、その細部分を左から右へ、上から下へ別々に繼續的に觀察しても得られぬのと同断である。マラルメの詩にあつても、一語或いは一句の說明は、それに續く詩句の中に、又は相當の距離を置いて與えられている事を知るのである。

次にその一例を示そう。

L'Apre's-midi d'un Fauve（半獸神の午后）の第六句に於いて半獸神は語る

…………Je m'offras
Pour triomphe la faute ide'ale de roses.
（ばらの、觀念の過誤を、誇りかに自からに捧げた）

自己の逸樂の現實性に懸して、半獸神を惱ましている懷疑と、ばらの特異な連合は、單に、獨立的に設定されているが、その方66、67、68の詩句中にあつて、始めてその事が緊密に結び合わされている事がわかるのである。即ち、

Des dormeuses parmi leurs seuls bras hasardeux;
Je les ravis, sans les de'sanlacer, et vole
A ce ma :f, hai par l'ombrage frivole,
Des roses tarissant fout parfume au soleil,
Ou' notre e'bat au jour consume' soit pareil.

（ひそやかに腕と腕を絡んで寢むろ女たち　私は二人をそのまゝ離さずに抱きかゝえ　葉かげの淺い恨みこそあれ、すべての薫が眞ひる日に煙と消えるばらの茂みに驅け入り　こゝに、われらの欲樂は、燃え滅びゆく日にも等しく）


即ち不意を襲つて抱擁し、危く過誤に引き入れようとしたと信じている二人のニンフ、それを運び入れた茂み。

この場景が、マラルメの想像を熱狂せしめたのであろう。

要するに、マラルメの觀念主義は空間を時間の中に轉位させた、つまり視覺的直觀が聽覺的美學に飜譯されているのである。詩中の語が絶對音響的價値を獲得しているのであろうか。之は外界から來る感覺の抽象作業であつて、多數の感覺即ち物質的對象と彼の觀念との美しい結合によつて象徴が建設されているのである。

玆に特に注意しなければならない事は、その思想と物質的影像間の結合の緊密の度合で、それが最后の心理的發表に於てすべての媒介物が整理されるのであるという事、又その視覺は觀念の原因であり、此れらの觀念がその視覺に連結されているという事である。

詩人の幻影から生れた思想は、それに照應する影像によつて示され、それらの影像を分類し整理すれば幻想を再建出來るという事である。

窮局に於てマラルメの詩技の祕法は

1　時間中に空間を轉位すること

2　觀念と象徴との連合

に盡きるのである。

三

以上述べた象徴主義文學運動は、一意專心、個人意識の內部革命より、次第に觀念的世界へ沈潛して行つた、丁度それと平行してフローベルの現實主義を更に敷衍したエミール・ゾラの實驗小說が現われた。これは、象徴主義の內面性に對し、專ら外部社會への實驗觀察を意味し、ブルジョワジーの頽廢面への銳いメスがおろされたというべきであろう。

凡ゆる心理的現象、性的現象に科學的平等觀を以て臨み社會生活の缺陷に喰い入つて行つた事は着目に値するのである。そしてこのゾラの自然主義も亦、その過度の科學万能により、科學丈けでは解決不能に到りやがてブールジェ等の道德心理主義に展開してゆき、一方象徴主義は、その主觀的革命が徐々に平明な表現に變つて行つたのであるが、之は象徴派の餘りに個人的な主觀性を、古典的美の均齊と十六世紀の平明とを取り入れ、より健康な明るい詩が生まれて來たのである。又此のような傾向は、象徴派の夢想が實生活のより正當な文學表現へと目ざめて行つたからでもあるだろう。小說がゾラ等の實驗的社會小說への不滿として心理主義個人主義民族主義更にロマン・ローラン等の國際主義へと展開して行つたのに相併行して、詩の面でも、個人の觀念世界より徐々と實生活の明るみ――フランシス・ジャム等――より社會集團への自覺、社會心理の表現としてのジュール・ロマンのユーナニスムへと發展して行つた。しかしこゝではフランスに於ける現代文學への展開過程を語るのが目的ではないので、マラルメをめぐる象徴文學と象徴詩技法の宗匠たるマラルメの文學を現代詩との關連に於いて說き及ぼうと思う。

四

アンリ・ド・レニエ（一八六四―一九三六）は云う「象徴主義に對して人々がなす一般の非難、それは一語につづめて見る事が出來る。卽ち實生活を閑却したということである、、、、、、。」この意味からすれば、象徴詩派特にマラルメは混乱せる時代の苦惱を五官の完全なる解放に委ね、個人の靈感に沈潜したという点で、ゾラの自然主義的實驗小說の効用よりも、遙かに遊戯的だつたといえるだろう。之は詩が社會性を積極的に進め得なかつた事を意味する。尤も十九世紀初頭の浪漫主義、個性の解放が個人意識の窮局を極め得た点に大きな足跡は認められるのではあるが。

個性の完き解放とその行き詰まりさえない日本の近代詩壇にとつて、この事丈けでも大きな反省的意味をもつものと確信するのである。日本の現代詩のみならず、現代芸術が世界の進展と共に歩むためには、個人の解放とその克服とが同時に行なわれねばならぬ所に、現代藝術の重要な鍵があるように思われるのである。

次にマラルメの詩法へ立入つて考えて見ることにしよう。先に述べた如くマラルメがイメージとイメージとの連繫に於いて、それらの相對的價値に於いてひとつの幻影（ヴィジョン）を形成しているという意味では、只にマラルメのみならずボードレール・ランボーを一環とする象徴派の最大功積に數えなければならない。之は近代詩の方法としては完璧だつたのであるが、それらのイメージが個人的觀念と音樂性への奉仕だつた所に我々の否定しなければならない面があるのである。

現代詩の環境は、個性意識の發揚と克服とを目指している。更に社會的視野を要求している。また更に全体の中に個人が死滅してはならない。この事は詩的イメージが、新らたに叙事的文學を求めている事になる。象徴派の詩的映像は、何といつても個人的ロマンティシズムの頂点を目標としていたのに對し、現代詩のイメージ構成は社會的視野の上に立つた叙事性の獲得を最大の任務とするのである。

更にマラルメの「時間中に空間を轉位すること」に就いて考えて見るならば、マラルメにあつては空間とは視覺的世界をいゝ、時間とは聽覺的世界をいう。然し乍らこの法則は現代では別様に考えられねばならぬ。卽ち空間は詩人のイメージの世界である事に變りはないが、時間とは象徴派のいう聽覺の領域とは完く次元を異にするものでなければならない。それは一言で云い盡くせぬのではあるが叙事性でもよいであろう。歴史性でもよいだろう。然し根本的に云つて近代藝術として最も尖端的な映畫藝術に於ける時間が聯想されるのである。

北川冬彦氏が近著「詩の話」の中の「現代詩の諸問題」で「シーン（場面）の堆積は、その間おのずからテンポ、リズムを生む」と云つて居り、又「新たに復興される長篇叙事詩の方法として、シナリオの形式こそは音數律定型に代わるべきものである。時間に制約される映畫というものをそれはイメージするからである。それ〳〵のシーン（場面）は諧調のために組立てられ、シーンの堆積より成るシークエンス（挿話）は全体の構成のための自己制約をなすからである。それは定型詩におけるような定かなものではないが定型的なものである。起承轉結がある。いわば『定型ならぬ定型』なのである。」

映畫藝術の出現以來、時間の問題は、かように敍事文學建設のためにも重要な要素になりつゝあることを我々は知るのである。現代に於いて夥しい數の小說と映畫とに詰抗するため詩の領域も亦レアリスムを主軸として發展の途上にあるとき、我々は十九世紀中葉の詩の革新者マラルメの詩法を批判的に顧みる事に少からざる意義を見出すのである。（おわり）

追記　本稿は昭和二十四年十一月二十七日「詩と詩人」東京支部主催講演會に於ける草稿である。

「新世代」欄　選外の佳作

「冬の孤獨」（小原仁）「蜻蛉」（波頭ムク）「鳥鳴き」（すずきいさを）「月光曲」（山川瑞枝）「枯木」（坂本潤）「秋風」（青柳清純）「悲哀」（高崎謹平）「白骨」（鈴木克守）「發見」（小山成夫）「黃昏」（內田孝三）「笛の音」（原惠子）「赤旗」（江川英親）「終焉」（平田羲雄）「夕暮」（山根秀規）「火」（柴田孝夫）「落盤」（津野幸人）「幼き日」（石黑竜美）「時」（鈴木志朗）「呻きの街ひ」（田口實）その他――見谷將志、川崎舍博男、黑部左近、武部和夫、荒木芳夫、浦田啓男、佐藤三夫、武田忠造、武田曉晴

詩稿募集!!

一、原稿用紙に淸書し、封筒には必ず「新世代」欄原稿と朱書きのこと。

一、枚數は問わないが、敍事詩以外はあまり長くないのがいゝ篇數自由。

一、掲載詩に對して、稿料は今のところあげられない。

一、原稿は一切返却しないから、寫しを取つて置いて貰いたい。

一、宛先は東京都新宿區四谷須賀町一〇ノ一
北川冬彦方「現代詩」編集所

ジュールシュペルヴィエル研究（4）

高村智

――最新詩集「忘れやすき思い出」について――

フランスとウルグワイの二重國籍を有するジュール・シュペルヴイエル（一八八四年――）は今次大戰中、歐州の戰乱をさけて南米のモンテヴイデオに七年の歳月をおくり、かずかずの傷ましくも優しい「不幸なるフランスの詩」（「一九三九―一九四五年詩集」におさむ）、その他を書きつゝ、苦難にあえぐフランスにむかつて終始聲援を送りつゞけていた。平和がふたゝびパリをよみがえらせるや 彼は多くの詩作品と戲曲三つをたずさえて久しぶりに懐しい祖國の土を踏むことができたのである。

「忘れやすき思い出」（OUBLIFUSE MEMOIRE）は一昨年(1948)に出た小冊子「夜に」につぐ詩集であり、頁數は百七十五頁。上質の紙が用いられ價格は三百五十フラン、昨年四月N・R・Fから出版されてすでに七版を重ねている。全部で五十三篇の詩をあつめ、序文も後記もなく、「忘れやすき思い出」「人間」「ヴイーナス生誕」「UN BRAQUE」「グラヴユール」「大地は歌う」「海の風景」「往來にて」「シヤン・ゼリゼ」「創世紀」「記念日」「地上の戰爭と平和」「詩と歌」および一九二五年から一九三〇年のあいだに書かれ、一九四八年にふたゝび手に返つた五篇をふくむ「失われでまた見出されたる詩」の合計十四章に分けられている。

この詩集を開いてまず感じることは、大たい「往來にて」を境として全篇の詩が二分されていることであり、それより前の各章には、象徴派的な香りのただよう、万事ひかえ目な意識的に和らげられ、しかも極めて音樂的な作品が大部分を占め、讀者はなにより先にそれらを口誦さまずにはいられないであろう。フランスの一批評家は、それらのリズムが往年のヴァレリを思わせるとまで書いている。このような傾向は一九三四年に出た彼の壯年期の代表作といわるべき「未知の友」などには見られなかつたことであり、それは本年すでに六十五歳に達して名實とも大家の風貌をかちえた彼の老境のさせるところであるかも知れないが、同時に私はつぎの事實に注目すべきであろうと考える。すなわち、シユペルヴイエルが處女詩集「かなしき心の詩」を出したのは一九一九年彼が三十五歳のときであり、したがつて感受性のゆたかな彼の少年および青年時代が主として象徴派の衰退期に送られたということであつて、文學史家が彼をサンボリストの系列にかぞえ、彼に影響をあたえた先輩詩人としてラフオルグ、ランボー、クローデルを擧げていることも十分うなずけるし殊に象徴派の爛熟期に名を成したラフオルグのごときは今なおシユペルヴイエルの作品にぬきがたい性格を與えているようである。壯年期のシユペルヴイエルにあつては、强烈な個性がそれら象徴派の影響を能うかぎりおしのけて、むしろ、おなじ象徴派の創始期に位置しながら奇怪な幻想の暗喩によつて、有名な「マルドロールの歌」を靈感のまゝに神速に書くことのうちに後世のシユールレアリズムの自働記述法の範例をしめしたロートレアモンの精神との合体をみせ、一種のたくましさ、しかしながら決して粗雜や泥臭さをふくまない、むしろ愼しみぶかく高貴な調子をたゝえた彼特有のたくましさとなつて、もつぱら自己の詩の世界を擴大し豊潤にするべく集中されていたのであるが、今日、表面的であるにせよ苛烈な戰爭も終結し、いろいろな意味で一應の決算期に到達したシユペルヴイエルは、この大戰を契機としていちだんと深まつた自己の人間的、社會的体驗や宇宙的体驗、同時にそれらを詩人の鋭利な感覺によつて再吸收した詩的体驗の總体をば、ひろく影響をうけたフランス詩傳統の韻律にのせて、おおどかな安定感と深き象徴性のうちに結晶させたいという心境にたち至つたのであるまいか。したがつて詩集の前半におさめられているこの傾向の作品はほとんど例外なく正規の韻をふみ、定型をもつものや、それにごく近い形式を有するものがその三分の一以上を占め、オクターヴ・ナダルに捧げられた「大地は歌う」のごときは合計十四節の堂々たる形式をとり、第一節と第十四節が十二行であるほか他の各節はいずれも十行ずつになつていて、まことに内容に應わしい雄大な韻律をかなであげている。かくのごとく定型もしくはそれに近い形式をとるならば、當然それらの形式の中にあつて愼重に彫琢のノミがくわえられてゆくため、その表現とともに内容もしだいに象徴性をおびて難解になり、一見平易におもわれるそれらの詩的言語をたどつてシュペルヴイエルが喚起せんとする思念にちかずくためには、讀者は作品の音樂的鳴響性を十分におさえて、もつぱら内面的にのみ読み進むべきであらう。それゆえ性急な短時日のはしりよみでは到底作品の内奥にせまることはできず、さらに、「グラヴイタスイヨン」や「未知の友」はもちろん、それ以後十數年間のシュペルヴイエルの精神的發展の跡を直せつ個々の作品を通して忠實に辿ることなくてしは徒勞に終るのであつて、彼の多數の作品を系統だてゝ繙讀することにより與えられるであろう喜びもそれだけ大きいことを約束している。（本詩集中この部類にぞくする作品については追つて稿を改めたい。）

さて、つぎに「往來にて」より後半においては、以上の傾向とは打つてかわつた、一種ホイットマン的奔放ともいうべき自由闊達な四十行から八十行におよぶ數篇の長い詩がとくに重きをなしているように思われる。前述のごとく、この詩集の前半において、シュペルヴイエルが多年にわたる探求と彷徨のすえにゆきつきえた象徴の彼方にけぶる奥深い世界に面して、讀者はあらたな感銘と尊敬の念をあたえられると同時に、一方それらの有する外見の謙譲さすらがいさゝか彼に近ずきがたいものを感じさせずにはいなかつたのであるが、これら數篇の長詩に入るや、あくまで高貴をうしなわぬ表現の平明單純さと、戰後の日常的社會的現實にそくした内容の親近性とによつて、彼をよみなれた讀者は老いてなおみずみずしいシュペルヴイエルの膚に直せつ觸れることができたような安緒と喜びを感ずるであろう。

シャン・ゼリゼ

あなたはしつていますか
毎日々々たくさんのアメリカ詩人が
シャン・ゼリゼの大通りを姿をみせずにやつてくるのを。
そしてまた多勢の詩人たちがその通りをくだつてゆきます。
その行列のつゞくあいだ、あのマロニエはみんな背いのたかい
棕櫚の樹に席をゆずつています。
あなたはしつていますか

彼等の熱狂が燃光をはなつてもえているのを。
そしてもしあの詩人たちがいろいろ物を移しかえるにつれて
ファントームの氣轉でちやんと整頓してゆかなかつたら
交通はすつかり止まつてしまうでしよう。
不可能としたしみ混乱の岸辺にたつて
詩人たちはすべてをもと通りにかたずけてゆきます。
いちばん狡るい通行人たちはなんにも氣がつかないのです。

譯によつてもうかゞわれるごとく、難解な單語なぞ一つも顔をみせていない。このような平明さはかつてみられなかつたことであるが、それは自然發生的な生な素朴さからくるのではなく、また故意に低めることによつて平明化されたものでもなく、やはり多年の修練のゆきついた彼の一極點であると考えられ、どの一行も感情がそれ自身のために歌い出されることなく、深い批評精神によつて支えられているのはまことに見事である。

しかしアメリカ沿岸にきこえろあのかすかな音は一体なんですか？
あれはフランス詩人たちがあそこに自分の映像を上陸させているのです。
おーい、パブロとアルフオンソ、ジヨルジユ・ルイス、カルロス、ロベルト、おーい、マリヤとマニユエルとオーギユスト・フレデリコ、
おーい、サラとガブリエラ、おーい、スイルヴイーナとジユアーナ、おーい、オルフイーラとセシリーア
フランスの友達が來たぞ！
お互いにおつきな聲で質れあおうじやないか
これらの距離が僕らのあいだにがんばつていたがろんだから。
部屋のなかにいてさえ詩人はじぶんの森にかこまれて、
窓や扉があいているのは自然が通りぬけろためだ。
あゝ詩人たちよ、この大海原をわたつて僕らの椅子をちかずけようじやないか、
詩人の椅子なんだから
その椅子は水に邪魔されもしなければちつとも濡れはしないだろう、
そしてもし跛つこでもひくようだつたら、それは地球がどうかしたからだ。

こゝに現われた「自分の映像（かげ）を上陸させている」とか、さきの「アメリカ詩人が姿をみせずにやつてくる」とか「マロニエが棕櫚の樹に席をゆずる」とか「フアントームの氣轉で整頓してゆく」とかいうイメージは、シユペルヴイエルならでは到底使用できない特異なイメージであるが、永年彼が築いてきた宇宙的神話の世界に住むことのできる讀者にとつては現實の事象とほとんど變らぬ當り前の詩的現象として受け

ることができ、詩人たちは大西洋をわたつて互いの椅子を近ずけ合うことも自由になるし、海水に妨げられて沈むこともあり得ないのである。そこで彼は「あなたはしつていますか」と問うのであるが「いちばん狡るい通行人たち」は詩人の使命や彼等が人類社會に與えるであろう數々の功績について、「なんにも氣がつかない」、詩人の感性のおもむくところ、それは俗物どもの到底うかゞいしれぬ世界なのだ。

五ねんという年月（としつき）、かぞえることもできぬあの死の星と對にでもならなくては、星どもはフランスのうえに輝やきませんでした
そうして黎明（あかつき）はいくたびとなく敵國人のように武裝をこらし
あゝ、フランスの詩人たちよ、彼女は貴方がたの先にたつて
ふりむきざま貴方の心臓に彈丸（たま）をうちこんだのです。

兩岸の詩人たちよ
夜となく晝となく宇宙のしんせんな泉に飲んでいるわたくしたち
星たちの純粋なコンパスにしたしんでいる私たち
みんなでいつしよに、丹念な色をつかつて虹をひとつ描きましよう
（軍人達には石でつくつた凱旋門のアーチをのこすのです）。
天にかゝつた僕等の大きい橋は、大空でさゝやくことでしよう
それは地上の見張りをするでしよう、
それは夜になつても天体を怖びやかさずに輝やくことでしよう
そして僕等は、すこしは黄ろい顏をしている平和の上に屈みましよう。
彼女のはかない微笑みが僕等の歌で元氣をとりもどしますように！
人々がまるで武器なぞもつていないかのように振舞う時がきました、
ポケツトの中には、小さなナイフさえ入つていないのです！

一九四六年四月

この「かぞえることもできぬ死の星」とは何であるか、それをはつきり斷定する必要は別にないと思うが、軍人がつけていた星章とでも考えたら我々にはしつくりするかもしれない。シユペルヴイエルの書くものはつねにそうなのであるが、それをどんな外國語に移しかえても、忠實によんでゆけば必ず十分に理解でき、その平明なものにいたつては、人種や國境を越え、極めてみじかな共感によつて何人にも鑑賞しうるように思われる。南米に生れ、パリに出て敎育をうけ、生來の旅行すきから歐州各地をはじめ南米のパンパス（大草原）に足をのばし、海に親しみ、船を愛する彼。人間と同時に動物たちをこの上なく愛する彼、せまい環境にとじこもる頑くなさもなければ一部の人間の生活感情にこだわることも

ない、フランス人でなくては理解できぬ特殊な抽象的觀念はしりぞけられて、すべてが具体的に思考され明快な表現に結晶されてゆく。コスモポリタン。

　本詩集におさめられた長詩は、すべてイタリックで二十、三頁にわたつてびつしり印刷され見た眼もたいへん美しいが、一句一句ただちに線となり色となり物となつて、一行をおわるや忽然として未曾有のイメージの世界が紙上に展開されてゆくうちに、いつしか自由自在な脚韻によつて引きしめられ、支えられ、清められているのを發見し、あらためて恐縮させられる次第である。

　この詩集は、マルセル・アルランに捧げられている。なおマラルメ研究の權威アンリ・モンドール博士や、T・S・エリオットに捧げられた詩篇も含まれていることは興味のないことではない。

二團体の結成

日本詩人クラブ

　久しく産婆役を勤めて來た日本詩人クラブ（J・P・C）は、三月四日を以て正式に結成され、役員も決定した。
　役員は、理事長西條八十、事務理事山宮允、理事は川路柳虹、佐藤春夫、豊田實、南江治郎、野田宇太郎、服部嘉香、正富汪洋、森川葵村、柳澤健の諸氏である。會員は第一期の事業完遂までは約八十名とし、この會の性格や運營の方向が具體的になつた上で、改めて廣く一般に呼びかけることになつた。事務所
杉並區上高井戸三ノ七八六正富汪洋

「現代詩人會」の結成

　ここ一、二年來、詩人の團体結成の要望は切實で、幾つもの準備會が開かれたが、そのメンバーや仕事について理想にはしり、すべて流産に終つたのに鑑み、親睦團体としての「現代詩人會」が發足した。
　舊臘、安西冬衛、安藤一郎、村野四郎、大江滿雄、北川冬彦發起により勧誘狀が發せられ、一月二十六日、有樂町『レバンテ』に於て第一回集會を行い、既に數度の會合並に講演會を重れ、年鑑詩集其他色々と企劃が進められ日本詩界注目の動きをみせている。現在の會員名左記の通り。
　吉田一穗、丸山薫、三好達治、安西冬衛、淺井十三郎、池田克己、植村諦、江間章子、深尾須磨子、藏原伸二郎、瀧口武士、瀧口修造、竹中郁、田中冬二、永瀨清子、岡崎清一郎、金子光晴、小野十三郎、平木二六、藤原定、眞壁仁、山中散生、山之口貘、笹澤美明、阪本越郎、杉浦伊作、壺田花子、神保光太郎、杉山平一、高橋新吉、岩佐東一郎、近藤東、木下常太郎、壺井繁治、岡本潤、城左門、安藤一郎、西脇順三郎、菊岡久利、草野心平、北園克衛、伊藤信吉、村野四郎、大江滿雄、北川冬彦
以上四五名（順不同）
現代詩人會事務所　新宿區四谷須賀町一〇二北川方

革命前夜のロシヤ詩人達（二）

川口忠彦

次に吾々は、ソログープに移ろう。

美麗な飾施された△アムフオーラに入れて
陰鬱な奴隷が酒運ぶ。
灯のない道は凸凹だらけ
空には既に闇が擴がつている。
緊張した眼指で彼は
きつとくらがりをみつめ、
端から酒が流れをなして
彼の胸に零れ注がぬ樣氣を配る。
その樣に私はもうずつと以前から
悩みに充ち滿ちたフラスコを運ぶ。
その中には回想の猛毒がひそみ
狡猾にまどろんでいるのだ。
惡の器を持つた私は、誰かゞ
不注意な手でそれを
私の胸の上に零さぬように
廻り道して歩む。

△古代希臘の兩耳瓶。

右の詩は《アムフオーラ》と題されている。《アムフオーラ》によつて、何を意味せしめようとしたのか。彼の詩には何れにも大体この樣なニユアンスがある。分る樣で何うもはつきりとは分らぬ。前掲のバリモントやグリユーソフとは、捉え所も色彩も隨分異つているのを認めざるを得ない。念の爲、もう一つ作品をあげてみよう。《お針女の歌》と云う詩である。

今日はお祭　壁の向うの
無遠慮な話聲は聞えて來ない。
私は一人　針とつて
眞赤な絹に刺繍する。
愉快な光景を見るため
暇な時間を縮めるため
何とかして氣を晴らすため
私の友達はみんな出掛けた。
私には娯しみなんかもういらぬ
さわぎも見世物も氣にかゝらぬ。

お祭には　神への誓を果すため
一切のなぐさめをお返しします。
若さが私に約束したこと
生活が私をひきつけたこと
一切合切運命が打砕き
狡猾にひつさらつて行つた。
——ひ弱な奥様のために
晴着や肌着を縫おうよ
自分の希望を捨てようよ
あゝ運命の性悪な嘘つぱちの憎らしさ。
私はおとなしく頭をたれます。
まるで震へている牡鹿の様に。
だがその代り誇らしい言葉を
私は囁き馴れている。復讐せよ！と。
白い糸で赤い絹をかゞろ
私はこうして恐ろしい戰のさ中
敵軍と惡意に打向い
旗を運んでいるのだ。

これらの詩は極めて《手近な》何かに對する反感を、遠まわしに歌つている様な氣が私にはする。ともあれ、一般的に見て彼には最も明瞭に、現象界の無價値、見えざる世界の價値に関する觀念が現われる。即ち彼の警句

幽嚴祕密なるものを常に待ち
奇蹟により現れ出たものに敵對する。

はそれを明示している。又象徴主義の實踐哲學は次の詩に語られている。

人と共にいることの　何たる重荷ぞや
おゝなぜにまた彼等と暮さればならんのか
何時も呪文を唱え
靜かに占いしていることが何うして出來ないのだろう。

要するに、生活が氣に入らないのである。所がこの生活の否定的部分を生み出す諸原因を探究し、それと戰う代りに、ソログープはこの現實から逃れると云う、最も安易な手段に頼つたのである。現實に對し眞摯に立ち向わずに、唯それに関するファンタジーに身を委せて居れば、或は現實を樂しくする事が出來るかもしれない、併しその樂しみは頗る不安定である。早晩苦惱に逆轉するに違いない。「憂鬱は空想の產物」と云うのとは反對に、ファンタジーを追い求め、依怙地に樂しいと思いこもうとすること自体、一つの苦悶である。だが執拗に彼は說く。《粗雜で貧弱な生活の一片をとり、それから奇しき傳說を創る。なぜなら、私は詩人だから。暗黑のさ中で呆然疲勞して停滯するか、それとも嚇灼たる焔となつて猛り狂うか何ちらかだ。私は、生活よ、お前を制覇する。魅惑的で優美なものゝ傳說を創り、それを高らかに歌うことにより。》そしてかゝる場合、この様な幻想と最も結びつき易い地上のものは肉慾である。幻想の儚さを幾らかでも防ぎ得る、具体的なもの、それでいて甘い陶醉を與えるもの

は肉慾の滿足である。《吾等にとつて、この世は狹苦しく、堪え難い。人間は自分で自分の上に鉄の鎖を鍛えあげているのだ。何たる貧しき世界ぞ。おゝ、エリザベータ、お前は至福の地オイレを知つているか？そこに住み度いか？地上の樂しみは一秒間だが、そこでの奇しき生活は一世紀たつぷりあるんだ。》こゝでオイレと云うのは、ボードレールが酒や阿片による陶酔境を「人工樂園」と云つた如く、肉慾の陶酔境を指しているのである。後に述べるが、生産昂揚期に引續いた社會混乱期に、當時の青年や廣範なるインテリゲンチャが如何程の頽廢に陷り、かゝる無意味な卑俗さにひきつけられたかは驚くべきである。實際彼等はこの中に、高い叡智の現われを見るに吝でなかつたのである。

十九世紀末並びに二十世紀初頭の詩人達の中で、ブーニンは特殊な位置を占めている。即ち、最初彼は時代の象徴主義的傾向に關與せず、唯一人レアリズムを支持した。併し彼も矢張、時の興替せる諸問題からは遠く離れていた。彼の世界觀は、古代と忘れ去られた莊園への憧憬である。ゆく夏を惜しむひぐらしの樣に、亡びゆくものを追う悲しい歌聲を放つた。地主生れの彼は、恐らくロシヤ文學に於ける地主的傳統の最後の代表者と云える。併し、莊園生活がその最後の息を呼吸している時に書かれた彼の詩は、悲しみの刻印が押されている。彼は屢々荒廢せる農村の詩人と呼ばれるが、この名稱は彼の詩の一般性格を充分正確に指摘している。

我は愛す　遊牧する鳥の群を
ふるさとの草原を　貧しき村を――
我がふるさとよ　汝がもとに歸り來れり
孤獨の放浪にいたみ疲れし我は。
かくて我覺れり　汝が悲哀の中の美を
而して悲哀の美に囲まるゝことの幸を。

彼は闘爭に對しては門外漢であり、出口を永遠の放浪、種々なる時代と民族の追憶觀察に求め《ソフイヤやギリシヤ、モイセイの顔を見たと云うスフィンクスに程近きナイル、アブラハムとサラの國、バアリベツク、傲慢無恥なカインが自らが建てたと云う異教の寺院の廢墟》に憧れた。

だが、現象の多樣性に統一を與えている、何らかの連關が存在する事を確信するや否や象徴主義者の側に接近した。日々の煩惱、闘爭、社會的政治的利害は、それ自体としては彼の注意をひかなかつた。そして彼は、彼岸の力について率直に語らなかつたが、それに基いている何物かを尋ね求めた。

永遠なるは唯海、岸なき海と空
永遠なるは唯太陽、地とその美
永遠なるは唯見えざる糸で
生物の魂と心臟を却初の闇に結ぶもの。

さて、玆に於て、これまで述べて來たところを一應前期象徵主義派とすれば、これから更に、略一九〇六年から革命に至る間の、所謂後期象徴主義派について記述せねばならぬ。

前世紀九十年代は一般に、謂はゞインテリゲンチャ向上期であり、當時未だその後劃然と對立するに至つた思想傾向の分化が、極めて稀薄であつた。レーニンと資本主義代辯者ストルーベの背反性さえ、未だ豫見するのが頗る困難であつた。革命は主として經濟的罷業及び理論書の頁上に現れるに過ぎなかつた。ところがこの時代に於ては既に、政治上に於てはブルジョアジーの政治的組織者――ストルーベ、ミリューコフ、ベルジャーエフと、革命の實踐家並びに理論家の明確な分離が行われた。革命に突進むことを欲せず、又出來なかつた、富裕な階級のインテリゲンチャにとつて、不安な革命的氣分から精神的平衡を護る様な世界觀が必要であつた。敏感な半封建的集團、內至は時にブルジョア的集團さえもが、自らの死期を感得せざるをえなくなつた條件下に於て、反革命的世界觀はその共鳴者に、それが革命家同樣、否寧ろ以上にブルジョア機構に反感を抱き、警察國家を否定している様に感じさせ、最高度に生活と對峙して、その近き急進的變革を待ちこがれている様な自覺を持たせ、又それが世界を友愛と自由の王國に變ずる偉大な事業に參加している如く考えさせる可能性を與えねばならなかつた。併しそれと同時にこのブルジョア最大限綱領主義（マクシマリズム）（一種の無政府主義）は事實上、中庸なリベラリズム內至は政治に於ける小市民的《中立》への信奉を何とかして正當化して見せねばならなかつた。かゝる要求を滿足せしめる世界觀が、近き將來に於ける革命、單に社會のみならず精神界をも變革すべき宇宙革命を約束する神祕主義（ミスチチズム）、國家よりの自由のみでなく、物質界の沈滯した法則からの無政府主義的自由の勝利を豫言する神祕主義であつた。即ち後期象徵主義は、單に藝術上のみならず、宗教的觀念に於て既に前期象徵主義と異つていた。先ずこの期の象徵主義理論家ビヤチエスラフ・イワノフの言を引用しよう。「象徵主義――それは象徵を基礎とした藝術である。藝術は物質な象徵として、且又象徵を神話（ミーフ）として認知することを明らかにする時、その眞髓を發揮したと言える。周圍の現實の物質中に、他の現實の徵候を指摘し、意味深長なるものとして表現する。換言すれば、藝術とは唯地上の經驗的實在圈のみでなく、他の圈中に存在するものゝ連關と意義とを認知せしめるものである。かくして眞に象徵主義的なる藝術は、宗教が何よりも先ずあらゆる存在物の連關、總ての生命の意義を感得せしめるものである限り、宗教の分野に觸れるのである。」又別の所で「理想主義的象徵主義は美麗優雅なるものゝ心置きない藝術であり、現實主義的象徵主義は世界の祕密看破、世界の爲の宗教的實踐の僧房的藝術である。」と云つている、そして、現實主義的象徵主義とは、私が後期象徵主義と呼ぼうとしたものと一致する。さて、この期の詩人として、メレジコフスキー、アンドレ・ベールイ、アレクサンドル・ブロック、ビヤチエスラフ・イワノフを擧げ得る。

（續）

安西冬衛論

吉本隆明

作品はつねに作者の人間が實生活で過せられると全く同型に文學の世界で過せられます。

過せられる世界とはかの誤解が理解の名をもつて語られる世界であり、嫌惡とともにまた多少の杞憂をもかけざるを得ない世界であります。僕たちは常にこの悲慘な杞憂の中にある、何故悲慘であるか、誰も過せられるために制作する者ではないからであります。何故杞憂が存在せねばならないか、誰も過せられることを無視して制作することが出來ないからであります。けだしここに一制作の、強ひては一制作者の內在的價値が喚起する宿命の諸問題が存在致します。僕は斯樣な問題を展開する意企を持ちませぬ。唯、安西冬衛の昂然たる悲愁の面貌を垣間見たことがあります。その時すべてを理解しました。恐らくそれは氏の詩作する時の貌でありませう。賑やかな會話を好む氏とは無関係な貌だ、いや関係のある貌だと言つても同じ事です。僕が安西冬衛を論するとすれば、氏のこの悲愁の貌を手掛かりにするより外ありませぬ。あとは余計なことであります。

☆

文字は形象であります。形象が一定の法則を以て配列されたとき意味を構成致します。言葉は意識作用の表象であり、空間化で行はれない限り形象とはなりませぬ。意識の持續の一狀態を考へます、そこには表現は存在しないだが意味を構成する表象は確然として存在します。どのように存在するか。それは意識狀態のアクセントとして存在するのであります。

更に意識の純粋持續の狀態を考へます。ここにも矢張り意味を構成する表象は存在すると考へられます。どのやうに存在するか。最早アクセントも喪はれ、或る色合ひに充たされた意識流が、意味の喚起する色合ひと對應して存在すると考へられるのであります。詩は言ふまでもなく意識の統應操作であります。

ここで僕たちは詩作行爲を二つの過程に分離することが出來るのであります。その一つは意識狀態の喚起であり、他の一つは文字への表現であります。一般に詩人はこの過程を同時的なものとして把握して居ります。併し明析な分析はこの二つの過程の分離を強ひるのであります。安西冬衛の詩が提示する極限の意味は正しくここに存在致します。

意識の持續狀態を文字に表現することは、あたかも無限に分割可能な實數列を不連續な自然數列に對應せしめる操作を想起せしめます。斯かる觀点から、若し文字と呼ばれる形象、が、直ちに連續せる表象の形象化に對應するならば、詩作そのものの問題は消滅し、僕たちは唯精神の操作の問題を殘すのみとなるのであります。ギヨオム・アポリネエルがカリグラムを書きつつあつたとき、斯かる問題は何らかの形で彼の思考を通過したに相違ない、彼の奇怪な試みがそれを證明致します。或意味ではサムボリズムの言語の力學は、必ず意識の場と文字の形象との問題にすべき宿命にあつたと言ふべきでありませう。

☆

「軍艦茉莉」は斯かる意識の諸問題を提示すべく出現した筈であります。然しながらここに結晶化された氏の天稟は鑑賞するに適するが、分析するに適しないやうに思はれます。氏が我知らず表現してゐる青春の意味は、唯遠い追憶のやうに僕を愉しくさせます。饒舌、ナルシスムス、あてのない憂愁、極度に凝縮された宿命への感傷、ミステイフイカシヨンの形で意識の盲點を流動する機智、これは何ものをも意味しようとはしないが、確かに歌はれてゐる見事な典型であります。

氏がここにおいて誘致した世界は日本の傳統的な短型心理詩の世界、その雰圍氣と余白と方法であります。年譜によればこの詩集以前十年間短詩型によつて意識の機動法を研究したと書かれてあります。蕪村の心理詩が近代に向つて開いてゐる道こそ氏にとつて絕好の好餌であつたでせう。中世の連歌形式から分化した日本の短形詩は、その性質上決定的な理智を以て鍛冶させる時本質的な意識の諸問題を提示するのであります。一短詩は必ず意識の、一凝集反應を喚起しなければポエジイを構成しないのであります。加ふるに定型と韻律との規範はこの操作の嚴正を强制致します。

最も原質化されたポエジイの問題がここに存在すると言はねばなりません。

ルネ・モオブラン、マクス・ジヤコブ、ルイ・アラゴン…等立体派以後の詩人を捉へた所以でありませう。

言ふまでもなく安西氏の出現の意味は、日本近代詩の解体斯における旗手としての位置にあります。氏はこれを傳統の一擴張を以て遂行したと言はなくてはなりません。ジヤコブのスチイルと位置の理論は氏の詩形を動かしたかも知れないだがジヤコブの意志と激動とは氏と遙かに隔絶するのであります。氏の世界は均衡と調和と靜謐であります。氏の宿命を洗禮したものは、日本の短型詩の世界に外なりません。僕は影響をそのように理解致します。

やがて氏が青春の憂愁の上に描いた意識の繪畫は、氏の着眼が外界の物その印象の上に旋回するとともに解体致します。感傷や抒情や憂愁や―要するに若年が醸し出し、成熟が連れ去るところのかの特異な情操が喪はれます。

歌は去りポエジイが原質化されて殘るのであります。同時にこの歌の分離、は氏の詩法の本質的な問題を骨格のやうに明らかに露出するのであります。即ち言語のオオトマチズムと心理のオオトマチズムとの偏差がこれであります。例へば氏の中期の代表作「韃靼海峽と蝶」はこの典型を暗示するのでありませう。この作品において人々は意識の喚起作用が詩句と密着して生起せず、數瞬の時差を以て詩句に後續するのを感ずるでありませう。即ち言語の力學と意識の力學とは偏差を生ずるのであります。この意味は氏によつて重要でありました。氏は恐らく潜在意識の呈示する限界、それのみに依存することの危機を自覺せねばならなかつたのであります。最早氏にとつて「軍艦茉莉」以來無意識に使驅してゐた自らの方法を明析に分離することが必要であります。爾後この問題は何らかの形で氏の詩作の一課題と化します。如何程の時間がかけられたか、戰後僕の眼に觸れた氏の手記類は明らかにこの課題を完了して出現します。この意義は重要であります。日本近代詩は氏においてはじめて自らの方法を意識的に分離した詩人を持つのであります。僕はそれが明治以後の日本の近代詩にとつて何日かは、そして何人かによつて、一度は、解答されねばならなかつた課題であつたと考へます。氏はここに所謂アポリネエルの超現實を意識的に實行する詩人となるのであります。換言すればシュルレアリズムの方法からの分離と獨立とを完了するのであります。

☆

讀むといふ操作は對象への意識の移入であります。言ひかへれば文字によつて形象化された意識の狀態を、再び形象を通して再現する操作であります。詩作品を通して詩人の精神の狀態が感得されるのはこの時であります。僕たちは意識の移入を許さない單なる意味の配列を直觀的に拒否致します。いや少くとも拒否する所に且ては詩の存在が置かれました。今日では少數の孤獨な詩人によつて維持されてゐるに過ぎない詩の力學であります。

安西冬衛の詩は正しく詩が在るべき最も單純な原型を提示致します．氏の詩が難解だと言はれる、これは明らかな錯覺でありませう。

氏の多彩な知識も衣裳に過ぎませぬ。若し欲するなら、流動する意識の持續の中に、時として生起する凝縮反應を想起することが出來ます。これが裸形に投影された氏の詩法であります。何故に氏の詩体は流動の感覺を與へるか。氏の詩の韻律が無限に可分なる韻律、ウイトルーウイウスの所謂モヂユル・ゼロのシムナトリアの上を持續するからであります。對象と比喩とのあらゆる異質・不連續もこの流動をさまたげないやうに思はれます。氏の韻律が人を目覺ますのでなく眠らせるのもこのためであります。かかる氏の韻律の機構は、あたかもあらゆる女性が垂直性を感じさせないやうに、垂直性を感じさせない氏の詩体に對應致します。ロダンは言ひます「女山嶽馬これらは胚胎において同じ原則の上に架かれてゐる」と。これは實在の構成の單元性についてのロダンの確信であります。安西氏は正は對蹠的であります。氏は實在の瞬間的印象が、意識の對に喚起する反應において單元的であることを洞察致します。この印象の單元性の法則換言すれば、同型と重ね合はせと連鎖の法則こそ氏が長い年月をかけて抽出した自らの方法に外なりません。氏は言ひます「海、の痕跡が女の中にある」（死後三）と　海と女との印象が氏の意識のうちで同じ連鎖を喚起するのであります。氏の詩体が垂直性を感じさせない所以は、氏の意識が實在の印象の上を瞬間的に轉じ、決して固着されないからであります。この狀態は再びあらゆる物からその內容を剝奪する氏の眞眼に對應致します。氏は時として觀念からさへその內容を剝奪致します。今日氏が未だ老ひざる所緣であり同時に又氏の弱點をも構成する所緣であります。ビタ無一文の狀態において「カフカの日記」を讀む（死語二）

「カフカの不安と孤獨とはカフカの自意識のうちに完閉してゐたと僕は固く信じたい。」氏の意欲は正しく精悍と許すべきでありませう。僕はここで氏の精神の機構を解析したい誘惑を感じますがとどまりたいと思ひます。氏は自らをよく熟知して居ります。

　フェンシングの劍が矢庭にわが胸元に突き刺さるその時畫かれる
　優婉な孤
　斯くありてわが痛手は傷なきにさも似たり（死語九）

ここに詩人といふ單純な宿命を果てまで歩むで來た者の自ら描く悲愁とナルシスムスがあります。僕は卒然として且て視た氏の悲愁の相貌を思ひ浮べます。僕は最早この小論を終るべきでありませう。批評が罰せられないのはここまでであります。

☆

　時代は變ります。今や無數の觀念的亡靈が革命精神の上を暗く彷徨致します。彼らは時代の新しい展開を推進する意企と能力とを持つものではありません。自らの觀念の不定と飢渴の紛失とを實證的制覇の確定の中に移入しようとしてゐるに過ぎない。やがて新たな疾風怒濤はこの虛構を潰滅致すのでありませう。

　だが氏はかかる爭覇の上に隔絶して位置します。僕は氏が自らを新しい古典と化する唯一の道を歩むことを願つてやまない、斯かる願ひは今日尙ほ壯心を傾倒して日本現代詩の未來への基礎工事を敢行しつつあるこの優れた詩人に對する禮儀でもありませう。

（了）

北園克衛論

―抵抗の主体は鼻である、といふことに就いて―

高島順吾

1

言語は矢張り人間のわびしい辯解の道具らしい。辯解とか默認などといふ悲痛な行爲なしには、左側通行から右側通行に移れないものが、たしかにわれわれの氣持ちの中にある。しかも人間の言語の生理を、コスモスの花びらに觸れていく微風のやうに、恬淡として抹殺してゐるものがある。

鼻である。

この顏面の中央部に位置する肉塊は、元來がロマンテイックでセンテイメンタルな人間精神の創造の世界と批評の世界を、余りにもスイニカルな無表狀な魔力で苦笑し去つてゐるのに違ひない。

一言にしていへば、知識人といふ惠まれた心理上のオボチユニストには缺くことの出來ぬあのボオズを斷乎として拒否してゐるものが、鼻の変態であり鼻の生理であるのだ。テンプラ屋の娘の鼻。貴婦人の鼻、詩人の鼻、陪席判事の鼻、ペンキ屋の鼻、――それらは一体何ものだつたのか!! 考へても見給へ、鼻こそ彼らの生存の唯一の實体として不動の位置を顏面に占據してゐるではないか。そして彼らから鼻をマイナスする時、何が殘るといふのであるか。いいかへて見れば、アリストパアネスやモリエイルの頭腦すら想像もし得なかつたであらうアトミック・ボムといふそれはまた神神の最大の傑作品の一つと堂堂と對抗して、强靱にその存在の主張を固守し得るものは鼻ではないか。アトミック・エイジのまつただ中では、またはアトミック・エイジを豫見せざるを得ない人類の普遍的精神のうすぐらがりの中にあつては、たいがいの精神は、例へば進歩した農藝學や哲學や藝術や御布施のイデエでさへも、テレくさくて生きつづけていけたものではないのである。若しさうとすれば、精神のコスモスに最後にキックッとして聳え立つものこそ鼻に間違ひないのである。

おお、鼻は悲しいではないか！　さしてさういう悲しみのスインボルを、われわれは暗い非情の陣の下にぶら下げて、町角からデパアトへと彷徨してゐるのである。そしてまた北園克衛といふ日本に國籍をもつた一人の詩人の全肉体が、一個の鼻そのものであつた。

彼はまさしく鼻の生理を生きてきたといつてもいいのであ

る。

2

「詩は第二の藝術である」と二幕目あたりで誰かがいつたとしても、第三幕目は、宿酔の床でアルコオル分の澁い涙を流して月曜日の朝を迎へたビユズイネスマンのモーロオグと人事課長のあわただしい登場で、幕がひかれる。

わびしい籍枯の芝居である。出口も入口もない芝居。鼻のない幕引、鼻のない劇評論家、鼻のないアクター、鼻のない日本人。

詩が第二藝術であるのではなく、むしろ人間そのものが第二動物なのかも知れないのである。すくなくともさういつた方が分り易くはないか。

さう、旣に日本文學に關して、言葉は不要なのではないかとさへ思はれてならないのである。あの豆腐屋の息子すら、啄木のセンテイメントや力一杯りきんでゐる花傳書をケラケラ笑つてゐるやうである。このやうな時代に、そしてそれは本當にどのやうな時代なのかと、ひそかに電柱のかげにかくれて考へて見ただけでも戰慄するやうな、或ひはハムラビ法典の施行された翌日のやうな錯覺すら起る、そのやうな時代に、北園克衛の生地は次第にアラビヤ的風土性を帶びてきてゐることを知る。例へば昨年の「詩學」七月號に寄せた「VOUクラブの覺書」の一節で彼は次のやうに書いてゐる。「一九四〇年から一九四五年にわたつて多くの日本人が夢みた偉大なる時代も、結局それは文字どほり夢みられたる偉大なる時代に過ぎなかつた。たちまちそれは砕け、飛び散つてしまつた。この寢ざめの惡さを　僕たちは怒りとともに生きてゐる。だがこの怒りさへも、僕には何とはなしに信じがたい、厭はしいもののやうに思はれる。それは單なる敗れたる者の、仕方のない心理的な平衡へのメカニカルな生理ではないのか、といふ疑ひが影のやうにうるさくつきまとつてくるのを感じる。しよせん怒りも絶望も、海を越えて他の生命と結びつく何の必然性も持たない、孤立したポリネシヤ人の感情ではないか　といふ冷い懷疑に襲はれる。」このやうな、この國の中年の詩人の一種ヘレニイズム末期の不安を回想させるやうな色彩で緣どられたマニイフエストの發想される根據は、もちろん戰後派の早くも自慰化されようとしてゐる、更にまた問題提出のみの中に生存のレエゾンデエトルを認めようとさへしてゐるスケプテイカルな思考の廻轉する場と、混同されてはならないのである。

3

思考の一定の方法論がステツキ風の棍棒の如くに構成されない限り、彼は行動のメカニズムの一コマをも明るみに出さうとはしない。が、彼は彼自身の頭腦の陰影を裏切つて、センテイメントの內的世界の衝動に對して屈服し、悲鳴に近い奇聲をあげながらそこから脱出する途端、鼻の生理は半資本主義的な限界をもつ心臓と共に痛む。それは十數冊に達する彼の著作集の自ら展開してゐる精神の構圖であるが、逆說的にいつて余りにも疲れ易いフロンテイヤの神經のために、常に移動せざるを得ない彼の詩的座標は、それにもかかはらず本質的には人間の原始性を現代人のインテリジエンスの中に摘發しようといふ、にがにがしいスイニカルな動き方を示してゐることを見逃すわけにはいかないのである。われわれがたへず北園克衛の座標の移動に深い關心を抱かせられるのは實は社會心理の斜面を走る所謂モダニズムの底を拂つてきて、意外なアングルから鋭角的なスイニイスイズムをもつて人間批評を行ふ彼の思考法の異常性にあるのである。例へば「VOU」32號に現れた〃DIRTY TOWN〃と題する作品は、一見して過去の北園克衛の、抽象から具象へと移動していくいちじるしい變貌を示すものであるにもかかはらず、しかも全身鼻と化した生來のストイックな叛逆性が、無國籍者らしいダンデイズムを伴つて登場してくる。今紙面の都合でその一部を左にかかげるとすれば。

辯當を片手に
颶風の窓によりかかるひとよ
材木のいらだつ空に
ブリキを流せ
キウリをながせ
傾むく哀しみの屋根は雨に濡れて
スカンヂナヴィヤの風景を思ひださせる
砂にみちた手袋
破れたポオトレエト
取りはずした便器など
非常におもひ出の梯子は朽ちて
Quelle heure est—il?
といふ衰へた女の聲につれて
嗄がれたしはぶきが答へる
イレタアル
そして君の運命もまた
Il est taedだ
いつも濕つてゐる扉の把手
きちがいと白痴の廊下
長いながいながい長い廊下のつきあたりの明りとり
片眼鏡の幽靈がよろめく階段
戀人らが葡萄の皿の前でする接吻
涙の合圖
脂にしみたピイクラペル
かんだかい唄に刺される雨だれの激しいかたちよ
接吻は鉛や瓦斯や海草のにほひがして哀しい

けれど電車は雨の中を走る……

―以下略―

人はそこに現れる「スカンヂナヴイヤの風景」とか「きちがいと白痴の廊下」とか「片眼鏡の幽靈」などといふメタフオアに幻惑されてはならない。と同時に、そこに集中されたヴオキャブラリイが發散するイメエジは、一日本人の捉へた敗戰國の首都の愚劣さを確實にリアイズしてゐるとしても、尙コスモポリタンの憤怒は、敗戰國の都會居住者のヒステリカルな文學的癇癪やニヒリズムとは根柢に於いて異ることを思ふべきである。われわれはその間の事情を理解する一つの鍵を、左に述べるやうな簡單をスケッチの中に求めることも出來るのである。すなはち、「人間的であることを必要としない人間の感覺は適度に嚴格で冷靜である。」と主張した初期のシュルリアリストとしての時代を、

僕は美しい長いトロンボンを頸に吊つてゐる　詩人はそれを足で吹きます　僕はそれを唇で吹く　すると噴水塔がくずれて赤い天使が踊りでる　綠色のモノクルを懸けて　それが僕の讚美歌である　かれらが煙突をゆすりはじめるのはそれからまもなくです　ステッキの頭でね　それが僕の戀文である

―一九三二年刊「白のアルバム」より―

といふ風な心理上のアリストクラテイックなクシャミで出發した彼が、戰爭時代に辿りついたといろは、一歩あやまれば箸にも肓腸にもひつかからぬ諦念の凹地の底で、ギリギリ一杯の抵抗を示した情念のパラドックスであつたのである。

霰の音が
しづかに
夜にみちていつた

屋根も
小溝も
凍つてゐた
ちいさな机に
古書をおき
荒涼と壁にむかつてゐた

いまだ
郊外の春は遠く
人の聲もとだへてゐた

庭の石も
濡緣も
嬋娟と霰がつもつてゐた

―「新詩論」58號「茶」より―

この極東の一隅にのみ見られる、野暮くさい知性の盾を必要とするパラドックスを、誰よりも深刻に彼自身承知してゐ

ためめに、「N氏よ。……」で始まる「詩集『旅人かへらず』への手紙」（詩學第4號）の中で、

茶碗のまろき
さびしきふくらみ
因緣のめぐり
秋の日の映る

といふやうな西脇順三郎の作品を、「かうした精神の斜面にしやがんでゐると、いつかバンドもゆるみ、水ばなもこぼれてくる。俳人たちがこのんで落ちていく乞食的寂寥。乞食的エクスタシイ。さういふものと、原始人の感情といふものとは非常に違つたものと思はれるのですが、時間的な距離といふ因子が加はると、今度は非常に似た狀態にかはつてくる。―中略―僕が戰爭中に詩集『風土』を書いた絕望的な心の狀態と貴方のこの詩集のなかの心の狀態との間には大へんよく似てゐながら、どうも全く逆な狀態ではないかと思はせる節があります。―中略―僕はもつと毒々しく苦々しく世界を歩いていくことに生甲斐を感じるのです。―後略―」と評さざるを得ないのである。

4

しよせん現代詩の感覺の世界はアトミック●ボムを念頭からはなしては成立しない。この新しい念佛に對して、現代精神は如何なるポオズをとりつつあるのであらうか。若し今日の詩が、政治的イデエや生命觀や或ひは借金の仕方にさへ現れる現代精神の樣相とその行方に對して、深い洞察を排つてゐるものとすれば、そこには自ら現代科學が旣に到達してゐるであらう精神と質的に平衡を保ち得るやうな、人間精神の質的革命への衝動が見られなくてはならない筈である。昨年私はこのことに關して、「永く知性の不安の時間を生きてきた者は、第二次世界大戰の終結の刹那、それを如何に考へたであらうか。そして又、人は怖るべき人間喜劇を、あの原子力の國際管理をめぐる激烈な論理の中に直覺しなかつたであらうか。精神の危機が觀念の危機を脫出して、人間の存在そのものの危機と旣に同じ座の上でからみ合つてゐる時、物質の極限が嚴しい壓力を以て精神の一切の自由を縛りつけてしまつた。…」（「骨の火」第2號）と書いたことを、赤旗のなびく街頭を窓ごしに眺めながら、もう一度國立大學の小使部屋などで考へて見たいのである。と同時に、最初に北園克衛は鼻の生理を生きてきた、といつたその鼻も、結局はまさしく慢性感冒におかされてゐる鼻ではないか、といふ余りにも日本的な悲しい反問を提出せざるを得ないのである。

おお、日本の鼻の步いていく後姿は、悲しいではないか！

―完―

☆　☆　☆　☆　☆　☆　☆　☆

詩壇消息

安西冬衛「座せる鬪牛士」出版記念會

十一月十九日二時、菊岡久利、池田克己、北川冬彦、發起の下に銀座西七丁目菊岡氏經營の弁菊に於て開かれた会は、いつもより若やいでみえた安西さんの、「東京ではかうゆふ子供つぽいことはしないと云はれたんですが、僕は子供らしい事が好きなものですから。」といふ挨拶にふさはしく、北川冬彦氏を始め二十名餘りの、親しい人達ばかりの會合であつた。配られた盃には、さて何かの手違ひで湯が入つてゐたのに、下戸の安西さんは旨いと云ひながら飲んでゐた。氏は、熱海の宿屋では註文した酒が飲みきれなくて棄てたそうで、このエピソードは和やかな雰圍氣を漂はせた。開城中學の先輩だと知つて、吉田一穗氏は菊岡氏に、今日から俺には頭が上らないぞと一寸管を捲いてみせるなど、賑やかな談笑があちこちに彈みだした。

サン寫眞新聞のフラッシュが焚かれた。安西さん御持参の大阪一のキャバレーの廣告用だといふ仕掛花火も揚げられた。五色のテープは北川氏の肩に、鉢植ゑの枝へ、と振りかゝつた。吉田一穗氏はバッカスの歌、追分、墓堀人足の歌を、山之口貘氏の琉球の踊り、高橋新吉氏の自作詩朗詠と、しばらく餘興に時が移つた。サイン帳が廻されて、安藤一郎氏の嵐吼えるスペインと題する砂漠の繪は好評だつた。その頃には、高見順、今官一、城左門、木原孝一、草野心平氏等がみえて、部屋は溢れるばかりとなつた。夕刻思ひがけなく入つてきた大阪の某お孃さんは、通りがゝりの全く偶然に貼札が眼についたとかで、安西さんのコレスポンダンスの持論を此上なく悦ばせてしまつた。このひとも、安西さんが東京へみえてゐることも御存知なかつたさうで會は一層華やかになつて行つた。

そろそろ散會の時刻であつた。

「難解の詩人と云われている安西さんの「新大阪」で書くものなぞ、むしろ低俗すぎると云つてよく孤高どころか寧ろ安西さんは流行兒と云はればならない。」とは森敦氏。菊岡氏は、「東京では詩人が是だけ集る會はないが、池田の會でも彼が醉潰れてから談論風發したし、安西さんをサカナにして集つたと云える」それを受けた安西さんは、感謝の言葉に次でドラクロアといふ觸媒に就て話し、「僕がゐない後が面白くなるそうですから。」と、例のお孃さん、新大阪新聞の中川雅枝さん小山銀子さんの三人を伴つてお茶を飲みに行かれた。これには流石のソウソウたる詩人達も毒氣を拔かれた表情にみえた。

それを汐に幾人か暇を告げたあとで、高見順氏の、「現代文學はひどく通俗化しているが、詩には星がある。詩人だけは自己の星を追求しなくてはいけない。」それを反駁して草野心平氏が、「職業野球の技術向上にもファンが必要だ。」など屆託ない閑談に長々の孤獨も忘れて、散會は七時過ぎであつた。

なほ、當日の世話人池田克己氏より、西脇順三郎、深尾須磨子兩氏缺席の傳言があり他に出席者は岩佐東一郎、植村諦、氏家鋭士緒方昇、近藤東、高樹宗近、水野陽美の諸氏であつた。

（塩田啓介記）

新世代

平原死者

和田健之助

平原は限なく白一色に塗られている
破れた人の上にも
勝勇んだ人の上にも
月は照つている
優しい光を投げて
その光が部愁を唆る

彼處にも土盛が出來た
此處にも土盛が出來た
死んだのだ　死んだのだ
國を戀しながら
親の名を呼びながら
子の名を呼びながら
苦しい息を吐きながら死んだのだ
あの土盛の人も　この土盛の人も
大雪原の中に
異境の土の中に
哀しい死を遂げたのだ

それ等の人々は
甘い物を求めていたが
米の飯を求めていたが
皆んな果ない事ばかり
「あゝ苦しい
注射を、注射を」すると鎭痛劑を射つた
彼はすやすやと睡つた
翌朝雪原から紅の太陽が昇つた
それでも睡つている
その睡は永遠に
大雪原の中に
異境の土の中に
哀しい死となつたのだ

（海城に於いて）

節操

松澤比露四

紅の花が私の前で咲いて
硝子の花瓶がしつとり濡れている
ただ　それだけのものなのだが
ぐつと迫つてくる尖端は
私を淵にのぞませる
みにくく汚れた傷口から
薄黒い血が
ドクドク流れ
そこから消えて行く生命を
とぢこめようと固まつて行くのが見える
何の變てつもない硝子
お前を見る度に
ピッタリ閉された扉が見える
それは美しくきやびに輝いているが
重壓
その扉からにじみ出る涙を
ぬぐつてくれる人を待ちながら
その肉体を守つている
私の言つていることがわかるか

なげき

柳澤博子

ひとゝきの
はげしさも
重いまぶたに　遠のいて
幽かにそこより　とび立つもの

或晴れた日に

きしみゆく距離感は深く
こともなげな廻轉が續けられてゆく
すつぱり
リンゴをかじり乍ら
硝子を拭いてゐる

地熱

田中眞

青錆色の坑水が
よどんでいる
すつぱい匂ひを
坑一つぱいに滿して
薄黄色いキャツプランプの光の輪に浮き出
てゐる。
不氣味な肌を現して
危く天井を支へてゐるのは古支柱木だ。
切羽に近い坑道の一隅の
この崩れ落ちた鉱石の山に混る磨石(グリ)の色は
鈍く
落盤にさへぎられた彼方の空氣の層は
永久に動かうともしない。
岩石の層を傳はつて斜に下る水は
キャツプライトの光にさい波紋を映さず
不動の坑水に溶け込んでは
その水位を高めて行く。
岩根の裂ける音が
ミシ　ミシと
坑の齡を告げてゐる。
靴底に堅く觸れるのは
落盤を深く貫ひて
切羽に通じてゐる赤く錆びたレールであら
う
そこには
ハンマードリルの孔が
今は
冷たいその肌さへもあてられず
荒荒しくうがたれたまま置き去りになつて
ゐるのだ
半ば
坑水を滿された孔の空氣は
次第にその位置を失ひ
側壁に
可弱ひ抵抗を續けてゐるに違ひない
やがては
凡ての孔が
一つ一つ
奧底まで坑水に滿されて行くのだ。
かつてここでは
多くの人々が
灼熱した地軸からの地熱をかすかに感じて
立働ひてゐたのだ。
數多の生命を奪つた大地の放つ地熱をば
最早
坑の底深く閉された鑛脈のみが
僅かに
感じ續けてゐるだけである
この坑の崩れ去る日
それは
鑛脈の存在さへも忘れられてしまふ日だ
人間と地熱の眞唯中に
地殼が重々しく横たへられてしまふのだ。

坑水の滴る音が長い坑内を走る
又一つ。
廃坑は
次第に
坑水を増して行くのである。

旋律

蒲田春樹

うんと
親しい人の寫眞を
びりりと裂いて
　死んぢまへ　と叫んだ
大きな空洞が
　ごぐわーん　と逃げた

八ツ手の花

山田孝

花びらもない
香ぐはしい匂ひもない
訪れる一羽の蝶もなく
寒々とした坊主頭で
庭の隅に立つている
八ツ手の花

火鉢をかこんで
春のはなやかな花を
夢みている人々に
八ツ手の掌の
いつまでたつても失はれない
緑の若さは分るまい

冬の夜空の
奥にまたゝく星と
さゝやきかはしている
八ツ手の花

秋

所武男

赫い
大きな牛の中に
擴がつている田圃
その向ふの
コバルトの
遠い山脈。

赫い
大きな牛の中に
おいてある安樂椅子
こほろぎが來て
山の方を向いて
チエロを彈き始めた。

黄色い
風が吹いて來て
黄色いまゝ
どこかへ去つていつた
すると
こほろぎも
牛も
山脈も
一様に天井を仰いで
大きな欠伸をし
白ちやけてしまつた。

煙突

川崎彰彦

トンネルを出て
窓ガラスを上げた視界に
くりひろげられて行く平野
汽車がここ山科の上を走る時

いつもきまつて脳裡をかすめる
ぼくの想念
それが今ふつと浮んで來た
壯大な近代重工業の
会社名などとてつばらに入つた
コンクリの大煙突
この平野に遠く近く林立する
高壓鉄塔　電桂の類
それらの中に
悠然と黒煙をなびかせている
ああ
ぼくはこの想念を
飴玉でもしやぶるやうに
くりかえした
そして
Tレーヨンの入社試驗を
うけることにきめた

古いノートより

江川秀次

もつとも困難なもの
愛。

泥
はつきり言をう
泥か好きなんだ。

牡蠣

—或る漁巷での断想—

恥も外聞もなくしがみついている。

私の整列

川崎利夫

私の
皮膚の中の
頭腦の中の、いや全身の分子が
一せいに整列する。
脈搏は磁氣を放ち
赤血球が磁力線を運び
NからSへ
秩序正しく整列する。
NからSへ、NからSへ
たえず回歸し
とおい星群の軌跡をたずねる。

知られぬ窩は
一つの方角へ
ゆれる花のためにひらいている。

公孫樹

山海青二

一夜の、ただ一夜の空襲で
煙ヶ原と化した市街（まち）、
焔や煙がまだもう〳〵と立ちこめていた
その街を歩いていた時見た
燒死人の美しく黄色い肌の色、
銀杏（いちょう）葉。
燒夷彈で燒け死んだ人の黄色い肉が
荒野の眞中で風化されていく。
灰色の骨が、その腕が脚が
五本の指が雲を突きささんばかり
すつくとのびる。
そして風の寒い冬空に
悲しい口笛を吹く。
公孫樹（いちょう）。

運命

北川冬彦

それは晝であつたか夜であつたか
はつきりした記憶はない
何しろ晝も夜も薄ぐらい五燭の電燈つけッ放しの
船艙の中でのことだつたから、
何千人かの兵隊と八十人余りの報道班員をのせた輸送
船が
宇品を出帆してから
二日ほど經つた頃のことである
本船は敵　潛水艦の追尾をうけている、と云う情報が
這入つた
この情報は一晝夜も前に這入つていたのに無電技師は
これを輸送指揮官にすぐ傳えずに
放置していたのである
それがどうして一晝夜も經つて
輸送指揮官に知られたのか
無電技師が
忘れていて　ふと思い出して傳えたように云われてい
たのだが
いやしくも輸送船の無電技師ともあろう者に
そんな無責任のことがあり得ようとは考えられない
しかし
この情報が輸送指揮官の耳に這入るとともに、急に船

の進路が變えられ、
これまで右を見ても左を見ても青海原であつたのが、
一晩寢ているうちに
眼ざめれば、
朝鮮沿岸と覺しき島々の見え出したところを見ると、
船長もそれまで知らなかつたと見える。
この船はたびたび南方と內地の間を往復してい
無電技師は
敵潛水艦の追尾の情報なぞにはもう神經が痲痺してい
て
何か考えごとでもしているうちに
ついうつかり報告するのを忘れてしまつていたのであ
ろう、
と解するより外はない
もしわざと知らせなかつたのならば
スパイと云うことになるが、
いまでこそそんなことも考えて見もすれ
その當時は全く念頭にも浮ばなかつたことである
輸送指揮官はカンカンになつて怒つては見たものゝ
呆れるより外はなかつたようである
（そしてこの無電技師が何かの處罰を受けたとも聞か
ない）
輸送指揮官もあわてたが
皆のあわて方は並大抵のものではなかつた，
シンガポールが陷落して
まだ數日も經つていないので
油斷していたのである、
敵潛水艦の追尾なぞと云うことは想つても見なかつた
のである。
救命胴衣をつけて見るやら
身の周りの必需品を揃えて見るやら。
「僕ア駄目だ。やられたらこれまでだ。船と運命をと
もにするよ」と
うめくように呟いたのは詩人の神保光太郎だ。
神保はそれほど搖れてもいないのに
船醉いで頭もあげられなくなつていたのである
私の席はすぐ傍であつたが
何とも慰めようもない
默つていた
詩人の田中克己はまめな男で少しもじつとしていない
このときもどこかへ出かけていていなかつた。
何となく太ツ腹らしく振舞つていた中島健藏も眞つ青

な顔だつた
　中島健藏が目をつけ
　一緒によく飲んでいた平野直美と云う大陸新報社から
引つ張り出されてきた男も
　大きな目玉をきよろきよろさせ、うろうろしていたも
のだ
　中島健藏が平野直美に目を付けたのは
いつの頃からのことか知らないが
目玉のぎよろつとし、濁つた光を出す
容貌魁偉の
平野の存在が私の頭に這入つたのは
一同が大阪の梅田驛附近の安旅館に一ヶ月ほど待機さ
せられていた頃のことである
白紙がきて四日間ぐらいの余裕しかなく
私達は大阪へ集合を命ぜられたのに
もう出發すると云われながら
するする一ヶ月も經つてしまつた
あとで思えばシンガポールの陷落を待つていたのだが
この一ヶ月の待機ほど皆をイライラさせたものはない
否應なしに徵用令書を突き付けられ引つ張り出された
以上は
早く行くところへ連れて行つて貰いたかつた
中島と平野は
何か情報網があると見えて
「いよいよ明日は出發だよ」
と自信あり氣に發表していたが
外れることが度び重なるにつれ
私達つまり詩人組の神保、田中、私は
別に何の情報網もあるわけではなかつたが
「いや、まだゞ」と云い
結局、「まだゞ」の方が勝つた
こちらとしては
別にそれを大したことゝも思つていなかつたが
彼ら二人は豫告が外れるといやな顔をした。
この一ヶ月の待機の期間に
東京から妻子を呼んで別の旅館に泊らせ點呼のときだ
け宿舍に歸つてきてまたそつと出かける者や
どこか曖昧屋へ泊りに行く者
ついには
點呼にさへ出ない者も出てきたが
宿舍の自分の部屋へ
カフエーの女を引つ張り込んだのは平野一人である

この男は維新の志士平野國臣の孫だとか云つて
一かど志士氣どりで
中國戰線に長い間從軍して
すつかり從軍崩れしていたのである
中島は恐らくそこを見込んだのであろう。

潛水艦追尾もさしたることなく
ジグザグのコースをとりながら
船は
南方を指してすゝんでいた
私達は
もちろん行先は絶對に知らされていない
しかし徴用令書と一緒に渡された刷り物には
夏服を一着用意するようにとあつたので
眞冬の一月のことゝて
てつきり南方だと云うことだけは判つていた
大阪まで着て行つた冬着や履物は
出発前に小包にして留守宅へ送りかえし
お仕着せの夏の軍服の下へ
持つてきたシャツ類を全部着重ね
カーキの軍毛布三枚づゝをひつかけて寢た
それでも寒くてガタガタふるえていたが
だんだん下着を一枚一枚脱ぎ
シャツ一枚で過せるようになり
海の色が鮮かな紺碧の色に冴え返つてきた頃
陸地が見え出した
それが台灣の高雄であつた
船は岸壁に横付けになつた
こゝでまた何日待機させられるのだろうと思いの外
半日ほどで出帆した、
三人上陸した兵があるのに
出帆の時刻までに歸つて來ない
船は動き出し
岸壁を三、四間離れたとき
三人の兵は驅け付けた
船員が
岸壁と甲板の間にロープを張つた
三人の兵は
そのロープを
まるで猿（ましら）のようによぢのぼつた
折角手に入れたビールの瓶が

二本ポケツトから辷つて
海の中へ落ちた
眞つ赤に力んだ顔をして
三人とも
ロープを見事よじて
船へとゞいた
船員が
風呂敷包みを抛り投げてよこしたが
舷側に當つて海の中へ落ちた
三人の兵は放心したようにそれを眺めていた
この兵がどのような譴責を喰つたか聞き洩したが
大した處罰も受けなかつたようである
一行の大阪での待機期間のだらしない生活や
無責任な無電技師や
この三人の兵の有様なぞを見て
私はひそかに心安んずるところがあつた
——こんな調子ぢや大したこともあるまいと
愛國詩一つ満足に書いていない手前(てめい)を引つ張り出すのはこれや徴用ぢやない膺懲だぞとおどかす仲間があつたりしたので
いさゝかびくびくものだつたのである

あとで家内から聞かされたのだが
いま千葉縣の小漁村の共産党地區責任者をしていると云う
映畫評論家の今村太平は
「北川さんには『レール』と云うあぶない小説があります、あれは焼き捨てたがいゝです」とて
日本の大陸政策の根幹をなしていた「滿鐵」を揚抉した
伏字だらけの小説「レール」の載つている「中央公論」を押入れの中から探させたそうだが
そのような雰圍氣の裡に日本を離れた私だつたのである

ある晩
中島と平野と同じ棧敷の一將校は
その將校が高雄で手に入れたウイスキーを傾けながら
何やら大氣焔をあげていた
もう十二時近いと云うのに止めない
うるさくて眠れやしない
我慢がならなくなつて私は横臥のまゝ
「うるさいぞ！」怒鳴つた

すると
平野は
ぎよろつと濁つた眼で私の方を睨んだが
そのとき
「平野君、いゝ加減にしたらどうか」
とその頃もう船酔いから癒つていた神保が
私の隣から聲をかけると
まるで飛鳥のように
私を飛び越え神保に跳びかゝつた奴がある
見れば
平野だ、
平野は
立ち上つた神保の喉元を押し
「何がうるさい！」ときめつけた
私は
平野をうしろから押えようとした
途端
神保の向うに寝ていた田中が
起き上りざま
低い背で背延びするような恰好で
平野の頬を平手打ちした

素早い
これは意外だつた
田中がこのような行動に出るとは
その詩集「省康省」や「コギト」なぞで見せていた田
中克巳の
重厚にして高雅な詩風からは
想いも及ばないところだつたからである
平野は
神保の喉元から離した手で
田中を張り倒し
馬乗りになり「生(なま)いきな、よくもオレを殴つたな」と
羽交締めにかゝつた
狭い輸送船の中
あちらの棧敷こちらの棧敷から
人々が見物に押しかけてきた
眞夜中のことであるから目をこすりこすり寄つてきた
者もある
いつの間にか私は中島に手を握られていた
「まあまあ」と云つて私をなだめるのである
初めうるさいと怒鳴つたのは私であるから
私が酔つ拂つた平野をとつちめると思つたのであろう

中島の手を振り切つて私が
田中に馬乗りになつている平野の方へすゝんだとき
「あ痛つ、た、痛つ!參つた」と
平野は悲鳴をあげた
よく見ると
平野の脚を、逆手で絞めている者がある
東大經濟科出身の若い男で
戰爭前マライのバトバツハ鐵山に勤めていたと云う男
である
(あとで聞くとこの男は柔道二段の猛者であるらしい。
平野は四段だと稱していたが、この男にはその後ずつと
手出しはしなかつた)
平野は南京攻略戰に新聞記者として従軍したときの自
慢話をよくしたが
その自慢話の中で
クリークにすべり落ちて左足首を挫いたが今だにとき
どき痛んで弱ると云つた
またしても平野の腕自慢が始つたとき
私はそのことを憶えていて「よし、いざと云うときは
その右足を足拂いで搔つ拂つてやろう」と冗談とも眞
面目ともつかない調子で云つてやると
子供のように悄げ返つた
このときも、「うるさい!」と初めに怒鳴つた私に飛
びかゝるべきところを、
やさしく、「いゝ加減にしたらどうか」と云つた神保
に飛びかゝつたと云うのも
私に右足首の祕密を摑まれていることを意識の底に殘
していたからに相違ない
平野は
脚を離されると自分の席へ歸えつたが、歸りがけに
「現地へ着いたら、田中と神保は生かしちや置かない、
叩き切つてやる!」と捨ゼリフを殘した
醉つ拂つた平野の獰猛な面構えは
私に一瞬想わせた
一体國家はこんな男に何の仕事をさせようと云うのだ
ろうと
こ奴とぐるになつている中島はどう云う積りなのだろ
うと
大學のフランス文科の講師であり一かどの文芸評論家
として通つている中島健藏のつらが
三文政治家の安つぽさで
私の眼に映つた、

その翌あさ甲板で私が
紺碧の海の上を飛魚がまるで玩具の飛行機のように群れ飛ぶのを打ち眺めていると
中島が寄つてきて
「昨晩はまずかつたな。それやオレ達を怒鳴つたつていゝさ。しかし座には將校がひとり居たんだからな。將校の手前、もし平野が神保をとつちめなかつたらどう云うことになると思う。只事では濟まんからな」と云う。
「何に云つてるんだ。將校だつて何だつて、眞夜中に醉ッ拂つて安眠妨害する奴には怒鳴りつけたつていゝだろう」と
強く私が云うと
中島は、こいつ手に負えないと云わんばかりの苦笑いをした
「それにしても田中は困つた奴だなァ」とひとり言のように云う
どう云うものか中島は田中が小癪で仕方がないらしい
こんど平野を平手打ちにした田中は殊のほか目障りになるらしいのだ

蒸し暑くてようやく寢付いたある眞夜中の一時頃のこと
突然擴聲器が
「ビビー、ビビー、ビビー」と鳴つた
皆ガバと跳ね起きた
非常警報だ！
薄くらがりの棧敷の中で
上甲板に出る身仕度をした
私も急いだがなかなか思うように救命胴衣が付けられない
すると私の傍で
「こゝを縛つてくれ」と云う男がある
私はついその男の救命胴衣の紐を縛つてやつた
ふと氣付くと私はまだ自分の胴衣を半分付けかけだつた
その男に
こんどは私のを手傳つて貰うため聲を出そうとすると
その男は梯子段の方へ驅け出していた
私は
――落着かなくちや、と
口に出さんばかりに思つてゆつくり胴衣を付けると

こんどはうまく行つた
船が魚雷を喰つて傾くとき
ごつた返えす甲板で足を踏まれてはたまらないと思い
靴をはくことにした
薬品や洗面道具や手帖など入れてある圖嚢を肩にかけ
軍刀を手にぶら下げ梯子段の方へ走つた
誰もいなかつた
私が一等ビリだつたのである
出て見ると
星明りの下に
甲板は黒い人影で埋つていた
誰も聲を出す者はいない
上甲板には輸送指揮官の黒い姿も見えた
兵隊獨特の汗にまみれた革の匂いがむんむん漂つている
重くるしい靜寂である
すると
「いまのは非常警報ではありません。ラヂオの故障を修理した音でした」と發表する聲がした
「何だ、馬鹿にしてらあ」
「驚かしやがるな」
「とんだ實地訓練だつたな」
などとがやがや騒ぎながら
皆は船艙へ戻つて行つた
私も棧敷へ歸つた
「さすが將校は素早いものだね。スワ警報とオレ達が飛び起きたときには、もう梯子段を驅け上つてたよ」
と中島が云う
しかしそう云う中島とて遲い方ではなかつたろう
徴員で早かつたのは田中かなと誰かゞ云つた
「おい、平野のアノ格好を見ろよ」と云う者がある
皆が一齊にその方を見ると
胴体から脚にかけて
毛布をぐるぐる巻きにし
その上をゲートルで縛つたその恰好は
水から上つた大達磨そつくりである
皆がどつと吹き出した
平野は「水に漬つたら冷えるからね」とてれくさそうに呟いた
「おいおい靴をはいてる奴がいるよ」
こんどは私が檜玉にあがつた
皆の哄笑

（しかし、あとでその道の玄人によると、あゝした場合、靴をはくのが本道だときかされ、口惜しく思つたものである。毛布を胴体に卷きつけるのはどうなのか聞き洩したが）

宇品を出てから約廿日目
サイゴン河の河口にさしかゝつた
この河の風變りなのには驚いた
茫々たる熱帶樹海の中を流れているのだが
行き止りかと思うと
曲つて
流れは展けるのである
大がゝりの蛇行流なのだ
向うの方に
帆柱と煙突らしいものが樹海の中に突つ立つている
何だろう
船がすゝみ近付くと
それは汽船が碇泊しているのであつた
いかにもトボケた好もしい風景である
いゝ加減暑いのに

皆甲板に出ていた
白い鷺のような鳥が群れて
悠々と飛んでいる
濁流を遡航すること四時間余りで
サイゴン港に着いた
こゝで約五日間は碇泊するとのことである
しかし上陸は許されないとのこと
遠くサイゴンの街を望みながら
蒸し暑い輸送船で過さなければならないとは情けないことである
ところが
同じ棧敷の將校や輸送指揮官の幕僚なぞは
服裝をとゝのえ
ランチや集つてくる土人の丸木船に乘つて
上陸するのである
中島と平野は
放送局に連絡の用件があるとか云つて上陸したが
その夜船へ戻つて來なかつた
翌日午頃になつて
二人は歸つてきた
中島は

皆に廿円あて
邦貨を佛印の通貨ピヤストルに替えてやり
お土産だと云つて
煙草を一束棧敷の疊の上へ抛り出した
「中島はどうした！」とイキリ立つていた連中も鳴り
を鎭めた
平野は「サイゴンは凄いところぢやよ。おなごの凄い
ところぢやよ」
と聞きもしないのに口走つていた
ピアストルが手に這入つたんだからしめたものだ、と
がめる奴は上陸していないんだから、構うこたアないと
われわれの棧敷では無斷上陸に衆議一決した
中島が私のそばへ寄つてきて
「北川の服装はどうもだらしがない。刀は歩くときチ
ヤント手で押えろよ」と云う
何てロうるさい奴だと思つたが
無許可の上陸なんだから精々氣を付けようとうなずい
て見せた
中島は一同に
「港の衛門では、こちらからチヤンと敬禮すれば默つ
て通してくれる」と注意した

舷側から降りるとき
甲板では兵達がうらやましそうに見ていた
一行は上陸許可証は持つてるんだと云うような顔付
ランチに乘つた
門衛で敬禮すると
中島の云う通り
無事構内を出ることが出來た
平野が
總軍の參謀に知つてるのがいるから會いに行ごうと
すゝめるので
一行は馬車に乘つた
サイゴンの街は小パリの名にそむかない
いかにも落付いた潤いのある街だ
馬車の上から
私は
フランス語で書いてある店々の看板に見とれた
總軍の參謀室に勢い込んで這入つたわれわれは
その參謀に
「君達は何でやつてきたんだ。マライぢや第一次徵員
がすることがなくてごろごろしてるんだぜ」
と一喝くわされた

平野は皆の手前バツがわるく目玉をきよろきよろさせ
た
すごすご一行は引き退つた
私達は
もやもやした厭な氣持でサイゴンの街をぶらついた
聞くところによると
船中における第一次徵員の扱いは
まるで豚のようで
憤慨した一部の連中は任地へ行つてから
不貞腐れて何も仕事をしようとはしなかつたらしい
（事實、あとでのことだが、クアランプールの宣傳班では、海音寺潮五郎、小栗虫太郎の二人なぞ、宣傳ビラ一枚書かなかつたと本人の口から私は聞いた。体のわるいこともあつたにはあつたが　彼等は毎日ごろごろしていたことは事實である。總軍では、この人達のことを云つていたのであろう）
私達は夕方船へ歸つたが
平野は毎晩のように外泊した
停泊三日目か四日目のことゝ思うが
今夜も彼は戻つては來まいと皆が思つていると
十二時近くなつて
ぐでんぐでんに醉つ拂い
「わははは。わはは」と大聲でひとり笑いしながら
棧敷に上つてきた
「いやはや、今夜と云う今夜はわれながら呆れたよ。ズラリと黒く並んでいる船のうちで、これだと安南の舟人に擢ぎ着けさせ、船艙の棧敷へ寢ころんで、どうも少し窮屈だと思いながら毛布をひつかけ、隣りの中島においと聲をかけざま見れば何んと人が違うんだ。おやと思つて反對側を見ると北川ぢやないんだ。醉眼朦朧よく當りを見わすとどうも樣子が違うんだ。これやア船を間違えたなと氣付き、バタバタ逃げ出して來たんだよ。船の恰好と云い棧敷の作り方と云い、荷物の形、皆救命胴衣を枕にしているところ、何から何までそつくりなんだから、間違えるも無理はあるまいて。わははは。わはは」
「そいつは傑作だ」
大笑いの聲に起された皆も、思わず貰い笑いをした
「前代未聞だ」
「しかし、今ごろよく隣りの船からこちらの船へ渡れたな」
「うん、舷側に降りていると、安南の舟が通りかゝつたんだ。運よくな」

サイゴンの總軍の參謀室で暗示されたように
私達の任地はマライだつた
シンガポールに上陸してから
私は撮影班に編入されたが
すぐデング熱にかゝり一週間昏睡狀態でいた
その間中島は
自分の氣に入つた部署がないとて
晝となく夜となく酒を喰つてくだを卷いていたそうで
ある
彼と同じ宿舍にいた井伏鱒二や神保光太郎が介抱役だ
つたらしい
私は
戰後マライの建設狀況を記錄する映畫の製作を命ぜら
れたが
マライに就ては何の知識もないので一應見せて貰いた
いと申出で
撮影班長の長内少尉と上等兵の運轉手と三名で
マライの目ぼしいところを一廻わりした
海音寺五郎や小栗虫太郎達がとぐろを卷いているクア
ランプールを訪れたのも
この旅行の途次だつたのである
二週間の豫定のところ三週間ほどかゝつて
シンガポールへ歸つて來て見ると
事態は一變していた
宣傳班は
その事務所を東洋一を誇るカセイビルに移し
中島は企劃室に納まり
平野は「陣中新聞」の編輯責任者になつていた
神保は日本語學園の園長の椅子につき
田中は英字新聞の編輯長の椅子に据つていた
大体
第一次徵員は追い出され第二次徵員の天下になつてい
た
第二次徵員は
輸送船の船名なる「みどり丸」にちなんで
「みどり會」なるものを組織していた
彼等の宿舍も一所に纒つていた
私が意外に思つたのは
平野である
この男は船の中の言動からして
現地に着いたらどんな無頼をはたらくかと思つていた

ら
目玉は相變らず大きいことは大きいが
ぎよろつとした感じはなくて
むしろ澄んで聰明の閃きさえ見せているのである
さつぱりした身づくろいで髮も綺麗にくしけずつてい
る
このように變る者もあればあるものかと
私は平野の顔を穴のあくほど見詰めたものである
私はたつた一度企劃會議に出席したが
發案は
すべて平野の口から出るのに驚いた
しかも名案揃いで
それらに對して
中島が敷衍補足しているのだ
この光景は見ものであつた
私は記錄映畫「マライ建設」の撮影案を立てなければ
ならないので
獨り宿舍の部屋に閉じ籠つていることが多かつたが
中島のいる家の食堂では
毎晩、平野その一党が集り
酒宴を開き
大氣焰があげられていた
週何回かの企劃會議に出さるべき議案は
すべてこの酒間から湧いて出るらしかつた
ある晩
私がふらつとその席へ顔を出し聞いていると
平野が提案した
「全マライの華僑の代表者に、
蔣政權への絶緣狀を叩き付けさせては」と、
すると
中島健藏が眞つ先に大讃成した
そして
この提案は企劃會議に出され滿場一致で可決されたそ
うだ
（しかし、どこから異議が出たのか、その實行は取り
止めとなつた）
中島も會議で何かと提案するらしいが
それは例の食堂で平野からヒントを與えられた以外の
何ものでもないようだつた
そのことは定評であつた
中島健藏は司令部參謀部にも席があり
宣傳班における羽振りは

飛ぶ鳥を落すの勢いであつたが
平野と云うブレーンあつての中島の存在であることは
誰の眼にもしるかつた
（田中はスマトラへ轉任になつたが、これも輸送船の
中から彼を小癪に思つていたこの二人の工作によること
は知らぬ者はなかつた。田中は喜んで出かけたが、氣の
毒なことに、あちらで自動車事故のため頭部をしたゝか
打ち氣が變になつていた）

私は仕事に厭氣がさし
沈み勝ちであつた
と云うのは
マライ一周の視察旅行から歸つて見ると
撮影班長が變つていた
參謀部から來た寫眞屋出身のその男は
久しく撮影班長の椅子を狙つていたらしいが
長內撮影班長を私と一緒に旅行させて置いて
その留守中に細工し、目的を達したのである
この旅行についてその男は
ガソリンや宿營などに關しかゆいところに手の屆く手配をしてくれたが
このような下心あつてのことゝは知らず
私達は親切な人もあるものだと感謝していたお目出度
さだつた
私が仕事に厭氣がさしていたと云うのは
新撮影班長が
私が忌避している大源と云うカメラマンを
私の仕事に押し付けたからである
こすつからいこの男は
私の留守中に新撮影班長に取り入つて口約をとつてい
たのである
一目見たときから私はこの男が厭だつた
私はこんどの仕事は
カメラマンが何より大切であると思つていたから
旅行から歸つて來ると早速
新撮影班長にカメラマンは稻垣君にしたいと申出たの
である
このカメラマンは別に知名の者ではなかつたが
その撮影班に集つていた三、四名のカメラマンの中で
は一等いゝと私は思つた
飄々たる人物の感じが好もしかつた

それに旅行に出るまえ
この人の撮影した十六ミリの實寫を一本見ているので
その手腕の片鱗を知つていたからである
ところが
新撮影班長は私の申出に
へんな顔して「考えて置く」と云うのである
この男は
大源カメラマンにした口約束と私の申出との間で惱み
苦肉な解決策に出た
卑怯にも
私の指名した稲垣カメラマンに
別に記録映畫「スマトラ便り」と云う仕事を與えて
稲垣カメラマンをして
私の仕事への協力を斷わらさせたのである
その間の事情を詳しく説明し
稲垣は
「是非一緒にやらせて戴きたいのですが、こんな顚末でして」とさつぱりしている
私はその態度に感じ入り、たつてとは云い兼ねたのである

ある晩、
私が中島の家の前を通りかゝると
ドブに小便していた平野が這入らないかと云う
一緒に這入ると
例によつて平野中島一党の酒宴である
私が椅子に腰をおろすと
中島がいきなり
「おい北川、『マライ建設』ぢやおめえドヂ踏んでるそうだナ。なぜオレの方へ渡りを付けねえんだ。オレの方へ渡りを付けねえからそんなことになるんだ」
私が「マライ建設」について中島に伺を立てないのが不服なのである。
しかし輸送船以來の中島が中島だから
私は中島なぞ念頭に置いていなかつた
それに相手は醉つているし
私は默つていた
すると
「おめえは、オレ達の味方か。それとも敵か。おめえはマライへ來てから卒直さを失つたぞ」とイタケ高にくつてかゝつて來た。
酒の勢いと
平野やその他聾下一党を従えているからの强氣なので

あつたろう
（あとでわかつたのだが、味方か敵かと中島が云つた
事は、田中が彼らから排斥されているのを中島めぐりを
していた私が知らずに、田中と付合つていたが、それが
氣にくわなかつたのであるらしい）
　醉つ拂つているとは云え言葉が過ぎるので
私はムラムラと中島を毆り倒してやりたい衝動に身を
燒かれた
「中島立て！」と私は怒鳴つて椅子から立ち上つた
しかし中島は立とうとはしない
「おめえは卒直ぢやねえぞ。卒直ぢやねえ」
と云い續けるだけで氣勢は落ちてきた
平野等が「まあまあ坐れ」と云うので
私は椅子に腰をおろした
平野は中島を放つて置いてこんなことを云つた
「僕かア今日水源地の方へ行つたんだがね。あの邊に
華僑の墓が累々と層をなして續いているんだ。北川君は
『マライ建設』のラスト・シーンをどうするか知らない
が、あの華僑の墓こそ、マライ建設の捨石をなすもの
で、僕なら、あの累々と連らなる華僑の墓をラスト・シ
ーンにするね」
平野は夢見るような眼をした
居合わせた者は、皆、「ふむ」とうなつた。
卓拔な考えだと私も思つた。
感嘆がその場をシーンとさせた
平野はしばらくして
「此頃オレは妙に頭が冴えてきたよ」と云う。
「南方に來て頭が冴えるとはおかしいぞ。みんなボケ
るのに」と誰かゞ云つた

平野は毎晩飲み續けていた
あちらこちらと飲んで歩いた
ある晩のこと
ライジングサンと云うキャバレに一緒に行つた
そのときは長内前撮影班長もいたし、何でもこちらは
數人だつた
すでに平野は醉つていた
舞台で
現地人の歌手が何か品のいゝ歌を唱つていると
一人の日本人が
その舞台へ驅け上つて

下卑た歌を醜い身振りでうたい出した
これを見た平野は　カッとなり椅子を蹴つて棒立ち
「あ奴を引き曳り降せ。日本人の恥さらしだ!」と怒
鳴つた
すると
すぐ傍の卓に陣取つていた二、三人がその連れらしく
「何を!」と一齊に云つた
その中の白い背廣の男が
平野の前に突つ立つた
また始つたと
こちらの一人が
二人の間に立ち挾まつて止めようとしたが
そのとき早く
大男の平野は
手を延ばして白服の男の
胸ぐらを摑み
引きずり倒した
その男はもろくも床に這いつくばつた
立ち上ると
「オレ達がわるかつた、あやまる。お互いに日本人だ
仲なおりをしよう」と手を出した

平野も
あつさり「や、失敬した」と手を握り返えした
三人の男達は出て行つたが
間もなくその一人が引き返えして來て
「一寸話があるから出て貰いたい」と云う
平野は
「よし」と輕く云つて出て行つたが
どうも様子が變なので私達が
どやどやと外に出て見ると
平野は
三人を相手に闘つている最中である
白服と取つ組んで
その男と一緒にどうと倒れた
（そのとき道路の端に突き出た石に、平野の右肩がし
たゝか當つたようである）
平野が下であつたが
すぐ跳ね返えした
起き上ると
左手から一人が襲いかゝつてきた
平野は
そいつの面（つら）をよろめきざまに

その右手で張つた
いとも鮮かな張り倒しであつた
そいつは一間ほど吹つ飛んで横倒しに倒れたのである
しかし平野は
張り倒したその右腕を
左手で押えて「あ痛つ、た」とうめいた
見ればその右腕はぶらりと下つている
三人の男達はいつの間にか逃げ去つていた
「勘定、勘定」
と平野は右腕をぶらりとさせたまゝ
左手でズボンのポケットをまさぐつている
長內撮影班長が
「すませて來たよ」と云うのを聞いて
平野は「痛つ、たたア」と舗道にへたりこんだ
誰れであつたか一人付添つて
野戰病院に自動車で運んだ

平野はその翌日
右腕を三角巾でつるして事務所へ出ていた

それから一ケ月の後
私がクアランプールで氣のすゝまない仕事にかゝつて
いるとき
ふと「陣中新聞」を手にすると
平野の死を傳える記事にぶつかつた
肝臓に膿が溜つて手術したが
手遅れだつたのだそうである
私は
いつぞや彼が
自分なら「マライ建設」のラスト・シーンに累々たる
華僑の墓を持つてゆく
と云つたのを想い出した
それから
南方に來て妙に頭が冴え出した
と云つたのを想い出した
平野の頭の冴えは
只事ではなかつたのだなと思つた。
中島は
そのブレーンを喪つていゝ企劃も立たず
めつきり影がうすくなつたと誰かゞ書いてよこした。

（私が氣にくわぬカメラマンと仕事をせねばならなくなつたいきさつは先程一寸書いたが、その仕事に費した二ガ二ガしい半歳は別に書こうと思う。たゞ、こゝに附記して置きたいことは、四万何千フイートのフイルムを使つて撮影されたネガのフッシユを、東京へ歸つて「日映」の試寫室で見て愕き呆れたことである。その殆どが露出過度で畫面は白つぽく何が撮してあるのやらてんで見當がつかない。マライには現像の設備がないので內地で現像して見るまでそれが判らなかつたのである。全然使いものにならないのである。輸送の途中熱氣のため腐蝕したと云うことも多少はあるが、ひとえにカメラマンの無能の致すところであつたことは、その際立會つた「日映」の局長等の確言するところである。私が大源カメラマンを忌避した私の勘はまさに適中したのである。製作を思い止まり、そのフイルムは練馬の日映ライブラリイに藏つて置かれたがB29によつて投下された燒夷彈のためすべて灰燼に歸してしまつた。今にして見れば無能なカメラマンと組んで仕事にならなかつたことは、むしろあるいは幸せであつたのかも知れぬ。私にとつても、はたまた社會にとつても）

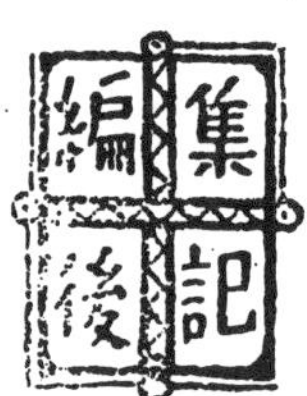

▽讀物の一種のつもりで、「詩人の印象」を特集して見た。締切までに屆かなかつたり、連絡が旨くつかなかつたりして、大江滿雄、北園克衛、阪本越郎、竹中郁、壺田花子、永瀬清子、池田克己、高・高、三好豊一郎、三好達治、岩本修造、牧章造、鶴岡冬一、高村智、眞壁仁、西脇順三郎、瀧口武士、神保光太郎、草野心平（順不同）などの諸詩人がぬけている。これは、近く、「詩人の印象」その二として、また特集したい。このような特集をやつたりしていると、段々、「現代詩」が同人雜誌としての性質を變えて公器めいてくる傾きがある。その原因は一部の同人を除いての同人の消極性にもかゝつているが、この傾向は、これでいゝのかも知れぬ。公器らしい公器のない詩壇に一つは、そう云うものも必要と云うものだろう。いずれにしろ、われわれの生きる「場」である現代詩（雜誌のことではない）を輕蔑するような公器なんてものはあつてはならないのだ。

▽作年末から、詩人の團体結成の要望と氣運が旺んで、數回準備會が開かれたが、結成寸前で流産した。原因を考えて見ると、その目的やメンバーについて理想にはしり過ぎることにあつたようだ。しかし、團体は是非とも必要である。で、われわれが中心となつて一先ず、一つの新鮮團体を作ることにした。これは、一つの團体である。全詩壇の團体ではない。この團体出現を機緣にして、尚、幾つかの詩人の團体が出來、それらの聯合によつて、全日本詩人聯合會のようなものが出來ればいゝのだと思う。初めから、網羅的に、目的的にやろうとするから成立しないのだ。われわれは實行力がある積りである。稱して「現代詩人会」

▽鶴岡冬一、高村智のフランス詩の二研究は、第二回「詩と詩人講演會」における講演原稿に手を入れて貰つたものである。鶴岡君は、京大佛文出身、高村君は早大佛文出身、何れも眞執な青年学究である。新鮮この上ないこの研究は、讀者の渇を癒すに足るであろう。

▽鶴岡君の現代詩のアメリカ譯は今後續ける豫定である。元G・H・Q検閲課長として鍛練した君のアメリカ語學力が物を云う仕事である。新企劃の一つである。

△來月號から、近時、斜視的で出鱈目な詩「作品月評」を座談會の形式で連載することにした。これは注目に價するだろう。

▽「新世代」欄は、漸次充實、期待するところ大きい。スペースもぐつと擴張する豫定である。

▽尚、私事多端のため、未知の方々の訪問は、日曜と雖も、一切謝絶することにした。用件は通信でお願いしたい。作品を見せるのなら「新世代」欄投稿としてお目にかゝりた。どうしても面會が必要ならば、「現代詩」や「詩と詩人の会」などの講演会讀者會の機を利用して戴きたい。

——北川冬彦——

現代詩 第五巻 六月号

定價 金六〇円送料六円

直接購讀会費一ヶ年六〇〇円

昭和廿五年五月廿五日印刷

昭和廿五年六月一日發行

編集者 北川冬彦

編集兼發行人 關矢與三郎 新潟縣北魚沼郡廣瀬村大字並柳

印刷人 佐藤利平 新潟縣古志郡宮内町

發行所 新潟縣北魚沼郡廣瀬村大字並柳乙一一九番地

詩と詩人社

淺井十三郎

日本出版協会員 番号A二一九〇二九

振替番号 新潟五二七番

◎この雜誌をだすことも一つの責任のようなものを感じている。お話しにならない金づまりで苦闘している一層の御協力を同人諸氏並に讀者諸兄にお願いしたい。クドクドと見榮わ言いたくない。

（淺井十三郎）

現代詩同人住所錄（順不同）

北川冬彦……東京都新宿區四谷須賀町十ノ一
淺井十三郎……新潟縣北柳局區內詩と詩人社
安西冬衛……堺市南瓦町堺市役所祕書室
安藤一郎……東京都港區芝高輪白金局區松ヶ丘住宅四六號
江口榛一……東京都板橋區大谷口三八三
江間章子……東京都世田谷區等々力町二ノ五二四
大江滿雄……東京都豊島區長崎二ノ七
岡崎清一郎……足利市大町五〇一
北園克衛……東京都大森區馬込町西一ノ一六四九
笹澤美明……東京都板橋區板橋町三ノ四二一內藤方
阪本越郎……東京都大森區田園調布三ノ四四
杉浦伊作……浦和市岸町二ノ二六
杉山平一……葦屋市東葦屋町七五
竹中郁……神戸市須磨區離宮前町七七
瀧口修造……東京都世田谷區成城町四二五横田方
壺田花子……東京都目黑區駒馬第一高等學校內
氷瀨清子……岡山縣赤盤郡豊田村松ノ木
丸山薫……豊橋市東雲町七一ノ一小林方
村野四郎……東京都文京區小石川林町五七
山中散生……靜岡市西千代田町七九
吉田一穗……東京都下北多摩郡三鷹町牟禮一二九六

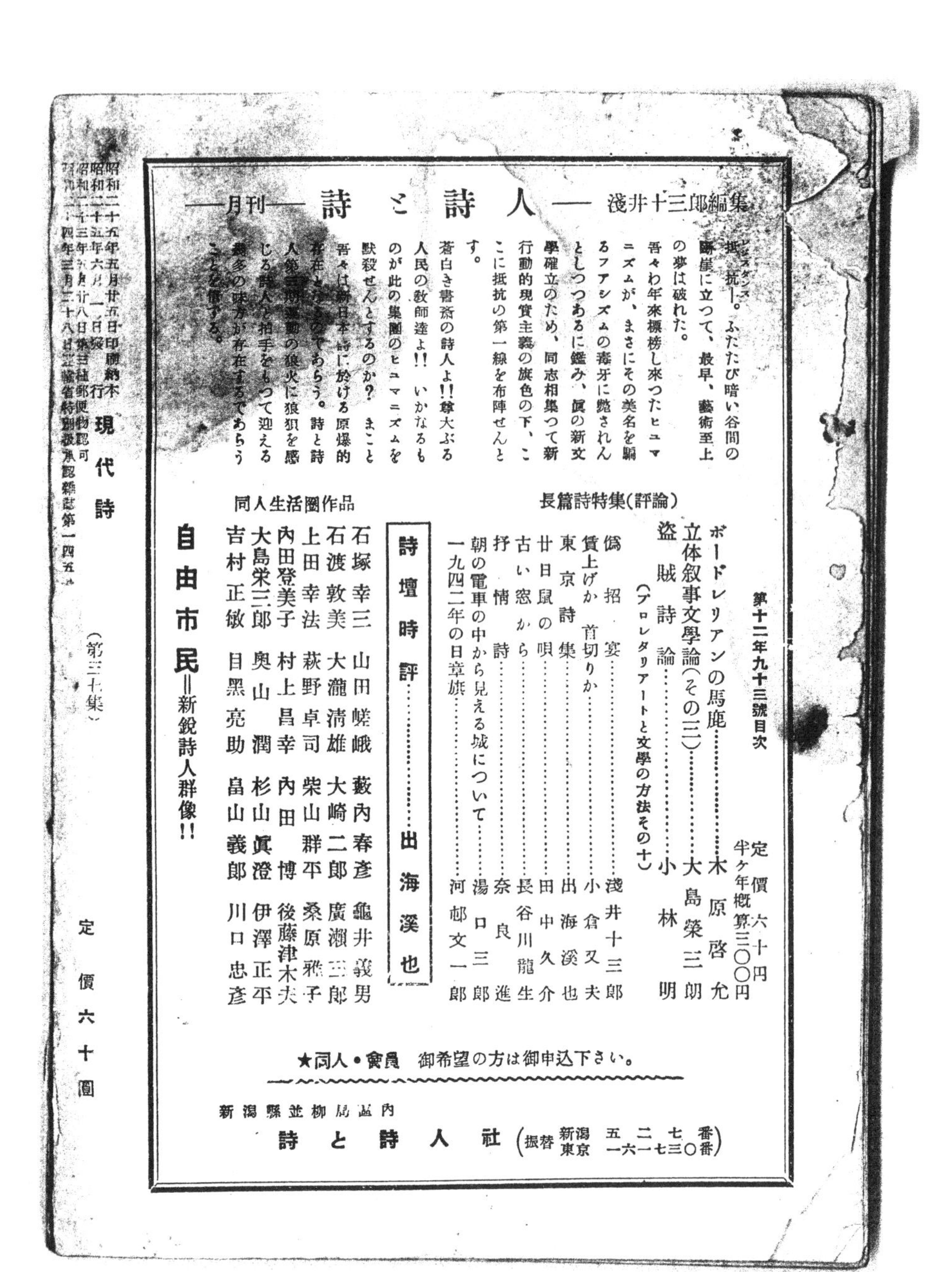

昭和二十五年五月廿五日印刷納本
昭和二十五年六月一日發行
昭和二十三年九月廿八日第三種郵便物認可
昭和二十四年三月二十八日郵政省特別扱承認雜誌第一四五號
現代詩（第三十集）
定價六十圓

エッセイ・解題・関連年表
人名別作品一覧・主要参考文献

大川内夏樹

戦前詩人の結集

大川内夏樹

1　はじめに

戦後、文壇や詩壇では、戦争に協力した文学者の戦争責任を問う議論が起こった。例えば、一九四六年一月に荒正人らが創刊した『文学時標』では、創刊号から「「文学の冒瀆者たる戦争責任者」をラディカルに追及する「文学検察」欄を常設し、厳しく弾劾した」（高橋新太郎「文学者の戦争責任論ノート」『高橋新太郎セレクション1』笠間書院、二〇一四・六）。「文学検察」欄で、初めに批判の対象となったのは高村光太郎と火野葦平であったが、その後、壺井繁治が、『文藝春秋』（一九四六・四）に「高村光太郎」を発表し、高村が「戦争讃美の第一人者」となるに至る道筋について検討した。また、壺井の議論と連動するように、岡本潤は、『コスモス』（一九四六・六）に「戦時と戦後の詩と詩人について」を発表し、高村光太郎や蔵原伸二郎のように、戦争中、「軍国主義のラッパを吹いた」詩人たちが、「敗戦後、口をぬぐうて平和の使徒のやうな詩を発表」するという「はやがはり」を見せたことを取り上げ、その「根拠――むしろ無根拠」について論じた。これら壺井や岡本の論考は、詩人による詩人の戦争責任追及が始まる一つのきっかけとなったが、皮肉なことに、壺井や岡本自身に対しても、批判の矛先が向けられることになる。『気球』（一九四六・九）に掲載された麻川文雄「戦犯容疑詩人列伝（其一）蔵原伸二郎」は、戦時中、「建艦献金、戦意昂揚」を目的として発行された日本文学報国会編『辻詩集』（八紘社杉山書店、一九四三・一〇）に、壺井が「鉄瓶に寄せる歌」を、岡本が「世界地図を見つめてゐると」を寄せていることを指摘した。そして、麻川の指摘を受ける形で、北川冬彦は、「敗戦後の詩と詩人（中）」（『東京新聞』一九四六・九・一三）において、「私は、戦時中、多少の愛国詩を書いたからと云つて戦犯追求の資格が必ずしもないとは云はない」とした上で、「しかし、その場合、自ら反省と悔恨と苦悩が伴はなければならぬ」と、壺井と岡本が「すつかり自分のことは棚に上げてゐる」ことを批判した。

このように戦後の詩壇では、詩人の戦争責任論をはじめとして、詩と戦争の問題が盛んに議論されていた。そして、その中で、『現代詩』（一九四七・一）に掲載された北川冬彦、笹沢美明、近藤東、安彦敦雄、浅井十三郎、杉浦伊作による「座談会　現代詩の系譜と其の展望」が、北村太郎、鮎川信夫らの痛烈な批判を浴びることになる。北村たちから批判された原因は、座談会の出席者の多くが、繰り返し戦中を「ブランク」、「空白」と呼んだことにあった。後に詳しく論じるように、日中戦争、太平洋戦争が、十代後半から二十代初めの頃に重なっていた北村らの世代は、その時期を簡単に「ブランク」として片づけられることに違和感を覚えざるを得なかった。また、座談会出席者の多くが、戦中に戦争協力的な詩を発表していたことも、北村らの反発を招く要因の一つであった。

この「ブランク」発言への批判は、後に鮎川が、「戦後の世代が、戦争期を空白としてやり過そうとするこのような前世代に不信の問いを投げかけたのも当然である。北村太郎の「空白はあったか」は、その最初のきっかけとなった。黒田三郎は、これを戦後世代の「断固とした自己評価の試みだった」（「純粋詩」昭和二十二年十二月号「一九四七年の回顧」）とし、そこに戦前と戦後の世代をわける一線をひいてみせた」（「戦争責任論の去就」『現代批評』一九五九・四）と総括し、宮崎真素美が、「戦中を「ブランク」と呼び、ともすれば、自らの戦意高揚的詩業をもその中に埋めてしまおうとする先行世代への痛烈な批判は、同時に、若い詩人が戦後を踏み出してゆく宣言であった」（「戦後詩の出発」和田博文編『近現代詩を学ぶ人のために』世界思想社、一九九八・四）と述べているように、戦前から戦後への「世代」交代を象徴的に示す出来事であった。またそれ故に、「ブランク」発言については、その問題点のみが批判的に取り上げられることが多く、戦前詩人たちの戦争認識の内実や、「ブランク」発言がどのような文脈でなされたのかについては十分に論じられてこなかった面もある。

そこで本稿では、主に『現代詩』に掲載された評論を取り上げ、戦前詩人たちが、戦争や戦時下における自らの活動をどのように捉えつつ戦後の活動を開始しようとしたのかを考えたい。また、戦中を「ブランク」と見なす発言の背景には、戦争をめぐるいかなる議論があったのかという点についても考察したい。

2　「ブランク」発言への批判

はじめに、北村らの批判を受けた「座談会　現代詩の系譜と其の展望」（一九四七・一　＊以後『現代詩』からの引用の場合には発表年月のみを記す）から、問題となった三つの部分を引用する。

北川　新しく出てくる詩人のためにどうしても啓蒙が必要と思ふんだ。それは僕らの義務だと思ふ。広い意味の戦争時代、こゝ十数年といふものはまつたくブランクだからね。

杉浦　昭和四、五年頃所謂無詩学と言はれた日本詩壇に対し「詩と詩論」あたりの同人が一つの運動として、新散文詩を提唱した。〔中略〕その散文詩運動も散文詩も日本が戦争を初めてからいろいろな制掣とか時代的な右旋回の暴風に、今までに約十年間のブランクが出来てしまつたつまり戦争中は日本の詩が芸術的高貴（香気）よりは愛国主義的精神に傾いて詩が本質を失ひかけてゐました、

安彦　私ども二十代の青年は全く無知です。詩について何にもしらない。詩とはどんなものかと人にきかれたなら答に窮するものが多いと思ひます。
笹沢　さうだらうなあ丁度十年以上も詩が空白になつてしまつたんだから。これは我々の大なる責任だ。

右の引用では、繰り返し、戦中が「ブランク」、「空白」と言い表されている。杉浦の発言に端的に表れているように、北川らは、『詩と詩論』に代表されるいわゆるモダニズム詩の時代である一九二〇年代後半から一九三〇年代半ば頃の時期と戦後の間に挟まれた戦争の時代を、詩の発展史の面から「ブランク」と見なしている。また、詩人としての活動を開始する際、そのような「ブランク」の時期に遭遇してしまった「二十代」の「青年」詩人たちは詩について「全く無知」であるため、戦争以前の詩の成果を「啓蒙」的に伝えていかなければならないと考えていたようだ。そして、このような詩史的認識は、座談会に出席した数人だけが有していたわけではなく、『現代詩』という雑誌の中で共有されていたと考えられる。例えば、北園克衛は「現代詩の周囲」（一九四六・六）で次のように述べる。

戦争中「詩と詩論」の運動以前の詩人たち、詩人よりも小説家に支持されてゐた詩人たちが、ラデイオ、新聞、雑誌を見事に占領した。これらの詩人達は春山行夫君から無詩学派と命名された不勉強な詩人達の一群であつた。かれらは無詩学派の名に恥じない盲目の大胆さで国民詩、愛国詩の先頭を切つて行つたのである。確かに彼らは官僚を利用することに於て、ジャナリズムに適応することに於て職業詩人の敏捷さを示した。彼らが若し今少し頭があつたら、今日の詩はもつと違つたものとなつてゐたかも知れない。三ツ子の魂百までも――彼らは原稿料を稼ぐ面白さに現を抜が（ママ）してゐるばかりで、詩のセオリイを作るとか、新しい傾向を生むとかいふことには全くピテカントロピス的無智のなかに居たのである。

北園によると、戦争中、新聞、雑誌、ラジオに数多くの詩を発表したのは、かつて春山行夫が「無詩学時代の批評的決算——高速度詩論その二——」（『詩と詩論』一九二九・三）などで批判したモダニズム以前の時代の詩人たちであったという。そして、「無詩学派」の詩人たちは、「官僚」と「ジャナリズム」に迎合して、「国民詩」、「愛国詩」を書き続け、「詩のセオリイを作るとか、新しい傾向を生むとかいふこと」は一切なし得なかった。その結果、戦中において、詩の発展の歴史は停滞状態に陥ってしまった。このように、北園は先に触れた座談会の出席者らと同様、戦争中を詩史的な「空白」期間として捉えている。またこの他にも、阪本越郎の「我々が「詩と詩論」の運動をはじめた時分には、従来の抒情の精神に反旗をひるがへすところから、新しい秩序をめざしたのであつた。それは感覚の冒険であり、韻律の破壊であり、新現実の発見であり、フォルマリズム、シユル・レアリズム等々の習作が試みられたのであつた。しかし今はもう遠い夢のやうに忘れられてゐる」（「詩と抒情について」一九四六・九）という論や、鳥居良禅の「一九四〇年以後の、日本の進歩的な詩人たちは、研究材料を奪はれた科学者のようなものであつた。〔中略〕それは、正しく日本現代詩に於ける、最もスランプの時代だつた」（「純粋の沙漠」一九四六・一一）という論にも、戦中を「ブランク」とみなす詩史的認識が見て取れる。

ここまで見てきたように、『現代詩』によった戦前詩人たちは、戦中を詩の発展史における「ブランク」として捉えていたと考えられるが、こうした認識に対して、北村太郎や鮎川信夫ら後続世代の詩人たちは強く反発した。例えば北村は、「孤独への誘ひ」（『純粋詩』一九四七・三）で、「十指に余る人びとが戦争時代をブランクと呼」んでいることを「かねてからにがにがしく思つてゐた」とした上で、次のように述べている。

僕は二十代の詩人諸君にお訊ねしたい。〔中略〕君の詩は、君の存在は、君の精神はブランクだつたか。空白はあつたか。〔中略〕空白なんてものはどこにもありはしない。〔中略〕『悪時代』とか詩の空白時代とかまたは、思想のブランク時代などといふふざけた言葉を信じてゐる詩人は、とりもなほさずその期間に真実の詩人でなかつたことを自ら告白してゐるのだ。いや、さういふ個人的な見方ではなく、歴史的、客観的に見ればその期間はたしかにブランクだつたのだ、などといふ反駁は僕には殆ど意味のない言葉の羅列にすぎない。『悪時代』のあひだ、孤独への誘ひに身を任せず、徒らに愛国詩、辻詩（なんといふ低劣な名称だ！）のアンソロジイに名前を連ねた先輩詩人が数多く存在したといふ事実を僕らは忘れまい。〔中略〕彼らが空白だ、ブランクだ、といふ時代に僕らはまさにこの肉体を持つて生きてきたのであり、そのあひだには、三十代、四十代の人の全く想像できぬ未知の個の倉庫が、徐々にそして確実に充されて来たといふことを記憶すべきである。

北村は、自身を含む「二十代の詩人」にとって、「空白」など決して存在しなかったという。北村には、『現代詩』における議論の場合のように、詩の発展史という「歴史的、客観的」観点から戦争中を「ブランク」とみなすことは無意味なことに思えた。それとは反対に、北村は、徹底して「個人的」な視点に立ち、戦争中に「肉体を持つて生きてきた」体験を重視した。そして、この「個人的」な体験という「未知の個の倉庫」の内にこそ、自らの詩の基盤があると考えたのだ。北川透は、北村が「《『悪時代』のあひだ、孤独への誘ひに身を任せず、徒らに愛国詩、辻詩（なんといふ低劣な名称だ！）のアンソロジイに名前を連ねた先輩詩人が数多く存在したといふ事実を僕らは忘れまい。》と書いたとき、〈空白〉の意味は逆転したと言わねばならない。なぜなら、ここで若い詩人たちに向けられていた〈空白〉の意味は、愛国詩や辻詩に名前をつらねた前世代の詩人たちの《思考的体験》の上にこそ、見られているからである」（「経験の意味」『荒地論』思潮社、一九八三・七）と、「空白」はむしろ戦前詩人の方にあったと論じているが、戦争中、自らの「個人的」な「体験」を凝視し続けた北村には、戦中を「ブランク」とする議論は、ナンセンス以外の何ものでもなかったのだろう。では次に、北村の論に続いて発表された鮎川の「青春の暗転」(『純粋詩』一九四七・五)についても見てみることにする。

既成詩人が戦争時代をブランクと呼ぶのはたしかに正しい。といふ意味は、歴史が小学校の歴史の壁に貼られてあつた年表のやうに、自分の体のなかではつきりと違つた色分けが出来るものならばである。もし戦争時代がブランクであるならば、我々は戦争前に中絶した仕事を、戦争が終つた今日再び継続してゆくことが出来る筈である。三十代、四十代の人にはそれが出来るのだらう。ある既成詩人は、読書のなかつた戦争時代が終つた今日の無詩学状態を一歩後退とみて、自分達が戦争前に全部出し尽してしまつたと、昔の自分たちの仕事に愚かしく満悦して云ふだらう。〔中略〕しかし、我々は背中にさういふ声を聞きながら、まるで違つた方向へ進まうとしてゐるのだ。我々にはブランクといふ気が軽くなるやうな名称を与へる時期はなかつたといふことが、やはり決定的な素因となるだらう。戦争中、我々の精神は幾多の試煉と知識の体験とによつて重くなり、戦争が終つた今日、一方の秤がブランクになつた時、我々と彼等を比較する秤は無残にも毀れてしまつたのである。

鮎川は、「既成詩人」の場合においては、戦中が「ブランク」であったということは「正しい」という。なぜなら「既成詩人」は、戦中を無化し、戦争が始まる前と全く同じ地点から戦後の活動を再開させようとしているが、それが可能であること自体、戦中が彼らにとって単なる「ブランク」に過ぎなかったことを証明しているからだ。一方、鮎川にとって、戦争中は、そのような「ブランク」ではなかった。戦争中、鮎川の「精神は幾多の試煉と知識の体験とによつて重くなり」、戦争が終わった今、彼は、戦争前とは全く異なる地平に立ち、「既成詩人」たちとは「まるで違つた方向へ進まう」としていたのである。

このように北村や鮎川は、「二十代」の「青年」詩人たちを「ブランク」の時代に活動を開始した憐れむべき「無知」な世代であるとする戦前詩人たちの認識を批判し、戦中が「ブランク」であったのは、戦前詩人にとってのみであると主張した。こうした北村らの批判は、戦前世代の「ブランク」論の軽卒さや欠点を鋭く突いたものであったことは確かだろう。しかし、実は戦前詩人たちにとっても、戦中は、それほど簡単に「ブランク」と言い切ってしまえるものではなかったように思われる。もちろん先に見たように、『現代詩』誌上には、戦中を「ブランク」とする発言が見られるのだが、それと同時に、戦争に関わる様々な問題に対して執着する言葉も多く見出される。では、次節以降、『現代詩』において、戦前詩人たちが戦争の問題をどのように論じ、そのことが彼らの戦後の活動の開始に、どう作用しているのかを考えていく。

3　戦争との対峙

『現代詩』の創刊号（一九四六・二）には、神保光太郎の「絶望への意欲——「現代詩」の発刊に寄せて——」という文章が掲載されている。神保は、戦後の東京について「賑やかといへば賑やかな景色であり、明るいと形容することもできるであらう」とした上で、次のように述べている。

日本民族はいつも、絶望すべき時に当面しながらも、その絶望をおき忘れて、無関心か、或ひは、これとは別の世界で、小さく妥協してしまふのである。

この度の敗北は、日本民族にとつて、これ以上の絶望はないわけである。しかしながら、東京の街頭風景にせよ、議会を通じての政治家達の言動にせよ、或ひは、簇生する文化運動などの姿にせよ、この絶望のかなしみを故意に抹殺して、イズムの塗り代へや、思ひあがつた楽観主義に支配されてゐないか。

神保は、「日本民族」は、「絶望すべき時に当面しながらも、その絶望をおき忘れて、無関心か、或ひは、これとは別の世界で、小さく妥協してしまふ」として、戦後の状況も、これに当てはまると述べている。そして、一種の「賑やか」さや「明る」さを感じさせる「東京の街頭風景」や「政治家達の言動」、あるいは「簇生する文化運動」のうちに、軍国主義から民主主義への安易な「イズムの塗り替へ」によって、戦争、そして敗戦という目の前にある「絶望」的な現実を忌避しようとする態度を見ている。神保にとって、戦後において必要なことは、戦争がもたらした「絶望」と対峙し、そこから何かを学び取ることだった。にもかかわらず、敗戦という現実に目をつぶり、戦争を早々と忘れ去ろうとしている人びとの姿に、神保は苛立ちを感じていた。このような神保の考えには、戦争中を「ブランク」として葬り去ろうとするような姿勢は見られない。そして、神保の議論に「非常に共鳴した」として北園克衛は、先にも引用した「現代詩の周囲」の中で次のように述べる。

敗戦が終戦であつたり、占領軍が進駐軍であつたりする、この国の政治家の小細工は実に国民を浅薄な安易感のなかに温存して了つたやうに思はれる。彼らはこの敗北がどういうことを意味してゐるのか考へようともしなくなつてゐる。この結果は戦災者や復員軍人や送還されてくる同胞に対する無関心な態度となつて現はれてゐるし、闇屋は平然と飢餓線上の民衆の財布を締めあげてゐる。勿論資本家は彼ら一流の巧妙さで蒐積した物資の上に坐りこんでこの面白くない時が過ぎ去るのを悠々と待つてゐる。智識人は、こんな結果は最初から解り切つてゐたやうなことを言ふ。するとさういふ雰囲気が出て来て、誰もが最初からかうなると言ふことが解つてゐに（ママ）やうな気がしてくる。この雰囲気の中で軍閥や財閥に毒づくことになる。確かに彼らは国民を奴隷としか考へてゐなかつた。攻撃され非難されるのは当然である。然し智識人のどれだけが今日の日本を予見してたか。

北園の目には、「敗戦」を「終戦」と言い換え、「占領軍」を「進駐軍」と言い換えただけで、「敗戦」の現実を忘却しようとしている人びとの姿が映っている。そのような人びとにとって、「戦災者」や「復員軍人」、外地から「送還されてくる」日本人は、とうに過去のものとなった戦争の遺物に過ぎず、もはや関心の対象ではない。北園は、こうした戦後の状況に対して、神保同様、苦々しい気持ちを抱いている。また北園は、「智識人」の問題についても言及している。北園は、「智識人のどれだけが今日の日本を予見してたか」と述べ、戦争が始まる前、そして戦争中、自身を含めた「智識人」の多くが、未来の状況についての正確な見通しを全く持てていなかったことを指摘している。そして、そうであるにもかかわらず、戦後になって、「こんな結果は最初から解り切つてゐた」などといって、戦争の問題は、既に片が付いたような気になっている「智識人」たちに対し、批判的な眼差しを向けている。

北園は、戦中における知識人の問題を取り上げていたが、『現代詩』には、より限定的に、詩人の戦争責任について触れた議論もある。次に引用するのは、長田恒雄「廃墟の窓」（一九四六・五）の一節である。

祖国の安危をかけた日に、祖国のために立つといふことは、国民の必然的な動きであり、そのために詩人がうたふのも当然である。しかし、もつと僕らの視野がひろく、もつと知見が高く、そしてもつと勇気があつたとしたら、詩人の態度も、もう少しちがつてゐたであらう。つまり僕らが、ルネサンス以来の世界の歩みを、自分の歴史的実践として経験してゐたならば、こんなに甘つちよろい鴉にならずに済んだにちがひない。悲涙はまさに僕らのものである。そこには、フユウダリズムの高い砦が、すべての知性に眼をかくしてゐたにはちがひない。報道班員も、愛国詩の作者も、否すべての日本のインテリゲンチアは、一種の鴉ではなかつたか。

長田は、「祖国」の危機に対して、「詩人がうたふのも当然である」とした上で、もし自分に広い「視野」と高い「知見」と「勇気」があれば、戦争中、「愛国詩」を書くということとは異なる道を選ぶこともできたのではないかと述べている。しかし、現実には、「愛国詩」を歌う「甘つちよろい鴉」でしかなかったことを認め、率直な自己批判を行っている。そして実は、北村らの批判にさらされた「座談会　現代詩の系譜と其の展望」も、詩人の戦争責任について議論するところから始まっており、例えば、浅井十三郎による「僕らも又文報の一員であつたこと。人各々によつて色々な言分もあらうが反省と悔恨とそしてその後に来る相互の理解から僕はすゝみたいと思ふ」と、自身が日本文学報国会の一員として戦争に協力したという事実から戦争責任の問題を考えようとする発言が見られる。また浅井に関しては、「現代詩」欄（一九四八・六）で、「昭和六年の満洲事変以降日本フアシズムの中にまきこまれ知らず知らずのうちに多かれ少なかれ影響されたことについて僕らは口をぬぐうべきでわなく又その間を我々わ空白だとわ言わないが正常の発展をなし得なかつたものの空白わ存在している」と、北村らの批判に対して直接応答するような文章を書いている。

このように『現代詩』では、戦争についての批判的思考を持続しようとする意志が感じられる議論が展開されている。ではなぜ、それがあくまで詩の発展史という観点からだったとしても、戦中を「ブランク」と見なすような発言が繰り返されることになったのか。

4　「愛国詩」からの脱却

ここでもう一度、北園克衛「現代詩の周囲」を取り上げたい。「現代詩の周囲」では、第二節で引用した箇所のすぐ後で、次のように述べられている。

多くの若い詩人たちが、彼ら〔＝「愛国詩」の作者たち・引用者注〕の空虚な韻律詩のエピゴオネンとして氾濫してる事実に直面して、暗然とならなかつた詩人はおそらく無いであらう。われわれはこれらの誤られたる膨大な一群のために如何に多くの努力と時とを費やさねばならないかを思ふ時、痛憤と激怒を感じないわけにはゆかない。

北園は、「若い詩人たち」たちが、戦中の「愛国詩」のような「空虚な韻律詩」を書いていることに危機感を抱いている。そして、戦後の詩は、そうした「愛国詩」との連続性を断ち切ったところで書かれるべきだと考えているようである。『現代詩』を見ていくと、この北園の評論のように、戦後の「若い詩人」の作品に、「愛国詩」との共通点が見られることを危惧する論が多数掲載されていることに気がつく。次に引用するのは、北川冬彦、神保光太郎、近藤東、寺田弘、浅井十三郎、山崎馨、杉浦伊作が出席した「詩談考現学――座談会――」（一九四六・六）における北川の発言である。

新聞や雑誌にのつてゐる現代詩を見ると、その半ばは古語で書かれてゐるやうです。〔中略〕明治年間に自由詩の運動が起つて、日常の生活用語である口語で詩が書かれ出した。現代の自由詩は、当然、この運動の発展としてあるべきであつたのに、それが発展しなかつた。それはどう云ふわけであつたかと云ふと、結局今迄の日本の政治体制が禍ひしてゐたのだと思ふのです。つまり封建制の残滓がそこに、そして戦争の始まる前あたりから国粋運動のかたまり（ママ）と共に、ますます詩人の古語使用は旺んとなり、愛国詩の殆んどは古語雅語を以つて書かれた。神がゝりの思想にぴつたりした訳だつた。

北川は、戦後の新聞、雑誌に多数の「古語」で書かれた詩が発表されていることを指摘している。北川にとって「古語」とは、「封建制の残滓」であるだけでなく、戦争中の「愛国詩」の影を引きずるものでもあった。北川は、「古語」が「神がゝりの思想にぴつたりした」ために、大抵の「愛国詩」は「古語」で書かれたと考えており、そのような「封建」的な精神性から脱却するためにも、それを体現する「古語」を現代詩の制作の場から極力排除することを主張した。このような「古語」排除論に北川はこだわっており、先に取り上げた「座談会　現代詩の系譜と其の展望」をはじめとして、繰り返しこの問題を論じている。ではさらに、もう少し異なる角度から戦中・戦後の詩の連続性について論じた岡本潤「日本の素朴について」（一九四六・九）の一部を引用する。

戦争がはじまるやいなや猛然と競つて「撃ちてし止まむ」をうたひさけんだ大多数の詩人諸君が、敗戦後にはおなじ口で「民主主義」の頌歌をうたひだしたといふことに、いかにも日本的な素朴さをかんぜずにはゐられないのです。〔中略〕なんでもカンタンにうたつてしまへるのです。花でも、恋人でも、戦争でも、民主主義でも、なんでもござれです。じつに天真らんまんで、疑ふことを知らず、なにごとにも共感し、共感したものは直ちに詩にするといふ素朴な感情をもつてゐるやうです。さういふ素朴な感情は、宣戦のミコトノリをきけば無条件で勇みたち、無条件降伏のミコトノリをきけば涙をながし、悪い奴は軍閥や財閥や官僚で、天皇はお気の毒な方だと信じて疑はず、さういふ詩をかきます。しかし、たとへば天皇制といふ制度についての科学的考究はほとんどしようとしません。

岡本によると、戦中の「愛国詩」から戦後の「「民主主義」の頌歌」への横滑りを可能にしたものは、「日本的な素朴さ」であったという。岡本のいう「日本的な素朴さ」とは、「疑ふことを知らず、なにごとにも共感し、共感したものは直ちに詩にする」ような態度のことであり、岡本はこの「日本的な素朴さ」が媒介している戦中・戦後の連続性を断ち切るために、「科学的考究」の精神を養う必要があると考えていた。このように外から与えられたお題目を無批判に自らの詩のテーマとしてしまう詩人の態度についての問題意識は、小林善雄「フラグメント」(一九四六・一〇)の「詩人たちが国民詩を書いてゐた時のやうに、戦争中とは異つた「再建」とか「平和」とかの倫理や秩序に支配され、そのテーマに束縛されるとしたら、なんとおぞましいことか」という一節にも表れている。

また、これらの論とは別に、「第二の大戦はアメリカでどんな戦争詩を生んだであらうか?生みつつあるのだろうか?」という書き出しで始まる瀧口修造「ランダル・ジャレルの戦争詩集「損失」 海外詩消息(4)」(一九四八・九)は、日本の「愛国詩」の場合とは異なる角度から戦争を表現する方法を探るものとして捉えることができるだろう。

このように戦前詩人たちは、戦中の「愛国詩」が、戦後においても大きな影響力を持ち続けている状況に危機感を抱いていた。そのため、戦中を「ブランク」とする詩史的展望を提示することで、戦後を戦前と直結させ、戦後の詩の出発地点を戦中の「愛国詩」から切り離そうとしたのだ。つまり、「ブランク」発言とは、「愛国詩」の呪縛から戦後の詩を解放しようとする意図のもとになされたものだったといえる。

5 おわりに

本稿では、『現代詩』に掲載された評論を取り上げながら、戦前詩人たちが、戦争や戦時下における自らの活動をどのように捉え、また戦中を「ブランク」とする発言がいかなる文脈においてなされたのかについて考察してきた。

その結果、戦前詩人たちは、戦中を「ブランク」と呼んで簡単に忘れ去ろうとしていたわけではなく、むしろ戦争の問題と対峙する姿勢を有していたことが見えてきた。確かに戦争についての彼らの認識は、北村ら鮎川らの世代に不満を感じさせる性質のものであったかもしれない。しかし、戦前詩人たちが、戦後、戦争について何を語ったのかは、北村たちとは異なる立場で戦争を経験した詩人の言葉として検討に値するものだといえる。だが今回の論では、戦前詩人たちの戦争体験や戦争認識が、彼らの詩とどう関わっていたのかについての考察ができなかった。そこで今後は、『現代詩』に集った戦前詩人たちが、それぞれどのように戦争の問題と向き合い、そのことが彼らの詩にどう作用しているのかという点について考えていきたい。

付記　引用にあたり、旧漢字は現行のものに改め、旧仮名遣いはそのままとした。またルビは省略した。

解題

大川内夏樹

・『現代詩』（詩と詩人社、一九四六年二月〜一九五〇年六月）

第一巻第一号（一九四六年二月一日）

『現代詩』は、詩と詩人社を発行所として、一九四六年二月一日に創刊された。ちなみに詩と詩人社からは、浅井十三郎主宰の雑誌『詩と詩人』も発行されている。杉浦伊作「現代詩風景（私の頁）」によると、一九四五年の秋頃、杉浦が、浅井十三郎から新しい雑誌を始める相談を持ちかけられ、「戦前戦後活躍したいい同人雑誌の各々の人々に集つて貰つて、そこではヂヤナリーズム（ママ）から超越した詩的活動を各自の自由意志のもとに勝手にふるまつて貰ふ、詩壇唯一の公的機関雑誌として、いいものを刊行しよう」という意図をもって創刊されたという。また、杉浦の「後記」には、「最初の編輯企劃は私一人でやつたのでその原稿蒐集にも随分骨が折れた。〔中略〕北川冬彦氏、神保光太郎氏、近藤東氏、伊藤信吉氏等の鞭撻の声は有難かつた。小林善雄氏にも随分世話になつた。次号は北川氏、神保氏の指示をうけて編輯したい」と述べられている。表紙のデザインは、「現代詩」という誌名の下にその英語訳の「THE POEM OF TODAY」を置き、さらにその下にポール・ゴーギャン『ノア・ノア』の挿絵の一つを配したもの。この表紙のデザインは、小さな変更を加えつつ、第一巻第七号まで継続して使われている。奥付頁には、「現代詩創刊号寄稿家」として、執筆者の一覧が掲げられており、執筆者名の下には、例えば「北川冬彦（詩・現実）」のように、戦前、関わりの深かった詩雑誌の名前が記されている。

『現代詩』では、毎号、扉頁に詩や評論が掲げられているが、本号では、北川冬彦の詩「冬景」が掲載されている。この他に本号掲載の詩としては、笹沢美明「林檎噛む露霜庭にあらはるゝ―散文詩―」、城左門「落葉記」、岡崎清一郎「曇り日」、杉浦伊作「新篇旅情詩集（三）あやめ物語―榛名山麓挿話―」等がある。また、後に詩人の戦争責任問題をめぐって、北川らの世代の詩人を批判する中桐雅夫も「白日」を発表している。評論では、戦後の楽観的雰囲気を批判する神保光太郎「絶望への意慾―「現代詩」の発刊に寄せて―」や、戦時下における「勤労詩」の議論との連続性が感じられる近藤東「新しい勤労詩について」がある。岩佐東一郎「茶煙詩談」における「私が、戦争中に、愛国詩を書いたのも本心であれば、抒情詩を書いたのも本心である。それよりも、云ひたいことは、私は常に私の身の程をわきまへて、つつましく詩を書きつづけたことを満足してゐる」という主張は、「愛国詩」をめぐる議論の一つとして興味深い。次号以降も継続する「新人推薦」のコーナーでは、杉浦伊作の推薦で山崎馨「森の暗き夜」が掲載されている。

第一巻第二号（一九四六年三月一日）

扉には、有島武郎訳、ウォルト・ホイットマン「草の葉」の一節が掲げられている。詩では、安西冬衛「長男の社会」、蔵原伸二郎「大晦日の山道」、田中冬二「あやめの花の咲く頃は」、野田宇太郎「聴覚について」、浅井十三郎「雪晴れ」等がある。蔵原「大晦日の山道」では、まるで「逆に回転」する時間の中で生きているような「ちよん曲の老人」の姿が描かれている。またラビンドラナート・タゴールの〝Stray Birds〟が、「英詩」というタイトルを付されて、英文で掲載されている。杉浦伊作「研究　詩集「道程」の解説―高村光太郎論考（二）」は、高村光太郎『道程』（抒情詩社、一九一四・一〇）を詳細に考察している。なおこの論考では、『現代詩人全集　第九巻　高村光太郎集・室生犀星集・萩原朔太郎集』（新潮社、一九二九・一〇）や三ツ村繁蔵編『道程　改訂版』（山雅房、一九四〇・一二）等における初版『道程』収録作品の採録状況についても丁寧に記されている。「新人推薦」は、浅井十三郎推薦の真壁新之助「病床歌」。杉浦の「編輯後記」では、「月刊雑誌現代詩の外に現代詩論を主とするクオータリーを刊行もしたいと相談した」と今後の出版計画が語られている。

第一巻第三号（一九四六年四月一日）

表紙の英語タイトルが、「THE POEM OF TODAY」から「The Contemporary Poetry」に変更されている。また本号は、「ヱッセイ特輯号」と銘打たれており、これ以降、ほぼ毎号特集が組まれるようになる。扉には萩原朔太郎の「和歌と純粋詩」が置かれている。特集の「ヱッセイ」欄には、阪本越郎「断片」、伊波南哲「若い詩徒に送る手紙」、寺田弘「二つの指標―期待される詩人に就て―」、杉浦伊作「日夏耿（ママ）之介氏の文字駆使法」が掲載されている。詩では、北川冬彦「深夜幻想」、池田克己「終戦の日北平で書いた詩」および梶浦正之の手によるマチウ・ド・ノワイユ夫人ら六人のフランス女性詩人の翻訳詩等がある。池田の「終戦の日北平で書いた詩」は、中国大陸で終戦を迎えた日のことを題材としている。評論では、「詩は、常に、知識人の文学の前衛として、人々の感情を昂め、知性を洗練し、美の欣びを与へる、芸術的なものでありたい」と論じる安藤一郎「自覚と批判」や一九〇〇年頃のフランス女性詩人について論じた梶浦正之「仏蘭西の女流詩人達」等がある。また本号より「詩壇時評」のコーナーが始まり、浅井十三郎「詩の行方について―友の誰彼に送る手紙」が掲載されている。「新人推薦」は、北川推薦の安彦敦雄「散文詩　寡婦」である。

第一巻第四号（一九四六年五月一日）

本号は「作品特輯号」となっており、扉に置かれた神保光太郎「風景」をはじめとして、北川冬彦「春影集」、浅井十三郎「夜明け」、安藤一郎「虚しい海」、近藤東「富士山」、杉浦伊作「新篇旅情詩集（四）山霊—男体山挿話—」、瀧口武士「夜」等、十数名の詩人の作品が掲載されている。

評論では、大江満雄「断想」、長田恒雄「廃墟の窓」等がある。長田の「廃墟の窓」では、「祖国の安危をかけた日に、祖国のために立つといふことは、国民の必然的な動きであり、そのために詩人がうたふのも当然である。しかし、もつと僕らの視野がひろく、もつと知見が高く、そしてもつと勇気があつたとしたら、詩人の態度も、もう少しちがつてゐたであらう」と戦時下の活動を回想している。「文化面」欄の北町一郎「詩と地方文化」における「地方的に伝統する各種の文化的なるものを探求し日本文化のためのデータを構成する仕事を、詩人の鋭敏なる眼と心とを以てすれば興味深く為しとげられるに違ひない」という主張には、戦時中、大政翼賛会が主導した地方文化運動との連続性が感じられる。「詩壇時評」は、山崎馨「リベラリズムと悲劇性」。「新人推薦」は、北川冬彦推薦の烏山邦彦「アベ・マリア　他一篇」。裏表紙には、詩と詩人社から刊行が予定されている『クオータリ　現代詩論』という雑誌の広告が見られる。第一巻第二号の「編輯後記」で言及されていたものだと考えられる。

第一巻第五号（一九四六年六月一日）

本号は「〃現代詩を語る〃座談会特輯」と銘打たれ、北川冬彦、神保光太郎、近藤東、寺田弘、浅井十三郎、山崎馨、杉浦伊作による「詩壇考現学—座談会—」が掲載されている。杉浦の「編輯後記」には、「浅井の上京を機に兼てからの懸案の現代詩を語る座談会を編輯部で開催した」とある。この座談会では、「古語や雅語で詩を書くことの可否」や、今後の「勤労詩」の在り方、「新人」の作品等について論じられている。扉に掲げられた佐藤清「詩の予望」には、「最も緊急の問題は、擬古体の廃棄、文語詩の放擲、口語詩形式の飛躍的革新等の問題」とあり、北川らの座談会と問題意識が共有されている。

詩では、真田喜七「心によせて」、高橋新吉「美しい声」、小野十三郎「詩　三篇」、阪本越郎「美しい巡礼」、野長瀬正夫「越後新潟にて」、佐川英三「雪を汚していつた人」等があり、これまで寄稿のなかった詩人の作品も多く見られる。評論では、北園克衛「現代詩の周囲」、中桐雅夫「戦後詩の新展開」、畑中良輔「音楽的詩　詩的音楽」等がある。北園の「現代詩の周囲」は、「敗戦が終戦であつたり、占領軍が進駐軍であつたりする」ようなごまかしによって、「この敗北がどういうことを意味してゐるのか考へようともしなくなつてゐる」ことを批判し、また詩人の立場から、「過去の失敗や追憶を反芻することが詩人のすることのすべてでは無いと思つてゐる。むしろそれらは自己の思索の世界に於て、処理することの方が良いかも知れないと思つてゐる」と述べている。中桐の「戦後詩の新展開」は、「戦争中は、われわれは世界へ眼を向けることを禁じられてゐた」が、明治以来の「『世界文化の遠き地平線に憧憬する、青年の若々しきロマンチシズム』（萩原朔太郎）」は、「戦争中は、右翼的で偏狭な狂信者から圧迫されつつ、いはば地下水となつて流れてゐたのであるから、今日それが地表にあらはれることは何ら不思議ではない」と論じている。

第一巻第六号（一九四六年七月一日）

本号は、「物故詩人追悼号」となっており、「故人想出詩抄」には、島崎藤村、薄田泣菫、伊良子清白、児玉花外、溝口白羊、北原白秋、木下杢太郎、野口雨情、萩原朔太郎、佐藤惣之助、萩原恭次郎、吉川則比古、加藤健、高祖保、中原中也、津村信夫、立原道造の作品が掲載されている、なお扉の無署名記事「頸頌譜」には、「本輯の追悼は、日支事変直後より死亡せる人々のみである」とある。また「故人追憶　思ひ出集―昭和十年以降―」では、杉浦伊作「島崎藤村　詩人として慕ふ」、岡崎清一郎「北原白秋　北原白秋氏」、野田宇太郎「木下杢太郎　木下杢太郎の在り方」、伊藤信吉「萩原朔太郎　郷愁の彼方に」、塩川秀次郎「佐藤惣之助　煙つてゐるやうな一つの現実」、永瀬清子「佐藤惣之助　足早やの佐藤さん」、吉沢独陽「吉川則比古　吉川則比古は死ぬまで詩を書いてゐた」、岩佐東一郎「高祖保　高祖保を憶ふ」、浅井十三郎「照井瓔三　照井瓔三とその断片」が掲載されている。

特集以外の記事として、北川冬彦「新緑」では、「昨年の五月廿五日の大空襲」の際、「あゝこれは現実なのか幻なのか」と感じて以来、「何もかも幻として映じ勝ちにな」った。そして、「全くの純体験ばかりをこのごろ詩に書きつゞつてゐるが、さう云ふものを集めた詩集に「幻想」と云ふ題をつけずにはゐられない」という心境が語られている。「新人詩篇」欄には、山崎馨「緑衣」、木村次郎「早春」が掲載されている。杉浦の「編輯後記」には、「津村・中原・立原氏等の追悼文は神保氏が『三つ星』として、十枚ひきうけてゐられたが、病気のため」完成しなかったことが述べられている。

第一巻第七号（一九四六年八月一日）

表紙の版画が変更されているが、出典は前号までと同様、ゴーギャンの『ノア・ノア』。本号は、「現代詩人プロフイル特輯号（二）」となっており、安彦敦雄「北川冬彦」、鳥居良禅「北園克衛」、平林敏彦「近藤東」、大瀧清雄「菱山修三」、山崎馨「杉浦伊作」、岡安恒武「岡崎清一郎」、中村千尾「安藤一郎」、福田律郎「岩佐東一郎」、池田克己「小野十三郎」、田村昌由「浅井十三郎」が掲載されている。

詩では、河井酔茗「四行詩六篇」、堀口大学「挽歌」、村野四郎「田園悲調」、大島博光訳、ルイ・アラゴン「ソフコーズの歌」、田木繁「杜少陵詩集」等がある。村野の「田園悲調」は、戦後の疲労感の中で、何に惹かれているのか分からないままに生じてくる「あこがれ」の感情がモチーフとなっていると考えられる。評論では、菱山修三「助言―青年に与ふ―」等がある。また本号より「同人雑誌主張」欄が始まり、更科源蔵「「野生」を出すまで」が掲載されている。更科は、「私は不明にして戦が初められたからには、矢張り戦ひに勝ちたいと思つた、負けたいとか負けるとかは思はなかつた。然しうつかり勝つたら、むしろ恐ろしい事になるといふ事は、漠然とではあるが考へないわけではなかつた」と戦中を回想している。詩と詩人社と署名された「編輯後記」では、「本誌には只一人の同人的存在はない。同人誌の多くが寄稿を求めて綜合誌の形をとりつつある多くの弊害や又各処からよせられる同人制への照会について。本誌は何等それらの制度をもつてゐない事をここに記する」と、雑誌の運営形態について述べられている。また裏表紙には、詩と詩人社から刊行されている『現代詩』、『詩と詩人』等の出版物への「読者の編輯参加」を呼びかけ、「企劃其の他」を「募集」する広告が掲載されている。

第一巻第八号（一九四六年九月一日）

本号から表紙のデザインが大幅に変更されている。『ノア・ノア』から転載していた版画の代わりに「～月号」の表記が置かれ、「現代詩」という誌名およびその英訳の「THE CONTEMPORARY POETRY」の書体も変わっている。本号では特集としては明記されていないが、前号に引き続き「現代詩人プロフイル」が掲載されている。掲載記事は、寺田弘「高村光太郎」、武田武彦「堀口大学」、小柳透「百田宗治」、秋谷豊「村野四郎」、長谷川吉雄「笹沢美明」、橘田進「大江満雄」である。

扉には、「詩の飢餓が戦争中と同じく形こそ変れ非常の危機をもつて迫つて来つゝあるのではないか」という問いを投げかける浅井十三郎の評論「詩の飢餓」が掲載されている。この他の評論としては、「私は侵略戦争を謳歌した日本の詩人が手がるに自由や民主主義にとびつく前に、ふかい絶望の声をきかないことをふしぎにおもつてゐる」と述べる岡本潤「日本の素朴について」や、「伝統の重んぜられた、戦時においては、詩人は抒情の母のふところにぬくぬくと温まつて、そこで歌ひあげてゐた」が、いまは「日本文学の伝統の中に眠つてゐる心安さを、その封建的な夢を、かき消して、立ち上らなければならない」とする阪本越郎「詩と抒情について」等がある。それから、北川冬彦の「近代詩説話」の連載が始まっており、本号では安西冬衛の詩を取り上げている。また、池田克己「中国の訣れ」では、一九三九年に上海に渡ってから、終戦後の帰国に至るまでのことが語られている。詩では、城左門「柘榴に寄せて」、杉浦伊作「白い蝶—ああ、遠い青春の夢よ——」、竹中郁「夜のタマゴ」等がある。

第一巻第九号（一九四六年一〇月一日）

本号は、「散文特輯号」となっており、詩人たちが短篇小説を寄せている。掲載作品は、安西冬衛「喫茶日録」、北川冬彦「渡船場附近」、杉浦伊作「出しやうのない手紙—嘉村礒多さままいる　別れた女より——」、杉山平一「黒」、田木繁「かんいわし」、西川満「銃楼の女」である。北川の作品はマレーを、西川の作品は台湾を舞台としたもの。杉山平一の作品には、学生時代の立原道造の姿が描かれている。そして、この散文特集と連動して、扉には萩原朔太郎「詩と散文の隷属関係」が置かれ、また小説家の渋川驍が「詩人の小説に就て」を寄せている。

また前々号より続く「現代詩人プロフイル」では、能登秀夫「竹中郁」、川田総七「阪本越郎」が掲載されている。詩では、宮崎孝政「辺土消息—北川冬彦へ——」、山中散生「湖畔に独り佇てば」等がある。連載記事の「同人雑誌主張」は、『新詩派』同人・平林敏彦の「方向に就て」。

第一巻第一〇号（一九四六年一一月一日）

本号は、「近代仏蘭西詩人特輯号」となっており、堀口大学「マックス・ジャコブ」、佐藤正彰「ポオル・ヴァレリイ」、深尾須磨子「ポール・ヴエルレエヌ」、竹中郁「ジヤン・コクトオ小論」、北園克衛「ARTHUR RIMBUD（ママ）雑感」、梶浦正之「ノアイユ伯夫人の浪漫的傾向」が掲載されている。杉浦伊作の「編輯後記」によると、「村上菊一郎氏のボードレールが編輯〆切までに到着しなかつた」という。また、愛好する近代フランス詩人についてのアンケートが実施されており、安西冬衛らが回答を寄せている。

特集以外の評論では、壺井繁治「近代的精神について」、鳥居良禅「純粋の沙漠」、浅井十三郎「一つのポイント」等がある。壺井「近代的精神について」では、「近代的精神」を失った高村光太郎が、「日本の資本主義が侵略的帝国主義の性格を帯びて来るにつれて、それをカムフラージユするために当然必要とした中味のない一種の「精神主義」へと近づいていく過程を批判的に論じている。鳥居「純粋の沙漠」は、「一九四〇年以後の、日本の進歩的な詩人たちは、研究材料を奪はれた科学者のようなものであ」り、当時の「一時的な復古主義は、「さび」と「あわれ」によつて貫かれた思考の造型的把握に於ける僅少の努力であつた」と述べている。浅井「一つのポイント」では、『新詩派』、『鵬』、『純粋詩』といった若い世代の雑誌が概観されている。連載の北川冬彦「近代詩説話」は、田木繁を取り上げている。詩では、「亜高山地」の「頂上」に近づくに連れて「精神が解放」されていく様を描く真壁仁「亜高山地」等がある。「現代詩人プロフイル」は、本号でも継続しており、井上靖「安西冬衛氏の横顔」が掲載されている。杉浦の「編輯後記」には、「「現代詩」を語る座談会を湯沢温泉で開催し、東京より北川冬彦氏笹沢美明氏、近藤東氏と杉浦が出かけ小出から浅井が出て来て、やりだしたら徹夜二日になつてしまつた。〔中略〕十二月号は現代詩追究の特輯号としたい」とある。

第二巻第一号（一九四七年一月一日）

本号には、北川冬彦、笹沢美明、近藤東、安彦敦雄、浅井十三郎、杉浦伊作による「座談会　現代詩の系譜と其の展望」が掲載されている。第一巻第五号の「詩壇考現学―座談会―」の続編であるこの座談会では、「愛国詩」や戦争協力の問題、詩の批評、「新散文詩運動」、漢字制限等について議論がなされている。また、この座談会で、北川の「広い意味の戦争時代、こゝ十数年といふものはまつたくブランクだからね」という発言をはじめとして、戦争中を「ブランク」や「空白」と見なす発言が繰り返されたことが、北村太郎「孤独への誘ひ」（『純粋詩』一九四七・三）等によって、厳しく批判されることになった。扉に掲載された北川冬彦の「散文詩の世界」は、座談会での「新散文詩運動」についての議論と連動している。

この他の評論としては、秋山清「人民的詩精神の問題」は、「何者にも支配されない、神にも、人にも権威にも届（ママ）することをしない精神でなければ、勤労者、農民のものであつても決して人民的詩精神ではあり得ない」と論じている。また竹中久七「戦後に於けるシユール・リアリズム詩の在り方」は、「戦後のシユール・リアリズム詩はマルクシズム世界観を持つた詩人に依つて科学的↓思想的↓理智的な方向に進められるべきである」と主張している。本号は、詩の掲載はなく、その理由について〔無署名〕「編輯後記」には、「本号は問題特編と用紙の関係から詩作品は全部ストツクした」とある。

第二巻第二号（一九四七年五月一日）

本号では、表紙のデザインが変更になっており、「〜月号」の表記が置かれていた箇所に版画が配されている。版画の作者や出典については記されていない。本号は、「一週年記念号」と題されており、通常よりも多くの詩や評論が掲載されている。詩では、阪本越郎「晩秋」、笹沢美明「山道に寄せるソネト」、小野十三郎「地殻変動」、近藤東「彼」、安西冬衛「風俗採集（スクラツプ）」等、『現代詩』の常連といえる詩人たちの作品が並んでいる。小野の「地殻変動」は、有珠山の噴火に材をとった作品。近藤の「彼」は、「二十四時間勤務」をしていた鉄道労働者の葬儀を描いたもの。評論では、前号の「座談会　現代詩の系譜と其の展望」で「詩に理解のある」評論家の一人として名前が挙がっていた三枝博音の「生活のなかにある文学」や、永瀬清子を論じた北川冬彦「近代史説話」等がある。また扉には、北川の「詩朗読について」が掲載されているが、それと連動して、「詩の朗読に就て」という特集が組まれており、近藤東や安藤一郎といった詩人に加え、演劇界から遠藤慎吾や山村聡が文章を寄せている。

それから、本号には、新人詩人の詩や評論が多数掲載されており、『純粋詩』同人・小野連司の「故常陸宮の姫君さまに―或る女の告白―」、『鵬』の八束龍平（＝岡田芳彦）の「氷河のほとり」と小田雅彦の「現代詩の知性について」、そして『火の鳥』同人・亜騎保、中野繁雄、小林武雄の「新鋭詩人鼎談（一）詩の爆発に就いて」等がある。これら新人について、浅井十三郎「編輯後記」では、「一つの逆説とまでは行かないかも知れないが今日ほど新人登場の道が安易に選ばれてゐる時はない、或は非常な困難を思はせる時もない。そして又その新人の価値が無批判的に忘れられてしまふ時もない。我々は自分たちも含めてこの雑誌に現れる新人についても慎重に考へなければならない」と述べられている。

第二巻第三号（一九四七年八月一日）

再び表紙のデザインが変更になっている。誌名の下に鳥のイラストが配されており、目次には「表紙　鉄指公蔵」とある。本号は、「新人作品特集号」となっており、高田新「つながり」、久野斌「火の夢」、三好豊一郎「虫共」等、一三人の新人の作品が掲載されている。三好の「虫共」は、「虫」の「死骸を踏みちらかして」、「快感の波にもまれ」る「無邪気」な「子供」を描いた作品。そして、これらの新人作品と対になるように、「自己を語り新人に与へる言葉」というアンケートが実施されており、堀口大学、金子光晴、北川冬彦ら、戦前から活躍する詩人たちが回答を寄せている。

また本号では、「現代詩に関する諸問題」という小特集が組まれており、木原孝一「詩の存在に就いて」と平林敏彦「現代詩の一課題」が掲載されている。木原「詩の存在に就いて」は、春山行夫、西脇順三郎、北園克衛らのように「詩を分類し、系列をつけ、分解し、組織し、詩自身の純粋度を増し、詩を構成するさまざまな要素に就いて論理的な追究を続けると云ふ態度それのみを以てしては最早僕等の立つてゐる場からは遠い」として、「現在」の詩は、「詩と人間自身の関係に就いて最も深い苦悩を続け」、「詩人は何のために詩を書くか」という問題と対峙するものであることを論じている。平林「現代詩の一課題」は、「敗戦後の現代詩の新しい出発は近代精神の把握をその根本問題とせねばなら」ず、そのためには、「いわゆる詩的なものの追放」が必要であると述べている。そして、「純粋詩の既往の技術はもはや否定されねばならず、われわれはわれわれ自身の血肉化した言葉をもたねばならない」と主張している。

第二巻第四号（一九四七年一〇月一日）

本号は、「現代詩人論特集号」となっており、杉浦伊作「北川冬彦小論―遠いところから、身近に至る―」、山崎馨「丸山薫論」、岡田芳彦「村野四郎小論―近代詩の遺産―」、鮎川信夫「三好達治論」が掲載されている。鮎川の「三好達治論」では、「今日になつて私は彼のやうな自然詩人に対してなんとしても不愉快でやりきれぬのは、いはば戦争中に私が敵意を抱かざるを得なかつた「日本的なもの」に彼等が未だに凭れてゐるからである戦争を自然現象のやうに肯定して歌ふといふやうな、反思想的な自然詩人に対すると、私はすつかり逆上してうまく物が言へなくなる」と述べられている。

また本号では、「現代詩を繞る諸問題（ヱッセイ集）」という小特集が組まれており、小林善雄、秋谷豊、古川賢一郎、保坂加津夫、池田克己が文章を寄せている。例えば小林の「現代詩の在り方」では、「近代詩の一つの特徴は、アンチ・ヒユウマニズムの精神であつた」が、「現代の異常で特殊な時代においては、ヒユウマニズムの精神を、もう一度とりもどすことが必要なのである」と述べられている。詩では、敗戦後の中国の様子を描いた島崎曙海「ゆめみる夜つづきておもうことしきりなり」をはじめ、木原孝一「第三の影」、浅井十三郎「旱魃譚」等が掲載されている。

第二巻第五号（一九四七年一二月一日）

本号は、「エッセイ特集号」と銘打たれており、エッセイや評論が多数掲載されている。北川冬彦「詩論」は、マチネ・ポエティクによる定型詩の試みを批判的に取り上げている。壺井繁治「詩人における社会性と孤独感」は、石川啄木と高村光太郎を対比的に論じている。黒田三郎「現代詩に於ける言葉の問題」は、「詩が言語無しでは成立しないといふことは、言語無しでは、思考が形をとることが出来ない点に意味がある。オリヂナルなイデは、オリヂナルな言語無しには、形をとることが出来ない」と、「言語」と「詩」や「思考」との関係について論じている。志村辰夫「近藤東論」では、「新しい詩的機能の拡充」を求め続ける近藤の詩的試みについて論じている。飛鳥敬「小野十三郎論」では、「抒情の質の変革」を成し遂げようとする小野の姿に焦点を当てている。松井好夫「ボオドレエルの精神病理（一）」は、ボードレールについて「精神病理」の面から考察したもの。

詩では、扉に置かれた笹沢美明訳、ライナー・マリア・リルケ「巻頭詩」、江口榛一「朝まだ暗いときに」等が掲載されている。また本号には、一九三〇年四月に北川冬彦らによって創刊された雑誌『時間』の同人で、夭逝した詩人、千田光の詩が「――遺稿詩集――失脚」としてまとめて掲載されている。

第三巻第一号（一九四八年一月一日）

本号は、「新出発号」と銘打たれ、表紙が北園克衛のデザインによるものに変更になっている。また、本号から

『現代詩』は、同人制を採用するようになり、巻頭には、同人である安西冬衛、安藤一郎、浅井十三郎、江口榛一、北川冬彦、北園克衛、笹沢美明、阪本越郎、杉浦伊作、瀧口修造、永瀬清子、村野四郎、吉田一穂の連名による「スタート・ライン」という文章が掲げられている。この文章では、「われわれの念願するのは、日本詩の純正化である。純粋なぞと云つては不足だ。純正である。オオソドックスである」と、『現代詩』において、日本の詩の「オオソドックス」の確立を目指すことが表明されている。なお、これ以降の『現代詩』の運営方法について、詩と詩人社主人（＝浅井十三郎）「編輯後記」に、「本号からわれわれ同人の機関誌として出発企劃編輯等わ凡て同人会議にゆだね、又その運動の方向を決することにした」とある。

詩では、北園克衛「春」、浅井十三郎「脱走計画書起因」、笹沢美明「おるがん破調」、村野四郎「新年」等が掲載されている。笹沢「おるがん破調」は、『海市帖』（湯川弘文社、一九四三・二）に収録されている「おるがん調」の続編。評論では、戦後、北原白秋の『思ひ出』と木下杢太郎の『食後の唄』が再刊されたことの意義を論じる阪本越郎「感覚と冒険—詩の動向—」等が掲載されている。また、魯迅原作の北川冬彦によるシナリオ「阿Q正伝」の連載が始まり、北川の評論「長篇叙事詩の創作方法について」では、「現代口語を以て長篇叙事詩を書く方法」として、「シナリオの形式」を用いることが提案されている。

第三巻第二号（一九四八年二月一日）

詩では、瀧口修造「大椿事」、安藤一郎「黒いブルース」、笹沢美明「おるがん破調（前承）」等が掲載されている。瀧口の「大椿事」は、夢の中のような不可思議な出来事を描いた作品。杉浦伊作「編輯後記」には、「瀧口修造の「大椿事」は、同人語に「初夢」として寄せられたものだが、堂々たる作品なので、一応お断りして、本欄に組む」とある。また、前号から続く北川冬彦「阿Q正伝（二）」が掲載されている。

評論では、阪本越郎「抒情の否定と現代詩の布石」、北園克衛「現代詩　時評　詩の世界的地平線の回復」、永瀬清子「アフオリズム　詩に就いてその他」等がある。阪本「抒情詩の否定と現代詩の布石」は、「われわれは現代詩を真に現代詩たらしむるために、詩のメチエを軽蔑してはならない」として、「リズム」や「フオルム」といった観点から萩原朔太郎、中原中也、マチネ・ポエティクの作品を論じている。また、前号には、K「REVUE NOUVELLE ジヤン・コクトオの映画「美女と野獣」に就て」という記事が掲載されていたが、本号の北川「編輯後記」には、「コクトオの「美女と野獣」を同人に見せて貰うよう、東宝の森宣伝部長に頼んで置いたところ、試写室が一杯だと、一月十九日夜日比谷映画劇場の特別試写会に招待して貰えた。吉田、北園、阪本、瀧口、村野、安藤、江口、杉浦、僕の東京在住同人の全員が出席した」というエピソードが語られている。

第三巻第三号（一九四八年四月一日）

詩では、阪本越郎「失踪」、小川富五郎「照り映えるもののところへ」、真尾倍弘「白と青の彩色」、笹沢美明「おるがん破調（三）」等が掲載されている。小川は、戦前の『新領土』及び『文藝汎論』の寄稿者であり、真尾は、『文壇』の編集者であることが、「編輯記後（ママ）」で述べられている。ちなみに小川は、青山鶏一名義でも『現代詩』に寄稿している。北川冬彦のシナリオ「阿Q正伝（三）」も継続して掲載されている。

評論では、村野四郎「現代詩の反省」が、マチネ・ポエティクの定型詩の試みについて、「現代詩の無詩学的な進行に対する一つの抵抗としては、意義があるだろう。なぜなら、この抵抗によつて、自由詩の詩人たちが、彼らの立つている基底を新しく考えなおす機会を与へられるからである」と論じている。安藤一郎「現代詩　時評」では、詩の翻訳について、「日本語になると、原詩の観念はずれてしまふ、外国語の音は滅却される、文脈の違ふところから、構成のロジツクは全く崩れて、別なものが現はれてくる――〔中略〕結局、僅かに残されてゐる部分から、我々は、自分たちに欠けてゐるものにあこがれを持ち或る新奇さを想像するのだ。翻訳された詩は、これを読む者が、また自分勝手に、いろいろ補つて、散らばつた断片をかき集めた全体を、歌の中に築くために在るのだ、といふ位に考へる外ない―だからといつて、翻訳が無用なわけではない。むしろ、翻訳が以上の如き運命にある故に、文学の新しい思考を、絶えず刺激してきたのではなからうか」と論じている。永瀬清子「横光利一氏追悼　巨木の倒れ」では、横光利一との交流が回想されている。「同人語」欄の瀧口修造「一つの lost generation について」では、一種の文学作品としての「夢の記録」をつける方法について、「その〔＝夢の・引用者注〕印象を出来るだけ正確にあまさず書くためには、独特の文章法を案出しなければならぬ。実際には、傍註からさらに傍註が飛び出してくる―これが一つの連続した文章になるのには、異常な訓練と創作力とが必要なことがわかつてくるのである」と語られている。また阪本越郎「シナリオ詩論について」では、北川冬彦の「長篇抒情詩」について、「シナリオ形式というものを音数律定型に代るものとして、もち出し、これに拠れば抒事詩が書けるといつたのは、近頃稀な面白い建設的議論であつた」と述べている。

第三巻第四号（一九四八年五月一日）

詩では、浅井十三郎「第三審判律」、岩尾美義「髪の白い青年」、阪本越郎「詩人達」等が掲載されている。岩尾美義については、北園克衛が「編輯後記」で、「岩尾美義は一九四六年VOUクラブに加つた。彼は医学生で鹿児島に住んでゐる」と紹介している。北川冬彦のシナリオ「阿Q正伝（四）」も継続して掲載。

評論では、笹沢美明「稀薄な裂目について―韻文衰退論考―」、永瀬清子「現代詩」、北園克衛「CARNET」、瀧口修造「海外詩消息（1）」がある。笹沢「稀薄な裂目について」では、短歌・俳句から現代の詩へと続く韻文の歴史について、「聴覚」的作品から「視覚」的作品への移行という視点から論じている。瀧口「海外詩消息（1）」では、戦後における欧米の詩の動向として、アメリカの詩人、ロバート・ローウェルとフランスのレトリスムの運動を紹介している。「同人語」欄には、小池吉昌と平林敏彦を批判した北川冬彦「蝿二匹」等がある。また北川の「編輯後記」には、「大分前から杉浦君は入院すると云つていたが、まさかと思つていたら、ほんとうに入院した〔中略〕それで、代つて当分「現代詩」の編輯を私は引受けた」とある。

第三巻第五号（一九四八年六月一日）

詩では、杉浦伊作「或る一頁」、村野四郎「暮春抒情」、笹沢美明「おるがん破調（四）」、船水清「雪上にて」等が掲載されている。杉浦「或る一頁」は、「狂人病院」に収容されるという夢想を描いた散文詩。また、小説家の渋川驍が、散文詩「雨もり」ほか二篇を寄せている。北川冬彦「編輯後記」によると、船水の詩は「幾多の一般寄稿の中から選んだもの」、そして、渋川の詩は、「僕の請いに応じられたもの」だという。北川のシナリオ「阿Q正伝（五）」も継続して掲載されている。

評論では、阪本越郎「精神的形姿」、浅井十三郎「現代詩（時評）」、瀧口修造「海外詩消息（2）」がある。浅井「現代詩」では、「昭和六年の満洲事変以降日本ファシズムの中にまきこまれ知らず知らずのうちに多かれ少なかれ影響されたことについて僕らは口をぬぐうべきでわなく又その間を我々わ空白だとわ言わないが正常の発展をなし得なかつたものの空白わ存在している」と、北村太郎「孤独への誘ひ」（『純粋詩』一九四七・三）等によってなされた批判への応答と取れる議論が展開されている。瀧口「海外詩消息（2）」は、アメリカ、バッファロー大学図書館長チャールズ・D・アボット Charles D. Abbott が収集した「現代英米詩人の詩の下書きやノートやメモなど」のコレクションの一部の複製を収録した『労作中の詩人』*Poets at work*, Harcourt, Brace, New York, 1948. を取り上げ、また、戦前から続く『ポエトリー』*Poetry* ほか、数多くのアメリカのリトル・マガジンを紹介している。「同人語」欄では、阪本越郎が「青年の死」で、原口統三の自殺と、その遺著『二十歳のエチユード』（前田出版社、一九四七・五）について述べている。

第三巻第六号（一九四八年七月一日）

詩では、右原厖「散文詩三篇」、浅井十三郎「証人（第三審判律第七章の二）」、笹沢美明「おるがん破調（完結）」等がある。浅井「証人」は、過去の「世界」を「樹木の幹にへばりつ」く「粘菌」のイメージによって表現しようとした作品。また、俳人の富沢赤黄男も詩「月蝕異変」を寄せている。北川冬彦「阿Q正伝（六）」も引き続き掲載。右原厖については、北川の「編輯後記」で「「炉」の同人で詩壇の新鋭」と紹介されている。

評論では、北園克衛「エッセイについて」、瀧口修造「海外詩消息（3）」等がある。瀧口「海外詩消息（3）」では、「戦後のフランスのシュルレアリスト、殊に若い詩人たちの動き」を紹介するとして、ノエル・アルノー Noël Arnaud やサラーヌ・アレクサンドリアン Sarane Alexandrian らの活動について述べている。「同人語」欄には、岡山や大阪、京都在住の詩人たちとの交流について語った安藤一郎「西下記」等がある。そして、本号で最も注目される記事は、吉田一穂、北川冬彦の「対談」である。この対談では、「詩と小説について」、「長篇叙事詩の復興」、「日本語の韻律」、「現代日本詩の建設」といった問題について議論がなされている。北川の「編輯後記」には、「吉田一穂と私の「対談」は、「文藝大学」六月号のために催されたものであるが、同誌が五月号を以つて廃刊されることになつたので、編輯者小林明君のアッセンで、貰い受けたものである」とある。

第三巻第七号（一九四八年八月一日）

本号より表紙のデザインが門屋一雄によるものに変更になっている。本号には、「新鋭詩集」と題されて、祝算之介「果実　他二篇」、浜田耕作「三枚の陰画」、安彦敦雄「花譚（散文詩）」、扇谷義男「繭の中」「遠い昔」、日村晃「未明の歌　他二篇」、林昭博「表情　他二篇」、木村啓允「癲狂院風景」、牧章造「地球儀」、日高てる「詩四篇」が掲載されている。北川冬彦ほかの「編集後記」には、「この号は、同人推薦の新人作品が集中したのを機会に、新鋭詩人特輯と云つてもよいようなものにした」（北川）とある。また、新人詩人らについては、「牧章造、祝算之介、扇谷義男詩誌（ママ）「詩旗」なぞに拠る安彦敦雄、浜田耕作、「炉」の日高てるの諸君は、新鋭詩人群の第一線をゆく人達で、更めて紹介するまでのことはあるまい。林昭博の作品は、一般寄稿の中から選んだもの」（北川）、「日村晃君は「現代詩」が発刊された頃から、私の処に来た若い学生の一人」（杉浦伊作）、「木原啓允君は僕の友人である。久松潜一氏門の国文学者だが、高等学校時代ドイツ語をやつたのでリルケには早くから親しんでいたようである」（江口榛一）と紹介されている。これら新人の作品の多くは散文詩であり、北川冬彦らの新散文詩の試みが、若い詩人の間にも浸透していることがうかがえる。

　また『現代詩』同人の作品としては、杉浦伊作「逃亡」、北川冬彦「阿Q正伝（完結）」がある。評論では、吉田一穂「手紙」、浅井十三郎「リズムの存在」等がある。浅井「リズムの存在」では、自作「第三審判律」について、「長詩（第三審判律）はその一聯を一章として独立型を与えると共に、僕自身がどのようなイデーを形成し又そのイデーの中にどのように僕らの精神や歴史がたきこまれて（ママ）いるかの関係―対立結合―の中の、どのような法則を発見するかと云うことの実験の一つ」と述べている。また、「新刊批評」欄では、杉山平一と森敦が北川冬彦の詩集『夜陰』（天平出版部、一九四八・三）を批評している。

第三巻第八号（一九四八年九月一日）

詩では、阪本越郎「蛾　他一篇」、安藤一郎「ポジション」、北川冬彦「熱帯三題」、浅井十三郎「被告席をめぐつて（第三審判律第九章）」等が掲載されている。北川「熱帯三題」には、「これは、あの日本の侵略戦争の絶頂に徴用されてマライに在つた私の、卑小な姿への追想である。自己反省の表白の一つとして書き記すものである。」という付記がある。また、小説家の森敦が短篇小説「夏の朝」を寄稿している。

評論では、北川冬彦「現代詩　時評」、瀧口修造「ランダル・ジャレルの戦争詩集「損失」海外詩消息（4）」、江口榛一「リルケの世界をめぐつて」、安藤一郎「詩人と小説」等が掲載されている。北川「現代詩」では、「高橋新吉に、嘗て南京政府の宣伝部長林柏生の輦下として暗躍した草野心平をケナス資格があるかどうか、恐られるだらう、私にだつてそれはない（中略）私は私なりの戦争協力はしたが、草野が喰い下つていた林柏生は銃殺になつているのだぞ、と義憤を感ぜずにはいられなかつた」と述べられている。瀧口「ランダル・ジャレルの戦争詩集「損失」」は、第二次大戦後のアメリカにおいて発表された注目すべき戦争詩としてランダル・ジャレル Randall Jarrell の『損失』*Losses*, Harcourt, Brace, New York, 1948. を紹介している。江口「リルケの世界をめぐつて」では、戦後のヨーロッパでリルケが再評価されていることに触れつつ、「日本でも、もつとリルケが本質的に読まれ、民族精神の救済とまでは行かぬにしてもせめてあの無気力で青白い、シユウルとか抒情派とか云つたような軽薄な詩の一掃にでも役立てたらどんなものか。そして清潔になつた地面の上に、豊麗典雅、それでなお力強く逞しい現代詩の花を咲かせたなら！」と論じている。「新刊批評」欄では、北園克衛と人見勇が村野四郎『予感』（草原書房、一九四八・六）の批評をしている。北川「編集後記」には、「こんど、同人会議の決議により、杉山平一、山中散生、江間章子、壺田花子（順不同）の四氏を同人として迎えた」とある。

第三巻第九号（一九四八年一〇月一日）

詩では、伊藤桂一「積乱雲」、山崎馨「火葬場附近」等がある。北川冬彦「編集後記」では、「伊藤は、「文藝塔」

の同人、山崎は旧「気球」「詩旗」同人」と紹介されている。また、新しく同人に迎えられた杉山平一「燐寸」「位置」、山中散生「だるい風景」も掲載されている。それから、本号には、祝算之介「長篇叙事詩　沼　第一章」、杉浦伊作「叙事詩　黒い蛾」、北川冬彦「船艙（叙事詩）」と、「叙事詩」と題された作品が三篇発表されている。この点について、北川は「編集後記」で、「現代詩人の新たなる意慾は、いまや「長篇叙事詩」にばく進しつつあるとは、必ずしも私の我田引水だとばかりは云えないであろう。敗戦後の最も優れた新鋭詩人の一人である祝算之介は、ここに該苦の五章一千五百行の叙事詩「沼」を寄せた。また杉浦伊作が手術を前にして病苦に鞭打ち二章八百行の「黒い蛾」を物した。この二篇に添えての私の「船艙」は、文芸雑誌既発表のものだが加筆訂正一先ずの決定稿である」と述べている。

評論では、安藤一郎が「詩の世界性」で、「詩に世界性をもたせよ、と言ふ――一応尤もな説である。だが、事はさう簡単ではない。〔中略〕発音も危ない外国語を所々に嵌め込んだり、原子爆弾、世界聯合、スターリン、デユイーなど、国際情勢の上つ面を撫でる時事用語を並べたりするのが、「世界性」ではない」と論じている。また、浅井十三郎「現代詩　時評」では、版画家ケーテ・コルヴィッツを取り上げて、「破滅に近い自意識過剰が言葉として氾濫している戦後の日本にこのように大胆に社会や人間を表現する開かれた精神をとり戻すことは重要な課題中の課題である」と述べられている。「新刊批評」欄では、藤原定、大江満雄、山崎馨が吉田一穂『未来者』（青磁社、一九四八・三）を、岩佐東一郎と武野藤介が杉浦伊作『人生旅情』（詩と詩人社、一九四八・八）を批評している。

第三巻第一〇号（一九四八年一一月一日）

詩では、青山鶏一「懸崖の皿」、壺田花子「秋の果樹園」、高村智「下着　他二篇」、杉山真澄「やまのうみぞこのひとつのしやかいについて」、河邨文一郎「深夜の上野地下道　『一九四七年の日本』第二章」、田中伊左夫「魚族たち」、祝算之介「長篇叙事詩　沼　第二章」等が掲載されている。河邨文一郎「深夜の上野地下道」は、上野の地下道で生活する人々の姿を描いている。青山、高村については、北川冬彦「編集後記」に、「青山鶏一とは、本誌NO・3の村野四郎推薦の小川富五郎の改名」、「高村智は、私の推薦するズブの新人」とある。また、杉山、河邨、田中については、浅井十三郎「編集後記」で、『詩と詩人』の「中堅」詩人として紹介されている。評論では、杉浦伊作が「長篇叙事詩の叙事性」で「長篇叙事詩」の方法として、「一篇のストリーを持つこと」、「身辺小説的の随想に陥ち入つてはならない」、「単なるイメーヂの累積のみであつてもならぬ」、「表現は、どこまでも説明があつてはならぬ」等を挙げている。杉山平一「詩における肉声」は、日本においては、「随筆に、肉体があり、生活の手ごたへがある」一方、詩は「肉体を失ひつづけてゐる、まづしい日本の、思想や文化や芸術は、詩をも、単なる演奏技術だけによつて生まれるものたらしめようとしてゐる」と論じている。北園克衛「現代詩　時評」では、「最近日本ペンクラブは日本の現代文学の海外版を計画してゐるやうであるが、彼らが最上のものとする味の芸術が、果して世界的な場に耐えることが出来るかどうかは疑問である」と述べられている。「CORRESPONDANCE」欄では、大瀧清雄が「世界的レベルということ」で、「何かを我々が世界の文学に寄与することが出来るとすれば、それは日本的美、東洋的美の追求昇華によつてのみそれをなし得るのではないかと思う」と論じている。

第四巻第一号（一九四九年一月一日）

本号では、「特集　散文詩論」が組まれており、川路柳虹「散文詩について―その形態論的説明―」、安藤一郎「散文詩の周囲」、村上菊一郎「ボードレールの散文詩について」、永瀬清子「散文詩についての断片」、笹沢美明「散文詩管見」、杉山平一「散文詩の周辺」、阪本越郎「散文詩論」が掲載されている。川路は、散文詩を「従来の韻文がもつ律格の時間性に対して、空間的な言語の造構性を重んじる処に一つの特殊なスタイルを作る」ものとし、「ポヱジーをもたない散文はむろん散文詩ではないが、たとへ何らかのポヱジーがあつても言語の造構性を欠くただの散文は散文詩にならぬと思ふ」と述べている。杉山は、散文は「叙事を代表」し、詩は「叙情をもつて支へられてゐる」とした上で、「新散文詩運動」について、「近代がすすむにつれて」、「「情の豊満がどうにも出口を失つてくる」ために、「詩をかかる情の豊満の流れから、断絶して生き得るかどうかを試みた一つの運動であるやうに思ふ」と述べている。阪本は「新しい散文詩は文学上の新アメリカ大陸の発見だつた。この発見の結果、今まで芸術が醜として取り上げなかつたようなものやどんなくだらないものでも、彼の目に入り、手にふれるものは、彼の芸術の世界に連れて行かれた。それらのものはそれぞれの客観的な力を失うことなしに、然も常人の思ひも受けなかつた別様な姿を示すに至つた」と述べている。また、本号の扉には、浅井十三郎の評論「散文詩の方向」が置かれている。「特集　散文詩論」について、北川冬彦は「編集後記」で、「戦後のすぐれた新人（新人ばかりでない、中堅詩人も）が殆ど散文詩を書いているので、「散文詩」とは何か、これは一度突きつめて見る必要があると考えての企てである」と述べている。

詩では、安西冬衛「愛情の背景をなすわが鉄道達」、笹沢美明「散文詩　逍遥船―或ひは「時間への反逆」―」、安藤一郎「ポジシヨン（1）」「ポジシヨン（2）」、冬木康「奉天」、祝算之介「長篇叙事詩　沼　第三章」等がある。それから本号では、「一、来るべき詩壇に何を希まれるか。一、貴下の抱負。」というアンケートが実施されており、笹沢美明はじめ二二名の詩人が回答を寄せている。

第四巻第二号（一九四九年二月一日）

本号では、「特集　なぜ散文型で書くか」が組まれており、村上成実「新散文詩運動の再認識」、山崎馨「新散文詩運動について」、扇谷義男「私の立場」等が掲載されている。村上は、「新散文詩運動」について、「内容的には詩を詩たらしむる根源的なもの、ポエジイの探究であり、形式的には従来の旧自由詩こそ中途半端の韻文形式にかくれた散文（即ち行分け散文―それはその言語構造と方法上純粋に散文である）であるのを、その言語構造そのものを根本的に破壊し、つまり「文」で書かれていた詩を単語の世界にまで解放し、この単語の世界に於て真の詩的精神に対応する所の言語構造と言語用法とを探求することによつて新しい詩の方法を確立せんとするものであつた」と論じている。北川冬彦は前号の「編集後記」で、村上と扇谷の文章について、「この特集〔＝前号の「特集　散文詩論」・引用者注〕として原稿が集つて見ると、観点がいささか外れ、それにスペースの関係もあつて、急いで書いて貰つて申訳ないが、次号で「新散文詩運動の検討再認識」を特集することとし次号に廻わさせて戴くことにした」と述べていた。

また特集以外の評論としては、阪本越郎「二十世紀の新叙事詩」が、北川冬彦の「長篇叙事詩」は、「シネ・ポエムの一種」であり、「北川冬彦はこれを大衆に分り易いように、長篇叙事詩といつたが、実は彼の抱懐する新散文詩の到達点であつた」と論じている。詩では、杉山平一「落書について」、浅井十三郎「存在をめぐる一つの歌」、長尾辰夫「しべりや詩集（1）」、山崎正一「敗北」、青柳瑞穂訳、ロオトレアモン原作「マルドロオルの歌」、祝算之介「長篇叙事詩　沼　第四章」等が掲載されている。長尾の「しべりや詩集（1）」は、シベリヤ抑留を題材にした散文詩。長尾について、北川「編集後記」では、「敗戦によつてシベリアに抑留されたあれら受難者の一人である。〔中略〕かつての「麺麭」の中堅詩人としてすぐれた詩を幾多発表している」と紹介している。

第四巻第三号（一九四九年三月一日）

本号では、「長篇叙事詩論特集」が組まれており、川路柳虹「叙事詩の発展について―小説と詩のあひだをゆく―」、小野連司「現代叙事詩論」、笹沢美明「現代叙事詩の存在理由」、大江満雄「叙事詩について」、小出ふみ子「長篇叙事詩への待望」、山形三郎「長篇叙事詩の現代的意義」、牧章造「詩の死活と叙事詩　叙事詩集「氾濫」を巡つて」、安彦敦雄「長篇叙事詩とシナリオ」、勝承夫「『氾濫』が提供する問題」が掲載されている。川路は、「明治末以後」、「詩の形が失はれた」ために「長篇叙事詩」が書かれなくなったとし、「雅語体七五調」に「逆もどり」することなく「現代語を新しい組立によつて律語的表白」にする方法としては、「シナリオ的表現」が挙げられると論じている。小野は、「歴史詩」を試みることを提案している。笹沢は、「音楽的性格から絵画的性格」へという現代詩の展開の中で、「時間的な、テンポのある感動を与える音楽的性格」に立脚しつつ、「視覚によるイメージ」を重視するという点において、詩は「映画に近づくことになる」と論じ、北川の叙事詩の試みを、その一例として位置付けている。北川冬彦「編集後記」には、「私は、敗戦後、長篇叙事詩の復興を唱えているが、これを唱える動機の一つに詩の社会的存在の向上と云うことが考えのなかにあつたことはたしかである。物語と構成のある長篇叙事詩を書くことによつて。（ママ）小説に拮抗しようとする意図を持つていたのである」とある。また北川は、「いよいよ予告した「長篇叙事詩研究会」を始める」とも述べている。

詩では、瀧口武士「腰掛　他一篇」、鶴岡冬一郎「鼠二題」、長尾辰夫「しべりや詩集（2）」、安藤一郎「ポジション（5）」「ポジション（6）」、浅井十三郎「雪の中の少年　他一篇」、杉浦伊作「望郷詩篇—放送用組詩曲—」、祝算之介「長篇叙事詩　沼　第五章」等がある。杉浦「同人語」によると「望郷詩篇」は、「畑中更子さんがNHKの音楽時間に放送する詩曲を山田君に依頼しその作詩を僕が引き受けて、作つた」ものだという。畑中更子は、杉浦の友人である畑中良輔の妻。山田君というのは、杉浦が清瀬のサナトリウムで知り合った音楽家で、畑中良輔の友人の山田昌弘。「新刊書評」欄では、大島博光、飯島正、今村太平が、北川冬彦『氾濫』（草原書房、一九四八・一一）を論じている。

第四巻第四号（一九四九年四月一日）

本号では「作品特集」が組まれており、北園克衛「暗い鏡」、杉浦伊作「ガス灯」、池田克己「千本の手」、杉山平一「小木炭坑集合所」、阪本越郎「奥の闇」、岩倉憲吾「黄昏」、瀧口武士「夕暮」「農家」等が掲載されている。北園「暗い鏡」は、「菫の垂れた鉛／の車／星の縞」と短い語句を並べていくスタイルで書かれた作品。岩倉「黄昏」は、北川冬彦「編集後記」によると、「投稿詩から選んだ」という。評論では、北川桃雄「禅の詩について」、木原啓允「夜の肖像」等がある。北川桃雄は、「禅詩」について、「現代のやうな変転きわまりない世界、浮き沈みのはげしい人生においては、この世界、この人生を超して、或ひは、それ自体の中に、時間と空間と物質の束縛に煩はされぬ世界を求める心は、さらにつよいやうである。〔中略〕さういふ人にとつては、時に、か丶る詩境も魅力はあるのだ」と論じている。木原は、「ジヤコブのことを、僕たちは今も、もつと語つてい丶のではないか、殊に僕たちの祖先の詩を、最も本質的に理解してくれ、その後とかく不遇な僕たちの散文的な現代詩に一の強力な定型の根拠を暗示し、与へてくれさうな、あの見事な、貴重な散文詩論をとくジヤコブのことを」と述べている。北川冬彦「編集後記」では、北川桃雄について、「美術評論家の権威鈴木大拙の「禅と日本文化」、（英文より）の訳者である」と紹介している。「書評」欄では、岩佐東一郎が、笹沢美明、安岡時夫訳『マルクス詩集・エンゲルス詩集』（蒼樹社、一九四八・九）を取り上げている。また北川冬彦「編集後記」では、「長篇叙事詩運動を押しす丶めるため「長篇叙事詩研究会」を設け毎月一回会合して研究すること丶した。現在、参加希望者は、大江満雄、扇谷義男、祝算之介、牧章造、伊藤桂一、安彦敦雄、山崎馨、浜田耕作、高村智、鶴岡冬一郎、三樹実、木暮克彦などである」と述べられている。

第四巻第五号（一九四九年五月一日）

本号では「詩的現実とは何か　特集」が組まれており、植村諦「リアリテイと言葉の問題」、笹沢美明「詩のリアリテーに就て」、青山鶏一「独断表白」、木原啓允「詩的リアリテーに就て」、永瀬清子「詩に於ける現実に就いての断片」、北川冬彦「詩的現実抄」が掲載されている。北川の「編集後記」には、「近頃、現実と詩の上のリアリテイとを混同している向きがあるので、詩的現実とは何か、詩におけるリアリテイとは何か、これの追求の必要が痛感されるので特集して見た」とある。植村「リアリテイと言葉の問題」では、詩を書くという行為について、「如何にしてこの概念化したことばを以て、自己の精神内に構成されている芸術の全内容を表現するかと云う苦心に外ならない」と論じられている。笹沢「詩のリアリテーに就て」では、「現代詩が最早、自然現衆（ママ）や社会の事実を写生するものでないことは言うまでもない。むしろ観念の世界や抽象の世界に来ている。そこから詩的現実のリアリテイが生れることは誰れしも承知しているのである。今日問題にしているリアリテイの真因は、極端に観念化され抽象化されよら（ママ）とする現象に肉体感を与えようとする要求や意欲にあるのではないか」と述べられている。

　詩では、安藤一郎「ポジション（7）」「ポジション（8）」、山中散生「詩三篇」、青山鶏一「眼」、長谷川龍生「馬の国」、長尾辰夫「しべりや詩集（3）」等がある。長谷川「馬の国」は、「日傭ひ」労働者のイメージと「馬」のイメージを重ね合わせて表現した作品。また評論は、笹沢美明「進歩か否か」、安西冬衛「詩の運命――「日本未来派」主催詩の会に於ける講演の概要――」、北川冬彦「安西冬衛　小野十三郎　合同歓迎の辞」、安藤一郎「カール・シャピロについて――現代アメリカ詩人論（一）――」、小野連司「現代叙事詩論」等が掲載されている。笹沢「進歩か否か」は、「「詩と詩論」以後の現代詩が萩原調以前の作品に変革の実をあげたが、現在例えば「荒地」の同人達の方法技術は一時代前の傾向と変っている。詩人が詩人の世界だけに安住せず社会人としてその知識や思想や生活の内容を豊富にし感情を更に広い世界に拡充させる。この世界観と世界感情は一つの大きな革新であると思う」と指摘している。安西「詩の運命」は、自身の詩の方法について、「私が詩を構造する場合、あらかじめモチーフを設定いたして置きまして、それからモチーフを展開させて参るのでありますが、その場合、言葉と言葉、文字と文字が目に見えない紐、透明な帯でつながつて参るのであります。妙なことですが、次に入用な言葉なり乃至は文字が待ち伏せしてゐる」と述べられている。安藤一郎「カール・シャピロについて」は、一九四五年のピューリッツァー賞を受賞したアメリカの詩人カール・シャピロ Karl Shapiro を紹介している。また本号には、「「長篇叙事詩研究会」の発足について」という文章が掲載されており、北川を中心に結成された「長篇叙事詩研究会」の第一回研究会の様子が伝えられている。

第四巻第六号（一九四九年六月一日）

詩では、吉田一穂「基督誕誕」、安西冬衛「一鱗翅類蒐集家の手記（二）」、阪本越郎「炎える地上」、河邨文一郎「世紀の星座」、岩佐東一郎「人間童話」、浅井十三郎「凶眼」等が掲載されている。安西「一鱗翅類蒐集家の手記（二）」は、アフォリズム風の断章の羅列によって構成された作品。

評論では、北園克衛「沙漠の言葉」、笹沢美明「随筆　個性談義―併スネモノ詩人々物評―」、高村智「ジュール・シュペルヴィエル研究（1）」、鶴岡冬一「アラゴン断章―今次対戦中に於ける彼の態度―」、真壁仁「詩の解放」、小野連司「現代叙事詩論（3）」等がある。北園「沙漠の言葉」は、一九四九年、第一回ボーリンゲン賞を受賞したエズラ・パウンドの『ピサン・キャントーズ』*The Pisan Cantos*, New Directions, New York, 1948. や、アンドレ・ブルトンの新作『時計の中のランプ』*La Lampe dans l'horloge*, Robert Marin, Paris, 1948. 等を取り上げている。笹沢「個性談義」は、「詩人としては正統であり、あくまで自分の個性を曲げないで押し通」している「スネモノ詩人」として、三好達治、城左門、蔵原伸二郎、北園克衛、岡崎清一郎、安西冬衛、北川冬彦、野長瀬正夫、小林武雄を論じている。高村「ジュール・シュペルヴィエル研究（1）」は、シュペルヴィエルにおけるリルケの影響について考察している。真壁「詩の解放」は、フランスにおける「純粋詩」の試みと日本のそれとの違いについて、「純粋な抒情詩の伝統をすでに持つているわれわれが学ばなければならないのはかえつて、アランが、足場のわるいところを散歩する人のように、読者に一足ごとに己の平衡を確かめさせずにはおかぬ、という散文のメカニズムである。〔中略〕

われわれは、詩のなかからあらゆる散文的要素を放逐しようと努力したフランスサンボリストたちの苦悩を知らないのだ。その反対の立場に立っているのだ」と指摘している。北川冬彦「編集後記」は、高村、鶴岡について、「高村智君は早大仏文科出身、この研究は卒業論文である」、「鶴岡君は三高、京大仏文科出身の篤学者」と紹介している。「書評」欄では、竹中郁と市川俊彦が杉山平一の童話集『背たかクラブ』（国際出版、一九四八・一二）を、安藤一郎と北川冬彦が河邨文一郎『天地交驩』（詩と詩人社、一九四九・四）を取り上げている。「CORRESPONDANCE」欄には、かつて『現代詩』の表紙を手掛けた鉄指公蔵が「画家と詩人」を寄せている。安彦敦雄「第二回「長篇叙事詩研究会」報告」では、「今回は「長篇叙事詩」と「小説」の様式的差異を研究する事になつた」ことが述べられている。

第四巻第七号（一九四九年七月一日）

本号では、「詩と政治　特集」が組まれており、田中久介「新『詩と政治』論」、牧章造「詩の下に政治を」、小林明「ハムレツト役者の歎き」、浅井十三郎「詩の思想性と芸術性に関する政治えの配慮」が掲載されている。田中「新『詩と政治』論」では「文学論の手続きとして『文学と政治』『詩と政治』論議わ『革命的文学』の創作方法論議に立ち入らねばならぬであろうが、そのためにわ、文学そのものが獲得した新しい技術的向上の所産を『革命的文学』の上に生かさねばならぬ」という主張がなされている。浅井「詩の思想性と芸術性に関する政治えの配慮」では、明治期から現在までの「政治」と「文学」に関する議論を概観しつつ、いま必要とされる「政治性をもつた文学」とは何かについて論じられている。

特集以外の評論としては、河合酔茗「叙事詩是非」、高村智「ジュール・シュペルヴィエル研究（2）」、小野連司「現代叙事詩論」等がある。また安西冬衛がＦ・Ａ名義で日録風の文章「タンポポのポロネーズ」を発表している。河合「叙事詩是非」では、北川冬彦の詩集『氾濫』（前掲）について、「叙事詩を本質的に更新しようと意図した氏の態度には同感される」と述べられている。小野「現代叙事詩論」では、鮎川信夫の作品に関して、「彼の「アメリカ」其他終戦後の作品は、文化遺産として遣（ママ）されたモダニズムの手法に、叙事詩の理念の方法を加へて止揚したものであるといふことが出来る」と論じられている。詩では、安西冬衛「一鱗翅類蒐集家の手記（二）」、杉山平一「指環」、岩本修蔵「郷愁」、丸山豊「無名の村」、安藤一郎「ポジション（11）」「ポジション（12）」、山中散生「傾く人」、加藤真一郎「雨季」、三樹実「叙事詩　遊女よしののはなし」が掲載されている。また鶴岡冬一「第三回『長篇叙事詩研究会』報告」では、「ホーマー「イリアド」「オデイセイ」の現代的意義」について議論された研究会の模様が伝えられている。

第四巻八・九合併号〈第四巻第八、九合併号〉（一九四九年八月一日）

本号から表紙のデザインが、館慶一の手によるものに変更になっている。本号は「オール同人作品特集号」と銘打たれており、村野四郎「田園悲調」、北園克衛「暗い室内」、丸山薫「火花―「或る阿呆の一生」に仍る―」、岡崎清一郎「田園誌」、安藤一郎「ポジション（14）」「ポジション（15）」、阪本越郎「麦の穂」「顔」、竹中郁「墓」、山中散生「捕へがたい水」、浅井十三郎「乱酔以後」、北川冬彦「処刑」、安西冬衛「一鱗翅類蒐集家の手記（三）」等が掲載されている。阪本「麦の穂」は、戦後の広島を描いた作品。また本号では新進詩人の作品を紹介する「新世代」欄が設けられており、高柳寿雄ほか十数名の作品が掲載されている。

評論では、北園克衛「現代詩　時評」、吉田一穂「メフィスト考（1）」、安藤一郎「H・D・の完璧性―現代アメリカ詩人論―（二）」、高村智「ジユール・シユペルヴイエル研究（3）」等が掲載されている。北園「現代詩」では、戦争によって「若い世代が、非常に不自然な環境に長く置かれたといふこと、言葉をかへて言へば、文化の継承がノルマルに行はれる条件を喪失してゐた」ということが指摘されている。吉田「メフィスト考（1）」は、アフォリズム形式で書かれており、「詩は個人を否定するものであり、詩人は平均律を否定する。この二者の対立は劇しい争闘を避けることが出来ない　かくして作品といふものが出来するのである」、「近代的性格を超克することに於て詩人たらねばならない。前代のロマンテイクたちの闘争、及び自己の内部に残存するロマンテイシスムの揚棄、それは古典主義の原理を契機とする展回でなければならない」等と述べられている。安藤一郎「H・D・の完璧性」では、「H・D・の詩は、結晶のやうな清澄なものである―イマヂストであるから、勿論、視覚的な聯想に訴へるところがあるが、単にそれだけではない。〔中略〕H・D・は、常に自然歓照へ向つてゐる。自然に対する刹那の感動と歓喜を、直接に摑むのである。その表現は、極めて集約的で、言葉を凝縮させ、そこに速度の早いリズムの転換を企てる」と論じている。また本号では、「世界平和について」というアンケートが実施されており、山内義雄ほか四〇名近くが回答を寄せている。北川冬彦「編集後記」には「近時、ユネスコの運動、国聯、世界聯邦政府世界市民なぞ世界の平和に対する想念、構想がクロオズ・アップして来たときに当つて世界平和について、詩家にアンケートを発した」とある。「書評」欄では、北川冬彦が野間宏『星座の痛み』（河出書房、一九四九・三）と深尾須磨子『君死にたまふことなかれ』（改造社、一九四九・五）を、安藤一郎が三好豊一郎『囚人』（岩谷書店、一九四九・五）を取り上げている。牧章造「第四回「長篇叙事詩研究会」報告」では、ジョン・ハーシー著、石川欣一、谷本清訳『ヒロシマ』（法政大学出版局、一九四九・四）と吉田満「小説　軍艦大和」（『サロン』一九四九・六）を取り上げた研究会について報告している。北川「編集後記」には、本号より「丸山薫、竹中郁、大江満雄、岡崎清一郎の四君を同人として迎えた」ことが告げられている。

第四巻一〇月号〈第四巻第一〇号〉（一九四九年一〇月一日）

詩では、安西冬衛「一鱗翅類蒐集家の手記（四）」、北川冬彦「物」、瀧口武士「冬」「秋」、岩本修蔵「「腕」について」、佐川英三「蛙」「豆」、杉山市五郎「一匹の蝶」等が掲載されている。評論では、吉田一穂「メフィスト考」、木原啓允「精神分裂症覚え書」等がある。吉田「メフィスト考」では、「母の尊厳性を失くしたハムレット的子等はその道徳の源泉を濁された世にも不幸な人間である。これは救はれない。マリアは単なる宗教的象徴にとゞまらず、道徳の第一源泉を示すものである」と述べられている。木原「精神分裂症覚え書」では、「スエーデンボルグ、ヘルダアリン、ストリンドベリイ、ゴッホらの名によつて、人類の良心ともいうべき文化面に慚く（ママ）露呈しはじめた分裂症、もしくは時代の分裂症的傾向は、二十世紀に至つてすでに常識的に、全面的にそのアメーバ浮游状態の様相を呈出してきた」と述べられている。

また本号では「叙事詩・音楽・そして朗読」という小特集が組まれており、塚谷晃弘「叙事詩の音楽伴奏について」、津田誠「叙事詩の朗読――「狐」のこと――」、渡辺琴「詩朗読と叙事詩「早春」について」が掲載されている。塚谷「叙事詩の音楽伴奏について」では、「現代の詩は、歌はれるのではなくて、語られるべきである。音楽の伴奏の部がこれに対して、こまかい心づかいと奥行きとをみせて、まざり合い、織りなされていつてはじめてそこに現代の詩精神と結びついた音楽が生れるのである」と主張されている。津田「叙事詩の朗読」は、北川冬彦の「狐」を朗読した際の体験を語っている。「CORRESPONDANCE」欄の鶴岡冬一「「荒地」派批判一齣」は、鮎川信夫「現代詩とは何か」（『人間』一九四九・七）を取り上げて、「所謂「詩ではないもの」「経験的なもの」を尊重する所は一応取れるけれども、それらのものえの激しい抵抗感から詩人の意識か（ママ）掘り下げられていない」と批判している。書評欄では、村野四郎、今村太平が北川冬彦『花電車』（宝文館、一九四九・六）を、鶴岡冬一が鈴木信太郎訳『マラルメ詩集』（創元社、一九四九・六）を、扇谷義男が、殿岡辰雄『異花受胎』（詩宴社、一九四九・六）を、近藤東が舟方一『わが愛わ闘いの中から』（日本民主主義文化連盟神奈川地方協議会、一九四九・五）を批評している。

第四巻一一月号〈第四巻第一一号〉（一九四九年一一月一日）

詩では笹沢美明「怨婦」、安西冬衛「一鱗翅類蒐集家の手記（四）」、浅井十三郎「犬　そして二つの流刑について」、岡崎清一郎「傷手について」「曇」、小野連司「ランプの記録」「続・ランプの記録」、北川冬彦「春婦」等がある。北川「春婦」は、マレーを舞台とした長篇の叙事的な作品。評論では、吉田一穂「メフィスト考」、北川冬彦「現代詩　時評」、村上成実「村野四郎論」、扇谷義男「浅井十三郎論—主として「火刑台の眼」について—」、小林明「骰子と悪魔—被組織者の主体性—」、殿内芳樹「凝集と投射—長篇叙事詩の詩句についての一考察」等が掲載されている。吉田「メフィスト考」では、「私（個人）は詩に於て否定されるものでなくてはならない。（この態度がロマンテイクたちとは全く対遮的な立場としてのクラシカアたる私の見解である）」と述べられている。村上「村野四郎論」は、『抒情飛行』（高田書院、一九四二・二）収録の「近代修身」を「彼の即物主義の誕生、それの深化と大飛躍」と捉え、作品発表時の「時代にひたと直面し対応する詩人の良心と苦悶にみちた、批判であり要約であり、予見であり警告であつた。又絶望であり、自嘲であり、焦慮であり、怒りであり、終始誠実にして苦しみにみちた熟視であつた」と論じている。扇谷「浅井十三郎論」は、「彼（＝浅井・引用者注）の詩の表現はその一字一句、一形態がどれもこれも最大限度、極限、絶叫、爆発たらんとしてゐる」と述べている。「書評」欄では、池田克己が北川冬彦『詩の話』（宝文館、一九四九・八）を、杉山平一が竹中郁『動物磁気』（尾崎書房、一九四八・七）を、安藤一郎が和田徹三『合弁花冠』（千代田書院、一九四九・五）を、笹沢美明と安藤一郎が浅井十三郎『火刑台の眼』（詩と詩人社、一九四九・八）を、浅井十三郎が小池亮夫『平田橋』（日本未来派発行所、一九四九・八）を批評している。奥付のページには、一〇月三〇日に開催予定の現代詩編集部主催「第一回現代詩講演会」の広告が掲載されている。

第五巻新年号〈第五巻第一号〉（一九五〇年一月一日）

本号では、「昭和二十四年度詩壇回顧」として、アンケート「昭和廿四年度詩壇の回顧」、北川冬彦「昭和廿四年度詩壇の概観」、安藤一郎「昭和二十四年度詩論・エッセイの展望」、鶴岡冬一「昭和廿四年度「現代詩」「詩と詩人」の批判と展望―評論・エッセイ」、杉浦伊作「昭和二十四年度詩集・詩書展望」、浅井十三郎「昭和二十四年度詩誌展望」が掲載されている。アンケートは「一、活躍せる詩人」、「二、推薦の詩集、詩書」、「三、注目の詩誌」という問いに対して四八名が回答を寄せている。北川「昭和廿四年度詩壇の概観」は、「詩的鍛錬のない似非詩と、旧体詩が影を薄めた」として、「その一つに、イデオロギーを笠に着た詩が目立たなくなつたこと、その二に、デイレッタントのマチネ・ポエテイックのような根拠薄弱な詩が退陣したこと、その三に、いわゆる詩壇のアプレ・ゲール派の萎微、その四に、抒情派の凋落なぞが挙げられる」と指摘している。安藤「昭和二十四年度詩論・エッセイの展望」は、黒田三郎「詩の難解さについて」（『詩学』一九四九・四）、鮎川信夫「現代詩とは何か」（『人間』一九四九・七）を取り上げ、黒田、鮎川を含む『荒地』同人たちの詩的活動について、「彼等における、シユールレアリズムの影響は否定し難い。彼等は、すでにシユールレアリズムを利用しつくしてゐるのだ。そして、シユールレアリズムのアンチ・ヒユーマニズムから抜け出す方向への過渡期にある」と論じている。鶴岡「昭和廿四年度「現代詩」「詩と詩人」の批判と展望」は、『現代詩』の特集が「有機的連関をもつている」と指摘し、「「散文詩論」「なぜ散文型で書くか」「叙事詩論集」の系列には専ら現代詩の形式を模索探求し、次いで「詩的現実とは何か」「詩と政治」「世界平和について」等では詩的内容を掘り下げている」と述べている。杉浦「昭和二十四年度詩集・詩書展望」は、北川冬彦『花電車』（前掲）、堀口大学訳『ボオドレエル詩集』（大日本雄弁会講談社、一九四九・二）、浅井十三郎『火刑台の眼』（前掲）、三好豊一郎『囚人』（前掲）、河邨文一郎『天地交驩』（前掲）を特に取り上げている。浅井「昭和二十四年度詩誌展望」は、『詩学』、『日本未来派』、『詩文化』を特に評価している。
詩は、丸山薫「秋くれば」「荒涼」、北園克衛「単調なレトリック」、安西冬衛「一鱗翅類蒐集家の手記（六）」等が掲載されている。評論では、吉田一穂「メフィスト考（4）」、川口忠彦「革命前夜のロシヤ詩人たち」、高村智「北川冬彦論序説」、増田栄三「丸山薫論」、石黒達也「組詩のとり上げ方（組詩「島崎藤村」の演出に就いて）」等がある。高村「北川冬彦論序説」は、「近代詩から現代詩への流れ」は、「音楽より映像へ」の移行にあるとして、そこでの北川冬彦の作品の意義を論じている。また本号では「新鋭詩集」と題して、長尾辰夫「氷原地帯―シベリヤ詩集4―」、横山理一「風景」、木暮克彦「賭博」、橋本理起雄「悪感」、鵜沢覚「クラレックスのパイプ」、萩原俊哉「風に乗せて」、島本融「雨」、伊豆智寒「予測する夜」、桑原雅子「斜陽」が掲載されている。この他に特筆すべきものとしては、伊藤桂一による報告「第五回「長篇叙事詩研究会」」や、「第一回現代詩講演会」の「挨拶」及び川路明による「第一回「現代詩講演会」記」がある。

第五巻六月号〈第五巻第二号〉（一九五〇年六月一日）

本号では特集「詩人の印象　その1」が組まれており、高村智「吉田一穂」、河邨文一郎「金子光晴」、人見勇「笹沢美明」、塚山勇三「丸山薫」、長島三芳「村野四郎」、町田志津子「深尾須磨子」、長尾辰夫「北川冬彦」、高橋宗近「菊岡久利」、三田忠夫「岡崎清一郎」、村野四郎「青山鶏一」、安藤一郎「扇谷義男」、内山義郎「馬淵美意子」、木原啓允「江口榛一」、田中久介「壺井繁治」、及川均「山之口貘」、山崎馨「近藤東」、高島高「高橋新吉」、日村晃「杉浦伊作」、織田喜久子「杉山平一」、向井孝「植村諦」、内山登美子「江間章子」、亀井義男「浅井十三郎」、和田徹三「河邨文一郎」、小山銀子「安西冬衛」、真壁仁「藤原定」、藤村青一「小野十三郎」、北川冬彦「祝算之介」が掲載されている。北川冬彦「編集後記」には、「締切までに届かなかった」原稿もあるため、「「詩人の印象」その二として、また特集したい」とある。詩は、高橋新吉「茶碗の中のめし」、深尾須磨子「植物考の一節」、田中冬二「灯火」「月夜の陵」、竹中郁「悼詩」、浅井十三郎「発芽発色図」、鶴岡冬一訳、安西冬衛「PERMANENT WAVE」、安西冬衛「一鱗翅類蒐集家の手記（七）」、北川冬彦「運命」が掲載されている。竹中「悼詩」は、急逝した神戸市長・小寺謙吉を悼む詩。北川「運命」は、戦中のマレーを舞台に、中島健蔵らが実名で登場する長篇の叙事的作品。評論では、吉田一穂「メフィスト考（5）」、鶴岡冬一「マラルメの研究―現代詩との連関に於ける―」、高村智「ジュール・シュペルヴィエル（4）―最新詩集「忘れやすき思い出」について―」、川口忠彦「革命前夜のロシヤ詩人達（二）」、吉本隆明「安西冬衛論」、高島順吾「北園克衛論―抵抗の主体は鼻である、といふことに就いて―」等がある。北川「編集後記」によると、鶴岡、高村の評論は、「第二回「詩と詩人講演会」における講演原稿に手を入れて貰つたもの」だという。吉本「安西冬衛論」は、『軍艦茉莉』（厚生閣書店、一九二九・四）を取り上げて、「安西氏の出現の意味は、日本近代詩の解体斯にける旗手としての位置にあります。氏はこれを伝統の一拡張を以て遂行したと言はなくてはなりません。ジヤコブのスチイルと位置の理論は氏の詩形を動かしたかも知れないだがジヤコブの意志と激動とは氏と遥かに隔絶するのであります。氏の世界は均衡と調和と静謐であります。氏の宿命を洗礼したものは、日本の短型詩の世界に外なりません」と論じている。高島「北園克衛論」では、変化し続ける北園の詩的試みについて、「われわれがたへず北園克衛の座標の移動に深い関心を抱かせられるのは実は社会心理の斜面を走る所謂モダニズムの底を払つてきて、意外なアングルから鋭角的なスイニイスイズムをもつて人間批評を行ふ彼の思考法の異常性にある」と述べられている。また本号には、「日本詩人クラブ」及び「現代詩人会」結成の告知文が掲載されている。

付記　引用にあたり、旧漢字は現行のものに改め、旧仮名遣いはそのままとした。ルビは省略した。引用文中のスラッシュ〔／〕は改行を示す。

関連年表

〈凡例〉

①本年表は、『現代詩』が刊行されていた一九四六年二月から一九五〇年六月を対象とし、日本近現代詩史において重要だと考えられる一般事項、雑誌の創刊、単行本の刊行に、次の▼◆●を加えて構成した。

②▼には、『現代詩』掲載作品を記した。

③◆には、『現代詩』同人が、『現代詩』以外の主要な詩雑誌に発表した詩や評論を記した。なお、ここでいう『現代詩』同人とは、第三巻第一号で同人制を採用した際のメンバーである安西冬衛、安藤一郎、浅井十三郎、江口榛一、北川冬彦、北園克衛、笹沢美明、阪本越郎、杉浦伊作、瀧口修造、永瀬清子、村野四郎、吉田一穂、及びその後同人として迎えられた杉山平一、山中散生、江間章子、壺田花子、丸山薫、竹中郁、大江満雄、岡崎清一郎を指す。

④●には、『現代詩』同人の主要な著書、訳書、編書の刊行を記した。

⑤記事名は「　」、単行本名は『　』、雑誌の特集名は〈　〉で示した。なお、特集の中の記事タイトル等は、特集名の後に〔　〕に入れて示した。また複数の記事が大タイトルのもとにまとめられている場合も、同様の処理をした。

⑥本年表を作成するにあたり、以下の資料を参考にした。三浦仁、佐藤健一編「日本現代詩年表」（分銅惇作ほか編『日本現代詩辞典』桜楓社、一九八六・二）。小田切進編『日本近代文学年表』（小学館、一九九三・一二）。「年表」（小田久郎『戦後詩壇私史』新潮社、一九九五・二）。中村不二夫、小川英晴、森田進編「明治から現代までの詩史年表」（日本詩人クラブ編『日本の詩一〇〇年』土曜美術社出版販売、二〇〇〇・八）。岩波書店編集部編『近代日本総合年表　第四版』（岩波書店、二〇〇一・一一）。加藤友康、瀬野精一郎、鳥海靖、丸山雍成編『日本史総合年表　第二版』（吉川弘文館、二〇〇五・八）。小泉京美編「近・現代詩史年表」（大塚常樹ほか編『現代詩大事典』三省堂、二〇〇八・二）。和田博文「戦後詩人作品年表（一九三五～一九五九）」（和田博文編『戦後詩のポエティクス1935～1959』世界思想社、二〇〇九・四）。小海永二、深澤忠孝、葵生川玲編「戦後詩史年表　1945～2008」（『資料・現代の詩　2010』『資料・現代の詩2010』刊行委員会、日本現代詩人会、二〇一〇・四）。なお特に◆に関しては、以下の資料を参照した。和田博文、杉浦静編『戦後詩誌総覧②　戦後詩のメディアⅡ』（日外アソシエーツ、二〇〇八・一二）、和田博文、杉浦静編『戦後詩誌総覧④　第二次世界大戦後の〈実存〉と〈思想〉』（日外アソシエーツ、二〇〇九・六）。

一九四六（昭和21）年

二月、新円切り替え。昭和天皇、神奈川県を巡幸。部落解放同盟全国委員会結成。日本民主主義文化連盟結成。『国鉄詩人』創刊（近藤東ら）。

▼［第一巻第一号］北川冬彦「冬景」、神保光太郎「絶望への意慾―「現代詩」の発刊に寄せて―」、近藤東「新しい勤労詩について」、浅井十三郎「孤独の中から」、笹沢美明「林檎囓む露霜庭にあらはるゝ―散文詩―」、城左門「落葉記」、岡崎清一郎「曇り日」、小林善雄、高橋玄一郎、村上成実、大瀧清雄「明日の文化人の精神生活の拠り処について」、小林善雄「絶望」、中桐雅夫「白日」、木下夕爾「日の御崎村にて」、山崎馨「森の暗き夜」、杉浦伊作「新篇旅情詩集（三）あやめ物語―榛名山麓挿話―」、岩佐東一郎「茶煙詩談」、杉浦伊作「現代詩風景（私の頁）」、浅井「後記」。

◆安西冬衛「彼の近状」、北園克衛「美しい黄昏」、村野四郎「戦の終り」、江間章子「空の瞳」、岡崎清一郎「鶯館書房開店」、北園、岩佐「地球の裏表」、北園、岩佐「季節の卓」（『近代詩苑』）。

三月、婦人民主クラブ結成。児童文学者協会結成。『詩と詩人』創刊（浅井十三郎ら）。『純粋詩』創刊（福田律郎ら）。『新詩派』創刊（平林敏彦ら）。『新日本文学』創刊（蔵原惟人ら）。『若草』復刊（花村奨）。北園克衛、村野四郎、長田恒雄『天の繭』（暁書房）。

▼［第一巻第二号］有島武郎訳、Walt Whitman「草の葉」、RABINDRANATH·TAGORE「英詩」、喜志邦三「河」、安西冬衛「長男の社会」、蔵原伸二郎「大晦日の山道」、田中冬二「あやめの花の咲く頃は」、小林善雄「夜明前の街」、野田宇太郎「聴覚について」、山崎馨「雪」、浅井十三郎「雪晴れ」、大瀧清雄「落日の歌」、杉浦伊作「詩集「道程」の解説―高村光太郎論考（二）」、塩野筍三「思ひだすまま」、真壁新之助「病床歌」、杉浦伊作「詩壇展望―（私の頁）―」、杉浦「編輯後記」。

◆村野四郎「凍る海」、安藤一郎「掌の上の林檎」（『純粋詩』）。笹沢美明「並木に寄せるソネット」（『新詩派』）。

四月、新選挙法による初の総選挙。中島健蔵ら、火の会結成。幣原喜重郎内閣総辞職。鎌倉大学校（のち鎌倉アカデミアと改称）設立。『藝林閒歩』創刊（野田宇太郎）。『コスモス』創刊（秋山清ら）。『女性詩』（女性発行所）創刊（中村千尾ら）。竹内てるよ『いのち新し』（目黒書店）。三好達治『故郷の花』（創元社）。
▼［第一巻第三号］萩原朔太郎「和歌と純粋詩」、北川冬彦「深夜幻想」、安藤一郎「自覚と批判」、梶浦正之「仏蘭西の女流詩人達」、梶浦正之訳「ロマンチックな夕暮（マチウ・ド・ノワイユ夫人）」「忘却の海辺（リユウシイ・ドラルウ・マルドリウス）」「比喩の華（ジエラアル・ドウヴイル）」「身投（ジヤンヌ・カテユル・マンデス）」「夏（マルグリツト・ビユルナ・ブロ（ママ）ヴアン）」「開ない貝殻（マリイ・ロオランサン）」、塩野筍三「竹」、阪本越郎「断片」、伊波南哲「若い詩人に送る手紙」、寺田弘「一つの指標―期待される詩人に就て―」、杉浦伊作「日夏耽（ママ）之介氏の文字駆使法」、山崎馨「新らしからざる装ひ」、安彦敦雄「散文詩　寡婦」、更科源蔵「雪の明暮」、浅井十三郎「詩の行方について―友の誰彼に送る手紙」、池田克己「終戦の日北平で書いた詩」、杉浦伊作「詩壇展望―私の頁―」。
◆笹沢美明「詩人の完成　クラシシズムとロマンテイシズム」、北川冬彦「田園小景」、山中散生「断崖」、安藤一郎「馬橇の鈴の音」、北園、岩佐「地球の裏表」、北園、岩佐「季節の卓」（『近代詩苑』）。笹沢美明「女性と詩」、江間章子「谷底の家」、江間章子「夢の女王」、安藤一郎、村野四郎、丸山薫、竹中郁、笹沢美明、北園克衛ら「女性詩へのアンケート」（『女性詩』）。
●永瀬清子『星座の娘』（目黒書店）。
五月、メーデー復活。極東軍事裁判所開廷。食糧メーデー。第一次吉田茂内閣成立。『詩文化』創刊（小池昌吉）。『ルネサンス』創刊（長田恒雄ら）。
▼［第一巻第四号］神保光太郎「風景」、大江満雄「断想」、北川冬彦「春影集」、浅井十三郎「夜明け」、安藤一郎「虚しい海」、近藤東「富士山」、伊波南哲「詩と孤独」、長田恒雄「廃墟の窓」、中村千尾「春の来る日に」、杉浦伊作「新篇旅情詩集（四）山霊―男体山挿話―」、瀧口武士「夜」、塩野筍三「竹の花」、殿岡辰雄「歩く人」、江口隼人「あるひと」、曾根崎保太郎「復員」、烏山邦彦「アベ・マリア　他一篇」、小林善雄「靴」、北町一郎「詩と地方文化」、山崎馨「リベラリズムと悲劇性」、杉浦「編輯後記」。
◆笹沢美明「三つのソネト」、阪本越郎「荒磯抄」（『藝林閒歩』）。安藤一郎「詩と文化」（『詩文化』）。安藤一郎「次期の詩人への言葉（2）次期の詩人に希望する」、

笹沢美明「不快なことども」、笹沢美明「吉川氏の印象」、杉浦伊作「吉川則比古君の想出」（『純粋詩』）。笹沢美明「期待すべき若き新人たち」、安藤一郎「詩人の成長—若き詩人たちと共に—」、北川冬彦「深夜悶々」、北園克衛「ヂヤズのための三つの短詩」、村野四郎「歌」（『ルネサンス』）。

六月、日本文学協会結成。『午前』創刊（北川晃二ら）。『花』創刊（上林猷夫ら）。『蠟人形』復刊（西条八十ら）。小山正孝『雪つぶて』（赤坂書店）。菱山修三『盛夏』（角川書店）。

▼［第一巻第五号］佐藤清「詩の予望」、北園克衛「現代詩の周囲」、笹沢美明「詩人と「意欲」について」、真田喜七「心によせて」「日記」「いのちに寄せて　室内」「むし暑い宵」、高橋新吉「美しい声」、小野十三郎「詩三篇」、阪本越郎「美しい巡礼」、北川冬彦、神保光太郎、近藤東、寺田弘、浅井十三郎、山崎馨、杉浦伊作「詩壇考現学—座談会—」、野長瀬正夫「越後新潟にて」、佐川英三「雪を汚していつた人」「草の花」、石原広文「次代詩の在り方一考—モラルとヒユーマニズムの問題に触れつゝ—」、中桐雅夫「戦後詩の新展開」、河井俊郎「去りゆくもの」「知識といふ奴」「もゆる翼のゆくへ」「光につゝまれて」、安彦敦雄「散文詩　梨花譚」、畑中良輔「音楽的詩　詩的音楽」、杉浦「編輯後記」。

◆丸山薫「花の空想」（『藝林閒歩』）。村野四郎「梅」（『新詩派』）。安西冬衛「村の素顔」、笹沢美明「手紙—即物詩篇—」、安藤一郎「嵐の中の小鳥」、阪本越郎「海の漁夫」（『ルネサンス』）。

七月、アメリカ、ビキニ環礁で原爆実験。『胡桃』創刊（小山正孝ら）。『世代』創刊（遠藤麟一朗ら）。蔵原伸二郎『暦日の鬼』（麒麟閣）。城左門『日日の願ひ』（臼井書房）。野田宇太郎『すみれうた』（新紀元社）。三好達治『砂の砦』（臼井書房）。

▼［第一巻第六号］（無署名）「頌頌譜」、北川冬彦「新緑」、島崎藤村「椰子の実」、薄田泣菫「大原女」、伊良子清白「秋和の里」、児玉花外「松を刺して」、溝口白羊「騂馬鬼鹿毛」、北原白秋「月光礼讃」「巡礼」「雪の山路」「金」「煙」「泳ぎ」、木下杢太郎「玻璃問屋」、野口雨情「行々子」、萩原朔太郎「桜」「愛憐」、佐藤惣之助「春風」、萩原恭次郎「父上の苦しみ給ひし事を苦しまむ」、吉川則比古「目・海」、加藤健「鯨」、高祖保「す

でに年が老けて」、中原中也「秋の夜空」、津村信夫「林檎の木」、立原道造「或る風に寄せて」、Ｙ「浦和詩話会記」、杉浦伊作「島崎藤村　詩人として慕ふ」、岡崎清一郎「北原白秋　北原白秋氏」、野田宇太郎「木下杢太郎　木下杢太郎の在り方」、伊藤信吉「萩原朔太郎　郷愁の彼方に」、塩川秀次郎「佐藤惣之助　煙ってゐるやうな一つの現実」、永瀬清子「佐藤惣之助　足早やの佐藤さん」、吉沢独陽「吉川則比古　吉川則比古は死ぬまで詩を書いてゐた」、岩佐東一郎「高祖保　高祖保を憶ふ」、浅井十三郎「照井瓔三　照井瓔三とその断片」、山崎馨「緑衣」、木村次郎「早春」、杉浦「編輯後記」。

◆竹中郁「犀川挽歌」、丸山薫「悔」、江口榛一「はしばみの歌」（『胡桃』）。笹沢美明「次期の詩人への言葉（4）　来るべき時代の青年詩人に」、杉浦伊作「詩の表現技術に就いて」（『純粋詩』）。笹沢美明「現代詩人に求めるもの」（『新詩派』）。

八月、日本労働組合総同盟結成。経済団体連合会設立。全日本産業別労働組合会議結成。『高原』創刊（山室静ら）。『四季』（第三次）創刊（堀辰雄ら）。岩佐東一郎『午前午後』（ちまた書房）。菱山修三『夜の歌』（ちまた書房）。

▼［第一巻第七号］北川冬彦「詩の批評」、菱山修三「助言―青年に与ふ―」、河井酔茗「四行詩六篇」、堀口大学「挽歌」、村野四郎「田園悲調」、大島博光訳、ルイ・アラゴン「ソフコーズの歌」、田木繁「杜少陵詩集」、安彦敦雄「北川冬彦」、鳥居良禅「北園克衛」、平林敏彦「近藤東」、大瀧清雄「菱山修三」、山崎馨「杉浦伊作」、岡安恒武「岡崎清一郎」、中村千尾「安藤一郎」、福田律郎「岩佐東一郎」、池田克己「小野十三郎」、田村昌由「浅井十三郎」、小野忠孝「花一輪に生く」、壺田花子「愛」、鈴木初江「海を恋ふ」、山本和夫「鶉山農場通信」、更科源蔵「―同人雑誌主張（一）―「野生」を出すまで」、杉浦、詩と詩人社「編輯後記」。

◆丸山薫「朝早く」、竹中郁「はつ夏」（『四季』）。安藤一郎「断片の断片」、笹沢美明「時計（即物詩篇）」、山中散生「色彩音楽」、北園克衛「一滴の林檎」、村野四郎「春の祭」、阪本越郎「鶯の歌」（『ルネサンス』）。

九月、今日出海の提唱で第一回芸術祭開催。『火の鳥』創刊（小林武雄ら）。『ゆうとぴあ』創刊（城左門ら）。小田雅彦『虹の門』（燎原社）。佐藤春夫『佐久の草笛』（東京出版）。

▼［第一巻第八号］浅井十三郎「詩の饑餓」、岡本潤「日本の素朴について」、阪本越郎「詩と抒情について」、永瀬清子「青」、城左門「柘榴に寄せて」、杉浦伊作「白い蝶―ああ、遠い青春の夢よ―」、竹中郁「夜のタマゴ」、北川冬彦「近代詩説話」、寺田弘「高村光太郎」、武田武彦「堀口大学」、小柳透「百田宗治」、秋谷豊「村野四郎」、長谷川吉雄「笹沢美明」、橘田進「大江満雄」、更科源蔵「誠とは」、阿部一晴「赤谷村風雨」、伊波南哲「蛾―病床詩篇　その一―」、池田克己「中国の訣れ」、杉浦、詩と詩人社主人「編輯後記」。

◆杉山平一「季節」（『四季』）。竹中郁「たつた一杯の………」（『火の鳥』）。竹中郁「田園碑銘抄　村にたつた一人の詩人の手になる」、笹沢美明「館へ行く道」、北園克衛「絢爛たる世紀への憧憬」（『ゆうとぴあ』）。

●杉浦伊作『あやめ物語』（越佐文学会）。丸山薫『北国』（臼井書房）。

一〇月、ニュルンベルク裁判の判決が出る。在日朝鮮居留民団（のち在日本大韓民国民団と改称）結成。日本国憲法成立。『九州詩人』創刊（一丸章ら）。祝算之介『嵐』（私家版）。壺井繁治『果実』（十月書房）。ひろし・ぬやま『編笠』（日本民主主義文化連盟）。深尾須磨子『永遠の郷愁』（臼井書房）。

▼［第一巻第九号］萩原朔太郎「詩と散文の隷属関係」、渋川驍「詩人の小説に就て」、安西冬衛「喫茶日録」、北川冬彦「渡船場附近」、杉浦伊作「出しやうのない手紙―嘉村礒多さままいる　別れた女より―」、杉山平一「黒」、田木繁「かんいわし」、西川満「銃楼の女」、安彦敦雄「解氷期」、増村外喜雄「でつかい悲哀」、宮崎孝政「辺土消息―北川冬彦へ―」、山中散生「湖畔に独り佇てば」、寺田弘「廃屋の歌」、小林善雄「フラグメント」、能登秀夫「竹中郁」、川田総七「阪本越郎」、曾根崎保太郎「新しい詩への走書」、平林敏彦「同人雑誌主張（二）方向に就て」、杉浦、詩と詩人社主人「編輯後記」。

◆吉田一穂「白鳥」（『藝林閒歩』）。丸山薫「鳥達」（『四季』）。安藤一郎「怒りと哀感」（『鵬』）。阪本越郎「帰郷」「霜」、村野四郎「亜流論―時評―」（『ゆうとぴあ』）。

●村野四郎『牧神の首環』（世界文芸評論社）。

一一月、日本国憲法公布。当用漢字表・現代かなづかい告示。

▼［第一巻第一〇号］堀口大学「マックス・ジヤコブ」、佐藤正彰「ポオル・ヴアレリイ」、深尾須磨子「ポー

ル・ヴェルレエヌ」、竹中郁「ジャン・コクトオ小論」、北園克衛「ARTUR RIMBUD（ママ）雑感」、梶浦正之「ノアイユ伯夫人の浪漫的傾向」、安西冬衛、喜志邦三、佐藤正彰、笹沢美明、壺井繁治、大島博光、梶浦正之、菱山修三、竹中郁、安藤一郎、乾直恵、小野忠孝、失名氏、安彦敦雄「アンケート」、壺井繁治「近代的精神について」、北川冬彦「近代詩説話」、真壁仁「亜高山地」、大木実「洋灯」、鳥居良禅「純粋の沙漠」、井上靖「安西冬衛氏の横顔」、浅井十三郎「一つのポイント」、詩と詩人社主人「編輯後記」。

◆丸山薫「鳥達」（『四季』）。笹沢美明訳、R・M・リルケ「松のたそがれの中で」、安藤一郎「理髪店にて」（『詩文化』）。竹中郁「人生」（『火の鳥』）。安藤一郎「燃ゆる花」、北園克衛「海の挨拶」（『ルネサンス』）。

●安西冬衛『桜の実』（新史書房）。笹沢美明『美しき山賊』（世界文芸評論社）。

一二月、南海大地震。『VOU』（第二次）創刊（北園克衛ら）。『海郷』創刊（河合俊郎ら）。

◆安藤一郎「夢と現実」、安藤一郎「意志のエクスペリメント」、北園克衛「CHICAGO INSTITUTION OF DESIYN」（『VOU』）。安西冬衛「スペインの二つの楽曲の近辺で」、江間章子「水と風」「大きな声で」、岡崎清一郎「一九四六年末覚書」、安藤一郎「最も悪い条件の下に」（『ゆうとぴあ』）。

●吉田一穂編『北原白秋詩集』（鎌倉書房）。

一九四七（昭和22）年

一月、マッカーサーが、二・一ゼネストの中止を命令。『詩人』創刊（長江道太郎ら）。『鱒』創刊（宮崎譲ら）。岡本潤『襤褸の旗』（真善美社）。小野十三郎『大海辺』（弘文社）。

▼〔第二巻第一号〕北川冬彦「散文詩の世界」、秋山清「人民的詩精神の問題」、北川冬彦、笹沢美明、近藤東、安彦敦雄、浅井十三郎、杉浦伊作「座談会　現代詩の系譜と其の展望」、喜志邦三「現代詩発展の途」、竹中久七「戦後に於けるシユール・リアリズム詩の在り方」、畑中良輔「詩と音楽の世界」、〔無署名〕「編輯後記」。

◆杉山平一「ミラボー橋」、竹中郁「ぼろの天使」、丸山薫「深山ぐらし」、竹中郁「コクトオ解義」、竹中郁「七七亭小記」（『詩人』）。北川冬彦「詩形式の再認識」（『鱒』）。

丸山薫「深山ぐらし」笹沢美明「冬暦」、村野四郎「夜の中から」、竹中郁「うさばらし　李太郎ぶり」、北園克衛「街」、岡崎清一郎「可笑記」、安藤一郎「その人は誰か」、阪本越郎「詩と表現」（『ゆうとぴあ』）。
●阪本越郎編『草の上　少年少女詩集』（宝雲舎）。
二月、日本ペンクラブ再建大会。『詩人会議』創刊（山崎馨ら）。
◆岡崎清一郎「館　の一（ママ）」「館　其の二」、竹中郁「家の肖像」、杉山平一「三角」「年輪」、i（＝竹中郁・作成者注）「卓上私室」（『詩人』）。笹沢美明「知性と感性の話—或る若き詩友に—」（『鵬』）。笹沢美明「現代詩行分け管見」、北園克衛「行の切り方について」、村野四郎「Image Equilibrium について」、北川冬彦「私の詩の行の切り方について」、竹中郁「めがね」、江間章子「月」（『ルネサンス』）。
●大江満雄『うたものがたり』（宝雲舎）。
三月、全国労働組合連絡協議会結成。トルーマン米大統領、トルーマン・ドクトリンを宣言。教育基本法・学校教育法公布。立原道造『優しき歌』（角川書店）。壺井繁治『神のしもべいとなみたもうマリア病院』（九州評論社）。
◆竹中郁「一夜の宿」「幼年時」「家」（『藝林閒歩』）。竹中郁「大遺言」（『高原』）。
四月、新学制による小学校・中学校発足（六・三制、男女共学）。独占禁止法公布。『母音』創刊（丸山豊ら）。
◆丸山薫「なめこ採り」、竹中郁「小遺言」（『四季』）。竹中郁「生きてゐる十人の友の墓碑銘」、丸山薫「運命」「齢」、杉山平一「汽車の周囲」、郁「木曜言」（『詩人』）。北川冬彦、笹沢美明ほか「アンケート　1最近の注目すべき作品　2詩の芸術性と社会性」（『鵬』）。
●永瀬清子『大いなる樹木』（桜井書店）。
五月、日本国憲法施行。第一次吉田茂内閣総辞職。『詩研究』創刊（壺井繁治ら）。『女神』（女流詩人クラブ）創刊（内山登美子ら）。秋谷豊『遍歴の手紙』（岩谷書店）。岩佐東一郎『幻灯画』（岩谷書店）。小熊秀雄『流民詩集』（三一書房）。小野十三郎『抒情詩集』（炉書房）。田中冬二『春愁』（岩谷書店）。堀口大学『人間の歌』（宝文館）。
▼［第二巻第二号］北川冬彦「詩朗読について」、三枝博音「生活のなかにある文学」、阪本越郎「晩秋」、岡崎清一郎「大荒経」、笹沢美明「山道に寄せるソネト」、小野十三郎「地殻変動」、近藤東「彼」、永瀬清子「墓」、杉

浦伊作「誘蛾灯ホテルのマダム」、安西冬衛「風俗採集(スクラップ)」、大島博光訳、ポオル・ヴアレリイ「詩神」、浅井十三郎「抵抗」、大木実「駅で」北川冬彦「近代詩説話」、村野四郎「詩の肉体化について」、祝算之介「島」、町田志津子「童話―いはゆる未亡人と呼ばれる人に―」、小野連司「故常陸宮の姫君さまに―或る女の告白―」、八束龍平「氷河のほとり」、渡辺澄雄「愛情」、近藤東「世紀の芸術」、遠藤慎吾「詩の朗読について」、安藤一郎「実験への好奇心」、田村昌由「詩朗読芸術」、山村聡「寸章」、長田恒雄「技術の問題」、水谷道夫「演技者より見た詩の朗読」、岩佐東一郎「朗読詩感想」、堀場正夫「詩と演劇について」、杉山平一「詩とモンタージユ」、小田雅彦「現代詩の知性について」、亜騎保、中野繁雄、小林武雄「新鋭詩人鼎談(一)詩の爆発に就いて」、杉浦伊作「一週年の回想」、浅井十三郎「編輯後記」、神保光太郎「詩のこころ」。

◆北川冬彦、村野四郎ほか「近代詩を語る会」、永瀬清子「辿る」(『コスモス』)。丸山薫「狼群」、北園克衛「田園」、阪本越郎「春の日」、安藤一郎、岡村和子「アメリカの詩人ロスコレンコー氏との対話―三月七日一時半より三時まで・丸の内　プレス・クラブにて―」、笹沢美明「現代詩に関するフラグメント」、安藤一郎、村野四郎、北園克衛ほか「現代詩および詩人論座談会」(『ゆうとぴあ』)。

●丸山薫『水の精神』(岩谷書店)。

六月、片山哲内閣成立。ジョージ・マーシャル米国務長官、マーシャル・プランを発表。『晩夏』創刊(栗林種一ら)。『日本未来派』創刊(池田克己ら)。草野天平『ひとつの道』(十字屋書店)。

◆北川冬彦「プロレタリア詩について―私の立場から―」(『コスモス』)。杉山平一「ヴアレリイのドガから」、丸山薫「野鴨」(『詩人』)。竹中郁「四行詩五行詩」、安西冬衛、竹中郁ほか「「火の鳥」第三座談会　現代詩批判」(『火の鳥』)。

七月、民衆芸術劇場結成。『至上律』(第二次)創刊(更科源蔵ら)。『綜合文化』創刊(花田清輝ら)。『歴程』復刊(草野心平ら)。岡田刀水士『桃李の路』(創元社)。『中野重治詩集』(小山書店)。『淵上毛銭詩集』(青徽誌社)。

◆丸山薫「虹」「残雪」、北川冬彦「顔」「別の世界」「詩」「破壊と建設」、永瀬清子「松」「翅」「籠」、北川冬彦

「沙漠の世界―文語か口語か、詩語の問題―」、大江満雄「対決の精神―詩人に内において対決し外に立つ―」、竹中郁「関西詩人風土記」、北園克衛「肉体のパン」「孤独な装飾」「腐れかけた誹謗」「緩慢な風景」、吉田一穂「火山湖」「微塵像」「地獄の骰子」「影」（『至上律』）。杉浦伊作「MONOCLE」、安藤一郎「畸型の一角」、北園克衛「DIRTY TOWN」、北園克衛「美しい BLUEF」、杉浦伊作「白い蝶」（『ＶＯＵ』）。

八月、最高裁判所発足。パキスタン独立。インド独立。『詩学』創刊（城左門ら）。小野十三郎『詩論』（真善美社）。西脇順三郎『あむばるわりあ』（東京出版）。西脇順三郎『旅人かへらず』（東京出版）。

▼［第二巻第三号］杉浦伊作「スランプ」、堀口大学「無理すぢ」、木下常太郎「新詩論確立のための基礎条件」、金子光晴「一寸した短文」、木原孝一「詩の存在に就いて」、平林敏彦「現代詩の一課題」、壺井繁治「友情について」、北川冬彦「環境と信念」、高田新「つながり」、久野斌「火の夢」、正木聖夫「雪原―私はそこに東洋の象徴をかんずる―」、三好豊一郎「虫共」、小田雅彦「閉じられて」、安彦敦雄「胡藤譚」、岩谷満「落葉松と笛」、小野十三郎「「赤と黒」の時代」、近藤東「詩精神の在り方」、山崎馨「香水」、柴田元男「夜の透視図」、村松武司「航跡」、外川三郎「太陽と月との均衡の土真中」「幻想」、浜田耕作「犯罪心理そのほか」、真壁新之助「二つのうちの一つの夢」「おなじく」、岡本潤「友情について」、安藤一郎「「太平洋詩人」から「思想以前まで」」（ママ）、室町詩会「サン・ルーム」、城左門「お答へ」、〔無署名〕「編集後記」。

◆北川冬彦「馬のいない曲馬団」、山中散生「肉体」、村野四郎「詩法」、阪本越郎「詩集「信濃の花嫁」の純粋性」、安藤一郎「『哀しき渉猟者』のサタイア」、杉浦伊作「『現代詩』の立場」（『詩学』）。竹中郁「動物磁気」、杉山平一「声　山本沖子詩集「花の木の椅子」」（『詩人』）。

●安西冬衛『韃靼海峡と蝶』（文化人書房）。

九月、キャスリーン台風来襲。コミンフォルム結成。『荒地』（第二次）創刊（田村隆一ら）。

◆安藤一郎訳「ハリー・ロスコレンコ詩抄―詩集『私は田舎へ行つた』より―」、安藤一郎「ロスコレンコについて」、安西冬衛「格言」、杉山平一「トンネル」「夜行列車」「塔」、北園克衛「Cosmopolitan の一撚り」、村野四郎「詩集「幻灯画」について」（『詩学』）。
●北川冬彦『蛇』（炉書房）。
一〇月、改正刑法公布（不敬罪・姦通罪廃止）。
▼［第二巻第四号］島崎曙海「ゆめみる夜つづきておもうことしきりなり」、黒木清次「七年目の帰国」、祝算之介「忘却」、勝承夫「詩を編むもの」、木原孝一「第三の影」、杉浦伊作「北川冬彦小論―遠いところから、身近に至る―」、山崎馨「丸山薫論」、岡田芳彦「村野四郎小論―近代詩の遺産―」、鮎川信夫「三好達治論」、安西冬衛「日記」、日村晃「散文詩二篇」、扇谷義男「河港」、牧章造「夢と時間」、A・K、P、I・S、上林猷夫、山崎央「詩壇月旦」、浅井十三郎「旱魃譚」、曾根崎保太郎「静寂」、高島高「北アルプス」、小林善雄「現代詩の在り方」、秋谷豊「反抗精神について」、池田克己「切実な怒り、悲しみ」、古川賢一郎「絶望はしなかつた」、保坂加津夫「現代詩のマンネリズム」、浅井十三郎「編輯後記」。
◆竹中郁「開聞岳」、岡崎清一郎「老人について」（『詩学』）。安西冬衛「組合の精神」、永瀬清子「木陰の人」（『日本未来派』）。村野四郎「夏の回想」（『鵬』）。
●笹沢美明ほか編『恋愛名詩選』（コバルト社）。

一一月、自由人権協会結成。伊東静雄『反響』（創元社）。植村諦『愛と憎しみの中で』（組合書店）。『高祖保詩集』（岩谷書店）。真壁仁『青猪の歌』（札幌青磁社）。
◆北園克衛「風邪をひいた牧人　西脇順三郎氏の近著に関聯して」（『荒地』）。山中散生「裂けた鏡」、丸山薫「燕」（『至上律』）。笹沢美明「私の歌は迷つてゐる」「夏の樹―即物詩―」「部屋―即物詩―」、丸山薫「青春抄」「さびしい宇宙」、安西冬衛「燕」、竹中郁「筑後柳河　白秋詩集「おもひで」の土地」（『詩人』）。笹沢美明「純粋―エピグラム風に―」、北川冬彦「蛇」、安藤一郎「少女に寄せるソネット」（『ルネサンス』）。
一二月、改正民法公布（家制度廃止）。大木惇夫『風の使者』（酣灯社）。丸山豊『地下水』（母音社）。
▼［第二巻第五号］笹沢美明訳、ライナー・マリア・リルケ「巻頭詩」、北川冬彦「詩論」、壺井繁治「詩人における社会性と孤独感」、江口榛一「朝まだ暗いときに」、川島豊敏「作業」、黒田三郎「現代詩に於ける言葉の問題」、志村辰夫「近藤東論」、飛鳥敬「小野十三郎論」、岩佐東一郎「不振の一年」、浅井十三郎「明日のために」、千田光「―遺稿詩集―失脚」、松井好夫「ボオドレエルの

精神病理（一）」、右原尨「ROLEROの町」、A・S、R・B・T、K「詩壇月旦」、小林善雄「ペイソオスについて」、黒木清次「何をなすべきか—日本に帰つて—」、羽田敏明「新散文詩の詩集『あやめ物語』に触れて」、永瀬清子「詩集『蛇』最近の北川冬彦」、杉浦伊作「病愚譚」、（無署名）「消息」、浅井十三郎「編輯後記」。

◆阪本越郎「わかれ」、北園克衛「影の首都」、北園克衛「詩集『旅人かへらず』への手紙」（『詩学』）。丸山薫「陰暦」（『四季』）。村野四郎「昏れる田園」（『高原』）。永瀬清子「手紙」、永瀬清子「尽未来」（『日本未来派』）。山中散生「肉体」（『鵬』）。

●北川冬彦『悪夢』（地平社）。壺田花子『水浴する少女』（須磨書房）。

一九四八（昭和23）年

一月、帝銀事件。『cendre』創刊（北園克衛ら）。『女神』（詩と詩人社）創刊（内山登美子ら）。百田宗治『辺疆人』（日本未来派発行所）。

▼［第三巻第一号］安西冬衛、安藤一郎、浅井十三郎、江口榛一、北川冬彦、北園克衛、笹沢美明、阪本越郎、杉浦伊作、瀧口修造、永瀬清子、村野四郎、吉田一穂「スタート・ライン」、北園克衛「春」、浅井十三郎「脱走計画書起因」、阪本越郎「感覚と冒険—詩の動向—」、笹沢美明「おるがん破調」、北園克衛「キヤルネ」、瀧口修造「同人の辞」、村野四郎「新年」、永瀬清子「かの人々は」、安西冬衛「「韃靼海峡と蝶」界隈」、吉田一穂「純粋詩の表現的分離」、永瀬清子「詩集『美し国』」、安藤一郎「四十二歳」、江口榛一「獅子」、北川冬彦「現代詩」、杉浦伊作「対談」、北川冬彦「長篇叙事詩の創作方法に就て」、笹沢美明「ジェネレーションを守る」、浅井十三郎「はつきりと云う」、江口榛一「苔寺と石庭」、杉浦伊作「個の純正化の運動」、北川冬彦「魯迅原作　阿Q正伝（一）」、K「REVUE NOUVELLE」、北川冬彦、杉浦伊作、浅井十三郎「編輯後記」。

◆山中散生「肉体」、北園克衛「アメリカのYOUNGER GENERATION」、山中散生「形づくる意志　北園克衛の作品」、北園克衛「詩集　淵上毛銭詩集　高内壮介「美貌の河童」」、KAT（＝北園克衛・作成者注）「季節の火夫」（『cendre』）。永瀬清子「この夏の最後の詩」、江間章子「秋の女」、安藤一郎訳「ハリー・ロスコレンコ詩抄―詩集『第二集』より―」(『詩学』)。岡崎清一郎「災妖について」(『日本未来派』)。北園克衛「人間の影」、村野四郎「明るい秋」、瀧口修造、村野四郎、笹沢美明、阪本越郎、安西冬衛ほか「詩と知性と　アンケエト」(『ルネサンス』)。
二月、片山哲内閣総辞職。『きりん』創刊(竹中郁ら)。『魔法』創刊(岡安恒武ら)。
▼[第三巻第二号]瀧口修造「大椿事」、向井孝「出発」、阪本越郎「抒情の否定と現代詩の布石」、安藤一郎「黒いブルース」、北園克衛「現代詩　時評」、杉浦伊作「凛烈厳しいものの翳」、北川冬彦「仕事に就て」、笹沢美明「おるがん破調(前承)」、永瀬清子「アフオリズム　詩に就いてその他」、江口榛一「人生」「朝明けの歌」、浅井十三郎「日本浪漫派に浪漫主義の詩人わいない」、笹沢美明「個の世界」、安藤一郎「作品批評に対する一括的応酬」、江口榛一「ローマ字詩管見」、阪本越郎「同人語」、永瀬清子「山」、杉浦伊作「詩作態度」、吉田一穂「詩学の確立」、北川冬彦「魯迅原作　阿Q正伝(二)」、北川冬彦、杉浦伊作「編輯後記」。
◆丸山薫「偶成一束」(『午前』)。杉浦伊作「旅愁」、北川冬彦、大江満雄、丸山薫ほか「現代詩の方嚮　座談会」、竹中郁「わが眼つき」、丸山薫「山の村」、大江満雄「雑記」、北川冬彦「詩・叙事詩・小説」(『至上律』)。永瀬清子「私は」(『日本未来派』)。岡崎清一郎「食べる人」(『魔法』)。
●永瀬清子『美しい国』(炉書房)。
三月、芦田均内閣成立。『ピオネ』創刊(出海渓也ら)。
◆永瀬清子「湿田にて」(『コスモス』)。山中散生「サッポロ通信」、北園克衛「季節の火夫」(『cendre』)。岡崎清一郎「雨　其の他」(『魔法』)。
●北川冬彦『夜陰』(天平出版部)。吉田一穂『未来者』(青磁社)。丸山薫『仙境』(青磁社)。
四月、ベルリン封鎖。『山河』創刊(浜田知章ら)。池田克己『法隆寺土塀』(新史書房)。金子光晴『落下傘』(日本未来派発行所)。佐藤春夫訳『玉笛譜』(東京出版)。
▼[第三巻第三号]村野四郎「現代詩の反省」、阪本越郎「失踪」「青白き疾患」、小川富五郎「照り映えるもののところへ」「波の歌」、真尾倍弘「白と青との彩色」、安藤一郎「現代詩　時評」、笹沢美明「おるがん破調(三)」、浅井十三郎「第三審判律4反吐」、永瀬清子

「横光利一氏追悼　巨木の倒れ」、瀧口修造「一つのlost generationについて」、阪本越郎「シナリオ詩論について」、永瀬清子「短章」、杉浦伊作「世に出る出ないの問題」、笹沢美明「同人語」、北川冬彦「魯迅原作　阿Q正伝（三）」、村野四郎、北川冬彦、杉浦伊作「編輯後記」。

◆山中散生「黄昏の人」「憂愁の日に」、村野四郎「最近における詩の傾向―近時雑観―」、笹沢美明訳「ノヴァーリス詩抄」（『詩学』）。永瀬清子「衣食住」、安西冬衛「「渇ける神」のサイド・ライト」（『日本未来派』）。

五月、草野心平『日本沙漠』（青磁社）。

▼［第三巻第四号］北川冬彦「詩は本音である」、笹沢美明「稀薄な裂目について―韻文衰退論考―」、浅井十三郎「第三審判律5不愉快な祝福」、岩尾美義「髪の白い青年」「蝶」、永瀬清子「現代詩」、阪本越郎「詩人達」、北園克衛「CARNET」、永瀬清子「都会わすれ（散文詩）」、瀧口修造「海外詩消息（1）」、笹沢美明「絶望について」、永瀬清子「発見」、北川冬彦「蠅二匹」、浅井十三郎「書名にからまる出版モラルの糞面白くない話」、安藤一郎「雑誌編集の夢」、北川冬彦「魯迅原作　阿Q正伝（四）」、北園克衛、北川冬彦、雑草洞主人「編輯後記」。

◆エドマンド・ブランデン、安藤一郎訳「日本の詩人に寄せる言葉」、安藤一郎「ブランデン氏の印象」、竹中郁「死期」、岡崎清一郎「室内」（『詩学』）。丸山薫「途上」「北を夢む」、大江満雄「名も知らぬひとびとを乗せて」、北川冬彦「Les Poéme Satiriques」、大江満雄「半月と晩翠」、北川冬彦「Les Poéme Satiriques に就て」（『至上律』）。永瀬清子「衣食住（続）」、岡崎清一郎「昼」「枝」「梨」、永瀬清子「私の馬は」、杉山平一「火と水」「告白」（『日本未来派』）。杉浦伊作「詩人通信」（『ピオネ』）。

●丸山薫『青い黒板　少年少女詩集』（ニューフレンド）。

六月、昭電疑獄事件。福井地震。草野心平『牡丹圏』（鎌倉書房）。『逸見猶吉詩集』（十字屋書店）。

▼［第三巻第五号］阪本越郎「精神的形姿」、杉浦伊作「或る一頁」、村野四郎「暮春抒情」、渋川驍「雨もり」「河」「きのこ」、浅井十三郎「現代詩（時評）」、笹沢美明「おるがん破調（四）」、船水清「雪上にて」、瀧口修造「海外詩消息（2）」、阪本越郎「青年の死」、杉浦伊作「質疑」、永瀬清子「逢遇」、安藤一郎「詩集「水浴す

る少女」について」、浅井十三郎「原罪（第三審判律第六章）」、北川冬彦「魯迅原作　阿Q正伝（五）」、北川冬彦、雑草洞主人「編輯後記」。
◆山中散生「抽象芸術に関するノート」（『荒地』）。村野四郎「幻の田園」、山中散生「不眠の夜のために」、KATUE KITASONO「A SHADOW」、Kat（＝北園克衛・作成者注）「季節の火夫」（『cendre』）。村野四郎「春の漂流」（『詩学』）。北川冬彦「日記」、安西冬衛「以前の手紙」、岡崎清一郎「昭和二十三年某日日記」、永瀬清子「母の周囲」（『日本未来派』）。杉山平一「扉」「交替」（『ルネサンス』）。
●村野四郎『予感』（草原書房）。丸山薫『花の芯』（創元社）。
七月、GHQ、新聞社・通信社の事前検閲廃止、事後検閲とする。『方舟』創刊（加藤周一ら）。窪田啓作ほか『マチネ・ポエティク詩集』（真善美社）。
▼［第三巻第六号］北園克衛「エッセイについて」、吉田一穂、北川冬彦「対談」、永瀬清子「断片（一）」、安藤一郎「二つのソネット」、右原厖「散文詩三篇」、笹沢美明「現代詩　時評」、浅井十三郎「証人（第三審判律第七章の二）」、笹沢美明「おるがん破調（完結）」、富沢赤黄男「月蝕異変」、瀧口修造「海外詩消息（3）」、笹沢美明「所謂詩壇詩人のこと」、安藤一郎「西下記」、北川冬彦「魯迅原作　阿Q正伝（六）」、北川冬彦、浅井十三郎「編輯後記」。
◆北園克衛「VOUクラブの覚書」、大江満雄「残花抄について　尾崎と民衆との距離」（『詩学』）。北園克衛、北川冬彦、丸山薫、大江満雄、岡崎清一郎、永瀬清子、安西冬衛、吉田一穂、安藤一郎ほか「アンケート　十年前のあなたは　十年後のあなたは」、永瀬清子「逢ひたる人々（一）」（『日本未来派』）。
●竹中郁『動物磁気』（尾崎書房）。
八月、大韓民国成立。『詩文化』創刊（安西冬衛ら）。
▼［第三巻第七号］永瀬清子「永劫回帰」「三ツの熱情」、祝算之介「果実　他二篇」、浜田耕作「三枚の陰画」、安彦敦雄「花譚（散文詩）」、吉田一穂「手紙」、扇谷義男「繭の中」「遠い昔―なんとなく自嘲的に」、杉浦伊作「逃亡」、日村晃「未明の歌　他二篇」、杉山平一「北川冬彦と『夜陰』」、森敦「或る朝の対話」、浅井十三郎「リズムの存在」、林昭博「表情　他二篇」、木原啓允

「癲狂院風景」、牧章造「地球儀」、日高てる「詩四篇」、北川冬彦「魯迅原作　阿Q正伝（完結）」、北川冬彦、杉浦伊作、江口榛一、浅井十三郎「編集後記」。

◆丸山薫「灯火　他二篇」、村野四郎「詩法」、杉山平一「太陽」（『藝林閒歩』）。村野四郎「肖像　K・Tに」、山中散生「湖氷の人」、Kat（＝北園克衛・作成者注）「carnet」（『cendre』）。吉田一穂「あらの、ゆめ」、永瀬清子「植林五章」、大江満雄「北えの旅」、丸山薫「わらべ歌」、吉田一穂「むらのかぢや」「三文オペラ」、大江満雄「雨蛙の子のかなしみ」、大江満雄「月の覚えがき」（『至上律』）。安西冬衛「死語発掘人の手記（一）」、竹中郁「嗟嘆」、安西冬衛「裏長屋の倫理」、杉山平一「世界」（『詩文化』）。永瀬清子「逢ひたる人（二）」（『日本未来派』）。

●笹沢美明訳『ノヴァーリス詩集』（蒼樹社）。杉浦伊作『人生旅情』（詩と詩人社）。

九月、朝鮮民主主義人民共和国成立。全日本学生自治会総連合結成。『詩歌殿』創刊（富沢赤黄男ら）。『造形文学』創刊（福田律郎ら）。金子光晴『蛾』（北斗書院）。菱山修三『夢の女』（岩谷書店）。

▼［第三巻第八号］笹沢美明「ネオ・ロマンティシズムについて」、森敦「夏の朝　一名　蛋が一日おきに出るといふ話」、永瀬清子「断片集（二）」、阪本越郎「蛾　他一篇」、笹沢美明「煉瓦塀　他一篇」、北川冬彦「現代詩時評」、安藤一郎「ポジション」、杉浦伊作「彼女の生理」、瀧口修造「ランダル・ジャレルの戦争詩集「損失」海外詩消息（4）」、北園克衛「詩集『予感』に就て」、人見勇「新しい『予感』について」、北川冬彦「熱帯三題」、江口榛一「リルケの世界をめぐつて」、浅井十三郎「詩の演出家と俳優」、浅井十三郎「被告席をめぐつて（第三審判律第九章）」、安藤一郎「詩人と小説」、北川冬彦、浅井十三郎「編集後記」。

◆竹中郁「押入れの中の星」、安西冬衛「半熟の卵」「経営」、北園克衛「橋」（『詩歌殿』）。阪本越郎「リルケの詩」、丸山薫「若きXに」、安藤一郎「たそがれの亡命者」、壺田花子「日ざかり」、永瀬清子「魔術の本」（『詩学』）。安西冬衛「死語発掘人の手記（二）」、安西冬衛、笹沢美明、北川冬彦、岡崎清一郎、杉山平一、竹中郁、永瀬清子ほか「アンケート　最近あなたの一番感銘をうけられた作品は?」、杉山平一「種子」、安西冬衛

「五十一才の追撃　瀧口君への返事」、安西冬衛ほか「エルゴ・ベリゲロ」（『詩文化』）。

●笹沢義明、安岡時夫訳『マルクス詩集・エンゲルス詩集』（蒼樹社）。

一〇月、部落問題研究所設立。芦田均内閣総辞職。第二次吉田茂内閣成立。『龍』創刊（大瀧清雄ら）。

▼［第三巻第九号］安藤一郎「詩の世界性」、小林明「詩を描出する」、瀧口武士「久住登山」、村上成実「カナヅカイ其他」、池田克己「小感」、田木繁「うしろむきの理論」、伊藤圭一「積乱雲」、杉山平一「燐寸」「位置」、浅井十三郎「現代詩　時評」、藤原定「吉田一穂詩集『未来者』」、大江満雄「詩集『未来者』について」、山崎馨「詩集『未来者』断片」、笹沢美明「メモランダム（1）」、杉山平一「ユーモリストの死」、山中散生「同人語」、山中散生「だるい風景」、山崎馨「火葬場附近」、浅井十三郎「あなたわ、また来てくださるでしょうね」、岩佐東一郎「人生旅情を読んで」、武野藤介「杉浦君と僕　「人生旅情」を読みて」、笹沢美明「丸山薫氏へあてて」、祝算之介「長篇叙事詩　沼　第一章」、杉浦伊作「叙事詩　黒い蛾」、〔無署名〕「出版界の危機と同人雑誌」「壁掛の輸出企図」、北川冬彦「船艙（叙事詩）」、杉浦伊作「サナトリアム通信」、北川冬彦、浅井十三郎「編集後記」。

◆竹中郁「水族館にて」（『藝林閒歩』）。永瀬清子「岡本弥太さんを偲ぶ」（『山河』）。安藤一郎「ロバアト・フロストの近作」、北園克衛「エズラ・パウンドの近著その他」「ロナルド・ダンカンの二つの劇詩」「ピエル・セゲエルの詩集」「アメリカに於ける二人のニユウロマンチスト詩人」、安藤一郎「ソネット二章」、Ichiro Ando「AN EXILE AT DUSK」、北園克衛訳、ロナルド・ダンカン「唄」、山中散生「詩人の座像」「巨大な球体」、村野四郎「有限の海」、北園克衛、宮崎辰親「RADIO COMEDY　モオル一等飛行士」、Katue「コオン・パイプ」（『cendre』）。杉山平一「竹中郁論」、笹沢美明「詩集「予感」について―村野四郎の近業―」、杉浦伊作「北川冬彦の詩集『夜陰』に触れて」（『詩学』）。安西冬衛「死語発掘人の手記（三）」、安西冬衛、竹中郁ほか「アンケート　貴方の最大の敵は何か」、安西冬衛「メイドンネ・ナフト」、安西冬衛ほか「エルゴ　ベリゲロ」（『詩文化』）。北川冬彦「事実は覆うべくもないのである」（『日本未来派』）。

一一月、極東軍事裁判の判決が出る。草野心平『定本蛙』（大地書房）。佐藤春夫『まゆみ抄』（信修堂）。永井荷風『偏奇館吟草』（筑摩書房）。

▼［第三巻第一〇号］杉浦伊作「長篇叙事詩の叙事性」、杉山平一「詩における肉声」、永瀬清子「夏から秋へ」、青山鶏一「懸崖の皿」、壺田花子「秋の果樹園」、川路柳虹「〔無題〕」、木下常太郎「ある友へ」、真壁仁「笹木勧の詩」、大瀧清雄「世界的レベルということ」、鈴木初江「単純な自覚」、宮崎孝政「滞京記」、上司海雲「他人の空似」、小野十三郎「敗れた敵」、江口榛一「罪」、高村智「下着　他二篇」、北園克衛、北川冬彦「現代詩　時評」、杉山真澄「やまのうみぞこのひとつのしやかいについて」、河邨文一郎「深夜の上野地下道　『一九四七年の日本』第二章」、笹沢美明「女性の秘密　他二篇」、田中伊左夫「魚族たち」、江間章子「病床にて」、浅井十三郎「詩集「森林」の母胎について」、祝算之介「長篇叙事詩　沼　第二章」、北川冬彦、浅井十三郎「編集後記」。

◆安西冬衛「四季咲の薔薇の木の下で」、竹中郁「ドォヴァ海峡の女」、阪本越郎「木の葉が枯れる時」、村野四郎「夏日覚書―投稿時評―」（『詩学』）。大江満雄「一つの言葉を」「牛」、丸山薫「異土」「白魚」、北川冬彦「詩精神」、壺田花子「星の蕾」、大江満雄「ヨオロッパ的ヒューマニズムの道―科学者と宗教家えの書簡―」、大江満雄「断想」（『至上律』）。安西冬衛「黒インキのハガキ」、岡崎清一郎「吉川則比古君」、安西冬衛「死語発掘人の手記（四）」、岡崎清一郎「晴天」、竹中郁「にせ天女」、安西冬衛「会話のエスプリを鍛へるために」、杉山平一「映画時評」、F・A（＝安西冬衛・作成者注）ほか「エルゴ　ペリゲロ［ママ］」（『詩文化』）。安西冬衛「詩人小白書」、岡崎清一郎「春信」（『日本未来派』）。

●北川冬彦『氾濫』（草原書房）。丸山薫『十年』（創元社）。

一二月、GHQ、米政府がマッカーサーに経済安定九原則実施を指令したと発表。

◆北川冬彦「「現代詩」の立場と方向」（『詩学』）。安西冬衛「死語発掘人の手記（五）」、安西冬衛「彼に於ける円熟といふこと」、永瀬清子、笹沢美明、浅井十三郎、北園克衛、村野四郎ほか「葡萄の房に寄せて」（『詩文化』）。永瀬清子「長谷川時雨女史　逢ひたる人々（四）」（『日本未来派』）。岡崎清一郎「田園について」「禿鷹」（『魔法』)。

●本多顕彰ほか編、北川冬彦ほか『現代文藝講座　第一巻　小説・詩篇』(草原書房)。阪本越郎、久米井束共著『創造の詩教育』(金子書房)。

冬　◆北園克衛「海外詩誌の紹介」、北園克衛「影の植物」、北園「後記」(『cendre』)。

一九四九(昭和24)年

一月、『聖家族』創刊(諏訪優ら)。

▼[第四巻第一号]浅井十三郎「散文詩の方向」、笹沢美明、岩佐東一郎、阪本越郎、近藤東、北園克衛、真壁仁、永瀬清子、安藤一郎、小林明、小野十三郎、丸山薫、大江満雄、安西冬衛、杉浦伊作、江口榛一、更科源蔵、吉田一穂、村野四郎、江間章子、祝算之介、菊岡久利、北川冬彦「一、来るべき詩壇に何を希まれるか。一、貴下の抱負。」、安西冬衛「愛情の背景をなすわが鉄道達」、笹沢美明「散文詩　逍遥船―或ひは「時間への反逆」―」、浅井十三郎「告訴状移文」、安藤一郎「ポジシヨン(1)」「ポジシヨン(2)」、岡田刀水士「人間像への感覚」、祝算之介「理論と行為」、岩田潔「不死身の言」、平木二六「類型と典型」、岡田芳彦「逆さまの社会」、岡崎清一郎「雑」、高島高「秋日帖」、〈特集　散文詩論〉(川路柳虹「散文詩について―その形態論的説明―」、安藤一郎「散文詩の周囲」、村上菊一郎「ボードレールの散文詩について」、永瀬清子「散文詩についての断片」、笹沢美明「散文詩管見」、杉山平一「散文詩の周辺」、阪本越郎「散文詩論」)、冬木康「奉天」、青山鶏一「すべては許されてゐる眠りの歌」、町田志津子「秋草の中で」、祝算之介「長篇叙事詩　沼　第三章」、湯口三郎「ちかごろはらのたつたことひとつ」、北川「編集後記」。

◆丸山薫「露路天国」、村野四郎「秋の章」、北園克衛「ケネス・レクスロスとその詩」、北園克衛訳、ケネス・レクスロス「不死鳥と亀」、笹沢美明「果樹園」(『詩学』)。安藤一郎「世界性に関する覚書」(『日本未来派』)。

二月、第三次吉田茂内閣成立。『藝術前衛』(岡田芳彦ら)創刊。三好豊一郎『囚人』(岩谷書店)。

▼[第四巻第二号]村野四郎「自由詩の精神」、高橋新吉「科学を越えた」、深尾須磨子「手紙」、乾直恵「このごろ」、小出ふみ子「詩人について」、大木実「「愛の詩集」のことなど」、壺井繁治「絶望について」、岩佐東一

郎『白金之独楽』特製本」、浜田耕作「旧信」、笹沢美明「メモランダム（二）」、江間章子「旅の詩」、杉山平一「落書について」、浅井十三郎「存在をめぐる一つの歌」「断片（分裂症時代）」、青柳瑞穂訳、ロオトレアモン原作「マルドロオルの歌」、青柳瑞穂「ロオトレアモンのこと」、村上成実「新散文詩運動の再認識」、山崎馨「新散文詩運動について」、〈なぜ散文詩形で書くか〉（祝算之介「（無題）」、安彦敦雄「散文詩大いに書くべし」、扇谷義男「私の立場」、伊藤圭一「なぜ散文詩を書くか」、馬淵美意子「お答へ」、牧章造「散文詩への認識」）、安彦敦雄「風二題（散文詩）」、長尾辰夫「しべりや詩集（1）」、真尾倍弘「四面讃歌」、山崎正一「敗北」、石渡敦美「死の窓」、伊藤桂一「噴進砲」、浜田耕作「夜の彎曲」、松沢宥「死の舞踏」、桑原雅子「わたしの「生」」、上田幸法「太平橋　他一篇」、杉浦伊作「暗闇の襞の中に」「声」、祝算之介「長篇叙事詩　沼　第四章」、阪本越郎「二十世紀の新叙事詩」、小田邦雄「賢治と食生活」、北川冬彦、浅井十三郎「編集後記」。

◆丸山薫「オリエンタル・ノイズ」「石体女仏」、笹沢美明「日本文学の性格―とその平和性―」、大江満雄「高度リアリズム」、大江満雄「海峡」（『至上律』）。安西冬衛「死語発掘人の手記（六）」、竹中郁「紡績の夜」、竹中郁「競馬場にて」、安西冬衛「悪しきものには抗ふな」、杉山平一「手袋について」、安西冬衛ほか「エルゴベリゲロ」（『詩文化』）。

三月、ドッジ、経済安定九原則を実現する具体策について声明（ドッジ・ライン）。『赤木健介叙事詩集』（正旗社）。野間宏『星座の痛み』（河出書房）。

▼〔第四巻第三号〕江間章子「詩人の義務」、〈長篇叙事詩論　特集〉（川路柳虹「叙事詩の発展について―小説と詩のあひだをゆく―」、小野連司「現代叙事詩論」、笹沢美明「現代叙事詩の存在理由」、大江満雄「叙事詩について」、小出ふみ子「長篇叙事詩への待望」、山形三郎「長篇叙事詩の現代的意義」、牧章造「詩の死活と叙事詩　叙事詩集「氾濫」を巡つて」、安彦敦雄「長篇叙事詩とシナリオ」、勝承夫「『氾濫』が提供する問題」）、福田清人「詩人とのつきあひ」、高島高「フロイド再考」、近藤東「児玉惇君の詩」、和田徹三「短詩形と長詩形」、山本和夫「ゴムの実」、吉村比呂詩「（無題）」、瀧口武「腰掛　他一篇」、鶴岡冬一郎「鼠二題」、大森忠行「望郷」、

牧野芳子「半壊［ママ］の街」、長尾辰夫「しべりや詩集（2）」、八木橋雄次郎「祖国」、江口榛一「ひと日の終りに」、安藤一郎「ポジション（5）」「ポジション（6）」、浅井十三郎「雪の中の少年　他一篇」、大島博光「『氾濫』について」、飯島正「「氾濫」をよんで」、今村太平「「氾濫」評」、杉浦伊作「望郷詩篇―放送用組詩曲―」、湯口三郎「冬ちかく」、祝算之介「長篇叙事詩　沼　第五章」、安藤一郎「アメリカ詩人論の準備」、杉浦伊作「サナトリアム通信（二）」、北川冬彦「編集後記」。

◆岡崎清一郎「閲歴」、安西冬衛「雨」（『詩学』）。安西冬衛「死語発掘人の手記（七）」、安西冬衛、小野十三郎「笠置対談」、杉山平一「映画時評」、安西冬衛ほか「エルゴ　ベリゲロ」（『詩文化』）。永瀬清子「体温―母を葬りて」、岡崎清一郎「詩篇一」「詩篇二」、安西冬衛「四九年の半言葉」（『日本未来派』）。

四月、西側一二ヶ国、北大西洋条約（NATO）調印。一ドル＝三五〇円の単一為替レートの実施。河邨文一郎『天地交驩』（詩と詩人社）。

▼［第四巻第四号］北川冬彦「長篇叙事詩運動」、北川桃雄「禅の詩について」、小林明「時評」、永瀬清子「死刑宣告」、壺田花子「雪」、北園克衛「暗い鏡」、杉浦伊作「ガス灯」、池田克己「千本の手」、杉山平一「小木炭坑集合所」、阪本越郎「奥の闇」、木原啓允「夜の肖像」、浜田耕作「新藝術至上主義」、牧章造「日没前の検屍」、祝算之介「町」、安彦敦雄「続風二題（散文詩）」、山崎馨「長女誕生」、吉川仁「北風　他一篇」、小野連司「髪の歴史」、高島高「北方」、大森忠行「現代詩の黎明」、山田昌弘「音楽家の求める詩について―歌劇にことよせて―」、高村智「それ」、船水清「水」「失地の人」、岩倉憲吾「黄昏」、殿内芳樹「朱欒（ざぼん）」、瀧口武士「夕暮」「農家」、奥山潤「雪国」、飛鳥敬「二つの世界」、古谷津順郎「「詩の位置」」、北川冬彦「飛鳥君に与える」、岩佐東一郎「「マルクス」詩集」、北川冬彦、浅井十三郎「編集後記」。

◆阪本越郎「冬去れば」、北園克衛「壊れた時間」、永瀬清子「マイダス王」、村野四郎「鉱脈をさがす―投稿詩短評―」（『詩学』）。安西冬衛「死語発掘人の手記（八）」、杉山平一「ナルバール平原を三二八哩一直線に」、安西冬衛「なぜロシヤタバコの吸口はあんなに長いのか」、安西冬衛ほか「エルゴ　ペ［ママ］リゲロ」（『詩文化』）。

五月、ドイツ連邦共和国（西ドイツ）臨時政府成立。金子光晴『女たちへのエレジー』（創元社）。新日本文学会編『日本プロレタリア詩集』（新日本文学会）。立川究編『倉橋顕吉詩集』（立川究）。船方一『わが愛わ闘いの中から』（日本民主主義文化連盟神奈川地方協議会）。武者小路実篤編『千家元麿詩集』（一灯書房）。

▼［第四巻第五号］笹沢美明「進歩か否か」、安西冬衛「詩の運命―「日本未来派」主催詩の会に於ける講演の概要―」、北川冬彦「安西冬衛　小野十三郎　合同歓迎の辞」、安藤一郎「ポジション（7）」「ポジション（8）」、山中散生「詩三篇」、青山鶏一「眼」「又」、笹沢美明「詩人の会合」、安彦敦雄「近状」、上田幸法「『地球船』以来」、浜田耕作「主観的批評」、安西冬衛「〈無題〉」、岩佐東一郎「迷惑記」、伊藤桂一「鱒」、長谷川龍生「馬の国」、日村晃「暗い日の肖像」、河合俊郎「松原」、町田志津子「赤石」「回帰」、安藤一郎「カール・シャピロについて―現代アメリカ詩人論（一）―」、長尾辰夫「しべりや詩集（3）」、三樹実「亀さん達のはなし」、川路明「蕩児」、鶴岡登一郎「睡眠」、小野連司「現代叙事詩論」、〈無署名〉「「長篇叙事詩研究会」の発足について」、〈詩的現実とは何か　特集〉〈植村諦「リアリテイと言葉の問題」、笹沢美明「詩のリアリテーに就て」、青山鶏一「独断表白」、木原啓允「詩的リアリテーに就て」、永瀬清子「詩に於ける現実に就いての断片」、北川冬彦「詩的現実抄」〉、上田幸法「作品第三号」、吉川仁「落差」、小田邦雄「浅井十三郎論（一）」、北川冬彦、安西冬衛、浅井十三郎「編集後記」。

◆杉山平一「期待」、村野四郎「春園モノロオグ―新人時評―」、岡崎清一郎「処女詩集白薔薇館其の他」、北川冬彦「印税を手にするまで」、安藤一郎「文学的自叙伝の一部」、竹中郁「若いころ」、村野四郎「私の詩的経歴書」、笹沢美明「「帆船」の思出」、永瀬清子「詩的経歴書」（『詩学』）。安西冬衛「死語発掘人の手記　九」、杉山平一「映画時評」、安西冬衛ほか「エルゴ　ベリゲロ」（『詩文化』）。安西冬衛「丸坊主」、笹沢美明訳、カルル・マルクス「散歩」「ヘーゲル・エピグラム」（『造形文学』）。阪本越郎「陽炎の上に」、安藤一郎「ポジション」（『日本未来派』）。

六月、映画倫理規程管理委員会発会式。『PAN POESIE』創刊（岩本修蔵ら）。佐藤春夫『抒情新集』（好学社）。殿岡辰雄『異花受胎』(詩宴社)。

▼[第四巻第六号] 安西冬衛「方法と提出」、吉田一穂「基督謊誕」、安西冬衛「一鱗翅類蒐集家の手記(一)」、大江満雄「深尾須磨子の詩「ひとりお美しいお富士さん」について」、町田志津子「千本松原」、鉄指公蔵「画家と詩人」、小林明「股旅プロレタリア」、阪本越郎「炎える地上」、江間章子「五月の悲しみ」、北園克衛「砂漠の言葉」、笹沢美明「随筆　個性談義―併スネモノ詩人々物評―」、北川冬彦「反駁」、高村智「ジュール・シュペルヴィエル研究(1)」、鶴岡冬一「アラゴン断章―今次大戦中に於ける彼の態度―」、河邨文一郎「世紀の星座」、安彦敦雄「散文詩　谷間二題」、真尾倍弘「出発」、牧章造「暖かい冬」、扇谷義男「安眠妨害」、岩佐東一郎「人間童話」、浅井十三郎「凶眼」、真壁仁「詩の解放」、小野連司「現代叙事詩論(3)」、安藤一郎「「ポジシヨン」に就いて」、竹中郁「杉山平一童話集「背高クラブ」評」、市川俊彦「杉山平一君の童話」、安藤一郎「河邨文一郎詩集『天地交歓』を読む」、北川冬彦「「天地交歓」寸感」、安彦敦雄「第二回「長篇叙事詩研究会」報告」、日村晃、木原啓允、扇谷義男「研究会からの印象」、北川冬彦、浅井十三郎「編集後記」。

◆丸山薫「萌え出るもの」、山中散生「ピカソの皿」、村野四郎「新人詩短評」(『詩学』)。吉田一穂「無の錘I」、丸山薫「大河」「孤独」、大江満雄「告別式から帰つて」、大江満雄「日記」、北川冬彦「ある日」(『ポエジイ』)。岡崎清一郎「太郎伝」(『魔法』)。

●北川冬彦『花電車』(宝文館)。

七月、下山事件。三鷹事件。

▼[第四巻第七号] 安藤一郎「詩と文化意識」、河井酔茗「叙事詩是非」、安西冬衛「一鱗翅類蒐集家の手記(二)」、杉山平一「指環」、岩本修蔵「郷愁」、丸山豊「無名の村」、高村智「ジュール・シュペルヴィエル研究(2)」、安藤一郎「ポジション(11)」「ポジション(12)」、木暮克彦「汚物の中」、村野四郎、浅井十三郎「現代詩　時評」、山中散生「傾く人」、町田志津子「山襞　他一篇」、鵜沢覚「あの頃の「詩之家」のこと」、冬木康「前進座のこと」、青山鶏一「眼」、高島高「高橋新吉氏のこと」、影山誠治、日村晃、高村智「第一回、第二回長篇叙事詩研究会で印象に残つた問題」、藤村雅光「道」、和田徹三「雪のなかの音」、柏原隆「神崎川と小悪魔」、加藤真

一郎「雨季」、小野連司「現代叙事詩論」、三樹実「叙事詩　遊女よしののはなし」、笹沢美明「メモランダム」、F・A（＝安西冬衛・作成者注）「タンポポのポロネーズ」、殿内芳樹「迷路はたえまなくめぐる」、伊藤桂一「夕焼」、岩倉憲吾「少年」、〈詩と政治　特集〉（田中久介「新『詩と政治』論」、牧章造「詩の下に政治を」、小林明「ハムレット役者の歎き」、浅井十三郎「詩の思想性と芸術性に関する政治えの配慮」）、鶴岡冬一「第三回『長篇叙事詩研究会』報告」、北川冬彦、安西冬衛、雑草洞主人「編集後記」。

◆安西冬衛「死語発掘人の手記　十」、安西冬衛、杉山平一ほか「座談会　作品と方法」、安西冬衛ほか「エルゴ・ベリゲロ」（『詩文化』）。大江満雄「一つの世界」『造形文学』。安西冬衛「ウォータールー橋＝哀愁＝」、岡崎清一郎「相聞」（『日本未来派』）。

●安藤一郎『英米の詩　カレッジ科』（日本英語教育協会）。

八月、松川事件。シャウプ勧告。大木惇夫『物言ふ蘆』（立花書房）。小池亮夫『平田橋』（日本未来派発行所）。

▼［第四巻八・九合併号］北川冬彦「八月」、村野四郎「田園悲調」、北園克衛「暗い室内」、丸山薫「火花—「或る阿呆の一生」に仍る—」、岡崎清一郎「田園誌」、安藤一郎「ポジション（14）」「ポジション（15）」、阪本越郎「麦の穂」「顔」、竹中郁「墓」、杉浦伊作「会話」、笹沢美明「私の名」「苺」、江口榛一「春の川」、山中散生「捕へがたい水」、江間章子「わたしの腕に……」、杉山平一「会話」「朝顔」、浅井十三郎「乱酔以後」、大江満雄「古い機織部屋」、北川冬彦「処刑」、北園克衛「現代詩　時評」、安西冬衛「一鱗翅類蒐集家の手記（三）」、吉田一穂「メフィスト考（1）」、山内義雄、三好達治、野間宏、大江満雄、川路柳虹、真壁仁、金子光晴、菊岡久利、岡崎清一郎、深尾須磨子、安西冬衛、阪本越郎、竹中郁、丸山薫、扇谷義男、岩佐東一郎、近藤東、三好豊一郎、高島高、安藤一郎、北園克衛、牧章造、植村諦、藤原定、鶴岡冬一、河井酔茗、笹沢美明、浅井十三郎、池田克己、小野十三郎、吉田一穂、江間章子、小林明、岩本修蔵、瀧口修造、河邨文一郎、秋山清、北川冬彦「世界平和について」、高柳寿雄「くだけた街」、OBUSCNRO同人「夜明ケ」、石川武司「銅鑼」、稲住頼光「脚」「海鳥」、川崎利夫「窓」、三田俊郎「夏の蝶」、山崎義彦「古びた空気」、荒木芳夫「深く深く沈んで見

たい」」、北小路秋彦「アトリエの死の陶酔」」、見谷将志「ひかり」」、安川焔「雪はふりつづいている」」、山田四十「少女と蝶蝶」」、荒木力「いのち」」、鳥山邦彦「蟻の巣は夢の国」」、大河内麗子「疲れ」」、安藤一郎「H・D・の完璧性―現代アメリカ詩人論―（二）」」、高村智「ジュール・シユペルヴイエル研究（3）」」、北川冬彦「野間宏詩集「星座の痛」」、安藤一郎「三好豊一郎詩集『囚人』について」」、北川冬彦「深尾須磨子著「君　死にたまふことなかれ」」、牧章造「第四回「長篇叙事詩研究会」報告」」、F・A（＝安西冬衛・作成者注）「タンポポのポロネーズ（2）」」、北川冬彦「編集後記」。

◆村野四郎「午後」」、竹中郁「日本銀行の……」」、安藤一郎「ソネット二章」」、北川冬彦「わが当面の問題―長編叙事詩のこと―」」、山中散生「「シユルレアリスム史考」序説―詩的現実の問題に関連して―」」、村野四郎「研究会作品短評」（『詩学』）。安西冬衛「死語発掘人の手記（十一）」」、竹中郁「不審のまなこで」」、北園克衛「暗い声」」、安西冬衛ほか「エルゴ・ペリゲロ（ママ）」（『詩文化』）。安藤一郎「高見順の詩」」、永瀬清子「北川冬彦氏へ詩人への手紙1」」、安西冬衛、小野十三郎「東京採集」（『日本未来派』）。

●浅井十三郎『火刑台の眼』（詩と詩人社）。北川冬彦『詩の話』（宝文館）。

九月、ドイツ連邦共和国、議会開会。許南麒『朝鮮冬物語』（朝日書房）。

◆浅井十三郎「『近代主義批判』への断片」（『藝術前衛』）。安西冬衛「西班牙」」、永瀬清子「着物」」、岡崎清一郎「死の読本」「星」」、山中散生「スプーンの影」」、北園克衛「ポオル・エリユアルの詩と環境」」、阪本越郎「憂愁の詩人　ゲオルグ・トラァクル」」、安藤一郎「現代アメリカ詩人論　マリアン・ムーア」」、村野四郎「ポケットからの脱出―新人作品短評」（『詩学』）。笹沢美明「リルケの影響」」、安西冬衛「死語発掘人の手記」」、竹中郁「KOBE LETTERS」」、安西冬衛「ザリガニ」（『詩文化』）。永瀬清子「「東洋的新次元」について　詩人への手紙」（『日本未来派』）。

一〇月、中華人民共和国成立。ドイツ民主共和国（東ドイツ）成立。『新日本詩人』創刊（遠地輝武ら）。『VOU』（第三次）創刊（北園克衛ら）。『高橋新吉の詩集』（日本未来派発行所）。日高てる『めきしこの蓮』（炉書房）。

▼［第四巻一〇月号］村野四郎「雑草原の洋灯」、吉田一穂「メフィスト考」、安西冬衛「一鱗翅類蒐集家の手記（四）」、北川冬彦「物」、瀧口武士「冬」「秋」、岩本修蔵「「腕」について」、江間章子「現代詩　時評」、馬淵美意子「鎖にしばられたアシカの独白」、高村智「垂直」、佐川英三「蛙」「豆」、祝算之介「独白」、牧章造「デッド・ポイント」、青山鶏一「蛇」「又」、扇谷義男「行衛」、安彦敦雄「作業場風景」「続　作業場風景」、日村晃「砂峡の歌―或いは祝祭―」、吉川仁「烙印」、木原啓允「メルヘン（3）」、杉山市五郎「一匹の蝶」、木暮克彦「抒情」、上田幸法「肋骨―妻を失くしたある労働者の手記から―」、河邨文一郎「病窓の四季」、人見勇「傾く木椅子」、F・A（＝安西冬衛・作成者注）「タンポポのポロネーズ（3）」、岩本修蔵「詩特集号の流行」、鶴岡冬一「「荒地」派批判一齣」、塚谷晃弘「作曲界の現状」、藤村青一「詩人の妻」、F・A「ポロネーズ（2）補遺」、小林明「階級的恋愛論―作家譲原昌子を悼む―」、木原啓允「精神分裂症覚え書」、〈叙事詩・音楽・そして朗読〉（塚谷晃弘「叙事詩の音楽伴奏について」、津田誠「叙事詩の朗読―「狐」のこと―」、渡辺琴「詩朗読と叙事詩「早春」について」）、江川秀次「幻滅」、持田恵三「北極」、川崎利夫「富士」、安彦敦雄「新世代欄雑感―八、九月合併号―」、鵜沢覚「「日本詩人」の「新詩人号」」、牧章造「思い出の萩原朔太郎」、小林明「マルクスの記憶」、村野四郎「詩集「花電車」について―北川冬彦氏の魅力」、今村太平「「花電車」印象」、鶴岡冬一「鈴木信太郎訳「マラルメ詩集」評」、扇谷義男「「異花受胎」寸感」、近藤東「舟方一の詩集―「わが愛わ闘いの中から」について」、影山誠治「詩は誰のもの？」、牧原水也「映画と詩眼」、吉村比呂詩「一エピソード」、小松「国文学徒の見る長篇叙事詩」、久坂浩介「寸言」、冬、郁「ハガキ」、岩倉憲吾「北海道にて」、村上成実「御挨拶」、北川冬彦「編集後記」。

◆北園克衛「単調な立体」、阪本越郎「秋を歩む」、笹沢美明「書簡体文学」、村野四郎「心象の原型について―新人作品評―」（『詩学』）。吉田一穂「古代緑地」、岡崎清一郎「大錯誤」、安藤一郎「土曜ノート（一）」（『魔法』）。安藤一郎「青い街」、山中散生「空ラの頭」（『VOU』）。

一一月、新聞の夕刊復活。

▼［第四巻一一月号］壺田花子「点景」、吉田一穂「メ

フィスト考」、笹沢美明「怨婦」、安西冬衛「一鱗翅類蒐集家の手記（四）」、浅井十三郎「犬　そして二つの流刑について」、岡崎清一郎「傷手について」「曇」、北川冬彦「現代詩　時評」、井出文雄「薄暮」、「電車」、小野連司「ランプの記録」「続・ランプの記録」、池田克己「現代詩確認の書「―詩の話」に就いて」、杉山平一「竹中郁詩集「動物磁気」」、安藤一郎「イメヂと漢語―和田徹三詩集『合弁花冠』―」、笹沢美明「「火刑台の眼」に関するノート」、安藤一郎「悪寒と戦慄の詩集―『火刑台の眼』を読む―」、浅井十三郎「詩集平田橋について」、村上成実「村野四郎論」、扇谷義男「浅井十三郎論―主として「火刑台の眼」について―」、川崎利夫「立木」、稲住頼光「撫子」、山田四十「ヒナの歌」、中山健司「孤独」、松田牧之助「蟹」、渟名井「墓」、外川三郎「真夜のポエム」、由田昭策「むくの木」、島田利夫「地」「無題」、日村晃「「新世代」欄（十月号）批評」、小林明「骰子と悪魔―被組織者の主体性―」、殿内芳樹「凝集と投射―長篇叙事詩の詩句についての一考察」、笹沢美明「反響といふもの」」、岩倉憲吾「「現代詩」八・九月読後感」、影山誠治「結合と集合」、安西冬衛「高野山へひるねに来てゐる」、江川秀次「詩観」、壺井繁治「〔無題〕」、河井酔茗「〔無題〕」、杉浦伊作「サナトリウムにて」、北川冬彦「春婦」、北川冬彦「編集後記」。

◆永瀬清子「内面の雲」、安西冬衛「死語発掘人の手記」、丸山薫「青春について」、安西冬衛「漂流瓶」（『詩文化』）。北川冬彦、安藤一郎、大江満雄、笹沢美明、岡崎清一郎、永瀬清子、村野四郎、安西冬衛、杉山平一、北園克衛ほか「詩人現地報告　アンケート」、（『日本未来派』）。

●安西冬衛『座せる闘牛士』（不二書房）。

一二月、現代詩研究所開設。金子光晴『鬼の児の唄』（十字屋書店）。

◆笹沢美明「枯れた葡萄蔓」、村野四郎「不透明な衣裳―研究会作品評―」（『詩学』）。永瀬清子「金星」「為したこと」（『日本未来派』）。

●笹沢美明ほか編『新文藝語辞典』（第二書房）。

一九五〇（昭和25）年

一月、コミンフォルム機関誌、日本共産党の平和革命論を批判。現代詩人会発足。

▼［第五巻新年号］笹沢美明「冬の桜」、丸山薫、金子光晴、田中久介、山内義雄、田中冬二、北園克衛、安藤一郎、神保光太郎、真壁仁、深尾須磨子、高島高、池田克己、河邨文一郎、村上成実、岡崎清一郎、祝算之介、宮崎孝政、秋山清、岩佐東一郎、殿内芳樹、瀧口武士、河井酔茗、山中散生、川路柳虹、山崎馨、笹沢美明、竹中郁、浅井十三郎、小林明、平木二六、岩本修蔵、近藤東、阪本越郎、牧章造、高橋新吉、鶴岡冬一、杉浦伊作、日村晃、和田徹三、青山鶏一、壺井繁治、冬木康、吉川仁、村野四郎、扇谷義男、高橋宗近、大江満雄、木内進「昭和廿四年度詩壇の回顧」、北川冬彦「昭和廿四年度詩壇の概観」、安藤一郎「昭和二十四年度詩論・エッセイの展望」、鶴岡冬一「昭和廿四年度「現代詩」「詩と詩人」の批判と展望―評論・エッセイ」、杉浦伊作「昭和二十四年度詩集・詩書展望」、浅井十三郎「昭和二十四年度詩誌展望」、丸山薫「秋くれば」、北園克衛「単調なレトリック」、壺田花子「花の笛」、平木二六「詩神に寄す」、安西冬衛「一鱗翅類蒐集家の手記（六）」、安西冬衛「一鱗翅類蒐集家の手記（六）」、村野四郎、北本修一、浅井十三郎「現代詩　時評」、長尾辰夫「氷原地帯―シベリア詩集4―」、横山理一「風景」、木暮克彦「賭博」、橋本理起雄「悪感」、鵜沢覚「クラレックスのパイプ」、萩原俊哉「風に乗せて」、島本融「雨」、伊豆智寒「予測する夜」、桑原雅子「斜陽」、吉田一穂「メフィスト考（4）」、川口忠彦「革命前夜のロシヤ詩人たち」、小林明「地下室の賭博者」、正木秀明「一緒に」、池田広己「緑の香り他一篇」、香野青太郎「牙をもつ壁」、OBSCURO同人「二十世紀のエピグラム―戦後派のスキャンダル―」、松田牧三郎「日時計」、島田利夫「屋根」、失名氏「夜景」、松崎淳名井「夢」、山田四十「死について―鉄橋の瞑想―」、山川瑞枝「楽器」、川崎利夫「断層」、江川秀次「屋根と私」、青柳清純「黄昏の星は憂鬱だ」、山海青二「窮地」、牧章造「「新世代」批評（十一月号）」、高村智「北川冬彦論序説」、増田栄三「丸山薫論」、石黒達也「組詩のとり上げ方（組詩「島崎藤村」の演出に就いて）」、黒田栄三「〔無題〕」、大島栄三郎「『次元文学論フラグメント1』」、真壁仁「〔無題〕」、高野喜久雄「新しい詩への公準」、伊藤桂一「第五回「長篇叙事詩研究会」」、〈第一回現代詩講演会〉〔杉浦伊作、浅井十三郎「挨拶」、川路明「第一回「現代詩講演会」記」〕、北川冬

彦「編集後記」。
◆安藤一郎「戦後詩壇の動向」、丸山薫「それだけのことが」、村野四郎「枯草のなかで」、北園克衛「黒い距離 une bagatelle à 1950」、阪本越郎「思い出の花」、笹沢美明「旋毛と秋の風」、岡崎清一郎「使徒行伝」、安藤一郎「ポジション」、永瀬清子「牢獄」、江間章子「自己」、大江満雄「幻想」、杉山平一「閉された部屋」、北園克衛「現代詩への提言「VOU」の立場から」、浅井十三郎「現代詩えの提言」、北川冬彦「現代詩への提言「現代詩」の立場から」(『詩学』)。村野四郎「夜の歌」、丸山薫「蛇」、北川冬彦、永瀬清子、安藤一郎ほか「詩文化がやつてきた仕事について・詩文化をかくあらしめたい」、杉山平一「道にて」、安西冬衛「死語発掘人の手記(14)」(『詩文化』)。安西冬衛「真夏の夜の夢」、安藤一郎「相互批評の必要」、村野四郎「詩法」、安藤一郎「ポジション」、岡崎清一郎「湖水」、永瀬清子「深尾須磨子氏へ　詩人への手紙3」、村野四郎「合弁花冠について」(『日本未来派』)。北園克衛訳、トオマス・コオル「冬の旅に向ふ」、安藤一郎「アレン・テイト」、北園克衛「夜の要素」(『VOU』)。

二月、マッカーシー、アメリカ国務省に共産党員がいると演説。
◆安西冬衛「金の蠍」、竹中郁「見えない顔」、村野四郎「新進詩人作品管見」、(『詩学』)。安西冬衛「袖珍闘牛士」、永瀬清子「旦暮」(『日本未来派』)。岡崎清一郎「田園誌」、安藤一郎「エミリー・ディキンスン論」(『魔法』)。

三月、世界平和擁護大会常任委員会第三回総会開催、「ストックホルム・アピール」を採択。壺井繁治、遠地輝武共編『日本解放詩集』(飯塚書店)。星野慎一『郷愁』(第三書房)。
◆丸山薫「愛嬌ある妻」「批評に」「凱歌」、江口榛一「古代詩集」、北川冬彦「叙事詩　早春—朗読用—」(『詩歌殿』)。北川冬彦「手紙」、永瀬清子「貴方の手で」(『日本未来派』)。

四月、日本戦没学生記念会(わだつみ会)結成。天野忠『小牧歌』(文章社)。
◆笹沢美明「詩と生活」、阪本越郎「新教科書と詩」、北園克衛「ラジオ放送詩の所感」、北川冬彦「今日の詩人叢書　ポオル・エリユアール」、竹中郁「古い雪」、杉山平一「弱点」、村野四郎「レトリックの意味―新人作品評―」（『詩学』）。安藤一郎「詩人と絵」、安西冬衛「煉瓦積人足の手記」、岡崎清一郎「知識終夜」（『日本未来派』）。
●山中散生ほか『現代詩講座　第一巻　詩とは何か』（創元社）。
五月、日本詩人クラブ発足。『現代詩研究』創刊（長田恒雄ら）。『時間』（第二次）創刊（北川冬彦ら）。江頭彦造『早春』（雄鶏社）。鷲巣繁男『悪胤』（北方詩話会）。
◆丸山薫「海の瞳」、村野四郎「黒い歌」、山中散生「ファントーム」、安藤一郎「神秘的な大花を咲かせたカール・サンドバーグ」（『詩学』）。安藤一郎「ポジション」（『日本未来派』）。
●北川冬彦ほか『新しい鑑賞読本　映画・演劇・音楽篇』（草原書房）。村野四郎ほか『現代詩講座　第二巻　詩の技法』（創元社）。
六月、マッカーサー、吉田茂首相宛書簡で共産党中央委員二四人の公職追放を指令。朝鮮戦争が始まる。最高検察庁、伊藤整訳、D・H・ロレンス『チャタレイ夫人の恋人』の押収を指令。『女性詩』（日本女詩人会）創刊（中村千尾ら）。藝術前衛編『日本前衛詩集』（十二月書房）。
▼［第五巻七月号］〈詩人の印象　その一〉（高村智「吉田一穂」、河邨文一郎「金子光晴」、人見勇「笹沢美明」、塚山勇三「丸山薫」、長島三芳「村野四郎」、町田志津子「深尾須磨子」、長尾辰夫「北川冬彦」、高橋宗近「菊岡久利」、三田忠夫「岡崎清一郎」、村野四郎「青山鶏一」、安藤一郎「扇谷義男」、内山義郎「馬淵美意子」、木原啓允「江口榛一」、田中久介「壺井繁治」、及川均「山之口貘」、山崎馨「近藤東」、高島高「高橋新吉」、日村晃「杉浦伊作」、織田喜久子「杉山平一」、向井孝「植村諦」、内山登美子「江間章子」、亀井義男「浅井十三郎」、和田徹三「河邨文一郎」、小山銀子「安西冬衛」、真壁仁「藤原定」、藤村青一「小野十三郎」、北川冬彦「祝算之介」）、高橋新吉「茶碗の中のめし」、深尾須磨子「植物考の一節」、田中冬二「灯火」「月夜の陵」、竹中郁「悼詩」、浅井十三郎「発芽変色図」、FUYUE ANZAI, translated by FUYUICHI TSURUOKA「PERMANENT WAVE」、安西冬衛「パーマネント・ウエーブ」、安西冬衛「一鱗翅類蒐集家の手記（七）」、吉田一穂「メフィスト考（5）」、北川冬彦「現代詩　時評」、鶴岡冬一「マラルメ

の研究―現代詩との連関に於ける―」、高村智「ジュール・シュペルヴィエル研究（4）―最新詩集「忘れやすき思い出」について―」、川口忠彦「革命前夜のロシヤ詩人達（二）」、吉本隆明「安西冬衛論」、高島順吾「北園克衛論―抵抗の主体は鼻である、といふことに就いて―」、塩田啓介「安西冬衛「座せる闘牛士」出版記念会」、和田健之助「平原死者」、松沢比露四「節操」、柳沢博子「なげき」、田中真「地熱」、蒲田春樹「旋律」、山田孝「八ツ手の花」、所武男「秋」、川崎彰彦「煙突」、江川秀次「古いノートより」「泥」「牡蠣―或る漁港での断層―」、川崎利夫「私の整列」、山海青二「公孫樹」、北川冬彦「運命」、北川冬彦、浅井十三郎「編集後記」。

◆笹沢美明「けさコークスの中に」、壺田花子「雲のゆくへ」、阪本越郎「蝶」、岡崎清一郎「鷲の首」、安藤一郎「「詩と詩論」の作品」、北園克衛「「詩と詩論」と絵画」、村野四郎「「詩と詩論」其後」、兼常清佐、安藤一郎「美しい日本語」、村野四郎「スタイルの創造―研究会作品評―」（『詩学』）。永瀬清子「秩序に対する感覚―詩に於ける音楽と映像についての断片―」（『詩文化』）。永瀬清子「詩に就ての断片」、江間章子「啄木ものがたり」を書いて」、壺田花子「緑風通信」、安藤一郎「詩集『アヌビス』について」（『女性詩』）。

●大江満雄ほか『現代詩講座　第三巻　詩の鑑賞』（創元社）。吉田一穂『羅甸薔薇』（山雅房）。

（大川内夏樹＝編）

人名別作品一覧

＊⑤⑥⑦は収録巻を示す。

[あ]

⑥）。「存在をめぐる一つの歌」（『現代詩』第4巻第2号⑥）。「雪の中の少年」「『夜』の議席」（『現代詩』第4巻第3号⑥）。「編集後記」（『現代詩』第4巻第4号⑥）。「編集後記」（『現代詩』第4巻第5号⑥）。「凶眼」「編集後記」（『現代詩』第4巻第6号⑦）。「行方」「詩の思想性と芸術性に関する政治えの配慮」（『現代詩』第4巻第7号⑦）。「乱酔以後」（『現代詩』第4巻第8・9合併号⑦）。「犬　そして二つの流刑について」「詩集平田橋について」（『現代詩』第4巻第11号⑦）。「昭和二十四年度詩誌展望」「現代詩時評　詩界の喜劇」「第一回現代詩講演会　○」（『現代詩』第5巻第1号⑦）。「発芽変色図」「編集後記」（『現代詩』第5巻第2号⑦）。

飛鳥敬　「小野十三郎論」（『現代詩』第2巻第5号⑤）。「コレスポンダンス　二つの世界」（『現代詩』第4巻第4号⑥）。

阿部一晴　「赤谷村風雨」（『現代詩』第1巻第8号⑤）。

鮎川達夫　「三好達治論」（『現代詩』第2巻第4号⑤）。

荒木芳夫　「深く深く沈んで見たい」（『現代詩』第4巻第8・9合併号⑦）。

荒木力　「いのち」（『現代詩』第4巻第8・9合併号⑦）。

安西冬衛　「長男の社会」（『現代詩』第1巻第2号⑤）。「喫茶日録」（『現代詩』第1巻第9号⑤）。「アンケート」（『現代詩』第1巻第10号⑤）。「風俗採集（スクラップ）」（『現代詩』第2巻第2号⑤）。「日記」（『現代詩』第2巻第4号⑤）。「「韃靼海峡と蝶」界隈」（『現代詩』第3巻第1号⑤）。「愛情の背景をなすわが鉄道達」（『現代詩』第4巻第1号⑥）。「詩の運命」「コレスポンダンス」「編集後記」（『現代詩』第4巻第5号⑥）。「方法と提出」「一鱗翅類蒐集家の手記（一）」（『現代詩』第4巻第6号⑦）。「一鱗翅類蒐集家の手記（二）」「編集後記」（『現代詩』第4巻第7号⑦）。「一鱗翅類蒐集家の手記（三）」（『現代詩』第4巻第8・9合併号⑦）。「一鱗翅類蒐集家の手記（四）」（『現代詩』第4巻第10号⑦）。「一鱗翅類蒐集家の手記（四）」「噴射塔　高野山へひるねに来ている」（『現代詩』第4巻第11号⑦）。「一鱗翅類蒐集家の手記（六）」（『現代詩』第5巻第1号⑦）。「パーマネント・ウエーブ」「一鱗翅類蒐集家の手記（七）」（『現代詩』第5巻第2号⑦）。

安藤一郎　「自覚と批判」（『現代詩』第1巻第3号⑤）。「虚しい海」（『現代詩』第1巻第4号⑤）。「アンケート」（『現代詩』第1巻第10号⑤）。「詩の朗読に就て　実験への好奇心」（『現代詩』第2巻第2号⑤）。「アンケート　「太平

5号⑤)。「人生旅情を読んで」(『現代詩』第3巻第9号⑥)。「コレスポンダンス　『白金之独楽』特製本」(『現代詩』第4巻第2号⑥)。「「マルクス」詩集」(『現代詩』第4巻第4号⑥)。「コレスポンダンス　迷惑記」(『現代詩』第4巻第5号⑥)。「人間童話」(『現代詩』第4巻第6号⑦)。

岩田潔　「コレスポンダンス　不死身の言」(『現代詩』第4巻第1号⑥)。

岩谷満　「落葉松と笛」(『現代詩』第2巻第3号⑤)。

岩本修蔵　「郷愁」(『現代詩』第4巻第7号⑦)。「「腕」について」(『現代詩』第4巻第10号⑦)。「コレスポンダンス　詩特集号の流行」(『現代詩』第4巻第10号⑦)。

【う】

上田幸法　「太平橋」「不思議な日課」(『現代詩』第4巻第2号⑥)。「コレスポンダンス　『地球船』以来」「作品第三号」(『現代詩』第4巻第5号⑥)。「肋骨」(『現代詩』第4巻第10号⑦)。

植村諦　「リアリテイと言葉の問題」(『現代詩』第4巻第5号⑥)。

鵜沢覚　「コレスポンダンス　あの頃の「詩之家」のこと」(『現代詩』第4巻第7号⑦)。「「日本詩人」の「新詩人号」」(『現代詩』第4巻第10号⑦)。「クラレックスのパイプ」(『現代詩』第5巻第1号⑦)。

右原尨　「ROLEROの町」(『現代詩』第2巻第5号⑤)。「散文詩三篇(花／園／春耕余日、われ大いに馬鈴薯種子を噛ふ)」(『現代詩』第3巻第6号⑥)。

【え】

江川秀次　「幻滅」(『現代詩』第4巻第10号⑦)。「噴射塔　詩観」(『現代詩』第4巻第11号⑦)。「屋根と私」(『現代詩』第5巻第1号⑦)。「古いノートより」(『現代詩』第5巻第2号⑦)。

江口榛一　「朝まだ暗いときに」(『現代詩』第2巻第5号⑤)。「獅子」(『現代詩』第3巻第1号⑤)。「苔寺と石庭」(『現代詩』第3巻第1号⑤)。「人生」「朝明けの歌」「ローマ字詩管見」(『現代詩』第3巻第2号⑤)。「リルケの世界をめぐつて」(『現代詩』第3巻第8号⑥)。「罪」(『現代詩』第3巻第10号⑥)。「ひと日の終りに」(『現代詩』第4巻第3号⑥)。「春の川」(『現代詩』第4巻第8・9合併号⑦)。

江口隼人　「あるひと」(『現代詩』第1巻第4号⑤)。

江間章子　「病床にて」（『現代詩』第3巻第10号⑥）。「旅の詩」（『現代詩』第4巻第2号⑥）。「詩人の義務」（『現代詩』第4巻第3号⑥）。「五月の悲しみ」（『現代詩』第4巻第6号⑦）。「わたしの腕に……」（『現代詩』第4巻第8・9合併号⑦）。「現代詩時評」（『現代詩』第4巻第10号⑦）。

遠藤慎吾　「詩の朗読に就て　詩の朗読について」（『現代詩』第2巻第2号⑤）。

【お】

扇谷義男　「河港」（『現代詩』第2巻第4号⑤）。「繭の中」「遠い昔」（『現代詩』第3巻第7号⑥）。「なぜ散文形で書くか　私の立場」（『現代詩』第4巻第2号⑥）。「安眠妨害」「研究会からの印象」（『現代詩』第4巻第6号⑦）。「行衛」「「異花受胎」寸感」（『現代詩』第4巻第10号⑦）。「浅井十三郎論」（『現代詩』第4巻第11号⑦）。

大江満雄　「断想」（『現代詩』第1巻第4号⑤）。「詩集『未来者』について」（『現代詩』第3巻第9号⑥）。「叙事詩について」（『現代詩』第4巻第3号⑥）。「コレスポンダンス　深尾須磨子の詩「ひとりお美しいお富士さん」について」（『現代詩』第4巻第6号⑦）。「古い機織部屋」（『現代詩』第4巻第8・9合併号⑦）。

大河内麗子　「疲れ」（『現代詩』第4巻第8・9合併号⑦）。

大木実　「洋燈」（『現代詩』第1巻第10号⑤）。「駅で」「コレスポンダンス　「愛の詩集」のことなど」（『現代詩』第4巻第2号⑥）。

大島栄三郎　「噴射塔　『次元文学論フラグメント1』」（『現代詩』第5巻第1号⑦）。

大島博光　「アンケート」（『現代詩』第1巻第10号⑤）。「『氾濫』について」（『現代詩』第4巻第3号⑥）。

大滝清雄　「アンケート」（『現代詩』第1巻第1号⑤）。「落日の歌」（『現代詩』第1巻第2号⑤）。「現代詩人プロフィル　菱山修三」（『現代詩』第1巻第7号⑤）。「コレスポンダンス　世界的レベルということ」（『現代詩』第3巻第10号⑥）。

大森忠行　「望郷」（『現代詩』第4巻第3号⑥）。「現代詩の黎明」（『現代詩』第4巻第4号⑥）。

岡崎清一郎　「曇り日」（『現代詩』第1巻第1号⑤）。「故人追憶・思ひ出集　北原白秋・北原白秋氏」（『現代詩』第1巻第6号⑤）。「大荒経」（『現代詩』第2巻第2号⑤）。「コレスポンダンス　雑」（『現代詩』第4巻第1号⑥）。「田園誌」（『現代詩』第4巻第8・9合併号⑦）。「痛手について」「曇」（『現代詩』第4巻第11号⑦）。

岡田刀水士　「コレスポンダンス　人間像への感覚」（『現代詩』第4巻第1号⑥）。

岡田芳彦　「村野四郎小論」（『現代詩』第2巻第4号⑤）。「コレスポンダンス　逆さまの社会」（『現代詩』第4巻第1号⑥）。

岡本潤　「日本の素朴について」（『現代詩』第1巻第8号⑤）。「アンケート　友情について」（『現代詩』第2巻第3号⑤）。

岡安恒武　「現代詩人プロフィル　岡崎清一郎」（『現代詩』第1巻第7号⑤）。

小川富五郎（青山鶏一）　「照り映えるもののところへ」「波の歌」（『現代詩』第3巻第3号⑤）。

奥山潤　「コレスポンダンス　雪国」（『現代詩』第4巻第4号⑥）。

長田恒雄　「廃墟の窓」（『現代詩』第1巻第4号⑤）。「詩の朗読に就て　技術の問題」（『現代詩』第2巻第2号⑤）。

小田邦雄　「賢治と食生活」（『現代詩』第4巻第2号⑥）。「浅井十三郎論（一）」（『現代詩』第4巻第5号⑥）。

小田雅彦　「現代詩の知性について」（『現代詩』第2巻第2号⑤）。「閉じられて」（『現代詩』第2巻第3号⑤）。

小野十三郎　「針葉樹帯へ」「パイプについて」「河川生産物No.1」（『現代詩』第1巻第5号⑤）。「地殻変動」（『現代詩』第2巻第2号⑤）。「アンケート　「赤と黒」の時代」（『現代詩』第2巻第3号⑤）。「コレスポンダンス　敗れた敵」（『現代詩』第3巻第10号⑥）。

小野忠孝　「花一輪に生く」（『現代詩』第1巻第7号⑤）。「アンケート」（『現代詩』第1巻第10号⑤）。

小野連司　「故常陸宮の姫君さまに」（『現代詩』第2巻第2号⑤）。「現代叙事詩論」（『現代詩』第4巻第3号⑥）。「髪の歴史」（『現代詩』第4巻第4号⑥）。「現代叙事詩論」（『現代詩』第4巻第5号⑥）。「現代叙事詩論（3）」（『現代詩』第4巻第6号⑦）。「現代叙事詩論」（『現代詩』第4巻第7号⑦）。「ランプの記録」（『現代詩』第4巻第11号⑦）。

【か】

影山誠治　「「第一回、第二回長編叙事詩研究会で印象に残った問題」」（『現代詩』第4巻第7号⑦）。「噴射塔　詩は誰のもの？」（『現代詩』第4巻第10号⑦）。「噴射塔　結合と集合」（『現代詩』第4巻第11号⑦）。

梶浦正之　「仏蘭西の女流詩人達」（『現代詩』第1巻第3号⑤）。「ノアイユ伯夫人の浪漫的傾向」（『現代詩』第1巻第10号⑤）。「アンケート」（『現代詩』第1巻第10号⑤）。
柏原隆　「神崎川と小悪魔」（『現代詩』第4巻第7号⑦）。
片桐雅夫　「白日」（『現代詩』第1巻第1号⑤）。
勝承夫　「詩を編むもの」（『現代詩』第2巻第4号⑤）。「『氾濫』が提供する問題」（『現代詩』第4巻第3号⑥）。
加藤健　「鯨」（『現代詩』第1巻第6号⑤）。
加藤真一郎　「雨季」（『現代詩』第4巻第7号⑦）。
金子光晴　「アンケート　一寸した短文」（『現代詩』第2巻第3号⑤）。
蒲田春樹　「旋律」（『現代詩』第5巻第2号⑦）。
上司海雲　「コレスポンダンス　他人の空似」（『現代詩』第3巻第10号⑥）。
河井酔茗　「四行詩六篇」（『現代詩』第1巻第7号⑤）。「叙事詩是非」（『現代詩』第4巻第7号⑦）。「噴射塔　○」（『現代詩』第4巻第11号⑦）。
河合俊郎　「去りゆくもの」「知識といふ奴」「もゆる翼のゆくへ」「光につゝまれて」（『現代詩』第1巻第5号⑤）。「松原」（『現代詩』第4巻第5号⑥）。
川口忠彦　「革命前夜のロシア詩人たち」（『現代詩』第5巻第1号⑦）。「革命前夜のロシア詩人達（二）」（『現代詩』第5巻第2号⑦）。
川崎彰彦　「煙突」（『現代詩』第5巻第2号⑦）。
川崎利夫　「窓」（『現代詩』第4巻第8・9合併号⑦）。「富士」（『現代詩』第4巻第10号⑦）。「立木」（『現代詩』第4巻第11号⑦）。「断層」（『現代詩』第5巻第1号⑦）。「私の整列」（『現代詩』第5巻第2号⑦）。
川路明　「蕩児」（『現代詩』第4巻第5号⑥）。「第一回「現代詩講演会」記」（『現代詩』第5巻第1号⑦）。
川島豊敏　「作業」（『現代詩』第2巻第5号⑤）。
川路柳虹　「コレスポンダンス　○」（『現代詩』第3巻第10号⑥）。「散文詩について」（『現代詩』第4巻第1号⑥）。「叙事詩の発展について」（『現代詩』第4巻第3号⑥）。
川田総七　「現代詩人プロフイル　阪本越郎」（『現代詩』第1巻第9号⑤）。
河邨文一郎　「深夜の上野地下道」（『現代詩』第3巻第10号⑥）。「世紀の星座」（『現代詩』第4巻第6号⑦）。「病窓の四季」（『現代詩』第4巻第10号⑦）。

〔き〕

喜志邦三　「河」（『現代詩』第1巻第2号⑤）。「アンケート」（『現代詩』第1巻第10号⑤）。「現代詩発展の途」（『現代詩』第2巻第1号⑤）。

北川冬彦　「冬景」（『現代詩』第1巻第1号⑤）。「深夜幻想」（『現代詩』第1巻第4号⑤）。「新緑」（『現代詩』第1巻第3号⑤）。「春影集」（『現代詩』第1巻第6号⑤）。「詩の批評」（『現代詩』第1巻第7号⑤）。「近代詩説話」（『現代詩』第1巻第8号⑤）。「渡船場附近」（『現代詩』第1巻第9号⑤）。「近代詩説話」（『現代詩』第1巻第10号⑤）。「散文詩の世界」（『現代詩』第2巻第1号⑤）。「詩朗読について」「近代詩説話」（『現代詩』第2巻第2号⑤）。「アンケート　環境と信念」（『現代詩』第2巻第3号⑤）。「詩論」（『現代詩』第2巻第5号⑤）。「現代詩時評」「長篇叙事詩の創作方法に就て」「魯迅原作　阿Q正伝（一）」「編集後記」（『現代詩』第3巻第1号⑤）。「仕事に就て」「魯迅原作　阿Q正伝（二）」（『現代詩』第3巻第2号⑤）。「魯迅原作　阿Q正伝（三）」「編集後記」（『現代詩』第3巻第3号⑤）。「詩は本音である」「蝿二匹」「魯迅原作　阿Q正伝（四）」「編集後記」（『現代詩』第3巻第4号⑥）。「魯迅原作　阿Q正伝（五）」「編集後記」（『現代詩』第3巻第5号⑥）。「魯迅原作　阿Q正伝（六）」「編集後記」（『現代詩』第3巻第6号⑥）。「魯迅原作　阿Q正伝（完結）」（『現代詩』第3巻第7号⑥）。「現代詩時評」「熱帯三題（鰐／熱帯の季節／将軍）」「編集後記」（『現代詩』第3巻第8号⑥）。「船艙」「編集後記」（『現代詩』第3巻第9号⑥）。「現代詩時評　詩人の団体結成」「編集後記」（『現代詩』第3巻第10号⑥）。「編集後記」（『現代詩』第4巻第1号⑥）。「編集後記」（『現代詩』第4巻第2号⑥）。「編集後記」（『現代詩』第4巻第3号⑥）。「コレスポンダンス　飛鳥君に与える」「長編叙事詩運動」「編集後記」（『現代詩』第4巻第4号⑥）。「安西冬衛　小野十三郎　合同歓迎の辞」「詩的現実抄」「編集後記」（『現代詩』第4巻第5号⑥）。「反駁」「「天地交歓」寸感」「編集後記」（『現代詩』第4巻第6号⑦）。「編集後記」（『現代詩』第4巻第7号⑦）。「八月」「処刑」「野間宏詩集「星座の痛」」「深尾須磨子著「君死にたまふことなかれ」」「編集後記」（『現代詩』第4巻第8・9合併号⑦）。「物」「噴射塔　ハガキ」（『現代詩』第4巻第10号⑦）。「編集後記」（『現代詩』第4巻第10号⑦）。「現代詩時評」「春婦」「編輯後記」（『現代詩』第4巻第11号⑦）。

〔く〕

蔵原伸二郎　「大晦日の山道」（『現代詩』第1巻第2号⑤）。

黒木清次　「七年目の帰国」（『現代詩』第2巻第4号⑤）。「何をなすべきか」（『現代詩』第2巻第5号⑤）。

黒田栄三　「噴射塔　◯」（『現代詩』第5巻第1号⑦）。

黒田三郎　「現代詩に於ける言葉の問題」（『現代詩』第2巻第5号⑤）。

桑原雅子　「わたしの「生」」（『現代詩』第4巻第2号⑥）。「斜陽」（『現代詩』第5巻第1号⑦）。

【こ】

小出ふみ子　「コレスポンダンス　詩人について」（『現代詩』第4巻第2号⑥）。「長編叙事詩への待望」（『現代詩』第4巻第3号⑥）。

高祖保　「すでに年が老けて」（『現代詩』第1巻第6号⑤）。

香野青太郎　「牙をもつ壁」（『現代詩』第5巻第1号⑦）。

木暮克彦　「汚物の中」（『現代詩』第4巻第7号⑦）。「抒情」（『現代詩』第4巻第10号⑦）。「賭博」（『現代詩』第5巻第1号⑦）。

児玉花外　「松を刺して」（『現代詩』第1巻第6号⑤）。

小林明　「コレスポンダンス　詩を描出する」（『現代詩』第3巻第9号⑥）。「時評」（『現代詩』第4巻第4号⑥）。「コレスポンダンス　股旅プロレタリア」（『現代詩』第4巻第6号⑦）。「ハムレット役者の歎き」（『現代詩』第4巻第7号⑦）。「コレスポンダンス　階級的恋愛論」「マルクスの記憶」（『現代詩』第4巻第10号⑦）。「骰子と悪魔」（『現代詩』第4巻第11号⑦）。「地下室の賭博者」（『現代詩』第5巻第1号⑦）。

小林善雄　「アンケート」「絶望」（『現代詩』第1巻第1号⑤）。「夜明前の街」（『現代詩』第1巻第2号⑤）。「靴」（『現代詩』第1巻第4号⑤）。「フラグメント」（『現代詩』第1巻第9号⑤）。「現代詩を繞る諸問題　現代詩の在り方」（『現代詩』第2巻第4号⑤）。「ペイソオスについて」（『現代詩』第2巻第5号⑤）。

小松　「噴射塔　国文学徒の見る長篇叙事詩」（『現代詩』第4巻第10号⑦）。

古谷津順郎　「コレスポンダンス　詩の位置」（『現代詩』第4巻第4号⑥）。

小柳透　「現代詩人プロフィル　百田宗治」（『現代詩』第1巻第8号⑤）。

近藤東　「新しい勤労詩について」（『現代詩』第1巻第1号

⑤）。「富士山」（『現代詩』第1巻第4号⑤）。「彼」「詩の朗読に就て　世紀の芸術」（『現代詩』第2巻第2号⑤）。「アンケート　詩精神の在り方」（『現代詩』第2巻第3号⑤）。「コレスポンダンス　児玉惇君の詩」（『現代詩』第4巻第3号⑥）。「舟方一の詩集」（『現代詩』第4巻第10号⑦）。

【さ】

三枝博音　「生活のなかにある文学」（『現代詩』第2巻第2号⑤）。

阪本越郎　「断片」（『現代詩』第1巻第3号⑤）。「美しい巡礼」（『現代詩』第1巻第5号⑤）。「詩と抒情について」（『現代詩』第1巻第8号⑤）。「晩秋」（『現代詩』第2巻第2号⑤）。「感覚と冒険」（『現代詩』第3巻第1号⑤）。「抒情の否定と現代詩の布石」「同人語」（『現代詩』第3巻第2号⑤）。「失踪」「青白き疾患」「シナリオ詩論について」（『現代詩』第3巻第3号⑤）。「詩人達」（『現代詩』第3巻第4号⑥）。「精神的形姿」「青年の死」（『現代詩』第3巻第5号⑥）。「蛾　」「洋燈」（『現代詩』第3巻第8号⑥）。「散文詩論（『現代詩』第4巻第1号⑥）。「二十世紀の新叙事詩」（『現代詩』第4巻第2号⑥）。「奥の闇」（『現代詩』第4巻第4号⑥）。「炎える地上」（『現代詩』第4巻第6号⑦）。「麦の穂」「顔」（『現代詩』第4巻第8・9合併号⑦）。

佐川英三　「雪を汚していつた人」「草の花」（『現代詩』第1巻第5号⑤）。「蛙」「豆」（『現代詩』第4巻第10号⑦）。

笹沢美明　「林檎噛む露霜庭にあらはる、」（『現代詩』第1巻第1号⑤）。「詩人と「意欲」について」（『現代詩』第1巻第5号⑤）。「アンケート」（『現代詩』第1巻第10号⑤）。「山道に寄せるソネット」（『現代詩』第2巻第2号⑤）。「おるがん破調」「ジェネレーションを守る」（『現代詩』第3巻第1号⑤）。「おるがん破調（前承）」「個の世界」（『現代詩』第3巻第2号⑤）。「おるがん破調（三）」「同人語」（『現代詩』第3巻第3号⑤）。「稀薄な裂目について」「絶望について」（『現代詩』第3巻第4号⑥）。「おるがん破調（四）」（『現代詩』第3巻第5号⑥）。「現代詩時評」「おるがん破調（完結）」「所謂詩壇詩人のこと」（『現代詩』第3巻第6号⑥）。「ネオ・ロマンティシズムについて」「諌瓦塀」「厭世」（『現代詩』第3巻第8号⑥）。「メモランダム（1）」「丸山薫氏へあてて」（『現代詩』第3巻9号⑥）。「女性の秘密」「一種の殺人について」「神の死を」（『現代詩』第3巻第10号⑥）。「逍遙船」「散文詩管見」

（『現代詩』第4巻第1号⑥）。「コレスポンダンス　メモランダム（二）」（『現代詩』第4巻第2号⑥）。「現代叙事詩の存在理由」（『現代詩』第4巻第3号⑥）。「進歩か否か」「コレスポンダンス　詩人の会合」「詩のリアリテーに就て」（『現代詩』第4巻第5号⑥）。「随筆　個性談義」（『現代詩』第4巻第6号⑦）。「メモランダム」（『現代詩』第4巻第7号⑦）。「私の名」（『現代詩』第4巻第8・9合併号⑦）。「怨婦」「「火刑台の眼」に関するノート」「噴射塔　反響といふもの」（『現代詩』第4巻第11号⑦）。「冬の桜」（『現代詩』第5巻第1号⑦）。

佐藤清　「詩の予望」（『現代詩』第1巻第5号⑤）。

佐藤惣之助　「春風」（『現代詩』第1巻第6号⑤）。

佐藤正彰　「ポオル・ヴアレリイ」「アンケート」（『現代詩』第1巻第10号⑤）。

真田喜七　「心によせて」「日記」「いのちに寄せて」「むし暑い夏」（『現代詩』第1巻第5号⑤）。

更科源蔵　「雪の明暮」（『現代詩』第1巻第3号⑤）。「同人雑誌主張（一）「野性」を出すまで」（『現代詩』第1巻第7号⑤）。「誠とは」（『現代詩』第1巻第8号⑤）。

山海青二　「窮地」（『現代詩』第5巻第1号⑦）。「公孫樹」（『現代詩』第5巻第2号⑦）。

【し】

塩川秀次郎　「故人追憶・思ひ出集　佐藤惣之助・煙つているやうな一つの現実」（『現代詩』第1巻第6号⑤）。

塩田啓介　「安西冬衛「座せる闘牛士」出版記念会」（『現代詩』第5巻第2号⑦）。

塩野筍三　「思ひだすまま」（『現代詩』第1巻第2号⑤）。「竹」（『現代詩』第1巻第3号⑤）。「竹の花」（『現代詩』第1巻第4号⑤）。

柴田元男　「夜の透視図」（『現代詩』第2巻第3号⑤）。

渋川驍　「詩人の小説に就て」（『現代詩』第1巻第9号⑤）。「雨もり」「河」「キノコ」（『現代詩』第3巻第5号⑥）。

島崎曙海　「ゆめみる夜つづきておもうことしきりなり」（『現代詩』第2巻第4号⑤）。

島崎藤村　「椰子の実」（『現代詩』第1巻第6号⑤）。

島田利夫　「地」（『現代詩』第4巻第11号⑦）。「屋根」（『現代詩』第5巻第1号⑦）。

島本融　「雨」（『現代詩』第5巻第1号⑦）。

志村辰夫　「近藤東論」（『現代詩』第2巻第5号⑤）。

ジユ」（『現代詩』第2巻第2号⑤）。「北川冬彦と『夜陰』」（『現代詩』第3巻第7号⑥）。「燐寸」「位置」（『現代詩』第3巻第9号⑥）。「ユーモリストの死」（『現代詩』第3巻第9号⑥）。「詩における肉声」（『現代詩』第3巻第10号⑥）。「散文詩の周辺」（『現代詩』第4巻第1号⑥）。「落書について」（『現代詩』第4巻第2号⑥）。「小木炭坑集合所」（『現代詩』第4巻第4号⑥）。「指環」（『現代詩』第4巻第7号⑦）。「会話」（『現代詩』第4巻第8・9合併号⑦）。「竹中郁詩集「動物磁気」」（『現代詩』第4巻第11号⑦）。

杉山真澄　「やまのうみぞこのひとつのしやかいについて」（『現代詩』第3巻第10号⑥）。

薄田泣菫　「大原女」（『現代詩』第1巻第6号⑤）。

鈴木初江　「海を恋ふ」（『現代詩』第1巻第7号⑤）。「コレスポンダンス　単純な自覚」（『現代詩』第3巻第10号⑥）。

千田光　「失脚」（『現代詩』第2巻第5号⑤）。

【そ】

外川三郎　「太陽と月との均衡の土真中」「幻想」（『現代詩』第2巻第3号⑤）。「真夜のポエム」（『現代詩』第4巻第11号⑦）。

曾根崎保太郎　「復員」（『現代詩』第1巻第4号⑤）。「新しい詩への走書」（『現代詩』第1巻第9号⑤）。「静寂」（『現代詩』第2巻第4号⑤）。

增田栄三　「丸山薫論」（『現代詩』第5巻第1号⑦）。

【た】

高島順吾　「北園克衛論」（『現代詩』第5巻第2号⑦）。

高島高　「北アルプス」（『現代詩』第2巻第4号⑤）。「秋日帖」（『現代詩』第4巻第1号⑥）。「コレスポンダンス　フロイド再考」（『現代詩』第4巻第3号⑥）。「北方」（『現代詩』第4巻第4号⑥）。「ジユール・シユペルヴイエル研究（2）」。「コレスポンダンス　高橋新吉氏のこと」（『現代詩』第4巻第7号⑦）。

高田新　「つながり」（『現代詩』第2巻第3号⑤）。

高野喜久雄　「噴射塔　新しい詩への公準」（『現代詩』第5巻第1号⑦）。

高橋玄一郎　「アンケート」（『現代詩』第1巻第1号⑤）。

高橋新吉　「美しい声」（『現代詩』第1巻第5号⑤）。「コレスポンダンス　科学を越えた」（『現代詩』第4巻第2号⑥）。「茶碗の中のめし」（『現代詩』第5巻第2号⑦）。

高村智　「下着」「港」「財布」（『現代詩』第3巻第10号⑥）。「それ」（『現代詩』第4巻第4号⑥）。「ジュール・シュペルヴィエル研究（1）」（『現代詩』第4巻第6号⑦）。「「第一回、第二回長編叙事詩研究会で印象に残つた問題」」（『現代詩』第4巻第7号⑦）。「ジュール・シュペルヴィエル研究（3）」（『現代詩』第4巻第8・9合併号⑦）。「垂直」（『現代詩』第4巻第10号⑦）。「北川冬彦論序説」（『現代詩』第5巻第1号⑦）。「ジュール・シュペルヴィエル研究（4）」（『現代詩』第5巻第2号⑦）。

高柳寿雄　「くだけた街」（『現代詩』第4巻第8・9合併号⑦）。

瀧口修造　「同人の辞」（『現代詩』第3巻第1号⑤）。「大椿事」（『現代詩』第3巻第2号⑤）。「一つのlost generationについて」（『現代詩』第3巻第3号⑤）。「海外詩消息（1）」（『現代詩』第3巻第4号⑥）。「海外詩消息（2）」（『現代詩』第3巻第5号⑥）。「海外詩消息（3）」（『現代詩』第3巻第6号⑥）。「海外詩消息（4）」（『現代詩』第3巻第8号⑥）。

滝口武士　「夜」（『現代詩』第1巻第4号⑤）。「コレスポンダンス　久住登山」（『現代詩』第3巻第9号⑥）。「腰掛」（『現代詩』第4巻第3号⑥）。「てぶら」（『現代詩』第4巻第3号⑥）。「夕暮」「農家」（『現代詩』第4巻第4号⑥）。「冬」「秋」（『現代詩』第4巻第10号⑦）。

田木繁　「杜少陵詩集」（『現代詩』第1巻第7号⑤）。「かんいわし」（『現代詩』第1巻第9号⑤）。「コレスポンダンスうしろむきの理論」（『現代詩』第3巻第9号⑥）。

武田武彦　「現代詩人プロフイル　堀口大学」（『現代詩』第1巻第8号⑤）。

竹中郁　「夜のタマゴ」（『現代詩』第1巻第8号⑤）。「ジヤン・コクトオ小論」（『現代詩』第1巻第10号⑤）。「アンケート」（『現代詩』第1巻第10号⑤）。「杉山平一童話集「背高クラブ」評」（『現代詩』第4巻第6号⑦）。「墓」（『現代詩』第4巻第8・9合併号⑦）。「噴射塔　ハガキ」（『現代詩』第4巻第10号⑦）。「悼詩」（『現代詩』第5巻第2号⑦）。

竹中久七　「戦後に於けるシユール・リアリズム詩の在り方」（『現代詩』第2巻第1号⑤）。

武野藤介　「杉浦君と僕　「人生旅情」を読みて」（『現代詩』第3巻第9号⑥）。

橘田進　「現代詩人プロフイル　大江満雄」（『現代詩』第1巻第8号⑤）。

立原道造　「或る風に寄せて」（『現代詩』第1巻第6号⑤）。

田中伊左夫　「魚族たち」「蛙」（『現代詩』第3巻第10号⑥）。

田中久介　「新『詩と政治』論」（『現代詩』第4巻第7号⑦）。

田中冬二　「あやめの花の咲く頃は」（『現代詩』第1巻第2号⑤）。「灯火」「月夜の陵」（『現代詩』第5巻第2号⑦）。

田中眞　「地熱」（『現代詩』第5巻第2号⑦）。

田村昌由　「現代詩人プロフイル　浅井十三郎」（『現代詩』第1巻第7号⑤）。「詩の朗読に就て　詩朗読芸術」（『現代詩』第2巻第2号⑤）。

〔つ〕

塚谷晃弘　「コレスポンダンス　作曲界の現状」「叙事詩の音楽伴奏について」（『現代詩』第4巻第10号⑦）。

津田誠　「叙事詩の朗読」（『現代詩』第4巻第10号⑦）。

壺井繁治　「アンケート」（『現代詩』第1巻第10号⑤）。「近代的精神について」（『現代詩』第1巻第10号⑤）。「アンケート　友情について」（『現代詩』第2巻第3号⑤）。「詩人における社会性と孤独感」（『現代詩』第2巻第5号⑤）。「コレスポンダンス　絶望について」（『現代詩』第4巻第2号⑥）。「噴射塔　○」（『現代詩』第4巻第11号⑦）。

壺田花子　「愛」（『現代詩』第1巻第7号⑤）。「秋の果樹園」（『現代詩』第3巻第10号⑥）。「雪」（『現代詩』第4巻第4号⑥）。「点景」（『現代詩』第4巻第11号⑦）。「花の笛」（『現代詩』第5巻第1号⑦）。

津村信夫　「林檎の木」（『現代詩』第1巻第6号⑤）。

鶴岡冬一　「鼠二題」（『現代詩』第4巻第3号⑥）。「睡眠」（『現代詩』第4巻第5号⑥）。「アラゴン断章」（『現代詩』第4巻第6号⑦）。「第三回『長編叙事詩研究会』報告」（『現代詩』第4巻第7号⑦）。「コレスポンダンス　「荒地」派批判一齣」（『現代詩』第4巻第10号⑦）。「鈴木信太郎訳「マラルメ詩集」評」（『現代詩』第4巻第10号⑦）。「昭和二十四年度「現代詩」「詩と詩人」の批判と展望」（『現代詩』第5巻第1号⑦）。「マラルメの研究」（『現代詩』第5巻第2号⑦）。

〔て〕

鉄指公蔵　「コレスポンダンス　画家と詩人」（『現代詩』第4巻第6号⑦）。

寺田弘　「一つの指標」（『現代詩』第1巻第3号⑤）。「現代詩人プロフイル　高村光太郎」（『現代詩』第1巻第8号⑤）。「廃屋の歌」（『現代詩』第1巻第9号⑤）。

〔ほ〕

保坂加津夫　「現代詩を繞る諸問題　現代詩のマンネリズム」（『現代詩』第2巻第4号⑤）。

堀口大学　「挽歌」（『現代詩』第1巻第7号⑤）。「マックス・ジヤコブ」（『現代詩』第1巻第10号⑤）。「アンケート　無理すぢ」（『現代詩』第2巻第3号⑤）。

堀場正夫　「詩と演劇について」（『現代詩』第2巻第2号⑤）。

〔ま〕

真壁新之助　「病床歌」（『現代詩』第1巻第2号⑤）。「二つのうちの一つの夢」「おなじく」（『現代詩』第2巻第3号⑤）。

真壁仁　「亜高山地」（『現代詩』第1巻第10号⑤）。「コレスポンダンス　笹木勧の詩」（『現代詩』第3巻第10号⑥）。「詩の解放」（『現代詩』第4巻第6号⑦）。「噴射塔　◯」（『現代詩』第5巻第1号⑦）。

牧章造　「夢と時間」（『現代詩』第2巻第4号⑤）。「地球儀」（『現代詩』第3巻第7号⑥）。「なぜ散文形で書くか　散文詩への認識」（『現代詩』第4巻第2号⑥）。「詩の死活と叙事詩」（『現代詩』第4巻第3号⑥）。「日没前の検屍」（『現代詩』第4巻第4号⑥）。「暖かい冬」（『現代詩』第4巻第6号⑦）。「詩の下に政治を」（『現代詩』第4巻第7号⑦）。「第四回「長篇叙事詩研究会」報告」（『現代詩』第4巻第8・9合併号⑦）。「デッド・ポイント」「思い出の萩原朔太郎」（『現代詩』第4巻第10号⑦）。「「新世代」批評（十一月号）」（『現代詩』第5巻第1号⑦）。

牧野芳子　「半壊の街」（『現代詩』第4巻第3号⑥）。

牧原水也　「噴射塔　映画と詩眼」（『現代詩』第4巻第10号⑦）。

正木秀明　「一緒に」（『現代詩』第5巻第1号⑦）。

正木聖夫　「雪原」（『現代詩』第2巻第3号⑤）。

真尾倍弘　「白と青の彩色」（『現代詩』第3巻第3号⑤）。「四面讃歌」（『現代詩』第4巻第2号⑥）。「出発」（『現代詩』第4巻第6号⑦）。

増村外喜雄　「でつかい悲哀」（『現代詩』第1巻第9号⑤）。

町田志津子　「童話」（『現代詩』第2巻第2号⑤）。「秋草の中で」（『現代詩』第4巻第1号⑥）。「赤石」「回帰」（『現代詩』第4巻第5号⑥）。「コレスポンダンス　千本松原」（『現代詩』第4巻第6号⑦）。「山襞」「花」（『現代詩』第4巻第7号⑦）。

松井好夫　「ボオドレエルの精神病理（一）」（『現代詩』第2巻第5号⑤）。

松崎淳名井　「墓」（『現代詩』第4巻第11号⑦）。「夢」（『現代詩』第5巻第1号⑦）。

松沢比露四　「節操」（『現代詩』第5巻第2号⑦）。

松沢宥　「死の舞踏」（『現代詩』第4巻第2号⑥）。

松田牧之助　「蟹」（『現代詩』第4巻第11号⑦）。

松田牧三郎　「日時計」（『現代詩』第5巻第1号⑦）。

馬淵美意子　「なぜ散文形で書くか　お答へ」（『現代詩』第4巻第2号⑥）。「鎖にしばられたアシカの独白」（『現代詩』第4巻第10号⑦）。

丸山薫　「火花」（『現代詩』第4巻第8・9合併号⑦）。「秋くれば」「荒涼」（『現代詩』第5巻第1号⑦）。

丸山豊　「無名の村」（『現代詩』第4巻第7号⑦）。

【み】

三樹実　「亀さん達のはなし」（『現代詩』第4巻第5号⑥）。「叙事詩　遊女よしののはなし」（『現代詩』第4巻第7号⑦）。

水谷道夫　「詩の朗読に就て　演技者より見た詩の朗読」（『現代詩』第2巻第2号⑤）。

溝口白羊　「騂馬鬼鹿毛」（『現代詩』第1巻第6号⑤）。

三田俊郎　「夏の蝶」（『現代詩』第4巻第8・9合併号⑦）。

見谷将志　「ひかり」（『現代詩』第4巻第8・9合併号⑦）。

宮崎孝政　「辺土消息」（『現代詩』第1巻第9号⑤）。「コレスポンダンス　滞京記」（『現代詩』第3巻第10号⑥）。

三好豊一郎　「虫共」（『現代詩』第2巻第3号⑤）。

【む】

向井孝　「出発」（『現代詩』第3巻第2号⑤）。

村上菊一郎　「ボードレールの散文詩について」（『現代詩』第4巻第1号⑥）。

村上成実　「アンケート」（『現代詩』第1巻第1号⑤）。「コレスポンダンス　カナヅカイ其他」（『現代詩』第3巻第9号⑥）。「新散文詩運動の再確認」（『現代詩』第4巻第2号⑥）。「噴射塔　御挨拶」（『現代詩』第4巻第10号⑦）。「村野四郎論」（『現代詩』第4巻第11号⑦）。

村野四郎　「田園悲調」（『現代詩』第1巻第7号⑤）。「詩の肉体化について」（『現代詩』第2巻第2号⑤）。「新年」（『現代詩』第3巻第1号⑤）。「現代詩の反省」「編集後記」（『現代詩』第3巻第3号⑤）。「暮春抒情」（『現代詩』第3巻第5号⑥）。「自由詩の精神」（『現代詩』第4巻第2号⑥）。「魅

力の分離について」(『現代詩』第4巻第7号⑦)。「田園悲調」(『現代詩』第4巻第8・9合併号⑦)。「雑草原の洋燈」「詩集「花電車」について」(『現代詩』第4巻第10号⑦)。「現代詩時評　犯行の現状において」(『現代詩』第5巻第1号⑦)。

村松武司　「航跡」(『現代詩』第2巻第3号⑤)。

【も】

持田恵三　「北極」(『現代詩』第4巻第10号⑦)。

森敦　「或る朝の対話」(『現代詩』第3巻第7号⑥)。「夏の朝」(『現代詩』第3巻第8号⑥)。

【や】

八木橋雄次郎　「祖国」(『現代詩』第4巻第3号⑥)。

安川焔　「雪はふりつづいている」(『現代詩』第4巻第8・9合併号⑦)。

安彦敦雄　「寡婦」(『現代詩』第1巻第3号⑤)。「梨花譚」(『現代詩』第1巻第5号⑤)。「現代詩人プロフイル　北川冬彦」(『現代詩』第1巻第7号⑤)。「解氷期」(『現代詩』第1巻第9号⑤)。「アンケート」(『現代詩』第1巻第10号⑤)。「胡藤譚」(『現代詩』第2巻第3号⑤)。「花譚」(『現代詩』第3巻第7号⑥)。「なぜ散文形で書くか　散文詩大いに書くべし」「薄暮風景」「午前十時の風」(『現代詩』第4巻第2号⑥)。「長編叙事詩とシナリオ」(『現代詩』第4巻第3号⑥)。「暁天」「午後三時の風」(『現代詩』第4巻第4号⑥)。「コレスポンダンス　近状」(『現代詩』第4巻第5号⑥)。「散文詩　谷間二題」「第二回「長篇叙事詩研究会」報告」(『現代詩』第4巻第6号⑦)。「作業場風景」(『現代詩』第4巻第10号⑦)。「新世代欄雑感」(『現代詩』第4巻第10号⑦)。

八束竜平　「氷河のほとり」(『現代詩』第2巻第2号⑤)。

柳沢博子　「なげき」(『現代詩』第5巻第2号⑦)。

山形三郎　「長編叙事詩の現代的意義」(『現代詩』第4巻第3号⑥)。

山川瑞枝　「楽器」(『現代詩』第5巻第1号⑦)。

山崎薫　「森の暗き夜」(『現代詩』第1巻第1号⑤)。「雪」(『現代詩』第1巻第2号⑤)。「新らしからざる装ひ」(『現代詩』第1巻第3号⑤)。「リベラリズムと悲劇性」(『現代詩』第1巻第4号⑤)。「緑衣」(『現代詩』第1巻第6号⑤)。「現代詩人プロフイル　杉浦伊作」(『現代詩』第1巻第7

号⑤）。「香水」（『現代詩』第2巻第3号⑤）。「丸山薫論」（『現代詩』第2巻第4号⑤）。「詩集 『未来者』断片」「火葬場附近」（『現代詩』第3巻第9号⑥）。「新散文詩運動について」（『現代詩』第4巻第2号⑥）。「長女誕生」（『現代詩』第4巻第4号⑥）。

山崎正一 「敗北」（『現代詩』第4巻第2号⑥）。

山崎義彦 「古びた空気」（『現代詩』第4巻第8・9合併号⑦）。

山田四十 「少女と蝶蝶」（『現代詩』第4巻第8・9合併号⑦）。「ヒナの歌」（『現代詩』第4巻第11号⑦）。「死について」（『現代詩』第5巻第1号⑦）。

山田孝 「八ツ手の花」（『現代詩』第5巻第2号⑦）。

山田昌弘 「音楽家の求める詩について」（『現代詩』第4巻第4号⑥）。

山中散生 「湖畔に独り佇てば」（『現代詩』第1巻第9号⑤）。「同人語」「だるい風景」（『現代詩』第3巻第9号⑥）。「土橋の中程で」「たそがれの一筋道を」「雨の滴り」（『現代詩』第4巻第5号⑥）。「傾く人」（『現代詩』第4巻第7号⑦）。「捕へがたい水」（『現代詩』第4巻第8・9合併号⑦）。

山村聡 「詩の朗読に就て　寸章」（『現代詩』第2巻第2号⑤）。

山本和夫 「鶉山農場通信」（『現代詩』第1巻第7号⑤）。「コレスポンダンス　ゴムの実」（『現代詩』第4巻第3号⑥）。

【ゆ】

湯口三郎 「ちかごろのはらのたつことひとつ」（『現代詩』第4巻第1号⑥）。「冬ちかく」（『現代詩』第4巻第3号⑥）。

【よ】

横山理一 「風景」（『現代詩』第5巻第1号⑦）。

吉川仁 「北風」「塘沽」（『現代詩』第4巻第4号⑥）。「落差」（『現代詩』第4巻第5号⑥）。「烙印」（『現代詩』第4巻第10号⑦）。

吉川則比古 「目・海」（『現代詩』第1巻第6号⑤）。

吉沢独陽 「故人追憶・思ひ出集　吉川則比古・吉川則比古は死ぬまで詩を書いていた」（『現代詩』第1巻第6号⑤）。

吉田一穂 「純粋詩の表現的分離」（『現代詩』第3巻第1号⑤）。「詩学の確立」（『現代詩』第3巻第2号⑤）。「手紙」（『現代詩』第3巻第7号⑥）。「基督誕」（『現代詩』第4巻第6号⑦）。「メフィスト考（1）」（『現代詩』第4巻第8・9合併号⑦）。「メフィスト考」（『現代詩』第4巻第10号⑦）。「メフィスト考」（『現代詩』第4巻第11号⑦）。「メフィスト考（4）」（『現代詩』第5巻第1号⑦）。「メフィスト考（5）」（『現代詩』第5巻第2号⑦）。

由田昭策　「むくの木」（『現代詩』第4巻第11号⑦）。

吉村比呂詩　「コレスポンダンス」（『現代詩』第4巻第3号⑥）。「噴射塔　一エピソード」（『現代詩』第4巻第10号⑦）。

吉本隆明　「安西冬衛論」（『現代詩』第5巻第2号⑦）。

【わ】

和田健之助　「平原死者」（『現代詩』第5巻第2号⑦）。

和田徹三　「コレスポンダンス　短詩形と長詩形」（『現代詩』第4巻第3号⑥）。「雪のなかの音」（『現代詩』第4巻第7号⑦）。

渡辺琴　「詩朗読と叙事詩「早春」について」（『現代詩』第4巻第10号⑦）。

渡辺澄雄　「愛情」（『現代詩』第2巻第2号⑤）。

【海外】

ウオールト・ホイツトマン（有島武郎　訳）「草の葉」（『現代詩』第1巻第2号⑤）。

リユウシイ・ドラルウ・マルドリウス（梶浦正之　訳）「忘却の海辺」（『現代詩』第1巻第3号⑤）。

ジエラアル・ドウヴイル（梶浦正之　訳）「比喩の華」（『現代詩』第1巻第3号⑤）。

ジャンヌ・カテユル・マンデス（梶浦正之　訳）「身投」（『現代詩』第1巻第3号⑤）。

ポオル・ヴアレリイ（大島博光　訳）「詩神」（『現代詩』第2巻第2号⑤）。

マチウ・ド・ノワイユ夫人（梶浦正之　訳）「ロマンチックな夕暮」（『現代詩』第1巻第3号⑤）。

マルグリツト・ビユルナ・ブロヴアン（梶浦正之　訳）「夏」（『現代詩』第1巻第3号⑤）。

マリイ・ロオランサン（梶浦正之　訳）「開ない貝殻」（『現代詩』第1巻第3号⑤）。

ライナー・マリア・リルケ（笹沢美明　訳）「巻頭詩」（『現代詩』第2巻第5号⑤）。

ルイ・アラゴン（大島博光　訳）「ソフコーズの歌」（『現代詩』第1巻第7号⑤）。

ロオトレアモン（青柳瑞穂　訳）「マルドロオルの歌」（『現代詩』第4巻第2号⑥）。

[対談、座談会等]

亜騎保、中野繁雄、小林武雄「新鋭詩人鼎談（一） 詩の爆発に就いて」（『現代詩』第2巻第2号⑤）。

安西冬衛、安藤一郎、浅井十三郎、江口榛一、北川冬彦、北園克衛、笹沢美明、阪本越郎、杉浦伊作、瀧口修造、永瀬清子、村野四郎、吉田一穂「スタートライン」（『現代詩』第3巻第1号⑤）。

北川冬彦、神保光太郎、近藤東、寺田弘、浅井十三郎、山崎馨、杉浦伊作「座談会 詩壇考現学」（『現代詩』第1巻第5号⑤）。

北川冬彦、笹沢美明、近藤東、安彦敦雄、浅井十三郎、杉浦伊作「座談会 現代詩の系譜と其の展望」（『現代詩』第2巻第1号⑤）。

吉田一穂、北川冬彦「対談」（『現代詩』第3巻第6号⑥）。

[その他]

無署名「顕頌譜」（『現代詩』第1巻第6号⑤）。「REVUE NOUVELLE ジャン・コクトオの映画「美女と野獣」に就て」（『現代詩』第3巻第1号⑤）。「「長篇叙事詩研究会」の発足について」（『現代詩』第4巻第5号⑥）。「夜景」（『現代詩』第5巻第1号⑦）。

諸家「アンケート 来るべき詩壇に何を希まれるか。一、貴下の抱負。」（『現代詩』第4巻第1号⑥）。「世界平和について（諸家回答）」（『現代詩』第4巻第8・9合併号⑦）。「昭和二十四年度詩壇回顧」（『現代詩』第5巻第1号⑦）。「詩人の印象その二」（『現代詩』第5巻第2号⑦）。

OBUSCNRO同人「夜明ケ」（『現代詩』第4巻第8・9合併号⑦）。「二十世紀のエピグラムー戦後派のスキャンダルー」（『現代詩』第5巻第1号⑦）。

F・A（安西冬衛）「タンポポのポロネーズ」（『現代詩』第4巻第7号⑦）。「タンポポのポロネーズ（2）」（『現代詩』第4巻第8・9合併号⑦）。「コレスポンダンス ポロネーズ（2）補遺」「タンポポのポロネーズ（3）」（『現代詩』第4巻第10号⑦）。

主要参考文献

【雑誌】

吉本隆明「戦争中の現代詩―ある典型たち―」（『国文学　解釈と鑑賞』一九五九年七月）

吉本隆明「詩人の戦争責任―文献的な類型化―」（同右）

木原孝一「戦争詩の断面」（『本の手帖』一九六五年八月）

羽生康二「十五年戦争と詩人　大江満雄論1」（『思想の科学』一九八八年一〇月）

羽生康二「詩集『日本海流』と転向　大江満雄論2」（『思想の科学』一九八八年一一月）

羽生康二「時間と空間の詩人　大江満雄論3」（『思想の科学』一九八八年一二月）

瀬尾育生「審判欠席―北園克衛の現代性について」（『現代詩手帖』一九九〇年一一月）

国中治「丸山薫と竹中郁―リルケ、シュペルヴィエルと戦争詩の間で―」（四季派学会編『四季派学会論集』一九九五年九月）

坪井秀人「北園克衛の郷土詩と戦争」（『現代詩手帖』二〇〇二年一一月）

杉山平一、長谷川龍生、倉橋健一「あのころの風景と詩人たちの群像　戦後関西詩をめぐって」（『現代詩手帖』二〇〇三年六月）

細見和之「戦争末期の小野十三郎と杉山平一」（同右）

たかとう匡子「私のなかの竹中郁」（同右）

鶴岡善久「瀧口修造につき、拾遺三件」（『現代詩手帖』二〇〇三年一一月）

吉増剛造、ジョン・ソルト「火の痕跡、星の死の揺らぎ」（『現代詩手帖』二〇一一年六月）

藤富保男「北園克衛を敬慕する論証」（同右）

國峰照子「第六章「ファシズムの流砂」の問い」（同右）

久谷雉「「バス」のにぎわいから遠く……」『現代詩手帖』二〇一二年九月）

平芳幸浩「瀧口修造の一九三〇年代―シュルレアリスムと日本―」（『美学』二〇一三年一二月）

野坂昭雄「戦争詩の視覚性に関する試論　丸山薫の作品を手がかりに」（『近代文学論集』二〇一五年二月）

南川隆雄「戦時と戦後をつなぐ小詩誌「麦通信」　北園克衛が現代に遺した詩的気概」（『現代詩手帖』二〇一五年三月）

南川隆雄「「郷土詩」は北園克衛にとって何であったか」（『北方文学』二〇一六・一二）

【単行本】

吉本隆明、武井照夫『文学者の戦争責任』（淡路書房、一九五六年九月）
吉本隆明『芸術的抵抗と挫折』（未来社、一九五九年二月）
吉本隆明『抒情の論理』新装版（未来社、一九六三年四月）
大岡信『超現実と抒情―昭和十年代の詩精神』（晶文社、一九六五年一二月）
北川透『詩と思想の自立＝現代詩の歴史的自覚』（思潮社、一九六六年二月）
鶴岡善久『太平洋戦争下の詩と思想』（昭森社、一九七一年四月）
明珍昇『評伝安西冬衛』（桜楓社、一九七四年六月）
大岡信『昭和詩史』（思潮社、一九七七年四月）
櫻本富雄『詩人と戦争』（小林印刷出版部、一九七八年一月）
櫻本富雄『詩人と責任』（小林印刷出版部、一九七八年九月）
吉本隆明『戦後詩史論』（大和書房、一九七八年九月）
菊田守『亡羊の人―村野四郎ノート―』（七月堂、一九七八年一一月）
吉田時善『地の塩の人―江口榛一私抄―』（新潮社、一九八二年七月）
北川透『未明の構想』（白地社、一九八二年一〇月）
櫻本富雄『少国民は忘れない』（マルジュ社、一九八二年一一月）
北川透『荒地論―戦後詩の生成と変容』（思潮社、一九八三年七月）
櫻本富雄『空白と責任　戦時下の詩人たち』（未来社、一九八三年七月）
桜井勝美『北川冬彦の世界』（宝文館出版、一九八四年五月）
大岡信『ミクロコスモス瀧口修造』（みすず書房、一九八四年一二月）
藤本寿彦編『丸山薫』（日外アソシエーツ、一九八五年五月）
江間章子『埋もれ詩の焔ら』（講談社、一九八五年一〇月）
今村冬三『幻影解「大東亜戦争」　戦争に向き合わされた詩人たち』（葦書房、一九八九年八月）
冨上芳秀『安西冬衛　モダニズム詩に隠されたロマンティシズム』（未来社、一九八九年一〇月）
安西美佐保『花がたみ　安西冬衛の思い出』（沖積社、一九九二年一一月）
櫻本富雄『文化人たちの大東亜戦争　ＰＫ部隊が行く』（青木書店、一九九三年七月）
藤一也『北川冬彦　第二次『時間』の詩人達』（沖積舎、一九九三年一一月）
櫻本富雄『探書遍歴　封印された戦時下文学の発掘』（新評論、一九九四年一月）

日本現代詩研究者国際ネットワーク編『昭和詩人論』（有精堂出版、一九九四年四月）

小沢節子『アヴァンギャルドの戦争体験　松本竣介、瀧口修造そして画学生たち』（青木書店、一九九四年一一月）

小田久郎『戦後詩壇史』（新潮社、一九九五年二月）

鮎川信夫『鮎川信夫全集　第二巻』（思潮社、一九九五年四月）

櫻本富雄『日本文学報国会　大東亜戦争下の文学者たち』（青木書店、一九九五年六月）

鶴岡善久『危機と飛翔』（沖積舎、一九九六年九月）

井上雄次『丸山薫と岩根沢』（東京書籍、一九九七年四月）

和田博文編『近現代詩を学ぶ人のために』（世界思想社、一九九八年四月）

吉田美和子『吉田一穂の世界』（小沢書店、一九九八年七月）

近藤洋太『〈戦後〉というアポリア』（思潮社、二〇〇〇年三月）

井坂洋子『永瀬清子』（五柳書院、二〇〇〇年一一月）

村野晃一『飢えた孔雀　父、村野四郎』（慶應義塾大学出版会、二〇〇〇年一二月）

飯島耕一「冬の幻」（『飯島耕一年詩と散文5』みすず書房、二〇〇一年六月）

鮎川信夫『鮎川信夫全集　第四巻』（思潮社、二〇〇一年一二月）

鮎川信夫『鮎川信夫全集　第四巻　別冊』（思潮社、二〇〇一年一二月）

佐古祐二『詩人杉山平一論―星と映画と人間愛と―』（竹林館、二〇〇二年一〇月）

藤富保男『評伝　北園克衛』増補改訂版（思潮社、二〇〇三年三月）

杉山平一『戦後関西詩壇回想』（思潮社、二〇〇三年四月）

岩本晃代『昭和詩の抒情　丸山薫年〈四季派〉を中心に』（双文社出版、二〇〇三年一〇月）

安水稔和『竹中郁詩人さんの声』（編集工房ノア、二〇〇四年六月）

田村圭司『吉田一穂　究極の詩の構図』（笠間書院、二〇〇五年五月）

阿部猛『近代日本の戦争と詩人』（協友社、二〇〇五年一二月）

瀬尾育生『戦争詩論　1910-1945』（平凡社、二〇〇六年七月）

杉山平一『詩と生きるかたち』（編集工房ノア、二〇〇六年九月）

井久保伊登子『女性史の中の永瀬清子―戦前年戦中篇』（ドメス出版、二〇〇七年一月）

渋谷直人『大江満雄論　転形期年思想詩人の肖像』（大月書店、二〇〇八年九月）

井久保伊登子『女性史の中の永瀬清子―戦後篇』（ドメス出版、二〇〇九年一月）

和田博文編『戦後詩のポエティクス　1935 ~ 1959』（世界思想社、二〇〇九年四月）
杉浦静「戦後詩誌と戦争体験」（和田博文年杉浦静編『戦後詩誌総覧④　第二次世界大戦後の〈実存〉と〈思想〉』日外アソシエーツ、二〇〇九年六月）
鶴岡善久『シュルレアリスムの発見』（沖積舎、二〇〇九年六月）
季村敏夫『山上の蜘蛛　神戸モダニズムと海港都市ノート』（みずのわ出版、二〇〇九年九月）
平林敏彦『戦中戦後　詩的時代の証言　1935-1955』（思潮社、二〇〇九年一年一〇月）
安水稔和『杉山平一　青をめざして』（編集工房ノア、二〇一〇年六月）
金澤一志『北園克衛の詩』（思潮社、二〇一〇年八月）
季村敏夫『窓の微風　モダニズム詩断層』（みずのわ出版、二〇一〇年八月）
田口哲也監訳、ジョン年ソルト『北園克衛の詩と詩学―意味のタペストリーを細断する』（思潮社、二〇一〇年一一月）
藤原菜穂子『永瀬清子とともに―『星座の娘』から『あけがたにくる人よ』まで』（思潮社、二〇一一年六月）
芳賀章内『詩的言語の現在　芳賀章内詩論集』（コールサック社、二〇一二年四月）
高橋新太郎「文学者の戦争責任論ノート」（『高橋新太郎セレクション1』笠間書院、二〇一四年六月）
鶴岡善久『シュルレアリスム、その外へ』（沖積舎、二〇一五年一〇月）
矢野静明『日本モダニズムの未帰還状態』（書肆山田、二〇一六年七月）

編者紹介

大川内夏樹（おおかわち・なつき）

早稲田大学大学院文学研究科日本語・日本文学コース博士後期課程在学期間満了退学。「北園克衛「記号説」論—モホリ＝ナギ《大都市のダイナミズム》を手がかりに—」（『日本近代文学』第93集、2015年11月）、「北園克衛のシュルレアリスム—反復表現がもたらすもの—」（『国文学研究』第178集、2016年3月）、「北園克衛『円錐詩集』論—〈抽象映画〉およびシュルレアリスムとの関わりから—」（『昭和文学研究』第73集、2016年9月）。

コレクション・戦後詩誌

第7巻　戦前詩人の結集Ⅲ

2017年2月16日　印刷
2017年2月24日　第1版第1刷発行

［編集］　大川内夏樹

［監修］　和田博文

［発行者］　荒井秀夫

［発行所］　株式会社ゆまに書房

〒101-0047　東京都千代田区内神田2-7-6

tel. 03-5296-0491 / fax. 03-5296-0493

http://www.yumani.co.jp

［印刷］　株式会社平河工業社

［製本］　東和製本株式会社

落丁・乱丁本はお取り替えいたします。　Printed in Japan

定価：本体25,000円＋税　ISBN978-4-8433-5073-7 C3392